中国文学名著速读

洪礼顺 著

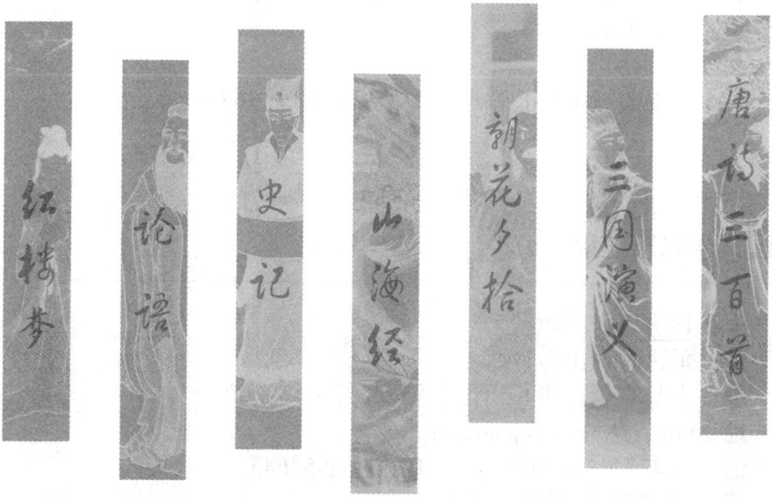

延边教育出版社

责任编辑：焦永坡

图书在版编目（CIP）数据

中国文学名著速读 / 洪礼顺著 .—延吉：延边教育出版社，2022.9

ISBN 978-7-5724-1258-5

Ⅰ .①中… Ⅱ .①洪… Ⅲ .①中国文学—文学欣赏—通俗读物 Ⅳ .① I206-49

中国版本图书馆 CIP 数据核字 (2021) 第 131843 号

中国文学名著速读

出　版：延边教育出版社
发　行：延边教育出版社
地　址：吉林省延吉市长白山东路 98 号（133000）
网　址：http：//www.ybep.com.cn
电　话：（0433）2913940　　（010）65953645
传　真：（0433）2913964
印　刷：北京天恒嘉业印刷有限公司
开　本：880 毫米 ×1230 毫米 1/32
印　张：15.5
字　数：303 千字
版　次：2022 年 9 月第 1 版
印　次：2022 年 9 月第 1 次印刷
书　号：ISBN 978-7-5724-1258-5
定　价：78.00 元

前言

美国著名成功学大师皮鲁克斯曾说：“名著是绝大多数人思想的摇篮，又是绝大多数人迈动双脚的动力。”在人类的奋斗进程中，名著经受了岁月的磨蚀、时代的考验得以幸存下来。即使是千百年前的名著，时至今日仍新颖如故，令人感铭于心，成为与我们相随相伴的良师益友，启迪我们的思想，慰藉我们的心灵。

中国文学名著是中国优秀文化遗产的一个重要组成部分。它记录着中华民族伟大的奋斗历程和创造精神，具有永恒的生命力和影响力。中国文学名著的魅力是多方面的，不仅体现在内容上，也体现在形式上；不仅体现在思想方面，也体现在文字表述方面。

中国文学名著之所以具有经久不衰的魅力，不仅仅在于它们是吸引人的、感动人的，还在于它们能够启迪人、鼓舞人，更在于它们继承、弘扬了中华民族的优秀文化和民族精神。

在中国文学名著当中，也有过时的和落后的东西，甚至也有糟粕存在其间，我们应当加以鉴别，进行抉择、取舍。阅读中国文学名著，就是汲取中华语言与思想的精华，就是告别庸俗与浮躁。如果你真正沉静下来，细细品味汉语言文字之美，那么你就真正富有才华之气了。

中国文学名著是人类文化的精华。阅读中国文学名著，如同与大师对话，可以增长见识，启迪智慧，提高写作能力和人文素养。本书设置了“作者介绍”“作品档案”“内容概要”“主要人物形象”“文学成就”“名家点评”等栏目（视具体篇目有所调整），让读者更方便地了解作者生平、作品的写作背景、作品特色、作品内容，掌握作品的精华，多角度感受作品的魅力。

另外，为了打破普通阅读参考书的沉闷乏味，在本书中，我们精心挑选了多幅插图，力求为读者提供更开阔的视野，让读者在愉悦的阅读中获得丰富的信息量。

阅读本书，零距离接触中国文学名著，感受脍炙人口、流传广泛的中国文学名著的独特魅力。它们将成为你精神上和心灵上最为亲密的朋友，伴你走过美好而富有的人生！

目录

第一卷　古代部分

▶ 神话

《山海经》——一部富于神话色彩的最古老的地理书　002

▶ 史学

《左传》——一部里程碑式的历史文学巨著　009

《战国策》——一部文辞优美的国别体历史著作　016

《史记》——开创了中国纪传体史书的先河　021

《汉书》——与《史记》并称中国古代传记文学的“双璧”　035

《后汉书》——一部记载东汉历史的纪传体史书　044

▶ 小说

《世说新语》——记叙士大夫言谈、逸事的志人小说集　051

《三国演义》——中国古代历史演义小说的代表作　058

《水浒传》——塑造忠义英雄形象的侠义小说　066

《金瓶梅》——一度被列为禁书的世情小说　072

《西游记》—— 一部浪漫主义的神魔小说 082
“三言”—— 以青年男女追求幸福爱情为主题的言情小说 090
《聊斋志异》—— 描述民间鬼狐故事的志怪传奇小说 104
《儒林外史》—— 揭露封建科举制度弊端的讽刺小说 113
《孽海花》—— 展示晚清社会史的谴责小说 122
《官场现形记》—— 揭露晚清官场腐败的谴责小说 129
《红楼梦》—— 一部极具文学价值的世情小说 135

▶ 戏剧

《窦娥冤》—— 一部中国式悲剧的经典之作 148
《西厢记》—— 愿天下有情人终成眷属 155
《牡丹亭》—— 情不知所起，一往而深 163
《桃花扇》—— 一出反映南明王朝兴亡的历史戏 170
《长生殿》—— 演绎唐玄宗和杨贵妃的爱情故事 176

▶ 散文

《论语》—— 中国古代最早的语录体散文集 184
《孟子》—— 记录孟子言行的语录体散文集 191
《庄子》—— 一部极富浪漫主义色彩的寓言体散文集 198
《韩非子》—— 先秦寓言最多的说理散文集 205
《曾国藩家书》—— 一部真实而又生动的处世宝鉴 212
《人间词话》—— 晚清最有影响力的文学评论著作 217

▶ 诗词

《诗经》—— 中国最早的诗歌总集 223
《楚辞》—— 中国第一部浪漫主义诗歌总集 228
《唐诗三百首》—— 接触中国古典诗歌最好的入门书 233
《宋词三百首》—— 流传广泛的宋词入门读本 245

第二卷　现当代部分

▶ 小说

《呐喊》—— 中国现代小说史上的名篇　256
《沉沦》—— 一部具有浓郁自传色彩的短篇小说　264
《家》—— 一部反映封建大家庭生活的现实主义作品　269
《子夜》—— 一部划时代的革命现实主义巨著　279
《边城》—— 最能表现人性的“爱”与“美”的湘西故事　286
《骆驼祥子》—— 堪称一首“旧时代的葬歌”　294
《四世同堂》—— 弘扬中国人民伟大爱国精神的不朽之作　300
《京华烟云》—— 逼真地再现了那个时代的生活画卷　305
《金锁记》—— 传奇女子的传奇篇章　312
《围城》—— 二十世纪的“新儒林外史”　316
《暴风骤雨》—— 一幅土地改革的历史画卷　324
《射雕英雄传》—— 武侠小说的典范之作　332
《青春之歌》—— 一部塑造革命知识分子形象的长篇小说　339
《红岩》—— 一曲荡气回肠的“红岩”精神的赞歌　347
《芙蓉镇》—— 描写中国南方农村社会风情的长篇小说　354
《平凡的世界》—— 一代青年农民的奋斗经历　360
《尘埃落定》—— 一部具有藏族文化意蕴和魔幻色彩的小说　369
《琼瑶作品集》—— 影响了一代人的言情小说集　374
《活着》—— 人是为了活着而活着的　383

▶ 戏剧

《雷雨》—— 展示两个家庭三个女人间的矛盾冲突　389
《日出》—— 一部控诉社会“损不足以奉有余”的话剧　400

《屈原》—— 中国现代戏剧史上的丰碑 408
《白毛女》—— 中国第一部民族新歌剧 417
《茶馆》—— 浓缩几个时代变迁的“茶馆” 423

▶ 散文

《朝花夕拾》—— “从记忆里抄来”的散文集 431
《朱自清散文集》—— 最好的散文范本 438
《傅雷家书》—— 亲子素质教育的经典范本 444
《谈美书简》—— 一本写给青年朋友的美学启蒙书 449
《语文常谈》—— 现代汉语的入门读物 454
《撒哈拉的故事》—— 以沙漠为背景的浪漫故事 458

▶ 诗歌

《女神》—— 以一种浪漫主义精神开启了一代诗风 463
《繁星》《春水》—— 一曲清新温婉的爱的赞歌 467
《徐志摩诗集》—— 一部具有审美快感的艺术诗集 473
《艾青诗选》—— 充满理想精神的新诗的典范 478
《海子诗集》—— 带有乡土气息的独特的诗歌 485

第一卷

古代部分

神 话

《山海经》——一部富于神话色彩的最古老的地理书

作　　者：佚名

文　　体：神话

成书年代：战国至汉初

一、作者介绍

《山海经》旧称为夏禹、伯益所著，但经后人多次增补之后，现在已看不出夏禹、伯益所著的迹象。书中多次出现夏禹时代之后的人名、地名，因此，夏禹、伯益著《山海经》之说难以使人信服。据《四库全书总目》推论，《山海经》成书于周、秦年间。后世学者一般认为，《山海经》不是一时一人之作，而是一部大约成书于战国时期至汉代初期，又经秦、汉时期的人们修补而成的著作。

二、作品档案

《山海经》是我国现存古籍中保存神话资料最多的一部奇书。该书分《山经》《海经》两个部分。现存《山海经》共分十八卷，其中《山经》五卷，《海经》十三卷，共三万一千多字。《山经》（又称《五藏山经》）包括：《南山经》《西山经》《北山经》《东山经》《中山经》五卷。《海经》包括：《海内南经》《海内西经》《海内东经》《海内北经》四卷；《海外南经》《海外西经》《海外东经》《海外北经》四卷；《大荒南经》《大荒西经》《大荒东经》《大荒北经》四卷；《海内经》一卷。书中记载了远古时期许多邦国和民族的离奇的故事，反映了远古时期人们的生活及思想状况。全书内容十分广泛，包括天文、地理、气象、历法、医学、动物、植物、矿产、水利、民俗、宗教、神话等等。千百年来，它以一种独特的魅力吸引着海内外的众多读者。

《汉书・艺文志》中收录《山海经》中的十三卷内容。晋代的郭璞对此书作了注释，明代的杨慎对其作了补注。清代毕沅的《山海经新校正》和郝懿行的《山海经笺疏》为较好的《山海经》注本。

三、内容概要

《山海经》以地理山川为线索，以上百个邦国的山水、风物以及相关的历史为背景，讲述了大量的神话故事。其内容包罗万象，天、地、山、海、民俗、历史等都有涉及，是当时其他书籍难以比拟的。书中对“十日”“十二月亮”“岁十有二”的记载，说明当时中国已经出现了十天干、十二地支和一年十二个月、每十天为一旬的原始历法和世界上最早的十进位法。书中还记录了较早的气象学史料。在地理方面，书中对于众多山川、河流的记载和描述，则确有其事，较为准确。该书将地理和人文有机地融为一体，展现了一幅生动美丽、宽阔无比的远古时期人类生活环境的立体画卷。

《山海经》最具魅力之处在于它的神话内容，书中描述的各种神祇有四百多个，这些神祇的形象最接近我国古代原始形态的神，它们大多一半为动物，一半为人形，带着原始宗教的神秘色彩。这些神祇以及与它们相关的神话故事，反映了当时的人们对自然界的初步认识和利用自然甚至改造自然的愿望。

夸父逐日

远古时代，在东北海海外大荒中有一座山，名叫“成都载天”。山上有个人，耳朵上挂着两条黄蛇，手里还握着两条黄蛇，他叫夸父。夸父的祖父是幽冥世界的统治者幽冥神，祖母是地母后土，父亲名叫信。

夸父是一位勇士，他曾发下宏伟的誓愿，想去和太阳赛跑，追赶太阳。后来，夸父真的行动了。他向着有太阳的方向奔跑，追呀，追呀，一直追进太阳炎热的光轮里。太阳像一个巨大的火球，烤得夸父干渴难耐，嗓子里直冒烟。他到处找水喝，后来来到黄河、渭河边，俯下身子喝起河里的水来，两条大河里的水眨眼间都被他一口气喝得精光。然而，他还不能消除口渴。夸父又向北方跑去，想到大泽里去喝水，但他太累了，还没赶到大泽，半路上就瘫倒在地，死了。

临死前，夸父抛掉手里的木杖，木杖立即变成了邓林，也就是夸父山北边那一片茂密繁盛、硕果累累，方圆三百里的桃林。

黄帝杀蚩尤

上古时代，黄帝居住在天地的中央，主宰一切神灵，称中央天帝。当时的九黎族部落酋长蚩尤野心很大，他想打败黄帝，成为中央天帝。为了达到这个目的，蚩尤命他的臣民制造了许多兵器，然后率领魑魅魍魉等妖魔鬼怪和铜头铁额的士兵去讨伐黄帝。黄帝没有做准备，刚一交战，就吃了大败仗。为了对抗气势汹汹、有备而来的蚩尤，黄帝派遣应龙到冀州的原野上去抵御蚩尤的侵犯。

应龙是天上的一条神龙，它长有一对翅膀，住在凶犁土丘山南端，擅长蓄水行雨。应龙展开翅膀，飞行在空中，蓄积了大量的水，准备一举淹没蚩尤的军队。哪知蚩尤早有防备，他请来风伯和雨师，纵起一场大风雨，使应龙蓄的水失去了作用。

就在自己的军队快支撑不住的时候，黄帝调来了自己的女儿魃——人们都叫她旱魃，让她对付蚩尤请来的风伯、雨师。旱魃经常穿着一件青色衣服，身体内蕴藏着丰富的热量。她接到父亲的调令后，运用自己的神力把狂风和暴雨都止住了。最终，黄帝杀掉了作恶多端的蚩尤。

再说那位天女旱魃，她用尽了自己的神力，不能再返回天国了。她居住的地方，一年四季干旱，百姓生活在痛苦之中。后来，叔均向黄帝建议，把旱魃安置在赤水的北边。这样一来，旱灾的威胁解除了，叔均也因此立下大功，被黄帝封为田神。然而旱魃在人间游荡惯了，不愿安守本分，便时时偷逃出来，到处骚扰百姓。她所到之处，难免发生旱灾。那些痛恨旱魃、想要驱逐她的百姓便向她祷告道："神啊！回到北方赤水你的故居去吧。"旱魃听了这番话后，感到羞愧，又回到赤水去了。据说，后来人们经常在赤水北方看到一位穿青色衣服的女子在天地之间走来走去，她就是天女旱魃。

精卫填海

在北方的发鸠山上有一种鸟，形状像乌鸦，花脑袋、白嘴壳、红足爪。每当它们鸣叫的时候，总发出"精卫""精卫"的声音，时间长了，人们就称呼这种鸟为"精卫"。

相传精卫是太阳神炎帝的小女儿，原名女娃，住在东海之滨，经常去大海边游玩。有一天，女娃照例来到大海边游玩。她抬头看见海是蓝蓝的，天是蓝蓝的，海天一色，顿觉心旷神怡，深深陶醉在大自然的美景之中。她一时兴起，跃入海中戏水。突然，海上刮起大风，卷起层层波涛。女娃赶忙向岸边游去，但太晚了，狂风巨浪无情地将她卷入深深的海底。

女娃淹死在大海里。然而，她的灵魂并没有随着肉体的消失而消失。她痛恨东海的残酷，便发誓要使东海干枯。于是，她的灵魂化成了精卫鸟。为了复仇，精卫鸟每天不停地去西山衔来小树枝、小石子投到东海里去，想要把大海填平。就这样，精卫鸟在西山和东海之间往复飞翔着，从不间断。

四、主要人物形象

夸父

《山海经·海外北经》里“夸父逐日”故事中的主人公。传说他是地母后土的后代，为了展示人的力量，他和太阳赛跑，最后渴死在奔往大泽的途中。夸父临死前扔掉手中的木杖，木杖化成了一片桃林。陶渊明曾作诗称赞他：“夸父诞宏志，乃与日竞走。”

蚩尤

《山海经·大荒北经》里“黄帝杀蚩尤”故事中的主要人物。相传蚩尤为古代九黎族的首领。在当时，九黎族比较庞大，共有八十一氏族。传说中的蚩尤是个害人的妖魔，而黄帝是一个降伏妖魔的英雄。故事描写了蚩尤与黄帝在涿鹿进行的一场惊心动魄的激烈战斗。蚩尤率铜头铁额的九黎族大军向黄帝发起进攻，黄帝命令应龙在冀州之野与其作战。经过激烈的战斗，最后蚩尤被黄帝擒杀。

精卫

《山海经·北山经》里“精卫填海”故事中的主人公。相传她是炎帝的小女儿女娃所化。女娃淹死在东海里之后，因痛恨东海的残酷，便化作一只名叫“精卫”的小鸟，立志要将东海填平。陶渊明曾作诗称赞她：“精卫衔微木，将以填沧海。”精卫鸟这种不屈不挠的顽强斗争精神，象征着远古人类与大自然做斗争的决心。

后羿

《山海经·海内经》里“后羿射日”故事中的主人公。传说天地形成之初，天上有十个太阳，人们在有昼无夜、备受煎熬的环境中劳作。后羿用他的神弓、羽箭射掉了九个太阳，只留下了其中的一个。从此，天地之间昼夜分明，人们的生存、劳动环境得到了改善。

在古人的心目中，后羿是一位大智大勇的英雄，人民歌颂他、敬仰他。这体现出古代劳动人民想要征服、战胜所有自然灾害的决心和理想。

不过，现代有学者认为后羿为夏太康时期有穷国的君主，大羿才是五帝时期的人物，也就是传说中射日的主角，只是民间传说将二者混淆了，后来人们便习惯称为“后羿射日”。

刑天

《山海经·海外西经》里“刑天舞干戚”故事中的主人公。相传刑天和天帝争夺神位，天帝用法术砍掉了他的脑袋，并把它埋在了常羊山。刑天失去了脑袋，但他并没有倒下，他将两个乳头变成了眼睛，将肚脐变成了嘴巴，左手拿盾牌，右手拿板斧，斗志昂扬。刑天虽然被天帝杀掉了，但他的不肯向命运屈服，敢于和比自己强大的敌人斗争到底的精神值得后人学习。陶渊明曾作诗称赞他：“刑天舞干戚，猛志固常在。”刑天宁死不屈的光辉形象启迪着后人，鼓舞着人们的斗志。

五、文学成就

《山海经》是我国古代保存神话资料最多的著作，并且其保存的神话相当古老且想象奇特，像“夸父逐日”“刑天舞干戚”等故事都流传很广，深入人心。《山海经》中的神话故事虽然大多只是片段，但不少故事已经有了清晰的轮廓，有的甚至有着完整的故事情节和鲜明的人物形象。《山海经》作为中华民族的文化源头之一，在很大程度上影响了民族精神的形成及其特征，反映了华夏始祖对待自然的态度，歌颂了人类顽强的生命力。

《山海经》以其奇特的思维、魔幻的故事为后世文学创作提供了素材，并影响了后世文学创作的思维方式和表现手法。后世很多著名作家如屈原、蒲松龄等人的作品都体现了其精髓和力量。

六、名家点评

古今语怪之祖。

——洪应麟（明）

现存的唯一的保存中国古代神话资料最多的著作，是《山海经》。

——袁珂

史　学

《左传》——一部里程碑式的历史文学巨著

作　　者：左丘明

文　　体：史传

成书年代：先秦

一、作者介绍

◇ 左丘明

左丘明，春秋末期鲁国人。左丘明知识渊博，品德高尚。孔子言与其同耻：“巧言，令色，足恭，左丘明耻之，丘亦耻之。匿怨而友其人，左丘明耻之，丘亦耻之。”太史公司马迁称其为“鲁之君子”。有史书记载，左丘明为史官，并与孔子一起“乘如周，观书于周史”。相传，二人回国后，孔子写下了文字简略的《春秋》，左丘明则写下了内容浩繁的《左传》。此外，相传国别体史书《国语》也为左丘明所作。《左传》重记事，《国语》重记言。

二、作品档案

《左传》又称《左氏春秋》或《春秋左氏传》，与《春秋公羊传》《春秋榖梁传》合称“春秋三传”。相传，《左传》是春秋末年左丘明为解释经过孔子编定的《春秋》而作的。《左传》实质上是一部个人独立撰写的史书，它以《春秋》为底本，通过记述春秋时期的具体史实来说明《春秋》的纲目，是儒家重要经典之一。

关于《左传》的作者，司马迁和班固都认为是左丘明，这是目前较为可信的说法。现在有些学者认为《左传》为战国初年的人所作，因为《左传》中某些文章的叙事风格与左丘明的写作风格不符，但这一说法令人怀疑，因为并无任何史料佐证，只能归为臆测。

《左传》是我国第一部叙事详备的编年体史书，记述了自鲁隐公元年（前722）至鲁悼公四年（前464）共二百五十八年间的历史。它周密而详细地记载了春秋时期各诸侯国的政治、军事、外交、经济以及文化等方面的重大史实，真实地记录了当时各领域重要人物的活动及言论，生动地描写了奴隶社会处于崩溃时期的历史，反映了那个时代的社会生活的诸多方面，是一部极为宝贵的历史文献。

公元前770年以后，周王室日益衰败，周平王东迁洛邑后，周王室统辖的疆域以及疆域内的人口数量剧烈缩减，各诸侯王不再听命于周天子，周天子反而要依附于强大的诸侯王，奴隶社会进入瓦解时期。封建势力开始登上历史舞台，社会进入重大的变革时期。到了春秋初期，竟出现了一百多个诸侯国。他们为了争夺人口、土地，相互之间开始了兼并战争，先后起来争霸的较为强大的诸侯王有齐桓公、宋襄公、晋文公、秦穆公、楚庄王，史称“春秋五霸”。兼并争霸的战争虽然给百姓带来了许多灾难，但也加速了奴隶制的灭亡，使诸侯国数量逐渐减少，加快了中华大地统一的步伐，各民族也在频繁接触中增强了对其他各族的了解，促进了民族的融合。《左传》就产生于这样的历史背景下，对“春秋五霸”在争霸战争中所表现出来的政治、军事、外交等诸多方面的行动进行了真实而生动的描写，展示了一幅延续二百五十八年战火的特殊时期的历史画卷。

三、内容概要

《左传》是记录春秋时期社会状况的重要典籍。它取材于王室档案、鲁史策书、诸侯国史等。记事基本以《春秋》鲁十二公为次序，主要记录了周王室的衰微过程和诸侯争霸的历史，内容涉及诸侯国之间的聘问、会盟、征伐、婚丧、篡弑等，对礼仪规范、典章制度、社会风俗、民族关系、道德观念、天文地理、历法时令、古代文献、神话传说、歌谣言语等均有记述和评论，对后世史学、文学的创作都产生了重要影响。

郑伯克段于鄢

当初，郑武公娶申国国君的女儿武姜为妻，武姜生下庄公和共叔段。武姜生庄公的时候难产，脚先出来，武姜受了惊吓，所以给庄公取名为“寤生”，她也因此讨厌庄公而偏爱共叔段，打算立共叔段为王位继承人。为此她经常向郑武公提出请求，郑武公都没有应允。

郑庄公即位后，武姜再次提出请求，替共叔段向郑庄公请封，要求将共叔段分封到制邑。郑庄公说：“制邑是个险要的地方，从前虢叔就死在那里，如果要别的地方我都会答应。”于是武姜又请求郑庄公将共叔段分封到京邑，郑庄公答应了，称共叔段为“京城太叔”。大臣祭仲对郑庄公说：“分封的都城如果城墙超过了三百丈，就是国家的祸害。现在京邑的城墙不合法度，违背了先王既定的制度，您将会控制不了。”郑庄公说：“姜氏要这样，我怎能避开这个祸害呢？”祭仲回答说：“姜氏哪有满足的时候，不如及早处置！”郑庄公说：“她多做不仁不义的事情，必定自取灭亡，你等着瞧吧。”

不久，太叔段把原属于郑庄公管辖的西边和北边两个边邑占为己有。公子吕对郑庄公说：“一个国家不能容纳两个君主，请您趁早除掉太叔段，以免郑国百姓产生二心。”郑庄公说：“用不着，他将会自作自受的。”太叔段修建城郭，聚集百姓，修整盔甲和武器，准备好步兵和战车，将要偷袭郑国的都城新郑，姜氏也准备替他打开城门做内应。郑庄公知道了太叔段袭郑作乱的日期，便说：“可以动手除掉他了！”于是派公子吕带领战车二百乘去攻打京邑。京邑的人反叛太叔段，太叔段逃到了鄢地，郑庄公又带兵攻打鄢地。鲁隐公元年（前722）五月二十三日，太叔段逃到共国去了。

郑庄公赶走太叔段，除掉了一大祸害，为了惩罚武姜，他把武姜安置到城颍，并发誓说：“不到黄泉，不再和你相见。”那时，颍考叔正在颍谷做管理疆界的官，听到这件事情就前去送礼物给郑庄公。郑庄公留他吃饭。吃饭时，颍考叔故意把肉放在旁边不吃。郑庄公问他什么缘故，颍考叔答道：“小人家中有老母，小人的食物她都尝过，可是没尝过宫里厨师做的肉羹。请允许我把肉羹留给她。”郑庄公说：“你有母亲可孝敬，我却没有！”颍考叔说：“小人冒昧问一下，君王说的是什么意思？”郑庄公把原因告诉了他，并说自己心里很后悔。颍考叔说：“君王忧愁什么！若是掘地见水，在地道中相见，谁能说这样做不是‘黄泉相见’呢？”郑庄公就按他的话做了。郑庄公进入地道时赋诗道：“隧道之中，快乐呀融和！”姜氏走出地道也赋诗道：“隧道之外，快乐呀舒畅！”从此母子间的关系便缓和了许多。

曹刿论战

鲁庄公十年（前684）春，齐国军队攻入鲁国，鲁庄公准备出兵应战。曹刿要去求见鲁庄公。他的同乡说：“做大官的人自会谋划此事，你又何必参与呢？”曹刿说：“做大官的人目光短浅，不能深谋远虑。”在大臣施伯的推荐下，曹刿拜见了鲁庄公。曹刿问鲁庄公：“您靠什么和齐国对阵？”鲁庄公说：“衣食这些养生的东西，不敢独自享受，一定拿来分给别人。”曹刿说：“小恩小惠并没有遍及众人，老百姓是不会听从您的。”鲁庄公说：“祭祀用的牲畜、玉器和丝绸，我从来不敢虚报数目，一定按照承诺的去做。”曹刿说：“小信小义不会取得神的信任，神不会保佑你的。”鲁庄公说：“大大小小的案件虽不能一一查清，但总会处理得合情合理。”曹刿高兴地说：“这是尽心替老百姓办实事，可以凭这点去打一仗。作战时请允许我跟您一块去。”于是，鲁庄公和曹刿同坐在一辆兵车里，在长勺这个地方和齐军作战。

鲁庄公正要擂鼓进军，曹刿说：“不可。”等到齐国军队三次擂鼓之后，曹刿说：“可以了。”齐军大败而逃。鲁庄公正要下令追击齐军，曹刿又阻止说：“不可。”他从车上下来仔细察看了齐军的车辙，又登上车前的横木瞭望齐国军队，然后说：“可以了。”于是鲁庄公就下令开始追击齐军。

战斗结束后，鲁庄公问曹刿为什么要那样指挥。曹刿说：“打仗，全凭战士们的一股勇气。第一次击鼓时士兵们都鼓足了勇气，第二次击鼓时士兵们的勇气就衰退了，第三次击鼓时士兵们的勇气就全部消失了。敌军已经泄气了，而我军士气正旺，所以能打败他们。齐国是个大国，它的实力和动态难以推测，恐有埋伏。后来，我观察到他们的车辙一片混乱，看见他们的军旗也倒了，所以才请您下令追击。”

四、主要人物形象

齐桓公

姓姜，名小白，公元前685年到公元前643年在位，曾因躲避国内动乱而流亡国外。齐襄公被杀后，小白急忙奔回齐国以争夺王位。这个时候同小白争夺王位的公子纠也正急速行走在回国的途中。

公子纠的谋士管仲拦截小白，并一箭射中了小白的衣带钩，小白乘势倒地装死。公子纠以为没有了对手，便放慢了回齐国的行程。而小白则日夜兼程赶回齐国抢先登上王位，史称齐桓公。即位后的小白心胸坦荡，不计前嫌，重用管仲，于公元前651年战胜其他几个诸侯国之后，成为春秋时期的第一位霸主。

管仲

春秋时期杰出的政治家、军事家。齐桓公夺取王位后，管仲因自己以前射了齐桓公一箭，担心罪祸上身而逃亡国外。后经好友鲍叔牙的举荐，齐桓公隆重欢迎管仲回到齐国，并对其委以重任。管仲感恩不尽，忠心耿耿地辅佐齐桓公，帮助其登上了霸主之位。

晋文公

姓姬，名重耳，公元前636年到公元前628年在位，是当时与齐桓公齐名的又一霸主。重耳在即位之前曾因晋国内乱而流亡国外十九年。当他流亡到楚国的时候，楚成王曾问重耳："公子如果有朝一日成为晋国的国君，将怎样报答我呢？"重耳回答说："如有回归晋国为君之日，一旦晋楚交战，晋军将退避三舍，以报答大王今日的恩德。"后来重耳真的当上了晋国国君，晋、楚两国也果然兵交中原。当时楚军的兵力超过了晋国兵力的一倍还要多。决战之前，重耳下令晋军后撤三十里，驻军城濮，以报答楚王的昔日之恩，然而楚军不知是计，孤军误入城濮，被晋军打败。城濮之战是我国古代军事史上以少胜多的战例，城濮之战后，晋文公大会诸侯，成为一代霸主。

夫差

春秋时期位于南方的吴国的国君，公元前495年到公元前473年在位。他打败越国之后，拒绝接受伍子胥灭掉越国的主张。约二十年之后，吴国被越国打败，夫差被勾践流放后自杀。

勾践

春秋时期位于南方的越国的国君，公元前497年到公元前465年在位。在被吴国打败后，勾践和夫人一起被掳到吴国，在忍受了许多屈辱的奴役之后，被夫差放回越国。勾践回国后卧薪尝胆，发奋图强，准备洗雪国耻。经过长时间的准备，勾践终于灭掉了吴国，后又率军北上，成为春秋时期的最后一位霸主。

五、文学成就

《左传》由于其行文辞令优美，历来被人们所称道，是我国古代的一份颇有价值的历史文献。它对叙事散文的发展起到了巨大的促进作用，它的“不虚美，不隐恶”的叙事态度，对后世史学家的影响也是极其深远的。

《左传》有很高的文学成就，有着生动曲折的故事情节、栩栩如生的人物形象、绘声绘色的战争场面，作者还对每一场战争胜败的原因进行了较为透彻的分析。

《左传》还体现了“民为邦本”的进步思想观点，主张重视人民的力量和作用。正因为有着上述的种种成就，所以《左传》无可厚非地成为我国先秦时期的文学名著之一。

六、名家点评

鲁君子左丘明惧弟子人人异端，各安其意，失其真，故因孔子史记具论其语，成《左氏春秋》。

——司马迁（西汉）

《战国策》—— 一部文辞优美的国别体历史著作

编　　者：刘向

文　　体：史传

成书年代：西汉

一、编者介绍

◇ 刘向

刘向（约前77—前6），原名更生，字子政，楚元王刘交五世孙，沛郡（今江苏沛县）人，西汉经学家、目录学家、文学家。宣帝时，刘向为谏大夫；元帝时，任宗正。因反对宦官弘恭、石显而下狱，旋得释，后被贬为庶人；成帝即位后，得进用，任光禄大夫，改名为“向”，官至中垒校尉；曾奉命领校秘书，所撰《别录》为我国最早的图书分类目录；治《春秋穀梁传》。刘向著作辞赋三十三篇，大多亡佚，唯《九叹》为完篇。今存《新序》《说苑》《列女传》等书，《五经通义》有清马国翰辑本，原有集，已佚。

二、作品档案

《战国策》是一部国别体史书。全书按西周、东周、秦国、齐国、楚国、赵国、魏国、韩国、燕国、宋国、卫国、中山国依次分国编写，分为十二策，三十三卷，共四百九十七篇。书中所记载的历史，上起公元前490年“智伯灭范氏”，下至公元前221年“高渐离以筑击秦始皇”。全书约十五万字，是先秦成就高、影响大的历史著作之一。

《战国策》是记载战国时期政治斗争的一部最完整的著作。它实际上是当时纵横家游说之辞的汇编。当时七国的风云变幻、合纵连横、战争绵延、政权更迭，都与谋士献策、智士论辩有关，因而它具有重要的史料价值。该书文辞优美，语言生动，人物描写绘声绘色，富于雄辩与运筹的机智，在我国古代文学史上亦占有重要地位。

三、内容概要

西汉末年，刘向在校录群书时在皇家藏书中发现了六种记录战国纵横家说辞的藏本，但是内容混乱，文字残缺。于是刘向按照国别编订了《战国策》。因此，《战国策》显然不是一时一人所作，刘向只是《战国策》的校订者和编订者。因其记录的多是战国时纵横家为其所辅之国国君提出的政治主张和外交策略，刘向把这本书命名为《战国策》，书名也沿用至今。北宋时，《战国策》散佚颇多，经曾巩校补，是为今本《战国策》。

《战国策》以战国时期纵横家的游说活动为中心，展示了战国时代的历史特点和社会风貌，是研究战国历史的重要典籍。

《战国策》所记述的人物是复杂的，有纵横家，如苏秦；有义士，如鲁仲连、唐雎；有不怕死的勇士，如荆轲、聂政。这些人物形象逼真，刻画得栩栩如生。

《战国策》的文章长于说事。无论是个人陈述，还是双方辩论，都喜欢渲染夸大，具有很强的说服力。此外，人物形象描写极为生动，而且善于运用巧妙、生动的比喻，通过有趣的寓言故事增强文章的感染力。

邹忌讽齐王纳谏

邹忌身高八尺有余，形体容貌光艳美丽。一天早上，他穿好衣服，戴上帽子，照着镜子，对妻子说："我与城北的徐公哪一个更美？"妻子说：“你更美，徐公哪里比得上您呀！”城北的徐公是齐国的美男子。邹忌不相信自己比徐公美，就又问他的妾：“我跟徐公谁更美？”妾说：“徐公哪里比得上您呢！”第二天，有位客人来访，邹忌跟他坐着聊天，问他道：“我和徐公谁美？”客人说：“徐公不如您美。”第三天，徐公来了，邹忌仔细地看着他，自己认为不如他美；他再照着镜子看看自己，更觉得自己与徐公相差太远。晚上，邹忌躺在床上反复考虑这件事，终于明白了：“我的妻子赞美我，是因为偏爱我；妾赞美我，是因为害怕我；客人赞美我，是有求于我。”

于是，邹忌上朝去见齐威王，说：“我知道我确实不如徐公美。可是，我的妻子偏爱我，我的妾害怕我，我的客人有事想求我，他们都认为我比徐公美。如今齐国的国土方圆一千多里，城池有一百二十座，王后、王妃和左右的侍从没有谁不偏爱大王的，朝廷上的臣子没有谁不害怕大王的，全国的百姓没有不想得到大王的恩遇的。由此看来，大王您受的蒙蔽非常严重了。”

齐威王说：“好！”于是就下了一道命令：“各级大小官员和百姓能够当面指责我的过错的，可得上等奖赏；能够上书规劝我的，得中等奖赏；能够在公共场所指责我的过错并让我听到的，得下等奖赏。”命令刚下达，许多大臣都来进言规劝，宫门和庭院像热闹的集市；几个月后，偶尔才有人来进言规劝；一年以后，有人即使想来进言规劝，也没有什么可说的了。燕国、赵国、韩国、魏国听说了这件事，都向齐国朝拜。这就是人们所说的在朝廷上战胜别国。

画蛇添足

楚国有个贵族，祭过祖宗以后，便把一壶祭酒赏给前来帮忙的门客们。门客们互相商量说：“这壶酒大家都来喝则不够，一个人喝则是足够的。咱们各自在地上比赛画蛇，谁先画好，谁就喝这壶酒。”有一个人最先把蛇画好了。他端起酒壶想要喝酒，但抬头看看其他人都还没画好，于是得意扬扬地左手拿着酒壶，右手继续画蛇，说："我能够再给它添上几只脚呢！"可是没等他把脚画完，另一个人已把蛇画完了。那人把那酒壶抢过去，说："蛇本来是没有脚的，你怎么能给它添上脚呢？"说罢，便把酒壶中的酒喝了下去。

那个给蛇画脚的人最终没有喝到酒。

四、主要人物形象

邹忌

齐国人，齐威王、齐宣王时任齐国国相。冷静而机警，善于思考，在劝齐王纳谏时以自己与徐公比美的故事，寓说理于叙事中劝说齐王，从而使自己的规劝更有说服力。

苏秦

战国时期著名的纵横家，洛阳人（今河南洛阳东）。苏秦出身寒微，但读书刻苦，向往富贵生活，具有强烈的名利心。此外，他知识丰富、能言善辩，善于运筹帷幄，为人主出谋划策，但没有自己固定的政治主张与理想。

甘茂

战国中期秦国名将，下蔡（今安徽凤台）人。早期辅佐秦武王。秦武王想打通三川，伺机吞并周室，甘茂亲自临战击鼓，私下拿出钱财作为奖赏士兵的费用，经过苦战占领宜阳。秦昭王即位后，甘茂因遭诽谤而逃亡，打算投靠齐国，途中遇到苏代，并说服苏代帮他在齐国安身。齐王封他为上卿。

张仪

原为魏国人，因羡慕秦国强大而进入秦国，成为秦王的谋士。张仪能言善辩，曾为秦国破坏齐楚联盟而到楚国推行连横政策。张仪到楚国后对楚怀王说：如果楚国能与齐国绝交，秦国便割地六百里给楚国。昏庸的楚怀王信以为真，和齐国断交后不仅没有得到张仪允诺的土地，反而使楚国的大片土地被秦国占领。

范雎

原为魏国人，后来进入秦国，凭口才多次游说秦昭王，受到秦昭王的重用，被封为应侯，拜为相国。他曾向秦昭王提出了著名的“远交近攻”的策略。鉴于当时秦国太后、穰侯魏冉当权，华阳君、高陵君、泾阳君势力过大，他说服秦昭王废除太后，贬逐穰侯魏冉、华阳君、高陵君与泾阳君，巩固和加强了王权。以上两大策略对秦国的内政外交有重大影响，在秦统一六国的过程中发挥了重要的作用。

五、文学成就

《战国策》的文学成就首先体现在人物形象的塑造上，全书对战国时期社会各阶层形形色色的人物都有鲜明、生动的描写，如苏秦的故事，生动地刻画了一个长于论辩、追逐名利的策士形象。此外，书中还描绘了一群势利、庸俗的小人。苏秦游说秦国失败后像乞丐一样回到家中，而“妻不下纴，嫂不为炊，父母不与言”。后来他发奋图强，六国封相，路过家门时，“父母闻之，清宫除道，张乐设饮，郊迎三十里。妻侧目而视，倾耳而听。嫂蛇行匍伏，四拜自跪而谢”。前后两个场面形成鲜明的对比，充分揭露了一切以功名利禄为依托的炎凉世态，暴露了封建伦理道德的虚伪性。

同时，苏秦“刺股”也是为了谋取高官厚禄，客观上反映了处于统治阶级中下层的策士们的功利心理。

《战国策》善于通过讽喻的小故事说明一个道理，生动幽默，耐人寻味。例如“邹忌讽齐王纳谏”，以邹忌借其妻、妾、朋友出于不同目的，赞美其“美于徐公”，说明“兼听则明，偏信则暗”的道理，劝诫齐威王不应偏听宫妇、近臣的话，而应广开言路，鼓励百姓进谏。

《战国策》的文学成就还体现在其独特的语言风格上。雄辩的论说，尖刻的讽刺，耐人寻味的幽默，构成了《战国策》独特的语言风格。书中有许多流传至今仍为人们津津乐道的寓言故事，如“画蛇添足”“狐假虎威”等。

六、名家点评

《国策》，乱世之文也，然有英伟气，非衰世《国语》之比。

——朱熹（南宋）

其文章之奇足以娱人耳目，而其机变之巧足以坏人之心术。

——陆陇其（清）

《史记》——开创了中国纪传体史书的先河

作　　者：司马迁

文　　体：史传

成书年代：西汉

一、作者介绍

司马迁（约前145或前135—？），字子长，夏阳（今陕西韩城南）人，西汉史学家、思想家、文学家，著有《史记》。

其父司马谈在汉武帝时任太史令。司马迁自幼深受父亲的影响和熏陶，二十岁时就开始游历全国，考察历史遗迹，了解各地的风土人情，后又随汉武帝巡狩封禅，这些经历都为司马迁日后写作《史记》打下了基础。

司马迁在汉武帝元封三年（前108）接替其父担任太史令一职。《史记》是司马迁在公元前104年开始写作的。公元前99年，司马迁因上书为投降匈奴的李陵辩解，获罪被施以宫刑并被投入监狱，三年后才得以出狱。出狱后的司马迁继续写作，在公元前91年，《史记》已基本完成。

在文学成就方面，司马迁除了著述《史记》，还创作了一些赋。《汉书·艺文志》曾收录其赋八篇，今仅存《悲士不遇赋》一篇。其于晚年所写的《报任安书》同样具有极高的历史价值和文学价值。另外，司马迁还是我国古代伟大的天文学家。公元前104年，司马迁倡议并主持制定了著名的《太初历》。他不但在《史记》的纪、表、传中记载了许多天文资料，而且还在《史记》中写了《历书》和《天官书》这两篇专论天文学的文章。《历书》《天官书》开创了我国史书系统记述天文学资料的先河，我国历代天文学的丰富史料可以流传至今，司马迁的功绩是不可磨灭的。

二、作品档案

《史记》叙述了上起传说中的黄帝时期，下迄汉武帝太初年间共三千年左右的政治、经济、文化等方面的情况及帝王将相、儒林游侠等重要人物的事迹。司马迁以其“究天人之际，通古今之变，成一家之言”的史识，使

《史记》成为中国历史上第一部纪传体通史。

汉定天下，经过七十多年的休养生息，到汉武帝时，社会经济繁荣，国家政权稳固，统一事业大力发展，文化学术由争鸣走向融合，形成了空前兴盛的局面。

早在司马迁之前，相继产生了以年代为纲编写而成的编年体史书，如《春秋》《左传》，以国别为纲编写而成的国别体史书，如《国语》《战国策》等著作；出现了如屈原、贾谊、司马相如等才华横溢、充满激情的文学家，他们的文章辞藻华丽，形成了当时最为流行的被称为“赋”的文体。汉武帝时期，政府还专门设立一个文学和艺术相结合的机构——乐府。这个机构搜集了全国各地大量的民歌，并加以修改和配乐，使之在宫廷和民间广为传唱。总之，在汉朝时期，我国的科学和文化都发展到一个相当高的程度，社会生活已经进入一个新的文明时期。史学家们把这一时期和盛唐时期的文明并称为“汉唐文明”，而《史记》就是在这样的历史大背景下产生的。

《史记》最初没有固定的书名，或称《太史公书》，或称《太史公记》，也简称《太史记》。“史记”本来是古代史书的通称，从三国时期开始，“史记”由史书的通称逐渐成为“太史公书”的专称。到东汉桓帝时，司马迁的这部史著才正式被称为《史记》。

《史记》与后来的《汉书》《后汉书》《三国志》合称“前四史”。

《史记》对后世史学和文学的发展都产生了深远的影响。其首创的纪传体编史方法被后来历代的正史继承。同时，《史记》还被认为是一部优秀的文学著作，具有很高的文学价值，在中国文学史上占有重要的地位。鲁迅誉之为“史家之绝唱，无韵之离骚”，刘向等人认为此书“善序事理，辨而不华，质而不俚”。

三、内容概要

《史记》是一部纪传体通史，全书包括十二本纪、三十世家、七十列传、十表、八书，共一百三十篇，五十二万余字。

“本纪”是全书提纲，按年月时间记述帝王的言行政绩。

“表”是用表格来简列世系、人物和史事。

“书”记述各种典章制度的沿革，涉及礼乐制度、天文兵律、社会经济、河渠地理等诸方面内容。

“世家”记述子孙世袭的王侯封国史迹和特别重要的人物事迹。

“列传”是关于帝王、诸侯之外各领域代表人物的生平事迹和少数民族发展状况的传记。

除“表”“书”外，《史记》的篇章中的文章可分成两个部分：前面的正文是人物的生平描述，这部分皆以代表性事件或逸事衔接交杂而成；正文后面会加上作者的评论或感想，通常以“太史公曰”起头，内容或是叙述作者的个人经历，或是对人物的评价，或是叙述作者搜集资料的过程，但仍以评论人物的性格与行事为主，这也呼应了司马迁在自序中提及的“究天人之际”的写作目标。

《项羽本纪》

项羽（前232—前202），名籍，字羽，下相（今江苏宿迁西南）人。他的叔父是项梁，项梁的父亲就是被秦将王翦所杀的楚国名将项燕。项羽年少时，学文字，不成，改学剑术，又不成。项梁十分恼火，项羽却回答说：“文字不过记记姓名而已，剑术不过能敌一个人，这些都不值得学习。我想学习能与万人争斗的本领。”项梁认为侄儿说得有道理，便教授他兵法。项羽对兵法十分喜欢，但略知兵法的皮毛后，又不肯深入钻研。

秦始皇出游会稽，经过钱塘江时，项梁和项羽都去观看。项羽看见秦始皇的仪仗队伍那样威严、盛大，说道："那个人我可以取而代之！"项梁惊恐得连忙掩住他的嘴巴，警告说："不要胡说！这可是要灭族的啊！"但是，项梁从此非常赏识项羽。项羽身长八尺有余，力能扛鼎，才气超过常人，吴中子弟都畏惧他。

秦二世元年（前209）七月，陈胜、吴广等约九百人在安徽大泽乡起义。九月，会稽郡守殷通对项梁说："大江以西都起兵反秦，这也是上天要亡秦的时候了。我曾听说'先发制人，后发制于人'，因此我要先起兵，封你和桓楚为将。"当时，桓楚正在逃亡途中。项梁假装知道桓楚的行踪，向殷通请求招来项羽，让他去请桓楚。殷通表示同意。项梁于是呼唤项羽进入厅堂。不一会儿，项梁向项羽使眼色，暗示他杀掉殷通，项羽心领神会，拔剑砍下了殷通的脑袋。项羽手持殷通血淋淋的人头，身上佩带郡守的印绶。郡守部下大惊，一时大乱。项羽趁乱杀死了近百人，郡守府里的人都惊惧畏服，趴在地上，不敢乱动。项梁便叫来他所知道的地方豪强官吏，向他们说明要起兵反秦的想法。众人都举手赞成，项梁于是征集吴地壮丁，共得精兵八千人。项梁自立为会稽郡守，项羽为副将，负责安抚所属的各县民众。

此时，广陵人召平奉陈胜之命攻打广陵，但没能攻下。一天，召平听说陈胜已经被秦军打败，于是渡过长江，假传陈胜的命令，拜项梁为楚国上柱国，要他发兵西进，攻击暴秦。项梁便率八千精兵渡江向西进攻。听说陈婴已经攻下东阳，项梁便派使者和陈婴联络，想与他合兵一起向西攻秦。陈婴不敢称王，说自己能力不够，于是带领几千东阳子弟归附项梁。项梁带兵渡过了淮水，英布、蒲将军也带兵前来归附项梁。项梁此时共有六七万人，军队驻扎在下邳。

这时候秦嘉已立景驹为楚王，在彭城以东驻军，想阻止项梁西进。项梁便进兵攻击秦嘉，不久秦嘉战死，其部下缴械投降了项梁。景驹慌忙逃走，死在梁地。项梁收编了秦嘉的兵卒后在胡陵驻军，打算引兵西进。秦将章邯率部来到栗县，项梁派遣别将余樊君、朱鸡石二人上前迎战。余樊君战死，朱鸡石大败，逃回胡陵。项梁于是引兵进入薛地，杀了朱鸡石。项梁曾经派项羽带一支部队去进攻襄城，攻克襄城后，项羽把守城的军民全部活埋，并回报项梁作战成功。项梁听说陈胜已死，便召集所有将领在薛地聚会，共商大事，这时刘邦也已在沛县起事，听说项梁在薛地，就领兵与项梁会合。

居鄛有个七十岁的老人名叫范增，平时在家爱好研究奇谋巧计。他来到薛地游说项梁，希望他立楚国王室的后代为王，以号令民众，复兴楚国。项梁采纳了范增的建议，找到楚怀王的孙子熊心，立熊心为新王，以顺应民众的愿望。接着，项梁任命陈婴为楚国的上柱国，封地五县，并由他辅助怀王在盱台建都。项梁自称武信君。

军队休息几个月后，项梁带兵进攻亢父，又与齐国的田荣、司马龙且二人所领的军队一起援救东阿，破秦军于东阿。不久，项梁向西进攻，接连攻下城阳、雍丘等城池，大败秦军，并杀了秦将李由。取得一连串胜利后，项梁不禁飘飘然起来，更加轻视秦军。宋义劝他要保持警惕，多加留意。但项梁不肯听从，反而安排宋义出使齐国。果然，秦军大举增援章邯，进击楚军，大破楚军于定陶，项梁战死，刘邦、项羽被迫撤离外黄，转攻陈留。陈留有秦兵坚守，无法攻下，二人于是和吕臣一道领兵东归。吕臣军驻彭城东，项羽军驻彭城西，沛公军驻砀县。

章邯打败项梁后，认为楚兵不强，不足为患。一日，章邯引兵渡过黄河，向北进攻赵国，大破赵军。这时候赵歇为赵王，陈余为赵大将，张耳为赵相国，都退入巨鹿城。章邯命令王离、涉间领兵围住巨鹿，自己驻军在巨鹿之南，修筑通道，运输粮草。陈余率几万兵马驻守在巨鹿之北，时称“河北军”。

楚军大败于定陶，楚怀王十分恐惧。楚怀王召曾是楚国令尹的宋义前来议事，封宋义为上将军，项羽为鲁公，任次将，并封范增为末将，出兵救赵，其他所有副将都听从宋义指挥。宋义虽号称“卿子冠军”，但只会纸上谈兵。他在战争中胆小怯懦，畏敌如虎，置危在旦夕的巨鹿城于不顾，且终日饮酒作乐，使反秦斗争陷入了僵局。

在这种情况下，项羽当机立断，以宋义和齐国密谋反楚为名，杀了宋义。楚怀王听到这个消息后，便封项羽为上将军，统率全军救赵于水深火热之中。项羽接过军队指挥权之后，马上率领军队出发。他首先派大将英布等人领兵两万渡过漳河，直奔巨鹿，自己督军随后跟进。渡过漳河后，项羽突然下令，将所有的船只全部凿沉，把所有的锅碗全部砸碎，把所有的营房全部烧掉，每个士兵只能带三天的干粮，以此表示此战不胜即死的决心。

楚军因为没有退路，个个豁出性命勇猛作战。一时间喊杀声震得地动山摇。楚军和秦军交战多次，最后以楚军胜利告终。在这场战斗中，秦将王离被俘，苏角被杀，涉间自尽；主帅章邯率领的部队也溃不成军，惨不忍睹。

当楚军和秦军交锋时，前来增援的齐、燕、赵等诸侯国军队只敢躲在自己所筑的营垒后“隔岸观虎斗”。楚军将士顽强不屈的战斗精神，以及惊心动魄的战斗场面，令这些援兵异常惊惧。战争结束后，身为上将的项羽，稳坐中军帐，召集各路诸侯将领大开庆功宴会，这些将领踏入营门，跪倒在地，跪着前行，不敢抬头仰视项羽。

巨鹿之战，使项羽名声大振，从此项羽成为秦末起义军中的英雄和领袖，所有诸侯国军队均服从他的调令和指挥。

楚怀王曾和项羽、刘邦等人约定，谁的军队最先攻入咸阳，谁就为关中王。项羽在巨鹿之战中打败秦军主力，乘胜进逼咸阳。就在咸阳翘首可望之时，项羽遭到了把守函谷关的秦军的强烈抵抗。刘邦趁他们交战正酣之际，偷偷攻占了咸阳。项羽听到刘邦攻占咸阳的消息后，怒从心起，命令当阳君英布拼死拿下函谷关。范增建议项羽快速向西进兵，去消灭刘邦。

项羽的叔父项伯和刘邦军中张良等谋士私交很深，为了能让张良免遭此劫难，他连夜骑快马直奔刘邦军中找到张良。一见面，项伯就要求张良跟随他赶快离开汉军大营。但是张良不愿离开刘邦，他把这一紧急情况马上禀报了刘邦。在这万分紧急的情况下，刘邦惊而不慌，巧妙地利用项伯，使项羽相信了自己的“忠诚”，改变了原本要消灭他的计划。

刘邦带领百余随从来见项羽，到了鸿门，向项羽谢罪。项羽冰释前嫌，当即留沛公一同饮酒。范增屡次使眼色示意项羽杀掉沛公，又举起所佩带的玉玦，作砍杀状以示意项羽，但项羽均没有任何反应。

范增看情形不对，起身走了出去，招来项庄，让他借舞剑助酒兴的时候寻机刺杀刘邦。张良看到形势万分紧急，就招来了樊哙，对樊哙说：“项庄正在里边舞剑，他的用意是要借机行刺沛公，现在情况万分紧急。”樊哙说：“这还了得！我进去和沛公同生共死。”说完樊哙就闯进大帐之中，为刘邦解了围。刘邦假借如厕之名逃回军营。

鸿门宴之后，项羽带领大军气势汹汹地冲进咸阳，杀死已经举手投降的秦王子婴，对前秦官吏大肆捕杀，纵容士兵掳掠金银美女，并点起一把大火，焚烧了耗费巨资建造的咸阳宫。项羽这一系列失去理性的行为，使他原本在关中百姓心目中树立的美好形象被彻底毁了。关中百姓对他大失所望。

公元前206年，项羽尊楚怀王为义帝，又自作主张地分封诸侯王。他封刘邦为汉王，自己号称“西楚霸王”。对其他的诸侯仅凭个人好恶，随便给他们一个空头衔就了事了。这种不公平的分封法，导致许多没有得到满足的诸侯相继起兵反对他。早就有一统天下、重整旧河山野心的刘邦乘机率兵进入关中，并联合诸侯王向项羽发起挑衅，楚汉战争的烽烟由此点燃。

在开始的几场战斗中，项羽凭借精兵强将，以及队伍一贯的勇猛善战，打得刘邦的队伍抱头鼠窜、节节败退。然而，随着时间的推移，战争的发展，项羽在政治、军事上的致命弱点日益暴露出来。刘邦充分利用项羽的弱点，从而渐渐掌握了战争的主动权。

公元前202年，刘邦和各路诸侯的军队将项羽死死围困在垓下（今安徽固镇东北、沱河南岸）。时值严寒腊月，楚军人少粮尽，陷入绝境之中。在一个昏暗的夜晚，项羽坐在营帐之中，望着一片死寂的军营，双眉紧锁，心情沉重，美人虞姬在旁边小心翼翼地服侍着。午夜时分，天空刮起了西风，这时从四面八方传来阵阵楚歌声。凄婉的歌声伴随着呼啸的寒风，在午夜听来，令人心碎。项羽听着这越来越响亮的歌声，不禁为之一愣，他赶忙起身，和虞姬一道走出帐外仔细聆听。此时，营地中的士兵们也正聚精会神地听着，众人脸上都露出惊慌失措的神情。项羽不由得倒吸一口凉气：刘邦军中怎么会有这么多的楚人，难道我们楚国已完全被刘邦占领了？

在四面楚歌声中，项羽的精神彻底崩溃了，他预感到覆灭的命运即将降临。他一下子失去了往日的威风，沮丧地返回营帐，和身边的虞姬借酒消愁。在酒精的刺激下，项羽慷慨悲歌："力拔山兮气盖世，时不利兮骓不逝。骓不逝兮可奈何！虞兮虞兮奈若何！"一曲唱罢，曾经驰骋疆场、不可一世的西楚霸王流下了悲凉的泪水。虞姬早已哭成了泪人儿，周围的士兵也都失声痛哭起来。趁项羽不注意，虞姬取出宝剑自杀了。

料理完虞姬的后事，项羽随即跨上乌骓马，率领八百余骑兵，趁黑在十万汉军的包围中杀出一条血路，冲出重围。当走到阴陵时，他们迷失了方向，沿原路返回时，项羽身边只剩下二十八骑。

这时，汉将灌婴带领五千骑兵追来，项羽率兵向东退到乌江。乌江亭长劝项羽渡江到江东以图东山再起。项羽不听，将战马赠送给亭长，命随从骑兵都下马，手持短兵器与追兵交战。项羽杀死汉军几百人，身上也受了十几处伤，最后自刎而死，死时年仅三十岁。项羽死后，刘邦按照鲁公封号的礼仪将他埋葬在谷城。

四、主要人物形象

项籍

字羽，通常被称作项羽，泗水郡下相（今江苏宿迁西南）人。秦末时被楚怀王熊心封为鲁公，在巨鹿之战中统率楚军大破秦军。秦亡后自封“西楚霸王”，统治黄河及长江下游的梁楚九郡。后在楚汉战争中为汉高祖刘邦所败，在乌江（今安徽和县东北苏、皖界上的乌江镇）自刎而死。

刘邦

字季，沛县丰邑（今江苏丰县）人。少年时期就志存高远，曾做过泗水亭长的小官。当年他看到秦始皇出游会稽的壮观场面，大发感慨说：“男人就应该像秦始皇这样活着。”陈胜、吴广起义时，刘邦积极响应，征发沛县子弟三千人，夺取沛县，自称沛公。公元前202年，刘邦在打败项羽之后建立了汉朝，成为汉朝的第一位皇帝（汉高祖），定都长安。刘邦在位期间，沿袭秦朝的统治制度，先后诛灭韩信等异姓诸侯王，并将六国旧贵族迁到关中，以利于控制。在政治上，刘邦实行重农抑商、与民休养生息的政策。

项伯

项羽的叔父，和刘邦的谋士张良是好友。因其多次帮助刘邦，刘邦对其非常感激。刘邦打败项羽建立汉朝后，封他为射阳侯，并赐他刘姓。

张良

字子房，相传为城父（今河南襄城西南）人，汉高祖刘邦的重要谋士、大臣，和萧何、韩信并称“汉初三杰”。张良的五代祖先都被韩国国君拜为相国。韩国被秦国消灭后，张良散尽家中所有财产，招募刺客暗杀秦始皇，未果，于是隐姓埋名，流落到下邳。刘邦举事后，他跟随刘邦，为刘邦出谋划策。正是由于采纳了张良的计谋，刘邦才一路击败秦军，先于项羽占领咸阳城。进入咸阳城后，刘邦只顾贪图享乐，沉迷酒色，大将樊哙劝之不听。张良进言道："大王刚刚进入咸阳，便只图安乐，这正是助纣为虐。忠言逆耳利于行，良药苦口利于病，希望沛公采纳樊哙的建议。"刘邦接受了张良的劝告，移军霸上。楚汉争战中，刘邦在战场上总是扮演着败军之将的角色，多次依赖张良的计策才转危为安。汉朝建立后，刘邦封张良为留侯。传说张良晚年急流勇退，随世外高人赤松子云游天下。

萧何

沛郡丰邑（今江苏丰县）人，"汉初三杰"之一。曾经在沛县当过小吏，与刘邦是君子之交。从刘邦起义开始，萧何就一直追随在刘邦的左右。刘邦先于项羽进驻咸阳后，他的手下将领纷纷争夺府库中的金银财物，唯独萧何置这些身外之物于不顾，独自收藏秦朝的文书档案。和项羽争夺天下时，刘邦因为掌握了秦朝的文书档案，所以对天下要塞、人口数量、民间疾苦等了如指掌，从而获得关中百姓的拥戴。刘邦刚被封为汉中王，就马上拜萧何为相国。韩信刚投奔刘邦时，未能获得刘邦的重视，连夜逃走。萧何了解到韩信是一位不可多得的将才时，骑快马将他追回，向刘邦极力推荐他。后来，韩信被刘邦拜为大将军。楚汉相争时，刘邦在前线连连失利，多亏萧何在后方保证粮草及时供应，才使得汉军多次转危为安。汉朝建立后，萧何又与吕后一起用计杀了韩信，真乃"成也萧何，败也萧何"。

韩信

秦末汉初卓越的军事天才、大将，"汉初三杰"之一。江苏淮阴人，出身于布衣家庭，家境贫寒。身材魁梧，相貌伟岸，经常身佩长剑，潜心研读古代兵书，一心想成为叱咤风云的将领。曾一度流落在淮阴市井中，被人羞辱。后得到萧何的赏识，被刘邦拜封为大将军，总领三军，汉军上下为之震惊。在战场上，韩信屡出奇计战胜敌方，帮助刘邦统一了天下。汉朝建立之后，刘邦为加强中央集权制，对异姓诸侯王采取各个击破的手段，逐一消灭，韩信最终也没能逃脱悲剧性的结局。公元前196年，刘邦率军平叛远征，吕后和萧何合谋以谋反之罪杀害了韩信。一代天骄、千古奇才，被后人喻为“兵仙”的韩信，就这样落得一个凄惨的结局。

秦始皇

姓嬴，名政，秦庄襄王之子，生于公元前259年，秦王朝开国之君。因出生在赵国，故又名赵政。嬴政登基时，年仅十三岁，国家政权实际掌握在吕不韦、太后和宦官嫪毐等人手中，他只不过是个傀儡小皇帝。到二十一岁时，嬴政羽翼终于丰满，杀嫪毐，逼吕不韦自杀。之后嬴政对朝纲朝政进行了大刀阔斧的改革，任用李斯为丞相，筹划国家大事；拜封王翦为大将，掌管军队兵权。经过十年艰苦的兼并战争，嬴政终于在公元前221年灭掉韩、魏、赵、楚、燕、齐六国，结束了多年的群雄割据的局面，建立了我国历史上第一个中央集权的封建王朝，对推动我国历史的发展做出了不可磨灭的贡献。统一全国后，嬴政自称始皇帝，集中央大权于一身，将国家分为三十六个郡，郡下又设县；在全国统一法律、文字和度量衡；又北击匈奴，修筑万里长城；南定北越，设置四个州郡。

为了巩固统治，秦始皇从多方面发展封建专制主义，“焚书坑儒”，推行苛捐杂税。凡此种种，不仅激化了阶级矛盾，同时也加速了统治阶级内部的分化。公元前210年，秦始皇在出巡途中病死。他死后不久，秦朝就爆发了大规模的农民起义。

李广

陇西成纪（今甘肃静宁西南）人，汉朝著名将领，被人们誉为“飞将军”。秦将李信是李广的先祖。李家是习武世家，李广生得身材高大，虎背熊腰，一副威风凛凛武将之貌。汉景帝时，任骑郎将、上谷太守、上郡太守。汉武帝时，被封为骁骑将军、右北平太守，守卫边疆，一生和匈奴交战七十多次，屡战屡胜，使得匈奴不敢再犯汉朝边境。

公元前119年，李广随大将军卫青征讨匈奴，他不顾年老，自愿请求做先锋，与匈奴决一死战，了却毕生心愿。于是卫青派李广从东路侧翼进攻匈奴，结果李广的军队在塞外荒漠走东翼偏道时迷了路，未能及时赶到约定地点，导致单于逃脱。大军扎营后，卫青派人询问李广迷路的情况，李广不愿接受盘问审讯，引刀自刎。一代将星就这样陨落了。

五、文学成就

《史记》在文学史上的主要贡献是开创了以描写人物为中心的纪传体通史的先河，塑造了众多栩栩如生的艺术形象。它忠于历史，又在实录的基础上塑造了鲜明的人物形象，既有对历史的严谨考证，又有文学上的艺术加工，这是《史记》的一个重要特点。司马迁描写历史人物时，会对历史材料进行筛选取舍。为了突出人物的性格特征，司马迁会对足以表现人物个性的材料详细描述，其他则舍弃或一笔带过。

《史记》还通过故事化的创作手法来描写人物，避免了平铺直叙的呆板的叙述方式，使人物形象具有强烈的艺术感染力。

《史记》语言明白流畅、简洁精练。其最大特色是善用符合人物身份的口语表现人物的性格。《史记》语句多变，非常丰富，并常常引用民谣、谚语，善用重复字句以增强文章的气势。书中对比手法的运用也使人物性格突出，获得了相辅相成的艺术效果。

司马迁文学修养深厚，艺术表现手法高超。往往某种极其复杂的事实，他都处置得非常妥帖，秩序井然，再加上他目光长远、见识高超、文笔生动、笔力洗练、感情充沛，信手写来莫不文气纵横、形象明快，使人“惊呼击节，不自知其所以然”。

《史记》对后世的小说、戏剧、传记文学、散文的发展都有广泛而深远的影响。总体来说，《史记》作为我国第一部以描写人物为中心的纪传体史书，为后世的文学发展奠定了基础。

《史记》所描写的虽然是历史上的真实人物，但通过“互见”的方法突出人物的主要特征，通过对不同人物的对比，以及在细节方面适度的虚构，把人物加以类型化。由此，《史记》为中国文学创作建立了一批重要的人物原型。后世的小说、戏剧中所描写的帝王、英雄、侠客、官吏等人物，有不少是依据《史记》中的人物形象演化出来的。

不过必须特别指出的是，由于受时代的限制，《史记》也存在某些缺点与不足之处，例如，书中宣扬了“天命论”“灾异说”和“历史循环论”等神学思想。在《六国年表序》论述秦兼并六国的原因时，指出这是“天所助”的结果；《高祖本纪》带有“三统循环论”的色彩，以为“三五之道若循环，终而复始”；《天官书》在记述各种特殊的自然天象时，常常将自然天象与人事的变化联系在一起，更多地表现了灵异的神秘思想。这些说明司马迁在“究天人之际”时，仍然没有完全摆脱“天人感应”等神学思想的影响。

六、名家点评

恨为弄臣，寄心楮墨，感身世之戮辱，传畸人于千秋，虽背《春秋》之义，固不失为史家之绝唱，无韵之《离骚》矣。

——鲁迅

茫茫禹迹溯龙门，耕牧河山汉史村。百世奇文悬日月，千秋孤愤诉晨昏。绘心历历英雄谱，奋笔诤诤血泪魂。岂道名山事业重，是非终恃后贤论。

——季镇淮

《汉书》——与《史记》并称中国古代传记文学的“双璧”

作　　者：班固

文　　体：史传

成书年代：东汉

一、作者介绍

班固（32—92），东汉历史学家班彪之子，字孟坚，扶风安陵（今陕西咸阳东北）人。班固生于东汉光武帝建武八年（32），卒于东汉和帝永元四年（92），年六十岁。班固自幼聪敏，“年九岁，能属文，诵诗赋”，成年后博览群书，“九流百家之言，无不穷究”。班固著有《白虎通义》《汉书》《班固集》。

由于《史记》只写到汉武帝太初年间，因此，当时有不少人为其补写续篇。据《史通·正义》记载，写过《史记》续篇的人就有刘向、刘歆、冯商、扬雄等十多人，书名仍称《史记》。班固的父亲班彪对这些续篇感到很不满意，遂“采其旧事，旁贯异闻”，为《史记》作《后传》六十五篇。班彪死后，年仅二十二岁的班固，动手整理父亲的遗稿，决心继承父业，接续完成这部巨著。

不料，写作开始没几年，就有人上书汉明帝，告发班固私改国史。班固被捕入狱，书稿也被全部查抄。他的弟弟班超上书汉明帝，说明班固编修《汉书》的目的是颂扬汉德，让后人了解历史，从中获取教训，并无诽谤朝廷之意。后来班固无罪获释，汉明帝还给了班家一些钱财，授意班家人将《汉书》继续写下去。

汉明帝颇赏识班固的才能，任命他为兰台令史，秩俸为六百石，后转迁为“郎”官（校书郎）。不久，汉明帝特地下诏，让班固继续完成其所著之书。

89年，即汉和帝永元元年，窦宪率兵北伐匈奴，班固随其出征，任中护军，行中郎将事。窦宪大破匈奴后，在燕然山刻石勒功，勒石铭文即出自班固手笔。

洛阳令种兢因被班固的家奴醉骂，怀恨在心。汉和帝永元四年，窦宪失势自杀，班固受牵连而被罢免官职，种兢利用窦宪事败之机，逮捕班固，日加笞辱。班固死在狱中，年六十岁。此时，班固所著《汉书》还剩八表及《天文志》未完成，后来由他的妹妹班昭和他的门生马续补齐。

此外，班固也是东汉时期著名的辞赋家之一，著有《两都赋》《答宾戏》《幽通赋》等。

二、作品档案

《汉书》又称《前汉书》，是中国第一部纪传体断代史，“二十四史”之一。《汉书》是继《史记》之后我国古代的又一部重要史书，与《史记》《后汉书》《三国志》并称为“前四史”。《汉书》记述了上起西汉的汉高祖元年（前206），下至新朝的王莽地皇四年（23）共两百三十年的史事，包括纪十二篇、表八篇、志十篇、传七十篇，共一百篇，后人划分为一百二十卷（篇幅较长者被分成上、下卷或上、中、下卷），约八十万字。

《汉书》的语言庄严工整，多用排偶、古字古词，遣词造句典雅远奥，与《史记》平实畅快的口语化文字形成了鲜明的对照。自《汉书》以后，历代的修史者都仿照它的体例，纂修了纪传体的断代史。

《汉书》编写于汉明帝时期，成书于汉和帝时期，前后历时近四十年。班固世代为望族，家多藏书，其父班彪为当世儒学大家，他采集前史遗事、旁观异闻，作《史记后传》六十五篇。班固承继父志，“专笃志于儒学，以著述为业”，撰成《汉书》。其书的八表和《天文志》，则由其妹班昭及其弟子马续共同续成，故《汉书》前后历经四人之手方才完成。注疏《汉书》者主要有唐朝的颜师古（作注）和清朝的王先谦（作补注）。

《汉书》除采用了班彪遗作和《史记》中的资料外，还采用了大量的诏令、奏议、诗赋、类似起居注的《汉著记》、天文历法书以及班氏父子耳闻目睹的史实。在《汉书》中有不少原始史料，班固都是全文录入书中，因此，《汉书》比《史记》显得更有史料价值。

《汉书》开创了我国纪传体断代史的先河，奠定了后世编修正史的体例。史学家章学诚曾在《文史通义》中说过：“迁《史》不可为定法，固《书》因迁之体，而为一成之义例，遂为后世不祧之宗焉。”历来，“史之良，首推迁、固”，《史记》《汉书》两书各有所长，同为中华史学名著，为治文史者必读之史籍。

《汉书》尤以史料丰富、闻见博洽著称。章学诚曾经评价班固：“整齐一代之书，文赡事详，要非后世史官所能及。”由此可以看出班固其人在历史长河中一骑绝尘的能力和成就，以及《汉书》在史学史上的重要价值和地位。

三、内容概要

《汉书》主要记叙了上起汉高祖元年，下至王莽地皇四年共二百三十年的史事。《汉书》在体例上承袭《史记》，只是改书为志，把世家并入列传，全书有十二纪、八表、十志、七十列传，凡一百篇，约八十万字。

到了唐代，颜师古认为《汉书》卷帙浩繁，便将篇幅较长者分为上、下卷或上、中、下卷，成为现行本《汉书》一百二十卷。

《汉书》中的纪是从汉高祖至汉平帝的编年大事记。

《汉书》中的表多依《史记》旧表，而新增汉武帝以后的沿革。

《汉书》中的志专记典章制度的兴废沿革。

《汉书》中的列传仍依《史记》之分法，以公、卿、将、相为列传，同时以时代顺序为主，首先为专传；其次为类传；再次为边疆各族传和外域传；然后为王莽传；最后是叙传（班家历史，班固序文），体统分明。

《史记》中最精彩的篇章是关于楚汉相争的记叙和西汉初期的人物传记，《汉书》的精华则在于对西汉盛世各类人物的生动记述。

《苏武传》是《汉书》中出色的篇章之一。它记述了苏武出使匈奴被俘后，面对威胁利诱仍坚守节操，历尽艰辛而不辱使命的事迹，生动刻画出了一个“富贵不能淫，威武不能屈”的爱国志士的光辉形象。班固采用写人物传记经常运用的纵式结构来组织文章，以顺叙为主，适当运用插叙，依时间的先后进行叙述，脉络清晰，故事完整。

《霍光传》写霍光靠着同父异母的兄长霍去病的提携，从一个小县吏的儿子，一路平步青云，得到汉武帝宠信，受遗诏，辅少主，在皇亲国戚的争斗中，变成权倾一时、威震人主，可以左右皇位继承人的实力人物，前后秉政二十年。班固一方面表彰霍光“资性端正”，另一方面又写霍光为了巩固权力，不惜颠倒辈分，使自己的小女儿成为汉宣帝的皇后，并掩盖了妻子串通御医毒死宣帝原配许皇后的罪行。这件事后来成为霍氏宗族由盛极到被诛的伏笔。这在封建王朝的外戚干政史中具有一定的典型意义。

苏武传

苏武原为汉武帝时的一位掌管马厩的官员。当时西汉与匈奴之间的战争很频繁，相互之间发生了很多次扣留使者的事情。匈奴的且鞮侯单于刚刚即位的时候，害怕汉朝攻击他，便把扣留在匈奴的汉朝使臣路充国等人都放了回去，并让使者带话说："汉朝的天子是我的长辈，我应该表达敬意。"汉武帝对且鞮侯单于的这种做法很满意，为表示对且鞮侯单于这种友好态度的赞赏和回应，武帝派苏武以中郎将的身份出使匈奴，并携带重礼赠给单于，同时把扣留在汉朝的匈奴使者送回去。随同苏武同去的还有副使中郎将张胜和临时的使臣属官常惠及一百多个士兵。他们一行人到了匈奴之后，就把准备好的丰厚、贵重的礼物赠给了单于。汉武帝万万没有想到，这种做法不仅没有使匈奴产生罢战友好的愿望，反而助长了他们的傲气。

正在苏武一行人准备回国的时候，以前投降匈奴的汉将虞常来见张胜。虞常原来在汉朝的时候和张胜是好朋友。他对张胜说，他和过去一起投降匈奴的那些人准备在匈奴内部谋反，汉朝天子最恨的是率军投降匈奴的原汉朝将领卫律，希望自己能够因为杀了卫律而得到汉朝的奖赏。张胜答应了虞常，并且给了他一些财物。一个多月之后，单于出去打猎，宫中只留下了单于的王后和几个孩子。虞常聚集了七十多人准备在这个时候发难。但在半夜的时候，虞常内部有一个人偷偷逃跑了，把他们要谋反的事告诉了单于的王后，于是单于的部下和发难者展开了殊死的战斗，虞常在战斗中被活捉。

张胜知道虞常被捉之后，怕虞常把自己供出来，就将这件事告诉了苏武。苏武说："事情既然已经到了这个地步，肯定要牵连到我们。与其等到被侮辱之后再死，还不如现在死了，反而能够维护汉朝的尊严。"当时苏武就想自尽，但在张胜和常惠的劝阻之下，他最终放弃了这个念头。

在严刑逼供下，虞常果然把张胜供了出来。单于非常气愤，便召集匈奴贵族开会，商讨如何处理汉朝使臣的事宜。一个名叫左伊秩訾的匈奴贵族提议，最好的办法是能够让汉朝使臣投降匈奴。单于听取了他的意见之后，便让卫律召见苏武。苏武向常惠等人说：“如果丧失自己的节操，有辱国家的使命，即便是活着回到汉朝，又有什么脸面见人！”于是拔刀自刎，卫律急忙上前抱住了苏武，并派快马请来了医生为苏武疗伤。单于佩服苏武的气节，每天早晚两次派人来问候苏武。等苏武伤好之后，单于就想办法让苏武归降匈奴，但他什么办法都用过了，苏武面对富贵荣华就是毫不动心。单于越加佩服苏武，就更想让苏武归降。他把苏武软禁在一个大地窖里，不给他一点吃的东西。后来又把苏武迁到遥远的北海（今贝加尔湖）没有人烟的地方，让他在那里放羊。苏武到了北海之后，没有吃的东西，便挖田鼠洞里田鼠储存的植物种子吃。即使在这样艰难的情况下，苏武仍然没有丢掉自己的气节。

汉昭帝即位之后，匈奴和汉朝重归于好。汉朝要求匈奴放苏武等人回来，无奈之下，匈奴只得放回苏武。苏武被匈奴扣留了十九年，当他回来的时候，胡子和头发全都变白了。

陈万年传

陈万年，字幼公，沛郡相地（今安徽濉溪县西北）人。他是汉宣帝时期的重臣，与车千秋、公孙贺、杨敞等人共同主政，权倾朝野。

少年时，陈万年十分重视名声，梦想着能通过当时的推荐制度当官发财。汉宣帝继位后，陈万年被人推荐，当上了沛郡相地的县令，几年后又迁升为广陵（今扬州西北蜀岗上）太守。

凭着先天的当官才能，陈万年看到汉室朝廷里许多外戚在干预朝政，发现如果和外戚交好，日后对自己有益而无害。于是他就准备了大量的金银珍宝，亲自送到乐陵侯府，以博史高的欢心，希望史高能在汉宣帝面前为自己多多美言几句，好为自己日后升官发财铺平道路。

丙吉在汉宣帝一朝一直担任丞相一职，老来得了严重的痔疮病，陈万年经常向他进献些名贵药材让他滋补身体。有一次，他在丙吉的家臣面前声称，希望丞相早日恢复身体健康，宁可让自己来代替丞相长痔疮。当家臣将这番话一字不落地禀告丙吉时，老丞相十分激动，认为陈万年这个人真好。尽管陈万年希望自己能够代丞相长痔疮，希望丞相身体早日康复，但还是没有将丙吉从死神手中抢救回来。在丙吉弥留之际，汉宣帝附在他的耳边询问谁能接替他的位置，丙吉吐出了三个字："陈万年。"就这样，陈万年当上了期盼已久的丞相，另外还兼任御史大夫。他终于实现了儿时的梦想。

陈万年有一个儿子，名叫陈咸，字子康，为人爽快、直率，不喜欢巴结权贵，曾多次在朝廷上讽谏权臣。他这种耿直的性格深得汉宣帝的赏识，汉宣帝封陈咸为左曹官，专门监督、审查、管理贪官污吏。

晚年，陈万年有一次在病床前谆谆教导儿子的为官之道，不曾想，陈咸听着听着竟歪在椅子上打起了呼噜。陈万年发现后，火冒三丈，大声斥骂道："孺子不可教也，孺子不可教也。"

陈咸惊醒后，慌忙跪倒在父亲的床前磕头认错，然后说道："父亲，您所教的我早就背熟了：要结交好权贵，不要过分谴责别人；许多事情能推就推，不能推也要适可而止；不要锋芒太露，以免惹来横祸……这些孩儿早就熟背在心了。"陈万年气得半晌说不出话来，终于在叹息和遗憾声中离开了人世。

四、主要人物形象

苏武

字子卿，西汉杜陵人（今陕西西安东南）。子凭父荫，他年轻的时候就在朝中做了侍卫官，后来又被提升为管理马厩的官员。公元前100年，他受汉武帝派遣出使匈奴，被匈奴扣留了十九年。被扣留期间，苏武坚贞不屈，临危不惧，对匈奴许诺的高官厚禄不为所动。他以国家和民族的利益为重，置自己的生命安危于不顾，誓死不向匈奴投降。匈奴软硬兼施都难以动摇苏武的忠贞爱国之心，在无计可施的情况下，把他押解到了杳无人烟的北海去放羊。苏武在那里受尽了磨难，历尽了千辛万苦，在汉昭帝即位之后终于回到了汉朝。苏武以坚持民族气节而名垂青史。

张胜

苏武出使匈奴时的副将，和投降匈奴的汉将虞常是好朋友。出使匈奴期间，他与虞常密谋在匈奴内部谋反。虞常谋反失败被捉后，把他招供出来，并且连累了苏武。

虞常

原为汉朝将领卫律属下战将。在一次与匈奴进行的战斗中，虞常随同卫律投降了匈奴。苏武、张胜出使到达匈奴时，他准备率领一同投降匈奴的七十多人在匈奴内部策划谋反，想设计杀死汉天子最痛恨的、在战争中率部投降匈奴的卫律，并向张胜请求希望能够因此得到汉朝的奖赏。张胜并没有将这件事告诉苏武，私自做主答应了虞常的请求，还赠给了虞常一些财物。虞常趁匈奴单于出去游猎之机准备起兵发难，因走漏了风声，计划失败。在审讯中，他招出了自己和张胜之间的关系及张胜赠给他财物资助他谋反的事。就这样，所有的汉朝使臣都受到了牵连，全部被扣留在匈奴。

朱买臣

字翁子，吴县（今江苏苏州）人，西汉鼎盛时期较为出名的政治人物，与当时的东方朔、枚皋、严助、司马相如等人齐名。八岁丧父，十五岁丧母，没有兄弟姐妹，家境贫寒。朱买臣十分喜欢诵读诗书，但其妻蔡姬不堪其苦，便离家出走。朱买臣因为同乡严助的推荐，得到汉武帝的赏识，被任命为中大夫。一年多以后，朱买臣与纵横大将军韩说带兵攻打东越国，大获全胜，被提升为主爵都尉，掌管守卫都城长安的六十万大军，爵位列于九卿之中，显贵一时。几年后，因被人诬告谋反，他遭免职，后又被提升为丞相，权倾朝野。由于参与陷害御史大夫张汤案，事发后，朱买臣获罪被处斩。

五、文学成就

《汉书》开创了断代史的叙史方式，其体例为后世沿袭。在封建社会里，皇帝是最高权力的象征，本朝人往往不敢直接评述本朝政治，忌讳甚多，而断代史则合乎当时的时代背景，因为前朝已不复存在，评述前朝政事，制约较少，较易发挥。故《汉书》一出，此后历朝官修“正史”均选择断代史的叙史方式。

《汉书》继承了《史记》纪传体叙史方式的优点，此后历朝官修“正史”均沿用纪传体的体例。纪传体以人物传记为中心，虽然各自独立成篇，但彼此间又互有联系，因此全书可以合成一个整体。它既能扼要列举历史发展过程中的大事，又可以详细记述有关的史事；既可讲述个别人物的活动情况，又能展现典章制度的历史沿革。其优点极多，为后世史学家经常采用。

和《史记》疏荡往复的笔法不同，《汉书》重视规矩绳墨，行文严谨有法。《汉书》笔法精密，在平铺直叙中蕴含褒贬、预示吉凶，分寸掌握得十分准确。《汉书》不但对于事情的来龙去脉能够清晰地加以叙述，而且对于那些有始有终的事件，都要特别加以强调，以引起读者的注意。《汉书》的谨严有法，还体现在对某些史料的记述有着特殊的规定，并且在书中一以贯之，例如，凡是传闻类的生活小故事几乎全部置于篇末。

总之，《汉书》有精细的笔法，有固定的叙事原则，以谨严取胜，从而形成了与《史记》迥然有别的风格，使其与《史记》一起成为传记文学的“双璧”。

六、名家点评

有如此下酒物（《汉书》），一斗不足多也。

——苏舜钦（北宋）

《后汉书》——一部记载东汉历史的纪传体史书

作　　者：范晔、司马彪

文　　体：史传

成书年代：南朝宋

一、作者介绍

范晔（398—446），字蔚宗，南朝宋顺阳（今河南淅川南）人，官至左卫将军、太子詹事。宋文帝元嘉九年（433），范晔“左迁宣城太守，不得志，乃删众家《后汉书》为一家之作”，开始撰写《后汉书》，至元嘉二十二年末（446年年初）因谋反罪被杀而未能完成。此时《后汉书》已有十纪、八十列传，原计划作的“十志”未及完成。今本《后汉书》中的八志三十卷，是梁朝的刘昭从司马彪的《续汉书》中抽出来补进去的。

二、作品档案

《后汉书》是一部记载东汉历史的纪传体史书，“二十四史”之一。《后汉书》是继《史记》《汉书》之后又一部私人撰写的重要史书，与《史记》《汉书》《三国志》并称为“前四史”。

《后汉书》十纪和八十列传的作者是范晔，此书综合当时流传的七部后汉史料，并参考了袁宏所著的《后汉纪》，简明周详，叙事生动，故取代以前各家的“后汉史”。北宋时，有人把西晋司马彪《续汉书》中的八志三十卷与之合并刻为一本，成为今天的《后汉书》。它是继班固《汉书》之后我国又一部纪传体断代史书，记叙了自汉光武帝刘秀推翻王莽政权改年号为建武元年（25），到汉献帝建安二十五年（220）整个东汉时期前后共一百九十五年的历史事件。

在东汉时期，私家著述史书的人很多。范晔博采各家之长，著述传记九十篇。范晔根据东汉时期频频出现太后听政的现象，特为皇后立纪，对部分列传也采取了相应归类的方法，新创了《党锢传》《文苑传》《独行传》《列女传》等类传。

本书以文采著称于世，其中的论赞尤为突出，作者曾自诩为“奇作”，且文中大量收录了东汉时的散文、辞赋、诗歌。作者在叙述史实时，继承和发扬了史家“寓论断于序事”的传统，有意识地反映了自己的政治观点。例如，通过李固、陈蕃的事迹，赞颂了爱国志士壮烈殉国的节操，推崇与邪恶势力进行斗争的无畏精神；对那些苟且偷安、只知道保自己乌纱帽的人提出了尖刻的指责，对当时的社会现实进行了有力的讽刺。作者还通过这部史学著作表现出了一定的唯物主义观点，对宿命论思想进行了批判。

《后汉书》是一部具有较高思想价值和文学价值的史学著作。在编写体材和思想内容等方面，它与别的史书不同，有其独特的风格和特征，而且它打破了以往史家修史的局限，第一次在正史中开辟出《列女传》这样一类篇目，从而奠定了女性在史学中的地位。

三、内容概要

《后汉书》大部分沿袭《史记》《汉书》的体例，但在成书过程中，范晔根据东汉时期历史的具体特点，又有所创新，有所变动。首先，他在帝纪之后添置了皇后纪。东汉从和帝开始，连续有六个太后临朝听政，把她们的活动写成纪的形式，既名正言顺，又能准确地反映这一时期的政治特点。其次，《后汉书》新增加了《党锢传》《宦者传》《文苑传》《独行传》《方术传》《逸民传》《列女传》七个类传。范晔是第一位在纪传体史书中专为女性作传的史学家。尤为可贵的是，《列女传》所收集的十七位杰出女性，并不都是贞女节妇，还包括并不符合古代礼教道德标准的才女蔡琰。

光武帝阴皇后传

阴皇后是光武帝刘秀的第二任皇后，名阴丽华，南阳新野（今属河南省）人。刘秀起义前曾去过新野，听人说阴丽华长得美丽，品性温柔，内心十分仰慕。后来他又去过长安，见到执金吾外出时，车骑随从威风凛凛，感叹地说："仕宦当作执金吾，娶妻当得阴丽华。"更始元年（23）六月，他果然娶了时年十九岁的阴丽华做妻子。后来，刘秀被刘玄委任为司隶校尉，离开南阳去了洛阳，阴丽华留在新野。

刘秀做皇帝后，派人把阴丽华接到京城，本想把她立为皇后，但阴丽华性情宽厚，不愿居皇后高位。刘秀在更始二年击败王朗时，娶了真定女子郭圣通，郭圣通生子刘强。于是刘秀立郭圣通为皇后，刘强为皇太子，而阴丽华为贵人。建武四年，阴丽华生下刘庄，即后来的汉明帝。阴丽华是刘秀的原配妻子，刘秀对她的容貌德行都很满意，所以对郭圣通的宠爱日渐衰减。建武十七年（41），他终于废郭后而立阴后；建武十九年（43）六月，废皇太子刘强为东海王，立刘庄为皇太子。阴丽华为人谦恭节俭，没有什么嗜好，也不喜欢嬉戏笑谑。她虽然从少女时期就享有“美人儿”的盛誉，德行却是仁孝而端正的。郭皇后死后，刘秀很想念她，特地下诏让她的一个侄子娶清阳公主为妻。刘庄在位时期，阴氏、郭氏两家所享有的待遇都是一样的。阴丽华在光武帝死后被尊为皇太后，于永乐七年（64）崩世。

在历史上，著名的美人儿被引入宫廷，常常要招惹起纠葛与波澜，而刘秀、郭圣通、阴丽华三人之间却能相处得如此和谐，是十分少见且难能可贵的。

王充传

王充，字仲任，会稽上虞（今浙江绍兴市上虞区）人，曾到洛阳的太学求学，拜班彪为师。他精通三教九流、诸子百家的学说，知识渊博。因家贫买不起书，他经常到洛阳市场上的书肆里去读书，所阅读的书籍的内容，事后他都能记忆甚至背诵。返回故乡后，王充便潜心研究学术，教授学生。他虽然曾在郡里做过功曹，但因和县令意向不合，多次和县令发生争吵，很快便辞官不干了。王充擅长论说著述，分析问题精辟而有条理，其著名的学术成果《论衡》共八十五篇，二十余万字。《论衡》初写成时，在中原地区并未引起人们的重视。蔡邕得知消息进入吴地，才发现了这一重要著作，但也只是将书珍藏起来自己阅读，有时在谈话中加以引用。有人听说蔡邕得到了一部奇书，便到他帷帐中的隐蔽处去搜寻，果然找到了，也就是王充的《论衡》，于是抱起几卷转身就跑。蔡邕得知后叮嘱说：“只许让你和我两个人读，不要再广为传播啦！”后来，王朗任会稽太守时，也得到了一部《论衡》。当他返回当时的京城许都时，许多人都说他的学识才能大有进步，猜测他如果不是遇到了“异人”，便一定是阅读了“异书”。于是人们去问王朗，王朗这才说出是因为读了王充的《论衡》。从此以后，《论衡》便得到了人们的推崇而广泛流传于世了。

王充一度在刺史董勤的手下做治中从事，后自免回家。同郡友人谢夷吾曾上书章帝刘炟推荐王充，说“充之天才，非学所加”，就是前代的孟轲、荀卿，近世的扬雄、刘向、司马迁，也都不一定能超过他。刘炟曾下专诏征召王充，王充因有病，没有应召前往。年近七十岁时，王充写了《养性书》十六篇，于永元年间病逝。

四、主要人物形象

张衡

出身于官宦之家，少年时期就能写出很漂亮的文章，精通“五经”“六艺”。他曾到旧都洛阳一带去游览，随后又访问了洛阳的太学。他虽然才华出众，但非常谦逊。由于他有良好的品德和出众的才华，在汉和帝永元年间被推举为孝廉，但他没有去应荐。三公衙门又多次征召他去做属官，他也没有去。后来张衡针对朝中官吏穷奢极欲的生活，写了一篇《二京赋》，对官场恶劣的风气加以嘲讽。当时的大将军邓骘看到了《二京赋》之后，对张衡非常赞赏，邀请他出来做官，张衡又婉言谢绝了。张衡对天文历法、机械技术等诸多方面都很有研究。汉安帝也十分器重他的才华，授他郎中之职，后又晋升为太史令。其间张衡专心研究天文历法，考察、验证日月星辰的运行规律，制造出了浑天仪，并写出了《灵宪》和《算罔论》。阳嘉元年（132），张衡又成功制作了候风地动仪。

永和四年，张衡在河间与世长辞，时年六十一岁。

邓骘

东汉南阳郡新野（今属河南）人，汉和帝邓皇后的哥哥，汉安帝的舅父。汉安帝即位以后，邓太后临政，他被封为大将军。当他看到张衡写的《二京赋》之后，很赏识张衡的才华和政治见解，曾邀张衡出任官职，但被张衡拒绝了。

班超

字仲升，生于32年，扶风平陵（今陕西咸阳东北）人，是东汉儒学大师班彪的小儿子，《汉书》作者班固的胞弟。他从小勤奋好学，胸怀大志，不拘小节，能言善辩，涉猎群书。汉明帝永平五年（62），班超随兄来到洛阳，为官府抄写文书，挣钱供养母亲。后来，班超被任为兰台令史。永平十六年（73），东都尉窦固讨伐匈奴，班超同赴西域。在伊吾班超作战勇敢，杀死并俘虏了许多敌人。窦固认为班超有一定的军事才能，就派遣他和郭恂一起出使西域。从此，班超弃笔从戎，踏上了扬汉朝声威、谋天下一统的艰辛而又充满传奇的道路。在鄯善国（今新疆若羌县治），班超以三十六人智歼匈奴使节；在于阗国，争取于阗王，杀匈奴监国使者；又于次年解决了疏勒国的问题。与此同时，窦固等人依靠武力制服了车师。至此，与汉隔绝六十五年之久的丝绸之路又被打通。汉和帝永元十四年（102），三朝老臣的班超，在西域先后度过了三十个惊心动魄的年头后，因年老思乡，于同年八月回到洛阳，被提拔为射声校尉。可惜，由于积劳成疾，同年九月班超因病逝世，享年七十一岁。

五、文学成就

在文学价值方面，《后汉书》的“论”“赞”是值得称道的。作者自认为是“精意深旨”，但后人更推崇它有“奇情壮采”。

《后汉书》所记叙的人物大多形象鲜明，个性突出，有一定的典型性。例如，舍生取义的李膺、范滂；隐逸放达的严光、梁鸿；倜傥不羁的王符、仲长统；专横跋扈的外戚窦宪、梁冀；祸国殃民的宦官单超、张让，等等。

《后汉书》的类传前多有序，每个人物传记在展开前多有提要，用语简洁、准确，这可以使读者对所传人物先有一个总体印象，起到未见其人、先会其神的作用。

《后汉书》还长于以细节描写来刻画人物，例如，《严光传》描写刘秀称帝后，欲征召其昔日好友严光入仕，然严光谢绝不就。刘秀去看望他，他却躺着不起来。刘秀叫他，他不应。当晚，二人同床共枕，严光竟又把脚压到刘秀的肚腹上。这些细节描写，刻画出了严光不拘礼仪的隐逸风度。

《后汉书》还常用侧面描写的方法，或假借他人评说，或援引谚谣等来评价人物。例如，要赞赏郑玄的学问、品德时，便借助名流马融、何休的喟叹赞美之词；杜诗任南阳太守时，修水利、兴垦殖，政绩显著，时人比之于召信臣（西汉元帝时为南阳太守，有政绩），故南阳为之语赞曰：“前有召父，后有杜母。”

六、名家点评

> 范晔后汉，诚跨众氏。
>
> ——刘昭（南朝梁）
>
> 范晔博采众书，裁成汉典，观其所取，颇有奇工。
>
> ——刘知几（唐）

小　说

《世说新语》——记叙士大夫言谈、逸事的志人小说集

作　　者：刘义庆

文　　体：志人小说

成书年代：南朝宋

一、作者介绍

刘义庆（403—444），南朝宋文学家。字季伯，彭城（今江苏徐州）人。刘义庆曾任荆州刺史，《世说新语》是由他组织一批文人雅士编写的。他本是南朝宋武帝刘裕之弟长沙王刘道怜之子，十三岁时被封为南郡公，后被过继给叔父临川王刘道规，因此袭封为临川王。刘义庆自幼喜好文学，聪敏过人，深得宋武帝、宋文帝的信任，备受礼遇。

另外，刘义庆还撰有志怪小说《幽明录》。

二、作品档案

汉末魏晋时代，由于文化的迅速发展，人们的思想行为也日趋复杂化。这个时候，很多人开始注重对人的行为和道德的研究，评论人的道德和行为在士大夫阶层中是很时髦的事。志人小说，又称逸事小说，是一种专门记载社会中有影响的知名人士的逸闻琐事的小说，约流行于魏晋时期。这类作品以写人记事为主，内容大多描写当时文人名士的言行风度、

清谈隽语、传闻逸事，并多加以褒贬。有的作品也涉及政治黑暗，揭露贵族的奢侈生活，具有一定的现实意义。它是通过人物的语言行为来对人物作出评价的志人小说。

《世说新语》原名《世说》，因汉代刘向曾著《世说》（早已亡佚），后人为将此书与刘向所著之书作区别，故又名《世说新书》，大约宋代以后才改称今名。全书共一千二百多则故事，每则故事文字长短不一，有的数行，有的三言两语，由此可见笔记小说“随手而记”的诉求及特性。书中所记人物均属历史上实有的人物，但他们的言论或故事则有一部分是出于传闻，不尽符合史实。此书中相当多的篇幅系杂采众书而成，如《规箴》《贤媛》等篇所记载的个别西汉人物的故事，采自《史记》和《汉书》，其他部分也多采自前人的记载。一些晋宋年间人物的故事，如《言语篇》记叙谢灵运和孔淳之的对话等，则因这些人物的生活年代与刘义庆相同或比刘义庆稍早，可能采自当时的传闻。

该书所记个别事实虽然不尽确切，但反映了当时的门阀世族的思想风貌，保存了当时社会、政治、思想、文学、语言等方面的史料，价值很高。

三、内容概要

《世说新语》是我国魏晋南北朝时期志人小说的代表作，内容主要是魏晋名士的逸事和清谈，也可以说，这是一部记录魏晋风流的故事集。《世说新语》共三卷三十六门，赞颂了一些具有高尚道德品质的人物。例如，《简傲》《雅量》中都记述了嵇康不依附权贵，最后惨遭杀害的事迹；《自新》记叙了周处勇于改过自新的事迹；《德行》记述了不畏强暴、忠于友情的荀巨伯的事迹。同时，《世说新语》也记录了统治者的奢侈和残暴行为，如石崇饮酒之时必斩美人，深刻地揭露了统治者冷酷和贪婪的本性。

管宁割席

管宁和华歆两人一块儿在园中锄菜，他们同时发现了地里的一块黄金，管宁毫不理会，如同见到石头、土块一样，而华歆却把它拿了起来，在看到管宁的眼色后，才把它随手扔掉。又有一次，管宁和华歆同席读书，有一顶大官乘坐的轿子从他们门前经过时，管宁不予理睬照样读书，华歆却放下书出门观看。于是管宁就割断席子与华歆分开坐，并对华歆说："算了，我们分开吧，你不是我的朋友。"

交斩美人

石崇每次请客吃饭，都要安排美女在旁斟酒。他定下了一条不成文的规矩，如果哪位客人不把美人斟的酒喝完，那么这个美人就要被斩首。

有一次，丞相王导和大将军王敦应石崇之邀到其府上做客。王导向来滴酒不沾，但在这种暗藏杀机的酒宴之中，为了怜香惜玉，他强迫自己喝下几杯，没多久，因不胜酒量，似乎要醉倒了。然而，王敦这边的情况就不同了，美女斟完酒，不管如何哀求他、劝说他，王敦都置若罔闻，坚持不喝。他这样做的目的，是想看看石崇到底有什么动静。看到王敦如此怠慢，石崇勃然大怒，一连杀了三位斟酒的美女。然而，无论石崇如何发火，王敦依旧稳坐钓鱼台，一副事不关己高高挂起的悠闲姿态。在回来的路上，王导责备大将军，说他不爱惜生命。王敦说："石崇杀的是自家人，和我有什么相关？"

刘伶病酒

刘伶是"竹林七贤"之一，放荡狂狷，嗜酒如命，一日不见酒，就没法活下去了。有一次他因为得了病，口渴得受不了，于是向自己的妻子要酒喝。妻子十分生气，一怒之下将酒全部倒掉，将杯子全部摔碎，泪眼汪汪地劝他道："你看，你的酒喝得太多了，以致健康都有问题，应该把它戒掉。"刘伶喜出望外，忙说："这个主意很好，不过，我只有当着巫祝的面向鬼神发誓，才能将酒彻底戒掉。要我戒酒，就请你替我准备酒肉吧！"妻子听后，十分高兴，于是根据刘伶的吩咐，准备了一桌好菜，并提供了美酒，请刘伶对着神发誓。刘伶单膝跪地，祈祷说："上天生下刘伶，因为饮酒出了名，一次能喝十斗，五斗酒可以解除酒病。妇人之言，不可信。"说完，抓起一杯酒，大口大口地喝了下去，不一会儿即烂醉如泥，瘫倒在地。

《广陵散》绝矣

嵇康被绑赴东市去杀头，临刑前神情若常。他向人索琴弹奏，弹了一曲《广陵散》。一曲奏完，他说道："袁孝尼曾经请求学这支曲子，我过分爱惜，不肯教他。《广陵散》从今以后将成为绝响了！"太学生三千人联名上书向朝廷请愿，希望别杀嵇康，留下他当乐师，但朝廷没有允许。可不久，司马昭也后悔杀了嵇康。

抚军问孙兴公

抚军司马昱问孙兴公："刘真长这个人怎么样？"孙兴公回答说："他清新华美，简约美好。"又问："王仲祖怎么样？"孙回答："温和柔润，恬静平和。""桓温怎么样？"孙说："高尚爽朗，神态超逸。""谢仁祖怎么样？"孙说："清廉平易，美好通达。""阮思旷怎么样？"孙说："宽大柔润，精深广阔。""袁羊怎么样？"答："谈吐清雅，滔滔不绝。""殷洪远怎么样？"答："大有新颖的思想情趣。""你认为你自己怎么样？"孙兴公说："下官才能所擅长的事，全部比不上诸位贤达；至于考虑时势的需要，全面把握时局，这也大多赶不上他们。可是以我这个没有才能的人而论，还时常寄怀于超脱的境界，赞美古代的《老子》《庄子》，逍遥自在，寄情高远，不让世事打扰自己的心志，我自认为这种胸怀是没有什么可推让的。”

四、主要人物形象

王戎

西晋大臣，“竹林七贤”之一。祖上世代任官，家庭殷富，早年和阮籍等人是好朋友。司马师、司马昭兄弟得势后，王戎投靠了他们，并参与伐吴。他凭着自己的聪明头脑，为人处世势利狡猾，又很能逢迎司马氏，使得他在仕途上一路顺风，做官做到中书令、司徒等。王戎嘴上大谈老庄虚无之道，私下却爱好名利，时人讥笑他贪鄙无耻。八王之乱时，他死在出逃的途中。

陆机

字士衡，吴郡吴县华亭（今上海市松江区）人，西晋文学家。祖父陆逊曾是吴国的丞相，父亲陆抗任吴国大司马。吴国灭亡后，陆机在家隐居达十年之久。太康末年，他和弟弟陆云来到洛阳，以文才出众而被世人敬重，时称“二陆”。陆机曾担任过平原内史，故人又称其为“陆平原”。成都王司马颖讨伐长沙王司马乂时，陆机被任为后将军、河北大都督，兵败后被杀。陆机有诗、赋、散文传世，所作《文赋》是中国文学批评史上的重要文献。后人辑有《陆士衡集》。

孔融

字文举，鲁国（今山东曲阜）人，孔子二十世孙，东汉文学家，“建安七子”之一。孔融生于153年，卒于208年，少年时就以善文而闻名远近。汉献帝时，孔融在北海任北海相，人称“孔北海”。他性格刚正不阿，直言进谏，数次将曹操弄得下不了台。后来以“败伦乱理”的罪名被杀。他所写的文章大多爱议论时政，锋芒毕露，咄咄逼人。原有集，已散佚，明人辑有《孔北海集》。

阮籍

字嗣宗，三国时期曹魏诗人，“竹林七贤”之一，陈留尉氏（今属河南）人。他生于210年，卒于263年，曾经担任过步兵校尉一职，世称“阮步兵”。他年轻时壮志在胸，无奈处于魏向晋的过渡时期，政治局势险恶，社会动荡不安。为了远离祸害，保全生命，他将建功立业的志向换以狂饮滥醉，来应付世间的一切事情。他与统治集团的关系似远非远，似近非近。平时崇拜老子、庄子虚无的思想，爱好清淡，从不品评人物，不议论时政。今存阮籍五言《咏怀》诗八十余首，四言《咏怀》诗十余首。诗中大量运用比兴象征手法，隐晦地表达了阮籍在政治上的愤懑和生活上的抑郁之情；赋六篇；散文《大人先生传》为其名篇，文章对礼教进行了猛烈的抨击；又有音乐论文《乐论》流传后世。

山涛

字巨源，河内怀县（今河南武陟西南）人，西晋名士，“竹林七贤”之一，司马氏统治集团中的关键人物。少年时胸怀开阔，但又自命清高，不入俗流。他崇尚老庄哲学，韬光养晦，和阮籍等人为好友。山涛和司马师、司马昭为表兄弟，四十岁时开始任郡主簿，后来乡人举其为孝廉，拜赵国相，迁尚书吏部郎，进入晋国统治阶层，备受青睐。官至司徒，权倾一时。朝廷每次选拔人才，山涛都会参与其中，亲自参加评论，时人称“山公启事”，今有辑本。

嵇康

字叔夜，谯郡铚县（今安徽涡阳）人，三国时期曹魏文学家，“竹林七贤”的领袖。和曹操称得上是半个老乡，并且是曹操的曾孙女婿，一个响当当的人物。嵇康学识渊博，多才多艺，有音乐天赋，能弹得一手好琴曲；在书法方面擅长草书，笔力苍劲；工诗善文。他是正始时期的著名文人，有“奇才”之美誉。嵇康崇拜老庄的哲学，鄙视礼法的束缚，对服药养生之事深信不疑，并锲而不舍地追求之。他为人刚直不阿，疾恶如仇，曾任中散大夫，世称“嵇中散”。政治上，他反对司马氏集团的高压政策，采取不合作的态度。嵇康堪称魏晋时期的散文大家，他的《与山巨源绝交书》是古代散文名作。全篇骈散相兼，引证繁富，词意丰厚，汪洋恣肆，别具风格，侧面反映了作者愤世嫉俗、桀骜不驯的性格，表达了作者对黑暗时政的反抗精神。

五、文学成就

《世说新语》堪称我国记叙逸事的志人小说的滥觞。《世说新语》对后世有着深远的影响，其中很多故事都成了后世诗歌、小说、戏剧的典故和题材。

《世说新语》及刘峻的标注涉及各类人物一千五百多个，魏、晋两朝主要的人物，无论是帝王、将相，还是隐士、僧侣，都包括在内。它对人物的描写，有的重在形貌，有的重在才学，有的重在心理，但集中到一点就是重在表现人物的特点，通过人物独特的言谈举止刻画出了人物的独特性格，使之气韵生动、活灵活现、跃然纸上。

《世说新语》中的故事短小精悍，文中善用比较、比喻、对偶、夸张的文学技巧，不仅使它保留了许多脍炙人口的名言佳句，更为全书增添了无限光彩。《世说新语》中的文章是很质朴的散文，用了很多口语，但意味隽永，在晋宋文章中也颇具特色，因此历来为人们所喜读。对偶是书中常用的方法，如“荀子秀出，阿兴清和”“裴楷清通，王戎简要”，短短几字充分展示了人物的个性特征。有时使用的词语，在对偶中又往往结合比喻和形容，如称稚恭为“荒年谷”（指有匡世之才），称庾亮为“丰年玉”（指有廊庙之器），比喻、形容十分恰当。而且这种现象在书中俯拾皆是，例如，“千岩竞秀，万壑争流”，描绘山川的壮丽景色；“飘如游云，矫若惊龙”“如万顷之陂，澄之不清，扰之不浊”，形容人的胸襟气度；“盲人骑瞎马，夜半临深池”，表现处境的危险；“悬河泻水，注而不竭”，突出口才的锋利等，不一而足。

《世说新语》是研究魏晋时期历史的极好的辅助材料。其中关于魏晋名士的种种活动、性格特征、人生追求以及嗜好，都有生动的描写。全书塑造出了魏晋时期几代士人的群像，通过这些人物形象，我们可以了解那个时代上层社会的风尚。

六、名家点评

（《世说新语》）记言则玄远冷隽，记行则高简瑰奇。

一部名士底（的）教科书。

——鲁迅

《三国演义》——中国古代历史演义小说的代表作

作　　者：罗贯中

文　　体：演义小说

成书年代：明代

一、作者介绍

罗贯中（约1330—约1400），名本，字贯中，号湖海散人，山西太原人。他是元末明初小说家、戏曲家，是中国章回小说的鼻祖。

罗贯中生于元末动乱之时，有自己的政治理想，曾参与反元的起义斗争。据说他是施耐庵的学生，生平经历漂泊不定，不知所终。

罗贯中一生著作颇丰，主要作品有：剧本《赵太祖龙虎风云会》《忠正孝子连环谏》《三平章死哭蜚虎子》，小说《三国演义》《隋唐两朝志传》《残唐五代史演义》《三遂平妖传》《粉妆楼》，据说和施耐庵合著《水浒传》等。

罗贯中的传世之作《三国演义》体现出他的博大精深之才、经天纬地之气。他主张国家统一，弘扬民族传统美德，痛恨奸诈邪恶。

二、作品档案

《三国演义》，全名《三国志通俗演义》，为“中国古典四大名著”之一，是历史章回演义小说的经典之作。

小说描写了东汉末年和整个三国时期以曹操、刘备、孙权为首的魏、蜀、吴三个政治、军事集团之间的矛盾和斗争，在广阔的社会历史背景下，展示出那个时代尖锐复杂又极具特色的政治、军事冲突。此外，在政治、军事谋略方面，《三国演义》对后世也产生了深远的影响。

《三国演义》有它自己的成书过程。全书共一百二十回，其创作来源较复杂，主要以西晋陈寿的《三国志》与南朝宋人裴松之为《三国志》作的注为史实依据。根据历史记载，最迟在晚唐时期三国故事就已在民间流传。宋元时代通过艺人的表演说唱，三国故事颇为流行，大量的三国故事被搬上舞台。元代出现的以三国故事为题材写成的平话小说《三国志平话》，从内容和结构上看，已粗具《三国演义》的规模，书中“尊刘反曹”的倾向已很鲜明，刘、关、张等人都富有草莽英雄气质。可见从晚唐到元末，在民间流行的三国故事愈来愈丰富，元代《三国志平话》的出现，则标志着三国故事由口头文学向案头文学转化，为《三国演义》的创作提供了充分的条件。

罗贯中在民间传说及民间艺人创作的话本、戏曲的基础上，运用陈寿的《三国志》及裴松之对其的注释材料，结合他的艰辛创作，写成了《三国演义》这部影响深远的古典历史名著。

三、内容概要

《三国演义》描写了从东汉末年到西晋初年近百年的风云历史，起自黄巾起义，终于西晋统一。东汉末年，朝政腐败，民不聊生。张角发动了声势浩大的黄巾起义，中原各地州郡频繁告急，都出榜招募兵马，以对抗黄巾起义军。汉室宗亲、幽州涿县人刘备在街上看榜文时，与涿郡人张飞相遇，二人一见如故，同入客栈饮酒，在客栈中结识河东人关羽。三人一起畅谈天下大事，谈得十分投契。于是三人来到桃园，点燃香烛，对天盟誓，结拜为弟兄，玄德为兄长，关羽为二弟，张飞为三弟。

汉灵帝驾崩，西凉刺史董卓入京杀何进、何太后、刘辩，立陈留王刘协为汉献帝。曹操行刺董卓不成，逃到家乡，招募兵丁，竖起大旗，大会诸侯，推举袁绍为盟主，孙坚为前部先锋，率盟军征讨董卓。董卓不敌，挟持汉献帝迁往长安。司徒王允巧用美人计，离间董卓和吕布这对义父子之间的关系，最后吕布杀死董卓。

经过多年混战，孙坚长子孙策做了江东霸主；刘备占据了徐、豫两州；曹操杀吕布，胁迫汉献帝移驾许昌，“挟天子以令天下诸侯”。

刘备带着关羽、张飞二人，三顾诸葛亮于隆中茅庐，诸葛亮看他真诚，答应出山。在赤壁之战中，诸葛亮和周瑜心照不宣，共同设计打败曹操。曹操只剩下千余人马从华容道逃走，又遇关羽阻击，关羽为了报答当年曹操对自己施予的恩情，放走了曹操。曹操逃回到许昌。

孙权、周瑜屡次向刘备索要荆州，都被诸葛亮用计“赖”过。周瑜不甘心，率领大军浩浩荡荡地杀奔荆州，途中遭遇诸葛亮设下的埋伏。周瑜羞愤交加，大叫一声，倒下马来，旧病复发，临死前仰天长叹：“既生瑜，何生亮！”

曹操权势日盛，想自封为魏王。之后，曹操出兵攻打割据汉中的张鲁，张鲁投降曹操。刘备夺取了汉中地盘，形势大好，手下将官都劝他称帝。刘备再三推辞之后，就自封为汉中王，封诸葛亮为军师，关羽、张飞、赵云等人各被封为将军。曹操听说刘备称王大怒，要出动全军消灭刘备。司马懿劝曹操与东吴联合行动，暗示东吴夺回荆州，曹操即另辟战场，事后割江南之地给东吴。

孙权同意趁关羽攻打樊城之际，派兵进攻荆州，并派陆逊守陆口。关羽反称孙权派小孩来守陆口，自此对荆州的防备掉以轻心。待关羽率全部兵力围攻樊城时，荆州被东吴吕蒙设计攻占，关羽退入小镇麦城，后率十余骑弃城突围回四川，中途遭遇东吴埋伏，关羽及其义子关平双双被俘。孙权劝降，关羽不肯，遂被杀。为了嫁祸于人，孙权派人将关羽首级送给曹操，曹操在司马懿的劝说下，以王侯之礼加以安葬。

曹操常年患头风病，不久去世，其子曹丕继位。220年，曹丕废汉献帝，自立为帝，改元黄初，国号大魏，迁都洛阳。第二年刘备也称帝，封诸葛亮为丞相。接着刘备亲率大军进攻东吴，以报东吴杀关羽之仇。张飞率军前来与刘备会师，因虐待将士，被部下范疆（史载为范强）、张达割下首级，一命呜呼。孙权起用年轻多才的陆逊做大都督，统领各路兵马抵抗刘备大军。陆逊用火攻，烧毁蜀军连营，刘备大败，逃至白帝城，一病不起。刘备在白帝城立下遗嘱，要刘禅以父亲之礼对待诸葛亮。后事一一安排停当之后，刘备瞑目而逝。

东吴大败蜀军之后，孙权称帝，诸葛亮派人前去祝贺，双方再次结盟。诸葛亮发兵进攻曹魏，数年中六出祁山，身体却每况愈下，在五丈原将兵权交给姜维，当夜死于寨中，时年五十四岁。

刘禅宠信宦官，沉溺酒色，不理朝政，蜀国人心渐渐涣散。司马昭审时度势，见蜀国后主昏庸，便兵分两路，命邓艾领兵十万牵住姜维的兵力，钟会引兵三万杀奔汉中。姜维上表奏知后主刘禅，刘禅听信宦官黄皓及巫婆的话，不做任何准备，整日在宫中宴饮作乐。因此钟会、邓艾一路破关斩将，直杀到成都城下，刘禅率众大臣投降。姜维诈降，意图复兴汉室，最终事败自杀，蜀国灭亡。

司马昭平蜀有功，被封为晋王，儿子司马炎被立为王子。司马昭死后，司马炎不久废魏帝曹奂，自立为帝，国号为晋。魏国从此灭亡。

吴国方面，吴主孙皓为人残暴，宠幸宦官，朝政一天天混乱下去。司马炎抓住时机，令杜预为大都督，起兵大举攻入石头城（今南京市）中，孙皓举手投降。没过多久，东吴各地都被晋军占领。

从此以后，三国都归于晋帝司马炎，形成了统一的晋国。

四、主要人物形象

刘备

小说中的主要人物之一。字玄德，涿县（今河北涿州）楼桑村人。汉中山靖王刘胜之后，是汉族后代。早年家贫，以贩履织席为业。素有大志，好结交天下豪杰，为镇压黄巾起义，投军刘焉，遇到关羽、张飞二人。三人于桃园中结为兄弟，誓愿“同心协力，救国扶危，上报国家，下安黎庶”。

关羽

小说中的主要人物之一。字长生，后改云长，人称“关公”，因胡须长而美，又称“美髯公”，河东解良（今山西运城西南）人。面如重枣，卧蚕眉，丹凤眼，相貌堂堂。因杀了仗势欺人的富豪，流落江湖，结识刘备、张飞，三人于桃园中结为兄弟，为蜀国“五虎上将”之首。

张飞

小说中主要人物之一。字翼德，河北涿郡（今河北涿州）人。豹头环眼，燕颔虎须，善使丈八蛇矛。原以杀猪卖酒为业，与刘备、关羽相识，三人在桃园中结为兄弟，张飞排行第三。勇冠三军，由于脾气暴躁，常鞭打士卒，被称为“猛张飞”，是蜀国“五虎上将”之一。

赵云

字子龙，常山真定（今河北正定西南）人。身长八尺，浓眉大眼，阔面重颐，威风凛凛。早年投奔公孙瓒，公孙瓒被袁绍消灭后，又追随刘备。自此忠心耿耿，跟随刘备征战四方，为蜀汉的建立立下汗马功劳。刘备为表彰其功，封其为虎威将军，其是蜀国“五虎上将”之一。

诸葛亮

小说中主要人物之一。复姓诸葛，字孔明，原籍山东琅琊阳都（今山东沂南南）人，因躲避战乱迁居隆中（今湖北襄阳）。诸葛亮是忠臣和智慧的化身，表现了勇敢、沉着、机智和坚忍不拔的毅力，具有鞠躬尽瘁、死而后已的精神。他足智多谋，料事如神，人称“卧龙”，自号“卧龙先生”。常常自比管仲、乐毅，未出茅庐，便知天下三分之势。

曹操

小说中主要人物之一。字孟德，小名阿瞒，沛国谯县（今安徽亳州）人。曹操残暴、虚伪而又有着雄才大略，他“挟天子以令诸侯”，信奉“宁教我负天下人，休教天下人负我”的人生信条，是一个集“奸”与“雄”于一身的人物。

孙权

字仲谋，吴郡富春（今浙江杭州富阳区）人。继承父兄基业，坐领江东。曹操平定北方，又占据了荆州、襄阳两城，于是亲率大军来攻江东。江东大臣多数主降，孙权在诸葛亮的激励和周瑜、鲁肃的坚持下，下定了联刘抗曹的决心。他起贤用能，广采智谋，取得了赤壁大捷。

周瑜

字公瑾，庐江舒县（今安徽庐江西南）人。其人面如美玉，仪容秀丽，有经天纬地之术、安邦定国之谋。江东乔公有二女，大乔嫁于孙策，小乔嫁于周瑜，因此二人关系更厚。孙策死时，嘱其弟孙权：“倘内事不决可问张昭，外事不决可问周瑜。”孙权定鼎江东，拜周瑜为大都督，统领江东水陆军马。

五、文学成就

《三国演义》是中国历史演义小说的开山之作。小说采用浅近的文言，明快流畅，雅俗共赏；笔法富于变化，对比映衬，旁冗侧出，波澜曲折；又以宏伟的结构，把近百年头绪纷繁、错综复杂的事件和众多的人物组织得完整严密，叙述得有条不紊、前后呼应、彼此关联、环环紧扣、层层推进。

《三国演义》的艺术成就主要体现在对战争的描写和人物的塑造上，其中对战争的描写最为精彩，并能写出每次战争的特点。小说注重描写在具体条件下不同战略、战术的运用，注重战争中人的主观能动性的发挥，而不把主要笔墨花在单纯的实力和武艺较量上，如官渡之战、赤壁之战、夷陵之战等，对具体战争的写法也随战争的特点发生变化，在写战争的同时兼顾其他活动，如战争的前奏、余波，或者战争的辅助手段，使紧张激烈、惊心动魄的战争表现得有张有弛、疾缓相间。如在赤壁之战前描写孙权与刘备的合作，诸葛亮和周瑜之间的矛盾，曹操的试探，孙刘联军为诱敌深入而做的准备等。

在人物塑造上，小说特别注重把人物放在现实斗争的尖锐矛盾中，通过各自的言行或周围环境表现其思想性格。如曹操奸诈，一举一动都似隐伏着阴谋诡计；张飞心直口快，无不带有天真、莽撞的色彩；诸葛亮神机妙算，临事总可以得心应手、从容不迫。著名的关羽“温酒斩华雄”“过五关斩六将”、张飞“威震长坂桥”、赵云“单骑救幼主”、诸葛亮“七擒孟获”等故事更是流传极广、家喻户晓。

《三国演义》采用了“文不甚深，言不甚俗”的半文半白的语言，继承了平话小说以接近口语的浅近文言来叙述历史英雄人物事迹的文学语言风格，文字通顺畅达、明白精炼，是对我国古代历来只以文言文语言作为描写手段的一次冲击，极大地促进了明清时代文学创作的繁荣。

《三国演义》虽以历史为题材，但它毕竟不是史书而是文学作品。因为它经过了艺术加工，有不少内容均为虚构。

六、名家点评

古史甚多，而人独贪看《三国志》者。

——毛宗岗（明末清初）

至于写人，亦颇有失，以致欲显刘备之长厚而似伪，状诸葛之多智而近妖；惟于关羽，特多好语，义勇之概，时时如见矣。

——鲁迅

《水浒传》——塑造忠义英雄形象的侠义小说

作　　者：施耐庵

文　　体：侠义小说

成书年代：明代

一、作者介绍

施耐庵，名耳，字子安，号耐庵，元末明初小说家。他是元末进士，曾在钱塘做过两年官，生平事迹少见记载。或说他参加过元末张士诚发动的农民起义，是苏杭一带人。

二、作品档案

《水浒传》又名《忠义水浒传》，是中国历史上第一部用白话文写成的章回小说，“中国古典四大名著”之一。它是以北宋末年宋江领导的农民起义为题材，在收集民间口头传说、话本、杂剧中有关水浒故事的基础上写成的。它的作者一般被认为是元末明初的施耐庵。《水浒传》描写了波澜壮阔的农民起义的场面，揭示了官逼民反的缘由，也探讨了农民起义失败的原因，暴露了封建统治阶级的残暴和腐朽，揭示了当时的社会矛盾，热情赞扬了被压迫人民的反抗精神和高尚品质。

《水浒传》所描写的人物个性鲜明，代表了中国小说史上人物形象类型化塑造法的较高成就。小说情节明晰紧凑，语言明快凝练，人物个性鲜明，林冲、武松、李逵、鲁智深等都是不朽的典型形象。由于时代的局限性，小说所宣扬的忠义思想有一定的封建色彩。

金圣叹将《水浒传》与《离骚》《庄子》《史记》、杜甫诗集、《西厢记》合称为“六才子书”。冯梦龙将《水浒传》与《三国演义》《西游记》《金瓶梅》定为“四大奇书”。它与《三国演义》《西游记》《红楼梦》并称为“中国古典四大名著”。

三、内容概要

北宋皇帝宋哲宗嗜爱玩乐，身旁聚集着很多这方面的“高手”，终日吃喝玩乐，荒淫无度。破落户子弟高俅不学无术，只因踢得一脚好球，又会谄媚逢迎，被哲宗皇帝的弟弟端王爷看中。高俅就来到了端王府陪端王爷踢球，深得端王爷喜爱。后来哲宗去世，端王爷坐上皇位，立帝号徽宗，高俅也很快当上了殿帅府太尉。小人得志，挟私报仇，高俅迫使禁军教头王进携母逃往延安府，王进路过华阴县收史进为徒。

镇关西郑屠抢占民女，经略府提辖鲁达打抱不平，三拳打死镇关西后，逃到五台山削发为僧，法名智深。洒脱不羁的他忍受不了寺院的清规戒律，大闹一通扬长而去，后来上了梁山；东京八十万禁军教头林冲受到高俅的迫害而家破人亡，走投无路被逼上梁山……梁山泊聚集了一帮英雄豪杰，他们多是社会下层人士，因不堪忍受官府的欺压剥削、严酷社会秩序的束缚才奔上梁山。首领王伦心眼特别小，嫉贤妒能，林冲等人很是失望。血气方刚的林冲在吴用的智激下杀了王伦，晁盖深孚众望，成了梁山泊的头领。

晁盖等人感念宋江的昔日救命之恩，想与他共谋大事，就派刘唐到郓城送信赠金，请宋江上山。可宋江并不想落草为寇，他平生的愿望就是做官，以求立身扬名、光宗耀祖。宋江是个热心肠人，谁有困难找到他，他都会毫不犹豫地慷慨解囊，而且喜欢结交天下朋友，因此有“山东及时雨”的美称。穷困无以度日的阎婆母女受到过宋江的很大帮助。为了报答宋江的恩情，也是为母女二人以后有个依靠，阎婆就把女儿阎婆惜许配给了宋江。不料想阎婆惜讨厌又黑又矮的宋江，心中很是怨恨，暗地里与一个风流后生来往不断。阎婆惜发现了宋江与梁山来往的书信，并以此威逼宋江，宋江怒而杀之，逃至沧州柴进家避难，在那里结识了武松。武松匆匆别过宋江回家看望哥哥，路过景阳冈时打死了一只猛虎，美名远扬。后因嫂子潘金莲与恶霸西门庆勾搭成奸，二人合谋杀害了武大郎，武松为兄报仇杀死了潘金莲、西门庆以及为他们牵线说合的王婆。武松因此被发配充军，然后投奔了梁山。

宋江忽然接到父亲去世的噩耗，独自返回家乡，捕快趁机抓住了宋江。宋江被发配到江州充军，失意之际去客栈里借酒浇愁，酒醉之后写了一首诗来抒发自己郁闷的心情，被黄文炳和蔡知府认作反诗，定下了谋反的罪名，要将宋江杀头。梁山好汉们听说宋江有难，全体出动劫法场，救走了宋江。宋江与梁山的关系大白于天下，再也没有了其他的出路，只好上了梁山，并坐上了仅次于晁盖的第二把交椅。之后，李应、孙立、孙新、徐宁、朱仝、卢俊义等英雄豪杰纷纷被逼上梁山，梁山泊的力量越来越大。

杨雄、石秀、时迁在投奔梁山的路上惹下祸端，时迁被祝家庄扣留，宋江带领人马三打祝家庄，立下了大功，并逐渐巩固了人心。梁山泊义军的壮大让朝廷越来越不安，高俅率领三军讨伐大败而归，大将呼延灼也被宋江诓上了梁山。梁山泊义军的名声更大，也受到了官府和周围地方势力的更大威胁。

梁山弟兄与周围为非作歹的官府和地方恶霸不断地产生摩擦，在攻打曾头市的时候，晁盖中箭而死。宋江坐上了梁山泊的第一把交椅。当上头领之后，宋江做的第一件事就是将以前的“聚义厅”改为“忠义堂”，请公孙胜主持罗天大醮（道教祭天仪式）。天降火块于忠义堂正南地下，众人掘出一块石碣，上写蝌蚪文。何道士识得译出，乃是梁山泊一百零八将座次表。宋江率领弟兄们为晁盖报了一箭之仇，这更加巩固了他在梁山泊的地位。

宋江不愿让梁山弟兄们作为“贼寇”长期待在梁山泊，想为自己和弟兄们找一个他认为更好的出路——让朝廷招安。朝廷终于在一次次讨伐梁山泊，一次次遭遇失败后，决定对梁山义军实行招安。招安之后，梁山义军被朝廷派去攻打辽国，获胜而归。但是由于辽国贿赂宋朝的当权派，梁山义军在征战中所得的州郡又重新被归还给了辽国。不久，梁山义军又被派去征讨方腊的农民起义军。在残酷的战事中，梁山义军的许多重要将领都牺牲了。最后到京城受封的只有二十七位豪杰，英雄豪杰们日渐凋零，连宋江本人也被朝廷赐的毒酒毒死。一场轰轰烈烈的农民运动就这样结束了。

四、主要人物形象

宋江

梁山泊的核心人物和精神领袖。他自幼学儒，有孝名，人称“孝义黑三郎”。原本是一名小官吏——押司，在未上梁山前人称“宋押司”。这种身世和际遇，使他对包括君权、父权、法权在内的统治权威绝对遵从，造就了他性格中“忠”的特征。但同时，他身上也充满了浓重的“江湖气”——仗义疏财，喜好结交英雄豪杰，每每有人遇危险之时出手相助，扶困济危。因此宋江在江湖上威信极高，被人们称为“及时雨”“呼保义”。他虽然身在郓城，但是大名却传遍四方，上梁山后，待人谦和，以仁义团结众好汉，且具有独到的组织才能和领导才干，被江湖豪杰视为精神领袖。这是他身上的“义”的特征。

对传统皇权的“忠”和对江湖豪侠的“义”造就了一个充满着矛盾的宋江，就像明代思想家李贽在《忠义水浒传叙》里评价的那样，宋江就是一个“忠义之烈”。宋江不甘心“落草为寇”，梦想着在朝廷中捞得一官半职而光宗耀祖。他强迫兄弟们接受朝廷的招安，终于达到目的，但不久被把持朝政的蔡京、高俅陷害。

李逵

李逵的身上则体现了最彻底的反叛精神。在他眼里，跟统治阶级有关的一切，包括官府、法律、制度等都是他反抗的对象，甚至连当时的最高统治者大宋皇帝，在他眼里也不过是个“鸟皇帝”而已。

李逵身上的另一个突出特征就是粗鲁憨直。他说话、做事完全凭着自己的本能、意志，尽管透露着几分粗鲁，但绝对是其真实“本我”的显露，丝毫不掺杂任何的水分。李逵有时也使乖说谎，可是即便如此，也绝不会给人以丝毫虚假之感。“人言只有假李逵，从来再无‘李逵假’”，这句话是对李逵直率性格的真实写照。

林冲

京城八十万禁军教头。生活的优裕、官场的得意和家庭的美满，使他很自然地形成了安于现状、怯于反抗的性格，这就构成了他性格中对恶势力忍让的一面。

后来，高俅的迫害使林冲终于认识到：妥协、退让是行不通的，只有奋起反抗才能保全性命。从这点可以看出林冲在内心是不愿走反抗这条路的，他在一开始就不具有反抗意识，是生存状态的持续恶化唤醒了他的反抗意识，使他感到只有一条路可走——杀人上山，落草为寇。他坚决果断地杀死王伦，表明了他反抗性格的成熟。以后，无论是在抗拒官兵，还是在反对招安的斗争中，他都是梁山泊意志坚定、冲在最前面的英雄之一。后来他身染重病而死。

五、文学成就

《水浒传》是我国第一部成熟的白话长篇小说。它继承和发展了中国古代小说与讲史话本的传统特色，能够熟练地运用白话来写景、叙事。它的出现是一座里程碑，标志着我国白话长篇章回小说进入成熟的大发展时期。《水浒传》在结构上采取分段发展、环环紧扣的方式，故事情节完整而又前后呼应，习惯上称之为“链式结构”。这种独特的艺术结构主要是为表现农民起义由个别到集体、由小到大发展的这一规律，同时也是受到了传记文学和话本艺术的影响。

《水浒传》的艺术成就，最突出地表现在对英雄人物形象的塑造上。全书宏大的历史主题，主要是通过对起义英雄的歌颂和对他们斗争的描绘而表现出来的。因而英雄人物形象塑造的成功，是作品具有光辉艺术生命的重要因素。在《水浒传》中，出现了许多个性鲜明的典型英雄形象，这些英雄形象有血有肉、栩栩如生、跃然纸上。《水浒传》总是把人物放在斗争的激流中，甚至把人物置于生死存亡的关头，以自己的行动、语言来显示他们的性格特征。

《水浒传》大多使用经过锤炼、加工的口语，具有明快洗练、准确通俗的特点。它能用寥寥几笔就传达出人物的神韵，这是《水浒传》的一大进步，标志着我国传统的文学写实方法在人物个性塑造上的重大突破。

《水浒传》也有艺术上的败笔，如战争场面的单调烦琐以及英雄上山之后形象的苍白等。

六、名家点评

独有《水浒传》，只是看不厌，无非为他把一百八个人的性格都写出来。

——金圣叹（明末清初）

《水浒传》又一次证明人类灵魂的不可征服的向上的不朽精神，这种精神贯穿着世界各地的人类历史。

——杰克逊（英）

《金瓶梅》——一度被列为禁书的世情小说

作　　者：兰陵笑笑生

文　　体：世情小说

成书年代：明代

一、作者介绍

作者兰陵笑笑生为笔名，关于原作者有多种说法。很多人推断其可能成书于万历年间，可能是明代才子王世贞所作，也有说是李贽所作，但都拿不出确切的证据。所以，《金瓶梅》的作者究竟是谁，众说不一，目前尚无定论。

二、作品档案

《金瓶梅》是中国文学史上第一部由文人独立创作的长篇小说，从此，文人创作成为小说创作的主流。《金瓶梅》之前的长篇小说，大多取材于历史故事或神话传说。《金瓶梅》摆脱了这一传统，以现实社会中的人物和家庭日常生活为题材，对中国现实主义小说的创作产生了深远的影响，为其后《红楼梦》的出现做了必不可少的探索和准备。

《金瓶梅》描绘了一个上至朝廷内擅权专政的太师，下至地方官僚恶霸乃至市井间的地痞、流氓、帮闲所构成的鬼蜮世界。它反映了明代中期以后，朝廷权贵与地方上的豪绅官商相勾结压榨人民、聚敛钱财的种种社会乱象。

《金瓶梅》的书名从小说中西门庆的三个妾潘金莲、李瓶儿、庞春梅的名字中各取一字而成。

《金瓶梅》共一百回，其版本有三：一是万历词话本，即万历四十五年（1617）东吴弄珠客作序的《金瓶梅词话》；二是崇祯本，即明崇祯年间刻印的《新刻绣像批评金瓶梅》；三是张竹坡评本，即《张竹坡评第一奇书金瓶梅》。后两种版本内容基本相同，后来的刻本基本上属于崇祯本系统。

《金瓶梅》是我国第一部以市井人物与世俗风情为描写中心的长篇小说。它的诞生，标志着诸如《三国演义》《水浒传》《西游记》等取材历史故事与神话传说，经文人进行集体整理加工的小说创作模式的终结，开创了文人直接取材于现实社会生活而进行独立创作长篇小说的先河。历代研究《金瓶梅》者，不乏其人，论著层出不穷。尤其是改革开放以来，《金瓶梅》更是备受研究者关注。

三、内容概要

北宋徽宗年间，山东阳谷县有一对武姓兄弟，老大名植，身高不足三尺；老二名松，身长七尺，武艺高强。武松因喝醉酒，打了枢密使童贯，流亡到沧州一年有余。一天，他因思念哥哥，归家途经景阳冈，打死一只白额大虎，被清河知县举为巡捕都头。武大郎因娶妻潘金莲移居清河县，靠卖炊饼为生。兄弟二人在街头相遇，武大郎把武松请到家中与妻子潘金莲相见。

潘金莲生得伶俐标致，一天到晚无事可做，吃饭后打扮得光彩照人，在自家门帘里站着和街上的浪荡公子哥眉目传情。如今她见小叔子长得一表人才，顿生爱慕之心，硬要武松搬到自己家中住下。

这天，潘金莲趁武大郎外出卖饼之机，烧一桌好菜要和武松饮酒作乐。武松忍耐再三，最后正颜厉色地请嫂子自尊自重，潘金莲羞得面红耳赤。不久，武松要到东京办事，临行前他叮嘱哥哥晚出早归，莫与人喝酒，以免惹出事端，又劝勉嫂嫂看好门户，照顾好哥哥。

武松走后，武大郎果然晚出早归，但潘金莲依旧打扮得光彩照人，在自家门帘里站着和街上的浪荡公子哥眉目传情。

清河县有个落魄财主西门庆，西门庆从小父母双亡，兄弟皆无，是个流浪子弟，牌九、象棋、占卜无所不通，而且还使得一手好拳棒。时来运转，西门庆一夜之间成为县衙门的红人，人称“西门大官人”。其妻陈氏早逝，只留下女儿西门大姐，嫁给陈洪的儿子陈经济为妻。后来西门庆又娶了清河县吴月娘为继室，又将妓女李娇儿、卓二姐领回家做第二房、第三房小妾。

一天，西门庆从潘金莲家门前经过，一阵风把潘金莲专门用来放门帘的叉竿吹倒，潘金莲手一把未擎住，叉竿重重地落在西门庆头上，砸得西门庆眼冒金星。西门庆正要发作，回头看见门帘后面站着的美丽妖冶的潘金莲，顿觉浑身酥痒，刚才的怒气也烟消云散。

回家后一连几天，西门庆心中都放不下潘金莲。通过卖茶的王婆的穿针引线，西门庆很快与潘金莲勾搭成奸。武大郎在卖水果的郓哥儿的帮助下，冲进王婆家中捉奸，反被潘金莲、西门庆联手杀死。不久，西门庆将家里花园楼下三间房子收拾出来，让潘金莲住下。早在潘金莲之前，卓二姐因病亡故，西门庆娶了寡妇孟玉楼做第三房，又收了已故陈氏陪房的丫鬟孙雪娥为第四房，这样按顺序排列，潘金莲成为西门庆的第五房小妾。

一天，西门庆吃过晚饭，去潘金莲房中歇息，见服侍潘金莲的丫鬟春梅颇具姿色，十分兴奋。潘金莲看在眼里，第二天让西门庆把春梅收用了。从此二人竭力服侍西门庆，西门庆对她二人更加宠爱。这引来了孙雪娥的嫉妒，又因一件小事，潘金莲与孙雪娥结下仇怨。

西门庆在花子虚摆设的酒宴上认识了妓女桂姐，贪恋她的美色，在院中住了半个多月。潘金莲在家欲火难耐，与看管花园的十六岁小厮琴童私通，被孙雪娥、李娇儿发现，报告了西门庆。西门庆捆打琴童，并将他扫地出门。西门庆准备拷打潘金莲，春梅苦苦哀求，再加上潘金莲一副伶牙俐齿，百般讨好、殷勤服侍西门庆，总算把西门庆心窝盘住了，二人和好如初。

这天，西门庆去花子虚家，碰到了花子虚的老婆李瓶儿。李瓶儿生得白白净净，瓜子脸儿，两道柳叶眉，西门庆心下暗自欢喜。李瓶儿也被西门庆的潇洒外表迷住了，当晚二人即勾搭成奸。花子虚病死，西门庆用一顶花轿将李瓶儿抬回家中。李瓶儿过门不久就有了身孕，西门庆欢喜得不得了。潘金莲听后，妒火中烧。当西门庆被封为山东提刑理刑副千户时，李瓶儿生下儿子官哥儿，西门府一派热闹。西门庆在为蔡京府上总管翟谦纳妾而奔波时，看中了绒线铺老板韩道国的老婆王六儿，王六儿久惯风月，趁丈夫出门之际，和西门庆不分白日黑夜地淫乐。十四个月后，潘金莲设毒计吓死了官哥儿，李瓶儿因此一病不起，二十多天后香消玉殒，死时年仅二十七岁。

西门庆曾在城外永福寺遇见一位胡姓僧人，僧人授他春药及用药方法。自此，西门庆用春药行乐，更加放纵情欲。他宠爱怀孕的正室吴月娘，同潘金莲颠鸾倒凤，暗偷管家贲四的媳妇，明嫖妓女李桂姐、郑爱月、吴银儿，暗会姘头王六儿、林太太，一日数次纵欲宣泄，行房作乐，每天还要办理公务，管理大宗生意。春节后，西门庆终因纵欲过度，脱阳而亡。

西门庆暴死，吴月娘在忙乱中动了胎气，生下一子，西门家总算没有绝后。红白喜事同时降临，西门府上顿时乱了套。潘金莲和西门庆的女婿陈经济早在西门庆修建花园时，就背着西门庆勾搭上了。西门庆死后，二人更是肆无忌惮，连春梅也加入他们通奸的活动中。三人瞒着吴月娘，经常在一起饮酒作乐。事情被秋菊发现，她告诉了吴月娘，但吴月娘不相信。不久，潘金莲发现自己怀了身孕，陈经济从胡太医处讨来堕胎药给潘金莲服下，后来死去的胎儿被发现导致二人奸情败露。吴月娘十分生气，将春梅卖给了周守备做妾。这引来了陈经济的不满，吴月娘派人将他痛打一顿。

不久，潘金莲被吴月娘赶出家门，在王婆家待聘时，武松杀了她，以告慰大哥的亡灵。孙雪娥与来旺通奸，拐带金银细软外逃，不久，人赃俱遭查获。之后，孙月娥被春梅买去做了奴婢。孟玉楼改嫁知县公子李衙内，做了正房娘子。

至此，西门庆六房妻妾，除正房吴月娘为西门庆守寡外，其余走的走，逃的逃，死的死，一个曾经显赫一时的官商家庭以彻底败落而告终。

四、主要人物形象

西门庆

本是山东清河县的落魄财主，先前靠关系开间中药铺，后来慢慢发迹。偷香窃玉是他做人的唯一爱好。由于西门庆倚钱仗势，全县人都惧怕他。西门庆在结发妻子死后，续娶清河左卫吴千户之女吴月娘为正室。同时，他又与勾栏中的李娇儿打得火热，不久将李娇儿娶回家中作为二房。三房妾叫卓二姐，娼妓出身，可惜命太短。后娶的三房孟玉楼，是富商的遗孀，过门时给西门庆带来一大笔嫁妆。她脸上长了不少的黑麻子，西门庆比她小两岁，西门庆娶她主要是看中了她的钱财。

女人是西门庆最喜欢的。他奸淫过的妇女数量虽多，但除了对李瓶儿有一些真情外，其他人只不过是他的泄欲工具。和他发生过关系的女人除正妻吴月娘外，妾有潘金莲、孙雪娥、李娇儿、孟玉楼、卓二姐、李瓶儿，丫头有春梅、兰香、绣春、迎春等，仆妇有如意儿、贲四嫂、宋蕙莲、王六儿、惠元等，妓女有吴银儿、李桂姐、郑月儿等，此外还有王招宣的寡妇林太太。临死时，他还惦记着何千户娘子蓝氏和王三官娘子黄氏。西门庆追求女人，出于一种动物性的需求，他不问门第，不管美丑，只要能到手，都锲而不舍地追求。后来，一个胡姓僧人密授春药给西门庆，他更加毫无节制地放纵性欲，终于因耗阳过度而死。

潘金莲

原是清河县南门外潘裁缝的女儿，从小缠得一双三寸金莲小脚，所以起名叫金莲。由于父亲早死，家境贫苦，她在九岁时被卖到王招宣府中学习弹唱。潘金莲天性伶俐，十五岁前就会描鸾刺绣，还弹得一手好琵琶；十八岁时出落得“脸衬桃花，眉弯新月”，与众不同。加上她用心打扮，更是媚态百生。王招宣死后，她被转卖给张大户。却遭张大户的老婆折磨得痛苦不堪，并被送给武大郎为妻。潘金莲看不上武大郎，于是每天打扮得花枝招展，站在门前帘下，故意露出金莲小脚，眉目传情，勾引浮浪子弟。她与西门庆一见生情，在王婆的撮合下，与西门庆勾搭成奸，又亲手毒死武大郎，来到西门庆府中做了第五房小妾。

在西门庆的六房妻妾中，潘金莲最漂亮、最不安分、最能惹是生非。她刚嫁给西门庆，吴月娘就说家里有狐狸精出世了。潘金莲为了独霸西门庆，一方面排挤、陷害其他几房妻妾，另一方面凭借自己的姿色迎合西门庆的性要求。她最初巴结吴月娘，攻击势力最弱的孙雪娥。正当潘金莲恃宠生骄的时候，西门庆和妓女李桂姐鬼混，半月不回家。潘金莲忍耐不住，私通小厮琴童，被西门庆狠揍了一顿。从这以后，她对西门庆更加曲意奉承。在西门庆与李瓶儿通奸时，她虽然满心愤怒，面上却积极帮忙。西门庆自然求之不得。当潘金莲对西门家每个人都有了深入了解后，她就开始用各种方法挑拨离间，搬弄是非。在是否娶李瓶儿的问题上，她知道西门庆一心要娶李瓶儿而吴月娘不赞成，就故意叫西门庆去问吴月娘的意见，她又从中略做手脚，使二人关系僵化。等西门庆将李瓶儿娶到家中后，她又两边传话，当着月娘说瓶儿，对着瓶儿骂月娘。李瓶儿比潘金莲有钱，人又长得漂亮、贤惠，深得西门庆宠爱。尤其是李瓶儿在六个女人之中首先为西门庆生了儿子，因此西门庆晚上总是到李瓶儿房中去过夜。潘金莲恨得咬牙切齿，设下毒计，害死了李瓶儿的孩子。接着，她又用唇枪舌剑使一向忍气吞声的李瓶儿“暗气暗恼”。不久，李瓶儿也随着儿子去了。

因西门庆总是不断地寻找新欢，潘金莲整天闲着，也就能想出更多的计策来除掉对手。在对付宋蕙莲和来旺夫妻二人的事情上，潘金莲表现得更加毒辣。她发现西门庆迷恋宋蕙莲，就为二人提供苟合的机会。时机一到，她又凭借来旺的酒后醉言大做文章，为西门庆谋划。西门庆为了能和宋蕙莲长期往来，将来旺抓进大牢，继而将他流放，使来旺险些丢了性命。同时，她又挑起孙雪娥和宋蕙莲之间的纠纷，逼得宋蕙莲上吊自杀。潘金莲在和吴月娘的斗争中并没有占到便宜，她和吴月娘大干一场，种下了以后的祸根。

潘金莲是一个淫荡的女人，西门庆在世时，她就同西门庆的女婿陈经济乱伦。西门庆死后，她和陈经济来往得更密切了。事情最终被吴月娘发现，吴月娘将她赶出了西门家。后来武松还乡，用一百两银子买下潘金莲，将她杀死，奠祭了哥哥的在天之灵。

李瓶儿

原是大名府中的侍妾，天生丽质。政和年间，梁山泊好汉大闹大名府，她偷偷带了一百颗西洋大珠，连同二两重的一对鸦青宝石，同养娘逃到东京，做了花太监侄子花子虚的老婆。而这个花子虚不会理家，只知道流连在烟花柳巷之中，李瓶儿非常看不起他。

西门庆的出现改变了李瓶儿后半生的命运。李瓶儿痴爱西门庆，和他偷情。花子虚由于分家不均而吃了官司，李瓶儿就把家中的许多财产送给西门庆。花子虚回家时，家徒四壁。西门庆原想将疏通官司时剩下的银两退一点给花子虚，李瓶儿却不肯，花子虚一气病倒。她不仅拒绝请医生，还每日骂骂咧咧，花子虚终于断气身亡。花子虚死后，孝期未满，李瓶儿就多次提出要嫁到西门庆家。一来吴月娘不肯同意这门亲事，二来西门庆家里内部发生矛盾，娶李瓶儿的事就此耽搁下来。李瓶儿忧思成疾，匆忙嫁给了给她治病的蒋竹山，却无法称心如意。蒋竹山遭西门庆暗算后，李瓶儿冷酷地将他赶出家门。此后，李瓶儿主动三求四请地嫁到了西门庆家。

过门三天，西门庆连看都不看她一眼。她感到羞辱便闹着上吊寻死，被众人救了下来。李瓶儿在西门庆家的地位是随着她生了儿子而提升的，不想却因为她生了儿子招来其他妻妾的妒忌。李瓶儿待上待下，尽量谨慎小心，从不发脾气使性子，特别是对潘金莲，常常委曲求全，就连潘金莲设计害死她的儿子她也忍气吞声，但最后她还是因潘金莲刻薄的影射攻击而一命呜呼。她死后，西门庆为她大办丧事。她享受了正室的待遇，反倒比生前风光得多。

庞春梅

最初只是西门庆家的丫头。潘金莲进门后，她有幸成为潘金莲的贴身侍女。潘金莲生性刻薄，没有对谁真正友好过，但对春梅却出奇地关心，当然，这其中自有她的想法。春梅天生一副好容貌，颇得西门庆欢心，已是西门庆收用的人。而她又对潘金莲比较忠心，谨守主仆之道，并在关键时刻帮了潘金莲的忙。潘金莲私通小厮，受到西门庆的鞭打，潘金莲咬牙不承认，西门庆转问春梅，她却几句话将西门庆说得回心转意，为潘金莲解了围。以后潘金莲便十分看重春梅，衣服首饰也拣心爱的给她。

由于西门庆和潘金莲对春梅的抬爱，春梅成了西门府里特殊的人物。她对另一个丫头秋菊非打即骂，有时比金莲还有过之而无不及，甚至连四娘孙雪娥也惧她三分。一次，春梅叫小厮春鸿用自己的名义令申二姐前来唱曲，申二姐认为春梅只不过是个丫头，一时没有过来。春梅气得暴跳如雷，一阵风冲过去将申二姐骂得狗血喷头，立刻将她轰出家门。事后，吴月娘屡次要西门庆和潘金莲管教春梅，终是没有人敢说她一句。

西门庆死后，春梅又和潘金莲一起私通陈经济，事发后被吴月娘卖出家门。春梅因祸得福，做了周守备的宠妾，生下儿子后，成了守备夫人。春梅一得势，所作所为更加恶劣。她将孙雪娥买去做丫头，每天非打即骂，最后竟当着众人的面将孙雪娥衣服扒光，痛打三十大棍，直打得孙雪娥皮开肉绽，连连讨饶。接着她又叫人贩子将孙雪娥卖给了妓院。打发了孙雪娥，春梅又以兄弟的名分把败落的陈经济招进府中，二人重温旧好，继续私通。陈经济死后，春梅又移情周父，最终因纵欲而死。

五、文学成就

《金瓶梅》是一部以家庭生活为描写题材的现实主义巨著，它假托宋朝旧事，实际上展现的是晚明时期政治和社会的各种场景，是对社会断层的深入剖解。全书描写了西门庆的一生及其家庭从发迹到败落的兴衰史，并以西门庆为中心，一方面辐射市井社会，另一方面反映官场社会，展开了一个时代的广阔图景，彻底暴露出人间的肮脏与丑恶。《金瓶梅》以相当多的篇幅描写了西门庆及其妻妾的家庭活动，写出了这个罪恶之家的林林总总，反映了正常人性惨遭扭曲和异化的过程。

作为一部具有近代意味的现实主义文学巨著，《金瓶梅》是中国古代小说发展史上的一座里程碑。它突破了中国古代长篇小说的传统写作模式，在艺术上较之前的长篇小说有了多方面的开拓和创新，为中国古代小说的演进做出了历史性的贡献。

在题材创作上，从描述英雄豪杰、神仙妖魔转向描述家庭生活、平凡人物。它是第一部以家庭生活和世态人情为题材的长篇小说，主要通过普通人物的人生际遇来表现社会的变迁，具有强烈的现实性、明确的时代性。这标志着我国古代小说艺术的渐趋成熟和现实主义创作方法的重大突破，为此后的世情小说开辟了广阔的题材世界，并使之成为此后小说的主流。

在人物塑造上，从单色调变为多色调，从平面化转向立体化。

在语言艺术上，从说书体语言发展为市井口语。此前长篇小说的语言深受“说话”技艺影响，《三国演义》属于半文半白的演义语体，至《水浒传》《西游记》白话语言日渐成熟，同时也向着规范化和雅驯化的方向发展，而《金瓶梅》却代表了小说语言发展的另一方向，即向着口语化、俚俗化的方向发展。它运用鲜活生动的市民口语，充满着浓郁淋漓的市井气息，尤其擅长用个性化的语言来刻画人物，神情口吻惟妙惟肖。

《金瓶梅》是一部描写市井人物百态的小说，在中国古代小说发展史上有其独特的地位。在中国古代小说中，它还是第一部细致的描述人物生活、对话及家庭琐事的小说，具有非常重要的意义。有人认为，虽然由于小说中有性方面的描写，使它对一些人构成了吸引，但只有对传统文化有相当认知的人，才能够真正读懂、读透它。

大多数学者认为，《金瓶梅》对《红楼梦》的写作有很大的影响。

明末著名文学家冯梦龙将《金瓶梅》连同《三国演义》《水浒传》

《西游记》合称为“四大奇书”。

不久，《金瓶梅》又被清初著名文艺理论家张竹坡称为“第一奇书”。

六、名家点评

深切人情事务，无如《金瓶梅》，真称奇书。欲要止淫，以淫说法；欲要破迷，引迷入悟。而文心细如牛毛茧丝，凡写一人，始终口吻酷肖到底。结构铺张，针线缜密，一字不漏，又岂寻常笔墨可到哉！

——刘廷玑（清）

作者之于世情，盖诚极洞达……同时说部，无以上之。

——鲁迅

如果净除了一切秽亵的章节，《金瓶梅》仍不失为一部伟大的写实小说。

——郑振铎

《西游记》——一部浪漫主义的神魔小说

作　　者：吴承恩

文　　体：神魔小说

成书年代：明代

一、作者介绍

吴承恩（约1500—约1582），字汝忠，号射阳山人，淮安山阳（今江苏淮安市淮安区）人，明代文学家。他的父亲是商人，曾祖、祖父做过小官吏“学官”。他的父亲吴锐性格乐观旷达，奉行常乐哲学，为儿子取名承恩，意思希望他能读书做官，上承皇恩，下泽黎民，做一个青史留名的忠臣。吴承恩小时候勤奋好学，一目十行，过目成诵。他精于绘画，擅长书法，爱好填词度曲，对围棋也很精通，还喜欢收藏名人的书画。《天启淮安府志》对吴承恩有过如此记载：“性敏而多慧，博极群书。为诗文下笔立成，清雅流丽，有秦少游之风。复善谐谑，所著杂记几种，名震一时。”

吴承恩自幼就喜欢读野言稗史，熟悉古代神话和民间传说，成年后长期靠卖文度日的清苦生活使他屡遭别人的嘲讽，却也激起他“迂疏漫浪，不比数于时人”的愤慨、狂傲。他虽然才华出众，但科考屡试不中，直到四十岁才被补为贡生；嘉靖四十五年（1566），因母老家贫，不得已就任长兴县丞，“未久，耻折腰，遂拂袖而归”；晚年回乡，放浪嗜酒，贫老以终。吴承恩一生创作的文稿很多，但因贫穷、衰老、无子，遗稿多散失，有后人辑录的《射阳先生存稿》四卷存世。

吴承恩一生不入流俗，刚直不阿。他之所以才高而屡试不第，很可能与他不愿作违心之论以讨好官场有关。他厌恶腐败的官场，不愿违背本心，对黑暗的现实持否定态度。尝过人生酸甜苦辣的吴承恩，开始更加清醒地、深沉地考虑社会与人生方面的问题，并且以文学创作的方式向不合理的社会进行抗争。

二、作品档案

《西游记》是“中国古典四大名著”之一，是一部优秀的神魔小说，也是一部群众创作和文人创作相结合的作品。从西游故事的产生、流传和演变，到吴承恩加工写定《西游记》，经过了七百多年漫长的岁月。这当中大致可分为三个阶段：

一、从历史故事向民间传说过渡的阶段。西游故事源于唐代高僧玄奘到印度求法取经这一历史上的真实事件。

二、西游故事进入平话领域，人们对其进行戏剧扮演——西游故事定型阶段。

三、吴承恩写成《西游记》的阶段。

作品写于明朝中期，当时出现了一股明显的反理学统治、要求个性解放的思潮。吴承恩在《西游记》中所表现出的蔑视皇权的精神，也正是当时思想解放潮流在文学创作上的反映。吴承恩对当时的政治腐败和世风堕落的现象十分愤慨。面对黑暗的现实，他呼唤斩妖除魔的英雄人物出现。他敏锐地感受到了与封建专制制度相矛盾的时代气息，这为他创作《西游记》奠定了思想基础。

《西游记》共一百回，八十万余字，分回标目，每一回目以整齐对偶的形式展现。小说叙述了唐三藏与徒弟孙悟空、猪八戒、沙僧以及白龙马经历九九八十一次磨难，到西天取经的过程。

吴承恩是西游故事的集大成者和西游故事创造性的总结者。吴承恩著作一出，西游故事即成定本，后人讲西游故事再也没有超出它的范围。

三、内容概要

东胜神洲傲来国有一花果山，山顶有一仙石。一天，仙石迸裂，产一石卵，经风一吹，化作一石猴。石猴拜师学艺，得名孙悟空，学会七十二般变化，一个筋斗云可行十万八千里，自称“美猴王”。他盗得定海神针，神针化作如意金箍棒，可大可小，重一万三千五百斤；又去阴曹地府，把自己名字从生死簿上勾销。玉帝欲遣兵捉拿孙悟空，太白金星建议，把孙悟空召入上界做弼马温。当孙悟空得知弼马温只是个管马的小官后，便打出南天门，返回花果山，自称“齐天大圣”。玉帝派天兵天将捉拿孙悟空，孙悟空连败巨灵神、哪吒二将，又被请上天管理蟠桃园。他偷吃了蟠桃，搅闹了王母娘娘的蟠桃宴，盗食了太上老君的金丹，逃离天宫。玉帝又派天兵捉拿他。孙悟空与二郎神斗法斗战，不分胜负。太上老君用暗器击中孙悟空，孙悟空被擒。经刀砍斧剁，火烧雷击，丹炉熔炼，孙悟空毫发无伤。玉帝请来佛祖如来，才把孙悟空压在五行山下。

如来派观音菩萨去东土寻一人来西天取经，劝化众生。观音点化陈玄奘去西天求取真经。唐太宗认玄奘做御弟，赐号三藏。唐三藏向西行走，在五行山救出孙悟空。孙悟空被戴上观世音的紧箍圈，唐僧一念紧箍咒，孙悟空就头疼难忍。师徒二人向西行走，在鹰愁涧收服白龙，白龙化作唐僧的坐骑；在高老庄收服了猪悟能猪八戒，猪八戒做了唐僧的第二个徒弟；在流沙河又收服了沙和尚沙悟净，沙和尚成了唐僧的第三个徒弟。师徒四人跋山涉水，西去求经。

观音菩萨欲试唐僧师徒道心，和黎山老母、普贤菩萨、文殊菩萨化成美女，招四人为婿，唐僧、孙悟空、沙和尚不为所动，只有猪八戒迷恋女色，被菩萨吊在树上。在万寿山五庄观，孙悟空等偷吃人参果，推倒人参果树。镇元大仙不依不饶，孙悟空请来观音菩萨，观音菩萨用甘露救活了人参果树。

白骨精三次变化，欲食唐僧肉，都被悟空识破。唐僧不辨真伪，又听信猪八戒谗言，逐走孙悟空，自己却被白骨精拿住。猪八戒、沙和尚斗不过白骨精，沙和尚被擒。猪八戒在白龙马的苦劝下，到花果山请回孙悟空，降伏白骨精后，师徒四人继续西行。

乌鸡国国王被狮子精推入井内淹死，狮子精变作国王。国王鬼魂恳求唐僧搭救，猪八戒从井中背出国王尸身，孙悟空又从太上老君处要来金丹，救活了国王。

牛魔王的儿子红孩儿据守火云洞，欲食唐僧肉。孙悟空抵不住红孩儿的三昧真火，请来观音菩萨帮忙。观音菩萨降伏红孩儿，收他做了善财童子。

西梁女儿国国王欲招唐僧做夫婿，孙悟空等智赚关文，决意西行，唐僧却被毒敌山琵琶洞蝎子精摄去。悟空请来昴日星官，昴日星官化作双冠大公鸡，才使妖怪现了原形。不久，唐僧因孙悟空打死拦路强盗，再次把他撵走。六耳猕猴精趁机变作孙悟空模样，抢走行李关文，又把小妖变作唐僧、猪八戒、沙和尚模样，欲上西天骗取真经。真假悟空从天上杀到地上，观音菩萨、玉帝、地藏王等均不能辨认真假，直到雷音寺如来佛处，才被佛祖说出六耳猕猴精的本相，六耳猕猴精被孙悟空打死。

师徒四人和好如初，同心协力，赶奔西天，在火焰山欲求铁扇公主的芭蕉扇扇灭火焰。铁扇公主恼恨孙悟空把她的孩子红孩儿弄到洛迦山做善财童子，不肯借。孙悟空与铁扇公主、牛魔王几次斗智斗法，借天兵神将降伏了牛魔王，扑灭了大火。

比丘国国王被寿星的坐骑白鹿变化的国丈迷惑，欲用一千一百一十一个小儿的心肝做药引。孙悟空解救了婴儿，打退了妖怪。寿星赶来把白鹿收回。

灭法国国王发愿杀一万僧人，孙悟空施法术把国王、后妃及文武大臣的头发尽数剃去，使国王回心向善，改灭法国为钦法国。

在天竺国，唐僧被月宫玉兔变化的假公主抛绣球打中，玉兔欲招唐僧为驸马。悟空识破真相，会合太阴星君擒伏了玉兔，救回流落在城外弧布寺中的真公主。

师徒四人历尽千辛万苦终于来到灵山圣地，拜见佛祖，却因不肯贿赂阿傩、伽叶二位尊者，只取得无字经。唐僧师徒又返回雷音寺，奉送唐王所赠紫金钵，才求得真经。不想九九八十一难还缺一难未满，在返回本土的途中，师徒四人在通天河又被老龟翻落河中，湿了经卷，以至《佛本行经》不全。

唐僧一行人马把佛经送还大唐长安，真身又返回灵山。唐僧被封为旃檀功德佛，孙悟空被封为斗战胜佛，猪八戒被封为净坛使者，沙和尚被封为金身罗汉，白龙马加升为八部天龙马，各归本位，共享极乐。

四、主要人物形象

唐僧

被东土大唐天子派往西天取经的高僧。俗姓陈，名祎，法名玄奘，世称“三藏法师”，俗称“唐僧”。洛州缑氏县（今河南偃师缑氏镇）人。小说里的唐僧是虚构的人物，与历史上的真实人物玄奘法师是有区别的，小说里的唐僧为佛祖第二弟子金蝉子投胎转世。唐僧勤勉好学，悟性极高，在寺庙僧人中脱颖而出，最终被唐朝皇上选定，前往西天取经。在取经的路上，唐僧先后收服了三个徒弟：孙悟空、猪八戒和沙和尚。唐僧有菩萨般的慈悲心肠，意志坚定，持戒精严。为能到达西天求取真经，甘冒万死，对途中出现的美色、财利的诱惑都毫不心动，但是他又胆小怕事、迂腐、鉴别能力差。

孙悟空

又名孙行者，外号“美猴王”，号称“齐天大圣”，是一个富有反抗精神的神话英雄形象，是由仙石幻化而成的神通广大的猴子。能腾云驾雾，有七十二般变化，曾为花果山上的山大王。他大闹龙宫和阴曹地府，搅过王母娘娘的蟠桃盛会，当过天庭的弼马温；后因对天庭不满而大闹天宫，树起了与天庭对立的“齐天大圣”的大旗，玉帝派天兵天将前去捉拿他，却被他打得落花流水；最后在与如来佛的斗法中失败，被佛祖压在五行山下。五百年之后唐僧收孙悟空为弟子，在取经路上，孙悟空降妖除怪，屡建奇功，然而却多次被师父唐僧误解、驱逐。最终师徒四人到达西天雷音寺，取得真经。孙悟空修得正果，被封为斗战胜佛。孙悟空生性聪明活泼，勇敢忠诚，疾恶如仇，热爱自由，敢于反抗，充满斗争精神，在中国文化中已经成为机智与勇敢的化身。

孙悟空是全书中最光辉的形象，他是封建社会中的叛逆英雄，在他身上集中体现了人民对天帝、皇权和所有传统秩序、传统势力的反抗精神；他敢于和一切邪恶势力做斗争，象征着人民的聪明智慧，反映了人民向往平等、自由的心声。

猪八戒

又名猪刚鬣、猪悟能，孙悟空常称他“呆子”。原为天宫中的天蓬元帅，因调戏嫦娥，被罚下人间，但错投了猪胎，长成了猪脸人身的模样。他在高老庄抢占民女，被孙悟空降伏，被唐僧收为徒弟。修得正果后，被封为净坛使者。猪八戒的兵器是九齿钉耙，他只会三十六般变化。虽然好吃懒做，却是孙悟空的好帮手；虽然自私，却讨人喜欢；虽然喜欢搬弄是非，一遇到困难就打退堂鼓，但对师傅却很忠诚。猪八戒憨厚却不乏狡猾，粗鲁却不乏敦厚，爱耍小聪明却总是搬石头砸自己的脚，安于现状却好色、贪小便宜。猪八戒是《西游记》中一个身上有许多缺点的正面人物形象。

沙和尚

又名沙悟净、沙僧。原为天宫中的卷帘大将，使用的兵器是降妖宝杖。因在蟠桃会上打碎了琉璃盏，惹怒王母娘娘，被贬入人间，在流沙河当妖怪，后被观音菩萨收服，拜唐僧为师，保唐僧去西天取经。一路上他吃苦耐劳、任劳任怨、循规蹈矩、默默奉献，但是关键时刻却又不失侠义风骨。沙和尚取得真经后被封为金身罗汉。沙僧的性格自有其复杂性和现实性，在《西游记》的众多人物中，他有其独特的表现和作用。

白龙马

唐僧取经途中的坐骑。原是一条玉龙，西海龙王敖闰之子。由于纵火烧了殿上明珠，他被父亲告了个忤逆犯上之罪。在即将遭受杀戮时，观音菩萨将其救出，变成白马驮着唐僧去西天取经；取经后又驮着经书回到东土，终成正果，被封为八部天龙马。

五、文学成就

《西游记》的艺术成就是多方面的，但最主要的成就是成功地运用了浪漫主义的创作方法，把我国浪漫主义的实际应用推向了一个新的阶段。

《西游记》想象奇丽丰富，情节曲折生动，语言诙谐明快。它以丰富奇特的艺术想象，生动曲折的故事情节，栩栩如生的人物形象，幽默诙谐的语言，构筑了一座独具特色的艺术宫殿。

《西游记》向人们展示了一个绚丽多彩的神魔世界，人们无不在作者丰富而大胆的艺术想象面前惊叹不已。从《西游记》所构造的虚幻的神魔世界中，我们处处可以看到现实社会的投影。《西游记》反映了作者对神权世界的讽刺和揶揄，同时也揭示了人间统治阶级的丑恶本质。

《西游记》把神奇性与现实性浑然无间地融合在一起。作者运用丰富的想象使神性、人性、物性有机地结合在一起。

《西游记》自问世以来，在世界各地广为流传，被翻译成多种语言。在中国乃至亚洲部分地区，《西游记》家喻户晓。几百年以来，《西游记》被改编成各种地方戏曲、电影、电视剧、动画片、漫画等，版本繁多。在日本等其他亚洲国家也曾出现以孙悟空为主角的文艺作品。

六、名家点评

《西游记》故事虽述变幻恍惚之事，亦每杂解颐之言，使神魔皆有人情，精魅亦通世故，而玩世不恭之意寓焉。

——鲁迅

这部书的结构在中国旧小说中，要算最精密的了……《西游记》还有一点长处，就是滑稽意味，拉长了脸孔，整日说正经话，那是圣人菩萨的行为，不是人的行为。《西游记》所以能成为世界的一部绝大神话小说，正因为《西游记》里种种神话都带着一点诙谐意味，能使人开口一笑，这一笑就把那神话"人化"过了。

——胡适

"三言"——以青年男女追求幸福爱情为主题的言情小说

作　　者：冯梦龙

文　　体：言情小说

成书年代：明代

一、作者介绍

冯梦龙（1574—1646），字犹龙、子犹，别号龙子犹、墨憨斋主人、顾曲散人等，长洲（今江苏苏州）人。他是明代文学家、戏曲家。他少年时即才华出众，见多识广，为人旷达，因治学不拘一格，屡试不中，五十七岁时才补了一名贡生。初任丹徒县训导，后任福建寿宁知县。任职期间曾编著《寿宁县志》。其兄冯梦桂为当时著名画家，其弟冯梦熊为当时著名诗人，兄弟三人合称“吴下三冯”。他曾以坐馆教书为生，因心中郁闷不乐，常出入青楼酒馆，使他有机会了解底层人民的生活，这对其创作通俗小说提供了很大的帮助。

明代阉党横行，冯梦龙惨遭阉党迫害，从而发愤著书，完成了《喻世明言》《警世通言》《醒世恒言》的编撰工作。他一生致力于通俗文学的编辑创作以及刊行工作。他的著作极为丰富，除著名的“三言”外，还整理了时调集《挂枝儿》《山歌》；改编了《列国志传》《平妖传》等长篇小说；创作了《双雄记》《万事足》等传奇故事；改编了汤显祖、李玉、袁于令等人的多种戏曲作品，合称《墨憨斋定本传奇》；有笔记小品《智囊》《古今谈概》，诗集《七乐斋稿》等。冯梦龙在小说、戏曲、歌曲三个方面都有较为杰出的成就。他的思想具有一定的前瞻性，有进步的文学观。同时，冯梦龙又是一位激进的爱国人士。崇祯年间，他在任寿宁知县期间，曾上书慷慨陈述国家衰败的真正原因。清兵入关后，他一面积极宣传抗清活动，一面大量刊印《中兴伟略》等书，最后在苏州忧郁而死。

二、作品档案

“三言”是冯梦龙编撰的《喻世明言》《警世通言》《醒世恒言》的合称，相继辑成并刊印于明代天启年间，是三部白话短篇小说集。每集收作品四十篇，总数为一百二十篇。凡宋、元、明三代四五百年间创作和流行的较优秀的白话短篇小说，几乎全部囊括在内。它其实是我国古代文学史上一部规模宏大的白话短篇小说集，也是白话短篇小说史上由口头艺术转为案头文学过程中的一座丰碑。

“三言”的取材非常广泛，以描写婚姻和爱情生活为主。其中很多作品都来源于当时的现实生活，对当时的市井生活做了十分生动的描绘，不仅真实地反映了当时的社会状况，而且讲述了深刻的生活道理。一些作品也反映了封建统治思想给人民造成的痛苦，塑造了许多反抗封建统治的人物形象，具有很高的思想价值和文学价值。

“三言”在历史上曾被列为禁书，并惨遭销毁。但自面世那天起，它就一直受到人们的喜爱和称赞。笑花主人说：“《喻世》《警世》《醒世》三言，极摹人情世态之歧，备写悲欢离合之致，可谓钦异拔新，洞心骇目。而曲终奏雅，归于厚俗。”凌濛初也说：“独龙子犹所辑《喻世》等诸言，颇存雅道，时著良规，一破今时陋习。”言谈中，对“三言”的思想内容和艺术成就给予了极高的评价。

“三言”中的作品大多属于长期流传于“说话”（说书）人演讲故事所用的底本，这种底本又称“话本”，是“说话”活动的直接产物。早在唐代，很多城镇里就已出现了“说话”这种民间技艺和以讲说各种故事为职业的“说话”艺人。宋代以后，随着工商业的不断发展，城市经济的日益繁荣，城市居民的进一步增多，适应居民娱乐需要的“说话”艺术也得到了空前发展。正是在这种民间技艺的发展过程中，产生了中国最早的白话小说“话本”。

随着话本的广泛流传，话本作者的队伍逐渐扩大。不少文人或为话本的艺术力量所吸引，或因书商的请求，也模拟话本的体例写作书面文学作品。文人写作的专供阅读的话本，后人把它称为“拟话本”。拟话本出现的时代，学术界至今对此还无法作出确切的考订。不过，拟话本只能是在既可供说书艺人讲述，又能供人们案头阅读的话本形式之后出现的，鉴于此，有学者认为拟话本的出现和成熟当是元代或元代末期的事。拟话本在艺术上保持了许多话本的特色，如口头语言、韵文、诗词结尾等，但经文人加工、润色又有不少提高，它的篇幅拉长了，主题集中了，文字洗练了，情节曲折了，尤其是在人情世态的描绘上和人物心理的刻画上更加细腻、丰富。

冯梦龙编写的“三言”是拟话本中的佼佼者。“三言”以生动的语言向人们展示了多种多样的生活场景，描绘了错综变幻的生活图景，为广大读者所热爱。

《喻世明言》，原名为《古今小说》，其中第一部题名为《古今小说一刻》，增补再版后易名为《喻世明言》，是“三言”中的第一部。所收作品均系宋、元、明三代话本和拟话本，有一半为宋元时代的旧作。冯梦龙对这些作品进行了整理和加工，也有其独立撰写和根据别人旧作改写的作品。它是明代话本、拟话本的重要选集之一，也是后人研究话本、拟话本的重要参考资料。《喻世明言》中有许多著名的篇章，如《蒋兴哥重会珍珠衫》《羊角哀舍命全交》《吴保安弃家赎友》《宋四公大闹禁魂张》《沈小霞相会出师表》。它们有的反映了市民阶层的婚姻道德观，有的高扬朋友情义，有的歌颂见义勇为、打抱不平的侠义人物等。这些作品均取材于社会底层的现实生活，表达了底层人民的思想情感。

《警世通言》是“三言”中的第二部，收录宋、元、明时期话本、拟话本四十篇，其中有不少是作者本人撰写的作品。其题材或来自现实生活，或取自前人笔记小说，故事情节曲折，人物形象鲜明。其中描写婚姻爱情题材的作品很多，具有很高的思想性和文学性，例如，《杜十娘怒沉百宝箱》，描写了封建社会中妇女们的悲惨遭遇，肯定了她们敢于同封建礼教做斗争，大胆追求爱情和幸福的行为。《玉堂春落难逢夫》表现了下层民众受到统治阶级迫害的悲惨遭遇以及他们的反抗斗争的精神。这些优秀作品表达了积极的反封建思想，多少年来一直都是人们传诵的名篇。

《醒世恒言》是“三言”中的第三部，以明代拟话本为主，题材主要来自民间传说。如《十五贯戏言成巧祸》《卖油郎独占花魁》等都是其中具有代表性的作品。它们不同程度地反映了当时的社会生活和市民思想感情，讴歌了青年男女追求幸福爱情生活的行为，对达官显贵、豪强恶霸都作了无情的揭露和批判，具有很高的艺术价值。

三、内容概要

晏婴二桃杀三士（《喻世明言》）

春秋时代，齐景公手下有三位勇士：公孙捷、田开疆和古冶子。三人结拜为兄弟并深得齐景公的宠幸。他们力大过人，挟功恃劳，横行霸道，趾高气扬，从不把别人放在眼里。上大夫晏婴对此实在看不过去，眼见三人的恶势力逐渐扩大，危害国政，他心中想道：如不除去这三人，将来他们必然恃勇而不服管束。

于是，晏婴便来见齐景公，向齐景公陈述了自己的看法，建议设法把三人除掉，越快越好。齐景公听了晏婴的一席话之后，面露难色，认为找不到可抵得过他三人的勇士。晏婴听后，向齐景公献上一计。

三天之后，齐景公在宫内举行酒会大宴群臣。酒过三巡，晏婴奏请齐景公，去御园里摘些鲜桃来宴客。齐景公即派掌园官去摘桃，晏婴要求自己亲自去采摘。

不一会儿，鲜桃摘回来了，却只有五个。齐景公问："怎么这么少？"晏婴答："树上还有三四个未熟，只可摘这几个。"齐景公拿了一个鲜桃吃了，又赏了大夫叔孙和晏婴每人一个鲜桃。当盘中还剩两个鲜桃时，齐景公传谕两旁文武官员，各人自报功绩，功深劳重者可食鲜桃。

勇士公孙捷首先自夸起来，说："从前我同主公在山上打猎，亲手打死了一只老虎，主公才大难不死，这算不算是大功？"晏婴忙说："这是擎天保驾之功，理当受赏！"古冶子也站起身来说："打虎有什么了不起！我当年在黄河的惊涛骇浪中浮沉九里，斩下妖龟之头，方救得主公一命，这功劳如何？"齐景公接口说："实为难能可贵。"并将余下的一个鲜桃赐给他。

这下田开疆生气了，他说："我曾奉旨攻打徐国，俘虏了五百多人，迫使徐国投降，威震四海。左右邻邦纷纷上表朝贡齐国，为确立国家的霸主地位打下了坚实的基础。这还不算功劳吗？不应受赐吗？”只见他边说边怒气冲冲地按着剑嚷道：“打虎斩龟有什么了不起！我为国家长途跋涉，千里征战，反被冷落，且在群臣面前受此大辱，被人耻笑，我还有何脸面见世人！”说完便拔剑自刎而死。

田开疆死后，公孙捷也拔出剑来，结果了自己的性命。古冶子发疯一样跳起来说：“我们三人是结拜兄弟，发誓同生死、共患难，如今他们两人已亡，我又怎能独自一人苟生！”话音刚落，他的人头也掉了下来。

就这样，晏婴未动一兵一卒，只用一计就除掉了三位祸害。

杜十娘怒沉百宝箱（《警世通言》）

绍兴府有个公子名叫李甲，因在京就学，和名妓杜十娘相遇。这杜十娘满腹才情，李公子也能书善画，二人一见钟情，相见恨晚。

不知不觉，李甲在院里已度过了一年有余。老鸨见他的银钱花得差不多了，有心赶他走，便一反过去阿谀奉承、溜须拍马的卑贱相，时常挖苦李甲，话中带刺。不过她又放出口风，说李甲若能在十日之内拿出三百两银子，杜十娘便可随他去。杜十娘和李甲遂应声向老鸨作揖答应。

次日清早，李甲就出门去筹借银钱。在同乡监生柳遇春的帮助下，三百两银子终于凑齐了。第十日早晨，老鸨打开门见到杜十娘与李甲双双立于门前，手里提着三百两银子，大吃一惊，心里不免有些后悔。老鸨无话可说，只得将李甲与十娘推出屋外，声言所有日常用品都不准带走。院中平时与杜十娘亲近的姐妹纷纷解囊，把杜十娘装扮得焕然一新，又大摆筵席，载歌载舞，为他夫妇二人道喜。

这天，李甲和杜十娘选了黄道吉日，准备离开京城返回故里。姐妹好友纷纷前来送行，并赠给他俩一只箱面绘有金彩的小箱子，箱子锁得很是严实。这天行到潞河，改走水路。船行到瓜洲，李甲与杜十娘坐在船头，李甲一时兴起，举杯邀杜十娘高歌一曲，以助酒兴。杜十娘也兴致勃发，于是开喉顿嗓，取扇按指，高歌一曲。

有一位新安县盐商，名叫孙富，生性风流，此刻正泊舟瓜洲渡口。他忽然听见仙音妙乐，推窗外看，恰逢杜十娘揭起船旁棉帘，泼洒剩水。杜十娘粉容微露，娇态动人。孙富不由被杜十娘的天姿国色深深吸引。为引起杜十娘的注意，他倚窗高吟起《梅花诗》来。李甲听见邻船有人吟诗，便探头出舱观看，此举正中了孙富之计。孙富立刻与李甲热情搭讪，建议一起上岸饮酒叙话，李甲同意了。在一处酒家，孙富见时机已到，便问昨夜高歌的人是谁？李甲实话相告说是京城名妓杜十娘，并将他们两人如何相好，后来自己又筹钱为杜十娘赎身，迎娶杜十娘等事细述了一遍。

孙富心里有了主意，便问李甲他家里人能容忍杜十娘吗？李甲感叹说这正是他的一块心病。孙富趁机诱劝："古来有一句话叫'女人水性无常'，况且烟花女子，更是真的少假的多。你若带她一同回家，肯定会触怒父亲。因为一个妓女而抛家离子，天下人又该怎么评说你？"一席话说得李甲怅然若失。孙富劝李甲，他愿意拿出一千两银子交换杜十娘。李甲表示要回去与杜十娘商量。

挑灯时分，李甲上得船来，把孙富同他谋划之事说给杜十娘听。杜十娘冷笑说："为你操心谋划的这个人，必然是位大英雄。那千金又在哪里？"李甲说："没得到你的同意，自然不敢收那千金。"杜十娘叫他答应孙富，李甲感动得不知说什么好。四更时分，杜十娘将自己打扮得光彩照人，拂晓时催促李甲快去回话，让孙富及早兑足银子。孙富大喜，立即将白银一千两送过船来。这边杜十娘亲自验看后，举手招呼孙富。随后她又将原来姐妹们赠送的描金箱子取出来，打开锁，叫李甲抽出第一层匣子来看，只见里面翠羽明珰、瑶簪宝珥，约值数百金。杜十娘拿起匣子投入江中。她又让李甲再抽出一层匣子，里面乃是金箫玉管；又抽出一层匣子，里面尽是古玉、紫金玩器，约值数千金，杜十娘尽数投于江中。最后又抽出一层匣子，里面原来有一枚夜明珠，其他祖母绿、猫儿眼等众多珍宝，价值连城，也被杜十娘投入江中。李甲大悔，抱住杜十娘恸哭。

杜十娘推开李甲，大骂孙富破坏人间姻缘，断送她的恩爱，若她死后有知，也要诉诸神明，让孙富休想阴谋得逞。杜十娘又转身对李甲说："我沦落风尘，这么多年所攒下的积蓄，是为后半生所作的打算。自从遇到了公子你，山盟海誓，愿白首不负。临行时，假托是众姐妹相赠，箱中珍宝首饰不下千万两黄金。本打算与郎君托付终身，生死不憾。谁知郎君受人挑拨，半路嫌弃。今天当着众人的面，我开箱现宝，恨你眼中无珠。我没有辜负你，是你辜负了我啊！"说完，杜十娘怀抱宝箱，纵身向江心一跳，眨眼间便杳无踪影。

后来，李甲终日愧悔，郁结成疾，终身不治。孙富则整天梦见杜十娘在旁指责诟骂他，一个月后竟被吓死了。

张淑儿巧智脱杨生（《醒世恒言》）

扬州江都县有个举人名叫杨延和，表字元礼，十分聪明。他虽然幼年父母双亡，但父母给他留下了大量的财产。这一年，京城举行大考，叔伯亲友们便都劝他进京赴试。于是，杨元礼选择一个吉日，和其他六位年轻的举人，每人带五六个仆人，一起结伴上京赶考。

这天，一行四十余人来到河南府荥县境内，此地离县城还有七八十里路，众人看到不远处有一座宝华寺。接连行走了好几天，大家都想进寺庙玩玩。一个中年和尚把几位举人引进大殿，几位举人得知师父法号叫悟石。悟石见这些人穿着华丽，行李也十分贵重，便要他们在禅寺里住一宿，明天再走。杨元礼看到这儿人烟稀少，荒凉冷清，怕不安全，想走。但其他几位举人说累了，想休息一晚。无奈，杨元礼只得答应在庙里住一夜。

晚上，禅寺里的和尚将这些举人和仆人灌得大醉，杨元礼只喝了一点儿酒，就推说肚子痛，进屋睡觉去了。忽然，杨元礼听到外面有人呼叫，紧接着又听到了刀剑砍在人身体上发出的声音。他知道出事了，顾不得别人，跳出后窗爬上院中的一棵大树，偷偷往屋里看去，只见一伙人，其中有和尚也有俗人，闯进房内，手执利刃，朝着床上的人便砍。杨元礼见众人被杀，从树上跳下来跑了。突然，他看见前面有一户人家，便前去敲门。一个五十多岁的老太婆打开门，杨元礼便把如何被骗进寺庙，同伴如何被杀的经过讲了出来，并恳求老太婆准许他借宿一夜。老太婆同意了，并叫女儿出来陪着杨元礼，自己说是去给杨元礼买酒压惊，提了酒壶出去了。

女孩儿仔细看了看杨元礼，问他说："你以为我母亲真的为你打酒吗？"杨元礼不解。那姑娘告诉杨元礼，她叫张淑儿，家里受了宝华寺和尚的恩惠，母亲现在正赶去报告和尚。她劝杨元礼快逃，并送给他一锭银子做急用。杨元礼收了钱，心中暗想：这女子救我性命，不如和她约定，以后我娶她为妻。他便向姑娘说明了自己的身世，说自己将来一定要娶她为妻。张淑儿说自己也愿意和他结为百年之好。杨元礼听罢抽身逃走了。

天亮以后，杨元礼在县城遇到了一直在京城做生意的叔叔杨小峰。杨元礼把自己在宝华寺劫后余生、张淑儿救他脱险的情况全都讲给了叔叔听。叔叔领着他回到客店休息，将自己身边的随从阿三送给他，又借给他一百二十两白银，然后雇了一辆车送他进京。

杨元礼进京会试，在殿试中中了第一甲第三名，官封翰林院翰林。几个月后，宝华寺的凶杀案被侦破，官府在案情真相大白之后立即灭寺屠僧，在道路边上立碑纪念遇害者。

杨元礼得知消息后，告假回家，亲自到寺庙遗址作诗吊祭六位举人。这天，张淑儿家来了一位老者，他是杨元礼的叔叔杨小峰，是来给侄儿说亲的。张母吓呆了，张淑儿把她拉进自己房中，把那天晚上自己救杨元礼的事情详细向母亲说了，并安慰母亲，杨元礼已经答应过她，不记恨母亲。就这样，杨小峰带着张淑儿母女来到扬州老家。等杨元礼回到家中，二人举行了婚礼。婚后，小两口相亲相爱，杨元礼也非常尊重岳母。

四、主要人物形象

杜十娘

京城“教坊名妓”。她渴望跳出火坑，迫切要求从良，过正常人的生活。她私攒了大量贵重的珠宝，盼望有朝一日从良之后，用这些珠宝孝敬公婆，以求未来公婆的认可。当她遇到李甲，看到李甲为了她一掷千金毫不怜惜的时候，没能看清这是豪门公子寻欢作乐的本性，错误地认为这是李甲真情的流露。于是，她智斗鸨母，离开妓院，随李甲踏上了归程。但李甲在遇到盐商孙富之后，为了能够回家对父母有个交代，又将她卖给了孙富。杜十娘得知自己被李甲卖给别人后，非常气愤。她本想过正常生活的渴望化为了泡影。痛骂李甲之后，杜十娘抱着百宝箱投入了滚滚江水中。

花魁娘子

原名莘瑶琴。从小由于生活所迫被卖入妓院，十七岁时成为誉满京城的名妓。开始她非常喜欢接触那些挥金如土的豪门公子，认为他们是“有身份的子弟”，接触他们可以抬高自己的身价。当受到吴八公子侮辱欺凌之后，她才清醒地认识到自己所处的可悲的社会地位。当卖油郎秦钟用自己积攒下来的血汗钱来见她的时候，她很看不起秦钟，想以醉酒之身应付秦钟，而秦钟却毫无怨言地服侍了她一夜。秦钟的所作所为使她深受感动，最终下决心嫁给这个没钱、没势但正直善良的卖油郎。

白娘子

一条修炼千年、神通广大的白蛇。由于羡慕人间与世无争的生活和幸福的爱情，幻化成一位漂亮女子，来到风景秀丽的西湖。在西湖湖畔，白蛇偶遇许仙，借烟雨溹溹的机会乘坐许仙的行船，又以还伞为由，约许仙出来相会，提出和许仙结为夫妻的期望，并追到苏州和许仙成婚。这时的白娘子确实是一位温柔多情的绝色佳人，但她到底是白蛇的化身，身上有时难免表现出亦人亦妖的特点。她周济许仙银两，却使许仙入狱；为使许仙风光体面，结果又使许仙吃了官司。白娘子对许仙无限柔情，对加害她的人却肆意惩戒。她施法术把终南道士吊在空中，现原形把心怀不轨的李克用吓得灵魂出窍。她竭尽全力帮助许仙开店卖药，希望永享人间欢乐。后来许仙遇到法海，得知白娘子实为蛇妖，任凭法海用钵盂把白娘子罩住，压在雷峰塔下。可怜白娘子为爱情付出了一切，最终还是被封建神权势力扼杀了。

苏小妹

北宋文学家苏洵之女，苏东坡之妹，聪明绝顶，擅长诗文。十六岁时准备选婿，引来无数慕名求婚者。苏洵让求婚者先呈文字给女儿批阅，然后决定选谁为婿。苏小妹唯独欣赏秦观的文才，称“今日聪明秀才，他年风流学士。可惜二苏同时，不然横行一世”。新婚之夜，苏小妹又出三道题考秦观，三试俱中方准进房，秦观最后顺利过关。

唐寅

唐伯虎，明代画坛著名的“吴门四大家”之一。他是个风流才子，放浪形骸、旷世傲物。一次，他在江上看见了华府的侍女秋香，心旌荡漾。为得到秋香，他隐姓埋名，投身华府，甘愿为奴，依靠他的才学获得华学士的宠信，并被准许在华府侍女中任挑一个为妻。唐伯虎终于和秋香成婚，如愿以偿，并与秋香逃出华府，回到苏州。唐伯虎的故事家喻户晓，流传广远。

秋香

华府中华夫人的贴身奴婢，体态绰约，眉目秀艳，只掩口一笑，就使恃才傲物的唐伯虎忘乎所以、神魂飘荡。当然，她的掩口而笑，是知道唐伯虎与众不同，故意装给他看的。当唐伯虎说破自己的真实姓名、身份，并要她与自己一起逃出华府时，她毅然冲破封建礼法的束缚，和唐伯虎私奔了。

赵匡胤

不恋儿女私情。他因逃难来到清油观，发现京娘被强盗锁在观中，见义勇为，救京娘逃离虎口，并不辞劳苦，亲自护送京娘返回千里之外的故乡。他武艺高强，使一条浑铁棒，路上铲除了危害乡里的强盗恶寇。京娘对赵匡胤救命之恩感激不尽，又愧无所报，决定以身相许，遭到赵匡胤的严词拒绝。等到送京娘安全回家，京娘父亲又做主将京娘许配给他，他非常气愤，驱马而去。

司马相如

汉武帝时蜀川才子，字长卿，少年孤苦，家境贫寒，胸有大志，精通经史。应朋友王吉相邀来到临邛，去拜访临邛巨富卓王孙，游赏卓家花园。卓王孙探知司马相如极具文才，十分敬重他，挽留司马相如在园中小住几日。卓王孙只有一女，表字文君，年方十九，聪慧过人，姿色出众，却新寡在家。卓文君见司马相如丰姿俊雅，而且弹得一手好琴，对他十分向往。一天晚上，月光如水，司马相如在瑞仙亭中弹奏《凤求凰》，表达心声。卓文君心有灵犀，前来和司马相如会面，并趁夜黑离开了卓府。二人在成都开了一家酒铺，卓文君亲自当垆。后来司马相如的《上林赋》为汉武帝所赏识，汉武帝拜司马相如为中郎将，后迁为孝文园令，不久司马相如病逝。

卓文君

卓文君是临邛巨富卓王孙的独生女儿，美丽聪慧，琴棋书画样样精通，敢于反抗封建礼教。十九岁时，新寡在家，夜访司马相如，私订终身。她明白自己和司马相如之间贫富悬殊，家父定不允婚，就决计和他私奔。为了爱情，她甘愿过贫穷生活，出钱替司马相如开店，并亲自当垆。当司马相如的文章为汉武帝赏识并拜中郎将时，卓文君父女也和好了。

钟子期

钟子期出身微贱，善于听琴，整天靠砍柴度日，还要奉养年迈的父母。即便如此，他也不为名利所动。钟子期虽生活在山野林间，却博才多艺，精通五音六律，熟谙琴史琴理，能神会“高山流水”之意，使俞伯牙惊喜异常，引为知音。他胸襟坦荡，不轻易答应他人之请，也绝不爽约失信。死后葬于江边，兑现了他与俞伯牙的约定，称得上忠信志诚之士的典型。

俞伯牙

俞伯牙善于抚琴，出身晋国正大夫，身上难免带着官气和世俗气，认为山野中没有听琴之人。然而当听了钟子期对琴理的一番高论后，他认识到了自己的错误，遂与钟子期结为刎颈之交。钟子期病死，他五内俱裂，为失去知音而痛不欲生。在钟子期坟前，俞伯牙将琴摔碎，从此不再抚琴。

五、文学成就

作者注重在日常生活中显示出故事的传奇性，使其跌宕起伏，同时也善于设置悬念、伏笔，书中情节常常一波未平，一波又起，环环相扣，引人入胜。

“三言”有较多的真切自然而又层次清晰的心理描写，也有具体丰富而又生动传神的细节刻画。作者善于把人物内心活动刻画和生活细节描写结合起来，渲染人物的表情、对话、行动，绘声绘色，细致入微。例如，《杜十娘怒沉百宝箱》中的人物心理刻画就尤为精细，李甲狠心出卖杜十娘，与杜十娘在舟中谈话前后的大段文章，对人物心理活动的描写都很成功，符合人物的身份、性格和当时的情感。有些心理活动，着墨不多，并无烦琐的独白，却深入地写出了人物的内心状况。

作品有着流畅生动的文学语言，较为纯净，少有杂质；叙述语言明白如话，富于表现力；人物语言描摹逼真，具有个性化，达到了不事雕琢而自然曲尽事物之情的境地。其中较优秀作品的文学语言，结合了宋元时期的某些口语、明朝的北方话和江南通用的口语，以及某些比较浅显的文言，这些语言基本上能融为一体。其中完全口语化的部分很接近现代的口语。像《卖油郎独占花魁》《乔太守乱点鸳鸯谱》等反映市民生活的作品，语言的通俗生动、丰富多彩尤其明显。

“三言”中有许多故事都成为后世文艺创作的素材，其中有许多人物已成为广大人民群众所熟知的艺术形象。这些人物中，少了自耕自足的小农及富得流油的王孙豪绅，有的只是新兴的市民阶层，如小商人、手工业者，还有靠卖笑为生的妓女。这些向来被人们瞧不起、生活在社会边缘的小人物，被冯梦龙搬上了文学舞台，以自己的亲身经历向天下宣告，他们是社会中的一分子，是构成世界不可或缺的一部分；他们同样具有获得美好生活的权利和能力。这在中国文学史上具有关键的意义。

当然，诞生在封建时代的“三言”作品，因其时代的局限性，难免会宣扬封建伦理道德、神仙鬼怪迷信和宿命论思想，另外还掺杂了淫秽色情方面的描写，我们今天阅读这些作品，应对这些方面作辩证的看待。

“三言”标志着我国白话短篇小说的语言艺术已经跨越了通俗化的初级阶段，开始进入更高的规范化和艺术化的阶段，为之后的白话短篇小说的创作树立了典范。

六、名家点评

近世承平日久，民佚志淫，一二轻薄恶少，初学拈笔，便思污蔑世界，广摭诬造，非荒诞不足信，则亵秽不忍闻。得罪名教，种业来生，莫此为甚。而且纸为之贵，无翼飞，不胫走。有识者为世道忧之，以功令厉禁，宜其然也。独龙子犹氏所辑《喻世》等诸言，颇存雅道，时著良规，一破今时陋习。

——凌濛初（明）

《聊斋志异》——描述民间鬼狐故事的志怪传奇小说

作　　者：蒲松龄

文　　体：志怪传奇小说

成书年代：清代

一、作者介绍

蒲松龄（1640—1715），字留仙，号柳泉居士，济南府淄川（今山东淄博市淄川区）人，清代小说家。他出身于一个败落的地主家庭，父亲蒲槃弃学经商，然广读经史，学识渊博。蒲松龄十九岁时，以县、府、道三个第一考取秀才，颇有文名，但以后屡试不中。

蒲松龄二十岁时，与同乡学友王鹿瞻、李希梅、张笃庆等人创办“郢中诗社”。后因家贫，应邀到李希梅家中读书。三十一二岁时，应同邑进士、新任宝应知县、好友孙蕙的邀请，到江苏扬州府宝应县做幕宾。这是他一生中唯一的一次离乡南游，对其创作《聊斋志异》具有重要的意义。南方的自然山水、风俗民情、官场的腐败、人民的痛苦，他也都深有体会。北归后，他到缙绅家设馆为生，主人家藏书丰富，使他得以广泛涉猎各类知识。七十一岁撤帐归家，过了一段饮酒作诗、闲暇自娱的生活。

蒲松龄一生热衷科举，却不得志，七十一岁时才补了一个岁贡生，因此他对科举制度的不合理之处深有体会。他自幼喜欢民间文学，广泛搜集精怪鬼魅的奇闻逸事，从中吸取创作营养，融入自己的生活体验，创作出杰出的文言短篇小说集《聊斋志异》，以花妖狐魅的幻想故事反映现实生活，寄托自己的理想。除《聊斋志异》外，他还有杂著《省身语录》《怀刑录》等多部作品，这些作品经人搜集编订为《蒲松龄全集》。他的书中常常出现“故家子”“故大家子”（均指出身于没落的官僚、地主家庭的子弟）等人物形象，多多少少是作者本人的真实写照。

二、作品档案

《聊斋志异》，清代文言文短篇小说集，是蒲松龄的代表作，在他四十岁左右时基本完成，此后不断有所增补和修改。“聊斋”是他的书屋名，“志”是记述的意思，“异”指奇异的故事。作品大多通过谈狐说鬼，对当时社会的腐败、黑暗进行了有力的批判，在一定程度上揭露了社会的矛盾，表达了人民的愿望。但其中也夹杂着一些封建伦理观念和因果报应的宿命论思想。

《聊斋志异》完成于清康熙十八年（1679），是中国古代一部优秀的文言文短篇小说集。在蒲松龄生前多以抄本流传，到乾隆三十一年（1766），第一次由赵起杲在浙江严州刻印。

据说蒲松龄在写《聊斋志异》时，专门在家门口开了一家茶馆，请喝茶的人给他讲故事，讲过后可不付茶钱，之后蒲松龄再将故事进行修改写到书里面去，最终写成此书。

《聊斋志异》记述的是狐、仙、鬼、妖的故事。狐、仙、鬼、妖的内容大致可以分为以下几类：一是才子佳人式的爱情故事；二是人与人或非人之间的友情故事；三是针砭黑暗社会现实的反抗故事；四是讽刺不良品行的道德训诫故事。

在中国文学史上，《聊斋志异》是一部著名的短篇小说集。全书共四百九十一篇，内容十分广泛，多谈狐、仙、鬼、妖，以此来概括当时的社会关系，反映了十七世纪中国的社会面貌。蒲松龄的同乡好友王士祯曾为《聊斋志异》题诗："姑妄言之姑听之，豆棚瓜架雨如丝。料应厌作人间语，爱听秋坟鬼唱诗（时）。"王士祯对《聊斋志异》甚为喜爱，给予极高的评价，并为其作评点，甚至欲以五百两黄金购《聊斋志异》手稿而不得。

三、内容概要

《聊斋志异》通过对花妖狐魅故事的描写，寄托了作者的孤愤之情，曲折地反映了社会现实，近五百篇故事大体上可分为四类。

第一，描写爱情的故事。它们是《聊斋志异》中篇幅最多、写得最精彩的部分，作者以奇特瑰丽的想象，描写了人与人、人与神、人与鬼、人与动植物之间的爱情故事。在这个美丽的幻想世界里，作者表达了自己对爱情和人生的看法，通过人间少男少女的爱情故事，揭露了封建婚姻制度的不合理，歌颂了理想的爱情，表达了男女争取婚姻自由的愿望，赞扬了少男少女对封建礼教和传统道德观念的大胆反抗精神。

《阿宝》中的穷书生孙子楚爱上了富家小姐阿宝，听别人说阿宝不喜欢他有六个手指头，便毅然拿起斧子砍掉多余的手指。他虽然"大痛彻心”，却觉得为爱人做了一件事而高兴。后来他的灵魂变成 只鹦鹉。追随在阿宝身边，精诚所至，金石为开，他终于赢得了阿宝的爱情。

在蒲松龄的笔下，不仅人具有深挚的情感，花妖狐魅更是如此。在他所描绘的幻想世界中，充满着浪漫的自由精神，也体现了作者的爱情婚姻理想。

第二，描写科举考试的故事。这类故事集中反映了蒲松龄对现实社会的强烈不满和批判精神。这类故事有的写实，有的与对神怪虚幻的描绘结合在一起，贯穿了作者激愤悲凉的情绪。所谓“嬉笑怒骂，皆成文章”，可谓这类文章的特点。蒲松龄是科举考试的热衷者，也是科举考试的受害者，他有“五十余岁犹不忘进取”的经历，深知科举考试的内幕，对科场、学官的黑暗腐朽极为不满。其中较为有特色的作品是《王子安》。

王子安是位“名士”，屡考不中，却又“期望深切”，即便已如“病鸟”，还要继续参加应试。一次考试后，他在大醉中梦见自己中进士、点翰林，即刻有长班跪拜床下。这时王子安想到不可不出去炫耀一下，于是大呼长班伺候。长班来得稍迟，他就捶床跺脚，起来要揍长班，结果长班没揍着，自己摔倒在地。妻子嘲笑他说：“家里只有我这个老婆子白天为你做饭，晚上为你暖脚，哪来的长班伺候你这个穷骨头啊！”孩子们都笑起来，他才清醒了。

第三，揭露社会黑暗的故事。这类故事鞭挞贪官污吏、土豪劣绅残害人民的罪行，热情赞扬被压迫者的反抗斗争精神。

《促织》讲述的是朝廷向民间征收蟋蟀而导致成名一家家破人亡的悲剧故事，指出皇帝的淫逸玩乐是百姓受祸的根源。故事写明朝宣德年间，皇帝喜斗蟋蟀，每年都到民间征收蟋蟀。各级地方官吏媚上邀宠，以求升官发财，把这个苦差层层下压——抚臣责令县宰，县宰责令里正。市井游民偶得上佳的蟋蟀品种，便高标价格，居为奇货。狡猾的里正则借此渔利，勒索百姓，按户口人头摊派费用，把这笔沉重的负担统统压在百姓头上，无数百姓因此倾家荡产。

故事的主人公成名是个没考上秀才的读书人，忠厚老实，不善言辞。于是刁诈的小吏将他报到县里，硬让他当里正，成名被迫接受征收蟋蟀的差使。他既不敢按户摊派人头捐，自己又无钱赔贴，只得早出晚归，四处寻找蟋蟀。官府限期追讨，成名如果找不到蟋蟀就要挨刑杖。到期时他两腿被打得鲜血淋漓，以致躺在床上，只求一死。后来成名费尽心力找到一只蟋蟀，如获至宝，举家庆贺，却不料蟋蟀被几岁的儿子不小心弄死了。这一下犹如大祸临头，成名的妻子吓得“面色灰死”，儿子也因“畏罪”而跳井自杀。开始，成名怒气冲冲地到处找儿子算账，可是当他在井里找到儿子的尸首时，立刻“化怒为悲，抢呼欲绝。夫妻向隅，茅舍无烟，相对默然”，绝望到极点。天黑时“取儿藁葬”，发现儿子还有点气息，稍觉宽慰，但是回头看见用来装蟋蟀的笼子里空空的，又不免“气断声吞”，无心再过问儿子的死活了。

成名儿子的生魂最后化为一只轻捷善斗的蟋蟀去应付官差。抚臣把成名儿子的生魂所变的蟋蟀，小心翼翼地装在金丝笼里进献给皇帝，并且上奏章详细禀报蟋蟀善斗的本领，皇帝大为高兴，立刻赐给他名马锦缎。抚臣想到这份功劳得力于县宰的督责，不久县宰就得到抚臣“才能出众”的保荐。官吏们用百姓的血泪和生命换得了个人的升官发财。最后作者用“一人飞升，仙及鸡犬”作为结语，意味深长地讽刺抚臣、令尹“并受促织恩荫”，大家都沾那只蟋蟀的光，名成利优。县宰高兴之余，不但免除了成名的差使，而且“又嘱学使，俾入邑庠”。成名多年未考中秀才，这回凭县宰一声吩咐，立刻如愿以偿。只有成名的儿子最可悲，他在床上昏昏沉沉地躺了一年多才苏醒过来，总算捡得了一条活命，这就是他得到的最大恩赐了。

第四，其他类型的故事。这些故事从不同角度对现实社会进行了揭露，或讽刺世态之庸俗，或刻画人心之险恶，或指出对鬼怪、恶势力要敢于斗争，给人以多方面的哲理启示。

《画皮》写王生贪恋美色，引鬼入室，不听别人的忠告，结果差点送命。这个故事告诉我们，对待一切人和事物要善于识别他们的本质，不要被表面现象所迷惑，听不入耳的劝告很可能是有益的，否则等到恶人挖去你的心时，后悔就来不及了。

四、主要人物形象

小翠

小翠是一个狐女，她的母亲曾经受侍御王太常庇护，免遭雷霆之轰。她为替母报恩，主动来到王太常家，甘愿做王太常的痴儿王丰元的媳妇。小翠活泼、开朗而又颇有计谋，自从她进王家门后便笑声不止，笑容不断。虽然丈夫是个连父母都无法辨认的痴人，她却从未有过半点愁容。她虽然身怀治愈痴儿呆病的绝技，却并不马上施展，而是直到除去王家的劲敌王给谏后，才显示其本领。小翠心地善良，当婆母怒而杖打王丰元时，小翠一改笑而不言的态度，屈膝求情。离开王家后，她被王丰元为她寝食不安、恸哭欲死的行为深深感动。和王丰元见面后，她劝王丰元另娶新人，以延续王家宗嗣。为了使王丰元彻底忘记自己，小翠凭仙术改变了自己的音貌，以让他喜欢别人。

红玉

冯相如家境贫寒，几年前妻子去世。狐女红玉仰慕冯相如的为人，假称邻女，翻墙来到冯相如家，和他私订终身。半年后，两人在一起的事情被冯相如的父亲发现，冯父将红玉骂了一顿，并不准冯相如和红玉再来往。红玉知道自己无法和冯相如白头偕老，只好忍痛分离。临走前，红玉赠予冯相如白金四十两，为冯相如谋划娶邻村的女子卫氏，使他有一个温暖的家。两年后，冯妻生下一子。清明节时分，卫氏上坟，碰到邑绅宋御史。宋御史贪恋卫氏的美貌，安排几个手下闯入冯家，青天白日将卫氏抢走，并打伤冯家父子。冯父被活活气死，卫氏自杀身亡。因宋御史勾结官府，冯相如有冤无处申。后来冯相如遇一侠士，侠士杀死宋御史，但冯相如被官府逮捕，幼儿被丢弃到荒山之中。只因县官受侠士警告，冯相如才得以释放。家破人亡的冯相如正在悲痛欲绝之时，红玉忽然带着他的儿子回到家里，和他一起重创家业。

鸦头

鸦头是妓院里的一名狐妓，因与穷书生王文相爱而私奔，不幸被鸨母发现。鸦头被抓回后，受尽折磨、凌辱。她深深地爱着王文，对鸨母要将她嫁给他人的计划坚决反对，故被老鸨囚在牢中。鸦头和王文同居后生了一个儿子，名叫王孜。王孜长大成人后将鸦头救出牢狱，一家人得以团圆。鸦头是一位感情专一、性格坚强、敢于反抗的妇女形象。早年，她深深看透妓女与嫖客的关系只有钱色，因此，当她遇到敦厚、纯朴的王文时，便不顾鞭创裂肤、饥火煎心的痛苦，以身相许。她不甘心和心上人只度一夜鱼水之欢，不愿忍受妓院里暗无天日的生活，勇敢地与王文出逃，不怕吃苦，并亲自种田织布，自食其力。

郎玉柱

郎玉柱是一个只知读圣贤书的呆子。他深信“书中自有千钟粟，书中自有颜如玉”。他家庭贫困，宁愿变卖家产来维持生计，对父亲留下的满屋藏书他却一片纸也舍不得卖。他把父亲书写的荀子《劝学篇》当作人生座右铭，不分春夏秋冬，昼夜研读。一日读书时，郎玉柱偶然在《汉书》第八卷处发现一位纱剪美人，更加出乎他的意料的是，纱剪美人居然活了。美人告诉郎玉柱，她叫颜如玉。对郎玉柱的读书方法，颜如玉不赞成。每当郎玉柱坐着读书时，颜如玉就坐在一边，劝他不要死读书，说当官的没一个是读书读出来的。郎玉柱不听，颜如玉生气地逃回书中。郎玉柱怕失去她，发誓不再读书了，颜如玉又从书上走了下来。但郎玉柱积习难改，又背着颜如玉偷偷地读书，颜如玉发现后又逃走了。为了让郎玉柱改变死读书、读死书的习惯，颜如玉教他下棋弹琴，以享天伦之乐。邑宰史公听说这件事后，感到奇怪，要看看颜如玉到底长得怎样，颜如玉知道后藏了起来。史公十分恼火，利用职权将郎玉柱抓起来，把他毒打一顿，并将郎家藏书全部烧毁。自那之后，颜如玉再也不见了踪影。随后，郎玉柱高中进士，几年后查清了史公犯下的罪行，将史公绳之以法，为颜如玉复了仇。

五、文学成就

《聊斋志异》在艺术上兼采众体之长，不仅继承了魏晋志怪小说和唐人传奇小说的优秀传统，而且还从史传、白话小说中吸取了营养，形成了自己独特的艺术风格。它成功地塑造了众多艺术典型，人物形象鲜明生动，故事情节曲折离奇，结构布局严谨巧妙，文笔简练，描写细腻，堪称中国古典短篇小说的巅峰。

作者有意将幻异境界与现实社会联结在一起，以寄托自己的理想，使作品既驰骋天外，充满浓郁的浪漫气息，又立足现实，包含深厚的生活内容。幻想性与真实性的相辅相成、对立统一，构成了《聊斋志异》的突出特点。

《聊斋志异》是一部具有独特思想风貌和艺术风格的文言文短篇小说集。多数小说是通过幻想的形式谈狐说鬼，但内容却深深地扎根于现实生活的土壤之中，曲折地反映了蒲松龄所生活的时代的社会矛盾和人民的思想、愿望，融合了作家对生活的独特感受和认识。蒲松龄在《聊斋志异》中说：

“集腋为裘，妄续幽冥之录；浮白载笔，仅成孤愤之书。寄托如此，亦足悲矣！”在这部小说集中，作者寄托了他在现实生活中产生的孤愤和理想。

大量的非现实性艺术形象的成功塑造，是《聊斋志异》的主要艺术成就。这些形象塑造的基本方式是：以他们作为“人”所表现出来的社会性为核心，巧妙地融合进他们作为“物”的自然属性或幻想属性，使之成为一种人性和物性复合统一的艺术形象。这样，这些花妖狐魅既多具人情，和善可亲，使人忘其为异类，又蕴含着他们本体的固有气质和超现实的神异性，让人觉得可望而不可即，大大增强了形象的美感。

《聊斋志异》的情节离奇曲折、荒诞诡谲，但在作品提供的特定情境之内，却又顺理成章，是存在某种逻辑的。其情节的内在逻辑，主要包括人物性格逻辑和幻想逻辑，二者往往在同一个情节系列中达到了高度的和谐统一，构成了作品幻中有真、真中有幻的艺术特色。

《聊斋志异》采用的是优美、典雅、精练、传神的文言，且做到了文言体式与生活精髓的高度统一，因此形成了一种既典雅工丽又清新活泼的语言风格。无论是人物语言还是作品的叙述、描写语言，都在文言形式中蕴含着强烈的生活气息，极富描摹力和表现力，大大增强了文言小说的可读性和趣味性。

六、名家点评

写鬼写妖高人一等，刺贪刺虐入木三分。

——郭沫若

鬼狐有性格，笑骂成文章。

——老舍

《聊斋志异》虽亦如当时同类之书，不外记神仙狐鬼精魅故事，然描写委曲，叙次井然，用传奇法，而以志怪，变幻之状，如在目前；又或易调改弦，别叙畸人异行，出于幻域，顿入人间；偶述琐闻，亦多简洁，故读者耳目，为之一新。

——鲁迅

《儒林外史》——揭露封建科举制度弊端的讽刺小说

作　　者：吴敬梓

文　　体：讽刺小说

成书年代：清代

一、作者介绍

吴敬梓（1701—1754），清代。字敏轩，号粒民，晚年又号文木老人，安徽全椒人。

他出身名门，小时候受到良好教育，对文学创作表现出特别的天赋，及至成年，因为随父亲到各处做官而增长了大量的见识。吴敬梓二十二岁时，父亲去世，家族内部为瓜分财产而展开了激烈的争斗。

经历了这场变故，吴敬梓既无心做官，又对虚伪的人际关系深感厌恶，无意进取功名。安徽巡抚推荐他参加博学鸿词考试，他竟装病不去。他不善持家，遇贫即施，家产卖尽，直至去世时仍过着清贫的生活。

晚年，他自号文木老人，客居扬州。吴敬梓生平最恶举业，费二十年心血著成《儒林外史》五十六回，专门揭露科举考试中的真相，幽默诙谐，读之令人捧腹大笑。

吴敬梓一生创作了大量的诗歌、散文和史学研究著作，有《文木山房集》传世，今存四卷，另有诗文和考释《诗经》的《师说》流传下来。

但确立他在中国文学史上杰出地位的是他创作的长篇讽刺小说《儒林外史》。这部小说用了他近二十年的时间，直到四十九岁时才完成。人们在他的家乡建立了“吴敬梓纪念馆”以纪念他。

二、作品档案

《儒林外史》是我国清代一部杰出的现实主义的长篇讽刺小说，在1749年或稍前、作者四十八岁左右时成书，主要描写封建社会后期知识分子及官绅的活动和精神面貌。

鲁迅先生评价此书：“如集诸碎锦，合为帖子，虽非巨幅，而时见珍异。”冯沅君、陆侃如合著的《中国文学史简编》认为此书“大醇小疵”。

当然，由于时代的局限，作者在书中虽然批判了黑暗的现实，却把理想寄托在“品学兼优”的士大夫身上，宣扬古礼古乐，看不到儒林和社会的真正出路，这应该是加以批判的。

根据程晋芳的《怀人诗》，可以证明《儒林外史》在吴敬梓四十九岁的时候已经完稿，但是直到作者死后十多年，书稿才由金兆燕给刊刻出来。这个刻本，今已失传。现在通行的刻本是五十六回，其中最末一回乃后人伪作。

全书故事情节虽没有一个主干，可是有一个核心的思想内容贯穿其间，那就是反对科举制度和封建礼教的毒害，讽刺因世人热衷功名富贵而造成的极端虚伪、恶劣的社会风习。这样的思想内容，在当时无疑是有其重大的现实意义和教育意义的。

《儒林外史》全书五十六回，由许多个生动的故事串联起来，这些故事都是以真人真事为原型塑造的。全书的中心内容，就是抨击僵化的科举考试制度和由此带来的严重社会问题。

三、内容概要

元末明初，浙江诸暨的一座村庄里有一个少年叫王冕，从小父亲就死了，母亲只能做些针线活儿维持生计。因家境贫寒，王冕从小辍学回家替隔壁秦家放牛。聪明颖悟、勤奋好学的他，画的荷花惟妙惟肖，呼之欲出。王冕博览群书，才华横溢，可是不愿意结交朋友，更不愿意求取功名利禄。县令登门拜访，他躲避不见；朱元璋授他“咨议参军”的职务，他也不接受，甚至逃往会稽山中，去过隐姓埋名的生活。

明朝建立，推行八股取士制度，王冕不禁感叹：这种以八股文形式取士的制度不仅不会为国家选到真正的人才，而且将来的读书人恐怕也只有这一条荣身之路了。他们会因此看轻学问、道德、做官、退隐的准则，一代文人碰上了厄运！王冕是反对八股取士制度、自甘清贫的隐士，然而在当时的社会里，像王冕这样的人实在太少了。在王冕死后百年的明朝成化年间，文人们所走的是一条醉心于科举功名的歧路。

明宪宗成化末年，山东兖州府汶上县有一位教书先生，名叫周进，他为了能够出人头地、荣耀乡里，屡次参加科举考试，可是到了六十多岁却连秀才也未考上。

一天，他与姐夫来到省城，走进了贡院。他触景生情，悲痛不已，一头撞在了号板上，不省人事。被救醒后，他满地打滚儿，撞得口中鲜血直流。几个商人见他很是可怜，于是凑了二百两银子替他捐了个监生。他马上就向众人磕头说：“若得如此，便是重生父母，我周进变驴变马，也要报效！”

不久，周进凭着监生的资格竟考中了举人。顷刻之间，不是亲戚的也来认作亲戚，不是朋友的也来认作朋友，连他教过书的学堂居然也供奉起了“周太老爷”的“长生牌”。过了几年，他又中了进士，升为御史，被指派为广东学道。在广州，周进发现了范进。

为了照顾这个五十四岁的老童生，他把范进的卷子反复看了三遍，终于发现那是一字一珠的天地间最好的文章，于是将范进取为秀才。过后不久，范进又去应考，中了举人。

当时，范进因为和周进当初相似的境遇，在家里备受冷眼，妻子对他呼来喝去，老丈人对他更是百般呵斥。当范进一家正在为揭不开锅等着卖鸡换米而发愁时，外面传来范进中举的喜报。范进被从集上找了回来，知道喜讯后，他高兴得发了疯。好在他的老丈人胡屠户给了他一耳光，才打醒了他，治好了他的疯病。转眼工夫，范进时来运转，不仅有了钱、米、房子，而且奴仆、丫鬟也有了。范进母亲见此情景，欢喜得一下子胸口接不上气，竟然死了。胡屠户也一反常态，到处说他早就知道他的女婿是文曲星下凡，不会与常人一样的，对范进更是毕恭毕敬。后来，范进入京拜见周进，由周进荐引而中了进士，被任为山东学道。范进虽然凭着八股文发达了，但他所熟知的不过是四书五经，当别人提起北宋文豪苏轼的时候，他却以为苏轼是明朝的秀才，闹出了天大的笑话。

科举制度不仅培养了一批庸才，同时也豢养了一批贪官污吏。进士王惠被任命为南昌知府，他上任的第一件事，不是询问当地的治安状况、黎民生计、案件冤情，而是查询地方人情，了解当地有什么特产，各种案件中有什么地方可以通融。他本人的信条是“三年清知府，十万雪花银”。朝廷考察他的政绩时，竟一致认为他是“江西的第一能员”。

高要县知县汤奉，为了表示自己为政清廉，对朝廷各项法令严加执行。朝廷有禁杀耕牛的禁令，汤奉不问因由，竟然将做牛肉生意的回民老师傅活活枷死，闹得群众义愤填膺，鸣锣罢市。事发后，按察司不仅没有处罚汤奉，反而将受害的回民问成“奸发挟制官府，依律枷责”之罪。如此“清廉”的知县，一年下来居然也搜刮到了八千两银子。

官吏们贪赃枉法，土豪劣绅也恣意横行。举人出身的张静斋是南海一霸，勾结官府，巧取豪夺。为了霸占寺庙的田产，他唆使七八个流氓诬陷和尚与妇女通奸，让和尚不明不白地吃了官司。

高要县的监生严致和是一个把钱财看作一切的财主，家财万贯。他病得饮食不进，卧床不起，奄奄一息时还念念不忘田里要收早稻。他吝啬成性，临死时还因为灯盏里多点了一根灯草，迟迟不肯断气。

他的哥哥贡生严致中，更是横行乡里的恶棍。严监生死后，严致中以哥哥的身份逼着弟媳过继他的二儿子为自己的儿子，谋夺弟弟家产，还声称这是礼义名分："我们乡绅人家，这些大礼，都是差错不得的！"

科举制度造就了一批社会蛀虫，毒害着整个社会。温州府的乐清县有一农家子弟叫匡超人，本性朴实敦厚。为了赡养父母，他外出做小买卖，流落杭州，后来遇上了选印八股文的马二先生。马二先生赠给他十两银子，劝他读书上进。匡超人回家后，一边做小买卖，一边用功读八股文，很快就得到了李知县的赏识，被提拔考上了秀才。为追求更大的功名利禄，他更加刻苦地学写八股文。不料知县出了事，为避免被牵连，他逃到杭州。在这里，他结识了冒充名士的头巾店老板景兰江和在衙门里当吏员的潘三爷，学会了代人应考、包揽讼词的"本领"。又因马二先生的关系，他成了八股文的"选家"，并吹嘘自己印出了九十五本八股文选本，人人争着购买，五省读书的人，家家都在书案上供着"先儒匡子之神位"。

不久，那个曾提拔过他的李知县被平了反，升为京官，匡超人也就跟着李知县去了京城。为了巴结权贵，他抛妻弃子去做了恩师的外甥女婿，他的妻子在贫困潦倒中死在家乡。这时，帮助过他的潘三爷入了狱，匡超人怕影响自己的名声和前程，竟同潘三爷断绝了关系，甚至看也不肯去看一下。对曾经帮助过他的马二先生，他不仅不感恩图报，还妄加诽谤嘲笑，完全堕落成了出卖灵魂的衣冠禽兽。

科举制度不仅使人堕落，同时也是封建礼教的帮凶。年过六十的徽州府穷秀才王玉辉，屡试不中，但他却恪守礼教纲常。他的三女婿死了，女儿要殉夫，公婆不肯。他反而劝亲家让女儿殉节，又对女儿说："我儿，你既如此，这是青史上留名的事，我难道反拦阻你？你竟是这样做罢。"八天以后，女儿穿着守孝的白色的衣服绝食而死，他仰天大笑说："死得好！死得好！"

凡此种种从明朝成化年间以来形成的风气，到了万历年间则愈演愈烈。科场得意，被认为才能出众；科场失意，任你有李白、杜甫的文才，颜渊、曾参的品行，都被看成愚笨无能。大户人家讲的是升官发财，贫贱儒生研究的是逢迎拍马。儒林堕落了，社会更加腐败。看来，要寻找不受科举制度影响的"奇人"，只能抛开儒林，放眼于市井小民之中了。

哪知市井中间，真的出了几个"奇人"。

一个是会写字的。这人姓季，名遐年，自小无家无业，总在一些寺院里安身。他的字写得最好，却又不肯学古人的法帖，只是自己创出来的格调，由着笔性写了去。他性格乖张，但凡人要请他写字，他要斋戒一日，亲自磨一天的墨，要等他情愿，他才写。他若不情愿时，任你王侯将相，大捧的银子送他，他连正眼儿也不看。他不修边幅，穿着一件稀烂的直裰，靸着一双破旧的蒲鞋。每日写了字，得了人家的笔资，自家吃了饭，剩下的钱就不要了，随便送给不相识的穷人。

还有一个是卖火纸筒子的。这人姓王，名太，自小最喜下围棋。他无以为生，每日到虎踞关一带卖火纸筒过活。那一日，妙意庵做会，王太走将进去，碰到三四个大老爷簇拥着两个人在那里下棋。大家开始很是瞧不起他，但是他们同王太刚下了半盘棋，就不得不投子认输。众人大惊，就要拉着王太吃酒。王太大笑道："天下哪里还有个快活似杀矢棋的事！我杀过矢棋，心里快活极了，哪里还吃得下酒！"说毕，哈哈大笑，头也不回就去了。

像他们这样淡泊功名利禄的隐士在市井中还有很多，只不过在那些达官贵人看来，追求功名利禄才是正道。

四、主要人物形象

范进

一个深受封建科举制度摧残的封建知识分子。大半生痴迷于功名利禄，二十年间，多次进入考场却次次名落孙山，直至年过半百仍不死心。当他侥幸考中举人之后，他那麻木已久的心灵再也承受不住这样大的刺激，精神彻底崩溃。一场疯病过后，他却“脱胎换骨”了，从一个任人欺辱的穷秀才变成了一个人人敬畏的大老爷。在不到三个月的时间里，范进就发迹成一个钱满箱、粮满仓、奴婢成群的大士绅。

胡屠户

《范进中举》中最具讽刺意味的人物，是范进的老泰山，以杀猪卖肉为生。此人恃强凌弱，在范进中举之前对他表现出极大的鄙视，时常抱怨自己瞎了眼，选错了女婿，而在范进中举之后却一反常态，将范进奉为神明。

马二先生

对八股深信不疑，并极力宣扬八股的好处。封建科举制度以及八股选文极大地摧残了马二先生的灵魂，使其丧失了作为人的自然性格。他面对美丽的西湖没有一点感觉，只知道吃和看他的八股选文。面对那些在西湖岸边来来往往的美女，马二先生也是无动于衷，说不出任何赞美之词。

杜少卿

出身名门，祖上世代为官。生平慷慨仗义，遇到和尚、道士、工匠、乞丐，都会拉着他们赠送银子，不到十年工夫，把家里六七万两银子花得精光。他蔑视功名富贵；极力反对当时盛行的风水迷信，声言要把招摇撞骗的风水先生的“狗头”一刀砍下来；他主张男女平等，反对纳妾；藐视当时的礼教和世俗，敢于冲破封建礼教的藩篱，竟携着娘子的手在清凉山冈子上走了一里多路，使路过的人目眩神摇，不敢仰视。

杜少卿的这种言行，自然引起封建卫道士的惶恐不安和猛烈诋毁。高翰林骂他是杜家第一个败类，教子侄们读书以他为戒，还要在每人读书的桌上贴一张上面写有“不可学天长杜仪”字样的字条。在杜少卿身上，反映了广大人民要求冲破封建礼教束缚的强烈愿望。他历来被认为是吴敬梓的化身，是最能体现作家思想感情的人物。

五、文学成就

在浩若星海的中国古典小说中，被鲁迅许以“伟大”二字的，只有两部书，其中之一便是吴敬梓的《儒林外史》。《儒林外史》是以儒林阶层为描写对象的。在中国的古代，所谓的“儒林”，既是知识分子的世界，也是官场。《儒林外史》就是一部批判知识分子的书，也可以说是一部揭露官场黑暗的书。

《儒林外史》对于儒林阶层进行了无情的鞭挞、含泪的批判。它通过对种种不和谐、悖于人情、逆于常理的荒谬现象的揭露，描写了儒林人士的自吹自擂、大言不惭、自作聪明、弄巧成拙、欺世盗名等畸形行为。

《儒林外史》的讽刺艺术有着鲜明的指向，“作者之意为醒世计，非为骂世也”。作者虽然极尽讽刺之能事，却是要挽救被讽刺的这群人，正所谓“善者，感发人之善心；恶者，惩创人之逸志”。作者以悲天悯人的手笔，描写了八股制度下众多儒林人士的悲剧性命运，进而展开了一幅封建科举时代的社会风情画，抨击了科举制度的腐朽和社会的黑暗，使《儒林外史》成为中国古典讽刺小说中的圣品。

《儒林外史》历来被认为是一部古典现实主义巨著。作为现实主义作品，其中很多故事与人物直接来源于现实生活。作者并没有直接向我们褒贬什么，但每个形象都折射出作者强烈的褒贬观，传达着作者明确的正义观，我们必须从不同时期、不同场合的各种形象的关联、发展上体会和了解。这是一种富有现实主义色彩的叙事方式。

该书的另一个艺术特色是速写式和剪影式的人物形象。《儒林外史》是一部主角不断变换的长篇小说，或者说是一部由无数短篇交替而成的长篇小说，通过曲折的故事情节表现人物的性格特点和精神世界。所以，吴敬梓把描写重点集中在人的性格中最引人注目的特征上，从而深入细致地表现一个个相对静止的众生相。

《儒林外史》是我国古代讽刺文学作品的典范，吴敬梓对生活在封建科举制度下的封建文人群像的成功塑造，以及对“吃人”的科举、礼教和腐败官场的生动描绘，使他成为我国文学史上杰出的批判现实主义作家之一。《儒林外史》不仅直接影响了近代谴责小说，而且对现代讽刺文学也有深刻的启发。目前，《儒林外史》已被译成英、法、德、俄、日等多种文字，成为一部世界性的文学名著。有的外国学者认为，这是一部讽刺旧时代知识分子的迂腐思想与卖弄行为的作品，同时也可称为世界上最不引经据典、最富诗意的散文叙述体小说的一个典范。它可与意大利的薄伽丘、西班牙的塞万提斯、法国的巴尔扎克等人的作品相媲美。

六、名家点评

秉持公心，指摘时弊。机锋所向，尤在士林；其文又戚而能谐，婉而多讽。

——鲁迅

一史绘儒林，燃犀烛九阴。谢除脂粉态，活跃斗筲心。贬俗前无古，传真始有今。施罗笔调在，暴政岂能喑。

——郭沫若

《孽海花》—— 展示晚清社会史的谴责小说

作　　者：金松岑、曾朴

文　　体：谴责小说

成书年代：清代

一、作者介绍

曾朴（1872—1935），字太朴，后改字孟朴，又字小木、籀斋，笔名东亚病夫，江苏常熟人，清末民国间小说家。1872年曾朴出生于封建官僚家庭，少年时期酷爱文学，成年后其父为其在内阁中买了一个官职；1895年进入同文馆学习法文；于1902年至1903年间在上海经营丝业，不久因国外丝业大批倾销而关门停业，便与徐念慈等人在上海创立了小说林书店和《小说林》杂志。也就是从这个时候起，曾朴开始了他的文学创作活动。

1927年，曾朴独自创办了“真善美书店”，并创办《真善美》杂志。《孽海花》的大部分篇章都是在《真善美》杂志上发表的。1935年，曾朴在家乡常熟病故，时年六十三岁。他所撰写的长篇小说《孽海花》为“晚清四大谴责小说”之一。另外，曾朴还翻译了很多外国文学作品，如《克林威尔》《巴黎圣母院》等，与李宝嘉、吴沃尧、刘鹗并称“晚清四大小说家”。

二、作品档案

《孽海花》是清朝末期的一部在思想和内容上具有进步革命倾向的历史谴责小说。最早发表于1903年，作者是金松岑。金松岑（1874—1947），江苏人，爱国学社的重要成员，曾与章太炎、邹容一同宣传资产阶级民主革命。《孽海花》后经曾朴修改、续写，编成一部三十五回的长篇小说。鲁迅先生在《中国小说史略》中将这部小说与《官场现形记》《二十年目睹之怪现状》及《老残游记》并称为“晚清四大谴责小说”。这部小说自问世以来，曾多次再版，印数达数十万册，是一部很有社会影响的作品。

十九世纪末二十世纪初的中国，正处于历史大变革时期。西方帝国主义的侵略、腐败的清政府敲骨吸髓的勒索，使天下百姓处于水深火热之中。民族矛盾和阶级矛盾日益加深，人民的反抗斗争此起彼伏。这个时候的资产阶级和小资产阶级知识分子越来越多地倾向于革命，并积极地宣传民主主义革命思想，从而出现了很多经典的文学作品。《孽海花》便是这些作品中具有代表性的著作之一。

《孽海花》以小说主人公傅彩云和金沟的婚姻生活为主要线索，以真实的历史事件以及历史人物深刻地揭示了统治阶级内部的权力斗争、达官显贵奢靡的生活以及吏制的腐败，向人们展示出了一幅真实的正在走向灭亡的封建王朝历史画卷。

《孽海花》通过对真实事件和真实人物的描写，愤怒地谴责和声讨了腐朽的统治者，发出了“四百兆同胞，愿尔早登觉岸”的呼唤，并且从不同的角度对社会上层的活动，如改良思潮、洋务派的产生、中法战争、中日甲午战争等军事、外交方面的斗争作了不同程度的反映，深刻地表现了唤醒民众的主题和反对帝国主义侵略的倾向。

小说的第一回是相当精彩的部分。它向读者展示了一个醉生梦死、歌舞升平的世界。而当厄运来临之际，这些沉湎于花天酒地之中的人们各显其形，有主战的、有主和的、有如惊弓之鸟的、有袖手旁观的……作者就是在这样的情况下拿起笔，写出了三十年历史中的血和泪。

三、内容概要

清朝同治五年（1866）三月，戊辰会试的时间到了。殿试后，朝廷开榜，第一名状元姓金，名汮，字雯青，江苏吴县人，文章数一数二，精通史论，尤擅书法；第二名榜眼姓王，名慈源，湖南善化人；第三名探花姓黄，名文载，山西稷山人。

却说雯青上书请假回家省亲。一天，他正待在家里，同僚次芳等人将他拉上一艘彩船观赏风景。彩船上鲜花彩球无数，有些人在高谈阔论，有些人在引吭高歌。雯青发现岸上轿子中坐着一个女郎，体态风流，丰姿绰约，那女郎也目不转睛地看着他。此女名叫傅彩云，是新科花榜状元。在次芳的邀请下，傅彩云来到彩船上，含笑和雯青坐在一起。雯青又惊又喜，当天晚上，二人就住在了一起。

回京后，皇上补授雯青为内阁学士，之后又派他出使俄国、德国、荷兰、意大利。两个月后，雯青别了夫人，带着彩云，坐轮船，转火车，不几日抵达德国柏林。雯青为了觐见德皇和飞蝶丽皇后，递交了国书。几个月下来，彩云也学会了德语，到处游玩、应酬。又因她聪明艳丽，整座柏林城几乎没有人不知道彩云是中国第一号美人。

她和宰相郁亨夫人常常来往。通过郁亨夫人，彩云认识了世爵夫人维亚太太。有一天晚上，雯青告诉她第二天二人就可以觐见德皇和飞蝶丽皇后，傅彩云很高兴。次日清早，雯青、彩云坐着随从阿福驾驶的马车一同到沙老顿布士宫觐见德皇，彩云这才得知维亚太太就是飞蝶丽皇后，是英国女皇维多利亚的长女，恨自己有眼不识泰山。同年十一月初五，雯青率众赴俄，忙完仪礼后，就整理国界图，温习《元史》。二月初九这天，正是俄国大好节日，也就是纪念耶稣遭难的复生日，雯青、次芳、翻译、阿福由俄礼部大臣陪同赴会去了。彩云在家，等待那天在街上认识的德意志陆军中尉瓦德西。瓦德西进门后，从衣袋里掏出一对钻石戒指送给彩云。

自此以后，两人就常常在叶尔丹园幽会。

雯青三年公使任满，彩云含着眼泪与瓦德西告别，跟着雯青回国。到京后，雯青一家住在纱帽胡同里，雯青被派往总署任职。有次，雯青在家养病，好友唐卿告诉他一件事，他画的中俄交界图存在许多问题，俄国按此图占领了中国许多领土。雯青听后，吓得不省人事，清醒过来后，和彩云吵了一架。从此，他身体一天天消瘦下去，一段时间后便死了。

雯青死后，乐坏了一个人，他就是京剧名角孙三儿。原来，每逢孙三儿唱戏，彩云必到。一个在台上，一个在台下，在众人面前眉来眼去。现在雯青不在了，孙三儿暗自高兴。彩云不但相貌出众，而且非常富有。彩云终于耐不住寂寞，和孙三儿私奔了，二人在一起好不快活。孙三儿朋友多，彩云也扎堆儿厮混。其中有个叫向菊笑的小戏子，最能巴结彩云，二人常在一起调情，一天比一天亲热。一次，彩云向向菊笑透露自己想自立门户的事，向菊笑为她联络了上海著名的四庭柱，即“领事馆的庭柱”陈骥东，“新衙门的庭柱”宝子固，“外国报馆的庭柱”古冥鸿，“堂子里的庭柱”金逊卿。靠着这些人，彩云又重操旧业，靠卖笑过日子。

四、主要人物形象

金雯青

清朝末期的一个官僚。他热衷于科举考试，在同治年间中了状元。他认为“科名鼎甲是靠不住的，总要学些西法，识些洋务”，一心想在总理衙门之内谋职。刚中状元，他便忘恩负义，把资助他进京赶考、取得功名的妓女梁新燕逼得上吊自尽。母亲刚病故，他就急不可耐地娶妓女傅彩云为妾。在出使外国途中，在轮船上他看见一个年轻女洋人，失魂落魄地呆住了。担任四国公使期间，他想用自己撰写的《元史补证》作佐证“整理国界”，以建立“千秋不刊之业”。不料他所绘制的地图，在校勘印刷时错划了疆界，庄小燕将这幅错误的地图提供给沙俄，沙俄以此为依据，轻而易举地霸占了新疆的百里领土。因为经受不起地图事件和侍妾傅彩云行为不端的双重打击，一气之下便送了命。

傅彩云

也叫曹梦兰。她容貌艳丽，丰姿绰约，很小就在妓院中长大，十五岁时嫁给状元雯青为妾，后以公使夫人身份随雯青出使外国。雯青死后，在上海挂牌，重操旧业，再落烟花。住在柏林期间，她看到雯青觐见了德皇，自己也争着要去，雯青只好答应她的要求。觐见德皇时，她按仪节行事，仪态庄重得体。她巧得人意，善于交际，到处应酬，上至飞蝶丽皇后，下至一般公爵夫人，她都广泛结交，一时间“艳名大噪”。但她行为放荡，自轻自贱，置公使夫人身份于不顾，毫无顾忌地在舞台上唱起了不雅曲子，引得柏林满街人争听公使夫人的“雅调”，而她并不以为耻。她还招蜂引蝶，与童仆阿福、京剧演员孙三儿以至德国军官瓦德西、德国船长质克都有过风流韵事。

李治民

一个虚伪的老名士。他脾气古怪，不论在什么场合，面对的是什么人，只要不合他的心意，便破口大骂。一班士大夫、官僚、政客对之竟趋之若鹜。在这些人的逢迎之下，李治民越发自视清高。成伯怡在云卧园大集名士的时候，他心里很想去，却故意装病，还摆架子说：“只怕今天去不成了。”但经众人一劝，他又立即乘车而去。

王二

是个侠士，人称“大刀王二”。当他得知鱼阳伯骗取了一个寡妇的珍贵古画《长江万里图》时，秘密潜入鱼阳伯居住的客店，取出古画归还原主。此人最后与戴胜佛、庄立人结交，表示愿为他们卖命。

何太真

清朝的官员。中日战争时，他自告奋勇亲率六万湘军进逼海城，但到了目的地之后，却只是操练，并不出击，还说什么要“借军威以行仁政”，实现孟子“仁德无敌”。但和敌人刚交手，他便败下阵来，弃甲而逃。

五、文学成就

《孽海花》以恢宏的视野，超越当时中国社会现实的领域，描述了日本、俄国、德国的政治场景，并借俄国作家托尔斯泰、赫尔岑的文章，论述俄国初期革命运动的情况，同时以俄国人毕叶的话，宣扬“天赋人权，万物平等”的民主主义启蒙思想。仅就此而言，该书堪称第一部描写民主革命和民族革命的作品。在同一时期的著作中，这是一个伟大的壮举。

作者曾对《孽海花》的结构做过这样的比喻：“譬如穿珠，《儒林外史》等是直穿的，拿着一根线，穿一颗算一颗，一直穿到底，是一根珠练；我是蟠曲回旋着穿的，时收时放，东西交错，不离中心，是一朵珠花。譬如植物学里说的花序，《儒林外史》等是上升花序或下降花序，从头开去，谢了一朵再开一朵，开到末一朵为止。我是伞形花序，从中心干部一层一层的（地）推展出各种形象来，互相连结，开成一朵球一般的大花。”可见其结构之独特。

《孽海花》语言洗练，富有感染力，鲁迅先生曾称赞它“结构工巧，文采斐然”。

《孽海花》堪称具有近代意义的历史小说。《孽海花》所表现的三十年历史内容，亦即同治中期至光绪后期这一特定历史阶段政治和文化的变迁史。作者通过对书中人物的描写，把揭露的矛头直接指向清朝最高统治者——慈禧。中法战争失败后，慈禧更加苟且偷安，朝中似是歌舞升平。在甲午中日战争中，她竟然置国家安危于不顾，动用海军军费修建颐和园，供自己享乐之用。而朝中的一般官员则仍然纵情声色，麻木不仁。作者以“奴乐岛”的岌岌可危暗喻了清王朝必将灭亡的必然趋势。作者还以饱满的爱国主义热情，详细地叙述了诸多革命党人的战斗历程。文中对革命党人所从事的革命活动给予了高度的评价，对革命党人寄予了极大的希望。

《孽海花》作为历史小说，在人物性格的刻画上吸取了我国古代“良史”的实录精神。同时，又借鉴了《儒林外史》“秉持公心，指摘时弊”的讽刺手法，以写实笔法评说事件、权衡人物。

六、名家点评

这书主干的意义，只为我看着这三十年，是我中国由旧到新的一个大转关，一方面文化的推移，一方面政治的变动，可惊可喜的现象，都在这时期内飞也似的进行。我就想把这些现象，合拢了它的侧影或远景和相联系的一些细节事，收摄在我笔头的摄影机上，叫它自然地一幕一幕地展现，印象上不啻目击了大事的全景一般。

——曾朴（清）

（《孽海花》）结构工巧，文采斐然。

——鲁迅

《官场现形记》——揭露晚清官场腐败的谴责小说

作　　者：李宝嘉

文　　体：谴责小说

成书年代：清代

一、作者介绍

李宝嘉（1867—1906），清末文学家，字伯元，号南亭亭长，江苏武进（今常州）人。他三岁时丧父，由做过山东道台的伯父抚养；少年时代即擅长诗文，中第一名秀才，后来几次考举均落榜；1896年，到上海办《指南报》，后来又主办《游戏报》《世界繁华报》；1903年，应商务印书馆之聘，主编《绣像小说》半月刊，陆续写出《官场现形记》《文明小史》《中国现在记》《活地狱》《海天鸿雪记》《庚子国变弹词》等作品。

李宝嘉一生呕心沥血，家境贫困，最后积劳成疾，于1906年辞别人世，年仅四十岁。

二、作品档案

《官场现形记》是晚清谴责小说中最有代表性的作品，“晚清四大谴责小说”之一，共六十回，结构安排与《儒林外史》相仿，由一系列独立故事连接而成，如此蝉联而下。作品以晚清官场为表现对象，集中描写封建社会崩溃时期旧官场的种种腐败、黑暗和丑恶的情形。里面既有军机大臣、总督巡抚、提督道台，也有知县典吏、管带佐杂。他们或龌龊卑鄙或昏聩糊涂或腐败堕落，构成一幅清末官僚的百丑图。

李宝嘉的《官场现形记》是我国第一部在报刊上连载、直面社会现实而取得轰动效应的长篇章回小说，也是谴责小说的代表作，首开近代小说批判社会现实的风气。全书从中举捐官的底层士子赵温和佐杂小官钱典史写起，连缀串起清政府的州府长吏、省级藩台、钦差大臣以至军机、中堂等形形色色的官僚，揭露了他们为升官而逢迎钻营、相互排挤的丑恶行为，可以说是勾勒出一幅近代中国腐朽丑陋官场的历史画卷。

《官场现形记》写于1901—1905年。这时我国正处于半封建半殖民地社会的历史时期，阶级矛盾和民族矛盾异常尖锐。内有太平天国运动过后随之而来的义和团运动，外有帝国主义的侵略，八国联军入侵北京，洋人成了清政府的“太上皇”，中国面临着被西方列强瓜分的危险。这时的统治集团内部，从上到下，由文至武，自朝廷到地方，各级官员都处于一种麻木状态。他们既愚昧、贪婪又腐朽、荒淫。对外卑躬屈膝、狼狈为奸，对内则欺诈百姓、横征暴敛。正是因为他们的堕落，进一步加速了中国社会向半封建半殖民地转化的进程。当初，善良的中国人民对清政府还抱有一线幻想，希望它振作起来，奋勇抵御外来的侵略，但是在饱受了一次次欺诈掠夺之后，人民仅有的那丝幻想终于破灭。人民群众开始武装起来，向侵略者发起了抗争。然而清政府则与侵略者相互勾结，对人民群众的反侵略斗争进行了残酷的镇压。《官场现形记》正是这种历史条件下的产物。

三、内容概要

《官场现形记》集中地揭露了晚清统治集团内部的腐朽，刻画出了清政府各级官员贪婪成性、腐化奢侈、愚昧无知、欺压百姓以及对外国强盗卑躬屈膝、认贼作父的丑恶嘴脸。

田小辫子上条陈

南京统领羊紫辰不只是在做官，也还做买卖，在南京、上海、浙江都有他和人家合伙开的店铺。在南京他开的一爿字号里，有个做挡手的人，姓田，号子密，徽州人氏，生得又矮又胖，头发不多，只拖了一根极细极短的辫子，因此众人就送他一个绰号叫“田小辫子”。田小辫子做了十几年的挡手，手头上存了些钱。近来忽然官兴发作，羊统领劝他：“如要做官，捐个道台，到江南来，有我的面子，无论哪个制台跟前托托，差使是一定有的。”在羊统领的推荐下，他来到省城做了候补道台。

田小辫子到省城之后，凑巧这江南的藩司、粮道、盐道统统换了新人，他一个也不认得。这天大早，他穿着崭新的蟒袍补褂第一个上制台衙门，到了司、道官厅，但制台衙门每天九点钟才上衙门。田小辫子看看官厅里一个人也没来，独自打了个盹儿。田小辫子刚睡醒，就断断续续来了五六十位。他与大家招呼过后，却见一个人走了进来，红顶花翎，朝珠补褂。田小辫子不认识这个人，见了面，一揖之后，忙问：“贵姓？”那人道：“姓齐。”这时外面又进来一个人，大家都认得是两淮运司，新从扬州上省禀见制台的。众人一齐和他打招呼，但田小辫子不认识他，一个劲儿地问：“贵姓、台甫、贵班？”运司看出他是个外行，回了声：“兄弟是两淮运司。”田小辫子听了“运司”二字，又惊又喜，陡然把大拇指一伸，说道：“啊哟，还了得！财神爷来了！”大家听了他的话感到惊奇，就是那位运司也不觉一愣。只听得田小辫子说道：“你们想想看：两淮运司的缺有名的是‘一个钟头进来一个元宝’。一个元宝五十两，一天一夜二十四个钟头，就是二十四个元宝。二十四个元宝就是一千二百两。十天一万二千两。一个月三十天，便是三万六千两。十个月三十六万，再加两个月七万二，一共是四十三万二。啊唷！还了得！这么一个缺，只要给我做上一年就尽够了。”这时有人说江淮运司并不是好缺，田小辫子道：“任他缺分如何坏，做官的利息总比做生意的好。”众人见他说得穷形尽致，也不理他。

约莫到了十点钟，制台在老祖宗前应做的功课一一停当，方才出来见客。田小辫子初来，便见了制台。一切礼节全是隔夜操练好的，今天他演示起来没什么大错。不过他有一点不好，就是爱抢话说。无论制台是否问他，他都要抢着说。幸亏这位制台是位好好先生，倒也并不动气。最后，制台吩咐田小辫子把自己对兵营制度的看法写成条陈呈上来，田小辫子高兴地答应了。次日上院，恰巧制台这日感冒，止辕不见客。直到第六天，制台才由两三个跟班扶持着，勉强出来会客。田小辫子站起来，从袖筒里掏出一个手折，双手奉上，制台强打精神，但脑袋发晕，虽然戴了眼镜，但也看不清手折上写了什么，便叫田小辫子说来听听。

田小辫子大喜，把手折接了过来，解说道："职道的第一条陈是出兵打仗，所有的队伍都不准他们吃饱。"制台道："这是要克扣军饷不是？俗语说得好，'皇帝不差饿兵'，怎么叫他们饿着肚皮打仗呢？你说第二条。"田小辫子接着说："前面一条讲的是陆师。这第二条讲的是炮台。只要叫那炮台的兵拿了大千里镜把这江里的路看清，等敌船来了，就朝正面打去，给他一个迎头痛剿。"制台道："等到船头对准炮门已来不及了，等到炮子到眼前，那船早已走过，岂不又是落空。你不懂得情形还是不要假充内行。说说你的后两条。"田小辫子吞吞吐吐地说："第三条，凡是我们的兵，一概叫他们剃去一条眉毛。每人只有一条眉毛，无论走到哪里都容易辨认，倘是逃走的及出了乱子的，随时都能拿到。"制台道："从前汉朝有个赤眉贼，如今本朝倒有了'无眉兵'了，真正奇闻！你快一齐说了。"田小辫子只得又说道："这第四条是每逢出兵打仗的时候，我们的兵一齐画了花脸出去。兵的脸上画得花花绿绿的，强盗、外国人远远瞧见了，以为是天神天将来了，见了会害怕的。"他边说边手舞足蹈。不想制台听了大动肝火："呸！这样放屁的话，也要当作条陈来上？你们诸公听听，传出去岂非笑谈？江南的道台都是如此，将来候补的一定还要多呢？"田小辫子还以为制台和他开玩笑，便笑嘻嘻地凑趣道："江南本来有了口号是：'婊子多，驴子多，候补道台多。'"制台不等他说完，接口道："像你这样的候补道台，本来只好比比驴子、婊子！再稍微上等点的人，你就比不上。"

这时，藩台等人见制台今天说的话不少，怕他又犯毛病，不好收场。于是，不等端茶碗，一齐站立告辞。制台一面送他们，还一面数落田小辫子。此时田小辫子要强辩也不敢强辩了，于是跟着大伙一块儿出去。

原来，与羊统领来往的人都是官场中人，田小辫子在他家待的时间不短，而且又一心一意羡慕做官，以为官场的规矩应该自己在行的了，其实大谬不然。自己说错了话，做错了事，人家说说他，他还不服。诸如此类的笑话，他也不知闹出多少。

四、主要人物形象

傅理堂

查办浙江事件的副钦差，后为巡抚。他表面上廉洁清正，接见属员时身穿布袍子，脚穿一双破靴，头戴一顶多年的旧帽子。然而全省官员为了投其所好，四处寻求破官服、旧靴帽，杭州估衣铺里的破官服、旧靴帽被高价搜罗一空。抚台衙门每天上院时成了叫花子窝。他在"俭朴""理学"的幌子掩盖之下，受贿卖缺，中饱私囊。仅在短短的副钦差任内，他就搜刮到了五十万两白银。

胡统领

即胡华若。朝廷派他前往严州"剿匪"，他却坐着载有妓女的"江山船"，一路狎妓享乐。等到了严州后，他明知是地方官谎报匪情，但却要"无中生有，以小化大"。为了邀功请赏、发财升官，他放纵手下官兵烧杀抢掠，无恶不作，捉拿良民充当"土匪"。此举给严州的百姓造成了深重的灾难。

庄知县

严州县令，和胡统领暗中勾结。当本县受害乡民喊冤告状时，他施展起两面三刀的伎俩，先是安抚百姓，甚至拿出银两抚恤被害人家，装出替民申冤、严惩凶手的样子，然后刁难受害人家，要他们当场指明凶犯的姓名来。上告的百姓说不出，他立刻反说他们是在诬告，要治他们的罪。庄知县威逼利诱，告状的百姓只能另换状纸，把官兵的罪行加到子虚乌有的土匪头上。

冒得官

原是泰安县的衙役，买得一个落魄副将的奖札、饬知，冒名“毛长胜”，到江阴当了炮船管带。一次操练的时候，他失足落水，险些被淹死。后来他奉命去缉拿盐枭，结果反被盐枭打劫，吓得跪在舱板上向盐枭磕头，口称“大王饶命”。撤差后，他来到南京，和统领的姨太太打得火热，被委任为护军管带。当冒名顶替之事败露，制台下令查办时，他为让上司替自己遮掩，以自杀相威胁，并胁迫亲生女儿去供好色的羊统领玩弄，以保住自己的官职。

五、文学成就

《官场现形记》是我国清朝末期最具代表性的谴责小说。它巧妙地采用夸张的艺术手法，塑造了一系列典型的活生生的人物形象，对昏庸腐败的统治者以及愚昧荒淫的封建官吏进行了极大的嘲讽，在一定意义上揭示出一个没落的封建王朝走向灭亡的必然趋势。

《官场现形记》以夸张的描述手法，塑造了一流的艺术形象，每一个人物的活动都反映了每一段故事的主题。如小说中的胡华若是一个受上司之命前往严州剿捕匪盗的官吏，然而他并没有剿匪，而是洗劫了当地的一个村庄，并且编造了一个数额六七十万银两的开销班师回朝。对于这一人物的描绘，反映了当时朝廷命官借朝廷之名洗劫百姓，以及朝廷命官骗取朝廷银两，形成了朝廷出钱供官军抢掠朝廷子民的普遍的客观现实，暴露了当时统治阶级内部欺上瞒下、官逼民反的社会问题。小说中的赵温则是一个口是心非、言行不一的市侩小人。提到知府，他的语气满是轻蔑，口口声声说什么："他在府城里，我在县城里，我管不着他，他亦管不着我。"实际上，他为能够见到黄知府费尽了心机。这一人物的刻画既提示了统治集团吏治的腐败，也提示了官场中的虚伪。还有一个文制台，他对百姓淫暴，对洋人则恭顺倍加，一副典型的奴才走狗姿态。《官场现形记》所刻画的人物群体中的每个艺术形象，都从不同角度暴露了统治者的昏聩、腐朽，并以其自身的行为对统治者进行了嘲讽和谴责。

《官场现形记》的成功之处在于，它让人们在笑声中获得了启迪，让人们内心的郁闷之气得到了宣泄。

六、名家点评

特缘时势要求，得此为快，故《官场现形记》乃骤享大名。

——鲁迅

《红楼梦》——一部极具文学价值的世情小说

作　　者：曹雪芹、高鹗

文　　体：世情小说

成书年代：清代

一、作者介绍

曹雪芹（约1715或1721—约1764），名霑，字梦阮，号雪芹，清代小说家。关于其祖籍存在争议，一说辽宁辽阳，一说为辽宁铁岭，一说为河北丰润，先世原是汉族，后为满洲正白旗包衣。他出生于“江宁织造”的官宦家庭，少年时代过的是极为富贵豪华的生活。后来家道中落，晚年十分贫困。据说作者是在一种“瓦灶绳床”“举家食粥酒常赊”的处境下创作《红楼梦》的，并在悼红轩中“披阅十载，增删五次”“滴泪为墨、研血成字”，最后才完成这部巨著的。今流行本一百二十回，后四十回一般认为由高鹗所续（或只是修订）。

曹雪芹性格傲岸，愤世嫉俗，豪放不羁，嗜酒，善谈吐。他博学多才，工诗善画，其最大的贡献在于小说的创作。在《红楼梦》里，他塑造出了栩栩如生的人物群像，不着痕迹地反映了现实生活的面貌。《红楼梦》内容丰富，思想深刻，艺术表现手法精湛，尤其是其洗练、自然和富于表现力的杰出的语言特色，把中国古典小说的创作推向最高峰，在世界文学发展史上占有十分重要的地位。鲁迅先生曾说：“自有《红楼梦》出来以后，传统的思想和写法都被打破了。”

曹雪芹晚年贫病交加，加上唯一的爱子夭折，感伤成疾，在1764年“泪尽而逝”。

高鹗（约1738—约1815），清文学家。字兰墅，因酷爱《红楼梦》，别号“红楼外史”。其祖籍为铁岭（今辽宁），汉军镶黄旗人。乾隆六十年（1795），高鹗中进士，历任内阁中书、内阁侍读、江南道监察御史等官职。高鹗学识渊博，熟谙经史，擅作八股文，在绘画、戏曲、诗词等领域都取得了不错的成就。据传，他整理、编辑了《红楼梦》后四十回，基本上是按照曹雪芹原著所提供的线索完成的，但在思想和艺术上与原著有着较大的差异。续作的不足，是由高鹗的生活经历、艺术才能、审美情趣决定的，但我们不能因此抹杀高鹗的功绩。《红楼梦》后四十回的出现，对今天一百二十回版本《红楼梦》的广泛流传有着非同寻常的意义。

二、作品档案

《红楼梦》是“中国古典四大名著”之一，属章回体长篇小说。它原名为《石头记》《情僧录》《风月宝鉴》《金陵十二钗》等，梦觉主人序本正式题名为《红楼梦》。书中以贾、史、王、薛四大家族为背景，以贾宝玉、林黛玉爱情悲剧为主线，着重描写荣、宁两府由盛到衰的过程，全面地描绘了封建社会的人性世态及种种无法调和的矛盾。

《红楼梦》出现于乾隆初年，实际反映的社会历史背景是清代初期康熙、雍正、乾隆三代，主要是十八世纪的上半期。当时的中国社会，除存在农民阶级与地主阶级的主要矛盾外，还存在着代表资本主义萌芽状态的新兴市民社会力量和封建统治的矛盾。在这些矛盾中，还夹杂着民族矛盾和统治阶级内部矛盾等复杂内容。

人性在封建专制的压迫下觉醒，明末以来维护封建统治的程朱理学遭到猛烈的攻击与批判，在观念形态上反封建专制、要求个性解放的思想有了进一步发展。《红楼梦》的作者曹雪芹深受当时社会经济和思想的影响，在书中表达了反对封建、追求平等与个性解放的要求，揭示了代表资本主义萌芽状态的新兴市民阶层的历史命运。

《红楼梦》正是在号称“文治武功”的“康乾盛世”时代出现的。从表面上看，清王朝这时还维持着“盛世”，但这“盛世”实质上只不过是一次回光返照罢了，中央集权的加剧与官场腐败的泛滥已使中国社会呈现出江河日下的疲态。曹雪芹恰好就生活在家族与国家的盛极而衰的转折点，既享受了“锦衣纨绔”的贵公子生活，又经历了“举家食粥酒常赊”的困顿，并由惨痛的家亡之情进一步感受到整个国家与社会无可奈何地走向衰亡的过程。就在这样的境况下，曹雪芹怀着刻骨铭心的家亡之痛，怀着对繁华往昔的无限叹息，写出了《红楼梦》这部鸿篇巨制。

《红楼梦》是一部对封建时代豪门贵族的生活深恶痛绝和愤怒抗议的作品，是一部对封建社会予以全面批判的现实主义杰作。在中国文学史上，很少有几部作品能够像《红楼梦》这样气魄阔大地从整个社会的结构上揭露封建制度的腐朽。

三、内容概要

女娲炼石补天，所炼之石剩一块未用，弃于大荒山无稽崖青埂峰下。此石已通灵性，大小随心，来去任意，因未被选中补天常悲伤自怨。和尚茫茫大士、道士渺渺真人见其可爱，便将它携至“昌明隆盛之邦、诗礼簪缨之族、花柳繁华地、富贵温柔乡”走了一道。不知多长时间以后，空空道人经过这里，见石上刻着它的那番经历，便从头到尾抄下。以下便为石上所刻内容：

姑苏阊门外有个葫芦庙，乡宦甄士隐（谐音真事隐）居住于庙旁，可怜寄居庙内的穷儒贾雨村（谐音假语存），与他成为志同道合的朋友，赠银让他赶考。元宵之夜，甄士隐的女儿甄英莲（谐音真应怜）被人拐走。不久因葫芦庙失火，甄家被烧毁。甄士隐带妻子投奔岳父，遭到了白眼，走投无路之下，甄士隐便随跛足道人出家了。

贾雨村中进士、任县令，由于贪财被革职，到盐政林如海家教其女儿林黛玉读书。京城起复参革人员，贾雨村托林如海求岳家荣国府帮助。林如海的岳母贾母因林黛玉丧母，要接林黛玉去她的身边，林如海便托贾雨村送黛玉到京。贾雨村与荣国府联宗，并得林如海内兄贾政帮忙，补授了金陵应天府。

林黛玉进荣国府，除外祖母外，还见了若干人：大舅母，即贾赦之妻邢夫人，二舅母，即贾政之妻王夫人，年轻却管理着家政的王夫人侄女、贾赦儿子贾琏之妻王熙凤，以及迎春、探春、惜春和衔玉而生的贾宝玉。宝黛二人初见有似曾相识之感，但贾宝玉因见美如天仙的表妹林黛玉没有玉，认为玉不识人，便砸了自己佩戴的通灵宝玉，惹起一场不快。

贾雨村在应天府审理英莲被拐卖一案。买主为皇商之家、王夫人的妹妹薛姨妈之子薛蟠。虽然薛蟠为争英莲打死原买主，但贾雨村胡乱判案，放了薛蟠。

宁国府梅花盛开，贾珍妻尤氏请贾母等人前来赏玩。贾宝玉在贾珍儿媳秦可卿卧室睡午觉，梦游太虚幻境，见《金陵十二钗》图册，听演《红楼梦》曲，与仙女可卿云雨，醒来后梦遗被丫鬟袭人发现，此后，二人发生云雨私情。

林如海死后，林黛玉只得常住荣国府。一种寄人篱下的凄凉感笼罩着她。她常暗自流泪，身体也更加病弱。

贾政长女元春被册封为妃，皇帝恩准省亲。荣国府为了迎接册封大典，修建了极其奢华的大观园，又采办女伶、女尼、女道士。出身世家、因病入空门的妙玉也进了荣国府。元宵之夜，元春回娘家待了一会儿，要贾宝玉和众姐妹献诗，林黛玉和薛宝钗的才情得到元春的肯定；袭人娇嗔说要离开贾宝玉，深感遗憾的贾宝玉求袭人别走。袭人趁机规劝贾宝玉读书“干正事”。贾宝玉和林黛玉两小无猜，情意绵绵，又因有薛宝钗或其他小事，二人常争吵，在不断争吵中情感愈深。

正当贾宝玉生日宴时，贾敬吞丹丧命。尤氏因丧事繁忙，请母亲和妹妹尤二姐、尤三姐来帮忙。贾琏见尤二姐貌美，偷娶为二房，偷居府外。尤二姐和贾珍原有不清白，贾珍还想搅浑水，贾琏又想把尤三姐送给贾珍玩弄。尤三姐却正气凛然，将贾珍、贾琏大骂一顿，并说她已有意中人，即毒打薛蟠的柳湘莲。贾琏为柳湘莲做媒，柳湘莲答应。到京城后，柳湘莲先向尤三姐之母交聘礼，后因尤二姐之事及外界传言，对尤三姐人品起疑，又去索礼退婚，尤三姐自刎，柳湘莲出家。

王熙凤知道贾琏偷娶尤二姐之事，装作贤惠的样子，请贾母等人应允将尤二姐接进府。贾琏回来，因办事出色，贾赦赏他一妾。王熙凤借贾琏之妾的手逼尤二姐吞金自杀。

晴雯被王夫人赶出贾府，抱恨而死，贾宝玉无可奈何，写《芙蓉女儿诔》祭她。

薛蟠娶妻夏金桂后，在夏金桂的挑唆下，欲毒打香菱（即前文所提的“甄英莲”），薛姨妈不准。夏金桂和婆婆吵闹，薛蟠无法在家，只得外出。

薛蟠走后，夏金桂欲勾搭薛宝琴之兄薛蝌，不想被香菱撞见。夏金桂深恨香菱，岂料误饮了特给香菱做的毒药汤，一命呜呼。

林黛玉在贾府思寄人篱下之苦，又有未与贾宝玉明了关系之悲，辗转缠绵于病榻，竟至呕血，大夫诊治后云六脉皆弦，因平日郁结所致。林黛玉的丫头雪雁误传贾宝玉已定亲，林黛玉闻后茶饭无心，只求速死，后得知系讹传，疑团顿消，立时神清气爽。

怡红院早已枯萎了的海棠竟在十月盛开，轰动全园，此时又传来元妃薨逝的消息，加之通灵宝玉丢失，大观园人心慌乱。失玉之后，宝玉一日呆似一日。贾政将赴外任，贾母欲在贾政临行前给宝玉娶亲冲喜，恐贾宝玉不愿，王熙凤设下掉包计。沁芳桥边，傻大姐无意泄露了贾宝玉和薛宝钗成亲的消息，林黛玉听到后有如五雷轰顶，回到潇湘馆后焚烧了所有诗稿，并开始绝食，身体越来越衰弱。一向爱哭的她，已经没有眼泪，就在贾宝玉和薛宝钗成亲的时刻，林黛玉泪尽而逝。

薛宝钗得知掉包计后，暗自垂泪。贾宝玉听王熙凤说他将娶林妹妹，大喜，及在洞房中揭起新娘盖头，见林妹妹换成了宝姐姐，惊讶得旧病复发。贾宝玉鼓乐喧天成亲之时，正是林黛玉魂归离恨天之时。贾宝玉病体渐愈，来到屋在人亡的潇湘馆，号啕大哭，紫鹃细诉林黛玉临终情景。不久，宝琴、湘云相继出嫁，探春又远嫁到海南镇海统制周家，贾宝玉越发悲痛。

贾府的衰亡已经不可避免。皇帝命令革去荣、宁二府的世职，并把贾赦、贾珍二人投进监狱。皇上又发旨意，念功臣后裔，从轻发落：贾赦发配站台效力，贾珍发配海疆赎罪。连连遭到打击的贾母也驾鹤西归了，享年八十三岁。鸳鸯恐日后受磨难，上吊身亡。赵姨娘在铁槛寺伴灵时邪魔附身，不治身死。王熙凤明白自己素日放账取重利是致祸缘由之一，在病榻上听任贾琏抱怨，泪流不尽，临终托付刘姥姥日后照看巧姐。

江南甄府甄宝玉随母到贾府拜访，贾宝玉本以为甄宝玉必为知己，岂知谈了半日，竟有些冰炭不投，遂闷闷回到房中，勾起旧病，连日饮食不进。贾政见他光景不好，正要准备后事之时，一和尚手捏失玉，前来索要一万赏银，贾宝玉一见，神回气转。贾宝玉魂魄随和尚重游太虚幻境，得见众多已离人世的姐妹。之后，贾宝玉在薛宝钗、袭人的规劝下，悉心温课。贾宝玉、贾兰叔侄赴考，王夫人、薛宝钗却表现得像生离死别一般，贾宝玉仰天大笑而出。正是：走求名利无双地，打出樊笼第一关。贾宝玉走出考场，旋即迷失，众人百般寻访不着，后得知二人皆得中举人，稍觉心定，以为必能寻回。

贾政安葬了贾母，在回家途中听得有恩赦旨意，遂日夜疾行。一日，贾政行到陵驿地方，忽见船头雪影中站一光着头、赤着脚、身披大红猩毡篷的人。这个人见了贾政，倒头便拜。待贾政认出是贾宝玉时已来不及阻挡，一僧一道携贾宝玉而去。此时贾政方知贾宝玉是下凡历劫的，回朝启奏，圣上赏了贾宝玉一个“文妙真人”的道号。

贾雨村数度升黜，后因贪索，落籍为民，在急流津觉迷渡口重遇甄士隐，两人执手叙旧。甄士隐断言荣、宁二府将会兰桂齐芳，家道复初。

一僧一道携了贾宝玉到青埂峰下，仍将玉放在女娲补天之处，各自云游而去。此后，天外书传天外事，两番人作一番人。

四、主要人物形象

贾宝玉

◇ 贾宝玉

主人公贾宝玉是一个又奇又俗的人物。他是贾氏家族最高统治者贾母之孙，贾政、王夫人之子，贾氏家族的继承人，“行为偏僻性乖张”，是封建社会的叛逆者。他鄙视功名利禄，不愿走“学而优则仕”的仕途；痛恨八股，辱骂读书做官的人是“国贼禄鬼”，懒于与他们接触拜会。

他不喜欢所谓的“正经书”，却偏爱于“杂书”，钟情于《牡丹亭》《西厢记》。他还对程朱理学提出了大胆的质疑，认为“除《四书》外，杜撰的太多”，这充分显示出了他是封建君主制度的“逆子贰臣”。

他认为“山川日月之精秀，只钟于女儿，须眉男子不过是些渣滓浊沫而已”。在这种惊世骇俗的思想指导下，贾宝玉终日“在内帏厮混”，并钟爱和怜悯女孩子，钟爱她们的美丽、纯洁、洋溢的生气、过人的才智，怜悯她们的不幸遭遇，怜悯她们将嫁与浊臭的男子，失去了她们的圣洁之美。贾宝玉认为：女子出嫁前为宝珠，嫁人后便失去光芒成了死珠，再老便与污浊男子同流，成为鱼眼睛了。他甚至为自己生为男子之身而感到无可挽救的遗憾。

在他的生命历程中，最重要的一件事无疑就是与林黛玉的相爱了。他和寄养在家中的姑母之女林黛玉情投意合，并产生了极为深厚的感情。贾、史、王、薛四大家族在争夺权势与地位的过程中扼杀了他们的爱情。林黛玉死后，贾宝玉毅然离开黑蚁争穴的富贵巢而出家了事。

贾宝玉这个生活于锦衣美食之中的贵族子弟，身上有时难免带着他那个家族、阶级加给他的非常浓厚的贵族子弟的习气，但他仍然不失为一个贵族家庭及至封建制度的叛逆典型。贾宝玉的形象在我国文学史上具有划时代的意义。

林黛玉

贾母之外孙女，贾政之外甥女。因母亲早逝，寄养在外祖母家中，精于琴棋书画，美丽、聪明而又任性、孤傲。她虽然也曾接受过传统的封建礼教教育，但有着强烈的反叛精神，在贾府上下明争暗斗、矛盾错综复杂的生活环境中养成了冷漠而孤僻的性格，“孤高自许，目无下尘”，常以尖刻的言辞讽刺、嘲弄她所看不惯的人和事，借以保持自己的人格尊严和个性自由。除此之外，她又是那么的温柔多情、淳朴善良。

◇　林黛玉

在《红楼梦》中，林黛玉可能是个神仙，可望而不可即，她“两弯似蹙非蹙罥烟眉，一双似泣非泣含露目，态生两靥之愁，娇袭一身之病。泪光点点，娇喘微微。闲静时似娇花照水，行动处如弱柳扶风。心较比干多一窍，病如西子胜三分”。

似乎也是一种姻缘，又或是命运多作弄，她虽然得到了贾宝玉的爱慕，但是总感结果渺茫而终日以泪相伴，最后在贾宝玉成亲时离世。

林黛玉这位冰清玉洁、多愁善感的贵族小姐，唾弃封建伦理道德，鄙视科举功名，追求新的生活理想。爱情是她人生理想的一部分，她渴望寻找到一位爱情的知音、生活的伴侣。而当她最终找到贾宝玉这个知音，并付出了少女的热烈而执着的爱情时，却遭到了封建制度和观念的阻碍，断送了她高尚的爱情，并最终断送了她的生命。“自古红颜多薄命”，这句话在林黛玉身上得到了深刻的印证。在我国文学史上，林黛玉的形象和贾宝玉一样，同样具有划时代的典型意义。

本是天外飞仙，何故凄凉如是？曹翁笔墨之神，亦在于此，一方面让林黛玉美丽到极致，另一方面又让她凄凉而至身死！于是乎，一个跨越时空的恒久的悲剧性人物——凄美的林黛玉至此“雕塑”而成，“活生生”地站在读者们面前，让读者们为她感痛伤心，难以忘怀。

薛宝钗

薛氏家庭的重要成员，“金陵十二钗”之一，贾宝玉姨母薛王氏（薛姨妈）之女。她容貌美丽，肌骨莹润，举止娴雅，表面上看似乎是当时正统淑女的典范，但实际上她骨子里却有愤世嫉俗的性格因子和颇深的城府。她恪守妇道，但也对当时的社会抱有一种强烈的批判精神，在贾府的各种势力中，代表王氏家庭的利益。薛宝钗在众多王氏家族成员的帮助下，成了“宝二奶奶”，但贾宝玉在成亲后不久就抛弃她离家出走了。

薛宝钗是和林黛玉出身于同一阶级，又由于各自禀赋、教养、遭遇的差异，而具有不同性格和意义的另一个成功的文学典型。这个典型，实际上也是一个被封建制度扭曲、毁坏的形象。她爱贾宝玉，贾宝玉也并不厌恶她，但彼此之间没有共同的思想基础和感情基础。薛宝钗遵奉妇教、谨守妇规，渴望夫贵妻荣、封妻荫子。封建制度需要她这种贵族淑女式的形象，她顺其自然地成了名副其实的“宝二奶奶”。但也正是这个“宝二奶奶”身份，导致林黛玉早逝、贾宝玉出家、自己年轻守寡的凄惨结局。薛宝钗是一个被封建制度埋葬的牺牲品的典型代表。

王熙凤

贾府（荣国府）内，还有一个与众不同的人物，她便是王熙凤。王熙凤是贾琏的妻室，贾母的孙媳妇，贾府最高管理者之一，王氏家族的代表，人称“凤姐”。这个聪明、机灵、贪婪、狠毒的少妇，凭着她的一些小伎俩，掌握着贾府的家政大权。她嘴甜心狠，两面三刀；脸面上笑着，脚底下使绊子；明是一盆火，暗是一把刀。贾府之中很多底层人物的死都和她有关，并且她还在家庭之外利用贾府的势力勾结官府，残害无辜，以致为了聚敛几千两银子，竟然强行拆散张金哥一对有情人，害死两条人命。

为了争取荣宠、稳固地位，她居心叵测、不露声色地害死已有身孕的尤二姐。在宝黛的爱情悲剧中，她扮演了一个面目狰狞、毫不光彩的角色。但毕竟她很能干、聪明，又善于迎合贾母，深得贾母的宠爱，荣府上下大小事务都得她说了算。她的根本目的是聚拢钱财。赵姨娘曾说过：“这一分家私要不都叫她搬送到她娘家去，我也不是个人。”

最后贾府获罪被抄，也与她有直接关系。她为王家在贾府中争得巨大的利益，这为贾府的衰落起到了推波助澜的作用。

王熙凤身上集中反映了封建统治阶级一些固有的特征。不过，“机关算尽太聪明，反误了卿卿性命”，王熙凤最终也成为封建制度的陪葬品。

五、文学成就

《红楼梦》是中国小说史上一座不可超越的巅峰。

《红楼梦》是一部伟大的作品。有评论家这样说，几千年中国文学史，假如我们只有一部《红楼梦》，它的光辉也足以照亮古今中外。

《红楼梦》之所以伟大，首先是结构的伟大。在精妙的布局和严谨的秩序下，在宏大的空间、众多的人物中，看似庞杂的故事在作者的笔下事无巨细，分明清晰地娓娓道来。

《红楼梦》结构之严谨几乎达到了完美的程度。全书以贾宝玉和林黛玉两人的爱情为主线，以贾府盛极而衰的过程为副线，将众多的人物、纷繁的事件有机地组织在主副线交织的纲目里，从而形成一个巨大的严谨的艺术结构，使作品天衣无缝、自然浑成，无丝毫斧凿痕迹，完美地体现了作者现实主义的创作原则，具有古代小说艺术结构的最高造诣。

《红楼梦》善于用对照来刻画人物形象。作者不是单用“好”“坏”“善”“恶”的标准去限定他们，而是从多侧面、多角度反映出人性的复杂，因而使人物形象更加丰满。

《红楼梦》的语言艺术炉火纯青。其特点是“简洁而纯净，准确而传神，朴素而多采”，突出地表现在人物语言的个性化和动作性上。《红楼梦》以北方民间的口语为基础，同时吸收了中国优秀的古典散文、诗歌、戏曲等文言文的精髓，创造性地把古文那种行为布局、叙事状物的精练笔法都融合在作品中。

《红楼梦》善于细腻、逼真地描写日常生活，这点它“深得《金瓶》壶奥”，但比起《金瓶梅》的琐碎和繁复，它更具有典型性和倾向性。贾府中的饮食宴饮，可以说是家常琐事，作者却不厌其烦地一次又一次地加以描写，但每写一次都有一次的特点，每一次都透露出作者的不寻常的意味。

《红楼梦》是一部伟大的现实主义作品，无论是在思想上还是在艺术上，都达到了中国古典小说的最高峰。清代诗人黄遵宪说它“乃开天辟地，从古到今第一部好小说，当与日月争光，万古不磨者”，可谓一语中的。《红楼梦》作为中国文学史上的一颗耀眼明珠，将永远放射出灿烂的光芒。

六、名家点评

其要点在敢于如实描写，并无讳饰，和从前的小说叙好人完全是好，坏人完全是坏的，大为不同，所以其中所叙的人物，都是真的人物。总之自有《红楼梦》出来以后，传统的思想和写法都打破了。

——鲁迅

《红楼梦》对于我这个读者，是唯一的一部永远读不完、永远可以读、从哪里翻开书页读都可以的书。同样，当然是一部读后想不完、回味不完的书。

——王蒙

戏 剧

《窦娥冤》——一部中国式悲剧的经典之作

作　　者：关汉卿

文　　体：戏剧

成书年代：元代

一、作者介绍

关汉卿，约生于金末，卒于元，号已斋叟（又作一斋、已斋），大都（今北京）人，又有祁州（治今河北安国）、解州（治今山西运城市西南解州镇）人诸说。关汉卿是元代杂剧的代表作家，与郑光祖、白朴、马致远并称为“元曲四大家”，且居“元曲四大家”之首。他一生“不屑仕进”，生活在底层人民中间。他是当时杂剧界的领袖人物，与许多戏曲作家、杂剧演员有着密切的联系。他是一位熟悉舞台艺术的戏曲家，既编剧，又登台演出。关汉卿在《一枝花·不伏老》中自述“通五音六律滑熟”“我也会围棋、会蹴鞠、会打围、会插科、会歌舞、会吹弹、会咽作、会吟诗、会双陆”“我是个蒸不烂、煮不熟、捶不扁、炒不爆、响珰珰一粒铜豌豆”，可见他的才艺、生活和个性。所作杂剧名目六十余种，今存十八种，其中有几种是否为关汉卿所作尚有争议；所作套曲十余套，小令四十多首。他的戏曲作品题材广泛，大多暴露了封建统治的黑暗腐败，表现了古代人民特别是青年妇女的苦难遭遇和反抗斗争精神，人物性格鲜明，结构完整，情节生动精练，对元杂剧和后来戏曲的发展有很大的影响。

关汉卿的主要作品有《窦娥冤》《救风尘》《望江亭》《单刀会》等，其中《窦娥冤》被称为“中国古典十大悲剧”之一。关汉卿一生创作的杂剧有六十多种，他是我国戏剧创作的代表人物之一，其作品数量超过了英国的“戏剧之父”莎士比亚。1838 年，《窦娥冤》就有英译本流传海外。1958 年，世界和平理事会把关汉卿与达·芬奇等同列为世界文化名人。

二、作品档案

《窦娥冤》描写了窦娥被无赖诬陷，又被官府错判斩刑的冤屈故事。全剧四折一楔子。《窦娥冤》全名《感天动地窦娥冤》，此剧现存版本有：明脉望馆藏《古今名家杂剧》本、《元曲选》本、《酹江集》本、《元人杂剧全集》本。

《窦娥冤》是关汉卿的代表作，也是我国古代悲剧的代表作。它的故事源于《列女传》中的《东海孝妇》。但关汉卿并没有局限在这个传统故事里去歌颂为东海孝妇平反冤狱的于公，而是紧紧扣住当时的社会现实，用这段故事真实而深刻地反映了元朝统治下中国社会极端黑暗、残酷、混乱的悲剧时代，表现了中国古代劳动人民坚强不屈的斗争精神和争取独立生存的强烈要求。它成功地塑造了“窦娥”这个悲剧人物形象，使其成为元代被压迫、被剥削、被残害的妇女代表，成为元代社会底层善良、坚强，最后走向反抗的妇女的典型。

当时的社会，邪恶得不到惩治，正义得不到伸张，出现了许多冤假错案，《窦娥冤》就是在这样的历史条件下产生的。它是一部揭露统治阶级腐败残暴，歌颂人民群众勇敢反抗黑暗的社会制度、反抗迫害的一部伟大的戏曲作品。

《窦娥冤》全剧以窦娥的悲惨遭遇为主线，展开戏剧冲突，把现实主义和浪漫主义有机结合为一体，成功地塑造了窦娥这个不屈不挠与封建邪恶势力做斗争的妇女形象，展示了广阔的社会生活图景。

在创作过程中，关汉卿善于广泛吸纳普通民众的口头语言，从而形成了他作品的突出特点——人人皆能读，人人皆能听。《窦娥冤》是关汉卿晚年的作品，凝聚了作家毕生的生活、艺术实践经验，是元代杂剧中最光辉灿烂的作品。

三、内容概要

楚州有个蔡婆，丈夫多年前去世，她带着独生儿子，靠将丈夫留下的产业放债来维持生活。蔡婆曾借给城里穷苦的秀才窦天章二十两银子，去讨债时，窦天章说现在没有能力偿还这笔债务，请求宽限一段时间。蔡婆见窦天章的七岁女儿端云长得活泼可爱，便想将她带回家做童养媳。窦天章虽然于心不忍，但为了了却那笔阎王债，使自己上京完成学业无后顾之忧，含泪把女儿送到了蔡家。端云在蔡家住了下来，蔡婆将她改名为窦娥，说是叫起来顺口。窦娥和蔡婆的儿子一齐长大成人，十七岁那年，蔡婆择个日子，让小两口结了婚。不想完婚才两年，窦娥的丈夫得了一场重病死了，窦娥年轻守寡。不知不觉又是三年，窦娥孝敬婆婆，操持家务，日子虽寂寞凄凉，但也无忧无虑。

一天，蔡婆去城外赛卢医家讨债。赛卢医知道自己拖了无数次的债不能再拖了，便产生了邪念，将蔡婆骗至一无人处，趁蔡婆不注意，突然把早已准备好的麻绳套上蔡婆的脖子，想勒死她。蔡婆大声喊救命，恰好有父子俩路过，救了蔡婆，赛卢医落荒而逃。父子二人询问蔡婆这是怎么回事，蔡婆将事情的来龙去脉叙述了一遍。可这父子俩是一对混蛋，听蔡婆说家中还有一个媳妇在守寡时，老头对蔡婆说：“婆婆，我姓张，这是我儿子，叫张驴儿。你们婆媳没有丈夫，我们父子没有老婆，我们四人不如成双配对，一家四口快乐地过日子。”蔡婆不同意，张驴儿恐吓说，如果不肯，就要勒死她。蔡婆无奈，把这一对流氓父子带回家中。

窦娥听婆婆讲了她今天遇到的事情后，认为十分荒唐，劝婆婆不要答应。张驴儿见窦娥长得如花似玉，就色眯眯地说：“你们婆媳招了我们父子，不也风流快活吗？”边说边上前扯住窦娥要和她拜堂。窦娥奋力抵抗，张驴儿恼羞成怒，发誓要把她弄到手。

蔡婆胆小怕事，劝张氏父子不要着急，反正日子长着呢，让她慢慢劝说媳妇。

张氏父子凭借淫威，在蔡家住了下来，要吃要喝。一次蔡婆生病，张驴儿想趁机弄死她，霸占窦娥。他从赛卢医在城里开的药铺里买来了毒药，趁窦娥烧羊肚汤给婆婆喝的时候，将毒药放进碗里。张老头将汤拿给蔡婆喝，蔡婆正要喝时，忽然身体不舒服要呕吐，就将汤让给了张老头。汤才下肚，张老头便觉得头晕目眩，连呼不对，不大工夫，张老头嘴角流血，四肢抽搐而死。

张驴儿穷凶极恶，拽住窦娥就上衙门告状。楚州太守桃杌是当地臭名昭著的昏官、贪官。他收了张驴儿的贿赂，听信张驴儿的胡言乱语，下令拷打窦娥。窦娥虽被打得死去活来，但一口咬定自己没有毒死张父。桃杌见窦娥如此倔强，就想出一招，痛打蔡婆。窦娥一听要拷打婆婆，想到婆婆年老体衰，怎能经得住公差的严刑拷打。于是屈招，说自己就是毒死张父的凶手，婆婆与此事无关。桃杌这个昏官看到窦娥招了，赶紧命窦娥画押，将窦娥打进死牢，于次日押往刑场斩首。

第二天，窦娥坐进囚车，被拉到刑场，她想到自己年纪轻轻就将冤死，不禁诅咒、发愿。她在临刑之前发下了三桩“无头愿”：一是要刽子手在砍头的时候刀过头落，让一腔鲜血全部喷洒在白布之上，不容一滴溅在地上；二是六月酷暑之天降下茫茫白雪，遮掩自己的清白之身；三是要楚州在她死后连遭三年大旱，以鸣其冤。监斩官认为这是她临死前的胡话。突然，刑场上空乌云密布，天昏地暗，冷风阵阵袭来。窦娥大声呼号："黑云快快升起，狂风快快吹来！让我的三桩誓愿都实现，证明窦娥蒙受了天大的冤枉！"监斩官吓得魂不附体，催促刽子手动手。刀过之处，窦娥的人头落地，她的满腔鲜血果真喷在高高悬挂的白布上，没有一滴溅在地上。随后，漫天飞雪降落，覆盖在窦娥尚未冰冷的尸身上。监斩官带领手下仓皇离开刑场，周围围观的群众议论纷纷，蔡婆更是伤心欲绝。

再说窦娥的父亲，当年把窦娥送到蔡家后就到京城求取功名了。他十年寒窗，终于一朝及第，在京城做官升得很快。他曾派人去找女儿端云，但蔡婆早已搬家，没有找到女儿，他很痛苦。这年，朝廷委任他为提刑肃政廉访使，到各地察访贪官污吏，并赐给他宝剑金牌，必要时可行使天子的权力。窦娥冤死的第三年，窦天章来到楚州。楚州连续三年不下雨，引起他的关注，他认为里面定有蹊跷，决心认真查访。他到达楚州当天的晚上，窦娥的灵魂来向他哭诉自己的冤情。窦天章十分震惊，次日清晨便向太守询问当年窦娥被杀之事。桃杌此时已升官，官官相卫，新太守推说不知详情。窦天章非常气愤，亲自重新审理此案，逮捕有关案犯。张驴儿被捉后，拒不承认是自己下毒杀死父亲的，而且耍赖、大闹公堂。谁知当年卖毒药后逃往外地的赛卢医也被抓回来，供认了自己的罪行。已在外任职的桃杌也被传回楚州，他对当年自己犯下的罪行也供认不讳。张驴儿在事实面前，终于俯首认罪。窦天章明镜高悬，判张驴儿死罪，赛卢医充军，桃杌被打了一百大板，削为平民，永世不得录用。

窦娥的冤案终于昭雪。

四、主要人物形象

窦娥

名端云，自幼丧母，家境贫困。七岁时被父亲窦天章抵债给蔡婆家做童养媳，十七岁与蔡婆之子完婚。不久丈夫病死，她和婆婆相依为命。无赖张驴儿诬赖窦娥毒死其父张老头，拉她去见官。楚州太守桃杌接受贿赂，偏袒张驴儿，动用严刑逼供，窦娥不忍看到年老的蔡婆受刑，只得招认，被判死刑。在法场上，窦娥发下三项誓愿，这三项誓愿在窦娥死后都全部应验。三年后，窦娥的父亲窦天章官任廉访使，审查案卷，窦娥的案卷亦在其中。窦娥的鬼魂向父亲倾诉了冤情，父亲终于为窦娥平反昭雪。

窦娥本来是一个善良正直、信奉天命、恪守礼教的柔弱女子。然而，像她这样的弱者，在那个黑暗社会很难逃脱张驴儿一类邪恶势力的欺负，窦娥不堪受侮。张驴儿拉她到官府，她毫不畏惧，勇敢前往。这是窦娥反抗性格的首次流露。生活现实使她开始明白，善良温顺无法打败邪恶歹毒，要想摆脱厄运，只有奋起反抗。

蔡婆

窦娥的婆婆，一个靠放高利贷生活的剥削者。窦娥就是由于其父还不起她的债，被典给她家当童养媳的。同时，蔡婆又是一个无权势、无后台，屡遭恶人欺凌的老寡妇。赛卢医欠她银子不还不说，还想要她的命；张驴儿父子救了她，又要强占她和儿媳。生活在那样的环境里，她胆小怕事，软弱无力。对张驴儿的蛮横无理，她不敢反抗，只得逆来顺受，引狼入室，从而目睹了善良儿媳被冤杀的悲剧。这是一个可恨可气而又可怜的角色。

张驴儿

一个欺压百姓的流氓无赖。他和他的父亲救下了即将被赛卢医勒死的债主蔡婆，逼迫她们婆媳二人嫁给他们父子，但遭到窦娥的严词拒绝。后来，为了霸占窦娥，张驴儿在羊肚汤里下毒药，企图害死蔡婆，不料竟毒死了自己的父亲。为了解恨，他又反咬一口，要挟窦娥屈从他，不然要到官府诬告其父是窦娥毒死的，窦娥至死不允。他把窦娥告到官府，使窦娥惨遭杀害。张驴儿最后被窦娥的鬼魂告倒，被处死。

桃杌

无赖张驴儿诬赖窦娥毒死张老头，拉她去打官司。身为楚州太守的桃杌偏听张驴儿一面之词，凶残地屈杀了窦娥。他断案的原则是：人是贱虫，不打不招。在他的治理下，不知多少无辜百姓被冤杀。

五、文学成就

《窦娥冤》运用丰富大胆的想象，设计了窦娥发三桩誓愿的超现实情节，显示正义抗争的强大力量，寄托了作者鲜明的爱憎，反映了人民伸张正义、惩治邪恶的愿望。这是全剧中刻画主人公形象最着力的一笔，是作品艺术性的集中体现，使悲剧气氛更浓烈，人物形象更突出，故事情节更生动，主题思想更深刻，既洋溢着浓郁的生活气息，又充满奇异的浪漫色彩，具有震撼人心的艺术力量。

关汉卿十分注意戏曲情节的提炼，传奇性是他裁剪戏曲情节、处理戏曲冲突的重要依据。像《窦娥冤》中血飞白练、六月下雪、大旱三年等罕见现象的出现，极大地增加了故事情节的传奇色彩，使人物间的冲突具有了更强烈的戏剧效果，引人入胜，扣人心弦。

关汉卿善于在激烈的戏剧冲突中揭示人物的性格特征，如窦娥的反抗性格和复仇意志，就是在她遭受一连串愈来愈严重的迫害中逐步显露出来的。

在情节处理上，关汉卿一方面能从人物的现实处境出发，展开冲突，将矛盾一步步引向高潮，另一方面又安排转折，移步换景，变幻多端，使人无法预测情节的发展，常常是一波未平一波又起，使得观众的心弦被紧紧扣住，不得松懈，使戏剧效果发挥到了极致。

关汉卿是古典戏曲创作的语言大师，前人多认为他为元剧本色派的代表。他一方面继承宋人平话的优良传统，尽量使用当时城市平民，尤其是底层社会中各种人物的语言，使之明白晓畅，泼辣生动；另一方面又从中国传统的诗词曲赋中寻找那些有生命力的文学语言，来丰富曲文的韵味，使之自成一格。他能够惟妙惟肖地表现出各色人物的口吻、语气，也善于根据剧情和主人公身份、性格的差异，在不同的剧作中变化其语言风格。俗中有雅、雅中有俗、雅俗兼备、串合无痕，而始终新鲜活泼、生气勃勃、不失本色，是关汉卿戏曲语言最显著的特点。他的语言成就达到了元杂剧的高峰，为中国戏曲树立了光辉的典范。

六、名家点评

（《窦娥冤》）剧中虽有恶人交构其间，而其蹈汤赴火者，仍出于其主人翁之意志，即列之于世界大悲剧中，亦无愧色也。

关汉卿一空依傍，自铸伟词，而其言曲尽人情，字字本色，故为元人第一。

——王国维

《西厢记》——愿天下有情人终成眷属

作　　者：王实甫

文　　体：戏剧

成书年代：元代

一、作者介绍

王实甫，名德信，字实甫，大都（今北京）人。生平事迹不详。他在当时就享有盛名，创作的杂剧有十四种，完整保留下来的除《西厢记》外，还有《丽春堂》四折、《破窑记》四折和《贩茶船》《芙蓉亭》曲词一折。至于其他作品，均已散佚失传。

王实甫是元代大都玉京书会的才子，长期和艺伎生活在一起，做过一段时间的小官，后来隐退。王实甫的杂剧大多取材于上层贵族的生活，善于刻画人物内心，抒情气氛浓烈，华丽优美。明初戏曲家朱权在《太和正音谱》中评论王实甫的戏曲说：“王实甫之词，如花间美人。铺叙委婉，深得骚人之趣，极有佳句。若玉环之出浴华清，绿珠之采莲洛浦。”这与现存《西厢记》等剧作的风格是一致的，在当时产生了巨大的影响。

二、作品档案

《西厢记》是元代的一部杰出的浪漫主义爱情喜剧。

故事来源为唐代元稹的《莺莺传》，剧本从金代董解元的《西厢记诸宫调》脱胎而来。《莺莺传》为《西厢记》奠定了创作基础。《西厢记诸宫调》在结局、人物关系、情节设置等方面对《莺莺传》做了重大改动，逐步奠定了《西厢记》追求爱情自由、反对封建礼教的主题。

王实甫编写的杂剧《西厢记》，就是在这样丰富的艺术积累上进行加工创作而成的。

元朝推行“四等人”政策，汉族文人地位极低，作者就处于这种生活状态中。王实甫是一位儒雅风流、才华横溢的文人，而且与当时的妓女和艺人有密切的交往。这为他的戏剧创作提供了许多真实材料和实践经验。《西厢记》是他的代表作，在当时被誉为“天下夺魁”的杰作。

《西厢记》在艺术上达到了极高的成就。人物形象生动，个性鲜明，特别是深刻描写了崔莺莺错综复杂的内心矛盾，表现了其意识觉醒的真实过程。作品体制宏伟，在元代是独一无二的，是杂剧中磅礴辉煌的杰作。剧作文辞华美生动，极具诗情画意，如第四本中的“碧云天，黄花地，西风紧，北雁南飞。晓来谁染霜林醉，总是离人泪”等，都是脍炙人口的名句。《西厢记》是元杂剧的高峰，在中国戏剧发展史上具有重要地位，影响很大，传诵不衰。

三、内容概要

《西厢记》共五本二十一折，写的是相国千金崔莺莺和年轻书生张生的爱情故事。

第一本《张君瑞闹道场》

唐代德宗年间，崔相国去世，崔氏一家扶灵归葬，暂住山西蒲州普救寺。已与表兄郑恒定婚的小姐崔莺莺在丫鬟红娘的陪同下，来到佛殿散心。此时，“书剑飘零、功名未遂”的西洛才子张生（名张珙，字君瑞，西洛人）上京求取功名，顺便拜访故人白马将军杜确，也来到了蒲州。闲暇之余，张生游览名山古刹，和莺莺在普救寺相遇。张生一见莺莺，就钟情于她，认为她就是自己要寻找的终身伴侣。莺莺见到俊秀潇洒的张生，亦不觉眉目传情，秋波暗转，使得张生如痴如狂。佛殿的偶逢，使得这对青年男女对彼此情牵梦绕。

张生和莺莺酬韵和诗，更让二人觉得与对方“心有灵犀一点通”。随后，莺莺来到斋坛为亡父祈祷。莺莺的美丽，不仅使张生为之倾倒，也使在场的僧众大为癫狂。

第二本《崔莺莺夜听琴》

闹斋之后，莺莺对张生念念不忘，但无法向张生传递衷情。谁知张生和莺莺正在相思之际，却传来惊人消息：绿林强盗孙飞虎听说莺莺貌美，兵围普救寺，逼众人交出莺莺为妻。情势危急，莺莺得知张生故人能解燃眉之急，提出谁有退兵之策，就嫁与谁为妻。老夫人万般无奈采用了女儿的主意。张生自告奋勇修书一封，请来白马将军杜确解围。不料老夫人翻脸悔婚，在设宴酬谢张生时让莺莺拜张生为兄，老夫人赠张生财礼让其另觅佳人，张生怒言：金钱岂是我辈贪恋的？老夫人的悔婚使莺莺和张生的热切期盼落空，张生借幽怨的琴声抒发自己“离恨千端，闲愁万种”的情绪，深深地打动了莺莺的心。张生的琴声使莺莺和张生的心更近了一步。而老夫人的赖婚，则使她与莺莺和张生的矛盾转为公开化。

第三本《张君瑞害相思》

老夫人的变卦给莺莺和张生造成了极大的痛苦。琴心相挑之后，张生病倒，莺莺请红娘去探病。此时的红娘，经过寺庙兵变、老夫人赖婚事件之后，深为莺莺和张生的深情感动，决意帮助莺莺和张生，替张生给莺莺传信。红娘了解莺莺，唯恐当面交信惹出麻烦，就将信放在妆盒上。但莺莺看过信后，故意发怒，斥问红娘。红娘假意要自首，迫使莺莺放下小姐的架子，转而让红娘再次传书递简，但隐瞒了信的内容。红娘见了张生，从张生的嘴里知道了真相。善良的红娘鼓励张生追求幸福。可是晚上张生过去后，莺莺却摆出严肃的面孔，将他训斥了一顿。

莺莺再次请红娘传书递简，而且故技重施，将爱情之简说成药方。张生接到莺莺的药方大喜过望，却又担心莺莺被夫人拘系，不能如约而来。红娘则担心莺莺又有变故，二人各有疑虑。

第四本《草桥店梦莺莺》

莺莺“赖简”，致使张生病重。张生的重病，感动了莺莺，莺莺主动写信约他私会，但莺莺仍不免临事而踌躇。在红娘的反激下，莺莺终于顺水推舟，到张生的西厢房，和张生成就了好事。这是莺莺和张生对老夫人的一次大胆的抗争。老夫人到底还是知道了这件事，她声言要将张生告到官府，便拷问红娘。机智的红娘抓住老夫人维护礼教和家谱的弱点，据理力争，指出老夫人之过，并以信义之道明之以理，以家谱之辱晓之以利。老夫人考虑利害得失，终于认可了莺莺和张生的私下结合。可是她还是借口自家是相门府第，以“俺三辈儿不招白衣女婿”为由，令张生进京应考，并威胁道，“得官呵，来见我；驳落呵，休来见我”，迫使莺莺在凄苦的气氛中送别了张生。

第五本《张君瑞应团圆》

张生赶到京城，第二年参加春选一举高中状元。张生状元及第后，派琴童向老夫人和莺莺报信。莺莺接到张生的书信后，立即复函，并附寄六种礼物：汗衫、裹肚、玉簪、袜子、斑管一枝和瑶琴一张。张生收到礼物，睹物思人，一一猜准了莺莺的心意，即要他对爱情忠贞不渝。张生表示“春蚕到死”“蜡炬成灰”，至死不变。此时，早与莺莺定亲的郑尚书之子郑恒不甘心败给张生，就诬蔑张生在京城已被卫尚书招为女婿。老夫人听信一面之词，决定把莺莺许给郑恒。这时张生及时赶回，揭穿了郑恒的谎言。老夫人迫于形势，只得允诺，最后老夫人主婚，白马将军证婚，张生和崔莺莺这对有情人终于结成眷属。

四、主要人物形象

张生

名珙，字君瑞，是一个书剑飘零的书生。在上京城赶考时，路过普救寺，与崔相国的女儿崔莺莺相恋，并私下结合。后来进京赶考，中了状元，与莺莺正式结为夫妻。张生忠于爱情，无论是老夫人的干涉，还是莺莺的翻脸、红娘的挖苦，都没有动摇他对莺莺的感情。但他也有柔弱、迂腐的特点，是元杂剧中典型的书生形象。

崔莺莺

出身相国门第，美丽而有才情。虽然身处封建礼教的严重桎梏下，但其内心深处仍然渴求爱情。她看到张生诚实多才、清俊温顺、仗义救人，便爱上了他。但相国小姐的身份和她所受的教养，又使她顾虑重重，不敢放纵。经过反复、激烈的内心冲突，后来终于突破束缚，和张生结合。崔莺莺的形象最初见于唐元稹的《莺莺传》，在《西厢记》中，她的性格有了很大的转变，人物形象更加丰满。

红娘

崔莺莺的婢女。聪明勇敢，天真爽朗，蔑视封建礼教，热情地促成莺莺和张生的结合。在莺莺母亲发现崔、张的爱情而拷问她时，她进行了针锋相对、以理服人的反击，巧妙地揭穿了封建礼教维护者崔母的虚伪面目，突出了她的大胆和智慧。在她身上，体现了封建社会中底层女性的优秀品质。民间亦称热心促成别人姻缘的人为“红娘”。

五、文学成就

《西厢记》的艺术成就，突出表现在人物性格的刻画和优美的戏曲语言两个方面。

《西厢记》的人物并不多，但剧情的描写一环套一环，高潮迭起，引人入胜。人物形象塑造深刻，每个人物既有鲜明突出的个性特征，同时又具有多重性，都得到了多侧面的刻画。对张生的形象刻画，主要是着力渲染他执着追求自己与莺莺的爱情，作品一开始就强调了张生“情真”的性格特点。他“往常时见傅粉的委实羞，画眉的敢是慌”，只是见到了莺莺，就再也无法摆脱了。这样就把张生与一般的寻花问柳的风流才子严格区别开来，而突出了他的“志诚种”甚至“傻角”的个性特征。同时，在张生出场时，作品还强调了他的“才高难入俗人机，时乖不遂男儿愿”的情志，对九曲黄河壮观景色的描写，也表现出了他的胸襟。

作品把人物心理刻画的重点放在莺莺身上，展现了她从一个谨遵礼教的大家闺秀到成为封建礼教叛逆者的历程。莺莺与张生一见钟情，但她毕竟处于封建礼教束缚严重的时代，官宦之家千金小姐的地位，使她一时不敢冲破封建礼教的束缚，于是她的思想矛盾直接影响着她与张生的爱情走向，所以她“酬简”后又翻脸“赖简”，使剧情发展急转直下。她的否认、拒绝都成为她内心情感的反映。正因为她爱张生，才使得她对张生的态度有如此的反复。

红娘的形象在《西厢记》中也得到了充分的展现。她俏皮、机智，有劳动人民急人所难的美德。她在莺莺和张生的爱情进程中起着不容忽视的推动作用。如果没有她的支持，莺莺是无力与老夫人做斗争的；如果没有她的穿针引线，莺莺和张生的爱情发展也不会那么迅速。正是因为有红娘的据理力争，莺莺和张生这对有情人才得以终成眷属。作品细腻地写出了她的坚定、勇敢以及取得胜利时的喜悦，同时也写出了她的恐惧、气愤以及蒙受委屈时的痛苦。

《西厢记》是中国古典戏曲语言发展的一次高潮。在语言上，《西厢记》注重文采，富有个性而又不失华美。例如，“碧云天，黄花地，西风紧，北雁南飞。晓来谁染霜林醉？总是离人泪”一句，用典型的秋景烘托出离人的愁绪，使人如同身临其境。《西厢记》的人物语言可谓“量身定制”，因人物地位和性格的不同而呈现不同的风格，从而具有非常鲜明的个性化特点。比如，张生的语言诚挚热烈，莺莺的语言深沉婉丽，红娘的语言则显得泼辣俏皮。《西厢记》的这些艺术特色使它受到了世人高度的赞扬，被人赞为“《西厢记》天下夺魁”。自王实甫后，陆续还有许多改编的《西厢记》剧本，但成就皆不及《西厢记》。

《西厢记》最突出的成就是从根本上改变了《莺莺传》的主题思想和莺莺的悲剧结局，把男女主人公塑造成在爱情上坚贞不渝，敢于冲破封建礼教的束缚，并经过不懈的努力终于得到美满结果的一对青年。这一改动，使剧本反封建倾向更加鲜明，突出了“愿普天下有情人都成眷属”的主题思想。在艺术上，剧本通过错综复杂的情节冲突，来完成莺莺、张生、红娘等艺术形象的塑造，使人物的性格特征生动鲜明，加强了作品的戏剧性。

六、名家点评

《西厢记》不同小可，乃是天地妙文。自从有此天地，他中间便定然有此妙文。

——金圣叹（明末清初）

吾于古曲之中，取其全本不懈、多瑜鲜瑕者，惟《西厢记》能之。

——李渔（明末清初）

《西厢记》是超过时空的艺术作品，有永恒而且普遍的生命。

——郭沫若

《牡丹亭》——情不知所起，一往而深

作　　者：汤显祖

文　　体：戏剧

成书年代：明代

一、作者介绍

汤显祖（1550—1616），明戏曲作家、文学家。字义仍，号海若若士，别号清远道人，江西临川（今江西抚州）人。他出身书香门第，二十一岁中举。后多次参加进士考试，因拒绝与宰相张居正的儿子结交而屡试不得录取，直至张居正死后第二年方得中进士。汤显祖曾任南京太常寺博士、詹事府主簿等职，与当时的东林党领袖高攀龙、顾宪成等人交往很深。汤显祖对当时统治集团买卖官爵和官吏贪赃枉法、贪污受贿的行为极为不满。因上书抨击朝政被贬到广东徐闻县做典史，后又调任浙江遂昌知县。在任期间，洁身自好，关心百姓疾苦，曾因释放囚徒回家过年而招致统治阶层的不满。

万历二十六年（1598），汤显祖被罢免官职返回家乡，从此绝意仕途，笔耕以至终老。其一生所作的四部比较著名的传奇杂剧《牡丹亭》《南柯记》《紫钗记》《邯郸记》（合称“临川四梦”），以《牡丹亭》最为著名。汤显祖本人也对《牡丹亭》十分得意，曾说：“一生四梦，得意处惟在牡丹。”明朝人沈德符称：“汤义仍《牡丹亭梦》一出，家传户诵，几令《西厢》减价。”

二、作品档案

《牡丹亭》，全名《牡丹亭还魂记》，即《还魂记》，也称《还魂梦》或《牡丹亭梦》，传奇剧本，五十五出。

《牡丹亭》写于明万历二十六年（1598），取材于明人话本《杜丽娘慕色还魂记》，讲述了一个十分有趣的浪漫主义爱情故事。作者采用了大胆的想象和夸张的手法，愤怒地控诉了封建礼教对青春少女的摧残，赋予爱情以起死回生的力量，深刻地表现了反封建、反礼教的思想内容，有力地抨击了封建理学扼杀人性的罪恶。《牡丹亭》是我国明代后期浪漫主义文学中最具有现实意义的杰作之一。

汤显祖生活的年代，是明代最黑暗、最腐朽的时期，皇帝昏庸，宰相专权，宦官横行。政治的腐败、思想的禁锢和迅速产生的资本主义萌芽，引发了激烈的矛盾冲突，这种冲突严重制约着社会的进步。此时的社会矛盾异常尖锐，思想革新的浪潮向腐朽的封建势力发起了有力的进攻。在这样的历史背景之下，《牡丹亭》适时而生。

《牡丹亭》中的主人公南安太守之女杜丽娘与书生柳梦梅具有强烈的追求幸福、反对封建婚姻制度的思想，体现了晚明时期在资本主义萌芽思想革新运动浪潮的冲击下，青年一代灵魂的觉醒。剧中对官场的黑暗和地狱的阴森气氛的描写，都是对现实的强烈批判。它反映了当时的女性所承受的深重苦难，与一般描写才子佳人的故事有着本质的区别。

三、内容概要

南宋初年，江西南安府有位杜宝太守，二十岁考中进士，现已年逾半百，携夫人甄氏在南安任职三年了。他膝下有一个独生女儿，名叫丽娘，年方十六，才貌端妍。杜宝夫妇对女儿管教严厉，为了让她能知书达礼，将来择个好夫婿，杜太守专门请来了一位穷酸迂腐的老学究陈最良到府邸坐馆教学。

三月的一天，丽娘和婢女春香趁杜太守下乡发动农民春耕、陈老先生请假回家之机，偷偷来到后花园。在柔和的阳光下，主仆二人看春花绿柳，听莺啼燕唱。在无限春色下，丽娘忽感一阵倦怠，昏昏欲睡。朦胧中，丽娘看见一位潇洒倜傥的书生手持垂柳向自己走近。她在书生的搀扶下来到牡丹亭，落英满地、飞花如雨，二人缠绵缱绻……母亲的一声呼唤，使丽娘惊醒，原来是一场美梦。自此，丽娘添了一桩心事。次日，丽娘又来到后花园，独自徘徊流连，百感交集。就这样，丽娘害起了相思病，日渐憔悴。杜宝夫妇以为女儿生病了，请医开药，仍无济于事。中秋之夜，丽娘央告母亲，自己死后，将自己葬在后花园的梅树下，又叮嘱春香将自己精心描绘的“春容图”用紫檀盒珍藏，放在后花园太湖石下。交代完一切，丽娘溘然逝去。

就在杜宝夫妇因女儿之死万分悲痛时，皇帝来旨，升任杜宝为安抚使，镇守淮扬，即刻赴任。杜宝匆匆将女儿葬于梅树下，将后花园取名为“梅花庵观”，并托石道姑焚香扫径看守，陈最良往来照应。

三年后，岭南公子柳梦梅赴京会试，路过南安府，因染风寒暂住梅花庵观。一天，柳梦梅到后花园散心，在太湖山石下看到一个紫檀香匣，回房打开后，看到一幅美丽的女像。柳梦梅细细端详画中人，爱不释手，赞不绝口。夜里，他和衣卧在画像之旁，口中不停地喊着：“美人姐姐，美人姐姐……”

却说丽娘死后，灵魂被押到阎罗殿，新上任的胡判官询问丽娘死因，不相信世间有人因一场梦而死亡的事实。他请来后花园的花神勘问，证实丽娘确系一梦情缘而亡。胡判官被丽娘的真情感动，于是放她返阳去寻找自己的意中人。丽娘的魂魄来到故园，看到柳梦梅正为自己辗转难眠，心中一阵感动，叩门而入。丽娘向柳梦梅倾诉了自己的身世和为他伤情而死的经过，柳梦梅对她更加敬重。第二天，柳梦梅在丽娘的嘱托、石道姑的帮助下，掘开了梅树下的丽娘坟冢，打开棺木，那丽娘面容如生，芳姿依旧。柳梦梅扶出丽娘，偎热其身，又喂服了还魂丹，使丽娘得以生还。二人诚心相爱，大胆地结为夫妻，一同赴临安赶考。

柳梦梅到临安应考完毕，正等候结果。但由于金兵来犯，杀过淮扬，时局动荡，发榜延迟。淮扬一带是杜宝镇守的范围，柳梦梅便让丽娘暂居临安，自己则直奔淮扬，探寻未见面的岳父母的下落及安危。这边杜宝在淮扬的三年中，经常想起早逝的女儿。当金兵入侵时，他让夫人、春香等人暂去临安避乱。夫人、春香在临安城巧遇丽娘，惊疑之际，听了丽娘还阳的经过，不禁悲喜交集。柳梦梅风尘仆仆赶赴淮扬杜宝幕府，刚进门就被公差拿下。原来老学究陈最良先于柳梦梅来到淮扬，告诉杜宝丽娘坟墓被盗。正在气头上的杜宝，没承想"强盗"柳梦梅会不请自来，于是命人将他拿下，对他加以审问。

经过南宋将领的奋战，金人终于退兵，杜宝因抗金有功，皇帝将他升为平章，回京赴任，而柳梦梅也被作为囚犯押往临安。临安城中，正在张榜寻找新科状元柳梦梅，柳梦梅总算免得一死，转眼成为朝廷红人。杜宝见到丽娘后，认为她是狐狸精变成的，不认她这个女儿，且上书天子要除妖灭害。柳梦梅作为新科状元，也将自己和丽娘的恋爱传奇禀奏皇上，请皇上恩准二人姻缘。丽娘也为自己的婚事进行了争辩。皇上深受感动，最后下了两道圣旨，杜宝父女相认，一家团圆；杜宝官进一品，甄氏封淮扬郡夫人，柳梦梅授翰林院学士，丽娘封阳和县君。柳梦梅和丽娘最终争取到了属于自己的幸福。

四、主要人物形象

杜丽娘

太守杜宝的独生女儿，美丽灵秀，多才多艺。杜宝尽管爱自己的女儿，却仍然按照封建礼教的规范去约束她、教诲她，丽娘毫无自由可言，以致长到十六岁时都不知道自家有座后花园。杜宝出于让女儿“他日嫁一书生，不枉了谈吐相称”的目的，为丽娘请了一位私塾老师，而这个老师又是个从不晓得赏春，从不游园赏花的老腐儒。正是在如此的重压之下，丽娘深感虚度青春，悲叹“命如一叶”。这些经历塑造了她为追求自身幸福而强烈反抗礼教束缚、大胆叛逆的性格。

在后花园牡丹亭，丽娘为美丽春色陶醉了。当在梦中遇见一少年书生时，她心中禁不住情动，与梦中书生互相爱慕，并决心主宰自己的青春和命运。她不但到后花园去寻梦，而且表示：“这般花花草草由人恋，生生死死随人愿，便酸酸楚楚无人怨。待打并香魂一片，阴雨梅天，守得个悔恨相见。”这是对当时理学所极力鼓吹的“存天理，灭人欲”的封建伦理公开的“背叛”。后来，丽娘因思念愈深而染疾，最终香消玉殒。但即便是死，她仍执着地追求自己理想的幸福生活。死前，她哀求母亲将自己葬在后花园梅树下，叮嘱侍女春香将她的自画像放在紫檀匣中，藏在太湖石下。死后，她的真心感动了阎罗殿胡判官，被允准寻找她生前梦中的爱人柳梦梅。找到柳梦梅后，她的鬼魂和柳梦梅幽会。在经二人“生同室，死同穴”的盟誓后，柳梦梅开棺将其复活，二人正式结成夫妻。

丽娘追求自由，追求理想生活，敢于主宰自己的命运，敢于反抗封建礼教，是一位典型的封建礼教叛逆者。

柳梦梅

一位有才学的书生。他不仅爱丽娘的美丽容貌，还爱丽娘的过人才气，更心动于彼此相同的志趣。这就使他们两人的爱情建立在更加牢固的基础上。正因为如此，柳梦梅在争取幸福爱情的过程中，表现出了一往无前的坚定性。他与丽娘幽会时，明知她是鬼魂也不畏惧；为与丽娘结成夫妻，他甚至甘冒死罪，开棺使丽娘复活；在金殿上，面对杜宝，为了维护爱情的纯贞，维护自己的尊严，他据理力争，冒死顶撞，根本不把这位新任朝廷宰相，同时又是封建礼教卫道士的岳父放在眼里。在爱情婚姻问题上，柳梦梅的形象显现了新的思想和新的道德标准。

杜宝

丽娘的父亲，南安太守，是使丽娘失去自由和生命的罪魁祸首。为了严格按照“存天理，灭人欲”的封建礼教规范去教诲女儿，他在为女儿请老师时，选中了一个十二岁进学，考了十五次科举都因成绩劣等而落第，六十岁了还是个廪生的老腐儒。他为了自身的利益，有时甚至表现得毫无人性。当独生女儿死去三年而复生，他居然不认女儿，即使一切都解释清楚了，皇帝传旨要他们父女相认，仍不认女儿，而且恶狠狠地骂女儿是狐狸精。最后女儿苦求他“认了女孩儿罢”，他仍旧蛮横地说：“离异了柳梦梅，回去认你。”他是残酷无情的封建卫道士的代表人物。

春香

丽娘的侍女。她的存在对丽娘遭到封建礼教的压抑、束缚乃至摧残起到了一定的陪衬作用。她从一开始就表现出鲜明、不妥协的反抗意识。当杜宝为丽娘请来老师时，春香面对离开“四书”不会说话，离开封建礼教、陈腐的规矩不会走路的酸儒陈最良，按捺不住心中的怒火，以少年人特有的快言快语，机巧地顶撞、诙谐地讽刺陈最良，针锋相对地给陈最良出难题。春香的形象塑造无疑是很成功的。

五、文学成就

《牡丹亭》在艺术上取得了很大的成就。作者以浓丽的语言、典雅的笔触，描写景色，刻画人物，使全剧充满诗情画意，让人们在欣赏中享受身心的愉悦。

《牡丹亭》最突出的成就之一，无疑是塑造了杜丽娘这一人物形象，为中国文学人物画廊提供了一个光辉的形象。杜丽娘性格中最大的特点是在追求爱情的过程中表现出来的坚定执着。她为情而死，为情而生。她的死，既是当时现实社会中青年女子追求爱情的真实结果，同时也是一种挣脱现实束缚的手段。

《牡丹亭》把浪漫主义手法引入到传奇创作中，艺术构思具有离奇跌宕的幻想色彩，情节离奇，曲折多变，从“情”的理想高度来观察生活和表现人物。《牡丹亭》中的爱情描写，具有过去一些爱情剧所无法比拟的思想高度和时代特色。剧中的青年男女为了追求爱情自由，出生入死，有着浓厚的浪漫主义色彩，从而赋予了爱情能战胜一切、超越生死的巨大力量。

《牡丹亭》在人物塑造方面，注重展示人物的内心世界，发掘人物内心幽微细密的情感，使之形神毕现，从而赋予人物形象以鲜明的性格特征和深刻的文化内涵。

《牡丹亭》全剧采用抒情诗的笔法，倾泻人物的情感，意境深远，语言不仅浓丽华艳，还具有奇巧、尖新、陡峭、纤细的风格。这些写作特点向来深受人们的肯定，其中的一些唱词直至今日仍然脍炙人口，表现出很高的艺术水准。

《牡丹亭》在封建礼教制度森严的古代中国一经上演，就受到民众特别是感情受压抑的妇女们的欢迎。有记载称，当时有少女读过《牡丹亭》后深为感动，以至于“忿惋而死”；杭州有女伶演到“寻梦”一出戏时情绪激动，卒于台上。杜丽娘与柳梦梅的爱情故事，体现了中国古代封建社会中青年男女对自由的爱情生活的追求，显示了当时青年男女要求个性解放的思想倾向。《牡丹亭》中个性解放的思想倾向影响极为深远，从清代的《红楼梦》中也可看出这种影响。

六、名家点评

如杜丽娘者，乃可谓之有情人耳。情不知所起，一往而深。生者可以死，死可以生。生而不可与死，死而不可复生者，皆非情之至也。

——汤显祖（明）

惊心动魄，且巧妙迭出，无境不新，真堪千古矣。

——吕天成（明）

《牡丹亭》传奇以其深邃的思想内涵，造成了强烈的审美感染力。杜丽娘如痴如醉的深情，和当时千百万青年男女的感情息息相通；杜丽娘生生死死的追求，对当时人们的爱情向往和理想追求有着巨大的感召力。

——郭英德

《桃花扇》——一出反映南明王朝兴亡的历史戏

作　　者：孔尚任

文　　体：戏剧

成书年代：清代

一、作者介绍

孔尚任（1648—1718），字聘之，又字季重，号东塘，别号岸堂，自称云亭山人，山东曲阜人。他是孔子六十四代孙，清初诗人、戏曲家。三十七岁前，在家过着养亲、读书的生活。他接触过一些南明遗民，对许多有关南明王朝兴亡的第一手史料和李香君的逸事都很熟悉。他对写一部反映南明王朝兴亡的历史剧萌发浓厚兴趣，开始了《桃花扇》的构思和试笔。1684年，康熙南巡北归，特地到曲阜祭孔，三十七岁的孔尚任在御前讲经，颇得康熙的赏识，被破格授为国子监博士，赴京就任。次年，他奉命赴江南治水，历时四载。这个时期，他几乎踏遍南明王朝故地，并与一大批有民族气节的明代遗民结为知交，接受他们的爱国思想，加深了对南明王朝兴亡历史的认识。孔尚任积极搜集素材，丰富创作《桃花扇》的构思。康熙二十九年（1690），他奉调回京，历任国子监博士、户部主事、广东清吏司员外郎。经过毕生努力，三易其稿，康熙三十八年（1699），五十二岁的孔尚任终于写成了《桃花扇》。次年三月，孔尚任被免职。此后孔尚任在京赋闲两年多，接着回乡隐居。康熙五十七年（1718），这位享有盛誉的一代戏曲家，就在曲阜石门家中与世长辞了，享年七十岁。除《桃花扇》外，他还著有传奇剧《小忽雷》、杂剧《大忽雷》及诗文集《湖海集》《岸堂集》《长留集》等，均传世。

二、作品档案

《桃花扇》是孔尚任耗时约二十年，三易其稿写出的一部历史传奇剧，历来受到读者的好评。近代戏剧家欧阳予倩对《桃花扇》情有独钟，曾分别在话剧、京剧、电影等领域涉猎过这一作品。

《桃花扇》共四十四出，舞台上常演的有《访翠》《寄扇》《沉江》等几出，是一部通过男女主人公侯方域（朝宗）和李香君的爱情故事，反映国家兴亡的历史戏剧，所谓“借离合之情，写兴亡之感，实事实人，有凭有据”。清初正是考据学极盛时期，这也影响了作者对待历史的态度，剧本中绝大部分人物是真人真事，剧本所写的一年中的重大历史事件甚至经考证精确到某月某日，但由于并不是历史书籍，剧中加入了故事情节和人物情感刻画，通过历史与故事的巧妙结合来反映现实，具有很高的艺术表现力，是一部对后世影响很深的历史传奇剧。

当时正处于明朝末年，李闯王攻陷北京，崇祯皇帝上吊自杀。吴三桂引清兵入关，攻下北京，中国北方大乱。凤阳总督马士英在南京拥立福王为皇帝，取年号“弘光”，建立南明王朝。当时清兵不过十多万，如果南明皇帝励精图治，完全可以如同南宋一样自保，偏安江南。但南明皇帝耽于声色，朝臣卖官鬻爵，搜刮钱财，武将拥兵自重，互打内战。只有史可法带领三千残兵坚守扬州，结果不到一年，扬州陷落，南明王朝土崩瓦解。

明朝人明白亡国与亡天下的不同，普通百姓奋起反抗。清朝推行剃发易服制度，反抗赴死者成千上万。主人公李香君就是在这一时期涌现的一位有着民族气节的女子。

三、内容概要

明末年间，中原才子侯方域到南京去参加科举考试。他走后不久，北方发生战乱，他被阻隔在了大江之南。客居南京的侯方域，只能和金陵复社的一些朋友一起抒发各自的感慨，排解孤独和寂寞。

有一天，侯方域信步来到秦淮河上，遇见了前几日刚刚结识的江湖名士柳敬亭，二人进入烟花巷，在妓院中结识了江淮名妓李香君。侯方域和李香君一见倾心，无奈因侯方域缺少钱财而难以成就好事。这一切被经常厮混于妓院的画家杨龙友看得一清二楚。杨龙友原为地方官吏，与阉党余孽阮大铖交情很深，因受阉党的连累而被罢官。他把侯方域和李香君的事情及时告诉了阮大铖。阮大铖因自己的后台魏忠贤被诛，正绞尽脑汁想拉拢和收买东林党中有影响的人物，而侯方域正是他要寻找的对象。于是他通过杨龙友向侯方域资助银两，成全了侯方域和李香君的“姻缘”。

李香君虽是青楼女子，但有一身傲骨。她蔑视阉党，对他们当年残害东林党人的行为非常愤恨。当她知道侯方域所赠之物是出于阮大铖之手时，毅然全部退回。侯方域万万没想到一个十六岁的青楼女子竟有如此气节，自愧不如，内心更增加了对李香君的敬畏之情。

李自成的大军占领了整个中原，崇祯皇帝的政权已难以支撑，杭州的情况更令江南百姓惶恐。镇守武昌的明朝军队因缺少粮草而哗变，传言十万人马要顺流东下到南京城来找饭吃。这对南京的百姓来说，无疑是一场灾难。杨龙友知道此事的严重性，就找到侯方域，想让他代其父侯恂给驻守武昌的总兵左良玉写一封书信，劝阻左良玉不要进兵南京。因为侯恂是左良玉的恩师，对左良玉恩重如山，所以杨龙友想出此策以解燃眉之急。淮安巡抚史可法和凤阳总督马士英，就左良玉东进之事奉旨来到南京，阮大铖勾结马士英要以暗通左良玉的罪名加害侯方域。杨龙友得知此事后，立刻告知侯方域，侯方域被迫离开李香君逃离南京，避祸于史可法的门下。

侯方域逃出南京之后，李香君独守空房，拒不见客。新任淮扬巡抚田仰百般纠缠，都被李香君坚决地拒绝了。恼羞成怒的田仰依仗自己的势力强抢香君，香君又哭又闹，誓死不从，一头撞在栏杆上，顿时鲜血直流，染红了侯方域送给她的诗扇。后来杨龙友借扇上的血迹添了几笔青枝绿叶，斑斑血迹便被衬托成了一簇簇鲜艳的桃花。南明灭亡之后，侯方域和李香君再度重逢，面对破碎的山河，他们再也无心留恋儿女情长，双双出家做了道士、道姑。

四、主要人物形象

李香君

南京名妓，追求真挚爱情，既柔情似水，又性烈如火。她同侯方域结合之后，发现其妆奁之费都是阉党余孽阮大铖为巴结复社所出的，便坚决将其全部退给了阮大铖。她所追求的是志同道合的爱情，不是攀附富贵的婚姻。遭到拒绝的阮大铖恼羞成怒，诬陷侯方域，侯方域被迫投奔史可法。南明弘光王朝建立之后，新任巡抚田仰要买李香君做妾。李香君宁死不从，一头撞向栏杆，血溅侯方域赠给她的定情诗扇，她溅在诗扇上的血迹被侯方域的朋友杨龙友画成了桃花。后来李香君又被选入宫中充当歌姬，入宫后她怒骂权奸马士英和阮大铖："干儿义子从新用，绝不了魏家种。"清兵南下之后，面对破碎的山河，李香君出家当了道姑。

侯方域

字朝宗，到南京应试的时候，中原发生战乱，被困在南京。面对明末破碎的山河，他忧心忡忡。侯方域带着玩乐的兴致与李香君会晤之时，对杨龙友赠送的"助奁"欣然接受了。在李香君义正词严的规劝和坚决"却奁"的感召下，侯方域决定不与阮氏阉党余孽同流合污，并由此敬佩李香君，和李香君产生了真正的爱情。不久后他代父修书，阻止左良玉进军南京，在军国大事上初展才华。然而，他却被阮大铖诬陷为左良玉在南京城中的内应而获罪，逃到史可法帐下避祸。崇祯死后，福王即位，他随史可法督师江北，为史可法出主意，缓解四镇内讧，并受命监军，随高杰北上，对形势有清醒的认识。因高杰不听劝告，他一怒之下拂袖而去，最后同李香君双双入道隐居，以表示对现实的不满和反抗。

五、文学成就

《桃花扇》是一部描写国家兴亡的历史剧。作品以侯方域、李香君的爱情故事为线索，集中反映了明末腐朽、动荡的社会现实及统治阶级内部的矛盾和斗争，即作者所说的"借离合之情，写兴亡之感"。我国文学史上原有不少传奇通过男女主角的悲欢离合，串演一代兴亡的历史故事，但《桃花扇》的出现，使这类创作达到新的艺术高度，使侯方域、李香君的离合之情与南明王朝的兴亡之感结合得更紧密。

作者不仅忠于历史事实，还通过精心的艺术创造，如排场的起伏转折、情节的前后照应、角色的分配、曲白的分工等，使《桃花扇》成为一部优秀的传奇作品；历史真实和艺术真实在作品中达到了较好的结合，《桃花扇》的艺术成就主要表现在这两方面。从作品的凡例、批语看，它是作者创造性地总结明清传奇作家创作经验的成果。

在人物形象的塑造上，作品成功地塑造了一系列性格鲜明的人物。其中，李香君的形象最为成功，是中国文学作品中最有光彩的艺术形象之一。李香君与其他文学作品中的女性的最大区别在于，她具有鲜明的个人立场、凛然的民族气节、清醒的政治头脑，并在这些方面超过了剧中的男主角。在其他人物形象的塑造上，《桃花扇》也避免了概念化。

作品以桃花扇为主线串联起侯方域与李香君的爱情，又以这一线索串联起南明政权各派各系及社会中各色人物，复杂而有条理，起伏而又不蔓不枝。

以物传情是中国古代戏曲的传统艺术表现手法，但是通过一把桃花扇来写兴亡之感，使桃花扇具有如此丰富的意蕴，这是作者的创造。

此外，在人物的描绘、语言的运用上，作品也有独到的地方。如《侦戏》中［双劝酒］：“前局尽翻，旧人皆散，飘零鬓斑，牢骚歌懒，又遭时流欺谩，怎能得高卧加餐。”以独唱抒发阮大铖的牢骚，表现出了他的一副可怜相。“可恨身家念重，势利情多；偶投客魏之门，便入儿孙之列”一段宾白，阮大铖似乎也不无反悔之意。但接着他悄语：“若是天道好还，死灰有复燃之日，我阮胡子呵，也顾不得名节，索性要倒行逆施了！”终于露出其奸邪、阴险的豺狼本相。这样唱词和宾白的配合，惟妙惟肖地刻画出了阮大铖的小人形象。《余韵》中《哀江南》套曲更是传诵的名篇。

作品的结局打破了古代戏剧常见的大团圆模式，给读者或观众留下了更多的思考余地。《桃花扇》的结局是一个悲剧结局，南明王朝在风雨飘摇中最终走向了灭亡，《桃花扇》最终也成了“哭声泪痕之书”，让人得到一种新的情绪体验。

六、名家点评

元人杂剧，辞则美矣，然不知描写人格为何事。至国朝之《桃花扇》，则有人格矣。

——王国维

《桃花扇》于种族之戚，不敢十分明言，盖生于专制政体下，不得不尔也。然书中固往往不能自制之使人生故国之感。……读此而不油然生民族主义之思想者，必其无人心者也。

——梁启超

《长生殿》——演绎唐玄宗和杨贵妃的爱情故事

作　　者：洪昇

文　　体：戏剧

成书年代：清代

一、作者介绍

洪昇（1645—1704），字昉思，号稗畦，又号南屏樵者，钱塘（今杭州）人，清代戏曲家、诗人。他出生于士大夫家庭，妻子的祖父是清朝初期文华殿大学士兼吏部尚书黄机，他本人一生不曾做官。

洪昇幼年聪慧好学，接受过当时最好的文学教育，受学者毛先舒的影响最深。他平生靠卖文为生，傲岸嫉世，纵情湖山，交游宴集，指古谪今。洪昇一生著作颇丰，有诗作《稗畦集》《稗畦续集》《啸月楼集》，剧作《四婵娟》《长生殿》《孝节坊》《天涯泪》《回文锦》等，剧作流传下来的只有《长生殿》和《四婵娟》两部。《长生殿》是洪昇的代表作，以杰出的思想艺术成就奠定了洪昇在我国戏曲史上的地位。

二、作品档案

《长生殿》取材自唐代诗人白居易的长诗《长恨歌》和元代戏曲家白朴的戏曲《唐明皇秋夜梧桐雨》，讲的是唐玄宗李隆基和贵妃杨玉环的爱情故事。但作者洪昇在原来的题材上进行发挥，在两个方面做了重要改进：一是增加了很多当时的社会和政治方面的内容；二是改造和充实了爱情故事。

清代初期，有许多人在作品中影射和探索明代灭亡的教训，孔尚任的《桃花扇》就是这样的作品。《长生殿》也同样重点描写了唐朝天宝年间皇帝昏庸、政治腐败给国家带来的巨大灾难，剧本虽然谴责了唐玄宗的穷奢极欲行为，但同时又对唐玄宗和杨玉环的爱情给予了同情，间接表达了作者对唐朝统治的同情，还寄托了作者对美好爱情的向往。

作者花了十年时间对《长生殿》进行了三次大的修改，始成今天的规模。戏曲以唐玄宗李隆基和贵妃杨玉环的爱情故事为主线，以唐朝天宝年间为时间背景。当时的天子唐玄宗骄奢淫逸，任人唯亲，专宠佞臣。他非常宠爱杨玉环，不惜一切代价讨杨玉环的欢心，终日和杨玉环饮酒作乐而不思朝政。杨玉环的亲戚都因她的得宠而飞黄腾达。朝中的重臣都是一些巧于献媚、善于逢迎的小人，朝中的大权落到了大奸臣李林甫和杨国忠手里，他们媚上欺下，专横跋扈，终于导致安史之乱的爆发。安禄山和史思明率领各自的军队一路南下，攻占了洛阳和长安。唐玄宗带着杨玉环仓皇逃出京城。他们来到马嵬坡的时候，随行的将士愤怒地杀死了杨国忠，并逼迫唐玄宗赐死了杨玉环。《长生殿》反映的就是这段社会历史，真实、艺术地再现了唐玄宗对杨玉环的宠爱和奸臣独揽朝政，引发安史之乱的全过程。

三、内容概要

唐玄宗李隆基即位以后，励精图治，先后拜姚崇、张说等德才兼备的人为宰相，再加之他勤于理政，执政二十多年，国泰民安，天下太平。唐玄宗回首自己卓越的政绩，认为江山已固，可以享受快乐了。自从武惠妃死后，他虽然有后宫三千佳丽，但无一人中意，所以总是闷闷不乐。

有一天，唐玄宗闲游御花园，遇到一个正慌慌张张躲藏的宫女，内侍高力士把那个宫女从她藏身的花丛之中拉了出来。只见那宫女跪在路边苦苦哀求："请公公恕罪，奴家乃园中宫女，不知圣驾至此，躲避不及，因此就藏在了花丛之中。"唐玄宗听着女子那怯懦娇媚之声，看着女子那如花似月之貌，呆呆地站在那里，魂儿已经飞入了仙国。他心想：这不正是自己梦寐以求的可人儿吗？这个女子不是别人，正是杨玉环。当时，唐玄宗就册封杨玉环为贵妃，赐浴华清池。杨玉环何曾想到，仅半步之差就有天上人间之区别。唐玄宗每日只知和杨玉环在宫中饮酒作乐，并在长生殿对天盟誓，朝朝暮暮生死相依。

杨玉环被册封为贵妃之后，受到了唐玄宗的特别宠爱，她的亲戚也都因为她的得宠而沐浴了皇恩。尤其是她的堂兄杨国忠，平步青云，当上了右丞相。自此杨国忠飞扬跋扈，媚上欺下，成了权倾天下、炙手可热的人物。

一次，一个叫安禄山的藩将犯了死罪，他带着贵重的礼物向杨国忠行贿，跪在地上，乞求杨国忠为他在唐玄宗面前说几句好话，以免一死。杨国忠接受了他的贿赂，在唐玄宗和杨玉环游乐的时候，乘唐玄宗高兴之机，向唐玄宗进言，为安禄山开脱死罪。安禄山不仅得到了赦免，而且受到唐玄宗的宠信，被册封为东平郡王。此后，安禄山再也不把杨国忠放在眼里，极度地蔑视杨国忠。杨国忠看到安禄山在遇赦前后对他表现出截然不同的两种态度，恨得咬牙切齿，于是多次向唐玄宗进言，说安禄山有反叛之意，但唐玄宗根本就不相信。于是，他们之间开始明争暗斗，甚至扭打到皇宫大殿上。唐玄宗看他们将相不和，只好把他们分开，任命安禄山为范阳节度使。

安禄山到达范阳之后，杨国忠屡屡上奏说安禄山密谋造反，唐玄宗都没有理睬。杨国忠为了证实自己的奏言，希望安禄山能早日造反，加紧了对他的逼迫。安禄山虽然在范阳招兵买马，加强自己的势力，但他原准备在唐玄宗死后再起事。无奈杨国忠步步紧逼，安禄山又想到杨国忠之妹杨玉环天天在皇帝身边，哪一天皇帝真的被他说动了心，那自家的性命就再也保不住了。为免遭杨国忠的暗算，安禄山于天宝十四年（755）十一月，以诛灭奸相杨国忠为借口，在范阳起兵造反，叛军很快攻占了洛阳。

唐玄宗无奈，仓皇逃往蜀中。一路上，秋风萧瑟，原野荒凉，唐玄宗心中自有无限感慨。当他们逃至马嵬坡的时候，饥饿疲惫的羽林军突然停止前进，高喊着要杀掉奸贼杨国忠。一阵骚动之后，杨国忠死于乱刀之下。杀死杨国忠的羽林军并没有就此罢休，高喊着："国忠虽诛，贵妃尚在。不杀贵妃，誓不扈驾。"面对这种情况，杨玉环跪在地上对唐玄宗说："臣妾受皇上深恩，杀身难报。今事势危急，望赐自尽，以定军心。陛下得安稳至蜀，妾虽死犹生也。"说完，她就在一棵梨树上自缢而亡。

杨玉环死后痴魂不灭，又回到了曾与唐玄宗盟誓的长生殿，看着那满目的凄凉悲痛欲绝。

杨玉环乘鹤西去，唐玄宗则一病不起，日夜思念着杨玉环。后来郭子仪镇压了安史叛军，收复了西京长安，玄宗退居宫中，但仍对杨玉环朝夕萦思。最后终于感动了天帝，让他们在月宫之中相会，实现了长生殿上“世世生生，共为夫妇，永不相离”的密誓。

四、主要人物形象

李隆基

即唐玄宗。在位初期，励精图治，重视生产，改革弊政，广开言路，减免苛税。开元年间（713—741）经济繁荣，唐朝达到了全盛，史称“开元盛世”。他在位后期，日益骄奢淫逸，专宠贵妃杨玉环，重用奸臣，导致安禄山发动叛乱。后来叛乱虽被平定，唐朝国力却从此衰败。

在戏剧《长生殿》中，李隆基是一位风流天子。他厌恶朝政，一心追求享乐。当初次见到杨玉环时，他立刻被杨玉环的丰姿美貌深深吸引住了，册封她为贵妃，并在月下定情，赐以金钗钿合，对她宠爱有加。虽其中历尽波折，但李隆基对杨玉环的爱情始终如一，以致在七月七日长生殿密誓中，与贵妃彼此宣誓：“在天愿为比翼鸟，在地愿为连理枝。天长地久有时尽，此誓绵绵无绝期。”身为九五之尊的李隆基为了爱情立下如此海枯石烂的誓言，山河也会为之失色。

杨玉环

即杨贵妃，号太真，蒲州永乐（今山西芮城西南）人。《长生殿》剧中的女主角。她美丽、聪明、娇妒，多才多艺，能歌善舞。为了争宠，和亲生姐妹反目成仇，受到李隆基的专宠，集三千宠爱于一身。为了博取她的欢笑，李隆基不惜毁坏农田、踏死百姓，最终酿成了安史之乱。在“马嵬坡之变”中，杨玉环为了爱情，为了江山，献出了自己的生命。

杨玉环香消玉殒后，社会上的各方人士为之惋惜。梨园乐师李龟年回忆，“生逼散恩恩爱爱、疼疼热热帝王夫妇。霎时间画就了这一幅惨惨凄凄绝代佳人绝命图”“天生丽质，遭此惨毒”。在剧中，杨玉环从头至尾都是一个情真意切的人物，是一个追求真挚爱情的悲剧形象。在她身上，反映出封建社会的妇女渴望幸福的强烈心愿。

郭子仪

对大唐忠心耿耿的爱国将领。他出身武举，“学成韬略，腹满经纶”，有着做一个顶天立地的男儿，做出一番定国安邦的事业的高远志向。他清醒地预见到天子宠幸外戚，安禄山将是扰乱天下的反贼等事。后来他果断当了“天德军使”，领兵扫平了安史之乱，实现了自己“扫清群寇，收复两京，再造唐家社稷，重睹汉官威仪”的壮志。

杨国忠

杨玉环的堂兄。他倚仗深得唐玄宗宠信的杨玉环当了宰相，只顾个人穷奢极欲，及时行乐，纳贿招权，毫无半点国家之念。他受了安禄山的贿赂，替安禄山掩盖了罪行。为了争权夺利，他和安禄山在唐玄宗面前互相攻击，水火不容。唐玄宗不得已将安禄山调任范阳节度使。杨国忠知道安禄山日后定会反叛朝廷，屡次向唐玄宗进言没被重视，便在安禄山赴任以后，加紧逼迫他，已证实自己的奏言。

安禄山

一个善于钻营的势利小人，得了权势之后便作威作福，甚至想叛唐称王。他曾贻误战机，理应获罪被处死，但通过贿赂宰相杨国忠，不仅被免了死罪，而且还得到唐玄宗的宠幸，被封为东平郡王。后因与杨国忠不和，被调任范阳节度使。他利用自己的藩镇地位“暗图大事”，加强自己的武装力量，伺机起兵叛变，“乘机打破西京，夺取唐室江山”。最终，他于天宝十四年（755）发动叛乱，“逢城攻打逢人剁，尸横遍野血成河，烧家劫舍抢娇娥”，给广大人民带来了深重的灾难。

五、文学成就

《长生殿》全剧五十出，洪昇借鉴前人的史料，经过自己的想象和创造，演绎出一部规模宏大、内容复杂、感人肺腑，具有美学意义的戏剧。作品通过对唐玄宗、杨玉环两人爱情悲剧的描述和人物性格的刻画，对他们寄予了深厚的同情，歌颂了他们忠贞不渝的爱情。在这部戏剧中，作者采用了比较多的民间传说，加上艺术描绘的方式，使皇帝、贵妃之间的爱情跨越阶级的界限，具有普通男女恋爱故事的性质，深深打动了人们。

《长生殿》在艺术上很有特色。在文字技巧方面，做到了绮丽而不空洞，精练而不烦琐；在结构布局方面，善用对比，引人入胜；在人物的心理和言行刻画方面，细腻、生动、完整，给人留下了不可磨灭的印象。

《长生殿》结构宏伟，场面壮丽。剧本以唐玄宗和杨玉环的爱情故事为主线，以朝政、军国之事为副线，两条线索互相穿插，彼此关联，自然而又紧密地联结在一起。唐玄宗和杨玉环的爱情这一主线，又通过唐玄宗赠给杨玉环的定情物金钗钿合时隐时现贯穿其中，金钗钿合随故事的进展由合而分、由分而合，既使全剧的情节有着内在的联系，又体现了主人公悲欢离合的命运变化。

作品既有现实主义的描写，如安史之乱和全军敢于在皇帝面前哗变，要求处死杨国忠和杨贵妃等情节，都是忠于历史的写实，同时又有浪漫主义的表现手法，使现实与幻景交错相映。

《长生殿》曲文的长处更在于具有浓厚的抒情性，善于融情入景，形象地传达出人物的内心感情及心理活动，同时富于性格化和动作化，不同人物有不同的曲辞风格。全剧音律严整，格调精工和谐，曲牌运用得体，宫调的调配、曲调的选择都紧密配合剧情的变化，真正做到了曲辞和音律俱佳，文情与声情并茂。总之，《长生殿》因其宏大深刻的主题和独特的艺术魅力，成为中国文学史上歌颂爱情的古典文学杰作和艺术精品，且经久不衰。

六、名家点评

洪稗畦《长生殿》传奇樊演科白，俱元曲当家，词亦曲折尽情，首尾完密，点染不俗。

——李慈铭（清）

散　文

《论语》——中国古代最早的语录体散文集

作　　者：孔子及其弟子

文　　体：语录体散文

成书年代：战国前期

一、作者介绍

◇　孔子

孔子（前551—前479），名丘，字仲尼，春秋末期鲁国陬邑（今山东曲阜东南）人。孔子是我国古代伟大的思想家、教育家，儒家学派的创始人，与孟子并称“孔孟”。孔子先世是宋国贵族。孔子早年丧父，依靠替人办理婚丧嫁娶等事务维持生活。

孔子长期从事私人讲学，曾周游列国，宣传自己的政治主张。在孔子之前，文化教育被奴隶主贵族所垄断，只有贵族子弟才有受教育的权利和机会，而孔子则不问出身门第，广招弟子，先后培养教育出了三千弟子，其中有七十二人对当时的社会有所作为，被称为“七十二贤”。

孔子对后世影响深远，虽说他“述而不作”，但他在世时已被誉为“天纵之圣”“天之木铎”，是当时社会上博学者之一。后世尊称他为

“大成至圣先师”“万世师表”，认为他曾修订《诗》《书》《礼》《乐》《周易》《春秋》。

美国诗人、哲学家爱默生认为“孔子是全世界各民族的光荣”。

1988年，七十五位诺贝尔奖的获得者在巴黎发表联合宣言，呼吁全世界：“二十一世纪人类要生存，就必须汲取两千年前孔子的智慧。”

二、作品档案

《论语》成书于战国初期，是儒家学派的经典著作之一，由孔子的弟子及其再传弟子编撰而成。它以语录体和对话体为主，记录了孔子及其弟子的言行，集中体现了孔子的政治主张、伦理思想、道德观念及教育原则等。《论语》与《大学》《中庸》《孟子》并称“四书”。通行本《论语》共二十篇。《论语》的语言简洁精练，含义深刻，其中有许多言论至今仍被世人视为至理。

《论语》以记言为主，“论”是论纂的意思，“语”是话语、经典语句、箴言的意思，“论语”即是论纂（先师孔子的）语言。《论语》成于众人之手，记述者有孔子的弟子、孔子的再传弟子，也有孔门以外的人，但以孔门弟子为主。

《论语》首创语录体，汉语文章的典范性也发源于此。儒家创始人孔子的思想核心是“仁”“礼”，《论语》一书比较真实地记述了孔子及其弟子的言行，也比较集中地反映了孔子的思想。

孔子所处的时代是春秋末期，这一时期，原有的政治规则和伦理道德逐渐被颠覆，礼崩乐坏，诸侯割据，互相征伐，周王室得不到重视。孔子对社会的动荡深感忧虑，希望借助周朝原有的礼仪，重新建立“君君臣臣父父子子”的统治秩序。他同时反对暴政，强调“仁者爱人”，要求各人以自我克制和礼让的态度调和社会矛盾。所以他一方面教授各国弟子学习礼仪，另一方面积极入世，希望施展自己的政治抱负，实现自己的理想。他曾说“苟有用我者，期月而已可也，三年有成”，真是踌躇满志。

春秋战国之交，是一个百家争鸣、思想大爆炸的时代，是中国思想史上的第一个黄金时期。中国传统中很多光辉的思想主张都产生于那个时代。以孔子为代表的儒家，即是百家争鸣中最重要的一个学术流派。经过历史的淘汰和选择，儒家思想在汉武帝之后成为中国统治阶级意识形态的核心。

三、内容概要

《论语》是儒家学派的代表作，内容十分广泛，包括政治主张、哲学思想、品德修养、伦理道德和教育原则等各个方面。全书共二十篇，前十篇中有九篇以记录孔子的言论为主，后十篇中有八篇以记录孔子的言论为主。

《论语》用简单的文字记载那些教条式的名言懿行，同时经过了孔子门人的悉心编纂，形成了自己的体系。

《论语》的核心思想是“仁”，“仁”是孔子思想的精神内核。孔子对“仁”有许多解释，最基本的解释是“仁者爱人”，即把人当人看待，而当时的奴隶主贵族正是不把奴隶当人看待的。孔子强调“己所不欲，勿施于人”，体现了他对人格的尊重。从“仁”出发，孔子提倡“德治”，反对滥用刑罚，反对过分剥削。他主张对百姓进行教化，要“使民以时”“举贤才”，这些在历史上都有一定的积极意义。在具体的为人处事上，“仁”则表现为恭、宽、信、敏、慧、智、勇、忠、恕、孝、悌等诸多内容。

在《论语·卫灵公》中，孔子对子贡说，不要以为我的学问是一点一点积累起来的知识，我是找到了那个“一”，豁然开朗，一下子什么都懂了。“一以贯之”，这个“一”，佛家称为“佛”，道家称为“道”，儒家则称为“仁”。

“礼”也是《论语》中提出的重要观念，是孔子一生的学问所在。孔子的政治理想是恢复周礼，使社会达到先王的“仁政”境界。他不满意当时“礼崩乐坏”的混乱局面，谴责社会生活中各种违礼行为，热切希望回到“礼乐征伐自天子出”的西周时代。他所谓的“礼”，很大程度上是指奴隶社会的典章制度和道德原则。但他并非一味守旧，也主张对“礼”加以“损益”，即改革。孔子最大的创新是纳仁入礼，他讲“礼”，以“仁”为思想基础，所以他说：“人而不仁，如礼何？”

孔子以“六艺”治世和教育学生，而“礼”则为“六艺”之首。

孔子认为，“礼”是人们内在的真挚情感的外化，它的最高境界就是“仁”。

孔子践行“行政”理想的用意，并不局限于一时的成败得失，而是以实现社会的长治久安和百姓的幸福安定为最终目标。正因为如此，他不向当时的统治者妥协，而是竭力推行自己的主张，“知不可为而为之”，体现了他济世救民的圣人情怀。

四、主要人物形象

接舆

楚国的隐士，痛恨奴隶制度。对孔子为了维护旧的奴隶制度到处奔走游说表现了极大的鄙视。

子夏

姓卜名商，子夏是他的字，晋国温（今河南温县西南）人，也有人说他是卫国人，曾经出任莒父宰。孔子去世后，他在魏国宣传孔子的学说，魏文侯十分钦佩他的学问，尊其为师。一代名人李悝、吴起等，都出自他的门下。

曾子

姓曾名参，孔子的得意门徒，以孝亲出名。

颜渊

字子渊，名回，鲁国人。他最信奉、忠实于孔子学说，是孔子屡加赞赏、最感得意的弟子。在《史记·仲尼弟子列传》中，他被排在第一位。

子贡

姓端木，名赐，字子贡，卫国人。孔子的著名弟子，是一位成功的商人。

孟懿子

鲁国大夫，姓仲孙，名何忌，懿是谥号，是长期把持鲁国国政的“三桓”之一。其父孟僖子临终前要他向孔子学礼。他社会地位很高，孔子回答他的问题时要用“对”字。

子游

姓言名偃，字子游，吴地人。孔子说他“习于文学”，意思是熟悉文献上的学问。

子路

姓仲名由，字子路，鲁国人。他是孔子身边最活跃的人物，给孔子帮了很大的忙。他性情刚直，尚武好勇，孔子曾说他“升堂矣，未入于室也”，即子路始终未能成为儒雅君子。后死于卫国内乱。

阳货

又称阳虎，长期做季氏的家臣。季氏几代把持鲁国国政，阳货就把持了季氏的权柄，并两次把季桓子抓了起来，要操纵“三桓”的继承人一事，最终被季桓子击败，逃奔到晋国。

五、文学成就

《论语》是孔子的弟子及其再传弟子所记录的关于孔子与其弟子言行的文集，囊括了孔子的教育、治国、为人处事等方面的思想和主张。要想了解孔子，就要研究《论语》。

《论语》是一部以记言为主的语录体文集，但同时具有一定的文学价值。这首先表现在语言艺术方面。《论语》的语言以当时通俗易懂、流畅通达的口头语言为主，又兼有简洁凝练、意境深邃的长处，形成了言简意赅、深入浅出、朴素无华、生动隽永的独特风格。《论语》词汇丰富、新鲜、生动、活泼，虚词，特别是语气词的大量出现。句式灵活多变、舒展自如、长短不拘，有很强的表现力。尤其善于把深刻的哲理凝聚于具体的形象之中，赋予抽象的说理文字以某种诗意。

例如，“岁寒，然后知松柏之后凋也”（选自《论语·子罕》），通过赞扬耐寒的树木来歌颂坚韧不屈的人格，其比喻形象鲜明、意境高远，启迪了后世无数文人。又如，“饭疏食，饮水，曲肱而枕之，乐亦在其中矣。不义而富且贵，于我如浮云”（选自《论语·述而》），用朴素的笔调刻画出一个安贫乐道者的心境，平凡而又高雅。正是这些真实质朴、富有哲理的句子，使《论语》成为一部颇具哲理的经典书籍。

《论语》运用了丰富多彩的修辞手法，例如，“为政以德，譬如北辰，居其所而众星共之”（《论语·为政》）一句，就使用了比喻的修辞手法，为政者以德治国就好像北极星安居其所，众星井然有序地拱卫着它，比喻言浅意深，启发性强；有的句子使用了对比、对偶的修辞手法，这些句子形式整齐，富有节奏感；有的句子则运用了排比、夸张等修辞手法。

《论语》记载了孔子的言论，总结了孔子的思想和主张。在哲学上，孔子主张“仁”；在政治上，孔子主张“为政以德”；在教育上，孔子主张“有教无类”；在学习态度上，孔子主张“学而不厌”“学而不思则罔，思而不学则殆”；在文学理论上，孔子主张“文质彬彬”，文质兼备。

国学大师南怀瑾曾形象地把孔子创造的儒家思想比作“粮食店”。可以说，孔子在《论语》中提出的思想和主张，很多都是我们整个民族乃至全人类的“精神食粮”，具有不可磨灭的价值。

六、名家点评

太史公曰：《诗》有之：“高山仰止，景行行止。”虽不能至，然心向往之。余读孔氏书，想见其为人……天下君王至于贤人众矣，当时则荣，没则已焉。孔子布衣，传十余世，学者宗之。自天子王侯，中国言六艺者折中于夫子，可谓至圣矣！

——司马迁（西汉）

夫子风采，溢于格言。

——刘勰（南朝梁）

颐自十七八读《论语》，当时已晓文义。读之愈久，但觉意味深长。

——程颐（北宋）

《论语》这本书所宣讲、所传布、所论证的那些“道理”“规则”、主张、思想，已代代相传，长久地渗透在中国两千年来的政教体制、社会习俗、心理习惯和人们的行为、思想、言语、活动中了。

——李泽厚

《孟子》——记录孟子言行的语录体散文集

作　　者：孟子及其门人

文　　体：语录体散文

成书年代：战国中期

一、作者介绍

孟子（约前372—前289），姓孟，名轲，字子舆，邹国（今山东邹城东南）人，战国时期著名思想家、哲学家、教育家。孟子是继孔子之后最有影响的儒家代表人物。孟子本为鲁国“三桓”之后，远祖是鲁国贵族孟孙氏，后家道衰微，迁居邹国。孟子三岁丧父，孟母艰辛地将他抚养成人。孟母对孟子管束甚严，“孟母三迁”“孟母断织”等故事成为千古美谈，是后世教育之典范。

孟子曾游历齐、宋、滕、魏等国，一度为齐宣王的客卿。当时各诸侯国的君主都认为他的政治主张不合时宜而不予采用。孟子晚年从事著述和讲学。宋、元以后，儒家学派备受尊重、崇拜，孟子被人们誉为“亚圣”，在儒家学派中地位仅次于孔子。

二、作品档案

《孟子》是一部记载孟子言行的儒家经典著作，由孟子及其门人万章、公孙丑等人撰著，是孟子言论的汇编，记录了孟子的语言、政治观点（仁政、王霸之辩、民本、格君心之非）和政治行动。孟子曾仿效孔子，带领门人游说各国，但不被当时各国所接受，退隐后与门人一起著书。《孟子》有七篇传世：《梁惠王》《公孙丑》《滕文公》《离娄》《万章》《告子》《尽心》。其学说出发点为“性善论”，提出“仁政”“王道”的政治主张，主张德治。

南宋时朱熹将《孟子》与《论语》《大学》《中庸》合在一起，称为“四书”。从此直到清末，“四书”一直是士子参加科举考试时必考的内容。孟子的文章说理畅达，气势充沛并长于论辩。

公元前475年至公元前221年，是我国封建社会的形成时期，封建地主阶级的统治，以及地主阶级和农民阶级之间产生的新的关系和矛盾，打破了西周时期奴隶制的社会秩序，形成了一种新的社会结构。在这种历史条件之下，新兴地主阶级在农业经济的不断增长中逐渐壮大，加速了奴隶社会的瓦解，于是新旧势力在这个时期展开了最后的搏斗。当时的这种斗争，在社会意识形态上表现得最激烈。各阶级、各阶层思想的代表纷纷亮相，站出来阐明自己的政治主张。《孟子》就是在这种历史背景之下产生的。

《孟子》通行的注本有汉朝赵岐的《孟子章句》，南宋朱熹的《孟子集注》和清朝焦循的《孟子正义》。

三、内容概要

《孟子》采用譬喻的方法来说明道理，行文气势磅礴，词锋犀利，感情强烈，论辩事理之时，能掌握住对方的心理而因势利导，步步紧逼而辩倒对方。论理层次清楚，语言形象生动，议论雄辩有力，是先秦诸子散文中杰出的篇章，其中很多极具寓言性的名篇为历代后人所传诵。

《孟子》继承和发展了孔子学说的思想和主张，后世之人将二者并称为“孔孟之道”，被后来的历代封建统治者加以改造而成为封建社会的统治思想，对中国的文化和思想有着深远的影响。

作为继承了孔子传统的儒家学派的重要著作，《孟子》对当时正在建立的封建政权表现出极大的不满，极力地推崇西周初期的社会制度。《孟子》的核心思想是在建立在“法先王”的复古立场基础上的“仁政”，主张把被新兴地主阶级破坏掉的井田制度恢复过来，重新回到奴隶制社会，恢复西周初期的社会秩序。它从奴隶主阶级的立场上出发，对封建统治者的暴政进行了揭露和攻击，对战国时期不义的战争进行了谴责。

《孟子》极力地宣扬“劳心者治人，劳力者治于人；治于人者食人，治人者食于人”的思想，以极力维护森严的奴隶等级制度，并把这种制度说成“天下之道”。《孟子》中还讲述了“有大人之事，有小人之事”的道理，把“大人”统治“小人”和“小人”养活“大人”说成天经地义的事情。

《孟子》在揭露、批判、攻击封建地主阶级的残忍、暴虐的过程中，表达了“民贵君轻”的思想，并提出了减轻赋税、施行“仁政”的主张。这在当时的社会矛盾中，站在了农民阶级的立场上，抨击了封建地主阶级对农民实行的残暴的统治方式。《孟子》中表现出的“人定胜天”的观点，体现了唯物主义的思想。

五十步笑百步

战国时期，梁惠王为了攻占邻国的土地，掠夺人口和财富，经常发动战争，百姓对此怨声载道。

一天，梁惠王和孟子在王宫里讨论治国之道。梁惠王说：“我治理国家，总算尽了心。河内遇到饥荒，我就把那儿的老百姓迁移到河东，把河东的粮食送到河内；河东遇饥荒，也照着这样办。看看周围邻国，有哪一个君主像我这样爱护百姓呢？但是，邻国的百姓并没有因此减少，我的百姓并没有因此增加。这是为什么？”

孟子回答说：“大王喜欢打仗，请让我拿打仗来打个比方吧。战场上，两军对垒，咚咚地敲起了战鼓。双方刚交锋，一方就有些士兵丢下铠甲、拖着刀枪逃跑，有的跑了一百步停下来，有的跑了五十步停下来。那些跑了五十步的讥笑那些跑了一百步的，说他们胆小怕死，这行吗？”

梁惠王说：“不行，他们只不过是没有跑一百步罢了，但这也是逃跑啊！”

孟子说：“大王如果懂得这个道理，那就不要希望你的百姓比邻国多了。不耽误百姓的农时，粮食就吃不完；细密的渔网不放入大塘捕捞，鱼鳖就吃不完；按一定的时令采伐山林，木材就用不完。粮食和鱼鳖吃不完，木材用不完，这就使百姓养家糊口、办理丧事没有什么遗憾的了。百姓生养死丧没有什么遗憾，这就是王道的开始。五亩大的宅院，在里面多种植桑树，五十岁的人就能穿上丝绸了。鸡、狗、猪等家畜不失时机地畜养起来，七十岁的人就能吃上肉了。百亩大的农田，不去妨碍农夫适时耕种，几口人的家庭就可以免于饥饿了。认认真真地办学校，反复用孝悌的道理来教导子弟，须发斑白的老人就不必背着或顶着重物在路上行走了。七十岁的人都有绸缎穿、有肉吃，老百姓不挨冻受饿，做到这样还不能使天下归服的，是从没有过的事。（现在，富贵人家的）猪狗吃着人吃的粮食，却不加以制止；道路上有饿死的尸体，却不知道开仓赈济；人饿死了，却说‘这不是我的责任，是年成不好’，这跟把人刺死了，却说‘人不是我杀的，是兵器杀的’，又有什么两样呢？大王，请您不要归咎于年成不好，而要推行仁政，这样，天下的百姓就会投奔到您这儿来了。”

偷鸡人

有一个人，十分懒惰，每天依靠偷盗邻居家的鸡来维持生活。

别人劝告他说：“你到处偷鸡摸狗，闹得邻居们为之不安，这可不是好人的行为。”

偷鸡的人听了，想想说：“那么，从今天起我就少偷一些，每天偷一只改为每月偷一只，等到明年就洗手不干了。”

劝告他的人摇摇头说：“明知道这样做是错误的，就应该马上停止不干，为什么要等到明年呢？而且还以减少数量来为自己辩解，继续为非作歹，你的恶习只怕永远都改不掉了！”

以邻为壑

一天，有个叫白圭的人对孟子说：“我治理洪水的本领和成就胜过古代的大禹。”

孟子说：“你大错特错。当年大禹治水，是根据水流的规律，采用疏通的方式，由高向低，最终把洪水引导到大海里去，因而是以四海为储水的沟壑。而你的做法正好相反，是把洪水引向邻国，把邻国当作储水的沟壑。水只要蓄满邻国，就会堵塞倒流，洪水泛滥成灾，殃及生命。你这种只为自己而不替别人着想的做法，但凡有道德和良心的人都会反对，都会仇视的。因此，我说你大错特错。”

白圭听了，一句话也说不上来。

四、主要人物形象

齐宣王

姓田，名辟疆，齐威王之子，公元前319年至公元前301年在位。齐宣王是一位富有恻隐之心的君主。孟子认为他有对人民实施“仁政”的基础，便由浅入深地给他讲述了施行“仁政”的必要性和道理。

许行

楚国人，主张生活要俭朴，是从事农业劳动的农家学派的代表人物。他反对统治者的不劳而获和奢侈生活，主张贤者“与民同耕”，代表了小生产者的利益和愿望。

齐人

一个虚伪的、追求富贵名利的无耻之人。他每日在坟冢之间寻找供品，吃饱之后回家却向他的妻妾自豪地说，自己曾与达官显贵共同进食。当知道真相后，他的妻妾难以忍受如此羞辱而痛苦不堪。

管仲

名夷吾，字仲，颍上（颍水之滨）人，春秋时期齐桓公的卿相。他对内大力发展经济，对外尊王攘夷，使齐桓公成为春秋五霸之首。管仲是我国古代伟大的政治改革家、哲学家和经济学家，著有《管子》，齐桓公尊其为“仲父”。

五、文学成就

《孟子》的文章将《论语》的语录体发展成长篇语录体，从逻辑到组织，从方法到技巧，从论证到声势，达到了一个前所未有的高度。其说理之畅达、章法之巧妙，都大大超过了《论语》，加上其行文流畅、感情强烈，如长河大浪，气势磅礴，形成了浓郁的艺术感染力。在先秦诸子散文中，《孟子》的艺术成就仅次于《庄子》，为后人所称道。

《孟子》的文章体现出高超的论辩艺术。孟子与人辩论，善于抓住所论问题的要害，词锋犀利，锐气逼人，富有雄辩性和鼓动性。例如，据《孟子·梁惠王上》记载：孟子与齐宣王进行谈话时，他首先从齐宣王看见将要被宰杀的牛发抖而表现出有恻隐之心的这件小事入手，启发齐宣王要发扬仁心，使百姓受益，进一步劝说齐宣王不要凭借武力称霸，而要施行仁政。在这次谈话中，孟子巧妙地运用比喻，一步步地从小到大推论事理，语言生动，文辞畅达，逻辑性强，富有说服力。在辩论中，不管对方是国君还是平民，他都能不卑不亢、有理有据、从容陈述，尤其善于抓住对方心理，抓住对方破绽，展开长篇大论，大有战国纵横家的气概。

《孟子》中的文章具有感情充沛、气势强劲的艺术特色，充分体现了作者的鲜明个性。孟子志向远大，具有强烈的历史责任感，他说："五百年必有王者兴，其间必有名世者……夫天未欲平治天下也；如欲平治天下，当今之世，舍我其谁也？"这种远大的抱负、宏伟的理想使他的作品充满了奔放的激情和豪迈的气概。孟子爱憎鲜明，倔强直率，对自己憎恶的人物与现象总是予以辛辣讽刺、猛烈抨击，毫不留情，因此他的文章显得理直气壮、义正词严。

《孟子》中的文章又善用譬喻说理，或编造故事，或使用寓言，借以阐述深奥的道理。这些譬喻大都从现实生活中取材，平易通俗而又发人深省。比如，把百姓盼望统治阶级实行仁政比作"大旱之望云霓"，把道义与生命的关系比作鱼和熊掌的关系等，都深入浅出，形象生动。书中的寓言大都不长，其中很少刻意渲染，文章寓意鲜明，涉笔成趣，如"日攘其邻之鸡""弈秋"等，都颇为生动传神。

文中大量运用语气词和排比、感叹、反问等句式，既保留了口语的特点，又带有强烈的感情和气势。这种语言风格是形成其艺术感染力的一个重要原因。

六、名家点评

孟子曰："我善养吾浩然之气。"今观其文章，宽厚宏博，充乎天地之间，称其气之小大。

——苏辙（北宋）

《孟子》的散文对后世有十分深远的影响。它是感性和理性的结合，善于用文学手段达到实用目的，对于既主张以文载道，又重视文学的美感，喜欢在说理中包蕴个人感情的唐宋古文家，成为绝好的典范。

——章培恒

孟子的人生精神，是对上至《周易》、下至孔子等商周时代中国所具有的优秀人文精神的继承和发展；孟子的人生精神，是先秦中国古典文明孕育的绚丽结果，也是秦汉以后中国人生精神和民族性格发展的重要泉源。它同先秦、秦汉、秦汉以后其他思想学派的人文精神一道，共同构成中国之民族精神赖以建构和发展的宝贵资源。

——林桂臻

《庄子》——一部极富浪漫主义色彩的寓言体散文集

作　　者：庄周

文　　体：寓言体散文

成书年代：战国中后期

一、作者介绍

◇　庄子

庄子（约前369—前286），名周，字子休（一说子沐）。战国时期著名的思想家、哲学家、文学家，道家学派的代表人物，老子哲学思想的继承者和发展者，先秦庄子学派的创始人。宋国蒙地（今河南商丘东北）人，曾做过漆园吏。他生活贫穷困顿，却鄙弃荣华富贵、权势名利，力图在乱世中保持独立的人格，追求逍遥旷达的精神自由。他的学说涵盖当时社会生活的方方面面，但根本精神还是归依于老子的哲学。后世将他与老子并称为“老庄”，将他们的哲学并称为“老庄哲学”。

鉴于庄子在我国文学史和思想史上的重要贡献，封建时代的帝王对其尤为重视。庄子在唐天宝元年（742）被诏号为“南华真人”，后人即称之为“南华真人”。《庄子》一书也被称为《南华经》。

二、作品档案

《庄子》又称《南华经》，是道家经典，先秦诸子散文中的重要著作，由庄子和他的弟子、后来的学者著作汇总而成。《汉书·艺文志》著录五十二篇，现存郭象注本三十三篇，分为内篇七篇，外篇十五篇，杂篇十一篇。一般认为内篇的七篇文字是庄子所写的，外篇的十五篇文字是庄子的弟子们所写，或者说是庄子与他的弟子一起合作写成的，可以说内篇和外篇反映的是庄子真实的思想；杂篇十一篇的情形就要复杂些，一般认为是庄子学派或后来的学者所写的，有一些篇幅被断定不是庄子学派所有的思想，如《盗跖》《说剑》等。内篇最集中表现庄子哲学思想的是《齐物论》《逍遥游》《大宗师》等。

《庄子》中的很多文章都由寓言和神话故事构成，这些故事及故事中人物的对话，表现了作者的哲学思想和政治观点。《庄子》中的文章词汇丰富多彩，语言幽默生动，构思奇特精巧，于诙谐之中阐明深刻的哲理，常以拟人的手法描写自然界中的一些事物。文如行云流水，挥洒自如，具有浓厚的浪漫主义色彩，有着很高的文学成就，对后世的浪漫主义文学产生了极为深刻的影响。《庄子》在我国古代文学史中占有很重要的地位，也是人类重要的文化遗产之一。

庄子所处的时代，虽然社会矛盾十分尖锐，阶级斗争十分激烈，但封建地主阶级已在这种矛盾和斗争中得到了发展和壮大，其统治地位已基本确立；奴隶主贵族阶级在这种矛盾和斗争中，势力被严重地削弱了，已经显现出它退出历史舞台的必然结局。在这样的历史背景之下，庄子自然而然地流露出对封建地主阶级统治的强烈不满，同时在恢复西周奴隶主统治无望的情况下，采取了回避矛盾、逃避现实的消极态度。

《庄子》在哲学、文学上都具有较高的研究价值。研究中国哲学，不能不读《庄子》；研究中国文学，也不能不读《庄子》。《庄子》中的名篇有《逍遥游》《齐物论》《养生主》等，《养生主》中的《庖丁解牛》尤为后世传诵。

三、内容概要

“道”是《庄子》中最重要的哲学思想。作为先秦道家的集大成者，庄子继承了老子关于“道是世界本源”的认识，认为“天不得不高，地不得不广，日月不得不行，万物不得不昌，此其道与”。

庄子也继承了老子关于“德”的观点，指出“德者，成和之修也”。他还提出了“真知”的概念，认为真知即“真而不妄的知识”，是对道的直观体认。而体道必须摒弃一般的知觉思虑，达到“不知”的境界。

“虚静”是庄子哲学思想的一个核心范畴。庄子认为，“虚静”是把握至高的“道”的先决条件，意在排除一切现实、有限的纷扰、超脱世俗的羁绊，由虚而明，最后达到体道的境界。可以说，“虚静”是老子“为道日损”的功夫，同时也是“致虚极，守静笃”的成就，庄子在老子的哲学基础上，对其进行了完善。

“无为”也是《庄子》中所表达的重要内容。庄子主张无所作为，回到远古时代，追求绝对的精神自由，保持人们原始的纯朴本性。庄子鄙视富贵利禄，反对礼法仁义，否定文化知识，嘲讽儒学的奔走游说，以“无为”的主张与现实社会进行抗争。

庖丁解牛

庖丁给文惠君（梁惠王）宰牛。他用手抓着牛，用肩扛着牛，用脚踏着牛，用膝盖顶着牛，动作十分熟练，刀锋所至，骨肉分离，哗然有声。其动作之优美，好像商汤的舞曲《桑林》一样轻曼；其声音之动听，好像唐尧的乐章《经首》一样和谐。

文惠君惊叹地说：“太妙了！你的技术是如何达到这样高超的境界的？”

庖丁放下刀子，回答说：“我喜欢探求宰牛的规律，这比宰牛的技术更高一层。我刚学习宰牛时，眼前的牛是个整体。三年之后，我对牛的生理结构了如指掌，再不把它看成一整头牛了。现在，我只凭心神去宰牛，不需要用眼睛观看，全靠心神指挥手脚动作，按照牛的生理结构，从肌肉、骨节之间的空隙运刀。刀锋所过，都是牛身上原有的空隙，经络相连、筋骨聚结的地方都不去接触，更不用说那些大骨头了。技术高明的厨师，一年换一把刀，因为他用刀割肉。普通的厨师，一个月换一把刀，因为他用刀剁骨头。而我这把刀，已经用了十九年，宰杀的牛也有几千头，但刀口好像刚磨过的一样锋利。原因就在于，牛的骨节之间有缝隙，而刀口则薄得几乎没有厚度，我用几乎没有厚度的刀口插入有缝隙的骨节之间，当然宽宽绰绰、游刃有余了。所以经过十九年，我的刀口依然像刚在磨刀石上磨过的一样锋利。尽管如此，我还是不敢松懈怠慢，每当碰到筋骨交错的地方，我也会全神贯注，轻松下刀，动作舒缓，牛身最终迎刃而解，如同一堆烂泥，散落在地上。这时，我就会提刀站立，得意地四面张望，满意地来回走动，把刀子擦拭干净，收藏起来。”

文惠君说道：“妙极！妙极！听了你的一席话，我从中领悟到了养生的道理。”

鼓盆而歌

庄子的妻子死了，惠施前去吊丧，只见庄子毫无礼节地坐在地上鼓盆而歌。

惠施说：“你的妻子和你一起生活，为你生儿育女，无怨无悔。现在她死了，你不哭也就罢了，却在这里不合常情地鼓盆而歌？这样做是不是太过分了？”

庄子说：“不对！她刚死的时候，我何尝不伤感呢？但是仔细地推敲起来，她原本是没有生命的，不但没有生命，而且没有形体，不但没有形体，而且没有气息。她开始混杂于混沌之中，后来有了气息，有了形体，有了生命，再到死亡。这样一来，生死的变化，就像四季运行的规律一般。她已经静静地安息在天地之间，而如果我在这里痛哭，就是不懂得天道运行的规律，所以我没有哭泣。”

东施效颦

春秋时，越国苎萝山有一位卖柴的美女，名叫西施，她患有心口痛的病。每当病情发作时，西施总是用双手捂住胸口，一副愁眉苦脸的样子。

西施的同村有一个长得奇丑无比的女子，住在村子的东头，名叫东施。她看见西施皱着眉头的样子，认为看上去很美，于是效仿西施，用双手捂住胸口，皱起眉头在村子里走来走去。结果，村里的富人见后赶紧回家闭门不出，穷人见后赶紧带着妻子远走他乡。

丑女东施只看见美女西施手捂胸口、皱着眉头的样子很漂亮，但不明白其中的原因，多可悲啊！

四、主要人物形象

许由

古代传说中的高士。传说尧帝非常赏识许由的才能，曾经要把帝位禅让给他，但遭到了他的拒绝。此后许由就隐居于深山之中。

惠王

战国时期魏国的君主。魏国曾迁都至大梁，所以历史上也称之为“梁惠王”。

惠子

庄子的好友，姓惠，名施，宋国人，战国时期的思想家。

庖丁

一位厨工，精于解牛之术。

苌弘

春秋时周国大夫，有“苌弘化碧”这一典故流传下来。

五、文学成就

《庄子》是先秦诸子散文中文学成就最高的一部著作，是先秦散文的典范，其丰富的想象、虚构的情节、奇妙的构思、浪漫主义色彩等特征，为后世文人如陶渊明、李白、苏轼、曹雪芹等人的创作提供了绝妙的蓝本。

在写作上，《庄子》运用了“卮言”“重言”“寓言”三种手法。“卮言”是运用浪漫的手法做抽象的论说；“重言”是引证或假托古今著名人物的学说；“寓言”包括一些神话式的故事，也包括一些通常所说的寓言故事。

《庄子》最大的特色，就是善于用艺术形象来阐明哲学道理。古人用“飞”字来评价《庄子》中的文章的艺术特色，人们在阅读《庄子》中的文章时有强烈的“突兀而来、突兀而去”的感受。庄子认为，难以用语言表达至高无上的大道，逻辑的语言并不能充分地表达思想，只能借助于直觉体悟。由于对直觉体悟的强调，庄子在论述某种哲理时很少作纯理论的阐述，而是把深奥的哲理化作具体生动的艺术形象，把自己的思想融化在故事和其中的人物、动物对话中。书中的寓言都是经过庄子精心构思的，跌宕起伏的情节，纵横不羁的想象，成为文章中不可或缺的部分，而不是偶然出现的比喻和例证。

《庄子》的语言奇峭富丽，异趣横生，精彩传神，富于变化。作者喜欢使用独创的奇特词汇以及各种稀奇古怪的人名、地名等。它们出现在文中，给人以耳目一新之感。《庄子》中的句式也独具风韵，作者爱用对偶、排比、回文、顶针等修辞手段和长短间杂的句式，错综变化，使人读起来有酣畅淋漓之感。

《庄子》为我们展现了一个奇幻丰富、光怪陆离的艺术想象世界。在作者富有想象力的生花妙笔下，飞禽走兽、草木虫鱼都被他赋予了人的思想、情趣和性格，而且在它们的活动、议论中，又表现出作者的思想和观点。同时，作者还从神话中提取了很多材料，加以自己匠心独运的艺术创造，编撰出新奇怪诞的形象和故事，使作品充满了奇幻诡谲的色彩。

《庄子》中的文章在整体上体现出恣肆汪洋的风格特点。不同于其他先秦诸子的文章，《庄子》中的文章已经形成了浑融完整的篇章结构，特别是内篇中的作品，每篇都有明确的中心思想，都有反映中心思想的标题，它们的篇幅大都较长，文章围绕中心观点，洋洋洒洒地展开论述。但庄子纵恣的个性使他不屑于按已定的程式和规范去组织文章，其行文信笔挥洒、不拘一格，文中忽而议论、忽而譬喻、忽而叙事，纵横驰骋，变化莫测。

《庄子》中的思想，最大限度地阐释了《老子》的内涵，并将之发展到了一个崭新的高度。无论是在哲学思想上，还是在社会政治、个人修养的运用上，《庄子》都对后世产生了巨大的影响。国学大师南怀瑾认为，真正将中国几千年文化发扬得辉煌灿烂的，不是以孔孟为首的儒家文化，而是以老庄为首的道家文化。

六、名家点评

其文则汪洋辟阖，仪态万方，晚周诸子之作，莫能先也。

——鲁迅

《韩非子》——先秦寓言最多的说理散文集

作　　者：韩非

文　　体：说理散文

成书年代：约战国末期

一、作者介绍

韩非（约前280—前233），又称韩非子，韩国新郑（今属河南）人，出身于韩国宗室，荀子的学生，战国后期著名的思想家、文学家，法家代表人物。他眼看着韩国越来越弱，曾多次建议韩王变法图强，均遭到了韩王的拒绝，于是发愤著书。他的书传到秦国，秦王嬴政看到之后，非常赏识他，于是派兵攻打韩国，向韩国索要韩非。韩王没法子，派遣韩非出使秦国。由于秦王嬴政身边佞臣的阻碍，韩非并没有得到重用，最后被嫉贤妒能的李斯陷害，死在秦国的狱中。

二、作品档案

春秋战国时期，社会的变革促进了农业及科学文化的发展。这种发展使新兴封建地主阶级势力迅速壮大，表现出夺取统治地位的强烈愿望，旧的奴隶主贵族阶级自然不甘心轻易失败，于是新旧两个统治阶级在统治地位的争夺中展开了持久而激烈的斗争。这种斗争也表现在了意识形态领域，各阶级的代言人纷纷发表自己的政治主张，于是出现了“百家争鸣”的大辩论。《韩非子》就是在这一时期出现的代表新兴的封建统治阶级利益的极具论辩性的著作。它以严谨的逻辑性、犀利的语言、生动形象的比喻参与了“百家争鸣”的大辩论。

《韩非子》综合了战国前期法家代表人物商鞅、申不害等人的学说，是集先秦法家学说之大成的著作。它吸取了诸子百家学说之长，建立起了自己的理论体系。其思想主张符合新兴的封建统治阶级的利益，反映了新兴的封建统治阶级夺取和巩固政权的要求，是一部与历史的发展趋势相一致的具有进步思想的散文集。

《韩非子》是韩非逝世后，后人辑集而成的，全书共五十五篇。重要的注本有清王先慎的《韩非子集解》。

三、内容概要

《韩非子》是先秦法家学派的代表作品，反映了韩非的思想学说，提出了一整套比较完善的地主阶级治国方略。韩非的政治思想体系以法治为主，主张法、术、势相结合，把国家的法令、人君的权术和政治的权力列为治国大计。在韩非看来，治国的措施应随着时代的变化而变化，即“世异则事异，事异则备变”。“性恶论”是韩非子实行法治的理论根据。他主张推行严刑峻法，崇尚功利，奖励耕战，用中央集权的专制制度来统治国家。他的学说为封建时代的君主们建立专制的封建国家提供了有力的、可靠的思想武器。

《韩非子》中的文章大多是长篇议论文，内容主要宣扬法治主张，其次是论述老子以及评论儒、墨、道、名的文章。重要的篇目有《五蠹》《孤愤》《解老》《喻老》《显学》《定法》《难势》《问田》等；还有以寓言和历史故事形式写成的《内储说》《外储说》《说林》等，这种形式加强了文章的感染力和说服力。

《韩非子》中还有一些妙趣横生的寓言故事，如“守株待兔”“滥竽充数”“自相矛盾”“郑人买履”等。

守株待兔

宋国有个农夫，不论严寒酷暑，总是在田间辛勤耕作着。

农夫的田里有棵树桩。这天，从远处急速跑来一只兔子，正好撞在树桩上。兔子碰断了脖子，倒地气绝而亡。这个农夫没费吹灰之力就得到了一只肥大的死兔子。从此以后，他撂下手里的农具，不再耕田，整天守候在树桩旁边，希望再拾到撞死的兔子。

农夫当然不可能再捡到兔子了，田里却长满了草，他也成为宋国人茶余饭后的笑柄。

滥竽充数

战国时期，齐宣王喜欢让人为他吹竽。每次吹竽，他总是安排三百人合奏，他认为这样够气派。

有一位南郭先生，原本不会吹竽，他打听到齐宣王的爱好后，就冒充吹竽能手，在齐宣王面前自我吹嘘一番，请求为齐宣王演奏。齐宣王十分爽快地答应了南郭先生的请求，让他加入了吹竽的队列。

于是，每当乐队演奏之时，南郭先生就手抱着竽，摇头晃脑，装模作样吹奏一番，从而获得了与其他乐师同等价值的报酬。

后来，齐宣王驾崩，其子齐湣王继位。齐湣王也喜欢听人吹竽，不过，齐湣王喜欢听独奏，要求乐师一个一个地吹给他听。这样，南郭先生再也混不下去了。在一个漆黑的夜晚，他偷偷溜出王宫跑了。

自相矛盾

集市上，有个楚国人正在叫卖矛和盾。

他得意地举起盾说："快来看啊！我的盾坚硬无比，无论多么锋利的东西都无法刺穿它。"接着，楚国人又举起矛吹嘘道："我的矛锋利异常，无论多么坚硬的东西都可以刺穿。"

围观的人听了他的话，感到十分可笑，便问他："如果用你的矛去刺你的盾，结果会如何呢？"

楚国人被问得瞠目结舌，不知怎样回答。

郑人买履

郑国有个人，准备到集市上去买一双新鞋。在家里，他用一根绳子根据自己脚的大小量了个尺码，然后把尺码放在自己的座位上。等到去集市的时候，他却把尺码忘在了家里。

郑国人来到集市上，左挑右选，看中了一双新鞋，待伸手去衣兜里拿尺码时，才想起尺码没有带来。于是他说道："我把尺码忘在家里了。"说完，他急忙跑回家去取尺码。待他折回到集市时，集市已经散了，鞋子没有买成。

有一个人问他："你为什么不用自己的脚试试你挑选的那双鞋的大小呢？"郑国人一本正经地说："我宁可相信自己量出的尺码，也不相信自己的脚。"

四、主要人物形象

扁鹊

秦氏，名越人。春秋战国时期名医。他在赵国行医，也到过齐国行医。在赵国时，人们赞誉他的医术和医德，把他当作吉祥鸟喜鹊一般，尊称他为"扁鹊"。扁鹊医术高明，兼通内科、妇科、五官科和小儿科。秦国的太医令李醯知道自己的医术不如扁鹊的精妙，便暗中派人将扁鹊刺杀了。直到今天，人们在谈论望、闻、问、切的诊断方法时，都拿扁鹊当开山祖师。

蔡桓公

春秋时期蔡国的桓侯，刚愎自用，不听扁鹊的劝告，讳疾忌医，以致丧命。

李斯

楚国上蔡（今河南上蔡西南）人。年轻时跟随荀子学习帝道、王道之类的儒家治国之术。在秦国时，很得文信侯吕不韦的赏识，吕不韦任命他为郎（宫禁中守卫值班的官）。游说秦王嬴政，鼓动嬴政“消灭诸侯，建立帝王的业绩，完成天下的统一”。嬴政封他为长史（丞相的属官），听从他的计谋，暗地派遣有谋略的游说之士，带着金玉宝物收买诸侯国的知名人士，不能收买的就暗杀。嬴政先用这类手段破坏诸侯各国君臣之间的团结，随后派遣善于用兵的将军前去攻打诸侯国。

公元前237年，嬴政下逐客令，李斯认为这样做是“抛弃人民来帮助敌国，排斥宾客让他们侍奉诸侯，使得天下的人才退缩不敢西来，住脚不再踏入秦国。这就叫作借兵器给敌人，送粮食给盗贼。”嬴政大悟，废除了驱逐客卿的命令，恢复李斯的官职，继续使用他的计谋，后又调升他当廷尉（最高司法官员）。

从李斯开始佐秦以来，前后用了二十多年时间，秦国最终吞并了六国。秦统一天下后，李斯被封为丞相。李斯曾建议秦始皇焚书坑儒，修订秦王朝的典章制度，制定具体法令。后来，李斯为宦官赵高陷害，于公元前208年被判处五刑（黥、劓，斩左右趾，笞杀，枭首，菹骨肉于市），在咸阳市上被腰斩，诛灭三族。

卞和

春秋时楚国人。在荆山捡到一块玉璞（未经加工的玉），将其呈献给楚厉王，楚厉王派玉匠鉴定，玉匠说：“这是石头。”楚厉王认为卞和欺骗他，砍了卞和的左脚。楚厉王死后，楚武王即位，卞和又将玉璞献给楚武王。楚武王让玉匠鉴定，得到的答复还是石头，楚武王一怒之下砍了卞和的右脚。楚武王死，楚文王立，卞和抱着这块玉璞在荆山上痛哭，眼泪哭没了，流出许多血来。楚文王听说后，就请玉匠对这块玉璞加以雕琢，发现这是一块稀世宝物，于是命人将玉璞做成玉璧，并称之为“和氏之璧”，即和氏璧。

五、文学成就

《韩非子》一书重点宣扬了韩非的法、术、势相结合的法治理论。韩非的法、术、势相结合的理论，达到了先秦法家理论的最高峰，为秦统一天下提供了理论武器，同时也为以后的封建专制制度提供了理论根据。

韩非善于用大量浅显的寓言故事和丰富的历史知识作为论证资料，说明抽象的道理，形象地体现他的法家思想和他对社会人生的深刻认识。《韩非子》中记载了大量脍炙人口的寓言故事，最著名的有“自相矛盾”“守株待兔”“讳疾忌医”“滥竽充数”“老马识途”等。这些生动的寓言故事，蕴含着深刻的哲理，成为脍炙人口的成语典故，凭着其思想性和艺术性的完美结合，给人们以智慧的启迪，具有较高的文学价值。

《韩非子》中的文章说理精密，文锋犀利，议论透彻，推证事理，切中要害。比如，《亡征》一篇分析国家灭亡的征兆达四十七种之多，实属罕见；《难言》《说难》两篇面面俱到地分析了进言者和游说者向君主进言、游说的困难之处，文章逻辑周密细致，无以复加。

《韩非子》中的文章构思精巧，描写大胆，语言幽默，于平实中见奇妙，具有耐人寻味、警策世人的艺术效果。

六、名家点评

韩子引绳墨，切事情，明是非，其极惨礉少恩。

——司马迁（西汉）

《曾国藩家书》——一部真实而又生动的处世宝鉴

作　　者：曾国藩

文　　体：书信体散文

成书年代：晚　清

一、作者介绍

◇　曾国藩

曾国藩（1811—1872），原名子城，字伯涵，号涤生，谥文正，汉族，湖南湘乡白杨坪（今属双峰）人。他是晚清重臣，湘军的创立者和统帅，清朝军事家、理学家、政治家，晚清散文“湘乡派”创始人；官至两江总督、直隶总督、武英殿大学士，封一等毅勇侯。

曾国藩继承“桐城派”方苞、姚鼐的文风，但风格自立。他论古文，讲求声调铿锵，以包蕴不尽为能事；所作古文，深宏骏迈，能运以汉赋气象，故有一种雄奇瑰玮的意境，能一振“桐城派”枯淡之弊，为后世所称道。严复、林纾以至谭嗣同、梁启超等人均受他文风影响。曾国藩的门人将他的文字作品整理、辑录为《曾文正公全集》，其中包括曾国藩的奏稿、十八家诗钞、经史百家杂钞、经史百家简编、诗集、文集、书札、批牍及求阙斋读书录等。

二、作品档案

曾国藩的一生是“修身、齐家、治国、平天下”的真实写照。曾国藩立志求学，对自己要求极严，抱负很高。曾国藩极为重视择师交友，立志向圣贤看齐，终生勤俭谨慎，自砺精进，在文学、政治甚至军事领域都表现出了极大的才能。因此，当清政府镇压太平军屡遭败北时，他创立的湘军能扭转败局，取得军事上的胜利。在极为重视“立德、立功、立言”的“湘乡派”中，曾国藩既是一位推波助澜者，又是一位佼佼者。

曾国藩击败太平军，是他一生事业的顶峰。他一生的转折点是处理“天津教案”。他卑颜屈膝，为洋人卖力，最后在国人的讥骂声中感觉到“天津教案”是“外惭清议，内疚神明，为一生之憾事”。曾国藩早年致力于研究学问，其学术研究范围包括历史、古文、书法、理学以及各种典章制度。他渴望多做学问，与当朝大学问家梅曾亮、何绍基等名士比肩，但他最终没有成为一位著述丰富的大学者，主要原因是他还来不及著书立说，就已升至二品高官，从此忙于官场之中，后来又投身于戎马征战之中，使他不能固守书苑，一心研究学问。已故著名学者南怀瑾曾在他的著作《论语别裁》中说：“清代中兴名臣曾国藩有十三套学问，流传下来的只有一套《曾国藩家书》。”《曾国藩家书》记述了曾国藩一生的主要活动和他从政、治家、治学、治军的主要思想，是后人研究曾国藩思想的宝贵资料。

曾国藩在攻克天京（南京）后，权势极大，功高震主，清朝对其极不放心。咸丰帝曾在湘军克复武汉时叹道：“去了半个洪秀全，来了一个曾国藩。”曾国藩熟悉历代掌故，具有丰富的政治经验和历史知识，因而在击败太平天国后一方面自裁湘军，另一方面把家书刊行问世，借以表明自己忠心为清廷效命，以塞弄臣之口。《曾国藩家书》自发行起便风靡流行，历久不衰，后经多家取舍整理，形成多种版本。总的来说，他的家书现存近一千五百篇，从道光三十年（1850）到同治十年（1871），时间跨度达二十多年，其内容包括修身、教子、持家、交友、用人、处世、理财、治学、治军及为政等方面。《曾国藩家书》内容真实而又细密，平常而又深入，是一部真实而又生动的处世宝鉴。

三、内容概要

曾国藩一生强调立志，他常说“志不立，天下无可成之事”。他为自己写下了这样的座右铭：“不为圣贤，便为禽兽；莫问收获，但问耕耘。”在其家书中，立志之论甚多。立志之后，他据此求过，自律自勉。他说：“余身旁须有一胸襟恬淡者，时时伺吾之短，以相箴规，庶不使‘矜心’生于不自觉。”曾国藩原先嗜好吸水烟，后来他要戒绝，但也不太容易，他对其弟说：“自戒潮烟以来，心神彷徨几若无主。遏欲之难，类如此矣！不挟破釜沉舟之势，讵有济哉？”曾国藩硬是凭律己的毅力将烟戒绝。

在为人处世上，曾国藩终生以“拙诚”“坚忍”为行事准则。他在写给他的弟弟的信中说：“吾自信亦笃实人，只为阅历世途，饱更事变，略参些机权作用，便把自家学坏了……贤弟此刻在外，亦急须将笃实复还，万不可走入机巧一路，日趋日下也。”至于坚忍功夫，曾国藩可算修炼到了极点。他说：“困心横虑，正是磨炼英雄，玉汝于成。李申夫尝谓余怄气从不说出，一味忍耐，徐图自强。因引谚曰：‘好汉打脱牙，和血吞。’此二语是余生平咬牙立志之诀，不料被申夫看破。余庚戌、辛亥间为京师权贵所唾骂，癸丑、甲寅为长沙所唾骂，乙卯、丙辰为江西所唾骂，以及岳州之败、靖江之败、湖口之败，盖打脱牙之时多矣，无一次不和血吞之。”曾国藩崇尚坚忍实干，不仅在得意时埋头苦干，而且在失意时绝不灰心。他在安慰其弟曾国荃连吃两次败仗的信中说：“另起炉灶，重开世界，安知此两番之大败，非天之磨炼英雄，使弟大有长进乎？谚云：‘吃一堑，长一智。’务须咬牙励志，蓄其气而长其智，切不可苶然自馁也。”

在持家教子方面，曾国藩主张勤俭持家，努力治学，睦邻友好，读书明理。他在家书中写道：“余教儿女辈，惟以‘勤、俭、谦’三字为主……余欲上不愧先人，下不愧沅弟，惟以力教家中勤俭为主。余于

‘俭’字做到六七分，‘勤’字则无五分工夫。弟与沅弟于‘勤’字做到六七分，‘俭’字则尚欠工夫。以后各勉其所长，各戒其所短；弟每用一钱，均须三思。”“诸弟在家，总宜教子侄守勤敬。吾在外既有权势，则家中子侄最易流于骄，流于佚，二字皆败家之道也。万望诸弟刻刻留心，勿使后辈近于此二字，至要至要。”他希望后代兢兢业业，努力治学。他常对子女说，只要有学问，就不怕没饭吃。他还说门第太盛则会出事端，主张不把财产留给子孙，子孙不肖留亦无用，子孙图强，也不愁没饭吃，这就是他所谓的盈虚消长的道理。

在治军用人方面，曾国藩更是有其独到之处。对于武器和人的关系，他认为，用兵之道，在人不在器；攻杀之要，在人而不在兵。在军队治理上，他主张以礼治军，“带勇之法，用恩莫如用仁，用威莫如用礼”“我辈带兵勇，如父兄带子弟一般，无银钱，无保举，尚是小事，切不可使他扰民而坏品行，因嫖赌洋烟而坏身体，个个学好，人人成材”。为使官兵严守纪律，爱护百姓，曾国藩亲作《爱民歌》以劝导官兵。在战略战术上，他认为战争乃死生大事，应“先求稳当，次求变化”。在用人上，他讲求“仁孝，血诚”原则，选拔经世致用的人才，他的选人标准是“崇实黜浮，力杜工巧之风”。因而石达开说“曾国藩不以善战名，而能识拔贤将”。曾国藩的幕府就是一所人才培训基地，李鸿章、左宗棠、彭玉麟、华蘅芳等人都曾在其左右共事。

曾国藩的“教子书”谈的多是读书作文之法，“与弟书”谈的多是治军为政之道。曾国藩、曾国荃的治军为政，如“处事一定要沉着、冷静、多思”“办大事者以多选替手为第一义”这类方式方法，古今前后尽可相通。而曾国藩写给其弟的信件中的叮嘱、期盼和警醒，无一不体现了其修德立业、戒骄求进等方面的品德。

四、著作影响

曾国藩作为国之栋梁，是父母眼中最好的儿子，弟弟眼中最好的哥哥，儿女眼中最仁慈的父亲，在立德、立功、立言三方面均有建树。曾国藩曾给祖父母、父母、叔父母、诸弟、妻子、儿女及子侄辈都写过家书。在家书中探讨人生理想、持家之道、教子之方、为人处事之法等，其家教方法值得很多人仰视和学习，家书中富含的教育思想，至今影响不衰。

曾国藩随想而至，挥笔自如，从看似平淡的家常生活中发掘出很多的人生哲理，其家书内容涉及修身、教子、持家、交友、用人、处世、理财、治学、治军、为政等各个方面，极具说服力和感召力。曾国藩的家书，行文从容镇定，内容真实而又细密，平常而又深入，可谓字字良言、句句妙语。

五、名家点评

曾文正者，岂惟近代，盖有史以来不一二睹之大人也已；岂惟我国，抑全世界不一二睹之大人也已。然而文正固非有超群绝伦之天才，在并时诸贤杰中称最钝拙；其所遭值事会，亦终身在拂逆之中。然乃立德、立功、立言，三并不朽，所成就震古烁今，而莫与京者，其一生得力在立志自拔于流俗，而困而知，而勉而行，历百千艰阻而不挫屈，不求近效，铢积寸累，受之以虚，将之以勤，植之以刚，贞之以恒，帅之以诚，勇猛精进，坚苦卓绝。

——梁启超

带兵如带子弟一语，最为慈仁贴切。能以此存心，则古今带兵格言，千言万语皆付之一炬。

——蔡锷

《人间词话》——晚清最有影响力的文学评论著作

作　　者：王国维

文　　体：评论性散文

成书年代：晚清

一、作者介绍

王国维（1877—1927），字静安，一字伯隅，号观堂、永观，汉族，浙江海宁人，清末秀才。他是我国近、现代相交时期在文学、美学、史学、哲学、古文学及考古学等各方面均有卓著成就的学术巨子，一代国学大师。

王国维四岁时丧母，家境清寒，从小聪颖好学。早年屡应乡试不中，遂于戊戌风气变化之际弃绝科举。1898年，二十二岁的王国维到上海《时务报》报馆做校对工作。工作之余，他到罗振玉创办的“东文学社”研习外交与西方近代科学，结识主持人罗振玉，并在罗振玉的资助下于1900年赴日本留学。1901年，王国维因病从日本归国。后又在罗振玉推荐下执教于南通师范学校、江苏师范学堂，讲授哲学、心理学、伦理学等，复埋头文学研究，开始其“独学”阶段。

1906年，王国维随罗振玉入京，任清政府学部总务司行走、学部图书编译局编译、名词馆协韵等职，其间著有《人间词话》等。1911年辛亥革命后，王国维携生平著述三种及家眷随儿女亲家罗振玉逃居日本京都，从此以前清遗民身份处世。1922年，王国维受聘担任北京大学研究所国学门通讯导师。1923年，王国维到北京充任逊帝溥仪的“南书房行走”。1924年，冯玉祥发动“北京政变”，王国维结束了“南书房行走”的工作，经胡适等人推荐到清华大学国学研究院讲课。1927年6月，王国维留下上面写有“五十之年，只欠一死。经此世变，义无再辱”语句的遗书，投颐和园昆明湖自尽。在其五十岁人生学术鼎盛之际，王国维之死为国学史留下了最具悲剧色彩的“谜案”。

王国维为近代博学通儒，其国学功底之深、治学范围之广、对学术界影响之大，为近代以来所少见。其生平著作甚多，身后遗著收为全集者有《海宁王静安先生遗书》《观堂集林》等数种。

二、作品档案

《人间词话》于1908年在《国粹学报》上公开发表，1910年经作者删定为一卷。1927年，赵万里在整理王国维遗著时辑成《人间词话删稿》一卷。1939年，徐调孚校注此书，又收入王国维的其他论词片段，复辑成“补遗”一卷，作为附录。1986年，齐鲁书社出版滕咸惠校注的《人间词话新注》又增添了原稿中尚未刊出的十三条。

《人间词话》的中心论题就是“境界说”，这是王国维美学思想的核心内容。王国维标举的“境界”抓住了艺术最重要的特征。他强调词人的情感、意趣和创造性思维在艺术创作过程中所起的决定性的作用，并指出意象鲜明、情景交融、情境相谐的“境界”所具有的艺术感染力。

如果说王国维在艺术理论上的造诣是中西美学思想融会贯通的产物，那么他的《人间词话》则是其文艺理论思想与创作实践相融合的结晶。

《人间词话》是王国维关于文学批评的著述中最为人所重视的一部作品，是王国维在接受了西方美学思想的洗礼后，以崭新的眼光对中国旧文学所作的评论。但他又跳出西方美学思想的局限，力求运用自己的思想见解，尝试将某些西方美学思想中的重要概念融入中国固有的传统批评中。所以，从表面上看，《人间词话》与中国相袭已久的诗话、词话一类作品的体例、格式并无显著的差别。实际上，它已初具理论体系，在旧的诗词论著中称得上是一部首屈一指的作品。甚至在以往的词论界里，许多人把它奉为圭臬，把它的论点作为词学、美学的根据，其影响是很深远的。王国维的《人间词话》是晚清以来最有影响的著作之一。

三、内容概要

“境界说”是《人间词话》的核心，统领其他论点，又是全书的脉络，连接书中全部主张。王国维不仅把它视为创作原则，也把它当作批评标准，论断诗词的演变，评价词人的得失、作品的优劣、词品的高低，均从“境界”出发。因此，“境界说”既是王国维文艺批评的出发点，又是其文艺思想的总归宿。

王国维指出：“若屯田之《八声甘州》，东坡之《水调歌头》，则伫兴之作，格高千古，不能以常调论也。”并引用牛峤等人的词，称为“专作情语而绝妙者”。他认为，伫兴之作，写情语，写景物，只要真切不隔、有境界，便是好词。这种观点有利于纠正常州派词偏于追求寄托的狭隘见解。

王国维区分了两种境界，与叔本华不同的是，他没有贬低常人的境界，相反还十分看重，认为“故其入于人者至深，而行于世也尤广”。王国维一面推崇“主观之诗人，不必多阅世”，一面又推崇“客观之诗人，不可不多阅世”。这与叔本华只强调天才具有赤子之心不一样。此外，叔本华讲天才强调智力，王国维则强调感情：“能写真景物，真感情者，谓之有境界。”

在诗人与现实的关系上，王国维主张：“诗人对宇宙人生，须入乎其内，又须出乎其外。入乎其内，故能写之；出乎其外，故能观之。入乎其内，故有生气；出乎其外，故有高致。”“诗人必有轻视外物之意，故能以奴仆命风月，又必有重视外物之意，故能与花鸟共忧乐。”这显然透显出朴素的唯物因素和辩证法睿智。

从理论上说，“境界”所要求的正与以形象反映现实的艺术规律相通，既要入乎其内，又要出乎其外；既要有轻视外物之意，又要有重视外物之意。这与作家必须深入生活，又要高出生活的创作要求相一致。

王国维根据其文艺观，把多种多样的艺术境界分为三种基本形态：“上焉者，意与境浑；其次，或以境胜，或以意胜。”王国维比较科学地分析了“景”与“情”的关系和产生的各种现象，在中国文学批评史上第一次提出了“造境”与“写境”，“理想”与“写实”的问题。“造境”指作者极逞“创意之才”，充分发挥想象力，使万物皆为我驱遣，“以奴仆命风月”，这正是浪漫主义创作方法的基本特征；“写境”则是作者极逞“状物之才”，能随物婉转，“能与花鸟共忧乐”，客观的真实受到高度的重视，这正是现实主义创作方法的基本特征。王国维还提出，“理想派”与“写实派”可以互相结合起来，形成一种新的创作方法。然而用这种方法创作出来的艺术境界，则不能断然定为“理想派”或“写实派”。在这种境界里，“二者颇难分别，因大诗人所造之境必合乎自然，所写之境亦必邻于理想故也。”自然与理想，“景”与“情”交融成一体。王国维认为，这是上等的艺术境界，只有大诗人才能创造出这种“意与境浑”的境界。王国维还进一步论说文艺创作必有取舍，有主观理想的注入，而虚构或理想总离不开客观的材料和基本法则。所以，“理想”与“写实”二者的结合有充分的客观根据；现实主义与浪漫主义两种创作方法相结合也有其客观可能性。王国维的见解可谓透彻、精辟。“所造之境必合乎自然”，虽“虚构之境，其材料必求之于自然，而其构造亦必从自然之法则”，这在当时来说是一种比较卓越的艺术见解。

王国维还指出，词中所写的形象（境界）不管是素描式地写出来，还是由作者综合印象创造出来，它们都不是对事物作纯客观的、无动于衷的描写，而是贯穿作者的理想，即按照作者的观点、感情来选择、安排的。

这就进一步说明了文学艺术中的形象是客观事物在作者头脑中的主观反应。当然，王国维并没有明确和具体地论说这一点。

四、文学成就

清朝词派，主要有浙派和常州派。浙派词致力于纠正明词末流迂缓淫曼的毛病，崇尚清灵，学习南宋姜夔、张炎的词，不愿学习北宋词人，不师秦观、黄庭坚，其流蔽在于主清空而流于浮薄，主柔婉而流于纤巧。于是常州派词起而纠正浙派的流弊，提倡深美闳约，沉着醇厚，以立意为本，发挥意内言外之旨，主张应有寄托，推崇周邦彦而轻姜夔、张炎，这的确使词论前进了一大步。而王国维的《人间词话》更是突破浙派、常州派的樊篱，克服两者之弊，有了更进一步的发展。浙派词主清空柔婉，结果导致浮薄纤巧，不真切，王国维的"境界说"提倡"不隔"，以纠正浙派词的流弊。他强调写真景物、真感情，要写得真切不隔，这确实切中了浙派词的要害。对于常州派，他反对所有词都必须有寄托的说法，认为并不是有寄托的词才是好词。

王国维论词，提出"境界说"，又主张词要写得真切自然，并且有格调、气象、感情、韵味，这无疑突破了浙派词和常州派词的框框，去除了它们的偏弊，较为全面。同时，这些观点对文学创作也有一定的贡献。《人间词话》在词论方面超越了浙派和常州派的范围，而其美学观点，一方面受叔本华的影响，另一方面又有所突破。王国维的美学观点"无我之境"和"以物观物"直接承继了叔本华的哲学观点。他的一些词论，诸如"词人者，不失其赤子之心者也。故生于深宫之中，长于妇人之手，是后主为人君所短处，亦即为词人所长处""主观之诗人，不必多阅世。阅世愈浅，则性情愈真，李后主是也"，就源于叔本华的天才论。但《人间词话》并没有陷入这种境地而不能自拔。

王国维的"境界说"，具体、明确地揭示出艺术境界内在的特殊矛盾，说明了文艺的本质特征。与前人相比，这是一个新的贡献。在文学批评史上，那种只重“言志”“抒情”的论点，偏执一端；那种只重形象、画面的论点，偏执另一端。清初的王夫之关于“情景相生”的观点，叶燮关于“形依情，情附形”的观点，虽然已为“境界说”中的本质论奠定了基础，但毕竟是王国维最明确、最系统地阐述了艺术境界中“景”与“情”的关系，自觉地“探其本”，完成了“境界说”的本质论的。王国维认为，景多无限，情也说不尽，“境界”本质上是由“景”和“情”两个元素构成的。但不论是客观的“景”，还是主观的“情”，都是“观”——人的精神活动的结果。“景”“情”这种特殊矛盾的多样化的对立统一，便形成千姿百态、丰富多彩的文学艺术作品。

五、名家点评

不独为中国所有而为全世界之所有之学人。

——梁启超

（王国维）留给我们的是他知识的产物，那好像一座崔嵬的楼阁，在几千年的旧学城垒上，灿然放出了一段异样的光辉。

——郭沫若

诗 词

《诗经》—— 中国最早的诗歌总集

作　　者：佚名

文　　体：诗歌

成书年代：春秋中期

一、作者介绍

《诗经》的作者很复杂，产生的地域也很广。除了周王朝乐官制作的乐歌，公卿、士大夫进献的乐歌，还有许多原来流传于民间的歌谣。这些民间歌谣是如何集中到宫廷里的，有不同的说法。汉代某些学者认为，周王朝派有专门的采诗人到民间搜集歌谣，以了解政治和风俗的盛衰利弊。还有一种说法，这些民间歌谣是由各国乐师搜集的。当时的乐师是掌管音乐的官员，以唱诗、作曲为职业。搜集民间歌谣是为了丰富他们的唱词和乐调，后经诸侯献给天子，这些民间歌谣便汇集到宫廷里了。这些说法，都有一定的道理。

关于《诗经》的编纂，汉代有三种说法：第一，“王室采诗说”。《汉书·艺文志》记载：“古有采诗之官，王者所以观风俗、知得失，自考正也。”《诗经》三百零五篇的韵部系统和用韵规律与诗歌形式基本上是一致的，而它的作品形成时间长、采集地域广，在古代交通不便、语言互异的情况下，如果不是经过有目的地采集和整理，要产生这样一部诗歌总集是不可想象的，因而“王室采诗说”是可信的。第二，“孔子删诗说”。《史记·孔子世家》记载：“古者《诗》三千余篇，及至孔子，去其重，取可施于礼义……三百五篇孔子皆弦歌之。”唐代孔颖达、宋代朱熹、清代朱彝尊和清代魏源等对此说均持怀疑态度。《诗经》大约成书于公元前6世纪，此时孔子尚未出生；公元前544年，吴公子季札至鲁国观乐，鲁乐师为他所奏的风诗次序与今本《诗经》基本相同，说明那时已有了一部《诗》，此时孔子年仅八岁。因此，近代学者一般认为“孔子删诗说”不可信。但根据《论语》中孔子所说：“吾自卫返鲁，然后乐正，《雅》《颂》各得其所。”可知孔子确曾为《诗》正过乐。只不过至春秋后期新声兴起，古乐失传，《诗三百》便只有歌诗流传下来，成为今天我们所见到的诗歌总集。第三，“献诗说”。在周代的时候，公卿与士大夫献诗、陈诗以颂美或讽刺，是有史籍考证的。当时的周朝天子为了“听政”和“考其俗尚之美恶”，而命诸侯百官献诗。

二、作品档案

《诗经》共收集了三百一十一篇诗歌，其中六篇为笙诗，只有标题，没有内容，现存三百零五篇（既有标题又有文辞的）。到了战国时期，礼崩乐坏，大量乐谱失传，仅存的歌词则编入《诗经》。《诗经》在先秦时期称为《诗》，或取其整数称《诗三百》。西汉时被尊为儒家经典，始称《诗经》，并沿用至今。这些诗当初都是配乐而歌的歌词，保留着古代诗歌、音乐、舞蹈相结合的形式，但在长期的流传中，乐谱和舞蹈失传，就只剩下诗歌了。

《诗经》分《风》《雅》《颂》三个部分。其中《风》包括“十五国风”，有诗一百六十篇；《雅》分《大雅》《小雅》，有诗一百零五篇；《颂》分《周颂》《鲁颂》《商颂》，有诗四十篇。

《诗经》以四言为主，兼有杂言。在结构上，多采用重章叠句的形式加强抒情效果，每一章只变换几个字，却能收到回旋跌宕的艺术效果。在语言上，多采用双声叠韵、叠字联绵词来状物、拟声、穷貌，“以少总多，情貌无遗”。此外，《诗经》在押韵上有的句句押韵，有的隔句押韵，有的一韵到底，有的中途转韵，现代诗歌的用韵规律在《诗经》中几乎都已经具备了。

三、内容概要

《诗经》的体例是按照音乐性质的不同来划分的，分为《风》《雅》《颂》三类。

《风》是从周南、召南、邶、鄘、卫、王、郑、齐、魏、唐、秦、陈、桧、曹、豳等十五个地区采集来的土风歌谣，共一百六十篇，大部分是民歌。根据十五国风的名称及诗的内容，大致可推断出这些诗产生于现在的陕西、山西、河南、河北、山东和湖北北部等地。

《雅》是周王朝都城附近的乐歌，常在宫廷宴享或朝会场合中被诵唱，按音乐的不同又分为《大雅》三十一篇，《小雅》七十四篇，共一百零五篇。除《小雅》中有少量民歌外，大部分是贵族文人的作品。

《颂》为宗庙祭祀的乐歌，内容多是歌颂祖先的功业的。又分为《周颂》三十一篇，《鲁颂》四篇，《商颂》五篇，共四十篇。全部是贵族文人的作品。

从时间上看，《周颂》和《大雅》的大部分产生于西周初期；《大雅》的小部分和《小雅》的大部分产生于西周后期至平王东迁时；《国风》的大部分和《鲁颂》产生于春秋时期，《商颂》大约是殷商中后期的作品。从思想性和艺术价值上看，一般认为，三颂不如二雅，二雅不如十五国风。

《诗经》全面地展示了中国周代时期的社会生活，真实地反映了中国奴隶社会从兴盛到衰败时期的历史面貌。其中有些诗，如《大雅》中的《生民》《公刘》《绵》《皇矣》《大明》等，是对后稷降生到武王伐纣这段时期的记载，是周部族起源、发展和立国的历史叙事诗。

有些诗，如《魏风·硕鼠》《魏风·伐檀》等，以冷嘲热讽的笔调形象地揭示出奴隶主贵族贪婪成性、不劳而获的寄生本性，唱出了人民反抗的呼声，反映了当时人民对理想生活的向往，显示了奴隶制崩溃时期人民的思想已开始觉醒；有些诗，如《小雅·何草不黄》《豳风·东山》《唐风·鸨羽》《小雅·采薇》等，写征夫思家恋土和对战争的哀怨；《王风·君子于役》《卫风·伯兮》等，表现了思妇对征人的怀念。它们从不同的角度反映了西周时期不合理的兵役制度和战争徭役给人民带来的无穷痛苦和灾难。有些诗，如《周南·芣苢》完整地刻画了妇女们采集车前草的劳动过程；《豳风·七月》记叙了人民一年四季的劳动生活；《小雅·无羊》反映了人民的牧羊生活。

还有不少诗表现了青年男女的爱情生活，例如，《秦风·蒹葭》表现了男女之间如梦的追求过程；《郑风·溱洧》《邶风·静女》表现了男女之间戏谑的欢会；《王风·采葛》表现了男女之间痛苦的相思之情；《卫风·木瓜》表现了男女之间相互馈赠的场景；《鄘风·柏舟》《郑风·将仲子》则反映了长辈的干涉和社会舆论给热恋中的青年男女带来的痛苦。另外，如《邶风·谷风》《卫风·氓》等，则抒写了弃妇的哀怨，愤怒谴责了男子的忘恩负义，反映了当时的社会中广大妇女的悲惨命运。

四、文学成就

《诗经》关注现实，抒发人们在现实生活中触发的真情实感，这种创作态度，使其具有强烈深厚的艺术魅力。无论是形式体裁、语言技巧，还是艺术形象、表现手法，都显示出我国最早的诗歌作品在艺术上的巨大成就。

《诗经》里大量运用了赋、比、兴的表现手法（尤其表现在每首诗歌的开头部分），加强了作品的形象性，获得了良好的艺术效果。所谓“赋”，用朱熹《诗集传》里的解释，是“敷陈其事而直言之”，这包括一般陈述和铺排陈述两种情况。在《国风》中，除《七月》等个别例子，用铺排陈述的较少；《大雅》《小雅》中，尤其是史诗，铺排陈述的场面较多。汉代辞赋的基本特征就是大量铺排陈述，虽然从《诗经》到汉赋还间隔许多环节，但说其原始的因素源于《诗经》，也未尝不可。《诗经》中的诗歌擅长以赋、比、兴开头，这影响到了后来的民歌的创作。

作为歌谣，为了获得声韵上的美感，《诗经》中大量使用双声、叠韵、叠字的语汇。在古汉语的规则中，这类词汇大抵是形容词的性质，所以也有助于表达曲折幽隐的感情，描绘清新美丽的自然。如《诗经》首篇的《关雎》，“关关”（叠字）形容水鸟叫声，“窈窕”（叠韵）表现淑女的美丽，“参差”（双声）描绘水草的状态，“辗转”（叠韵）刻画“君子”因相思“淑女”而不能入眠的情状，既有和谐的音韵，也有生动的形象。

《诗经》常常采用叠章的形式，即重复的几章间，意义和字面都只有少量改变，造成一唱三叹的效果。这是歌谣的一种特点，可以借此强化感情的抒发，在《国风》和《小雅》的民歌中使用最普遍，《颂》和《大雅》以及《小雅》的政治诗中几乎没有。

《诗经》所反映的社会生活内容十分丰富，主要包括：天文地理，政治经济，祭祀典礼，战争徭役，定都建国，宴飨欢聚，狩猎耕耘，采摘渔牧；初恋思慕，闺怨春情，幽期密会，洞房花烛，迎亲送葬，怀人悼亡；草木鱼虫，飞禽走兽，莺啼马鸣，风萧雨晦，波光山影，火山地震；祈祷祝愿，占卦圆梦等。所涉及的人物形形色色，诸如君王贵族、将军大夫、君子淑女、农夫商贾、思妇弃妇、游子隐士等。其信息量之大，文献价值之高，令人惊叹。可以说，一部《诗经》立体地再现了周王朝的生存环境、世态人情，是当时社会生活的多方位、多角度的反映，其内容在世界古代诗歌作品中是独一无二的，远比印度的吠陀与基督教的《圣经》中的诗篇要广泛得多。它的主题不限于宗教，或仅仅表达一种虔诚的感情，它也不像《荷马史诗》那样只谈论战争与冒险，它歌唱的是人的生活、人的感情。在如此自然、如此朴素、如此亲切地表现普通人民的心声和感情方面，很少有别的诗集堪与《诗经》相提并论。

总而言之，《诗经》是中国诗歌乃至中国文学的一个光辉的起点。它从多方面表现了那个时代丰富多彩的现实生活，反映了各个阶层人们的喜怒哀乐，语言大胆而清丽，以其清醒的现实性区别于其他民族的早期诗歌，开辟了中国诗歌的独特道路。虽然由于特殊的社会生存条件，《诗经》缺乏浪漫的幻想，缺乏飞扬的个性和自由精神，但在那个古老的时代，是无愧于人类文明的，是值得我们骄傲的。

五、名家点评

《诗》三百，一言以蔽之，曰："思无邪。"

——孔子（春秋）

国风好色而不淫，小雅怨诽而不乱。

——司马迁（西汉）

《楚辞》——中国第一部浪漫主义诗歌总集

作　　者：屈原、宋玉等

文　　体：诗歌

成书年代：西汉

一、作者介绍

屈原（约前340—约前278），芈姓，屈氏，名平，字原，又自云名正则，字灵均。屈原是战国末期楚国丹阳秭归（今湖北宜昌）人，楚武王熊通之子屈瑕的后代。屈原虽忠事楚怀王，但却屡遭排挤，楚怀王死后又因楚顷襄王听信谗言而被流放，最终投汨罗江而死。屈原是中国最伟大的浪漫主义诗人之一，也是我国已知最早的著名诗人、世界文化名人之一。他创立了“楚辞”文体，提出了以“香草美人”象征忠君爱国思想的比喻，代表作品有《离骚》《九歌》等。

◇　屈原

宋玉（前298—前222），字子渊，相传他是屈原的学生，楚国鄢地（今湖北宜城）人，曾事奉楚顷襄王。宋玉好辞赋，是战国楚辞赋家，与唐勒、景差齐名。相传其所作辞赋甚多，《汉书·艺文志》录其赋十六篇，今多亡佚。其流传作品有《九辨》《风赋》《高唐赋》《登徒子好色赋》等，但后三篇有人怀疑不是他所作。所谓“下里巴人”“阳春白雪”“曲高和寡”的典故皆由他而来。

二、作品档案

《楚辞》中的《离骚》《九歌》《九章》《天问》等共二十余篇是屈原的作品（此外还有宋玉等人的作品），绝大多数是楚辞体的诗，是我们现在所看到的《楚辞》的代表作。这些作品主要是以楚国的民间文学为基础，主要讲述了屈原的生活经历和从政遭遇。

楚辞，是战国末期的伟大诗人屈原创造的一种诗体。作品运用楚地的文学样式、方言声韵，叙写楚地的山川人物、历史风情，具有浓厚的地方特色。

楚辞，其本义是指楚地的言辞，后来逐渐固定为两种含义：一是诗歌的体裁，一是诗歌总集的名称（在一定程度上也代表了楚国文学）。从诗歌体裁来说，它是战国末期以屈原为代表的诗人在楚国民歌基础上开创的一种新诗体。从总集名称来说，它是西汉刘向在前人基础上辑录的一部楚辞体的诗歌总集。

“楚辞”之名首见于《史记·张汤传》，可见最迟在汉代前期已有这一名称。楚辞这种诗体具有浓厚的地域文化色彩，如宋人黄伯思所说，“皆书楚语，作楚声，纪楚地，名楚物”。西汉末，刘向辑录屈原、宋玉的作品以及汉代人模仿这种诗体创作的作品，将书名题作《楚辞》，楚辞遂成为诗歌总集的名称。由于屈原的《离骚》是《楚辞》的代表作，故楚辞又称为“骚”或“骚体”。这是继《诗经》以后，我国古代又一部具有深远影响的诗歌总集。汉代人普遍把楚辞称为“赋”，《史记》中说屈原“作《怀沙》之赋”，《汉书·艺文志》中也列有“屈原赋”“宋玉赋”等名目。

三、内容概要

《离骚》所表现的思想内容是极其丰富的。关于它的内容层次，历来也有各种各样的分法，大致来说，全诗分九部分。

第一部分：叙述诗人家世出身、生辰名字，以及自己如何积极自修，锤炼品格和提高才能。

第二部分：诗人在实现自己政治理想的过程中遭遇到的挫折。

第三部分：诗人在自己的政治生涯中遭遇挫折之后，不退缩、不气馁，兴办教育为国家培养人才，但在“众皆竞进以贪婪”的环境中，“众芳芜秽”。诗人遭遇了第二次挫折，但诗人依旧积极自修，依照彭咸的遗教去做。

第四部分：诗人的特立独行引起世间庸人的馋毁，从而使诗人又一次遭遇挫折，陷入孤独绝望的境地。但诗人依旧矢志不移，甘愿“伏清白以死直”，也不愿意屈服认同世俗，“背绳墨以追曲”。

第五部分：遭遇苦难挫折，陷入孤独、绝望境地的诗人，内心深处更加矛盾、彷徨、苦闷，但他依然追求理想，与灵魂搏斗，最终坚守自己的道德情操和政治理想。

第六部分：由于“女媭”的劝诫，诗人不得已来到重华面前，向他陈述自己的观点，期冀引起对方的同情与共鸣。

第七部分：诗人在重华面前阐述了自己“举贤授能”的政治主张，引出神游天地、“上下求索”的幻想境界，充分表达自己不被世人理解的失落和愤慨之情。

第八部分：诗人听了巫咸的话，最后决定离开楚国。这一部分把诗人复杂、矛盾的心理及万千思绪都淋漓尽致地表达出来了。

第九部分：诗人接受灵氛、巫咸的劝告，决定离开楚国远游，最终还是不忍离开。这是诗人在迷离恍惚中展开的最后一次幻想。全诗最后是尾声，反映了诗人推行“美政”、振兴楚国的政治理想难以实现的无奈之情，表现了诗人修身洁行的高尚节操和疾恶如仇的斗争精神，并对楚国的腐败政治和黑暗势力作了无情的揭露和斥责。

《九歌》本为古代乐歌，相传是夏启从天上偷来的，屈原在民间祀神乐歌的基础上对其进行了重新创作，袭用了古代乐歌的名称，共十一篇。其中保存了关于云神、山神、湘水神、河神和太阳神等的神话故事，是研究上古民俗和楚文化的珍贵资料。

《天问》是一首长诗，一口气对自然宇宙和社会历史提出了一百七十多个问题，其中有许多珍贵的神话传说和古史资料。例如，针对鲧、禹治水的传说所提出的一系列问题，涉及鲧和鸱龟的关系，禹和鲧治水方法的不同，禹治水时曾得应龙之助，禹娶涂山氏女等细节；针对后羿的传说所提出的问题又涉及后羿射日，射河伯而妻雒嫔，被寒浞杀害等细节。关于商人始祖契以及自契至汤的历史，文献资料很少。《天问》涉及许多关于这段历史的重要线索，其中涉及契、王季、王亥、王恒、上甲微等商人先公先王的内容，尤为珍贵。

四、文学成就

《楚辞》是在楚国民歌的基础上经过加工、提炼而发展起来的，有着浓郁的地方特色。由于地理、语言环境的差异，楚国一带自古就有它独特的地方音乐，古称“南风”“南音”，也有它独特的土风歌谣，如《说苑》中记载的《楚人歌》《越人歌》《沧浪歌》。春秋战国以后，一向被称为“荆蛮”的楚国日益强大。它在问鼎中原、称霸天下的过程中与北方各国频繁接触，促进了南北文化的广泛交流，楚国也受到北方文化的深刻影响。正是这种南北文化的融合，孕育了屈原这样伟大的诗人和《楚辞》这样异彩纷呈的伟大诗篇。

《楚辞》在中国诗歌发展史上占有重要的地位。它的出现打破了《诗经》以后诗坛上两三个世纪的沉寂气氛，并在诗坛上大放异彩。后人也因此将《诗经》中的《国风》与屈原的《离骚》并称为“风骚”。“风”指十五国风，代表《诗经》，充满着现实主义精神；“骚”指《离骚》，代表《楚辞》，充满着浪漫主义气息。“风骚”成为中国古典诗歌中现实主义和浪漫主义的创作的两大流派。

《楚辞》的文学特色如下：

一、在诗风上，铺排夸饰，想象丰富。如《离骚》充满奇幻不拘的想象，抒发真情，层进反复。

二、在格式上，较之《诗经》，《楚辞》篇幅极大增长，句式也由以四言为主变为长短不拘、参差错落。

三、在语言上，《楚辞》多用楚语、楚声，楚地的方言词语在《楚辞》中大量涌现。另外，助词“兮”字的使用成为《楚辞》的一个鲜明标志。

五、名家点评

《国风》好色而不淫，《小雅》怨诽而不乱，若《离骚》者，可谓兼之矣。

——司马迁（西汉）

《离骚》为词赋之祖，后人为之，如至方不能加矩，至圆不能过规。

——宋祁（北宋）

《唐诗三百首》—— 接触中国古典诗歌最好的入门书

编　　者：蘅塘退士

体　　裁：诗歌

成书年代：清代

一、编者介绍

蘅塘退士（1711—1778），原名孙洙，字临西，无锡（今属江苏）人。他自幼家贫，性敏好学，寒冬腊月读书时，常握一木，谓木能生火可敌寒。乾隆九年（1744），他考中举人，授景山官学教习，出任上元县教谕。乾隆十六年（1751），他考中进士，历任大城、卢龙知县。后遭人谗陷被罢官，平复后任山东邹平知县。乾隆二十五年（1760）、二十七年（1762）他两次主持乡试，向朝廷推荐名士。他为官清廉如水，爱民如子，又勤勉好学，书似欧阳询，诗近杜工部，著有《蘅塘漫稿》。

乾隆二十八年（1763）春，他因认为当时广为流传的《千家诗》选诗不精，且所选之诗仅有五绝、七绝两体，遂"专就唐诗中脍炙人口之作，择其尤要者"，模仿《诗经》的规模，以体裁为经，以时间为纬，开始编选《唐诗三百首》。《唐诗三百首》于清乾隆二十九年（1764）编辑完成。关于书名，有的说脱胎于民谚"熟读唐诗三百首，不会作诗也会吟"，有的说取自"诗三百"，说法各不相同。

二、唐诗档案

中国是一个诗歌的国度，诗歌的传统源远流长，而唐诗则是中国古典诗歌发展史上的高峰。唐诗是我国优秀的文学遗产之一，也是全世界文学宝库中的一颗灿烂的明珠。尽管唐朝离现在已有一千多年了，但许多诗篇还是广为流传。

唐朝的诗人特别多，李白、杜甫、白居易是中国古代极具代表性的伟大诗人。唐朝有名有姓的诗人有二千五百三十六人。他们的作品，保存在《全唐诗》中的也有四万八千九百多首。唐诗的题材非常广泛，从自然现象、政治动态、劳动生活、社会风俗到个人感受，都逃不过诗人敏锐的目光，成为他们写作的题材。在创作方法上，既有现实主义的创作方法，也有浪漫主义的创作方法，而唐诗中许多伟大的诗篇，则又是这两种创作方法相结合的典范，形成了我国古典诗歌的优秀传统。

自唐高祖武德元年（618）至唐玄宗先天元年（712），属于初唐时期，历时约百年。初唐的前五十年仍延续着南朝的诗风，当政的文臣多半是深受齐梁文风影响的前朝遗老，唐太宗本人对齐梁文风也很喜爱。宫体诗充斥诗坛，以“绮错婉媚为本”的“上官体”诗是这个时期的诗歌的代表。一批通过科举考试进入仕途的出身中下层的诗人，成为诗歌创作的主力。诗坛以外的魏征写了一首《述怀》诗，表达了他在隋末群雄起义中的经历和豪情，他也是当时文臣中对唐初宫体诗诗风深表不满的领军人物。宫体诗在卢照邻和骆宾王手里“由宫廷走向市井”，五律在王勃和杨炯的手里“从台阁移至江山与塞漠”。

初唐时期，先有“初唐四杰”等人突破宫体诗狭隘的题材，并融合了南北文风，以诗歌表现广阔的社会生活和重大的政治问题，继有沈佺期、宋之问确立律体。七言歌行也取得了突出的成就，杨炯的《从军行》是代表作之一，其激扬豪迈的诗词格调，为唐初诗坛吹进一股新风。此后，又有陈子昂提倡“汉魏风骨”，弘扬建立刚健有力的新诗风。他的《登幽州台歌》内容为：“前不见古人，后不见来者。念天地之悠悠，独怆然而涕下。”诗歌苍凉辽阔，哀而不伤，被认为是怀古诗的绝唱。

总体来说，初唐诗歌尚未完全摆脱六朝浮华纤弱的文风，诗歌的现实性和思想性也略显不足，但已为诗歌发展带来新气象。这一切形成一种新的趋势，为盛唐诗歌的健康发展开辟了道路。

唐开元、天宝年间，出现了“开元盛世”，经济、文化发展到鼎盛。唐诗也在这个时期发展到了顶峰，这就是后人所称的“盛唐时期”。

盛唐诗坛具有强烈的时代特色，具有博大、雄浑、深远、超逸的时代风格，具有充沛的活力、创作的愉悦、崭新的体验，以及通过意象的运用，意境的表现，性情和声色的结合所形成的那种不同于以往的美感。这一切构成了盛唐气象——一种后人企羡不已，足以代表一个时代风貌的总体风格。

社会安定、经济繁荣给盛唐时期的诗人提供了悠闲生活的物质条件。

统治阶级提倡佛老思想，这也造成了一种特殊的政治生活局面——对那些求仕困难的文人而言，由隐而仕往往是一条“终南捷径”，无怪乎诗人们感慨“仰天大笑出门去，我辈岂是蓬蒿人”；对那些拥有高官厚禄的文人而言，由仕而隐，既不影响生计，甚至还可以边仕边隐，名利双收，真可谓迈入了“一朝去京国，十载客梁园”的佳境。此外，统治阶级内部矛盾的发展，也促成了隐逸思想的流行。开元年间的诗人、隐士们沐浴着这种前所未有的开明与开放，可以见得唯开明才能除旧布新、云蒸霞蔚，唯开放才能百川汇海、博大深邃。

这一时期，除出现了李白、杜甫两个伟大诗人外，还涌现出很多成就很高的诗人。在盛唐诗歌里，除了山水诗、田园诗、宫怨诗和离情诗等传统诗歌外，政治诗和边塞诗也集中地体现了盛唐诗歌的特色。这个时期的政治诗的内容主要是反抗权贵、要求人才解放，边塞诗也带着一种积极奋发的精神。

自唐代宗大历元年（766）至唐文宗太和九年（835），属于中唐时期。在中唐的约七十年间出现了众多的诗人，诗歌数量最多，诗歌流派也最多。

安史之乱后，唐朝政局相对稳定，但藩镇割据、宦官擅权、朋党之争以及日益尖锐的阶级矛盾，使社会陷入严重的危机之中。此时唐朝的政治、经济整体呈现衰颓的局面，大历年间，出现了追慕盛唐气象的“大历十才子”，但诗坛已没有盛唐的那种气象。尽管如此，中唐诗歌仍得到了新的发展，这一时期的诗歌以表现社会动荡、人民痛苦为主流。白居易是中唐时期最杰出的现实主义诗人。他继承并发展了《诗经》和汉乐府的现实主义传统，从文学理论上和创作上掀起了一个现实主义诗歌的高潮，即“新乐府运动”。元稹、张籍、王建都是这一运动中的重要诗人。他们以其丰富的创作成果成为“新乐府运动”的中坚力量，其主要作品无论是内容还是形式，都非常接近白居易的诗。语言通俗易懂是他们作品共同的特色，这源于他们文学观点的一致。

除新乐府诗人之外，这一时期还有一派诗人：韩愈、孟郊、刘禹锡、柳宗元、李贺等人。他们的诗歌艺术比起白居易的诗歌艺术另有创造，自成一家。韩愈是著名的散文家，他以文入诗，把新的语言风格、章法技巧带入了诗坛，扩大了诗的表现领域，但同时也带来以文为诗、讲才学、追求险怪的风气。孟郊以“苦吟”而著名，追求奇险，苦思锤炼是他的创作特点。刘禹锡是一位有意创作民歌的诗人，他所作的几首《竹枝词》描写真实，很受人们的喜爱。此外，他的律诗和绝句也很有名。柳宗元的诗如他的散文一样，多抒发个人的悲愤和抑郁。他的山水诗情致婉转，描绘简洁，处处显示出他清峻高洁的个性，他的《江雪》诗就历来为人们所传诵。李贺在诗歌的形象、意境、比喻上不走前人之路，拥有独树一帜的风格，开辟了奇崛幽峭、浓丽凄清的浪漫主义新天地，《苏小小墓》《梦天》等诗都是充分体现他的独特风格之作。

中唐诗歌的政治色彩比盛唐强烈。以白居易和元稹为代表的一批诗人，以“丈夫贵兼济，岂独善一身”的人生态度写诗，揭露社会的种种弊端，希望引起皇帝的重视；以韩愈、孟郊、李贺为代表的一批诗人，则通过描写自身的不幸，揭示社会制度的不合理。“勿轻直折剑，犹胜曲全钩”，部分不满现实的诗人则带着愤慨的心情退入山林，这类隐逸的诗人有刘长卿、韦应物等。此外，柳宗元、刘禹锡的诗清淡秀丽，在中唐自成一派。

自唐文宗开成元年（836）至唐昭宗天祐四年（907），为晚唐时期，历时约七十年。这一时期，唐王朝无可挽回地衰落下去了，感伤颓废的情调和藻饰繁缛的风气在诗篇里逐渐增浓。诗人已经很难凭借自己的才华进入仕途，像初唐的上官仪，盛唐的贺知章、张说，中唐的韩愈、白居易这样官居高位而又领导诗坛的人物几乎不见了。

这一时期的诗歌发生了两种转变：一是脱离了政治教化的轨道，转而追求诗歌自身的美学价值；二是面向日常生活，沉湎于内心深处，品味一己的哀愁。同时，受到市民文学的影响，爱情成为晚唐诗歌中十分流行的主题。

这一时期，在诗坛上占据显要地位的是李商隐、杜牧，有人称他们为“小李杜”。他们具有忧国忧民的思想，感叹盛世不可再来，因此他们的诗多具梦幻情调。李商隐擅长律绝诗，常以歌咏来讽喻现实，如《隋宫》：“紫泉宫殿锁烟霞，欲取芜城作帝家。玉玺不缘归日角，锦帆应是到天涯。于今腐草无萤火，终古垂杨有暮鸦。地下若逢陈后主，岂宜重问后庭花。”

唐末黄巢起义，人民生活于水深火热之中，皮日休、杜荀鹤等人努力继承中唐新乐府的传统，以诗歌反映民生疾苦，也取得了一定的成就，但缺乏艺术的创造性，在当时影响并不是很大。

晚唐后期四十多年间，唐诗日渐衰落，出现了一些沉湎于歌舞声色或隐遁于山水田园的诗人，如韦庄、司空图。韦庄的《古离别》《台城》在艺术上较有成就，却流露出浓厚的凄婉感伤的末世情调；司空图的诗则主要是写山水隐逸的闲情，内容单薄，有形式主义倾向。

三、诗集概要

《唐诗三百首》共选入七十多位唐代诗人，计三百一十首诗。全书共八卷，依次为五言古诗一卷，七言古诗两卷，乐府诗一卷，五言律诗一卷，七言律诗一卷，五言绝句一卷，七言绝句一卷。唐诗几种主要的体裁，都可见于书中。其中五言古诗三十三首，乐府诗三十九首，七言古诗二十八首，七言律诗五十首，五言绝句二十九首，七言绝句五十一首，诸诗配有注释和评点。

五言古诗简称“五古”，是唐代诗坛较为流行的体裁。唐人五古笔力豪纵，气象万千，直接用于叙事、抒情、议论、写景，使其功能得到了空前的发挥，其代表作家有李白、杜甫、王维、孟浩然、韦应物等。

七言古诗简称“七古”，起源于战国时期，甚至更早。现在公认最早的、最完整的七古是曹丕的《燕歌行》。南北朝时期，鲍照致力于七古创作，将之衍变成一种充满活力的诗体。唐代七古显示出大唐豪放的气象，手法多样，深沉开阔，代表诗人有李白、杜甫、韩愈。

五言律诗简称“五律”，是律诗的一种。五律源于五言古体，风格峻整，音律雄浑，含蓄深厚，成为唐人应制、应试以及日常生活中普遍采用的诗歌体裁。唐代五律名家数不胜数，以王昌龄、王维、孟浩然、李白、杜甫、刘长卿成就为大。

七言律诗简称“七律”，是近体诗的一种，格律要求与五律相同。七律源于七言古体，在初唐时期渐成规模，至杜甫臻至炉火纯青。有唐一代，“七律圣手”有王维、杜甫、李商隐、杜牧、罗隐等，风华绝代，辉映古今。

五、七言绝句简称“五绝”和“七绝”，都是古典诗体中绝句的一种。五绝与七绝起源于民间歌谣，这一点学术界已达成共识，但七绝起源于何时代的民歌，看法就存在着较多分歧。而毋庸置疑的是，两者都在齐梁时期成型，初唐阶段成熟。唐代绝句气象高远，率真自然，达到了吟诵自由化的最高峰，名家有李白、王维、王昌龄、韦应物、杜牧和刘禹锡等人。

四、主要诗人形象

王勃

王勃（649或650—676），字子安，绛州龙门（今山西河津）人。他十六岁应幽素科及第，曾任虢州参军，后往交趾探望父亲，不幸溺水而死，年仅二十七岁。其诗力求摆脱齐梁的绮靡诗风，文也有名，著名的《滕王阁序》就出自他之手。王勃与杨炯、卢照邻、骆宾王合称“初唐四杰”。

陈子昂

陈子昂（659—700），字伯玉，梓州射洪（今属四川）人。他年轻时轻财好施，慷慨任侠。文明元年（684）进士，武则天执政时，任麟台正字、右拾遗。他对自六朝以来浮华绮丽的诗风深感不满，力求改革，在诗歌创作与理论上都做出过重要贡献。

张九龄

张九龄（673或678—740），字子寿，韶州曲江（今广东韶关西南）人。他是唐中宗景龙初年进士；唐玄宗时历官至中书侍郎、同中书门下平章事、中书令，是唐代有名的贤相。

孟浩然

孟浩然（689—740），名浩，字浩然，襄州襄阳（今属湖北）人。他除了四十岁时到长安应过一次科考外，一直在鹿门山隐居读书，写诗自娱。其诗多以山水田园为题材，是盛唐主要的山水田园诗人，与王维齐名，二人合称“王孟”。

王昌龄

王昌龄（？—756），字少伯，京兆长安（今陕西西安）人。他是开元十五年（727）进士，一生只做过中下级官吏。安史之乱时，他在回江宁途中被亳州刺史闾丘晓杀害。其诗以写宫怨、边塞、送别为佳，尤长于七绝，有“七绝圣手”之称，时人推为“诗家天子”“诗家夫子”。

高適

高適（700—765），字达夫，渤海蓨（今河北景县）人。他早年潦倒落魄，四十岁后举有道科中第，授封丘县尉，不久即辞去。后来他在河西节度使哥舒翰幕中担任节度掌书记，接触了大漠神奇风光和戍边士卒的艰苦生活。其诗直抒胸臆、不尚雕饰，以七言歌行最富特色，大多写边塞生活，与岑参齐名，二人合称“高岑”。

王维

王维（701？—761），唐诗人、画家。字摩诘，先世为太原祁县（今属山西），其父迁居于蒲州（治今山西永济西南蒲州镇），遂为河东人。他是开元九年（721）进士，任过太乐丞、右拾遗、给事中等官。安禄山发动叛乱时，他曾被迫出任伪职。其诗、画成就都很高，苏东坡赞他“诗中有画，画中有诗”，尤以山水诗成就为最高，与孟浩然合称“王孟”。王维晚年无心仕途，专诚奉佛，故后世人称其为“诗佛”。

李白

李白（701—762），字太白，晚年自号青莲居士。祖籍陇西成纪（今甘肃静宁西南），隋末其先人流寓碎叶（唐时属安西都护府，在今吉尔吉斯斯坦北部托克马克附近）。李白才华横溢，被誉为“谪仙人”。其诗想象丰富，构思奇特，气势雄浑瑰丽，风格豪迈潇洒。李白是盛唐时期浪漫主义诗歌的代表人物。

◇ 李白

杜甫

杜甫（712—770），字子美，祖籍襄阳（今属湖北），自其曾祖时迁居巩县（今河南），为初唐诗人杜审言之孙。因他在诗中常自称“少陵野老”，又做过检校工部员外郎，故世称“杜少陵”“杜工部”。其诗善于选择具有普遍意义的社会题材，反映当时政治的腐败，在一定程度上表达了人民的愿望。他的许多优秀作品，显示了唐代由开元盛世转向分裂衰微的历史过程，因此被称为“诗史”。诗风沉郁顿挫，语言精练传神，对后世诗人影响极大。

岑参

岑参（约715—770），江陵（今湖北荆州市荆州区）人。他是天宝进士，初为小官，后做过嘉州刺史等官，世称“岑嘉州”。其诗以写边塞生活著称，其与高適齐名，二人合称“高岑”。

孟郊

孟郊（751—814），字东野，湖州武康（今浙江德清）人。他在近五十岁时才中进士，只做过县尉一类的小官，一生困顿，性情耿介。其诗多描写民间疾苦和炎凉世态，语言力戒平庸，追求瘦硬、奇僻的风格。孟郊与贾岛齐名，人称“郊寒岛瘦”。

张籍

张籍（约767—约830），字文昌，苏州（今属江苏）人，少时侨寓和州乌江（今安徽和县东北）。他是贞元十五年（799）进士，历任太常寺太祝、水部员外郎、国子司业等职，故世称“张水部”或“张司业”。又因其家境穷困，眼疾严重，故孟郊笑称他为“穷瞎张太祝”。其诗多反映当时社会矛盾和民生疾苦，颇得白居易推崇。张籍还是韩愈的学生，与王建齐名，并称“张王”。

韩愈

韩愈（768—824），字退之，河阳（今河南孟州南）人，自称“郡望昌黎”，世称“韩昌黎”。他幼孤贫，刻苦好学，德宗贞元八年（792）

进士；曾任监察御史，因上疏请免关中赋役，被贬为阳山令；后随宰相裴度平定淮西，迁刑部侍郎，又因上表谏迎佛骨，被贬为潮州刺史；做过吏部侍郎，谥号“文”，故世称“韩吏部”“韩文公”。韩愈是唐代古文运动领袖，与柳宗元合称“韩柳”，“唐宋八大家”之一。其诗力求险怪新奇，雄浑重气势。

刘禹锡

刘禹锡（772—842），字梦得，洛阳（今属河南）人，自言祖籍中山（今河北定州）。他是贞元九年（793）进士，登博学鸿词科，授监察御史，因参加王叔文变法，反对宦官和藩镇割据势力，失败后被贬为朗州司马，迁连州刺史；后因宰相裴度力荐，任太子宾客，加检校礼部尚书，世称“刘宾客”。其与柳宗元交好，人称“刘柳”，又与白居易常相唱和，又并称“刘白”。其诗风格清新，婉转含蓄，善于吸收民歌的精华，并多反映社会生活。

白居易

白居易（772—846），字乐天，晚年号香山居士。其先世为太原（今山西太原西南）人，后迁居下邽（今陕西渭南北）。他是贞元十六年（800）进士；元和时曾任翰林学士、左赞善大夫，因得罪权贵，贬为江州司马；晚年一心参佛，与僧人吟诗唱和。他一生作诗很多，以讽喻诗为最有名，语言通俗易懂，被称为“老妪能解”。叙事诗《琵琶行》《长恨歌》等也极有名。

柳宗元

柳宗元（773—819），字子厚，河东解县（今山西运城西南）人，世称“柳河东”。他是德宗贞元九年（793）进士，又举博学鸿词科；官礼部员外郎，因参与王叔文的革新集团，被贬为永州司马，后迁柳州刺史，人称“柳柳州”。其诗文在当时都很有名，其和韩愈共同领导了唐代古文运动，与韩愈并称“韩柳”，是“唐宋八大家”之一。

杜牧

杜牧（803—853），字牧之，京兆万年（今陕西西安）人，宰相杜佑之孙。他是太和二年（828）进士，曾任江西观察使、宣歙观察使沈传师及淮南节度使牛僧孺的幕僚；历任黄州、池州、睦州诸州刺史，后任司勋员外郎，迁中书舍人。其诗豪爽清丽，自成风格，人称“小杜”。其又与李商隐齐名，二人并称“小李杜”。

李商隐

李商隐（813—858），字义山，号玉谿生，怀州河内（今河南沁阳）人。他是开成二年（837）进士，因处于“牛李之争”的夹缝之中，一生抑郁不得志。其诗构思新奇，风格秾丽，尤其是一些爱情诗，写得缠绵悱恻，为人传诵，但过于隐晦迷离，难于索解，至有“诗家总爱西昆好，独恨无人作郑笺”之憾。

五、文学成就

中国是诗歌的国度，唐诗是中国诗歌的巅峰。唐诗是唐朝文学的最高成就，是中国传统文学的重要组成部分，也是中华文明亮丽的风景线。唐诗与宋词、元曲并称，题材宽泛、众体兼备、格调高雅，是中国诗歌发展史上的奇迹。唐诗对中国文学的发展影响极为深远，唐朝之后，历朝历代的文人都视唐诗为圭臬，奉唐诗为典范。

从公元七世纪孙季良开始编纂唐诗选本开始，至辛亥革命前，一千二百余年间，每两年即有一本唐诗选本问世。众多唐诗选本中以《唐诗三百首》流传最广、影响最大，风行海内，雅俗共赏，成为屡印不止的最经典的唐诗选本之一。《唐诗三百首》以成功务实的编法、简易适中的篇幅、通俗大众的观点、入选诗歌的精美打动着读者，成为最受儿童喜爱的启蒙教材、了解中国文化的模范读本，对中国诗歌选编学有很大的影响。

六、名家点评

风行海内，几至家置一编。

——陈婉俊

这部书（《唐诗三百首》）选在清代中叶，入选的差不多都是经过了一千多年淘汰的名作，差不多都是历代公认的好诗。

——朱自清

《宋词三百首》——流传广泛的宋词入门读本

编　　者：朱祖谋

文　　体：词

成书年代：民国

一、编者介绍

朱祖谋（1857—1931），本名朱孝臧，字古微，号沤尹，又号彊村，别署上新彊村民，归安（今浙江湖州）人。他是光绪九年（1883）进士，改庶吉士；历任国史馆协修、侍讲学士、礼部侍郎；光绪三十年（1904）

出任广东学政；后因故辞官，归隐于苏州。朱祖谋工诗词，通格律，与王鹏运、郑文焯、况周颐并称“清末词坛四大家”。其著有《彊村语业》等书；又曾编刻《彊村丛书》，汇集唐、五代、宋、金、元词总集五种，宋词别集一百一十五种，余为唐及金、元词别集。他于1924年编定的《宋词三百首》，是目前同类作品中较具代表性、较精到的选本。

二、宋词档案

词，诗歌的一种，因是合乐的歌词，故又称曲子词、近体乐府、乐章、长短句、诗余、琴趣等。始于唐，定型于五代，盛于宋。宋词是中国古代文学皇冠上的一颗光辉夺目的巨钻。在古代文学的阆苑里，它是一座芬芳绚丽的园圃。它以姹紫嫣红、千姿百态的气象，与唐诗争奇，与元曲斗艳，历来与唐诗并称“双绝”，代表一代文学之盛。

宋词的发展共分为三个阶段。第一个阶段，晏殊、张先、晏几道、欧阳修等承袭“花间”余绪，为由唐入宋的过渡；第二个阶段，柳永、苏轼在形式与内容上进行的新的开拓，以及秦观、赵令畤、贺铸等人的艺术创造，促进宋词出现多种风格竞相发展的繁荣局面；第三个阶段，周邦彦在艺术创作上的集大成，体现了宋词的深化与成熟。这三个阶段在时间上并非截然分开，而是互相交错在一起的，就其发展演变的实际情况看，继承与创新也不是相互脱节的。

唐代从西域传入的各民族的音乐与中原旧乐渐次融合，并以胡乐为基础产生了燕乐。原来整齐的五言、七言诗已不适应现实生活的需要，于是产生了字句不等、形式更为活泼的词。

词最早起源于民间，后来，文人依照乐谱、声律、节拍而写新词，叫作“填词”或“依声”。从此，词与音乐分离，形成一种句子长短不齐的格律诗。五言、七言诗句匀称对偶，表现出整齐美；而词以长短句为主，呈现出参差美。

词有词牌，即曲调，有的曲调又因字数或句式的不同有不一样的“体”。比较常用的词牌约一百个。词的结构分片或阕，不分片的为单调，分两片的为双调，分三片的称三叠，分四片的称四叠。按音乐又有令、引、近、慢之别。“令”一般比较短，早期的文人词多填小令。如《十六字令》《如梦令》《捣练子令》等。“引”和“近”一般比较长，如《江梅引》《阳关引》《祝英台近》《诉衷情近》等。而“慢”又较“引”和“近”更长，盛行于北宋中叶以后，有柳永“始衍慢词”的说法。词牌如《木兰花慢》《雨霖铃慢》等。依其字数的多少，又有“小令”“中调”“长调”之分。据清代毛先舒《填词名解》之说，五十八字以内为小令，五十九到九十字为中调，九十一字以上为长调。最长的词调《莺啼序》，二百四十字。

一定的词牌反映着一定的声情。词牌名称的由来，多数已不可考，只有《菩萨蛮》《忆秦娥》等少数有本事词。词的韵脚，是音乐上停顿的地方，一般不换韵。有的句句押，有的隔句押，还有的几句押。像五言、七言诗一样，词讲究平仄，而仄声又分上、去、入，可以叠字。

由于词在晚唐、五代、宋初多是酒席宴前娱宾遣兴之作，故有“词为小道”“艳科”“诗庄词媚”之说。随着词的发展，经柳永、苏轼，逐渐扩大了词的题材，至辛弃疾达到高峰，成为和诗具有同等地位的文学体裁。

词是一种音乐文学，它的产生、发展以及创作、流传都与音乐有直接关系。词所配合的音乐是所谓的燕乐，又叫宴乐，是由北周和隋以来由西域胡乐与民间里巷之曲相融而成的一种新型音乐，主要用于娱乐和宴会的演奏，隋代已开始流行。而配合燕乐的词的起源，也就可以上溯到隋代。宋人王灼的《碧鸡漫志》卷一说：“盖隋以来，今之所谓曲子者渐兴，至唐稍盛。”词最初主要流行于民间，《敦煌曲子词集》收录的一百六十多首作品，大多是从盛唐时期到五代的民间歌曲。大约中唐时期，诗人张志和、韦应物、白居易、刘禹锡等人开始写词，把这一文体引入文坛。晚唐五代时期，文人词有了很大的发展，晚唐词人温庭筠和以他为代表的“花间派”词人，以及以李煜、冯延巳为代表的南唐词人的创作，都为词体的成熟和基本抒情风格的建立做出了重要贡献。至此，词终于在诗之外别树一帜，成为中国古代最为突出的文学体裁之一。进入宋代，词的创作蔚为大观，产生了大批成就突出的词人，名篇佳作层出不穷，并出现了各种风格、流派的词。《全宋词》共收录流传到今天的词人一千三百三十多家，词作约两万首，从这一数字可以推想当时词的创作盛况。词的起源虽早，但词的发展高峰则是在宋代，因此后人便把词看作宋代最有代表性的文学形式，与唐代的诗歌相提并论，从而有了所谓“唐诗、宋词”的说法。

在中国古代文学史上，词占据着极其重要的地位。词是中国古代最美的文学形式，最动人的文学形式，最擅长抒情的文学形式，最让人沉醉心迷的文学形式。它深微隐幽、意味隽永，和美融为一体，美到极处，又豪放到极处。

词坛正宗的婉约派，香软艳丽，柔到极处，最善娱宾遣兴，写男女幽怨，曲折隐微。诗文之不可道者，皆以词道之，“水光云影，摇荡绿波，抚玩无极，追寻已远”。豪放一派，则词如诗文，举凡伤情离别、吊古怀今、社会生活、政治风云，无不入词，雄放慷慨，动人心魄。

词最擅抒情，写艳情而不纤佻，写富贵而不卑俗，如行云流水、老松柔树、临风伴月，情调闲雅，怀抱旷达，使人心驰神往，无限沉迷。

三、宋词概要

宋词是继唐诗之后的又一种文学体裁，基本分为婉约派和豪放派两大类。

婉约派的代表人物有李清照、柳永、秦观等。

婉约派的特点，内容侧重儿女风情、离情别绪，结构深细缜密，题材比较窄狭，重视音律谐婉，语言圆润，清新绮丽，具有一种柔婉之美。由于长期以来词多趋于婉转柔美，人们便形成了以婉约为正宗的观念，就以李煜、柳永、周邦彦等词家为“词之正宗”。婉约词风长期支配词坛，即便到南宋姜夔、吴文英、张炎等大批词家，也无不在不同的方面受其影响。

豪放派的代表人物有辛弃疾、苏轼、岳飞、陈亮等。

豪放派的特点，大体是创作视野较为广阔，气象恢宏雄放，喜用写作诗文的手法、句法和字法写词，语词宏博，用典较多，不拘守音律，北宋苏轼、黄庭坚、晁补之、贺铸等人都有这类风格的作品。北宋政府南渡以后，由于时代巨变，悲壮慷慨的高亢之调应运而生，蔚然成风，辛弃疾成为创作豪放词的一代巨擘和领军人物；豪放词派不但屹然别立一宗，震烁宋代词坛，而且广泛地浇灌词林后学。从宋、金直到清代，历来都有文人标举豪放的旗帜，大力学习苏、辛的词风，并从《诗经》《楚辞》及汉魏六朝诗歌里汲取营养，又为后来的明清戏剧小说输送了养分。直到今天，豪放词仍在陶冶着人们的情操，给人们带来很高的艺术享受。

初期的词艳丽浮华，流行于市井酒肆之间，是一种通俗的文学形式，五代时期的《花间集》就很明显地展露了词的美丽绚烂的文采，但是这期间词的题材还仅限于闺情花柳、笙歌饮宴等方面，可以说还显得很“小气”，虽然在艺术成就上已经达到相当的水准，但是在思想内涵上层次还不够。宋代初期的词一开始也是沿袭这种词风，追求辞藻华丽和对细腻情感的描写。像曾因写过“忍把浮名，换了浅斟低唱”的词句而得罪了仁宗皇帝的柳永，郁郁不得志，一生就流连于歌坊与青楼之间，给歌伎们写写词。所谓“凡有井水饮处，即能歌柳词”，也说明了柳词在民间的传唱程度。当时的词被认为是一种粗俗的民间艺术，难登大雅之堂，以致于晏殊在当上宰相之后，都不承认他以前所作的词。宋朝的艳伎数量之多、演艺水平之高，为其他朝代所罕有。她们和宋朝的才子们共同推动了词这一新兴文学形式在民间的广泛流传。

然而，随着词在宋代的文学中占据着越来越重要的地位，词的内涵也在不断地充实和提高。范仲淹的《渔家傲·秋思》奠定了边塞词在宋词中的地位，使以前只看到描写歌筵酒席、宫廷豪门、都市风情、脂粉相思之类词的世人耳目一新。到苏轼词首开豪放词风，宋词已经不仅限于文人寄情娱乐和表达儿女之情的玩物，更寄托了当时的文人对时代、人生、社会政治等各方面的感悟和思考。此时宋词已彻底跳出了歌舞艳情的窠臼，升华为一种代表时代精神的文学形式。

四、主要词人形象

柳永

柳永（约987—约1053），北宋著名词人。原名三变，字景庄，后改名永，字耆卿，排行第七，又称柳七，崇安（今福建武夷山市）人。他是景祐元年（1034）进士，官至屯田员外郎，世称“柳屯田”。柳永为人放荡不羁，终身潦倒；其词多描绘城市风光和歌伎生活，尤长于抒写羁旅行役之情；创作慢词独多，铺叙刻画，情景交融，语言通俗，音律谐婉，在当时流传很广，对词的发展有一定的影响；著有《乐章集》。

范仲淹

◇ 范仲淹

范仲淹（989—1052），字希文，苏州吴县（今江苏苏州）人，北宋政治家、文学家。他是大中祥符八年（1015）进士，曾任参知政事等职。他工于诗词散文，所作文章富于政治内容，词作传世不多。其边塞词《渔家傲·秋思》写出了壮阔寂寥的边塞景象和戍边将士思念亲人、故乡的情怀，苍凉的意境突破了词限于风月的界限。有《范文正公集》传世。

晏殊

晏殊（991—1055），字同叔，抚州临川（今江西抚州）人，北宋政治家、文学家。他是北宋景德中赐同进士出身，官至集贤殿大学士、同中书门下平章事兼枢密使；擅长诗词，尤工小令，作品多表现诗酒生活和悠闲情致，语言婉丽，颇受南唐冯延巳的影响。他的《浣溪沙》一词中的“无可奈何花落去，似曾相识燕归来”二句传诵颇广。原有集已散佚，仅存《珠玉词》及清人所辑《晏元献遗文》，又编类书《类要》，仅存残本。

欧阳修

欧阳修（1007—1072），字永叔，号醉翁、六一居士，庐陵（今属江西）人，北宋文学家、史学家。他是天圣八年（1030）进士，任馆阁校勘，因直言论事被贬至夷陵；庆历中任谏官，因要求在政治上有所改良，被贬至滁州；官至翰林学士、枢密副使、参知政事、刑部尚书、兵部尚书，主张文章应明道、致用，对宋以来靡丽、险怪的文风表示不满，并积极培养后进，是北宋诗文革新运动的领袖，“唐宋八大家之一”。其散文说理畅达、抒情委婉，诗风与其散文近似，语言流畅自然，用词婉丽。其著有《欧阳文忠公集》。

苏轼

苏轼（1037—1101），字子瞻，号东坡居士，眉州眉山（今属四川）人。北宋著名文学家、书画家，“唐宋八大家”之一。他是嘉祐二年（1057）进士。在政治上属旧党，但也有改革弊政的要求。其文汪洋恣肆，明白畅达；其诗清新豪健；其词属豪放一派，意境和风格比前人有所提高；其书、画也自成一家，独具特色。其著有《东坡七集》《东坡易传》等。

李清照

李清照（1084—约1151），号易安居士，齐州章丘（今山东省济南市章丘区西北）人，宋代著名女词人，婉约派代表人物。其父李格非为当时著名学者，夫赵明诚为金石考据家。李清照早期生活优裕，与赵明诚共同致力于书画金石的搜集整理。金兵入据中原，流落南方，赵明诚病死，其晚年境遇孤苦。其所作词，前期多反映其悠闲生活，后期多悲叹身世，情调感伤。其词作多用白描手法，自辟途径，语言清丽；论词强调协律，崇尚典雅、情致，提出“别是一家”之说，反对以作诗文之法作词。

陆游

陆游（1125—1210），字务观，号放翁，越州山阴（今浙江绍兴）人，南宋著名爱国诗人。他始终坚持抗金，在仕途上不断受到当权派的排斥打击；中年入蜀抗金。军事生活丰富了他的文学内容，其作品显露出万丈光芒，词作量不如诗篇庞大，但和诗一样贯穿了爱国主义精神，“气吞残虏”。其著有《剑南诗稿》《老学庵笔记》等。

辛弃疾

辛弃疾（1140—1207），字幼安，号稼轩，山东历城（今山东济南）人，南宋著名词人。耿京聚兵山东，节制山东、河北忠义军马，辛弃疾为掌书记。绍兴三十二年（1162），辛弃疾奉表南归，高宗召见，被任命为江阴签判，因“归正人”的身份，始终得不到重用。其词慷慨悲壮，笔力雄厚，艺术风格多样，以豪放为主。其有《稼轩长短句》传世。

五、文学成就

词的发展虽源远流长，但也只有到了宋代才“别是一家”，作为一种独立的文学样式令人刮目相看，出现了苏轼、辛弃疾、柳永等词坛大家，也为后代留下了无数脍炙人口的名篇佳作。

宋词善于将抒情与写景完美结合，在唐、五代小令的基础上，发展出许多中调和长调，在曲折疏宕、开阖变化中，使情景紧密交融，其细致、具体、微妙处，有的甚至胜过唐诗。

宋词又长于比兴，多以微妙而又细致的比兴手法，借景物表达人物内心复杂而隐幽的感情，寄托政治上的感慨，感人至深。

宋词形成了众多的艺术风格。宋词虽沿袭唐、五代词的传统以抒发感情、性灵为主，形成“诗庄词媚”的分野，以婉约为宗，但后来由于时代生活的变化、题材的扩大，艺术个性得到重视，艺术表现手法渐趋多样，宋词风格在婉约和豪放之外，兼有真率明朗、高旷清朗、典雅精工、雅致清劲、密丽险涩等多种风格。

宋词由长短交错、变化多端的句式组成。这种句式打破了唐诗（也打破了中国古诗）齐言的传统，为更自由、委婉，更有韵味的抒情带来了极大的方便，它的“言长”的艺术特性，主要是由其句式、韵律及其所带来的其他艺术技巧所造成的。

宋词曾被称为“诗余”，主要表现在题材的选择上。这种新的功能与新的题材选择，与它特定的体式、句式相结合，又给宋词带来了一系列新的风格——委婉、倾诉式的抒情韵味，细腻而多层次的描写，对人物内心世界更细腻而深入的把握，装饰设色的艺术，轻丽婉约的风格等。这种种之新造成了宋词与唐诗的不同，形成了宋词自己的体系与风格，使宋词成为一支独立的艺术奇葩。

六、名家点评

能循涂守辙于《三百首》之中，必能取精用闳于《三百首》之外……彊村兹选，倚声者宜人置一编矣。

——况周颐（清）

是时彊村先生方僦居吴下听枫园……乃益致力于东坡，辅以方回（贺铸）、白石（姜夔），别选《宋词三百首》，示学者以轨范。

——龙榆生

第二卷

现当代部分

小 说

《呐喊》—— 中国现代小说史上的名篇

作　　者：鲁迅

文　　体：小说

成书年代：1918—1922年

一、作者介绍

◇ 鲁迅

鲁迅（1881—1936），浙江绍兴人，原名周樟寿，字豫山，后改字为豫才，1898年去南京求学时改名周树人，“鲁迅”是他1918年为《新青年》写稿时开始使用的笔名。鲁迅是中国现代伟大的文学家、思想家和革命家，以笔代戈，战斗一生，被誉为“民族魂”，是中国现代文学的奠基人之一，也是世界上最有成就的作家之一。

鲁迅出身于一个没落的封建家庭，青年时代受达尔文进化论、尼采超人哲学和托尔斯泰博爱思想的影响。1902年去日本留学，先后在弘文学院、仙台医学专门学校学习，后从事文艺工作，希望通过写文章改变国民思想。1905—1907年，鲁迅参加革命党人的活动，其间曾回国奉母命与朱安结婚。1907—1908年，鲁迅陆续发表了《摩罗诗力说》《文化偏至论》等论文。1909年，鲁迅与其弟周作人合译《域外小说集》，介绍外国文学。同年鲁迅回国，先后在杭州、绍兴任教。

辛亥革命后，鲁迅曾任教育部部员、佥事等职，兼在北京大学、北京高等师范学校（今北京师范大学）等校授课。1918年5月，鲁迅发表了中国现代文学史上第一篇白话短篇小说《狂人日记》，奠定了新文化运动的基石。新文化运动前后，鲁迅参加《新青年》杂志的编辑出版工作，成为新文化运动的主将。

1918—1926年，鲁迅陆续创作了小说集《呐喊》《彷徨》，杂文集《热风》《华盖集》《华盖集续编》，散文诗集《野草》，散文集《朝花夕拾》等，其作品被收录在各类教材中。其中，1921年12月发表的中篇小说《阿Q正传》，是中国现代文学史上的不朽杰作。1926年8月，鲁迅南下到厦门大学任国文系教授；1927年1月，在中山大学任教务主任；1927年10月，鲁迅到达上海，开始与其学生许广平共同生活；1929年，儿子周海婴出世。1930年起，鲁迅先后参加中国自由运动大同盟、中国左翼作家联盟和中国民权保障同盟。1927—1936年，鲁迅为反抗国民党政府的独裁统治和政治迫害而创作了历史小说集《故事新编》中的大部分作品和大量的杂文，收辑在《而已集》《三闲集》《二心集》《南腔北调集》《伪自由书》《准风月谈》《花边文学》《且介亭杂文》《且介亭杂文二集》《且介亭杂文末编》《集外集》《集外集拾遗》等。

鲁迅的一生，对中国文化事业做出了巨大的贡献：他领导、支持了“未名社”“朝花社”等文学团体；主编了《国民新报副刊》（乙种）、《莽原》《语丝》《奔流》《萌芽》《译文》等文艺期刊；热忱关怀、积极培养青年作者；大力翻译外国进步文学作品和介绍国内外著名的绘画、木刻作品；搜集、研究、整理大量的古典文学，编著《中国小说史略》《汉文学史纲要》，整理《嵇康集》，辑录《会稽郡故书杂集》《古小说钩沉》《唐宋传奇录》《小说旧闻钞》等。

1936年10月19日，鲁迅逝世于上海。成千上万的人自发地前来为他送行，在他的灵柩上覆盖着一面旗帜，上面写着“民族魂”三个字，遗体葬于虹桥万国公墓。1956年，鲁迅遗体移葬虹口公园，毛泽东主席为重建的鲁迅墓题字。

二、作品档案

《呐喊》是鲁迅于1918年至1922年所创作的短篇小说集，于1923年8月由北京新潮出版社出版，包括《狂人日记》《药》《明天》《阿Q正传》《孔乙己》《一件小事》《头发的故事》《风波》《故乡》《端午节》《白光》《兔和猫》《鸭的喜剧》《社戏》共十四篇中短篇小说，出版后引起很大反响。这些小说反映了五四前后中国社会被压迫者的痛苦生活和悲惨命运。

在《呐喊》自序中，鲁迅回顾了自己的人生经历，说明了自己思想发展的过程和从事文艺活动的目的和态度，同时也说明了这些小说的由来和起名的缘由。鲁迅从学洋务、学医，走科学救国之路，到推崇文艺，把文艺作为改变国民思想的武器，这表现了他爱国主义思想的发展和探索救国救民道路的精神历程。《呐喊》自序对于了解鲁迅的生平、思想，理解本集小说的内涵及意蕴均有极大的参考价值。在写作上，本篇自序文笔清新老到、周密流畅、摄人心魄又引人入胜，使人读之欲罢不能。其语言风格充溢着鲁迅独特的个性，具有极强的艺术魅力。

三、内容概要

《狂人日记》是鲁迅创作的第一篇白话短篇小说，也是中国现代文学史上的第一篇白话短篇小说。1918年5月发表于《新青年》上，作者首次采用了“鲁迅”这一笔名。本篇塑造了一个反封建战士的形象——“狂人”。作者通过狂人的自述，揭露了中国封建社会几千年的文明史实质上是一部“吃人”的历史，指出披着“仁义道德”外衣的封建家族制度和封建礼教，其本质是“吃人”。同时，作者发出“救救孩子”的呼声，呼吁人民觉醒，推翻封建制度。本篇以鲜明的反封建思想和强烈的艺术感染力，在思想界、文化界引起了巨大反响，为整个新文化运动打下了坚实的基础。

《明天》是作者着力反映妇女悲惨命运的小说之一。作品通过对寡妇单四嫂痛失独子的故事的描写，展示了一幅中国旧时代妇女孤立无助的图景，同时抨击了黑暗社会“吃人”的本质和没落社会中人们的无情和冷漠。作者冷峻的写作风格显示出他对黑暗社会的愤恨；精练而写实的艺术手法显示了作者写作技艺的纯熟。作者用洗练而朴实的文笔勾勒出了一幅精彩的小镇风俗画，文中对人物的刻画与对话的描写，更难有一字可改，实在是精品中的精品。

《一件小事》的特点是篇幅短小精悍，内容警策深邃。全文一千字左右，着重描写的是日常生活中的一件小事。本篇在歌颂下层劳动人民崇高品质的同时，还反映了知识分子自我反省、真诚向劳动人民学习的新思想。在五四时期能有如此认识是很不寻常的，并且具有深远的社会意义。本篇的写作特点是运用对比手法，将车夫和“我”对于同一件事的不同态度进行对照，显露出“我”自私自利的渺小形象，映射出车夫光明磊落、敢作敢当、关心别人的高大形象。这种对比手法的妙处在于以间接而含蓄的笔墨突出劳动者的朴实无华。在表现形式上，本篇好似一篇速写画，又近似于当代的“小小说”，短小精悍、清新可人且意味深长，情节真实可信，成为现代短篇小说中传诵最广的名篇之一。

《孔乙己》塑造了一个典型的封建社会中没落知识分子的形象。穷困潦倒、迂腐麻木的孔乙己，在封建科举制度的毒害、摧残下，终被封建社会所吞噬。作者抨击了国民精神的麻木和社会对苦难者的漠视，同时对腐朽的封建科举制度进行了尖锐的谴责。本篇的艺术特色之一在于结构严谨。开端交代了环境和氛围，接着铺陈故事情节，最后是高潮——孔乙己悲惨地离世，揭露了社会的冷酷无情。特色之二在于通过侧面描写来塑造人物形象。本篇借助“我”——酒店小伙计耳闻目睹的情况来描写孔乙己，人物之间的对话、孔乙己的经历都通过“我”的概括叙述来表现，由此塑造的人物形象栩栩如生，显得真实可信。

《药》是以1907年民主革命英雄秋瑾就义这一历史事件为背景，经过艺术加工和典型创造而写成的。小说描写了革命者为民众流血牺牲，却不被民众所理解，他们的鲜血反被做成人血馒头去医治病人的肺痨病这样一幅旧民主主义革命悲剧的情景，发人深省地剖析了辛亥革命不成功的历史原因。本篇独具匠心地采用了“明暗双线”的结构，明线描写了华老栓为了给儿子治病买人血馒头，华小栓吃人血馒头不治而亡，华大妈上坟等一系列情节；暗线描写了革命者夏瑜被捕入狱，狱中坚持斗争，在刑场上英勇就义，他的鲜血被刽子手做成人血馒头出售给华老栓，夏四奶奶上坟等一系列情节。两条线索交织起来，构成了一幅悲壮的图景。作者精细的构思突出体现在采用特殊的反衬和暗示的写作手法中。文中用“华”“夏”这两个具有象征意义的姓氏作为食血者和流血者的代称，其意蕴极为深长。全篇其实只是写一个革命者牺牲事件的另一面，通过描写一群毫无觉悟的人们对这一事件的印象及反应，反衬出革命者牺牲的惨烈。

四、主要人物形象

闰土

小说《故乡》里的一个典型人物。

少年时的闰土，朴实、健康、活泼、机灵、勇敢，对生活充满了希望，是一个十足的小英雄形象。他是一个富有表现力的少年，是一个有更多的新鲜生活要体验和新鲜感受要表达的少年。

中年时的闰土却成了一个神情麻木、寡言少语的人，“只是觉得苦，却又形容不出”。“不懂事”的时候，他是一个活泼的人，现在“懂事”了，他却成了一个“木偶人”了。这里所说的“事”，实际上是指中国传统社会中的一套封建礼法关系，以及由这种礼法关系所维系着的封建等级观念。

狂人

《狂人日记》里塑造的一个人物形象。狂人是中国新文学史上第一个叛逆者形象，他敢于向封建家族制度和“吃人”的礼教挑战，表现出坚决、执着的义勇和自信。狂人认为实现“真的人”的世界的理想应寄望于青年一代。

作者写狂人并不是目的，而是手段，是借狂人独特的心理和思维逻辑去洞察现实、解剖现实，在狂人扑朔迷离的意念世界中勾勒出一幅封建礼教的“吃人图”。

孔乙己

小说《孔乙己》中的主人公。如果以《狂人日记》的象征手法来说，孔乙己就是被封建科举制度和封建文化“吃”掉的人，是封建科举制度的牺牲品。

在咸亨酒店中，孔乙己是唯一一个穿着长衫却站着喝酒的人。他读过书，但连一个秀才也没考上，没能凭借科举考试获得高官厚禄。除了讲一些诸如“之、乎、者、也”之类大家听不懂的词语，发一些诸如“窃书不能算偷”之类的怪论，他什么也不会。当时的读书人，要么像丁举人那样，得了功名利禄，变成“吃人”的人；要么像孔乙己那样，除了迂腐什么都不会，成为“被吃”的人。鲁迅通过对孔乙己悲惨经历的描写，告诉当时的人们：社会必须变革了！

阿Q

小说《阿Q正传》中的主人公，世界文学长廊中一个著名的人物形象。他“有农民式的质朴、愚蠢，但也很沾了些游手之徒的狡猾”；他对统治者有本能的对立意识，但没有阶级觉悟；他有着狭隘守旧的落后意识、封建等级思想和礼教观念，排斥异端，相信正统；他的主要性格特征是所谓的“精神胜利法”，不愿意正视事实，自轻自贱却也妄自尊大、避实就虚、以丑为荣，以虚幻的、精神上的胜利来求得片刻的麻醉、满足和解脱。“精神胜利法”使他浑浑噩噩地生、稀里糊涂地死。阿Q身上几乎具有所有人都有的人性弱点，在一定程度上超越了他所处的时代，因此具有普遍的社会启发意义。

五、文学成就

《呐喊》的文学成就体现在以下几个方面：

第一，《呐喊》采用了杂取种种人的思想、性格特征合成典型化的一个人形象的刻画方法，人物形象多具有历史、社会的特点，同时又非常个性化。作者多采用白描手法，又吸取中外艺术家的创作经验，采取“画眼睛”和“勾灵魂”的方法，用极精练的笔墨写景状物、勾勒人物形象。作者重视挖掘和表现人物复杂的内心世界，运用各种手法，包括写人物的幻觉、潜意识等，深入揭示人物的灵魂。人物语言简洁传神，高度个性化，达到了闻其声如见其人的境界，而且人物语言中包含了丰富的潜台词，耐人寻味。

第二，《呐喊》在艺术上多姿多彩。《呐喊》以将浓烈的感情寓于客观的叙事之中为主要特色，但也常有诗意的抒情和以抒情手法为主的作品；主要是以人物的语言和动作来刻画人物性格，没有冗长静态的人物心理分析，但也不乏对人物心理、幻想、错觉和潜意识的精到描写和以心理刻画见长的作品；基本上是悲剧的结局，但在悲剧中常融进幽默夸张的喜剧因素，形成悲喜剧交融的特色。

第三，《呐喊》的结构形式丰富多样。茅盾在1923年写的《读〈呐喊〉》一文中说："在中国新文坛上，鲁迅君常常是创造'新形式'的先锋；《呐喊》里的十多篇小说几乎一篇有一篇新形式，而这些新形式又莫不给青年作者以极大的影响，欣然有多数人跟上去试验。"小说多截取生活的横断面，以一个或多个生活场景、片段串联而成，即使是表现人物一生的纵剖面的作品，也有重大跳跃；或采用第三人称，或采用第一人称；以顺叙为主，倒叙为辅；多为单线发展。

第四，《呐喊》以口语为基础，吸取有生命的古代语言，具有简洁、洗练、生动及峭拔的特点。鲁迅先生很少用华丽的辞藻，而多采用存在于口头上的日常用语，并且很注重行文的简洁性。他说："写完后至少看两遍，竭力将可有可无的字、句、段删去，毫不可惜。"所以他的小说特征非常鲜明：精练、朴素、含蓄、传神、形象、个性化，富有表现力和感染力。

《呐喊》是"中国新文艺上真正的、划时代的杰作"（许寿裳语）。李大钊称《呐喊》是"中国最好的一本小说"。茅盾赞赏鲁迅是"创造'新形式'的先锋"，《呐喊》的"题目、体裁、风格，乃至里面的思想，都是极新奇的""是一个新辟的天地"。鲁迅自己也认为："（《呐喊》）由于表现的深切和格式的特别，颇激动了一部分青年读者的心。"总之，《呐喊》奠定了鲁迅作为"中国现代小说之父"的历史地位。

六、名家点评

《呐喊》是最近数年来中国文坛上少见之作。那样的讥诮的沉挚，那样的描写深刻，似乎一个字一个字都是用刀刻在木上的。

——郑振铎

他的每篇短篇小说在艺术技巧上更可堪称为一种冒险的事业，一种主题与形式完美结合的新鲜的尝试……正是艺术技巧，结合着我们在他的著作背后所感到的情感因素和判断能力所产生的魅力，使得他为数不多的短篇小说在中国现代文学里显示出最为强大的艺术表现力。

——帕土利卡·哈南（美）

《沉沦》——一部具有浓郁自传色彩的短篇小说

作　　者：郁达夫

文　　体：小说

成书年代：1921年

一、作者介绍

郁达夫（1896—1945），中国现代作家，原名郁文，出生于浙江富阳（今浙江省杭州市富阳区）。郁达夫三岁丧父，家道中落。1913年，他随长兄郁华到日本，先后在名古屋第八高等学校和东京帝国大学深造；1921年，与郭沫若等人组织“创造社”，同年出版第一部短篇小说集《沉沦》。新文化运动与五四运动的兴起，促使他走上了文学创作的道路。

1924年，郁达夫发表《春风沉醉的晚上》《薄奠》，小说赞颂了劳动人民纯朴、高尚的品质，是现代文学史上最早反映工人生活的作品。后来出版的中篇小说《出奔》，有力地揭露了地主阶级的反革命本质。1925年到1926年，他先后在武昌师范大学、广州中山大学任教。1926年12月，郁达夫回到上海，主持创造社的出版工作，编辑《洪水》半月刊、《创造》月刊。1927年初，因发表《广州事情》一文，郁达夫受到创造社同人的批评，8月宣布脱离创造社。1933年4月，郁达夫从上海移居杭州。1936年初，他应邀到福州任省府参议。这个时期他的作品以游记、散文、诗歌为主。

1938年初，军委会政治部在武汉成立第三厅，郭沫若任厅长，郁达夫应邀任设计委员。在武汉，他积极参加"中华全国文艺界抗敌协会"的工作，并担任理事。1938年9月，日寇进逼武汉，郁达夫愤而出国，决心到南洋从事抗日宣传活动。同年底，他到达新加坡，担任《星洲日报》副刊编辑，兼任《华侨周报》主编。在新加坡的三年多时间里，郁达夫写了不少号召海外华侨团结抗日的政论文、杂文和文艺评论。1941年2月4日，日寇攻占新加坡前夕，他与胡愈之、王任叔等抗日文化人士一同撤离。他们进入苏门答腊，以开设酒厂为掩护，秘密从事抗日活动。1945年8月29日，郁达夫在苏门答腊失踪（后来默认1945年为其卒年）。

郁达夫是五四时期影响巨大的作家之一，一生创作了许多作品。自1928年开始，他陆续自编了《达夫代表作》《达夫自选集》《屐痕处处》《达夫日记集》《达夫游记》《闲书》《达夫所译短篇集》等。这些作品中，以短篇小说《沉沦》《薄奠》《迟桂花》《采石矶》《春风沉醉的晚上》《她是一个弱女子》等最有影响。

二、作品档案

《沉沦》是郁达夫的代表作。他的作品以具有鲜明的浪漫主义特色的抒情型小说独树一帜。作品往往谱写出一曲曲灰暗、沉重、凄凉的哀歌，无情地鞭挞旧中国黑暗的社会。

《沉沦》写于1921年5月，是作者留日时期生活和思想的写照。在日本留学期间，郁达夫广泛涉猎了西洋文学，并从中受到影响。但在几年的异国生活中，郁达夫同那时许多留学或侨居国外的中国人一样，受过种种歧视、冷遇以至屈辱，从而激发了他的爱国热忱，塑造了他愤世、忧郁、感伤的思想性格。这些生活经历和思想状态在《沉沦》中都得到了鲜明的反映。

《沉沦》刚问世，就震动了当时的文坛。这篇小说用第一人称的笔法，借对一个中国留日学生的忧郁性格和变态心理的刻画，描写了"弱国子民"在异邦所受到的屈辱和冷遇，以及渴望得到纯真友谊和温柔爱情的心理。主人公因自己的理想和愿望不能实现而感伤、苦闷，终于在绝望中走向沉沦。主人公那难以排解的忧郁苦闷，反映了五四时期那些在重重压迫下有所觉醒又不知如何变革现状的青年们共同的心理状态，具有时代的特征，表现了作者对黑暗现实的不满和反抗。

三、内容概要

两年前，他在哥哥的陪伴下，来到日本东京读书。然而，他认为课堂上的教科书散发出呆板的味道，没有半点生趣可言。在同学中间，他没有找到一个能说话的同伴，他觉得自己是孤独的。另外，每当他的那些日本同学围在一起有说有笑的时候，他总认为他们是在拿他开玩笑。

结束学业后，他来到N市。他觉得，自己在N市生活得比东京还要孤独，他的忧郁症越来越严重了。为了驱走那份长期压抑在心头、挥之不去的苦闷，他每天早上都躲在被窝里自渎。他意识到这是“犯罪”。每次自渎过后，他总是责备自己，并发誓不会有下次了。但是，第二天早上他又会违背自己的诺言，在片刻的享受中得到身心的愉悦。

过分的孤独，畸形的自尊，令他与外界一切事物发展到几乎水火不容的地步。几个和他共赴日本的中国留学生以及他的哥哥，成了他的仇敌。幸好他住的旅馆里还有一个主人的女儿可以牵住他的心。在日本，他常常茕茕孑立、与世隔绝，孤冷得几乎到将死的地步。一个周末的晚上，他正一个人在楼上的小屋里看书，隐约听到外面有哗哗的流水声。他轻手轻脚地走下楼去，推开便所的门，从窗口向隔壁的浴室里窥视，他看到了一双雪样的乳峰、一双肥白的大腿！他全身战栗了！他不小心弄出了声响，浴室里传出了娇滴滴的问话声：“谁呀？”他吓得抱头鼠窜。第二天，他搬出了旅馆。

这一天，他乘火车轮渡到海的对岸去。在海岸的边上有一个大院子，院门敞开，他看到里面假山上的花草楚楚动人，情不自禁地走进了院子。忽然传来有女人叫他进去的声音。他意识到这是什么地方，但为了显示自己是个男子汉，他心下想道：“可恶东西，你们竟敢欺我胆小吗？”他宣战似的向前走去。在一个十七八岁的侍女的陪伴下，他喝得酩酊大醉。一觉醒来，他发现自己身上盖着一条红绸被，被上散发出一种奇怪的香气。他付清了账，又拿出一张纸币给那个侍女，侍女推开了他递过来的纸币。他知道她嫌少，但是这张纸币是他身上最后的一张纸币了。他像做贼被人发现似的，落荒而逃。

他来到海边，想想白天的事，一遍遍地痛骂自己：“我怎么会走到那样的地方去？”最后他投海自杀了。

四、主要人物形象

他

一个留学日本的知识青年，患有严重的忧郁症。他身在异邦，受着歧视，有一种弱国子民的屈辱感。远望沦陷的祖国，他企图得到情爱的慰藉。他孤僻自卑、意志脆弱，想爱又不敢爱，由性的压迫产生变态的心理，偷看少女洗澡，窃听男女私会，以致走进妓院不能自拔。一步步堕落、沉沦，一次次自责、忏悔，意识迷茫又不能清醒的主人公，最后只能在绝望中跳海自杀了。

"他"由于个人的追求无法满足，而被迫走上一条苦闷——沉沦——自杀的错误道路，这使人们的心灵受到强烈的震撼。他的悲惨结局让人们清醒认识到：弱国的青年，要想获得名誉、金钱、爱情，就必须勇敢地拿起武器，和扼杀人性的封建主义、帝国主义做不屈不挠的斗争。在邪恶势力面前，一味自怨自艾、自戕自害、沉湎声色是无济于事的，最终只能落得个葬身大海的惨局。

五、文学成就

在中国现代文学史上，郁达夫是一位成就卓著、极具个性的作家。他倾向于浪漫主义，其作品有着广泛的社会影响。《沉沦》是我国第一部现代白话小说集。小说集出版后，立即引起文坛的震动。《沉沦》以它独特的色彩和格调，赢得了人们特别是青年人的称赞。郁达夫那强烈的自我表现意识、浓重的主观抒情色彩和感伤情调，以及郁达夫式的坦白和露骨，使他成为中国现代文学史上一位不可多得的作家。

小说《沉沦》取材于作者自己的生活经历，重在表现作者的生活体验和心境。这是郁达夫小说的典型特点，人们因此把他的小说称为"自叙体小说”。小说发出的是带有强烈个性的声音，洋溢着回肠荡气的诗的调子，充满了热烈的、浓郁的和清新的情韵，热情坦白、毫不遮掩地表现了一个富有才情的知识分子在动乱社会的苦闷心境，展现出一幅感伤、忧郁而又秀丽、隽永的情景交融的画面。

郁达夫的小说具有真情实感，从个人的感受表现出深刻的社会意义。他侧重从主观内心世界出发，大胆地进行自我解剖，具有强烈的主观抒情色彩。他后期创作的散文、小品、随笔等，在倾诉自己对黑暗社会的不满、反抗的苦闷情绪时，寄予了对被压迫人民的同情，具有真诚、热情、明丽和酣畅的风格。

鉴于郁达夫为民族解放所做出的杰出贡献，1952年，我国中央人民政府追认他为“为民族解放殉难的烈士”，并且在他的家乡建亭以纪念他。

六、名家点评

郁达夫清新的笔调，在中国的枯槁的社会里好像吹来了一股春风，立刻吹醒了当时的无数青年的心。他那大胆的自我暴露，对于深藏在千百万年的背甲里面的士大夫的虚伪，完全是一种暴风雨式的闪击，把一些假道学、假才子们震惊得至于狂怒了。

——郭沫若

《家》——一部反映封建大家庭生活的现实主义作品

作　　者：巴金

文　　体：小说

成书年代：1931年

一、作者介绍

巴金（1904—2005），中国现当代作家。他原名李尧棠，字芾甘，1904年出生在四川成都的一个封建大家庭里。父亲当过四川广元县（今广元市）县官，祖父是个专制家长。1919年，五四运动爆发后，巴金考入成都外语专门学校。1923年，他和三哥离家来到上海，后又到南京，考入东南大学附中，同时积极参加社会活动。经历过五卅惨案后，巴金的思想有了进一步的发展，曾以此为背景创作了《死去的太阳》。1927年，巴金开始旅居法国巴黎，研究法国大革命的历史，寻求中国的出路。1929年，巴金发表第一部长篇小说《灭亡》。

1931年，九一八事变后，巴金积极参加救亡运动，并和鲁迅来往密切。在之后的几年里，他完成了“爱情三部曲”《雾》《雨》《电》，“激流三部曲”《家》《春》《秋》，后者比前者的影响更大，小说中的主人公有鲜明的反封建意识，其中以《家》最为突出。《家》是一部优秀的现实主义杰作，自出版以来一直受到广大读者的喜爱，至今仍有反封建的教育意义。

二十世纪四十年代，巴金创作的作品主要有《火》《憩园》《寒夜》等。此外，他还写过不少短篇小说、童话和杂文，编过一些刊物和丛书，翻译过一些外国文学名著。

中华人民共和国成立后，巴金任中华全国文学联合会全国委员会委员、常务委员，中华全国文学工作者协会常务委员、副主席、主席和全国人大代表。从1950年起，他两次赴抗美援朝前线，五次访问苏联，曾参加第二届世界保卫和平大会，创作了散文集《保卫和平的人们》《友谊集》。1959年国庆十周年前夕，巴金编选自己十年来创作的散文、小说，特别出版了《新声集》。次年又出版了《赞歌集》。1958年至1962年，《巴金文集》第一卷至第十四卷出版。2003年11月，国务院授予巴金“人民作家”荣誉称号。2005年10月17日，巴金在上海逝世。

二、作品档案

《家》写于1931年。小说写了四川成都一个封建官僚地主家庭中，觉新、觉民、觉慧兄弟三人不同的思想性格和生活道路，写了几对年轻人——觉新与钱梅芬（梅）、李瑞珏，觉民与琴，觉慧与鸣凤之间的恋爱、婚姻纠葛和他们不同的遭遇；写了学生请愿，觉慧被关禁闭，兵变惊乱，鸣凤、梅芬、瑞珏相继惨死，觉民逃婚，觉慧出走……

通过这些故事，作者批判的锋芒不仅指向旧礼教，更指向作为封建统治核心的专制主义，其所描述的恋爱、婚姻悲剧的真正意义，也不只是主张自由恋爱，而是要唤醒青年人的意识，启迪和号召他们与封建家庭决裂。在作者看来，觉慧与婢女鸣凤的恋爱悲剧，觉新与钱梅芬、李瑞珏的婚姻悲剧，其根源都在于他们追求幸福爱情、婚姻的愿望与封建礼教以及封建专制之间产生了不可调和的矛盾，是旧的家族所代表的专制制度扼杀了他们的幸福和生命。巴金写这部小说，目的在于要以笔为武器，对这个“垂死的制度”喊出“我控诉”。

《家》的前身是《春梦》。1928年秋，巴金在法国时就打算写这部作品了，不过那时他的设想是写杜大心（《灭亡》的主人公）的父母，并把杜大心的父亲设计成一个苟安怕事的人，接连遭逢不幸，最后终于毁灭。从法国回到上海以后，巴金没有按照原计划写《春梦》。

1931年春，一个偶然的原因促使巴金开始了《家》的创作。此时他在《激流》总序中，已经确定了这部作品的主旨，他要写过去十多年里自己所经历的生活，要写“那一股由爱与恨、欢乐与受苦所组成的生活的激流如何动荡”，他要征服生活而不做生活的奴隶。作品在上海《时报》连载的第二天，巴金得到了大哥的死讯，那时他正好写到第六章。这件事给巴金带来的悲愤和悔恨是很大的，他悔恨自己没有及时将作品全部写出来让大哥看清前面的深渊，但同时也坚定了继续写作的决心。于是，他一夜之间定下了未来章节的结构。巴金写作《家》的时间用得不多，春天开始，冬天结束，其间他还插入写作了中篇《雾》《新生》和收录在《复仇》《光明》《电椅》《抹布》中的部分短篇小说。

巴金感悟："《家》自然不是成功的作品，但是我请求今天的读者宽容地对待这本二十七岁的年轻人写的小说。我自己很喜欢它，因为它至少告诉我一件事情：青春是美丽的东西。我始终记住：青春是美丽的东西，而且这一直是我的鼓舞的泉源。"

三、内容概要

二十世纪二十年代初期的四川成都，一个风雪交加的夜晚，高府大房的二少爷高觉民和三少爷高觉慧从学校排练完话剧回家，二人一边走一边谈论着排演的情况。到了一所挂有"国恩家庆，人寿年丰"对联的大公馆前，两个人走了进去。

这时，表妹琴已经在家里等候多时。在交谈中，她听说觉民的学校——外国语专门学校明年暑假要招收女生，很想去参加考试。觉民竭力给她鼓气。望着眼前的琴，觉慧不禁想起了自己的心上人——鸣凤。

此时，下人房里的鸣凤正坐在床沿上，思索着自己今后的命运和前途。七年前，她被一个面貌凶恶的妇人送到了这个公馆，之后就再也没有梦想和期望了，取而代之的是无尽的屈辱和苦楚。这时，觉慧的面容突然出现在她的脑海里，她方才感到了一丝暖意。她盼望着这张脸能向她靠近，但这张脸却渐渐向空中升去，一下子就不见了。这时候，鸣凤的脑海里只剩下两个大字：薄命。

觉新是觉民和觉慧的大哥。他相貌清秀，自小聪慧，在家里得到双亲的钟爱；在私塾里得到先生的赞美；在中学里他是一个成绩优异的学生，四年课程修完毕业的时候又名列第一。他对化学很感兴趣，打算毕业后到上海或北京有名的大学去深造。他还想去德国留学，但他性格懦弱，不敢反抗长辈。十九岁那年，他父亲为他结了一门亲事，配偶却不是与他心心相印的表妹钱梅芬，然而他还是顺从了。之后，他又听从父命，到西蜀实业公司工作。从此，觉新放弃了自己的理想，步入社会，和妻子李瑞珏一起过着平淡、安宁的生活。在他二十岁那年，瘟疫夺去了他父亲的生命。作为高家的长房长孙，觉新挑起了管理大家庭的重担。两年后爆发的五四运动一度唤醒了他的青春和激情，他贪婪地阅读着《新青年》《每周评论》等刊物。他从刘半农那里学会了“作揖主义”，从托尔斯泰那里学到了“无抵抗主义”。他把这些“主义”和高家的现实结合在一起，继续顺应着旧的环境生活下去。

与大哥相反，三弟觉慧是一个充满理想的热血青年。这天，他因与同学一起向督军请愿，被他的祖父高老太爷狠狠训斥了一顿，高老太爷不许他再出门。他在花园里散步，遇到了鸣凤，二人互诉衷情。觉慧告诉鸣凤，自己将来一定会娶她。鸣凤凄然打断了觉慧的话，她说，梦做得太好了，不会长久的。

梅出嫁一年就守了寡，婆家对她很不好，梅独自回到了娘家。觉新得知后，心情非常沉重，接连几夜在院子里吹箫。觉民担心大哥和梅表姐的悲剧会在自己和琴身上重演。觉慧安慰二哥说，他们绝不会走到大哥的路上去，因为时代不同了。

旧历新年就要到了，高公馆又像往年一样忙碌了起来。觉民和觉慧在除夕的前一天下午来到了觉新工作的地方。三人谈起了爱情、思想和理想。谈话间，觉慧看到了大哥觉新眼里的忧郁和忍让，于是他便提高嗓门念起了《新青年》上的话：“我是青年，我不是畸人，我不是愚人，我要给自己把幸福争过来。”觉新痛苦地哀求觉慧不要再念了，并向弟弟倾诉自己的无奈。正在这时，高老太爷来了，他让觉新陪他去买东西，谈话也就此结束了。

新年到了，高公馆里热闹非凡。高老太爷眼见儿孙满堂，自认为“四世同堂”的愿望已经实现，脸上露出了满意的微笑。除夕夜里，觉民和觉慧到姑母张太太家去“辞岁”，在琴的房间里，他们遇到了梅。梅美丽依旧，只是脸上多了一些凄凉和无奈。梅向众人诉说自己心中的悲苦，觉民鼓励她不要悲观，梅却只能对他们的热忱报以微笑。

元宵节的夜里，传来了一个令人担忧的消息：督军下令讨伐张军长，前线开火了。位于市区的高家也遭受到战火的纷扰，各房纷纷外出避难，偌大的公馆里只剩下了觉新一家人和前来避难的张太太、琴和梅。这天夜里，梅漫步于高家花园，遇到了瑞珏。最终，瑞珏的真诚打动了梅，二人成为无话不谈的姐妹。

过了三四天，战争的阴云暂时散去了。觉慧瞒着家人参加了进步刊物《黎明周报》的编写工作。琴也想效仿自己的同学，把头发剪掉，遭到其母的坚决反对。这时，琴看清了千百年来中国女子的屈辱史和血泪史，决心要走一条新的道路。

孔教会的头面人物，六十岁的冯乐山要向高老太爷讨一个丫头做姨太太，高老太爷决定把鸣凤嫁给他。无望的鸣凤期待自己的恋人觉慧能够拯救她。但此时觉慧忙着为刊物写文章，对鸣凤出嫁的事一无所知。出嫁的前一天晚上，鸣凤怀着最后的希望找到觉慧，但觉慧忙着赶写稿子，没听鸣凤诉说完就把她遣走了。鸣凤刚离开，觉民就赶来告知觉慧事情的真相。觉慧四处寻找鸣凤，但一切都太迟了，鸣凤已经怀着绝望和对觉慧的爱投湖自尽了。

鸣凤自杀以后，高老太爷并未作罢，又逼另一个丫头婉儿去给冯云山做妾。鸣凤的死使觉慧悔恨万分，而自己祖父的所作所为，更使他认清了自己所在家庭乃至整个社会的丑恶。

在高老太爷的六十六岁寿辰上，冯云山提出要把自己的侄孙女许配给觉民，高老太爷答应了。而此时觉民与琴正处在热恋当中，他当即表示反对，并在觉慧的支持下选择了逃婚。觉新夹在祖父和弟弟之间，感到左右为难。于是，他在这件事上又采取了“无抵抗主义”。觉慧因此骂他是懦夫，在外的觉民也写信给觉新，表示决不让琴成为“第二个梅”。最后，觉新抵不住良心的谴责，来到高老太爷面前为觉民说情，却遭到了高老太爷的怒斥。高老太爷还告诉觉新，如果月底觉民还没回家，这桩婚事就叫觉慧顶替。恰在这时，梅去世了，觉新受到了极大的刺激。在梅的葬礼上，他绝望地哭起来。觉慧没有哭，望着梅那瘦削的、毫无血色的脸，他的内心发出了怒号：“梅表姐，我恨不能把你从棺材里拉出来，让你睁开眼睛看个明白：你是怎样给人杀死的！”

觉新的四叔克安、五叔克定瞒着高老太爷，在外面过着荒淫无耻的生活。高老太爷得知真相后，对自己的子孙感到极度失望，从此一病不起。而克定一干人非但没有收敛自己的行为，反而更加放肆地在外面打牌、找女人，高公馆里吵闹声、说笑声依旧。高老太爷的病日益加重，陈姨太请来巫师，到各屋“捉邪”，把整个公馆闹得鸡犬不宁。觉慧厌恶地看着这一切，并把巫师拦在自己的房间外。高老太爷弥留之际，要觉慧召回觉民，并答应解除觉民同冯家的婚约。待觉民回到家时，高老太爷只来得及看到孙子最后一眼，这个大家庭的最高统治者就永远合上了双眼。

高老太爷死去不久，瑞珏的预产期也日渐临近。以陈姨太为首的高家长辈们认为，高老太爷的灵柩还停在家里，如果这时候有人生孩子，就会有血光之灾。觉新再一次答应了他们荒谬的要求，把瑞珏安排到了城外去生育。最后，伴随着一声声的惨叫，瑞珏难产死去。觉新这时才明白：是整个封建制度、封建礼教和封建迷信，夺去了他的青春、他的前途和他最心爱的两个女人。

这时，觉慧再也无法在这个家中待下去，决定离家出走，前往上海。

当他向觉新宣布自己的决定时，觉新犹豫了一会儿，突然以平时少有的语调坚决地表示："我说过要帮忙你，我现在一定帮忙你……我做不了的事，你可以做……我们秘密进行。你不是说过有人借路费给你吗？我也可以给你筹路费……"

由于原定的船的启航时间有变化，觉慧的行程突然提前了。临别的前一个晚上，兄弟三人默默地坐在一起。觉新突然站起身，到屋里拿了几个罐头给觉慧，并说了很多叮咛的话。觉慧努力克制住心中的悲痛，告别了自己的兄弟姐妹和继母。

次日黎明，觉慧站在船头，心中默默告别了自己过去十八年的生活，怀着新的希望和憧憬，奔赴上海。

四、主要人物形象

觉慧

五四运动新思潮孕育出的封建礼教和封建家庭彻底而大胆的叛逆者。他坚决反对大哥觉新的"作揖主义"和"无抵抗主义"，他的信念很单纯，对旧势力"不顾忌，不害怕，不妥协"。他是"幼稚"的，对周围的一切还不能做出科学的分析，甚至感到"这个大家庭里面的一切简直是一个复杂的结，他这颗直率的、热烈的青年的心无法把它解开"。但基于五四时期对旧的一切表示怀疑和否定的精神，他知道这个家庭是"无可挽救的了"。他并不想对"家"寄托什么希望，而是热心于结交新朋友、讨论社会问题、编辑刊物、创办报社等社会活动。最后，当封建大家庭的黑暗让他忍无可忍的时候，他无所顾忌地离家远走了。作者通过对觉慧言行的描写，表现了当时的青年人所具有的民主、平等、自由的思想观念和抗争的精神，反映了五四时期青年一代思想的初步觉醒。

当然，小说在塑造一个"幼稚而大胆"的反封建主义叛逆形象的同时，也客观地揭示觉慧毕竟是一位从破败的旧家庭中长大的小资产阶级民主派人物，他的思想和行为还具有一定的软弱性和妥协性。

觉新

是一个性格复杂的艺术典型，也是《家》中最具代表性的人物形象。他是一个能够清醒认识到自己命运但怯于行动的人。从作品中可以看出，少年时代的觉新有着优秀的素质和禀赋，善良、聪慧，有自己的理想，有过对婚姻自由和幸福的追求。但是作为高家的长房长孙，一生下来他就深受旧礼教的毒害。长辈们用“严肃”“正经”的手段塑造着他，他的才智被压制了，理想化为泡影，只能按照长辈的愿望去生活。他有过奋斗，但最终无力自主，只得用消极的处世之道来应付现实。他同情觉慧、觉民在进行反对封建家长的斗争中的遭遇，却又从维护家庭秩序的立场出发来管教兄弟。

在五四运动的新思潮中，觉新也受到了新思潮的影响，但对他影响更多的是托尔斯泰的“无抵抗主义”和刘半农的“作揖主义”哲学。渐渐地，他变成了一个“读新书，过旧式生活”的人。觉新的思想是复杂的，性格是矛盾的。一方面，他出生在“诗礼传家”的官僚地主家庭，封建传统观念在他身上打下了很深的烙印；另一方面，他处在新民主主义思潮影响日益广泛的时代，“个性解放”“人格独立”“婚姻自由”等民主主义革命的要求，在他受伤的心灵上必定引起强烈的共鸣。所以，他既不同于封建势力中的顽固派克明，荒淫无度的克安、克定，专制独裁的高老太爷，又有别于具有典型叛逆性格的觉慧和觉民。

高老太爷

封建大家庭的家长，是一个虚伪、腐朽而顽固的封建卫道士的典型。他多年为官，并靠此创下了一份丰厚的家业。他极力维护自己在大家庭中至高无上的地位和封建家庭秩序。他表面上仁义道德，背地里荒淫无耻。在五四运动新思潮的冲击下，其家庭逐渐败落，儿辈腐化堕落，孙辈觉醒反抗，使他气极而亡，大家庭最终分崩离析。

五、文学成就

《家》结构严谨，从多角度、多层次描写出了人物的复杂性格。巴金明显借鉴了《红楼梦》的写法。小说以觉新与梅的感情悲剧、鸣凤之死和瑞珏惨死为故事情节发展的主线，全面地展示了高公馆的衰亡过程。这部小说描写的人物多达七十人，但由于采用了单纯明快的语言，把高家内外的各种人物、各种矛盾纠葛同情感冲突这条主线交织在一体，使得故事情节围绕作品的主题思想有条不紊地展开，显示出作者高超的构思能力。

《家》中的人物性格都是多维的，有血有肉的，性格并不单一，显得生动感人。例如，觉慧是作者的理想和希望的化身，是作者所要肯定的人物。巴金在《家》中如实地描写出了这个人物进步的一面，但也没有掩饰他的一些弱点，如他和鸣凤的爱情，他自己也缺乏坚持到底的意志和决心。再比如，作品中的高老太爷是作者憎恨和诅咒的对象，他的专横、独断和顽固扼杀了诸多年轻的生命。他包办觉新的婚事，把鸣凤送给冯乐山做妾，反对孙子上新学、读新书。但就是这样一个人，他也憎恶那些胡作非为、过着花天酒地生活的不肖子弟。在他临死之前，作者也深情地写出了他的忏悔和对孙儿的疼爱。

作者善于运用心理描写和细节描写，不遗余力地展示各类人物的心理状态，以及这种心理状态微妙的变化过程，从而使人物形象变得丰满生动。例如，小说中有一段写梅为躲避战乱来到高家，在花园里和觉新相遇，二人互诉衷肠。在这段描写中，作者对主人公进行了恰当的心理剖析，写得凄凉、哀婉，催人泪下。通过这段描写，我们能够感受到封建势力给人们的精神生活带来的戕害是多么惨重。不仅如此，巴金善于在纷繁复杂的场面里，在众多人物的活动中，描绘出各个人物不同的命运，以及伴随着这特定命运的特定心理状态。例如，在元宵节的夜晚描写青年们游园时的情景。在这里情节是平淡无奇的，然而由此展示的是一代青年的命运，揭露了封建家庭的罪恶，显示了一代青年的觉醒和反抗意识以及痛苦的挣扎过程，而这一切又都是通过各个人物不同的心理状态串联起来的。

《家》在语言上也独具魅力。巴金的作品一向语言简洁生动、流畅奔放，具有浓烈的感情色彩，《家》在语言上也同样体现着这种独特的风格。

六、名家点评

这次我重读我五六年前写成的小说，我还有耐心把它从头到尾修改了一次。我简直抑制不住自己的感情，我想笑，我又想哭；我有悲愤，我也有喜悦。但是我现在才知道一件事情：青春毕竟是美丽的东西。

——巴金

《子夜》——一部划时代的革命现实主义巨著

作　　者：茅盾

文　　件：小说

成书年代：1932年

一、作者介绍

茅盾（1896—1981），原名沈德鸿，字雁冰，笔名茅盾、郎损、玄珠等，浙江桐乡人。1916年，北京大学预科毕业后，茅盾到上海商务印书馆工作；1920年，任《小说月报》主编；1921年，参与发起组织“文学研究会”，同年参加上海共产主义小组；1923年，辞去《小说月报》主编职务，转至商务印书馆国文部工作；1925年，应毛泽东之邀任《政治周报》副总编辑；1927年，到武汉主编《汉口民国日报》；1927年到1928年，发表长篇小说《幻灭》《动摇》《追求》，组成《蚀》三部曲；1928年，东渡日本。

1930年，茅盾回国，不久加入中国左翼作家联盟。抗战期间，茅盾曾在新疆学院任教，到延安的鲁迅艺术学院讲学。中华人民共和国成立后，茅盾历任文化部部长、中国文学艺术界联合会副主席、中国作家协会主席等职，并主编过《人民文学》，写有长篇论文《夜读偶记》等。茅盾一生创作十分丰富，其代表作《子夜》是一部划时代的长篇巨著，有《茅盾文集》《茅盾全集》刊行于世。

二、作品档案

《子夜》是中国现代著名作家茅盾创作的长篇小说，原名《夕阳》。

茅盾的成长得益于其开明的家教。他小时候就有机会阅读各类古典名著，这对培养他的文学兴趣，拓宽他的文学事业起到了很重要的作用。茅盾创作《子夜》这部巨著是做了充分准备的。从1930年夏秋开始，他走访了亲戚、朋友、商人、银行家和革命者，通过这方面的接触，加上看了当时报纸上一些讨论中国社会性质的论文，产生了“大规模地描写中国社会现象的企图”。

1930年冬天，茅盾开始整理材料，写下详细大纲，列出人物表，把人物性格以及连带关系等都确定出来，然后再按照故事大纲分章分段，使它们连接呼应。1932年，茅盾终于克服了种种困难，完成了这部具有历史意义的巨著。

《子夜》直接取材于二十世纪三十年代初期的社会现实，作品所展示的时代背景，是1930年春末夏初半殖民地半封建中国的黑暗社会。这个时期，是中国人民苦难深重的时期，是中国固有的阶级矛盾进一步激化的时期，也是中国共产党所领导的工农革命以星火燎原之势向前发展的时期。而1929年下半年开始的世界资本主义国家的经济危机也波及中国，使得中国国内原有的种种矛盾更加尖锐。中国民族资产阶级为转嫁危机，加紧了对工人的剥削，从而激起了工人们激烈的反抗。《子夜》正是在这一广阔的历史背景上，对二十世纪三十年代初期中国的社会生活进行广泛而深刻的描绘，把当时所发生的一些重大的历史事件都或明或暗地写于其中，具有鲜明的时代特色。

茅盾的小说，素以全景式地展现宏阔的社会生活画面见长。《子夜》的舞台设置于二十世纪三十年代初期的上海。作者并没有截取某条小巷或某个街角来铺展故事情节，而是以俯视的视角整体展示这座现代都市的方方面面：资本家的豪奢客厅，夜总会的光怪陆离，工厂里错综复杂的斗争，证券市场上声嘶力竭的火并，以及诗人、教授们的高谈阔论，太太、小姐们的伤心爱情，都被组合到《子夜》的情节里。同时，作者又通过一些细节，从侧面点染了农村的情景和正发生的中国社会的各种矛盾与斗争，进一步扩大了作品的生活容量，从而实现了作者所设定的意图，“大规模地描写中国社会现象”“使一九三零年动荡的中国得以全面的表现”。

三、内容概要

二十世纪三十年代的中国，民生凋敝，战乱不止，但是在都市化的上海却是另一番景象。这里，有纸醉金迷的生活，有明争暗斗的算计，有趋炎附势的各色人物。

开丝厂的吴荪甫在乡下的父亲吴老太爷为避战乱来到上海，眼花缭乱的都市景观使这个足不出户的老朽深受刺激而猝死。吴府举办丧事，上海滩有头有脸的人都来吊唁。他们聚集在客厅，打听战况、谈生意、搞社交。善于投机的买办资本家赵伯韬找到吴荪甫和他的姐夫杜竹斋，拉拢他们结成公债大户“多头”，想要在股票交易中贱买贵卖，从中牟取暴利。杜竹斋心下犹疑，赵伯韬遂向他透露了自己制订的用金钱操纵战局的计划。吴荪甫和杜竹斋决定跟赵伯韬进行一次合作。这次合作，小有波澜而最终告捷。

因为金融公债上混乱的投机情形妨害了工业的发展，实业界同人孙吉人、王和甫推举吴荪甫联合各方面有财力的人办一个银行，作为自己的金融流通机关，并且希望将来能用大部分的资本来经营交通、矿山等几项企业。这正合吴荪甫的心意。他的野心很大，又富有冒险精神，喜欢和像他一样有远见的人共事，而对那些半死不活的资本家却毫无怜悯地施加手段。很快，益中信托公司成立起来了。

这时，吴荪甫的家乡双桥镇发生变故，农民起来反抗，使他在乡下的一些产业蒙受损失。工厂里的罢工潮此起彼伏，也使他坐立不安。为对付工人罢工，吴荪甫起用了一个有胆量、有心计的青年职员屠维岳。屠维岳先是暗中收买领头的女工姚金凤，瓦解了工人组织。事发之后，姚金凤被工人看作资本家的走狗，而罢工潮复起的时候，屠维岳建议吴荪甫：假令开除姚金凤而提拔那个把事情捅出去的女工，这样一来，姚金凤的威信恢复，工人们反而会不肯接受工厂对她的处置；接着，作为让步，再收回成命，不开除姚金凤，并安抚女工，给予女工一天的假期。吴荪甫依计而行，果然平息了罢工潮。

而交易所里的斗争也日渐激烈。原先吴荪甫与赵伯韬的联合转为对垒和厮拼的局面，形成了以赵伯韬为“多头”和以吴荪甫经营的益中信托公司为“空头”的之间的角斗。赵伯韬盯上吴荪甫这块肥肉，想乘吴荪甫资金短缺之时吞掉他的产业。几个回合较量下来，益中因亏损八万元栽了跟头而停下来。此时吴荪甫的资金日益吃紧，他开始盘剥工人的劳动，克扣工人的工钱。新一轮的罢工潮到来，受到牵制的屠维岳分化、瓦解工人组织的伎俩被识破，吴荪甫陷入内外交困的窘境。

赵伯韬欲向吴荪甫的银行投资，以达到控制吴荪甫的银行业务的目的。吴荪甫决心拼一把，他甚至把自己的丝厂和公馆都抵押出去作公债，以背水一战。他终于知道在中国发展民族工业是何等的困难。出于对个人利害的顾虑，他身不由己地卷入到了买空卖空的投机市场中。

公债的情势危急，赵伯韬操纵交易所的管理机构为难卖空方吴荪甫。几近绝望的吴荪甫把仅存的希望放在杜竹斋身上。千钧一发之际，杜竹斋倒戈转向赵伯韬一边。吴荪甫彻底破产了。

狂风怒吼，骤雨拍窗。众叛亲离的吴荪甫瘫倒在沙发里，他准备自杀，但一时又下不了这个决心，咽不下这口恶气。于是，他连夜逃出上海，奔庐山避难去了。

四、主要人物形象

吴荪甫

二十世纪三十年代初期中国民族资本家的典型，年约四十岁，身材魁梧，举止威严。他曾游历欧美，富有胆略和冒险精神，有独立发展民族工业的雄心。为了实现自己的建立“工业王国”的梦想，发展民族工业，他不择手段地挤垮别人的企业，勾结当局无情地剥削和镇压工人，倒卖军人，投机公债，十分贪婪。同时，他的强悍和阴险又常常和怯懦、恐惧结合在一起，面对工人的反抗以及赵伯韬的挤压，又变得软弱无力。他的这种双重性格，反映了半殖民地、半封建社会的民族资本家的两面性。

赵伯韬

美帝国主义财团的买办，极力为其主子效劳，千方百计扼杀民族工业的发展。他和军政界均保持密切的关系，能买通军阀和政客控制公债市场，借机大发横财。他生活放荡，花天酒地，既阴险狡诈、贪婪成性，又十分空虚、腐朽。他实际上是帝国主义在中国的政治掮客，是民族工业的死敌。

赵伯韬作为吴荪甫的主要对立面出现在作品中。这个金融买办家的一切活动都围绕着一个目的：扼杀民族工业，把中国的民族工业置于帝国主义金融势力的控制之下。赵伯韬仗着帝国主义和政府的撑腰，财力充足，神通广大，用金钱影响战争局势，改变公债制度。赵伯韬这个形象的突出特征是狡诈、狂妄、蛮横及灵魂的丑恶和精神世界的空虚。

杜竹斋

吴荪甫的姐夫。他办事迟迟疑疑，见机而行。吴荪甫劝他加入“多头”公债公司，他先是犹豫不决，直到见到有厚利可图之时，才敢加入。当吴荪甫和赵伯韬形成对立局面时，杜竹斋害怕赵伯韬势力强大，担心自己遭受损失，从益中信托公司抽走自己的二十万资本，使吴荪甫处境困难。赵伯韬和吴荪甫在公债市场进行最后的决战时，他背叛了吴荪甫，使吴荪甫破产。

屠维岳

这个人物的性格和吴荪甫在许多地方有相像之处。吴荪甫刚愎狠毒，屠维岳则刚强、机警、干练，有胆量而又诡诈。这个人物形象的戏剧性出场，就已显示出其善于揣摩主子心理的特点。

五、文学成就

《子夜》是茅盾最优秀的社会分析小说，是他长篇小说中的代表作。小说通过对民族资本家吴荪甫等人物的刻画，展示了二十世纪三十年代初中国社会生活的广阔画卷，史诗性地再现了中国民族工业在帝国主义、买办资产阶级和统治阶级的重重压迫下的悲惨命运。

作者采用宏大广阔的社会场景与生活的细枝末节相交融的表现形式，全方位、多层次地反映出了二十世纪三十年代初中国的社会现实。小说既描写了投机市场瞬息万变的斗争形势，又展示了发生在农村的革命暴动的场景，所有这些复杂的生活内容都集中发生在两个月的时间内。换句话说，作者不是在一个较长的历史时期内来展示这些生活内容的，而是通过巧妙的环境选择和细致的情节安排集中地加以展示的。

在环境的选择上，作者以吴荪甫为中心选择了吴公馆、交易所和纱厂三个主要场所展开故事情节，广汇各色人物，凸现宏大的社会背景。这种典型的环境的设置，极大地加强了矛盾斗争的深刻性。在情节的安排上，作者通过吴荪甫同赵伯韬、双桥镇农民暴动以及工厂工人之间错综复杂的矛盾为主线，逐步把吴荪甫推向矛盾斗争的焦点，展现了其性格特征，表现了民族资产阶级奋斗与挣扎的历史事实。作者运用他高超的艺术组织才能，巧妙地把这些复杂的人物、事件、矛盾冲突，勾连成了一幅二十世纪三十年代初期半殖民地半封建社会的中国都市生活的图画。

《子夜》的整体布局如史诗般宏阔，但细节描写又极为委婉细致。

《子夜》还有另一个艺术特点，就是作者善于细致入微地描摹人物在具体时空环境里的情绪和情感态度，尤其是对人物的下意识的心理描写极为逼真、生动。这增强了整部作品心理分析的色彩。同时，作者还把环境、动作和人物的心理活动融合在一起，让听觉、视觉和心理意象交织在一起，从而达到了在表现人物心理上的“统一效果”。全书大量出现的灰色的云块、金黄色的太阳、电闪、雷鸣、风吼、雨啸等景物描写，对于表现吴荪甫变幻不定的情绪起到了良好的效果。

六、名家点评

他（茅盾）写《子夜》，是兼具文艺家写作品与科学家写论文的精神的。

——叶圣陶

《子夜》是二十世纪世界文学巨著中可以和《追忆逝水年华》《百年孤独》相媲美的杰作。

——筱田一士（日）

《边城》——最能表现人性的“爱”与“美”的湘西故事

作　　者：沈从文

文　　体：小说

成书年代：1934年

一、作者介绍

沈从文（1902—1988），原名岳焕，笔名休芸芸、甲辰、上官碧、璇若等，苗族，湖南凤凰人。他是中国现当代著名作家，历史文物研究家，京派小说代表人物。1918年他投身行伍，浪迹湘、川、黔边境地区；1922

年开始文学创作；抗战爆发后到西南联大任教；抗战胜利后回到北京大学任教；中华人民共和国成立后，在中国历史博物馆和中国社会科学院历史研究所工作，主要从事中国古代历史与文物的研究工作，著有《中国古代服饰研究》。1988年，沈从文病逝于北京。

沈从文于1918年小学毕业后入伍，看尽人世间的黑暗而产生厌世心理。接触新文学后，他于1922年寻至北京，欲入大学而不成，窘困中开始用“休芸芸”这一笔名进行创作。自1934年起，他开始用小说构造他心中的“湘西世界”，完成一系列作品，如《边城》《长河》等。他以“乡下人”的主体视角审视当时城乡对峙的现状，批判现代文明在进入中国的过程中所显露出的丑陋，这大大丰富了现代小说的表现范围。

沈从文一生创作的结集作品约有八十多部，是现代作家中成书最多的一个。早期的小说集有《蜜柑》《雨后及其他》《神巫之爱》等，基本主题已见端倪，但城乡两条线索尚不清晰，两性关系的描写较浅，文学的纯净度也差些。三十年代后，他的创作明显成熟，主要成集的小说有《龙朱》《旅店及其他》《石子船》《虎雏》《阿黑小史》《月下小景》《八骏图》《如蕤集》《从文小说习作选》《新与旧》《主妇集》《春灯集》《黑凤集》等，中长篇小说集《阿丽思中国游记》《边城》《长河》，散文集《从文自传》《记丁玲》《湘行散记》《湘西》《烛虚》，文论集《废邮存底》等。其散文《云南的歌会》被选入人教版八年级语文书的下册。从作品到理论，沈从文后来完成了他的“湘西”系列，通过展现乡村生命形式的美丽，以及乡村生命形式与它的对照物城市生命形式批判性结构的合成，提出了他的人与自然和谐共存，本于自然、回归自然的哲学。“湘西”所能代表的健康、完善的人性，一种“优美、健康、自然，而又不悖乎人性的人生形式”，正是他的全部创作要负载的内容。

二、作品档案

《边城》飘逸着浓郁的湘西风情。

沈从文从1926年出版其第一本创作文集《鸭子》开始，陆续出版了数十部作品集，被称为多产作家。他的小说取材广泛，描写了从乡村到城市各色人物的生活，其中以反映湘西下层人民生活的作品最具特色。代表作《边城》以兼具抒情诗和小品文的优美笔触，展现了自然、民风和人性的美，描绘出了一幅富有诗情画意的乡城风俗画，充满牧歌情调和地方色彩，形成别具一格的乡土抒情小说。

《边城》完成于1934年4月，是作者的代表作。关于这篇小说的创作动机，作者说："我要表现的本是一种'人生的形式'，一种'优美、健康、自然，而又不悖乎人性的人生形式'。我主意不在领导读者去桃源旅行，却想借重桃源上行七百里酉水流域一个小城小市中几个凡夫俗子，被一件事牵连在一处时，个人应有的一份哀乐，为人类'爱'字作一度恰如其分的说明。"

《边城》是我国文学史上一部优秀的抒发乡土情怀的中篇小说。全篇以翠翠的爱情悲剧作为线索，以二十世纪三十年代川湘交界处的边城小镇茶峒为背景，以兼具抒情诗和小品文的优美笔触，描绘了湘西边地特有的风土人情；借船家少女翠翠的爱情悲剧，凸显了人性的善良美好与心灵的澄澈纯净。《边城》正是这样一篇爱的颂歌。

三、内容概要

民国初年，由四川往湖南去，邻近湘西边境，有一座名叫茶峒的小山城。城外有一条小溪，溪上有个渡口，名叫碧溪岨。这里水流虽不急，但溪水很深，人货牛马全靠一条渡船往来。溪边有座白色小塔，塔下住了一户单独的人家。这人家只一个老人，一个女孩子，一条黄狗。

年过七旬的老船夫，从二十岁起就开始在这里摆渡。他从不收过溪人的钱，在溪上撑了五十多年船。老船夫原本有一个独生女儿，十七年前，她在城里遇见了一个屯戍兵，和他对歌后产生了爱情。后来，他们发生了关系，姑娘有了身孕。不幸的是，屯戍兵暴病而死。姑娘悲痛万分，终日只想和他在梦里团圆。于是，她在生下屯戍兵的遗腹女后，毅然选择殉情。从此，孤独的老船夫一边管理渡船，一边含辛茹苦把可怜的外孙女翠翠拉扯成人。十五年来，青山绿水把翠翠养成了一个皮肤黑黑、眸子清明如水晶、天真乖巧的小姑娘。聪明、乖巧、活泼、水灵的翠翠，陪伴着年迈的爷爷、渡船和黄狗，在青山绿水之间过着艰难、平和、充满欢乐的生活。

每年端午节，茶峒城边的河里都要举行龙舟比赛。这一年的端午节又临近了，翠翠跟着爷爷进城看龙舟赛。在那群身强力壮的赛龙舟的小伙子当中，城里船总顺顺的二儿子傩送最惹人注目，大家都叫他“岳云”。傩送的确很出色，年轻、健壮、英俊，驾船本领高，泅水本事大，人非常聪明，心肠也特别好。龙舟比赛揭晓，他所在的船赢得了胜利。龙舟比赛结束之后，为了显示出“与民同乐”的风范，戍军长官按照惯例让手下往河里放了一群公鸭，让那些善泅水的人去捉，谁捉到了就归谁。理所当然，傩送抓着的鸭子最多。当傩送上岸的时候，不期撞见了翠翠，两人一见钟情。后来，傩送派人把鸭子送往翠翠家。从此，翠翠对他念念不忘。

本地的一位团总和船总顺顺相交甚笃。他有意把女儿许配给船总顺顺的儿子，并放出口风，将用城外的一座碾坊当作自己女儿的陪嫁。可是，船总的两个儿子都没看上团总的女儿，而且兄弟俩都爱上了老船夫的外孙女翠翠。按当地习俗，要是两个男人爱上了同一个女人，必须以“流血的挣扎”来化解冲突。兄弟两人互相摊了牌，最后商定：夜夜轮流在翠翠家对面的山上唱歌，谁得到回答，翠翠就归谁。弟弟傩送做出了决定：帮哥哥“走马路”——站在溪流对面高高的山崖上唱三年六个月的情歌，希望能让翠翠了解哥哥对她的爱情，答应嫁给哥哥。而哥哥不忍心让弟弟代自己当“竹雀”，提出由两个人轮流唱歌，看谁能得到翠翠的爱情。于是，兄弟俩进行了唱歌比赛。第一天晚上唱完歌后，哥哥自知不是弟弟的对手，便知难而退。第二天，哥哥驾着一条新油船顺溪而下，离家出走。

不幸的是，哥哥的船在茨滩出事了。得知此噩耗，弟弟傩送再也没有心思唱情歌了。可是，他曾站在溪岸所唱的那些动情、动听的情歌，早已俘获了翠翠的芳心。老船夫担心翠翠走上她母亲的不归路，一直惦记着给翠翠寻找一个可靠的人家。翠翠的心事老船夫自然明白，他知道她爱上了傩送。为了翠翠的幸福，老船夫专程进城，向船总顺顺打探傩送对翠翠的态度。他哪里想到，为了寻找哥哥的尸首，傩送已经驾船沿溪流而下了。船总顺顺心里原本也同意傩送和翠翠的婚事，可一想起大儿子完全是因为翠翠而死的，就根本不愿接受翠翠做二儿子的妻子。老船夫因此闷闷不乐。他回到家的那天晚上，电闪雷鸣，风雨交加，一场罕见的特大暴雨袭击了他们的家园——菜地被冲毁，屋后的白塔也在风雨中倒下了。老船夫在暴雨中猝然辞世，傩送也下落不明。船总顺顺得知噩耗，派人帮翠翠料理爷爷的后事，还打算把翠翠接到他家去住。但是，翠翠舍不得离开埋葬着爷爷的故土。

从此，翠翠独自撑着爷爷留下的那条破旧的渡船，在溪流上接送过往的渡客。她忘不了傩送，一心期待着意中人从下游驾船归来。碧溪岨的白塔，与茶峒风水有关系，圮坍了，不重新做一个自然不成。除了城中营管、税局、各商号、平民捐了些钱以外，各大寨子也有人拿册子去捐钱。因此，翠翠的渡船上也摆放了一只大竹筒，以备过溪人捐钱。过溪人见到翠翠的辫子上扎了白线，知道那老船夫已经不在人世，知道她独自在这溪流上艰难营生，都投以同情的眼神。“天保佑你，死了的到西方去，活下的永保平安”。翠翠懂得捐钱人的心意，心里酸酸的。渐渐地，那只大竹筒里储满了过溪人捐赠的钱币。

到了冬天，圮坍的白塔重新修好了。可是那个在月下唱歌，在翠翠睡梦里用歌声把她的灵魂轻轻浮起的年轻人，还不曾回到茶峒来。

这个人也许永远不回来了，也许“明天”回来……

四、主要人物形象

翠翠

《边城》的情节主干是一个缠绵的爱情故事。故事中的女主人公翠翠有着天生丽质和环境孕育的人性美，是“美”的化身。作者着重表现的是翠翠的品性美、童真美和爱情美。作者笔下的翠翠，是个刚走出儿童期的少女，她的一举一动带着稚气，体现着童真美。像她的名字一样，翠翠恰似湛蓝的天空下刚长出青枝翠叶的嫩竹，美丽、纯洁；是一个天真无邪、憨态可掬的山区女孩的形象。她与青山绿水为伴，在风里日里成长，心灵上没沾染一丝尘埃。她乖巧伶俐，又带有山区女孩的纯朴，天真而不娇嫩，活泼而不轻佻，这与娇生惯养的女孩是大异其趣的。

除了童真美之外，在翠翠身上还表现出人类永恒的爱情美。爱情美是童真美的发展，这种发展把人物美好的品性升华到新的境界。作者用较多的篇幅、细腻的笔触来描写翠翠性情的变化，来发掘她处在青春萌动期和恋爱纠葛中可爱的思想和情操。当天保、傩送在间接向她示爱时，马上唤起了她的回忆和想象，但她情动于衷而不形于色。祖父向她提及，她娇嗔地把话题岔开，掩饰内心的真情，这正是一个初爱乍恋的少女所表现出来的真实情态。在这里，作者恰当地处理了人物动与静的关系，即着重描写翠翠静态的外表和动态的内心。翠翠生活在无拘无束的环境里，本性是活泼好动的，但当初恋成为她生活中的重要内容时，她变得文静了，思想的外向转为感情的内向：深思遐想代替了心直口快；腼腆娴静代替了稚里稚气。为了真实地表现翠翠的这种变化，作者较多地通过人物的内心独白，让人物进行感情的自我抒发，展示许多梦幻般美好的境界。如翠翠独自仰望深邃的星空，凝眸远望变幻的云彩，轻哼“还愿迎神”的歌曲，细吹小巧的芦管，在梦中随傩送的恋歌轻轻飘荡等。

老船夫

是个七十岁左右的老人。他勤劳善良，自二十岁起开始摆渡，五十年如一日地接送来往行人。对于人们因感激而赠送的银钱，他不得已收下后，就用银钱买烟叶、茶叶，供往来行人享用或留作纪念。他到城里买东西，也必不肯占卖家的便宜。他又是宽厚仁慈的，对自己女儿的私奔不以为忤，并把外孙女翠翠精心抚育成人，渐渐外孙女的婚事成为他的一大心事。最后在一个雷电交加的夜晚，随着屋后白塔的倒塌，老船夫怀着一份遗憾离开了人世。

天保

个性豪爽、慷慨。他是船总的大儿子，却爱上了贫苦摆渡人的孙女。他知道弟弟也爱翠翠，两人唱歌“决斗”，却因为自己先提了亲，“做哥哥的走车路占了先”，一定要弟弟先唱。弟弟一开口，他就知道自己不是“敌手”，就很大度地成全了弟弟，充分表现了他对手足之情的重视。后来他外出闯滩，既是为了弟弟的幸福，也是为了消解自己心中的遗憾和难过，“好忘却了上面的一切”。最后他意外遇难，可以说他是为了亲情和爱情而死的。

五、文学成就

《边城》之所以能成为沈从文的代表作，不仅是因为它体现了作者的人生理想，而且也是因为它集中展现了作者的艺术追求和审美理想。

作者写作文章时，运用散文的笔法和诗歌的意境来叙述主体，这种写法在小说中是比较少见的。这类小说不注重情节的波澜起伏的安排，不注重人物性格诸多侧面的展示和深度描写，而是强调作者的感觉、情绪和情感在创作中的重要作用。沈从文曾说的“情绪的体操”和“情绪的散步”，指的就是这个意思。对于抒情体式的小说来说，营造气氛和描述人事几乎同等重要。它把景物看作人物的衍生物，在一定程度上，景物即人。正如对翠翠的描写，总是与她周边的青山绿水、茂林翠竹的描写结合起来。整部小说洋溢着诗一般的气息，如梦如幻、虚虚实实、朦朦胧胧、若即若离，有很强的艺术感染力。《边城》故事情节很简单，作者的本意就不是要塑造立体生动、丰满深刻的人物形象，而是要使一切的描写都服从于小说整体的氛围和基调的安排。故事情节也没有小说常见的那种“戏剧性”，人物活动、故事情节都如日常生活一样自然流淌，符合自然的生活节奏和规律。因此，与其说《边城》是一部小说，还不如说它是一首诗歌。

此外，《边城》的语言也很有特色，充分体现了沈从文文学语言的特点——有真意，去伪饰，没有雕琢，追求纯和真的美文效果。作者在生机勃勃的湘西口语的基础上，吸取了书面语、文言语的特长，使得小说长句精确，曲折而富有人性，短句重感兴，活泼而有生气。小说的语言给人的总体感觉是明净澄澈、一尘不染，与小说的整体氛围、主题思想、审美风格和谐一致，使读者读后犹如畅饮清甜的甘泉一般，神清气爽。

六、名家点评

《边城》是一个温暖的作品，但是后面隐伏着作者很深的悲剧感；《边城》是一个怀旧的作品，一种带着痛惜情绪的怀旧。

——汪曾祺

有了他的《从文自传》，有了他的《湘行散记》，有了他的《边城》和《长河》，中国人枯叶一般飘零的诗情，终于又有了一片水意深沉的沃土。

——李锐

《骆驼祥子》——堪称一首“旧时代的葬歌”

作　　者：老舍

文　　体：小说

成书年代：1937年

一、作者介绍

老舍（1899—1966），原名舒庆春，字舍予，满族，北京人。他是中国现代著名作家、戏剧家。1913年，老舍进入北京师范学校学习；1918年毕业后曾任天津南开中学教师；1924年赴英国，在伦敦大学东方学院（现更名为“伦敦大学亚非学院”）任中文讲师；1930年回国，先后在齐鲁大学、山东大学任教；抗战爆发后，到武汉主持全国文艺界抗敌协会的工作；1946年，赴美讲学并进行创作；1949年底应召回国，历任中国文联主席、中国作协副主席、北京市文联主席等职；1951年被北京市人民政府授予“人民艺术家”称号。

老舍一生创作颇丰，主要有短篇小说集《赶集》《樱海集》，中篇小说《我这一辈子》，长篇小说《骆驼祥子》《四世同堂》以及为数不少的剧本、通俗文艺作品和随笔等。老舍的作品多取材于自己所熟悉的城市小市民生活，语言诙谐幽默，风格独特。他擅长用北京口语进行创作，使作品具有浓郁的地方色彩。其代表作《骆驼祥子》是现代文学史上影响最大的描写北京市民生活的优秀长篇小说。

二、作品档案

《骆驼祥子》是一部将现实主义表现得非常成功的作品。它是老舍的代表作，也是中国现代文学史上的长篇杰作之一。

老舍出生于北京城的一个贫穷的满族家庭，他在大杂院里度过了艰难的幼年和少年时代。他对社会底层的市民生活非常熟悉，喜欢流传于市井巷里的戏曲和民间说唱艺术，这些对于他创作的市民化及“京味”风格的形成起到了重要作用。1936年，老舍与一位朋友闲谈，这位朋友和他谈起北平的一个车夫，自己买了车，又被卖掉，如此三起三落，最后还是贫穷。这位朋友接着又说，还有一个车夫，被军队抓走后，不但没事，反而趁着军队转移之际，偷偷牵回了三匹骆驼。听了这些故事以后，老舍一直盘算着如何把车夫和骆驼的故事写成一部小说。由于车夫随处可见，所以老舍决定以车夫为主人公，经过反复构思，终于形成了“骆驼祥子”的故事。

老舍的每部作品都从不同角度描写了城市下层人民的痛苦生活和反抗斗争，彻底地批判了当时的社会制度。

在《骆驼祥子》中，老舍熟练地运用经过加工的北京方言，使作品充满了浓郁的地方色彩，并产生了很强的艺术效果。

三、内容概要

主人公祥子是北平的一位人力车夫，是个老实、木讷、硬朗的年轻汉子。

他唯一的愿望就是自己赚钱买一辆新车拉。可是就在刚刚如愿以偿地买了一辆车后不久，他就糊里糊涂地被捉进车队里当苦力，车子也被人夺走了。

有一天夜里，祥子从溃乱的军营中拉了三匹骆驼，趁天黑逃了出来。后来他用三匹骆驼换了三十五块大洋。

他对自己偷骆驼的行为并不后悔，因为他的车子是被无理抢去的。但不管怎么样，这次是他堕落的开始，因为他的人格受到了损害，不完美了。不知什么缘故，大家知道了他的这档子事，他就变成“骆驼祥子”了。

为了再买一辆车子，祥子开始加倍卖力拉车，甚至硬抢老车夫们的客人，他以前是不屑和他们抢生意的。他像从前一样，很受租车老板刘四爷的信任，每天把车子还了以后，就在刘四爷的车厂里过夜。刘四爷的虎头虎脑的女儿虎妞为了与父亲抗争，同时也看上了纯朴老实的祥子，竟用酒将祥子灌醉，以身相许。祥子向诱惑的屈服则意味着另一个妥协，这是因为他一直想着自己有了钱以后，娶一个干净利落、身体强健的乡下女孩子，而现在自己与虎妞有染，他感到很羞耻。于是，祥子便离开刘四爷家到曹先生家拉私人包车，无奈虎妞一再地来缠他，还假说她怀孕了。

有一次，警察借口曹先生参加地下活动，搜查他的住宅。真是“城门失火，殃及池鱼”，祥子所有的积蓄都被一个贪赃枉法的侦探没收了。他没有别的路好走，只有再回到刘四爷的车厂去。而刘四爷则对他起了疑忌，因为他的女儿还是坚持要嫁给这个一文钱没有的苦力，不想找经济地位较好的丈夫。父女之间的矛盾终于在刘四爷的六十九岁生日那天爆发了，二人大吵了起来。经过一番折腾，虎妞和刘四爷闹翻，随着祥子离开车厂，在一个大杂院中租了房，并热热闹闹地办了婚礼。

虎妞以为父亲早晚会原谅她，于是安心地靠平日的积蓄过着舒服日子。而祥子则极其悔恨自己被这样骗着结了婚，越发卖力地拉车，希望能独立自主。有一天，祥子冒雨拉车回来，发起了高烧，在床上躺了两个月。不久，虎妞有了身孕，但后来不幸死于难产，祥子把车卖了，埋葬了虎妞。好在祥子在和一个叫小福子的邻居女孩子来往时得到了些许慰藉。小福子靠自己做妓女赚的一点钱养活她的酒鬼父亲和两个弟弟。及至虎妞难产死了以后，祥子很想娶这个困苦的好心女孩子，但是想到要养活她的一家人，他吓住了，最终搬到了别的地方。

祥子心情极差，不仅开始抽烟、喝酒，还和以前看不上眼的那些吊儿郎当的车夫交往起来。他甚至在为某户人家拉包车的一段时间里，从女主人身上传染上了脏病。受了这最后的屈辱以后，他毅然振作了起来，想要娶小福子，然后再去找他以前的恩人曹先生，再给他拉包车。曹先生很高兴祥子回来，但祥子决定先找到他以前撇开的那个女孩子。找了一阵子，他才知道小福子在做了一段时间最下等的妓女后，不甘屈辱自缢而亡。祥子最后的一线希望变成了泡影，他彻底崩溃了。他不再回曹家拉车，不愿再为了体面好看而做徒劳无功的挣扎，他已经失去应有的勇往直前的毅力。他开始自暴自弃地偷东西、出卖朋友，越来越肮脏懒散，此时的祥子已经完全变成了行尸走肉。

四、主要人物形象

祥子

忠厚善良、勤劳朴实且沉默寡言。他把买一辆属于自己的人力车作为唯一理想。他起早贪黑，省吃俭用，攒钱买的车最终被军阀抢走了。同虎妞结婚不久，虎妞因难产而死，他为了安葬虎妞再次卖车。愿望和现实总是在折磨着他。尽管如此，祥子仍不愿俯首认输，竭力挣扎。在得知自己心仪的小福子不堪屈辱而上吊自杀后，祥子崩溃了，从此精神沉沦下去。他变得只顾眼前，吃、喝、嫖、赌……直至完全变成一具没有灵魂的躯壳。

刘四爷

旧社会的袍哥人物，人和车行的老板。为人耿直，性格刚强，从不肯在外场失面子。刘四爷这辈子最大的遗憾是没有一个儿子来接自己的班，女儿虽能干但毕竟是女儿。由于女儿中年了还未出嫁，刘四爷觉着对不起女儿，平日里一向让着女儿，但却不愿自己辛辛苦苦挣得的家产随着女儿一起给了别人，不同意女儿与祥子的婚事。于是刘四爷与女儿断绝了关系，最后连女儿的坟也不知道在哪儿。满脑子的封建思想使他忘记了亲情，当他醒悟过来时，为时已晚。

虎妞

人和车行老板的女儿，人力车夫祥子的老婆。两个矛盾的身份集于一身，使她的性格呈现出双重性。她性格豪爽又极富有心计，是书中最生动的人物。

小福子

热情、美丽、要强且勤俭的苦命女孩。她因生活所迫沦为娼妓，最后含恨自缢，导致祥子的最后一条精神防线崩溃。

五、文学成就

在《骆驼祥子》中，老舍用同情的笔触描绘出一幕悲剧：二十世纪二十年代的北京，一个勤劳、壮实的底层社会小人物，怀着发家娶妻的美好梦想，开始了自己的奋斗历程，却最终为黑暗的社会所吞噬。随着祥子心爱的女人小福子的自杀，祥子熄灭了个人奋斗的最后一丝火花。小说揭示了当时“小人物”的奴隶心理和苦苦挣扎的悲惨命运。祥子的命运也是当时北京贫苦市民的命运之一。

《骆驼祥子》一书中大量运用北京口语、方言，还有一些老北京的风土人情的描写，读来朗朗上口，既生动形象，又朴实自然，具有鲜明的地方色彩和浓郁的生活气息，是现代白话小说中的经典作品。

小说结构严整，主线分明，情节的开展前后接应。小说以祥子遭遇的一系列事件为主干，以祥子拉车、奋斗、买车、丢车、希望、挣扎和毁灭为主线展开故事情节，采用一线串珠式的结构安排情节，显得不蔓不枝、紧凑集中、落笔谨严、布局妥帖，祥子的性格在广阔的社会环境和人际关系中得以充分展开。

作者善于运用多种表现手法，细腻地描述人物的心理活动，其心理描写紧紧结合人物的行动与故事情节。祥子的忠厚憨直使他常常沉默寡言，“他不会和别人谈心，因为他的话都是血做的，窝在心的深处”，所以作者就用细腻的心理描写使祥子没有说出的话充分表现出来，这样既刻画了祥子的性格，又表达了作者对祥子命运的深切同情和对社会的批判。

《骆驼祥子》在中国现代文学史上具有重要地位。五四运动以后的新文学，多以描写知识分子与农民的生活见长，而很少有描写城市贫民生活的作品。老舍的出现，打破了这种局面，他凭借一批以城市贫民生活为题材的作品，特别是长篇《骆驼祥子》，拓展了新文学的表现范围，为新文学的发展做出了特殊的贡献。

六、名家点评

在三十年代，像《骆驼祥子》这样在批判现实的同时又试图探索现代文明病源的作品是独树一帜的。

——钱理群、温儒敏、吴福辉

《骆驼祥子》尽管免不了有缺点，基本上仍不失为一本感人至深、结构严谨的真正写实主义小说。书中爽快直截的文字传达了北京方言的地道韵味，其中主要人物都矣矣在在使人难忘。小说的戏剧力量和叙述技巧都超过作者以前的作品。

——夏志清

《四世同堂》——弘扬中国人民伟大爱国精神的不朽之作

作　　者：老舍

文　　体：小说

成书年代：1944—1948年

一、作者介绍

略。详见《骆驼祥子》。

二、作品档案

《四世同堂》是一部中国现代长篇小说名著，是老舍先生的代表作之一。

《四世同堂》创作于1944年，以七七事变、北平沦陷为时代背景，以祁家四世同堂的生活为主线，形象、真切地描绘出了以小羊圈胡同住户为代表的北平各个阶层、各色人等荣辱浮沉、生死存亡的百态人生。小说记叙了北平沦陷后的畸形世态，在日寇铁蹄践踏下的广大平民的悲惨遭遇，反映了当宁静的生活被打破后人们所表现出的不安、惶惑与震怒。作者以笔为箭、以字为刃，狠狠地鞭挞了附敌作恶者的丑恶灵魂，揭露了日本军国主义的残暴罪行，更反映出北平广大平民面对强敌愤而反抗的英勇无畏，讴歌、弘扬了中国人民伟大的爱国主义精神和坚贞高尚的民族气节，展现了第二次世界大战期间中国人民为世界反法西斯战争所做出的杰出贡献。

老舍以深厚精湛的艺术功力和炉火纯青的小说技艺，刻画出了祁老太爷、祁瑞宣、大赤包、冠晓荷等一系列栩栩如生的艺术形象，展现了一幅风味浓郁的北平生活画卷。

《四世同堂》中文原版分为三个部分，共一百段，近八十万字。第一部、第二部于1945年完稿，1946年出版；第三部写于1946年，1950年5月在上海《小说》月刊上开始连载。

三、内容概要

1937年，七七事变爆发，侵华日军的铁蹄践踏着北平城，中华民族一百年来蒙受的屈辱达到顶点。北平沦陷后，小羊圈胡同平静的生活被打乱了，大家一夜之间进入了一个梦魇般的世界。

祁老太爷是一位倔强、正直、令人尊重的长者。他一心守望四世之家，向来将“国将不国”放在其次，把他的大寿倒是看得更重要一些。联想起八国联军打进北平的事件，他想当然地以为战争不出三月必停。

三孙祁瑞全一腔热血，主张“宁在国旗下吃糠，也不在太阳旗底下吃肉”，率先冲出家门，投身革命。二孙祁瑞丰两口子在私欲驱使下，从家中分裂出来，心甘情愿地做了汉奸。与世无争的儿子祁天佑，是一个正派的生意人，结果反受日本人敲诈勒索，被游街示众，受辱到极点，被逼投河自尽。曾孙女小妞子在日本投降前夕被活活饿死。四世同堂之家终于瓦解，祁老太爷永远也过不上风光的大寿了。

长孙祁瑞宣，是一位中学英文教师，长时间在“尽孝”与“尽忠”之间徘徊而不能两全，深陷在“偷生”的耻辱之中，在极端困难的条件下也不为日寇做事，同贤妻韵梅维持着一家老小生计。

韵梅是一位纯粹的家庭主妇，对政治从不过问，直到北平沦陷、受尽生活的折磨后，她才走出了家庭，心里开始不只有小家，还有国家。

和平的时代过去了，就连一向闭门在家饮酒、养花的落拓诗人钱默吟也站在了与日寇作斗争的战场上，转变为敢于在敌人鼻子底下拼命的勇士。

小羊圈胡同的小崔、小文、李四大爷和孙七，也都是在临死时才惊觉到了“国破，家必亡”的道理……

当然也有不少“投机分子”当起了汉奸，他们当上了伪官，捞起了油水，“大赤包”夫妇就是这其中的一对。听说了钱默吟小儿子钱仲石拉着日本鬼子开车赴崖的殉国之举，大赤包夫妇迈出了当汉奸的第一步。他们出卖钱默吟，致使钱默吟被捕入狱。灾难接踵而至，钱家老大被日本人打死，绝望的钱老太太在儿子坟前触棺身亡，小羊圈胡同第一次大发丧。

大赤包却因告发有功当上了妓女所所长，成为小羊圈胡同里的“西太后”、汉奸模范，好不风光。她唯一的憾事是巴结日本人没找对主儿，原本给日本司令官准备的漂亮女儿招弟被一个小小的特高科科长李空山给糟蹋了，而家中的眼中钉——姨太太尤桐芳也一直没有从眼皮子底下消失。

大赤包丈夫冠晓荷却没有大赤包幸运，为了一个小小的官职，他不惜卖了姨太太尤桐芳。

而最铁杆的汉奸还要数汉奸组织“新民会”的宣传干事蓝东阳，由于其对日本天皇的绝对效忠，被当成汉奸“标本”运往日本以研究其汉奸基因。汉奸们曾“义结金兰”，却也摆脱不了“狗咬狗”的命运，祁瑞丰就成为“狗咬狗”斗争中的牺牲品。

战争激怒了人，也改变了人。它将招弟从一个纯洁的姑娘变成了日伪特务，也将矛盾的高第转变成了一个革命者，与祁瑞全并肩站在一起，并让尤桐芳愤而掏出炸药扔向日军……

小羊圈胡同的其他人或抗争，或隐忍，或苟且，或偷生，有人认贼作父，有人偷偷骂娘，更多的则是暗暗地反抗……

四、主要人物形象

祁老太爷

典型的老北京市民，在他身上集中了老北京市民文化的“精髓”。满脑子的中庸之道，主张一切事情“忍”为先。都快当亡国奴了，他还想着自己的大寿：“别管天下怎么乱，咱们北平人绝不能忘了礼节！”尽管自己只是平头百姓，心里却总忘不了把人严格地分为尊、卑、贵、贱几个等级，忠实而真诚地按照祖传的礼教习俗办事，处处讲究体面与排场。他怯懦地回避政治与一切纷争，甚至当日本人打到北京时，也认为只要准备一些粮食与咸菜，堵上自家院门，就可以万事大吉。他奉行着“和气生财”的人生哲学，“善良”到了逆来顺受的地步。他向来抄家的便衣微笑、鞠躬，和蔼地领受“训示”；他非常同情邻居钱默吟受日军凌辱的遭遇，又怕连累自己而不敢去探望。

祁瑞宣

祁瑞宣是一个生长在新的知识环境中，受过新式教育却要为旧的传统尽忠的性格矛盾的人。他受过现代的教育，有爱国心，也有某些现代意识，但他又是老北京文化熏陶出来的祁氏大家族的长孙，他的思想中体现着古老的北京文化在现代新思潮冲击下所产生的矛盾和困扰。整个抗战，他都在极其悲痛的自我折磨中度过，抵抗与软弱、逃离与苟活构成了他基本的生活状态。弟弟当汉奸，他没有别的办法；邻居做走狗，他也只有躲着他们这唯一的办法。

祁瑞全

祁瑞全在国难深重的时候，离家参加了抗日组织，是摆脱了传统束缚的新一代青年的代表。老舍借助这位年轻的革命英雄的形象表达了善的道德倾向。

祁瑞丰

祁瑞丰是一个没有道德脊梁的软弱男人，是一个投机分子和趋炎附势者，他的懦弱和巴结权贵的欲望导致了他的死亡。在哥哥和弟弟之间长大的他，既不受传统道德的约束，也不盼着新的社会秩序的诞生。

五、文学成就

《四世同堂》刻画了一幅沦陷了的北平社会全景图。它的笔触遍及北京的小胡同、大杂院、街头、戏院、监狱、刑场、旅馆、妓院、古庙、学校乃至日伪机关、大使馆。从人物类型来说，全书描写了一百三十多个人物，其中有名有姓的就有六十多个，可谓三教九流，无所不有。广阔的生活场景，复杂的矛盾冲突，众多的人物形象，使得小说在广度、深度、力度和气度上都富有史诗般的魅力。它的镜头虽然只集中对着那个名不见经传的小羊圈胡同，但这个具体、特定且有限的小天地却牵连着整个社会，涌动着无限的风云。

在人物关系的设置上，小说以祁家四代人的生活和命运为中心呈辐射型、网络状展开，推动其他家庭和人物命运的发展，展现纷繁错杂的矛盾冲突。全书结构严谨，脉络清楚，头绪繁而不乱，人物多而不混，叙事极有层次，充分显示了老舍作为长篇小说大家的雄健笔力。

在人物形象的塑造上，老舍大量运用对比法突出人物性格，同是老派市民的祁老太爷与钱默吟的处世待人、气质修养和反抗方式不同，同是祁家第三代的祁瑞宣、祁瑞全和祁瑞丰三兄弟的性格也判然有别，同是汉奸的大赤包与冠晓荷的性格差别也很明显。

在情节的演进中，老舍又常以北平沦陷前后的景物和风俗描写，增强小说的情感力度。昔日的北平明净、古雅，有高耸的苍松，有耀眼的金瓦，而今却那样污浊、混乱且没有光彩；昔日北平有各种应时小吃、瓜果桃李，而今是百物无踪、满目凄凉，连绿豆汤、小葱拌豆腐都吃不到；昔日北平逢年过节、祝寿和办丧事都自有一套规矩，而今却无法操办。种种地方景物和风土人情，显示出了浓郁的时代色彩。

在老舍创造的艺术世界里，他的幽默艺术是最为突出的特点，也是别人难以企及之处。在《四世同堂》中，祁老太爷让家人用装满石头的破缸顶上大门抵御日寇的侵略铁蹄，常二爷将血汗钱攥在手里以逃避日本兵的搜查，这些愚朴简单并被事实证明无济于事的措施所反映出的北平市民的幼稚可笑之处，与严酷的环境是如此不协调，让人在忍俊不禁之时又发人深省。

六、名家点评

好评最多的小说之一，也是美国同一时期所出版的最优秀的小说之一。

——朱栋霖

《京华烟云》——逼真地再现了那个时代的生活画卷

作　　者：林语堂

文　　体：小说

成书年代：1939年

一、作者介绍

林语堂（1895—1976），中国现当代作家。原名和乐，后改名玉堂，福建龙溪（今漳州）人。他出生于福建一个基督教家庭，父亲为教会牧师。

1912年，林语堂进入上海圣约翰大学学习，毕业后在清华大学任教；1919年秋，赴美到哈佛大学文学系学习；1922年，获文学硕士学位；同年转赴德国莱比锡大学，专攻语言学；1923年，获博士学位后回国，任北京大学教授、北京女子师范大学教务长和英文系主任；1924年后，为《语丝》主要撰稿人之一；1926年，到厦门大学任文学院长；1927年，任外交部秘书；1932年，创办《论语》半月刊；1934年，创办《人间世》；1935年，创办《宇宙风》，提倡“以自我为中心，以闲适为格调”的小品文，成为“论语派”主要人物；1935年后，在美国用英文写作《吾国与吾民》《风声鹤唳》，在法国写作《京华烟云》等文化著作和长篇小说。

1944年，林语堂曾一度回国到重庆讲学；1948年，任联合国教科文组织美术与文学主任；1952年，在美国与人创办《天风》杂志；1966年，定居中国台湾；1967年，受聘为香港中文大学研究教授；1975年，被推举为国际笔会副会长。1976年3月26日，林语堂于中国香港去世，四月移灵中国台北，长眠于故居后园中。

二、作品档案

《京华烟云》是林语堂旅居巴黎时于1938年8月至1939年8月间用英文写就的长篇小说，并题“献给英勇的中国士兵”，英文书名为《*Moment in Peking*》，《京华烟云》是他将英文版转译为中文后所用的书名，也有译本将这本书译为《瞬息京华》。林语堂原本打算将《红楼梦》译作英文介绍给西方读者，因故未能译成，此后决定仿照《红楼梦》的结构写一部长篇小说，于是写出了《京华烟云》。

《京华烟云》讲述了北平曾、姚、牛三大家族从1901年义和团运动到抗日战争三十多年间的悲欢离合和恩怨情仇，并在其中安插了袁世凯篡国、张勋复辟、直奉大战、军阀割据、五四运动、三一八惨案、语丝派与现代评论派笔战、青年左倾、二战爆发，全景式展现了现代中国社会风云变幻的历史风貌。

《京华烟云》自1939年底在美国出版后的短短半年内即行销五万多册，美国《时代周刊》称其“极有可能成为关于现代中国社会现实的经典作品”。

三、内容概要

故事从姚木兰十岁讲起。由于义和团闹到北京，姚家作为北京的大家，为避祸而举家向山东迁移，在通往保定府的路上，由于混乱，年仅十岁的木兰丢了，她被义和团的红灯照捡去，红灯照打算将她卖掉。可木兰命好，有个曾家人将她买了去，因为曾家也来自北京，曾老爷知道小木兰，他们也恰好前往山东，于是木兰获救。木兰也就结识了曾家三个少爷：平亚、经亚、荪亚，几个伙伴相处融洽，尤其是荪亚，非常敬佩木兰。曾家也十分喜欢聪慧美丽的木兰，早有了将来让木兰做儿媳的打算。

转眼间，几个孩子长成了十几岁的少男少女，平亚病亡，经亚娶了个泼妇，就剩荪亚这个调皮捣蛋、童心未泯的小胖子。荪亚虽比木兰大一岁，却总像个小孩子似的要木兰哄他玩儿。木兰虽不喜欢荪亚，但也不讨厌他。一次偶然的机会，莫愁（木兰之妹）与木兰结识了立夫，立夫是个高大帅气的男孩子，知识渊博，博古通今，孝顺而有正义感。十七岁的木兰情窦初开，被立夫深深触动，因为他们有共同语言、共同爱好与共同追求，两人在一起交谈，总使木兰感到轻松而幸福，找到真正的自己。与此同时，莫愁也爱上了立夫，但姐妹俩却互不知晓。

曾家来向木兰提亲了。木兰自幼受父亲影响，相信人各有命，喜欢顺其自然。毕竟她与立夫并未正式相爱，自己又有什么理由拒绝这个婚姻呢？荪亚爱她，她也会去爱荪亚，但他们的爱情生活只不过是正常男女青年的共同生活罢了。

荪亚确实是个好男人。他心地好，仪表好，虽摆脱不了稚气，却仍叫人喜欢。他很爱木兰，洞房之中，荪亚笑嘻嘻地给木兰揉脚。

在父母的推动下，莫愁与立夫订了婚。莫愁是个文静、坦诚且温柔的姑娘，这也是立夫这种不拘小节、性如烈火的男人所需要的。他的一切都被莫愁打理得井井有条，他认定自己是爱莫愁的，因为莫愁爱他。

生活一直美满而平静，荪亚几乎天天陪着木兰玩儿，他对木兰又敬又爱，宠着护着，像珍爱自己的宝贝一样珍爱木兰。莫愁像水母一样包裹着立夫，限制着他，避免他陷入当时混乱的政治纷争中，也正是由于莫愁的细心维护，立夫才免遭一难。

立夫因为一篇政论文章得罪了人，被人诬告是共产党而被逮捕。此时莫愁已怀有六个月身孕，木兰也刚刚遭受失去爱女的痛苦。立夫被带走时，木兰大叫着晕倒，而莫愁却比任何人都冷静，因为她是妻子、是妈妈。她事先已将所有危险的书稿焚毁，这样警察查无实据，准备关立夫三个月。而在木兰看来，这三个月对立夫太危险了，她太爱立夫，以致一个人半夜里到监狱去看望立夫，说出了一番真情流露的话语。直到此时，立夫才明白木兰有多么地爱他，而他也发现自己在内心中是多么地思念木兰。木兰决定不惜一切代价去救立夫。她半夜里到色狼司令官办公室去求情，机智巧妙地全身而出，并得到了释放令。这一波三折，实在使荪亚受不了，木兰的种种行为让荪亚看出木兰为了立夫可以不惜牺牲自己，荪亚因此有好一阵不理立夫。这次小小的吃醋，也是荪亚外遇的重要原因之一。

荪亚在杭州巧遇曹丽华，与她产生了暧昧关系。木兰发现后，用她的智慧收回了荪亚的心，并和丽华成了好朋友。从此之后，夫妇二人安居过日子，家庭生活还算满意。

不久，日本大肆侵略中国，中华大地打破了以前的平静。在国家危难的关头，牛素云为牟取暴利变成了汉奸。姚老先生病危，木兰前去探望。姚思安留下遗嘱，对牛素云从宽处理，希望她从此为国效力。日本的侵略惨绝人寰，木兰在战乱中失去了自己的儿子，曼娘不堪忍受日本士兵的侮辱而自尽。木兰不堪忍受国仇家恨，决定投身到抗日的潮流中……

四、主要人物形象

姚木兰

天资聪颖，美丽端庄，开朗大方，识大体，有男孩子性格特征，会吹口哨，连书法也呈现出苍劲有力的男子气，深受父亲姚思安喜爱。其父亲开明的道家思想使她的性格自由发展，想法不受拘束。幼时流落于曾家，从而与曼娘成了金兰姐妹。跟乐天派的曾荪亚两小无猜，两人很投缘。十五岁时和妹妹莫愁结识立夫，觉得立夫想法很有见地，鼓励当时年少的立夫那些标新立异的想法。她曾深爱着立夫，但还是觉得妹妹更适合立夫。在家人安排下，她和荪亚结成夫妇，虽然一辈子生活在战争年代的坎坷中，却过得舒适安逸。她经常异想天开，被荪亚封为“妙想夫人”，最后在躲避战乱的路上收养了很多无家可归的孩子，其母性的一面也表现得淋漓尽致。

姚莫愁

比木兰小一岁，是木兰的妹妹加知己。父亲的自由思想让她像木兰一样聪慧，但是想法更有见地。十四岁在西山第一次相会立夫和傅先生时，她就发表关于乾隆书法的高论，和当时十六岁的立夫争执不休，让当场所有文人都刮目相看。她想法很独特，性格很沉稳，思想成熟，跟木兰乐观的性格不同。在考虑自己爱情时，她大胆和木兰交换看法，跟同样想法独特的立夫是天生一对。

曾荪亚

曾家从小受宠的三小子，调皮却也很老实，性格乐观，简单明了。因腊八粥一事他和木兰结缘，后和木兰育有阿曼、阿通和阿眉两女一子。由于战争南迁杭州，在机缘巧合下，他和当地美院女生曹丽华发生了一段婚外浪漫史，但被聪明的姚思安、姚木兰父女巧妙化解，全家还和曹丽华成了很好的朋友。

姚思安

年轻时是吃喝嫖赌的浪子，因让当时的冯家小姐未婚先孕而仓促结婚。婚后他突然看穿世事浪子回头，将家业全权交给冯舅爷打理，潜心学道。家中琐事他都让姚太太掌管，但大方向的事情自己做主。他的经商思路也跟一般人不同，喜欢研究中华文明遗产的甲骨、文物废墟和王府花园。他思想开明，不主张让旧封建思想束缚子女。他晚年对人生有诸多领悟，属于让人“高山仰止”的人物。

五、文学成就

林语堂的《京华烟云》是一部在海外享有盛誉的长篇小说。1939年11月，林语堂的英文小说《京华烟云》由赛珍珠丈夫华尔希经营的庄台公司首次出版。这部以阐释中国道家哲学为主旨的小说，在美国一面世即引起巨大反响，此后不仅多次再版，1975年还被推荐为诺贝尔文学奖候选作品。其内容博大精深，感情真切自然，文字优雅含蓄，集中了林语堂小说艺术的精粹。

就该小说而言，无论是人物刻画还是情节结构，作者都以一种自然、平淡和真实的写作风格加以再现，有着一种含蓄隽永的魅力。比如，一句姚思安念出的小诗：天平地平，人心不平，人心能平，天下太平。寥寥数语，教化人心。作为我国小说艺术成就的最高峰，《红楼梦》这部我国封建社会后期社会生活的百科全书，对后来的文学创作有着不可替代的影响力和冲击力，影响了一大批的作家和作品，《京华烟云》就是其中很有代表性的一部。

小说体现了民俗的“京味”色彩，涉及婚嫁民俗、岁时民俗、语言民俗、信仰民俗等许多方面，全景式地呈现了别具一格的“京味”文化。

林语堂的文字贵在文雅清丽，不着痕迹，于轻描淡写间把那些尘封的往事娓娓道来。他的故事看似才子佳人、风花雪月，却无不建立在极其现实的时代背景下，宏大而真切。他不是要把美好背后的阴暗展示给人看，而是要把黑暗撕开来透进光明，仿佛在隧道里给人们指引出口。

《京华烟云》中也有对封建思想的揭露和对旧社会女性受束缚的同情，但总体上不是消极地抗议和谴责，而是真诚地赞美和讴歌，以及对传统文化的弘扬。中国的女性千百年来正是以这些传统的道儒文化的精髓自珍、自爱、自重，并在过去以及现在复杂的社会生活中扮演着重要的角色，散发出璀璨的光芒。

六、名家点评

我写过几本好书，尤其以写《京华烟云》自豪。

——林语堂

在现代中国小说中，《京华烟云》是首屈一指的杰作。

——林太乙（林语堂之女）

《金锁记》—— 传奇女子的传奇篇章

作　　者：张爱玲

文　　体：小说

成书年代：1943年

一、作者介绍

张爱玲（1920—1995），中国现当代作家，本名张瑛，出生在上海公共租界西区麦根路313号的一幢建于清末的仿西式豪宅中。张爱玲的家世显赫，祖父张佩纶是清末名臣，祖母李菊耦是朝廷重臣李鸿章的长女。张爱玲一生创作了大量的文学作品，包括小说、散文、电影剧本以及文学论著，她的书信也被人们作为著作加以研究。1944年，张爱玲结识作家胡兰成并与之交往。1973年，张爱玲定居美国洛杉矶。1995年9月8日，张爱玲被人发现逝世于洛杉矶寓所中，死因为动脉硬化心血管病。

二、作品档案

《金锁记》描写了一个小商人家庭出身的女子曹七巧的心灵变迁历程。作者细微地镂刻着人物变态的心理，那利刃一般锋利、尖刻的言语产生了震撼人心的艺术效果。小说后来被改编为同名话剧、舞台剧、电视连续剧等。

《金锁记》在叙述体貌上还借鉴了民族旧小说的写作手法，作者用类似《红楼梦》之类小说的写作手法来表现她所要表现的十里洋场华洋杂处的现代都市生活。

作者在本书中空前深刻地表现了现代社会两性心理的基本意蕴。她在她那创作的年代并无任何前卫的思想，然而却揭开了两性世界温情脉脉的面纱。主人公曾被作者称为她小说世界中唯一的“英雄”，她拥有着“一个疯子般的审慎和机敏”。为了报复曾经伤害过她的社会，她选择了最为病态的方式，“她那平扁而尖利的喉咙四面割着人像剃刀片”，随心所欲地施展着淫威。

三、内容概要

小说主人公曹七巧是麻油店店主的女儿，曾经有过美好而自由的青春，但小市民的习气也不可避免地污染了她的性格。曹七巧的哥哥为了攀上高宅大院的姜家，也为了省掉一笔嫁妆，将曹七巧送进了姜家瘫痪少爷的新房里。为了金钱，曹七巧牺牲了自己的青春、爱情和正常人的生活，被迫守着一个如僵尸一般的丈夫。黄金像是一把沉重的枷锁，令她窒息。她的残废丈夫不能给她以情欲上的满足，更不能庇护她们孤弱的母子。从上到下，老老小小都因为她出身低贱而看不起她，她长期处于孤立无援的地步。娘家兄嫂只知道从她这里哄骗更多的钱财，却不懂她会因此受到更多的侮辱。她想依靠小叔子姜季泽，但那个花花公子调起她的情欲后，却又以家族的名义斥责她、回避她。

这个情欲得不到满足的少妇，为了黄金熬了半辈子，才熬到“夫死公亡”的时刻，分得一大笔遗产。在财欲与情欲的压迫下，她的性格变得扭曲，行为变得乖戾。环境的压抑激起了她争强好胜的心理，同时也使她的小市民习气以加倍的力量爆发出来。她讲话俗气，待人刻薄，人缘很差。

她以青春、爱情乃至人生为代价赢得了黄金后，却也被黄金这把枷锁压得扭曲了人性。她把过去自己所遭受的一切，全部变本加厉地报复在子女身上：破坏儿子的婚姻，摧毁女儿的幸福。“三十年来她戴着黄金的枷。她用那沉重的枷角劈杀了几个人，没死的也送了半条命”。

四、主要人物形象

曹七巧

《金锁记》中的女主人公，是一个麻油店人家出身的下层女子。她的大哥为了攀附权贵，把她嫁入了没落大族姜家，她的丈夫是个自小就卧病在床的废人。曹七巧出身平民，有着勇敢、刚强和直爽的一面，突然进入了死气沉沉、钩心斗角的封建家族，而且嫁给了一个废人。在姜家她处处遭受排斥和冷眼，因此她不断反抗。在别人眼中，她恶名昭著。后来她的丈夫和姜家老爷相继死后，姜家分了家产，她带着儿女搬到外面住下。曹七巧的下半生，没有了压抑的生活，也有了经济基础，可是她过得并不如意。旧时她曾托以幻想的意中人三爷姜季泽来找她，她毫不犹豫地揭穿了他骗财的把戏，把自己生命中唯一的一点爱情葬送了；儿女长大要成婚、出嫁了，可是她偏要和儿媳过不去，最终气死了儿媳；女儿三十岁了仍未出嫁，好不容易找了对象，她偏又从中破坏。

五、文学成就

张爱玲的作品在很大程度上受到了《红楼梦》的影响，喜欢以大家族为题材，喜欢描写大家族中的人物，尤其是女性的命运。她特别注重对大家庭的装饰、人物穿着以及色彩的描绘，往往是大红大紫、特别鲜明。且看七巧的装束：“窄窄的袖口里垂下一条雪青洋绉手帕，身上穿着银红衫子，葱白线香滚，雪春闪蓝如意小脚裤子，瘦骨脸儿，朱口细牙，三角眼，小山眉，四下一看，笑道：‘人都齐了’……”

小说中给人印象特别深的还有意象的描写。作者常用意象描写来渲染人物的心理。如姜季泽来算计曹七巧的钱财的时候，曹七巧虽然对昔日的欢爱还有些留恋，但又看出姜季泽是在欺骗她，她恨姜季泽，狠心把他骂跑了。这时候，被打翻的“酸梅汤沿着桌子一滴一滴朝下滴，像迟迟的夜漏——一滴，一滴……一更，二更……一年，一百年。真长，这寂寂的一刹那”。这就是曹七巧当时复杂心情的描写，而且一滴一滴，跟曹七巧漫长的一生融合在一块儿，越发突显了曹七巧悲剧的一生。作者有时又用意象描写来定格、点题、突出印象、增强联想。小说中共六次写到月亮，每次的含义都不同。作者注重通过分析自然景物的意象化描写，象征性地烘托人物的情绪，营造作品的氛围。

小说的语言非常有韵味，文白相济，雅俗结合，特别是工笔描绘的写实，带有浓艳、繁复的效果，往往有些苍凉的意味。

六、名家点评

毫无疑问，《金锁记》是张女士到目前为止的最完满之作，颇有《狂人日记》中某些故事的风味，至少也该列为我们文坛最美的收获之一。

——傅雷

中国从古以来最伟大的中篇小说。

——夏志清

《围城》—— 二十世纪的“新儒林外史”

作　　者：钱锺书

文　　件：小说

成书年代：1947年

一、作者介绍

钱锺书（1910—1998），字默存，号槐聚，江苏无锡人，中国现当代著名小说家、学者。他1933年毕业于清华大学外文系；1935年赴英国牛津大学学习，后至法国巴黎大学研究法国文学；1938年回国后曾任西南联合大学、暨南大学教授，中央图书馆外文部总编纂；中华人民共和国成立以后历任清华大学教授、中国社会科学院研究所研究员等职。

他的小说作品主要是短篇小说集《人·兽·鬼》和长篇小说《围城》，生动地描绘了知识分子阶层的众生相，对社会、人生、心理和道德的病态作了深刻的解剖，文笔犀利、机智、幽默，深刻地针砭了令人窒息的社会世态。由于他学贯中西，小说作品恰当地引用了中外文化、历史典故，讽刺手法运用得出神入化，取得了很高的艺术成就。新中国成立后从事古典文学和比较文学研究。他对文学、美学、心理学、历史学、哲学等各门学科均有深入的研究，著述甚丰，主要有《宋诗选注》《谈艺录》《管锥编》等。他对中西诗论、文论作了广泛而精微的辨析、比较和阐发，融渊博知识和精辟见解于一炉，成就卓著，被誉为“文化昆仑”。

二、作品档案

《围城》是钱锺书一生创作的小说中唯一的一部长篇小说，于1944年动笔，1946年完成，1947年由上海晨光出版公司印行。《围城》创作、出版于抗战时期，展示的却是战火硝烟后的另一个世界——知识分子的生活，通过对抗战初期从西欧留学归国的方鸿渐的命运的描写，再现了二十世纪上半叶的中国知识分子形象，从而从侧面展示了当时中国的黑暗和腐败，展示了用旧的“民主个人主义”思想装扮起来的知识分子的灵魂及其历史命运。他们的生活领域如同被围困的城堡，城外的人想冲进去，城里的人却想逃出来，而他们的人生观，他们所受的教育以及他们所处的社会地位则使他们无法逃脱现实的摆布，于是便只能在“围城”中倾轧、角逐、煎熬、潦倒。作者借此形象地宣布了西方资产阶级文化教育思想在中国的破产，提出了中国知识分子发展道路的问题。

《围城》是作者在困顿之中“锱铢积累”而成的，从他熟悉的时代、熟悉的地方和熟悉的社会阶层取材，但组成故事的人物和情节全是虚构的。尽管某几个角色稍有真人的影子，但事情都是子虚乌有的；某些情节略具真实，人物却全是捏造的。比如，方鸿渐取材于两个亲戚：一个志大才疏，常满腹牢骚；一个狂妄自大，爱自吹自擂。但两个人都没有方鸿渐的经历，倒是作者自己的经历，比如出国留学、担任大学教授的经历与方鸿渐有相合之处，作者可能从亲戚身上获得了些启示，但并不能对号入座。

小说问世之后，颇受欢迎，不到两年就出了三版。中华人民共和国成立后，一度绝版三十年，1980年再次重印，在读者中引起了强烈的反响。

三、内容概要

方鸿渐出生在江南的一座小镇，父亲是前清举人。他在读高中时就由其父做主与同乡周姓商人之女订婚，但他并未见过自己的未婚妻。后来他到北平上大学，给父亲写信要求解除婚约，但因被方老先生教训一顿而作罢。不料未婚妻不幸早亡，而方鸿渐知道后却有犯人蒙赦的感觉。秉承父亲的旨意，他给岳父写了一封深表痛惜之情的长信，言辞恳切，感动了岳父，岳父慷慨资助，送他出国留学。

方鸿渐在欧洲游历了一番，先后上了三所大学：伦敦大学、巴黎大学、柏林大学。他兴趣颇广，可生性懒散，所学无甚成就。到第四年，他看到自己所剩的钱已不多，便决定回国。为了对父亲和岳父有个交代，他花了四十美金从一个爱尔兰骗子那里买了一张假的美国“克莱登大学”博士证书，穿着博士服，戴着博士帽，照了张相寄回家中。

1937年夏天，方鸿渐随其他留学生一道回国。一路上，他和鲍小姐勾勾搭搭，这让苏文纨小姐看在眼里，心里极不舒服。

苏文纨是大家闺秀，品貌端正，又是法国文学博士。她和方鸿渐在北平大学时是同学，但过去二人接触并不多。这次同船回国，她有意要和方鸿渐接近，不料想被同船的鲍小姐抢了先。鲍小姐已有未婚夫。船到香港，接亲友的人们向船涌来，鲍小姐投到一个半秃顶的黑胖子怀里。方鸿渐若有所失，正在凭栏发呆之际，却见苏小姐打扮得光彩照人，立在身后，二人终于言归于好。

方鸿渐陪苏小姐在香港玩了两天，二人十分亲密，苏文纨对方鸿渐更是百般体贴。但方鸿渐自觉对她的情谊只能到此为止了，无论彼此距离多么近，终不会走在一起，二人分手。

回到上海后，方鸿渐到岳父家，岳父倍感荣耀，登报炫耀方鸿渐的“克莱登大学”博士文凭。方鸿渐见此羞恼不已，恨不得把报纸撕为两半。

方鸿渐回到县城家里看望父母，父亲率亲朋冒暑在月台迎候，地方日报记者也来拍照采访。县立中学的吕校长请方鸿渐去讲演，方老先生一口应允。方鸿渐没有真才实学，也没带讲稿，临时现编，大讲鸦片和梅毒，校长非常失望。那些地方绅士也不敢把女儿嫁给他了。

抗战爆发，方鸿渐全家到上海租界避难，方鸿渐住在岳父家，并在岳父的银行里当职员。他觉得闲散无聊，去看望苏小姐，而留美博士赵辛楣正在追求苏小姐，看见苏小姐倾心于方鸿渐，大为不快。剑桥归来的诗人曹元朗也向苏小姐大献殷勤。苏小姐对方鸿渐虽情意绵绵，可方鸿渐却看上了苏小姐的表妹。苏文纨得知真相后，羞恨交加。方鸿渐向唐晓芙求爱但遭拒绝，苏文纨则嫁给了曹元朗。得知方鸿渐不是自己的情敌后，赵辛楣把方鸿渐看作兄弟，两人成为挚友。方鸿渐情场失意，又被岳父解聘，离开了周家。

在赵辛楣的推荐下，方鸿渐收到了湖南三间大学的聘请，与赵辛楣、李梅亭、顾尔谦和孙柔嘉结伴，同赴三间大学任教。由于时局维艰，国难当头，交通十分不便，方鸿渐和赵辛楣一行历尽千辛万苦。一路上，李梅亭和顾尔谦自私势利，丑态百出，方鸿渐和赵辛楣对他们很是不屑。

三间大学校长高松年，原本聘方鸿渐为教授，听说方鸿渐无学位，便略施小计，改聘为副教授。李梅亭本来是要来当中文系主任的，但高松年将此职位给了部里汪次长的伯父汪处厚。赵辛楣因与校长有交情而被聘为教授兼政治系主任。

方鸿渐被指定教伦理学，可他并不熟悉这门课，又缺少参考书，加上他讲课经验少，学生们对他并不尊重。孙柔嘉在外文系教授英语，遭学生们取笑，无法任教，后由方鸿渐接替。学校像官场，派系林立，校长有“嫡系”“外围”，外文系主任刘东方和历史系主任韩学愈明争暗斗，善于投机的李梅亭当上了训导长。历史系教授陆子潇则不时地炫耀自己的社会关系。

方鸿渐得知韩学愈也是“克莱登大学”的博士生，无形中树了一个大敌。韩学愈千方百计要挤走方鸿渐，离间方鸿渐和刘东方的关系，还派高年级的亲信学生去旁听方鸿渐的课，让他们找碴儿要求换老师。方鸿渐得知这是韩学愈搞的鬼，便先下手为强，把韩学愈的底细捅给了刘东方，也亏得刘东方才使事件平息下来。刘东方托中文系主任汪处厚的太太做媒，要将自己的妹妹介绍给方鸿渐，遭方鸿渐拒绝，方鸿渐因此得罪了刘东方。汪太太年轻美貌，赵辛楣对汪太太有好感。赵辛楣和汪太太一次私会时，被高松年和汪处厚抓住。赵辛楣再也无法在学校待下去了，第二天一早动身离校。

赵辛楣走后，方鸿渐去通知孙小姐，二人半路巧遇，边走边谈。孙小姐颇有依恋之意，方鸿渐说受赵辛楣托付照顾她，如准备回家，他可以和她同走。孙小姐托词试探，假说有人写匿名信给她爸爸造他们二人的谣。正说话间，李梅亭和陆子潇走来，孙小姐急忙伸手拉住方鸿渐的右臂，仿佛要求他保护。李梅亭的目光落在方鸿渐的右臂上，连妒带讽地取笑道："对不住打断你们的情话。"方鸿渐回击道："你知道是情话，就不应该打断。"

陆子潇在方鸿渐房里看见一册拉斯基作的《共产主义论》小册子，他将此事通知了李梅亭，李梅亭又将此事书面呈报给高校长。高校长借口方鸿渐思想有问题，把他解聘了。

方鸿渐携孙柔嘉离开湖南，转道香港去上海。在赵辛楣的劝导下，方鸿渐和孙柔嘉在香港匆匆结婚。离港前，方鸿渐夫妇到赵家辞行，不期遇到苏文纨，结果被趾高气扬的苏文纨羞辱了一番。方鸿渐夫妇快快地回到旅馆，免不了一场暴风雨般的争吵。

回到上海，方鸿渐经赵辛楣的介绍到华美新闻社当了资料室主任，孙柔嘉也在她姑妈所在的纱厂的人事科任职。方家的旧规矩和两个弟媳的说长道短使孙柔嘉难以忍受，孙柔嘉的姑妈有点地位，瞧不起方家和方鸿渐。两亲家也互相鄙视。保姆李妈偏袒孙柔嘉，还常在孙柔嘉的姑妈面前搬弄是非，姑妈也常干预二人的生活。方鸿渐夫妇经常争吵，感情日益恶化。方鸿渐所在的报馆受到租界当局警告，主编被迫辞职，方鸿渐出于义愤也跟着辞职。孙柔嘉得知此事后，非常生气。方鸿渐想到重庆投奔赵辛楣，孙柔嘉怕不保险，并对他倚赖朋友的行为极不满，劝他到她姑妈厂里做事，方鸿渐断然拒绝，二人唇枪舌剑大吵起来，甚至动起手来。方鸿渐在气愤中走出家门。然而，他无处可去。回到家里，孙柔嘉已经走了。他和衣倒在床上，夜深人静，那只祖传的老钟响了起来。

四、主要人物形象

方鸿渐

小说中的主人公。出身于一个没落的封建绅士家庭，既无远大理想，又无真才实学，但他为人正直，有一定的民族自尊心，鄙薄“西方文明”，耻于做资本家的走狗。在名利场的角逐中，他不愿意同流合污，鄙视欺世盗名的人，结果到处碰壁，在社会无立足之地。在情场角逐中，他被欺骗愚弄，结婚后家中纷争不绝，使他处于痛苦的“围城”之中，陷于孤寂绝望的境地。他的悲剧，说明远离人民和时代的进步，必然找不到明确的生活目标和奋斗的勇气，是抗战时期具有民主个人主义思想的知识分子的代表。

孙柔嘉

小说中主要人物之一，是中国文化的典型产物，受过高等教育。她最大的成功是嫁了方鸿渐，最大的失败也是嫁了方鸿渐。她与方鸿渐的分手是她的性格所导致的。

赵辛楣

小说中主要人物之一，是当时社会知识阶层里的一个典型，是个受过美国教育，用烟斗抽烟，随时都要演讲的傲慢的年轻人。他所处的环境使他不免会沾染上那个阶层的习气，但他和那些冒牌的文化人，如曹元朗、李梅亭还是有所区别的，还有可爱的一面。

苏文纨

小说中主要人物之一，出身于一个政治家庭，留法女博士。她与方鸿渐同船回国时爱上方鸿渐，欲嫁方鸿渐不成，后嫁给曹元朗。她身为文学博士，却是文化圈里的冒牌知识分子，还抄袭别人的作品。

唐晓芙

在小说中着墨不多，但极为生动。作品写她是“摩登社会里那桩罕物”——一个真正的女孩子。她是苏文纨的表妹，在苏家与方鸿渐邂逅后，一度相爱。作者似乎比较偏爱这个人物。

五、文学成就

《围城》通过对方鸿渐及他周围的一群人从热闹的十里洋场到闭塞的三闾大学，从国外留学生活到国内游荡经历的描绘，用漫画式夸张的手法嘲弄了当时的知识分子的精神困境，揭示了人生如“围城”，“城外的人想冲进去，城里的人想逃出来”这一典型的社会现象。

《围城》并没有贯穿始终的主要情节，而是以方鸿渐的经历贯穿全篇。作者的讽刺之笔可以说完全地集中在抗战初期中国的上层知识分子身上，作者以其深厚的讽刺艺术功底以及驾驭长篇小说的创作能力，刻画出了一系列生存在他称之为充斥着臭人丑事的粪窖般的世界中的知识分子脸谱。这里面有知识界、文艺界的名流，如褚慎明、董斜川、曹元朗等；有涉世未深，到处碰壁的留学生，如方鸿渐；有被西方文化和半殖民地半封建文化扭曲的女性，如苏文纨；还有一批在高等学府里忙于争权夺利、钩心斗角而误人子弟的假道学们，如高松年、李梅亭、韩学愈、汪处厚等。这些人物形象构成了半殖民地半封建的中国社会中病态人物的部分。所有这些反映的社会生活是相当广阔的。钱锺书站在哲理的高度讽刺这些社会现象，他的讽刺远远超越了那个社会，超越了那个时代。《围城》中讽刺手法灵活多样，比喻、用典、比较、推理等手法中处处见锋芒，取得了近乎完美的讽刺效果。

《围城》中的比喻形式多种多样，来源广泛，标新立异，带有深刻的哲理意味，使人在频频发笑的同时领悟到了一些深刻的道理。赵辛楣初遇方鸿渐时，书中描写到，“赵辛楣和鸿渐拉拉手，傲兀地把他从头到脚看一下，好像鸿渐是一页一览而尽的大字幼稚园的读本”。这个比喻中，本体和喻体分得很清楚，因此产生了让人吃惊不已的修辞效果，从而把赵辛楣既轻蔑又嫉妒方鸿渐的复杂感情淋漓尽致地表达了出来。小说中涉及大量古今中外的文化知识及掌故，这也是作品精致的修辞（尤其是比喻）实践成功的重要原因。类似的例子在书中还有很多，它们构成了《围城》的一大特色——博喻。又如，“有鸡鸭的地方粪多，有女人的地方笑多”“电话是偷懒人的拜访，吝啬的通信”等，这种新颖独特的比喻在小说中随处可见，让人耳目一新。小说中令人吃惊的讽刺与幽默的效果正是通过这些妙喻才表达出来的，正是因为采用了极富魅力的比喻，才形成了小说的十分突出的艺术特色。

作者采用了重复的手法，增强了讽刺的艺术性。留学归来的鲍小姐，袒胸露背，扭捏造作，作者反复把她比作熟肉店里的熟肉和熏火腿，“因为只有熟食店会把那许多颜色暖热的肉公开陈列”，紧接着作者又借用“真理是赤裸裸的”这一格言，把鲍小姐轻薄、放荡不羁的习惯写得惟妙惟肖。作者抓住内在的连接点，把彼此没有关联的事物放在一起进行比较。例如，写国统区物价上涨，“物价像断了线的风筝，又像得道成仙，平地直升”；写方鸿渐一行在泥泞中艰难地行走，把众人刮的鞋泥比作“贪官的地皮”。将“物价”和“风筝”作比较，将“鞋泥”和“地皮”作比较，作者借助这些不相关的比较，表达了自己对当时那样一个恶浊社会的憎恶和鄙视，虽并未直接抨击时局，但其讽意已溢于言表。

《围城》的语言独具特色，采用的是第三人称的评说性叙事方式。无论是叙述还是评论，都不作空泛的表述，在讽刺可笑的人和事中让人悟出深刻的道理，如方鸿渐与唐晓芙最后一次见面时唐晓芙的内心独白，以及高松年第一次出场时的内心独白。这种叙事方式的好处，在于使读者避免沉迷于小说中某个人物的所思所为而不能自拔，从而与人物保持一个恰当的距离，达到作品的讽刺效果。这种评说性叙事方式的采用，既是小说弥漫着一种超然之气的重要原因之一，也是使读者对小说中的人物保持一个恰当的距离的重要手段。

总之，《围城》给我们展示了一个丰厚独特的新天地，在小说那对社会不留情面的奚落、挖苦的背后，又蕴含着作者对人生的热望。作者通过描写方鸿渐的命运，剖析了当时灰暗社会的丑陋本质，更重要的是想唤醒“在围城中徘徊、挣扎的人们，冲破围城，去走自己的新路”。钱锺书的这种独特的艺术表现手法，在中国现代文学史上占有重要的地位。

六、名家点评

《围城》的主要内涵是：围在城里的人想逃出来，城外的人想冲进来。对婚姻也罢，职业也罢，人生的愿望大都如此。

——杨绛

《暴风骤雨》——一幅土地改革的历史画卷

作　　者：周立波

文　　体：小说

成书年代：1948年

一、作者介绍

周立波（1908—1979），原名周绍仪，湖南益阳人，中国现当代作家。他曾在湖南长沙省立一中和上海劳动大学社会科学院经济系读书，二十世纪二十年代开始文学创作。在新民主主义革命时期，他通过自己的作品反映解放区的新生活和人民的革命斗争。他的长篇小说《暴风骤雨》详尽地描绘了东北解放区土地改革的过程，在思想性和艺术性方面取得了巨大的成就。这部作品在国内外都享有盛誉，曾获得斯大林文学奖。

周立波是一位脚踏实地的作家。他广泛地联系群众，努力从人民大众的生活中汲取素材。1951年2月，周立波曾深入北京石景山钢铁厂和工人们一同参加生产劳动，了解工人的生活。1954年8月，他创作完成了以工业建设为题材的长篇小说《铁水奔流》，作品反映了工厂工人当家作主的精神风貌。另外，周立波的短篇小说创作也很有成就，如《铁门里》《禾场上》《卜春秀》等都深受读者的喜爱。

茅盾在评价周立波的创作时指出："周立波的创作沿着两条线交错发展，一条是民族形式，一条是个人风格；确切地说他是在追求民族形式的时候逐步地建立起他个人风格。他善于吸收旧传统的优点而不受它的拘束。"

二、作品档案

《暴风骤雨》是我国现代文学史上最早反映农村土改运动的优秀长篇小说。它是周立波创作道路上的一座里程碑，标志着他的创作发展到了成熟的阶段。

1946年，党中央为了适应全国解放战争新形势的需要，决定在解放区农村进行土地改革。第二年，党中央又召开全国土地会议，制定《中国土地法大纲》，一场伟大的土地改革运动在解放区广大农村开展起来，周立波遵照中央指示，来到东北松江省尚志县元宝镇加入土改工作队，投入到这场土改斗争中。他和工作队员每天与农民一起生活、战斗，彼此建立了深厚的情谊。经历过的无数事件，接触过的无数人物，都深深印在他的脑海中，为他后来创作《暴风骤雨》积累了素材。1947年10月，周立波在哈尔滨写完《暴风骤雨》的第一部，第二部于1948年12月完成。

《暴风骤雨》以东北松花江珠河县元茂屯村为背景，描写了当时土改斗争的情况。小说通过描写土改工作队长肖祥的具体日常活动，展示了中国共产党在土改工作中的领导作用，展示了土地改革前后中国东北农村的生活以及农民精神面貌的巨大变化，歌颂了农民在中国共产党领导之下所爆发出来的革命精神和革命热情。

三、内容概要

1946年7月的一个清晨，老孙头孙永福赶车，拉着一辆载着十五个到元茂屯开展土改运动的工作队员的四轱辘大车，来到松花江畔的珠河县元茂屯。工作队的到来打破了元茂屯居民平静的生活，同时也给地主恶霸韩老六韩凤岐、杜善人杜善发和唐抓子唐田带来了不安。工作队在小学校里住了下来，开会决定各位队员的工作：都下去交朋友，发现积极分子，确定斗争对象。

赵玉林是队员小王交的第一个朋友。赵玉林又称“赵光腚”，在日本帝国主义和恶霸地主双重的压迫之下，老母亲被活活地饿死了，妻子靠要饭维持生计，全家三口人没有裤子穿，因此得了“赵光腚”的绰号。他曾经坐过监牢，遭受过非人的折磨，和日本帝国主义及地主韩老六有不共戴天的仇恨。小王问他敢不敢和韩老六斗争？赵玉林十分爽快地说：“咋不敢，有你们领头，咱就都不怕。”

在赵玉林的帮助下，小王又找到了郭全海。贫苦农民郭全海十三岁的时候就给韩老六放马，他的父亲被韩老六害死了，和韩老六也有血海深仇。在小王的启发和领导下，这位穷苦的农民也挺直了腰板，敢于站起来和恶霸地主进行面对面的斗争。

元茂屯的贫苦农民，除了赵玉林、郭全海，还有白玉山、老田头万顺等人，他们都受过韩老六的压迫和剥削，许多人被韩老六搞得家破人亡。工作队队员大力发动人们倒出满肚子的苦水，以此来把人们团结起来。斗争韩老六的开端源于韩老六毒打小猪倌吴家福，人们听到小猪倌尖呼“救命呀，韩老六杀人了”后，就如潮水般涌入韩家大院，救出了已被打得血肉模糊的小猪倌，并在屯子外面一个窝棚里抓住了韩老六。斗争韩老六的大会在人们的怒吼声中进行着。最后，应群众的要求，韩老六被枪决，这个恶贯满盈的地主恶霸终于去地狱报到了。元茂屯土改斗争取得了初步胜利，肖祥告别群众回到县里去总结工作经验。

一年后，为了深入彻底地将元茂屯的土改斗争进行下去，已升为珠河县委书记的肖祥第二次带着工作队进村了。肖队长一来，农民们又有了主心骨，他们清算了投机分子、地主忠实的代言人、新农会主任张富英。工作队成立了贫雇农团，重建了妇女会。整顿了领导班子之后，人们开始把斗争矛头指向大地主，彻底清查、接收杜善人和唐抓子两人的财产。清查大地主后，又清查大地主的本家、亲戚、走狗等剥削阶级及其成员。这些工作结束后，贫苦的农民开始了分财产、分土地运动，平分大会夜以继日地进行着，百姓们的思想更解放了。

肖队长从县里开完征兵会议回来，与郭全海一道召开积极分子会议，在全屯掀起了一个参军高潮。不到四天时间，元茂屯有一百二十八人报名参军。在这些人当中，肖队长精选了四十一个从十八岁到二十八岁的强壮小伙子。

1947年4月的一个早上，元茂屯里响起了各种乐器的声音，欢送新兵入伍的仪式开始了。在欢快激昂的乐曲声中，以郭全海为首的四十一名参军青年，一字排列在公路上，人们手里拿着红花，走上前去为新兵们佩戴。一切准备妥当后，喇叭奏响了《将军令》，军号吹起了得胜号，新兵们迎着初升的太阳，上车出发了……

四、主要人物形象

赵玉林

东北农村元茂屯的贫苦农民，家里穷得连衣裤都没有。夏天，赵玉林每天天不亮就光着身子到地里干活，天黑了才敢回家，于是别人给他送了个外号叫“赵光腚”。赵玉林与本村的恶霸地主韩老六有着深仇大恨。日本侵占我国东北三省的时候，赵玉林的母亲被饿死了，后来韩老六又硬逼着他给日本鬼子当劳工。等他当完劳工回来，地也荒了，女儿也死了，他老婆带着孩子四处要饭。在这样的情况下，韩老六还硬逼着他交租子，他交不起，就被罚跪碗碴子，跪得血流了一地。土改工作队来了以后，赵玉林积极靠拢工作队，带头揪斗韩老六，在斗争会上控诉韩老六的罪行。在他的带动下，很多贫雇农也积极地加入到土改斗争的行列中。后来，赵玉林被推举为主任兼组织委员，加入了中国共产党。从此以后，他更是一心扑在工作上。在追捕逃跑的韩老六时，他一马当先，冲在前面。元茂屯土改斗争的胜利，引起了敌人的恐慌，敌人开始偷袭元茂屯，赵玉林在阻击敌人的战斗中英勇牺牲。

郭全海

东北农村元茂屯的雇农。父亲被地主韩老六硬逼着打牌，一年的血汗钱输了个精光，一气之下，得了重病死去。郭全海十四岁起就给韩老六当马倌。土改工作队来到元茂屯，在赵玉林的带动下，郭全海成长为一名农会干部，加入了中国共产党。农会主任赵玉林牺牲后，他接替了赵玉林的职务，带领穷苦乡亲进行土改复查，分土地，挖浮财，打土匪，抓出暗藏的特务，整顿农会组织，使元茂屯成为东北解放区的一个坚固的根据地。郭全海在斗争中越来越成熟，分土地、分浮财时，他表现出先人后己、大公无私的品格。他还赢得了屯里姑娘刘桂兰的爱情。之后，郭全海参加了解放军，随同部队开向解放战争的战场。

老孙头

东北农村元茂屯的一名车把式。他见多识广、胆小自私、爱吹牛、好面子。工作队刚进屯时，他对土改工作持怀疑态度，不相信能把地主韩老六斗垮。参加过几次斗争会后，他确信土改工作能取得胜利，便积极参加土改工作，被选为农工联合会的小组长。他联合了其他一些车把式和青年农民一起控诉地主的罪恶，闹翻身，求解放。作为一名车把式，他最大的愿望就是能有一匹归自己使唤的牲口，农会考虑到他的要求，分给他一条骡腿（四家共分一头骡子）。从此他更加主动地参加农会的工作了。

韩老六

东北农村元茂屯的恶霸地主。伪满时期，他怂恿自己的女儿和儿媳与日本鬼子来往，依靠侵略者的力量，使自己从一个小康之家的主人迅速成为占有大片土地和财产的恶霸地主。他当上汉奸之后，害死了十七条人命，又勾结日寇和匪军，杀害抗联和八路军战士。土改工作队进屯后，他企图拉拢、腐蚀工作队，利用贫雇农对他的畏惧心理，想在斗争中掌握主动权。但当贫雇农真正被发动起来以后，他只得逃出屯子，最后被工作队抓住，执行枪决。

五、文学成就

1948年《暴风骤雨》出版后，获得了很高的评价。当时的评论界认为，《暴风骤雨》有三个特点：一是塑造了民间英雄——代表时代希望的新人物新形象；二是开拓了重大革命题材写作；三是使用了新的民间语言。

小说结构简单，故事突出，线索清楚。全书以土改斗争发展的过程为主线，写了一场场广大人民群众与地主恶霸之间的斗争，让所有人物在斗争中活动；同时，在斗争中也穿插一些生动的情节或细节，增加读者的阅读兴趣。有些场面描写如“分马”一节，层次分明，人物活动形象具体，有声有色。

《暴风骤雨》具有理想主义色彩，它把当时农村复杂的阶级关系在一定程度上简单化、规范化了。在小说里，地主和农民的矛盾成了唯一的矛盾，而且斗争的双方营垒分明，在一定程度上削弱了作品的现实主义深度。《暴风骤雨》具有饱满的革命激情。作者描写人物，表现他们的斗争，都灌注了自己深厚的阶级感情，是非清晰，爱憎分明。在作品中，现实主义与理想主义是结合在一起的。周立波善于选取突出的典型事件和富有特征性的细节，用简练、朴素的笔墨加以描绘，展示人物性格。作品很少有冗长、沉闷的叙述，风格单纯、明快。

《暴风骤雨》塑造了一系列性格鲜明的艺术形象，如赵玉林、郭全海、肖祥、孙永福、韩老六、杜善人、李振江等，都各具特色。作者通过富有特性的心理和细节描写，深入刻画了人物的内心世界。另外，小说吸取了我国古典小说的传统表现手法，给人以质朴、刚健之感，具有明快、朴素的民族特色。

《暴风骤雨》成功地塑造了赵玉林、郭全海等贫苦农民形象。作者写了他们无可奈何地过着被压迫、被奴役的生活，这是土改运动的群众基础。他们一旦受到工作队的启发，内心深处的革命火种就熊熊地燃烧起来。尽管作者也写了他们缺乏斗争经验，斗争意志一度消沉，但更主要的是突出表现他们勤劳朴实、积极勇敢、大公无私、不怕牺牲的高尚品格。至于其他一些人物如白玉山、小马倌吴家福，妇女如赵大嫂、白大嫂、刘桂兰，也大多斗争积极，个性鲜明。

作品中塑造的最成功的形象是车把式老孙头。老孙头是一个具有浓郁喜剧色彩的人物，具有开朗诙谐的性格，喜欢吹牛和卖弄，但是又胆小怕事。他善良，一辈子受着地主的欺压，热切地渴望翻身，也能够看破一些地主的诡计，但是却不愿意出头，等地主的威势确实没了时，他才开始积极行动起来，分东西时还打着自己的小算盘。在老孙头身上，作者概括出了旧时农民的典型形象。

《暴风骤雨》最突出的成就，就在于其成功的文学语言——东北方言的运用，运用东北地区特有的事物名称、表达方式和歇后语等，使小说形象生动地再现了当时东北农村的社会风貌。小说用单纯、明朗、简洁的语言形式，描绘出了各种各样真实生动的生活场景，以及富于农民情趣的生活细节，充满了浓郁的生活气息，表现出了幽默活泼的农民情趣。

另外，作者善于学习群众语言，作品中运用东北农民的口语，语汇丰富，生动活泼，有很强的表现力和浓厚的生活气息及地方色彩。特别是许多对话，都是个性化的语言，使人闻其声如见其人。

六、名家点评

《暴风骤雨》的人物是比较单纯的，整个作品的情节和结构也是比较单纯的，也因为这样，它比较容易为一般读者所把握。

——陈涌

《暴风骤雨》是一部描写中国农村土地改革的“百科全书

式”的作品。

——安岛彬（日）

《射雕英雄传》—— 武侠小说的典范之作

作　　者：金庸

文　　体：小说

成书年代：1959年

一、作者介绍

金庸（1924—2018），原名查良镛，1924年3月10日生于浙江省海宁县（今海宁市）袁花镇。他是中国当代武侠小说作家、新闻学家、企业家、社会活动家。作为新派武侠小说最杰出的代表作家，金庸被誉为武侠小说界的“泰山北斗”“金大侠”“查大侠”。他还是《中华人民共和国基本法》主要起草人之一，2018年10月30日去世。

金庸在大学期间主修英文和国际法。毕生从事新闻工作，曾在上海《大公报》、香港《大公报》及《新晚报》任翻译、编辑，1959年创办香港《明报》，任主编兼社长历时35年，其间创办《明报月刊》《明报周刊》及马来西亚《新明日报》等。1972年，金庸宣布封笔。

金庸一生所获荣誉甚多，包括：英国政府O.B.E.勋衔，褒扬其对新闻事业及小说创作所做出的贡献；法国“荣誉军团骑士”勋衔；香港大学社会科学系荣誉博士；香港大学文学院中文系名誉教授；加拿大英属哥伦比亚大学文学博士；北京大学名誉教授；剑桥大学荣誉院士等。

金庸阅历丰富，知识渊博，文思敏捷，眼光独到。他不仅继承了古典武侠小说的创作传统，还开创了形式独特、情节曲折、描写细腻且深具人性和豪情侠义的新派武侠小说先河。他有两支笔，一支笔写武侠小说，雕刻人生百态；一支笔写社会评论，道尽人间冷暖。

金庸创作的武侠小说包括：《书剑恩仇录》《碧血剑》《射雕英雄传》《神雕侠侣》《雪山飞狐》《飞狐外传》《倚天屠龙记》《连城诀》《天龙八部》《侠客行》《笑傲江湖》《鹿鼎记》《白马啸西风》《鸳鸯刀》《越女剑》。以上各书均曾被改编为电影、电视连续剧、广播剧、舞台剧等，其中若干作品已被译成英文、泰文、越文、法文、马来文、日文、韩文等在海外流传，其作品销量长期高居华人社会之榜首。

金庸还为《明报》撰写社评二十余年，著有评论集《香港的前途》。此外，金庸还写了随笔、电影评论、戏剧评论、佛学研究论文及历史人物研究论文等。其翻译的作品已出版的有三种，在报刊连载的有四种。创作电影剧本十余种，电影剧本《绝代佳人》获中华人民共和国文化部金章奖。

二、作品档案

《射雕英雄传》又名《大漠英雄传》，是“射雕三部曲”之一，下接《神雕侠侣》《倚天屠龙记》。《射雕英雄传》是金庸中期武侠小说的代表作，也是金庸武侠小说中拥有读者数量最多的作品，它的发表确立了金庸“武林至尊”的地位。这部小说历史背景突出，场景纷繁，气势宏伟，具有鲜明的“英雄史诗”风格。在人物塑造与情节安排上，它打破了传统武侠小说一味将人物作为情节附庸的模式，坚持以创造个性化的人物形象为中心，坚持以人物统帅故事，按照人物性格的发展需要及其内在可能性、必然性来设置情节，从而使这部小说达到了事虽奇人却真的妙境。本书最初连载于1957—1959年的《香港商报》。《射雕英雄传》现收录在

《金庸作品集》中。

《射雕英雄传》是金庸武侠小说中影响最广泛的一部，其通俗性在武侠小说中首屈一指。

三、内容概要

南宋宁宗庆元年间（1195—1200）的一个岁末，隐居临安郊外牛家村的忠良之后郭啸天、杨铁心二人，被与金国王子完颜洪烈勾结的南宋官府害死，已怀身孕的郭夫人李萍、杨夫人包惜弱也双双失踪。噩耗传来，郭啸天和杨铁心的好友全真教道士丘处机怒不可遏，对杀害郭啸天和杨铁心的凶手进行了追杀。他惦念失散的朋友家眷，在临安一带四处奔走打探未果，接着又因受奸人段天德蒙骗在嘉兴与江南七怪发生冲突，两败俱伤。事后，丘处机与江南七怪识破奸人阴谋，冰释前嫌，但比武未分胜负。丘处机相约江南七怪一同寻人，由自己去救助杨铁心妻子包惜弱，江南七怪去救助郭啸天妻子李萍，并各自将两家的孩子抚养成人，十八年后双方重会于嘉兴，由郭啸天和杨铁心的后人代为比武再分胜负。江南七怪义薄云天，慨然应诺。

李萍在丈夫遇难后，先受到南宋军官段天德的挟持，后又为金兵所俘，一路漂泊到了蒙古大漠，怀胎十月后产下一子，李萍依丈夫遗言为孩子取名郭靖。

光阴飞逝，转眼郭靖已经六岁。这一年他因舍命保护草原英雄哲别受到蒙古大汗铁木真的赏识，被铁木真带回军营，不久又与铁木真的幼子拖雷结为安答（兄弟）。

此时江南七怪也寻访李萍母子到了蒙古，并在一次偶然机会中找到了郭靖。六年的辛苦寻找终于有了结果，江南七怪喜上眉梢，当即向郭靖传授各种武功。

十年后，郭靖已成长为一个健壮的少年，他虽天资鲁钝，但由于江南七怪严加督促，再加上自己勤奋努力，后又因得全真教掌教马钰传授玄门内功，武功已经初步练成。这十年铁木真东征西讨，终于统一大漠，被尊为“成吉思汗”。郭靖因颇有战功，被成吉思汗招为“金刀驸马”。

十八年之约将至，江南七怪带郭靖南归。为了让郭靖历练自己，江南七怪命郭靖先行，自己尾随其后。郭靖赶到张家口，与女扮男装的小叫花子黄蓉邂逅，两人一见如故，彼此倾心。

郭靖一路南行至金国的中都北京，在城中他因不满一个轻薄王子欺负卖艺弱女穆念慈与之发生恶战，险遭王府爪牙毒手。这个下流王子正是郭靖未曾见过面的义弟——杨铁心与包惜弱之子杨康（当时叫完颜康），当年包惜弱与丈夫失散，被金国王子完颜洪烈骗到北京，包惜弱为抚养杨康，被迫忍辱做了完颜洪烈的王妃。

郭靖、黄蓉相伴而行，在长江边他们与一个举止奇异的老丐相识。这个老丐便是与黄蓉之父桃花岛主“东邪”黄药师齐名的武学宗师、丐帮帮主，江湖上号称“北丐”的洪七公。洪七公喜欢郭靖朴实忠厚，更喜黄蓉伶俐聪敏，遂将两人收为徒弟，并把自己的平生绝学——刚猛绝伦的“降龙十八掌”传授给郭靖。

郭靖、黄蓉辞别洪七公，继续南行，在太湖归云庄，两人不期与被太湖群雄截获的金国钦差杨康和杀害郭啸天的南宋军官段天德相遇。杨康杀死段天德，并得知郭、杨两家的渊源和自己的身世，于是答应与完颜洪烈决裂，并与郭靖结义。但杨康终究难舍金国王子的身份及其带来的荣华富贵，便将郭靖北上行刺完颜洪烈的计划泄露出去。

郭靖行刺完颜洪烈不成，遂与黄蓉雇舟入海，赶往桃花岛。在岛上他巧遇武林奇人全真派高手周伯通，与这位嗜武成狂的“老顽童”义结金兰，周伯通传授他“左右互搏、分心合击”的绝技。洪七公遭“西毒”欧阳锋暗算，身受重伤。黄蓉临危受命，接替了洪七公的丐帮帮主之位，和郭靖一同赶往洞庭君山参加丐帮大会。

与此同时，杨康也来到岳州，他企图利用盗取来的丐帮打狗棒假冒丐帮新任帮主，驱使丐帮成员投降金国。郭靖、黄蓉及时赶到，揭穿了杨康的阴谋。

数日后，郭靖、黄蓉为寻找岳飞的《武穆遗书》，来到沪溪铁掌帮重地，结果行踪暴露，黄蓉被铁掌帮帮主裘千仞打成重伤，幸得已经退位出家的“南帝”一灯大师的救助才免一死。此时，欧阳锋伙同杨康潜入桃花岛，将在岛上做客的江南七怪中的朱聪等五人杀害，并趁机嫁祸黄药师，企图在武林中掀起一场血腥风波，致使郭靖、黄蓉这一对有情人反目成仇。事后黄蓉机智地识破了欧阳锋、杨康的阴谋，洗雪了这一冤案，并将作恶多端的杨康除掉，但她自己却落入欧阳锋的魔爪。郭靖闻听事情真相，心中愧疚万分，便四处奔走寻访黄蓉下落，结果却是音信皆无。

半年以后，郭靖寻访到了蒙古大漠，正赶上成吉思汗西征花剌子模。为了擒杀杀父仇人完颜洪烈，郭靖请命出征，被成吉思汗任命为右军统帅。不久，黄蓉、欧阳锋也先后来到西征军中，郭靖为让欧阳锋不伤害黄蓉，答应抓到他后三次饶他不死。之后，郭靖、黄蓉联手与欧阳锋展开恶斗，数次将他擒获。接着，郭靖又依黄蓉之计，在攻打花剌子模都城撒马尔罕的战斗中立下大功。成吉思汗西征成功，遂产生了南下攻宋的野心。郭靖不愿与自己的父母之邦作战，决心与母亲连夜逃离蒙古，不料却被成吉思汗察觉，母子被擒。李萍为保全儿子忠义之名，当场自尽。郭靖因哲别、拖雷相助才得以逃离蒙古。

郭靖惨遭巨变后，心灰意冷，幸得丘处机启发教导才得以重新振作。第二次华山论剑日期已到，东邪、西毒、北丐以及少年高手郭靖纷纷出手，最后“武功天下第一”被逆练九阴真经已经疯癫的欧阳锋夺得。在华山之巅，郭靖与因误会出走的黄蓉再次相逢，两人和好如初，最终结为一对武林侠侣。

四、主要人物形象

黄蓉

桃花岛主“东邪”黄药师与冯蘅的女儿，聪明伶俐，美艳超群，精通父亲传授的桃花岛武功、五行八卦阵和奇门遁甲之术。

按书中所述应为南宋时人，曾为丐帮第十九代帮主。在“射雕三部曲”的前两部中，黄蓉从《射雕英雄传》的青春少女成长为《神雕侠侣》的中年妇人。黄蓉是金庸笔下最负盛名的女主角之一。

关于黄蓉，金庸作品评论家吴霭仪曾评述为：“其他女角大多是形象化的人物，但黄蓉却是活生生的，有优点、有缺点、会长大、会变、会衰老的真人。音容体态历历在目，思想个性贯彻分明，熟读这两套小说，觉得了解黄蓉的一生，这是在金庸成功的角色中也是不可多得的。写黄蓉的笔触之准确，不像创造一个角色，倒像描述一个作者很熟悉很喜爱的人。”

关于黄蓉，网络流传最有名的判词为《水仙子》：冰纨雪柳映参差，轻舟绰立仙人姿。玲珑心璇玑轻巧思。风霜剥去青颜，皓首枯心也相知。对靖一片痴，百计守城池，暂缓赋诗。

另有《桃花落》：慧骨灵心济国危，衣衫如雪雪如肌。襄阳城破家亡日，重寄桃花第一枝。

郭靖

《射雕英雄传》中的男主角，生性单纯，重情重义，爱国爱民，是金庸笔下侠义精神的代表。他不仅是儒侠中的侠之大者，而且是一切侠中的侠之大者。

童年时代的郭靖，是一位普通人家的孩子。面对术赤的皮鞭与恐吓，他舍命相救神箭手哲别，他在小小的年纪，便已是不畏强权之人。

之后，他又在豹口之中舍命救出铁木真（成吉思汗）的女儿华筝，被成吉思汗看重。

江南七怪找到他，教给他武功。他虽天性愚钝，但却勤奋刻苦。

少年时代，当汗血宝马在草原中乱蹦乱跳不可一世时，一大堆观望者中，只有郭靖一人敢去征服它。当铁木真处于重重包围之时，也是郭靖拼命相救，方才化险为夷。

十八岁时，他为救两只小雕，一箭双雕，引起轰动，“射雕英雄”之名由此而来。

能成大事者，必有其过人之处。童年时代和少年时代的郭靖，虽然懵懵懂懂，但仍以他的纯朴、善良、顽强、勇敢、真诚而赢得大家的尊重，为他以后成为一代名侠奠定了基础。

五、文学成就

《射雕英雄传》是一部经典作品。它不仅是武侠故事的经典，也是小说艺术的经典，因为它开创了一种新的叙事方法及结构形式。《射雕英雄传》也是金庸小说创作的一个新的起点，一个分界线。《射雕英雄传》将叙事重点真正地转移到人物上来，围绕人物的成长来完善小说结构、发展故事情节。

金庸的著作就艺术成就而论，以《射雕英雄传》为最高。它把江湖传奇与历史风云、侠义柔情与绝世武功、人生哲学与民族文化传统融为一体，开辟了武侠小说的崭新境界，让人回味无穷。

武侠小说的创作，正像大部分类型小说及通俗文学一样，是以故事情节为主的，写人物性格及其人生故事，已是对武侠小说的超越，可以说写人物形象及人生故事是一般纯文学的任务，金庸的“写意”及其语言层次的开拓，是对这种纯文学形式的一次超越。

金庸的小说将通俗文学提升到一个高雅而又精深的境界，突破了武侠小说的固有模式及文类的局限，取得了创造性的艺术成就。金庸的小说不能在武侠小说的概念范畴内得到充分的解释，只有突破这一概念的局限，才能真正地理解金庸小说。也正是在这一意义上，金庸才有可能与鲁迅、沈从文、巴金等文学大师并列。

六、名家点评

双雕光芒万丈。天龙中流砥柱。鹿鼎随波逐浪。

——三毛

《射雕英雄传》成了一部经典性的作品。它不仅是武侠故事的经典，也是小说艺术的经典，因为它开创了一种新的叙事方法及结构形式。

——陈墨

《青春之歌》——一部塑造革命知识分子形象的长篇小说

作　　者：杨沫

文　　体：小说

成书年代：1958年

一、作者介绍

杨沫（1914—1995），中国当代女作家。原名成业，笔名杨君默、杨默。她祖籍湖南湘阴，生于北京；曾就读于北京西山温泉女子中学，因家庭破产而失学；1934年开始文学创作、发表作品，作品多是些反映抗日战争的散文和短篇小说；抗战爆发后，到冀中参加中国共产党领导的游击战争，做妇女宣传工作；1943年起任《黎明报》《晋察冀日报》等报纸的编辑、副刊主编；中华人民共和国成立后，曾任北京电影制片厂编剧、北京市作协副主席、中国作协理事、全国人大常务委员会委员等职。她的代表作《青春之歌》是一部描写中国共产党领导的爱国学生运动的优秀长篇小说，成功地塑造了知识青年林道静这一艺术典型。小说在读者中特别是青年学生中影响深广，曾由作者改编为电影剧本，拍成同名电影上映。杨沫的作品还有中篇小说《苇塘纪事》，短篇小说集《红红的山丹花》，散文集《杨沫散文选》，长篇小说《东方欲晓》《芳菲之歌》《英华之歌》，长篇报告文学《不是日记的日记》等。

二、作品档案

1949年中华人民共和国成立至1966年，是我国长篇小说创作出版的一个高潮期。十余年间，有大批作品问世，其中数十部作品影响广泛，极一时之盛。这些作品的作者坚持社会主义和现实主义创作原则，以满腔热忱和质朴的表现方法，在作品中讴歌了土地革命战争、抗日战争、解放战争及社会主义建设等不同历史时期我国人民艰苦卓绝的奋斗历程和蓬勃向上的精神风貌。他们的作品代表了那一时期我国长篇小说创作的最高成就，在中国当代文学史上占有极其重要的地位。他们的作品以其特有的魅力影响了几代读者，经历了时间的淘洗，流传至今。

《青春之歌》主要是通过对小知识分子林道静从不屈服于命运，对家庭和社会的个人反抗到最后投入时代洪流、走上革命道路的艰难曲折的“苦难历程”的生动叙述，形象地展现了九一八事变到一二·九运动（1931—1935）这一特定历史时期我国学生革命运动的历史风貌和形形色色的知识分子的精神风貌，从而提炼出一个革命的思想主题：一切知识分子，只有把个人前途同国家民族的命运、人民的革命事业结合在一起，投入到时代的洪流中去，在改造客观世界的同时不断改造自己的主观世界，才有真正的前途和出路，也才有真正值得歌颂的美丽的青春。

三、内容概要

林道静生长在没落的官僚地主家庭中，母亲在她很小的时候就死了。林道静长大后，后母想拿她做摇钱树，把她许配给一个官员。为了反抗这段包办婚姻，林道静放弃学业，离开那个令她厌恶透顶的罪恶家庭，来到了北戴河。然而，林道静在北戴河教书的表哥已辞职到东北去了。没有工作、没有住所，在北戴河举目无亲的林道静找不到生活的出路在哪里，她纵身跳进了大海。恰逢北大学生余永泽来海边吹风，将被海水呛得昏死过去的林道静救了上来。

苏醒后，林道静把自己的身世、经历全部告诉了余永泽。余永泽被林道静宁为玉碎、不为瓦全的气节所吸引，林道静逐渐地也对骑士兼诗人的余永泽产生了好感，他们建立了恋爱关系。

余永泽回到北平后，九一八事变爆发，林道静偶然结识来北戴河的北大学生领袖卢嘉川。受他进步思想的影响，林道静回到了北平。在北平，林道静住进同学王晓燕家中。她四处找工作，却半点希望也没有。为了不给别人添麻烦，林道静找到余永泽的住处。在余永泽的苦苦哀求下，林道静终于答应和他搬到一起住。

开始的一段时间，余永泽的温柔体贴，使林道静那从小失去爱抚的心灵得到了暂时的抚慰，但时间一长，她慢慢看到了余永泽的庸俗、自私。除夕晚上，林道静在北大学生公寓里参加了东北流亡大学生们的聚会。在会上，她认识了爱国学生许宁、罗大方、白莉苹、崔秀玉等人。在人群中，林道静又见到了在北戴河认识的卢嘉川。他们在一起愉快地谈了几个小时，卢嘉川鼓励她要走出自己的生活小圈子，投入到革命的洪流之中去。回到家中，林道静向余永泽叙述她结识的朋友，余永泽没有为此感到高兴，而是冷漠地告诉她，和马克思主义沾上边就有杀头的危险。林道静认为余永泽对国家大事漠不关心，余永泽觉得林道静已经移情别恋。随着林道静一步步向党靠拢，参加革命实际斗争活动的增多，她和一心只想当学者、名流，幻想"自立一家之说"的余永泽之间的分歧越来越大，二人最终分道扬镳。

离开余永泽后，林道静开始了自己生命中崭新的历程。她暂时住在河滩附近的小公寓里，秘密从事党的宣传活动。由于叛徒戴愉的告密，卢嘉川被捕了，林道静也被特务抓进监狱。第二天早上，林道静被一直想占她便宜的特务胡梦安保释。胡梦安给林道静三天时间考虑，要她放弃眼前的事业。林道静通过北大学生李槐英等人和王晓燕取得了联系。在王晓燕及其父母的掩护下，林道静逃离北平，来到河北定县的完全小学校，当起了教员。在附近县城搞农民运动的地下党员江华来找林道静，他们以朋友的关系做掩护，秘密从事革命活动。

在江华的指引下，林道静开始有意识地关注中国革命的具体问题。在学校里，她和进步青年教员一起，秘密组织宣传工作，成立学生自治会、文学会、音乐会。由于工作上的需要，两个月后，江华派林道静去北平。哪知刚下火车，林道静就被早已当上了姨太太的白莉苹缠住。特务从白莉苹口中打听到林道静是一位进步青年，便又一次将她逮捕入狱。特务头子胡梦安在诱逼林道静投降不成，被林道静打了一记耳光的情况下，对其进行严刑拷打。林道静被折磨得遍体鳞伤，一次次晕了过去。由于狱外同志们的行动，没有证据、没有口供的林道静被保释。

从监狱出来后，林道静听到了卢嘉川牺牲的消息。看到卢嘉川就义前写给她的亲笔信，她陷入了沉重的悲痛之中。

在长期的工作接触中，江华和林道静两个人之间渐渐产生了超出同志关系的感情。有一天，江华来到林道静的住处，向她表明了自己的心声。对江华向来存有好感的林道静在经过短暂的犹豫之后，勇敢地接受了江华的爱意，他们幸福地拥抱在一起。

经过了艰难的斗争洗礼之后，在党的影响教育下，林道静最终成长为一名坚定的无产阶级革命战士。

四、主要人物形象

林道静

出生在一个大地主家庭。亲生母亲出身贫苦，被她父亲林伯唐霸占成姨太太，后又被逼死。林道静中学毕业后，家里破产，父亲离家逃走，后母徐凤英逼她嫁给胡局长，想把林道静变成她的摇钱树。林道静逃出家庭，走投无路而欲自杀。从北京大学回乡的学生余永泽救了她。但余永泽是个利己主义者，他只愿在书斋中生活，不愿妻子投身到民族救亡运动中去，而共产党员卢嘉川、江华、林红等人则以他们无私无畏地为人民革命和祖国救亡事业英勇献身的精神，深深地吸引和教导了林道静，使她终于与余永泽决裂，义无反顾地走出家庭，投入到人民斗争的洪流中，成为一个真正的共产党员。

余永泽

林道静的前任男友，地主少爷出身的北大学生。在回乡探亲时救起了投海自杀的林道静。回北平之前，余永泽通过关系，把林道静安排在杨庄教书。和林道静同居后，余永泽很快暴露出他自私、卑微和庸俗的个性。他反对林道静和进步青年来往，对林道静和卢嘉川的交往非常嫉妒，有意制造事端，使林道静感到难堪。二人终因政治的分歧、追求的不同而感情破裂，痛苦地分手。

江华

一位经常失业的印刷工人的儿子，生活贫困，十二三岁时被迫过着流浪的生活。后来，他跟随父亲当了印刷厂的学徒工，在党组织的关怀下，进入党办中学读书，接受了革命教育。在北大学习期间，他策划组织了唐山五矿工人大罢工。察北抗日同盟军刚成立，他又被党派到那里当军事指挥员。同盟军遭失败后，江华转到农村开展农民运动，担任以河北定县为中心的周围几个县的县委书记。与林道静认识后，两个人在共同的战斗中增进了友谊，产生了爱情，结成了伴侣。江华身材高大，阅历丰富，举止敦厚，言谈质朴，对待朋友细心关怀，工作严肃认真，是《青春之歌》这部小说中的一个重要人物。

郑瑾

真名林红，林道静第二次入狱后认识的难友。早年，郑瑾就作为政治犯在苏州监狱里待过三年。出狱后她从上海调到北平工作，不幸被叛徒告密，刚工作不久又被捕入狱。在狱中，郑瑾对因受重刑而生病的林道静关怀备至，又如亲姐姐一般鼓励被无辜抓进监狱的十五六岁的小姑娘俞淑秀。共同的理想、事业、遭遇使她们很快成为亲姐妹似的朋友。她教育林道静，被捕不是生命的终点，真正的革命者要有长久斗争的意志，直到生命的最后一刻。同时她希望林道静也能将斗争进行到底，做一名坚强的共产党员。郑瑾最后英勇就义了。

卢嘉川

一位小学教员的儿子，从小受李大钊的影响，思想十分活跃。早在中学时代，卢嘉川就参加了革命活动，考入北大后，他很快成为一位党组织负责人。卢嘉川没有固定的住所，到处漂泊。在军警的严密搜捕下，他凭着自己的勇敢、机智、沉着，一次次摆脱了敌人的盯梢。由于叛徒戴愉的出卖，他不幸被捕。在狱中，卢嘉川受尽折磨，然而他没有倒下，而是用残破的身躯、垂危的生命在狱中建立“狱中支部”，组织领导了绝食斗争后牺牲。

五、文学成就

杨沫是中国当代文学史上一位影响很大的现实主义小说家。她的长篇小说《青春之歌》出版于1958年，得到了文艺评论家们的高度评价，成为中国当代文学的重要收获之一。

《青春之歌》中对林道静个人命运、遭遇和归宿的描写，和对当时形形色色的各种类型的青年知识分子的描写，既反映了那个风云变幻的时代的特色，又提炼出革命的思想主题。

在人物塑造上，《青春之歌》不仅成功地塑造了林道静这一典型形象，而且还通过林道静的成长，刻画了一些国难当头时期走着不同道路的知识分子形象。他们当中，有无产阶级先进分子、林道静的引路人卢嘉川、江华和林红；有民族危亡之时名利熏心、整天想着个人幸福的余永泽；有开始倾向革命，但最终因贪图享乐而成为别人手中玩物的白莉苹。这些与林道静相互映照的形形色色的知识分子形象，立体地反映了一二·九运动前后的动荡年代下中国社会生活的一个侧面，为进步知识分子谱写了一曲青春的颂歌。

《青春之歌》始终循着一条主线——以林道静的成长和行踪来展开故事情节，由林道静带出各种人物。这样架构篇章，使得结构简单、严谨而完整。也正是因为这样的结构，才使得林道静这一人物形象丰富、饱满、生动而感人。同时这样的结构也很适合中国读者的阅读习惯。

由于作者善于将人物放在尖锐激烈的斗争旋涡中加以刻画，善于通过不同人物对同一事物的不同反映来展示各自的性格特征，善于将人物的外貌描写和心理刻画巧妙地结合起来，善于通过富有性格特色的细节描写来揭示人物的内心世界，善于将人物性格的变化与人物命运遭遇的变化结合起来描写，通过所有这些努力，不仅将林道静这一形象塑造得血肉丰满、真实感人，也使作品中的其他人物如卢嘉川、江华、林红、余永泽、戴愉、王晓燕、白莉苹等人显得活泼生动、性格鲜明。虽然这些形象都或多或少存在着类型化的痕迹，但仍能显示出作家塑造人物形象的深厚艺术功力。形形色色人物的精神面貌的展示，使得小说包含了广阔、丰富的时代内涵。

在艺术特色上，整部作品结构宏伟，情节曲折复杂。在处理人物形象时，作者避免了简单、片面的处理，而是以细腻的笔触深入到主人公的内心世界中，真实地刻画人物的心理，较为全面地把握了人物的多重侧面，因而具有极强的艺术感染力。

六、名家点评

我想通过林道静写出我个人的切身感受，说明个人奋斗毫无出路，只有跟着党走，坚信共产主义事业必然胜利，一个人才有开朗的胸襟和巨大的生命力。

——杨沫

《青春之歌》是一部有一定教育意义的优秀作品。

《青春之歌》主要缺点表现在下列三个方面：一、人物描写，二、结构，三、文学语言。但这些缺点并不严重到掩盖了这本书的优点。

——茅盾

《红岩》——一曲荡气回肠的“红岩”精神的赞歌

作　　者：罗广斌、杨益言

文　　体：小说

成书年代：1961年

一、作者介绍

罗广斌（1924—1967），四川成都人。他于1948年加入中国共产党，从事学生运动工作，并利用其家庭关系进行统战和策反工作；1948年9月因叛徒出卖在成都被捕，先后囚于渣滓洞、白公馆监狱。狱中他坚持斗争，拒绝其兄罗广文的保释，宁愿坐牢，也不写悔过书，和难友一起秘密制作五星红旗，迎接解放；1949年11月27日大屠杀之夜，策反看守杨钦典，带领难友集体越狱成功；中华人民共和国成立后，历任共青团重庆市委常委、市统战部部长、市文联作协会员等职，积极从事宣传烈士革命事迹的工作，是《红岩》小说主创人之一；1967年被诬为叛徒，受迫害致死。

杨益言（1925—2017），四川武胜县人。1944年他在同济大学读书，后因在上海参加学生运动被学校开除；1948年8月被捕，囚禁于重庆“中美合作所”渣滓洞，重庆解放前夕被营救出狱；重庆解放后在重庆市委工作，先后任科长、办公室主任、常委等职；1963年加入中国作家协会，为重庆市文联专业作家；1979年出席中国文学艺术工作者第四次代表大会，当选为中国文学艺术界联合会委员；1980年当选为中国作家协会四川分会副主席。

二、作品档案

《红岩》出版于1961年。这部作品以惊心动魄的斗争画面和崇高的革命精神震撼了广大读者的心，获得了广泛的好评，被称为“具有共产主义精神和革命气节的教科书”。

《红岩》是以重庆解放前夕残酷的地下斗争，特别是狱中斗争为主要内容的长篇小说。它的基本情节以“中美合作所”集中营（包括渣滓洞和白公馆）内的敌我斗争为中心，交错展开地下党领导的城市的地下斗争、学生运动、工人运动、狱中斗争以及华蓥山区的武装斗争，集中描写了革命者为迎接解放，挫败敌人的垂死挣扎而进行的最后决战，歌颂了革命者在酷刑考验下的坚贞节操，塑造了许云峰、江姐（雪琴）等众多可歌可泣、令人难忘的革命英雄形象，深刻展示了革命者的崇高精神境界和思想光辉。小说以大量的篇幅描写了革命者的狱中斗争，除了“狱中联欢”所写的新年联欢活动外，还写了狱中绝食斗争的胜利，为龙光华烈士举行追悼会，江雪琴的从容就义，许云峰在地牢里同徐鹏飞的最后一次交锋，以及最后的武装越狱斗争等情节。

全书共三十章，“狱中联欢”是从该书的第十六章节选下来的。作者罗广斌、杨益言都是重庆“中美合作所”集中营难友们中的幸存者，他们亲身经历了黎明前血与火的考验，目睹了许多革命烈士坚忍不拔的英勇斗争和壮烈牺牲的场面。根据这些经历，他们于1957年写成了革命回忆录《在烈火中永生》，随后，他们又在回忆录的基础上创作了长篇小说《红岩》。

三、内容概要

1948年，中国正处在黎明前最黑暗的时刻。为了配合工人运动，重庆地下党工运书记许云峰命甫志高建立沙坪书店，作为地下党的备用联络站。甫志高为了表现自己，不顾联络站的保密性质，擅自扩大书店规模，销售进步书刊。一天，区委书记江姐要去华蓥山根据地，甫志高到码头为江姐送行，江姐嘱咐他要注意隐蔽，他嘴上答应，心里却不以为然。江姐到离根据地不远的一座县城时，发现自己的丈夫、华蓥山纵队政委彭松涛的人头被敌人高挂在城头上。

见到纵队司令员“双枪老太婆”后，江姐强忍悲痛，坚决要求到丈夫生前战斗过的地方工作。此时，甫志高又自作主张吸收一名叫郑克昌的青年入店工作，许云峰知道情况后大吃一惊，几经分析，发现郑克昌形迹可疑，便让甫志高通知所有人员迅速转移。甫志高却根本不听劝告，反认为许云峰嫉妒自己的工作成绩，结果被捕并成了可耻的叛徒。由于他的告密，许云峰、成岗、余新江和刘思扬等人很快相继被捕。

特务头子徐鹏飞得意忘形，妄图借此将重庆地下党一网打尽。然而，他使尽各种伎俩，都没能从许云峰等人身上得到自己所需的任何东西。凶残的敌人为了得到口供，疯狂地折磨“政治犯”，他们给犯人吃霉烂的食物，而且在炎热的夏天限制饮水量，妄图用炎热、蚊虫、饥饿和干渴动摇革命者的意志。为了粉碎敌人的阴谋，狱中难友乘放风时在墙角挖出一眼泉水。在保护泉水的斗争中，龙光华英勇牺牲。全狱难友绝食抗议敌人的暴行，敌人不得不妥协。

在叛徒甫志高的带领下，江姐也不幸被捕，被关押在渣滓洞里。在狱中，她受尽了折磨，凶残的敌人把竹签钉进了她的十指。面对毒刑，她傲然宣告：“毒刑拷打是太小的考验，竹签子是竹做的，共产党员的意志是钢铁铸成的！”秋去冬来，转眼到了年底。全国革命形势一片大好，国民党当局在受到沉重打击后开始放出和谈空气。农历大年三十，渣滓洞全体难友举行了一场别开生面的联欢会。更令人高兴的是，地下党派人与他们取得了联系。

敌人为了表示和谈的“诚意”，假意释放了一些“政治犯”，来自资本家家庭的共产党员刘思扬是其中之一。在他被送回刘公馆的第二天夜里，一个自称姓朱的人潜入刘家，说他受特委书记李敬原的委派，前来了解刘思扬在狱中的表现，并要他详细汇报狱中地下党的情况。正当刘思扬对此人感到怀疑时，李敬原派人送来情报，揭穿了这个伪装成革命者的特务郑克昌的真面目。刘思扬来不及转移，又被抓起来关进另一所监狱“白公馆”。郑克昌在诱骗刘思扬失败后，又伪装成同情革命的记者高邦晋打入渣滓洞，他妄图通过苦肉计刺探狱中地下党的秘密。余新江等人识破了他的伪装，并借敌人之手除掉了这个阴险的特务。

解放军日益逼近重庆，地下党准备组织狱中暴动。在“白公馆”装疯多年的共产党员华子良与狱中党组织接上了关系。同时，关在地窖中的许云峰用手指和铁镣挖出了一条秘密通道。当解放军攻入四川，即将解放重庆的时候，徐鹏飞等人狗急跳墙，提前秘密杀害了许云峰、江姐、成岗等人。就在许云峰等人被害的当天晚上，渣滓洞和“白公馆”同时举行了暴动。刘思扬等一些同志牺牲了，但更多的同志终于冲出了魔窟，伴随着解放军“隆隆”的炮声，去迎接黎明时分灿烂的曙光！

四、主要人物形象

江雪琴

江姐。中共重庆市委出版的地下刊物——《挺进报》的主要负责人之一。后来奉命调到华蓥山领导游击战，她沉着、机智地躲过敌人的盘查，来到川北。她的丈夫“华蓥山纵队政委”彭松涛被敌人杀害，头颅被高高挂在城头上。江姐悲愤欲绝，为了革命，为了替亲人报仇，她把永世难忘的痛苦埋进心底。她坚定地表示，要将革命进行到底。为了联络工作，江姐来到联络站。她看到形势严峻，为防备敌人突然袭击，从容地把联络站里的同志送走。就在江姐检查和处理剩下的工作时，叛徒甫志高领着几个特务来了，江姐被捕，特务连夜把她偷偷押往重庆的渣滓洞集中营。在集中营，为了保守党的秘密，坚强的江姐面对敌人的淫威和毒刑毫不动摇。

中华人民共和国成立不久，江姐成为敌人秘密屠杀计划的第一批牺牲者。

许云峰

中共重庆市委委员、重庆地下党重要负责人。许云峰领导地下党在沙坪坝正街上建立了“沙坪书店”。作为备用联络站，书店由地下党沙磁区委委员、负责经济工作的甫志高领导。甫志高叛变后，许云峰被他带来的特务逮捕。在监狱里，敌人知道了许云峰的特殊身份，老奸巨猾的特务头子徐鹏飞采取威逼利诱的办法，却被许云峰识破他的诡计。许云峰冷静地和敌人周旋，挫败了敌人的一个又一个阴谋。徐鹏飞把许云峰秘密关押在“白公馆”的阴暗地牢里。重重铁门和非人折磨并没有使许云峰丧失革命斗志。为了迎接胜利的时刻，他在地牢里以顽强的毅力用手指和铁镣挖通了一条通往外界的备用通道，为将来难友大规模越狱提供方便。敌人在连连失败后，感到局势复杂，将大屠杀的计划提前实施，许云峰英勇就义。

成岗

长江兵工厂修理厂厂长，曾是许云峰的交通员。由于工作的需要，他调到党内和江姐共同担任《挺进报》的刻板和印刷工作。江姐调走后，成岗便一个人承担起《挺进报》的刻板和印刷工作，他的工作得到了上级领导的肯定。由于叛徒的告密，敌人来到成岗的地下印刷室。在即将被捕的最后关头，成岗挂出了通知同志们危险的暗号。狱中，敌人对成岗进行了残酷的严刑拷打，徐鹏飞让成岗写自白书。面对敌人的淫威，成岗毫不犹豫地挥笔写下了《我的“自白书”》。这些手段失败后，敌人又在成岗身上施行了“魔法”：用“测谎器”测试，并注射“诚实剂”诱供。神志迷乱的成岗凭着自己对党的忠诚、对同志们的热爱，终于用顽强的意志战胜了这非人的折磨。在“白公馆”里，成岗仍然偷偷地编辑《挺进报》，并通过各种秘密通道，将《挺进报》送到狱中的难友手中。在重庆即将解放之际，敌人提前实施大屠杀计划，成岗被杀害。

五、文学成就

《红岩》是中国当代文学中一部讲述革命英雄传奇故事的优秀小说，它真实记录了中国革命在取得胜利的历史关头，光明与黑暗的殊死斗争。书中众多英雄人物身上所表现出来的大无畏的牺牲精神和坚如磐石的理想与信念，以及他们在这最后的历史瞬间由光明和黑暗的殊死搏斗所激发出来的精神光焰，曾经震撼了许许多多青年读者的心。在高举爱国主义旗帜，进行革命传统教育的今天，《红岩》无疑是一部极好的教科书。

《红岩》为我们塑造了一组革命英雄的群体形象。

由于题材的特点，《红岩》在人物塑造上没有采取围绕一个人物贯彻始终的手法，而是围绕着狱内狱外种种复杂的残酷的斗争塑造了众多的人物形象。作者将这些人物置于具体的事件当中，通过对具体细节、行动的刻画将不同的人物个性鲜明地呈现出来。

江姐是作者着力刻画的一个主要人物。她对党忠贞，对革命同志血肉情深，对敌斗争顽强不屈，在危急关头从容镇定。在赴华蓥山途中，她看到城墙上悬挂着丈夫的头颅，虽然悲痛欲绝，但为了不暴露身份，仍旧镇定自若地去与双枪老太婆会面。在就义前，她平静地与战友们一一告别，亲吻“监狱之花”，梳理好头发，换上整洁的蓝旗袍，整理好衣服的皱痕，而后从容地走向刑场。许云峰是作者着力刻画的另一个主要人物。他经验丰富，胆识过人，沉着机智，顾全大局。在沙坪书店发现敌情后，他果断地组织同志撤退转移；为掩护特委书记李敬原安全脱身，他主动出击把敌人的注意力引向自己；面对敌人的审讯，他巧妙地把徐鹏飞引向错误的判断，从而保护了组织和同志。此外，齐晓轩、成岗、华子良等人，虽着墨不多，但却给人留下了深刻的印象。《红岩》在对反面人物（如特务头于徐鹏飞）的刻画上也很有特点，作者没有采用漫画化的手法，简单地把敌人丑化一通，而是用高度的艺术概括，写出他们的反动本质和性格特征。

结构宏伟而严谨，错综复杂而有条不紊，是《红岩》的又一个显著的艺术特色。

小说描写了三条线索上纷繁复杂的社会生活，但却能做到理丝有序、章法井然。作者采用了类似于古代长篇小说《水浒传》的结构手法，以一些主要人物的活动为中心，牵引出不同的斗争线索。在狱中斗争的中心线索（以甫志高的叛变使众多人物齐聚狱中而引出）之外，小说又以重庆地下党（以许云峰为代表人物）组织的城市运动与华蓥山根据地的武装斗争（以江姐等人的活动为主）为另外两条支线，又以《挺进报》将这些纷纭繁复的斗争串联起来，构成一个统一的整体。

这三条线索交织成一个整体，围绕粉碎敌人试图挽救覆灭的阴谋、迎接重庆解放这一共同目标展开，表现出了作者在艺术构思上的独特匠心。

重视作品的故事性与情节设计，也显示了作者独具的匠心。

作者没有去追求惊险离奇的情节，而是把活动天地极为有限的狱中斗争写得跌宕起伏，节奏鲜明。作者善于安排事件的突变，善于在斗争的最尖锐处用笔，这使得在情节的转折变化中，人物的精神世界像在聚光灯照耀下一样鲜明地显现出来。

注重人物心理活动的描写和环境气氛的渲染，也是《红岩》的一个鲜明的艺术特色。

由于狱中斗争的隐蔽性和在特殊情境下人物的内心活动更加丰富复杂的必然性，《红岩》在通过人物的语言行动塑造人物形象的同时，也十分注意刻画人物的心理活动，渲染环境气氛。由于充分调动了这两方面的艺术手段，人物的精神世界就得到了充分的展示，人物形象的塑造也得到了有力的烘托。所有这些特点，都使得《红岩》有别于其他同种性质的长篇小说，在塑造传奇英雄的同时，也显示了英雄性格所包含的思想深度。

六、名家点评

《红岩》一出版，就在广大读者中引起了强烈的反应。这是一部震撼人心的共产主义教科书，无论是所反映的生活的广度、思想上所达到的深度和所发挥的艺术感染力量，都有巨大的成就。

——孔罗荪 晓立

《红岩》约十年的成书过程，是当代文学“组织生产”获得成功的一次实践……创作动机是充分政治化的。作者从权威论著，从更掌握意识形态含义的其他人那里，获取对原始材料的提炼、加工的依据，放弃“个人”的不适宜的体验，而代之以新的理解。因而，从某种意义上说，《红岩》的作者是一群为着同一意识形态目的而协作的书写者们的组合。

——洪子诚

《芙蓉镇》——描写中国南方农村社会风情的长篇小说

作　　者：古华

文　　体：小说

成书年代：1981年

一、作者简介

古华，原名罗鸿玉，中国当代作家，1942年出生于湖南嘉禾县的一座小山村。湖南山区小镇优美古朴的风景和淳朴真挚的乡情给了他美的熏陶。从小爱好文学的古华，在工作之余不断吸取民族文学的精华，并尝试创作，于二十世纪六十年代初发表了第一篇作品。

1975年，由于有一些成绩，古华进入郴州歌舞团，从事文学创作工作。1980年，古华加入中国作协，并到北京由作协为培养中青年作家而创办的文学讲习所里学习。1981年，他的《爬满青藤的木屋》获全国优秀短篇小说奖。他的《芙蓉镇》于1981年初发表后，引起轰动，该书获首届茅盾文学奖。古华现客居加拿大。

二、作品档案

湖南嘉禾县是著名的民歌之乡，古华的童年是在乡下度过的。一首首诉说着忧伤和快乐、渴望和憧憬的民歌，在古华的心中种下了艺术的种子。他从农业专科学校肄业后，在五岭山区做了14年农业工人和农村技术员。其间，他和同时代的大多数人一样，被卷入了政治旋涡。但是，生活也给予了他丰厚的馈赠。那僻远、古老的山区小镇，林区莽莽苍苍的优美的自然风光，以及淳朴的民风民情，熏染了古华的艺术气息。在漫长的乡下岁月中，他进行了广泛的阅读，为后续的写作打下了深厚的基础。早在二十世纪六十年代初，古华便开始学习写作并发表作品。但是，在十一届三中全会之后他才进入了创作的黄金时期，他说：“是全会精神提高了我认识生活的能力和剖析社会、人生的胆识。”发表于1981年的长篇小说《芙蓉镇》是古华的代表作，获1982年首届茅盾文学奖。

《芙蓉镇》描写了1963年到1979年我国南方农村的社会风情，揭露了左倾思潮的危害，歌颂了十一届三中全会路线的胜利。正如古华所说：“1980年7、8月间，正值酷暑，我躲进五岭山脉腹地的一个凉爽幽静的林场里，开始写作《芙蓉镇》草稿。每日含泪而作，嬉笑怒骂，激动不已。

短短十五六万字，囊括、浓缩进了二三十年来我对社会和人生的体察认识，爱憎情怀，泪水欢欣。从这个意义上讲，说我是花了二十几年的心血才写出了《芙蓉镇》，也不为过分。”

小说中的芙蓉镇原型是坐落在湖南省郴州市嘉禾县的塘村镇。塘村镇以前叫芙蓉镇，范围包括今天的嘉禾县车头镇。塘村镇离县城有三十里路，中间隔有一条河，也就是舂陵江，本地人叫麻地河或钟水。而小说中的芙蓉镇离县城也有三十里路，中间也隔有一条河。显然，古华对小说中芙蓉镇中的地理环境的描写，就是对塘村镇的描写。

三、内容概要

芙蓉镇坐落在湘、粤、桂交界处，街面不大，是一条用青石板铺成的小街，街面上只有十几家铺子，居住着几十户人家，民风淳朴、浓郁。每逢赶圩，小镇便热闹非凡，也曾出现过三个省的八个县客商万人云集的火爆集市。1963年，胡玉音的米豆腐摊子可算作芙蓉镇上生意最兴隆的。胡玉音年方二十五六，人称“芙蓉姐子”。她秀美动人，性情柔顺，待客热情大方，米豆腐色香味俱全，因而顾客盈门。其中，经常光顾米豆腐摊子的客人中，有粮站主任谷燕山。他四十岁开外，北方南下干部，是个鳏夫。他一直暗中帮助胡玉音。党支部书记黎满庚是一个三十多岁的转业军人，也是胡玉音的老顾客。胡玉音曾和他情投意合，因她出身不好，只能认黎满庚做干哥。黎满庚来吃她的米豆腐，无形中为她撑了一把保护伞。“运动根子”王秋赦常常来胡玉音处蹭吃蹭喝，胡玉音不敢得罪他。“秦癫子”秦书田总是在客人不多的时候，哼着广东音乐《步步高》来吃米豆腐，他曾是县歌舞团的编导，后来被下放到农村。最近，镇上饮食店新上任的女经理李国香，已经三十二岁了尚未成家。她是全县商业战线以批资本主义出名的女将，她的舅舅杨民高担任县委财贸书记。李国香妒忌胡玉音的容貌和生意，认定米豆腐摊子的存在对她在镇上的威望构成了威胁。而且，她因为追求谷燕山受挫，迁怒于胡玉音，并开始对她进行秘密的“政治调查”。

1964年春天，胡玉音夫妇依靠勤劳苦干、省吃俭用，盖了一座新楼房。当时，李国香带领县委社教“扎根串联”工作组来到了芙蓉镇，暂住在王秋赦家。运动开始了——胡玉音因盖了新楼而成了清算的活靶子，她的米豆腐摊子被撤了，被迫外出躲避风头；谷燕山因“丧失阶级立场，盗卖国家粮食”的罪名，被停职反省；在巨大的“运动”压力之下，黎满庚交出了胡玉音请他代管的钱；秦书田挨批斗，被迫当众下跪。等胡玉音回到芙蓉镇时，噩梦接踵而至——她戴上了“新富农”帽子，丈夫黎桂桂命丧黄泉。镇上的人们纷纷远离了她，只有秦癫子在黑暗中为她唱《女歌堂》。

后来，芙蓉镇由“资本主义的黑窝子”变成了“社会主义的战斗堡垒”。满街飞舞着革命的标语、对联，一切都打上了“革命化”的烙印。先前“人人为我，我为人人”的淳朴民风民情，突然被“人人防我，我防人人”的紧张关系所取代，可谓“风声鹤唳，草木皆兵”。李国香当上了公社书记，刚入党的王秋赦也随之扶摇直上，担任镇大队党支部书记。而秦书田和胡玉音落魄到每天清早清扫青石板街的惨景……

李国香后来又当上了公社革委会主任。王秋赦悔不当初，立即和她狼狈为奸。秦书田和胡玉音一起清扫了两三年的街道，共患难使得两人之间产生了爱情，后来两人有了爱情的结晶。在他们偷偷结婚的那个夜晚，谷燕山上门来讨喜酒喝。夫妻俩热泪盈眶，跪在谷燕山面前磕头。但是，他们的噩梦还在继续，不久，他们便被打成“反革命犯罪典型”。秦书田被判了十年刑，而胡玉音因有身孕，被判三年监外执行。宣判的那一天，许多善良的人们为他们偷偷抹泪，包括黎满庚夫妻。在宣判台上，他们表现得异常坚定、从容。他们没有哭泣，也不肯低下高昂的头。他们用眼神彼此安慰、鼓励——“活下去，像牲口一样地活下去”“放心。芙蓉镇上多的还是好人。总会熬得下去的，为了我们的后人”。

被判监外执行、孤苦无依的胡玉音分娩时险些死于难产，幸亏谷燕山及时前来救助。谷燕山为此受到了“停止组织生活的处分”，但他不顾个人声誉，勇敢地承担起了胡玉音的临时丈夫以及孩子的临时父亲的角色。

转眼到了1978年，党的十一届三中全会的春风吹到了芙蓉镇。李国香负责落实全县冤假错案的平反昭雪工作，受她舅舅杨民高的启发亲自为胡玉音夫妻平了反。为此，镇长王秋赦大为恼火。秦书田无罪获释，千里迢迢回到了日思夜想的妻儿身边。1979年，芙蓉镇再次焕发了勃勃生机。芙蓉河上的桥建成了，公路通了。桥头上的广播也在深揭狠批“四人帮”的滔天罪行。王秋赦被撤职，谷燕山任书记，秦书田也当上了县文化馆副馆长，雨过天晴的芙蓉镇景色更美。

四、主要人物形象

胡玉音

性格明快，勤劳质朴，美丽热情，但命运坎坷，面对一系列打击，她几乎相信了命运。在最后的抉择中，她顽强地生存下来，接受命运的挑战。

秦书田

一个懂得用“黑色幽默”来保全自己的人。在第一次运动中，他似乎比谁都开心。在那个是非颠倒的年代，他只有强咽委屈、压抑，以“癫”来抗争现实。

李国香

一个“政治狂人”，“整人”是她赖以生存的手段，其官位也是越

“整”越高，是个品质恶劣的小人。

王秋赦

《芙蓉镇》里的阿Q。这么个人物在那个荒谬的年代里成了芙蓉镇的第一把手，可这一把手的本事就是“告密”“出卖”。他最终被时代淘汰，最后发了疯，成为那个时代的牺牲品。

五、文学成就

本书是古华的代表作。作者把自己二十几年来所熟悉的南方乡村里的人和事囊括、浓缩进本书里，借人物命运演绎乡镇生活变迁，力求写出南方乡村的生活色彩和生活情调。作品内涵丰富，囊括了作者二十几年来对社会、人生的观察、思考与认识，浓缩了作者对乡里、乡亲、乡镇浓厚的爱恋情怀。作者从生活的春雨秋霜、峡谷沟壑中走来，为我们献上了一幅世态民情的风俗画，一曲哀婉而又沉重的山乡牧歌。小说以“芙蓉姐子”胡玉音的人生遭遇为主线，表现了特定历史时期人民生活的升迁沉浮，揭露了“左”倾思潮的谬误与危害。

《芙蓉镇》塑造了一批个性鲜明的人物形象。小说以芙蓉镇青石板街作为人物描写的舞台，刻画了善良勤劳的胡玉音、耿直正派的谷燕山、歹毒变态的李国香、左右挣扎的黎满庚等人物形象，通过这些人物各自不同的命运折射出一个不断变迁的“小社会”。小说细节描写也很细腻，作者善于描述社会百态、风俗民情，并将人物命运的沉浮、社会的变迁交融其中，这也是作者独特创作个性的体现。

《芙蓉镇》在结构布局上也很有特色，在整体的顺叙中，又加上少许补叙，单线和复线交织互衬，使作品突出重点又疏密有致。

六、名家点评

《芙蓉镇》不仅因一个时代的忠实记录而具有极高的认识价值，也因出色的艺术品格跻入当代长篇小说的经典之列。

——陈思广

《平凡的世界》——一代青年农民的奋斗经历

作　　者：路遥

文　　体：小说

成书年代：1988年

一、作者介绍

路遥（1949—1992），原名王卫国，中国当代作家。1949年12月路遥生于陕西省榆林市清涧县一个贫困的农民家庭，7岁时因为家境困难被过继给延川县农村的伯父；曾在延川县立中学学习，1969年回乡务农。这段时间里他做过许多临时性的工作，并在农村一所小学中教过一年书；1973年进入延安大学中文系学习，其间开始文学创作；大学毕业后，任《陕西文艺》（今为《延河》）编辑；1980年发表《惊心动魄的一幕》，获得第一届全国优秀中篇小说奖；1982年发表中篇小说《人生》，后被改编为电影，轰动全国。1988年，完成百万字的长篇巨著《平凡的世界》。该小说以其恢宏的气势和史诗般的叙述，全景式地展现了改革开放时代中国城乡的社会生活和人们思想情感的巨大变迁，小说还未完成即在中央人民电台广播，路遥因此而荣获茅盾文学奖。1992年11月17日，路遥因病医治无效在西安逝世。

二、作品档案

《平凡的世界》是一部现实主义小说。作者高度浓缩了中国西北农村的历史变迁过程，作品达到了思想性与艺术性的高度统一，特别是主人公面对困境艰苦奋斗的精神，对今天的读者仍有启迪意义。

《平凡的世界》是一部全景式地表现中国当代城乡社会生活的长篇小说。全书共三部六卷。作者在近十年间的广阔的时代背景上，通过人物之间复杂的矛盾纠葛，刻画了社会各阶层众多普通人的形象。劳动与爱情，挫折与追求，痛苦与欢乐，日常生活与巨大的社会冲突，纷繁地交织在一起，深刻地展示了普通人在大时代历史进程中所走过的艰难曲折的道路。

《平凡的世界》内容厚重，场面宏阔，以人物的经历为经线，以整个社会变迁、思想转型为纬线，描绘了一幅当代中国挣脱极“左”思想的束缚，开始改革开放的历史转型期史诗般的艺术画卷。小说共写了近百个人物，从揽工汉到省委书记，这些人物形象鲜活地表现了那一时期的人们的思想变化。小说以孙少安和孙少平两兄弟的经历为描写中心，表现了一代青年农民奋斗的艰难历程，而人物活动的宏大背景则是改革开放初期整个社会的政治形势和人们的心态。

路遥出身农村，他的写作素材基本来自农村生活。他始终认定自己“是一个具有农民血统的儿子”，是“既带着‘农村味’又带着‘城市味’的人”。他坚信“人生的最大的幸福也许在于创作的过程，而不在于那个结果”，所以他认为“只有在无比沉重的劳动中，人才会活得更为充实”。他始终以深深纠缠他的故乡情结和生命的沉重感去感受生活，以陕北大地作为一个沉浮在他心里的永恒的诗意象征，每当他的创作进入低谷时，他都要独自去陕北故乡的毛乌素沙漠，在那里审视自己，观照社会。

路遥的追求与成功，忧思与矛盾，都同他的心理结构有着密切的联系。他被称为“土著”作家，主要受到的是农民文化的影响，作为农民的儿子，他深深地爱着他的故乡，承袭传统文化，接受传统文化的影响，以农民生活作为自己取之不尽的创作源泉。但他又是一位“文明”的作家，他立意高远，广纳博取，时时汲取世界文化的营养。

路遥从1975年开始创作《平凡的世界》，到1988年完稿。其间，路遥下煤矿，走乡村，绝浮华，住陋室，殚精竭虑，呕心沥血。他说好些时候自己累得躺在床上，有一种生命即将终止的感觉，似乎从此倒下就再也爬不起来了。待《平凡的世界》完稿，这位不到四十岁，原本铁塔般壮实的汉子，两鬓已新添了许多白发，满脸皱纹，精神憔悴，面容枯槁，看上去全然像一个老人。他的血脉、精气已经被书榨干，悄然不觉中，病魔乘虚而入，死神也向他步步逼近。

陕北黄土高原，自古是一个艰苦的地方。路遥生于斯，长于斯，在这块贫瘠的土地上求索奋斗，历尽艰辛。他对农村有着非常深刻的了解，和农民有着血脉相通的感情。二十世纪七十年代末开始的历史巨变，如山洪暴发，如春潮涌动，黄土地上也万马奔腾，农民大军在行进。所有这一切，深深地激励着路遥。他要继《人生》之后，再倾全部心血，为这一方苦难而又充满希望的土地，为这一群生命不息、奋斗不止的人们，为这一个壮丽辉煌的时代，写一部史诗般的巨著。他把这当作了一项无比神圣庄严的使命。他说：“写这部书我已抱定吃苦牺牲的精神，实行如此繁难的使命，不能对自己有丝毫的怜悯心。要排斥舒适，斩断温柔。只有在暴风雨中才可能有豪迈的飞翔；只有用滴血的手指才有可能弹拨出绝响。”

创作的态度决定着作品的高度。《平凡的世界》百余万字，时间跨度从1975年到1985年，全景式地反映了近十年间中国城乡社会生活的历史性变迁，堪称新时期小说的一座丰碑。第三卷尚未完稿，中央人民广播电台就开始连续播出。1991年3月，《平凡的世界》获得第三届茅盾文学奖。十几年来，《平凡的世界》和路遥的其他著作出了很多版本，销量可观，在数量众多的中国当代小说中独领风骚。

三、内容概要

小说以陕北黄土高原双水村孙、田、金三家的命运为中心，反映了从“文革”后期到改革开放初期广阔的社会面貌。

第一部写1975年农民子弟孙少平到原西县高中读书。他贫困，但有自尊，学习成绩和劳动成绩都好，与地主家庭出身的郝红梅互相爱怜，被侯玉英发现并当众说破后，两人不好继续保持互相爱怜的关系。后来郝红梅与家境优越的顾养民恋爱，而孙少平高中毕业，回乡务农。但他并没有消沉，与县革委会副主任田福军女儿田晓霞建立了友情，在田晓霞的帮助下关注着外部世界。孙少平的哥哥孙少安一直在家劳动，与村支书田福堂女儿、县城教师田润叶是一对青梅竹马的好朋友，他们的感情却遭到田福堂的反对。经过痛苦的煎熬，孙少安到山西与勤劳善良的贺秀莲相亲并结了婚，田润叶也只得含泪与李向前结婚。这时的农村，生活混乱，旱灾又使农民的生活雪上加霜。田福堂为加强自己的威信，组织人偷挖河坝与上游抢水，不料出了人命；为了“学大寨”，他炸山修田叫人搬家，弄得天怒人怨。生活的航道已到了非改变不可的地步。

第二部写1978年十一届三中全会后，农村百废待兴又矛盾重重，田福堂连夜召开支部会抵制家庭联产承包责任制，孙少安却领导生产队率先在全村推广了家庭联产承包责任制。头脑灵活的孙少安又进城拉砖，用赚的钱建窑烧砖，成了公社的“冒尖户”。孙少平的梦想和追求激励着他到外面去“闯荡世界”，他从漂泊的揽工汉成为正式的建筑工人，最后又抓住了当煤矿工人的好机遇。他的女友田晓霞从师专毕业后到省报当了记者，他们相约两年后再相会。田润叶远离她不爱的丈夫李向前到团地委工作，而对田润叶钟情痴心的李向前因酒后开车致残，田润叶感到内疚，回到丈夫身边，两个人开始过着幸福的生活。此时田润叶的弟弟田润生也已长大成人，在异乡与命运坎坷的郝红梅邂逅，两人最终结为夫妻。曾经主宰全村命运的强人田福堂，对新时期的变革非常抵触，也为女儿、儿子的婚事窝火，再加上病魔缠身，弄得焦头烂额。

第三部写1982年孙少平到了煤矿，尽心尽力干活，成了一名优秀工人。孙少安的砖窑也有了很大发展，他决定贷款扩建机器制砖。不料因技师根本不懂技术，砖窑蒙受很大损失，后来在朋友和县长的帮助下，孙少安再度奋起。但是孙少安的妻子贺秀莲在欢庆由他家出资两万元扩建的小学的大会上口吐鲜血，被确诊为肺癌。田晓霞在抗洪采访中，为抢救灾民光荣献身。田润叶生活幸福，生了个胖小子。田润生和郝红梅的婚事也终于得到了父母的承认，并添了个可爱的女儿。孙少平在一次事故中为救护徒弟也受了重伤，但他并没有被不幸压垮，从医院出来后，又充满信心地回到了矿山。那么，迎接他的又将是怎样的生活呢?

四、主要人物形象

孙少平

高中毕业的孙少平离开农村，想要闯出一条路。在高中时代，他爱郝红梅，但地主出身的郝红梅爱上顾养民。后来田晓霞爱上了他，两人的爱情却因田晓霞之死而以悲剧告终。他闯荡世界，受过苦，失去了恋人。他见义勇为，挺身而出，解救少女，善良之举令人敬佩。后来他当了工人，爱上了煤矿。他救的金秀爱上了他，但他拒绝了金秀的爱，回到了矿山。他可能要找惠英嫂……这是一个农村奋斗青年的典型。

孙少平是平凡世界中的精神斗士，是一位有知识的现代青年，有着可爱的执拗和顽强的拼搏精神，不满足一辈子生活在黄土地上，渴望呼吸城市的文明之风，渴望在更广阔的天地中展示自己，成就一番作为。孙少平虽家境贫困，但从来不鄙视自己的家庭出身。孙少平是农民的儿子，是在苦难和饥饿中长大的。他不怕艰难困苦，求学期间，饥饿时时折磨着他，褴褛的衣裳使他在女生面前不体面，他在苦涩、凄楚中郁积着难言的悲愤，但是他挺过来了，以清醒的思考，以男子汉的豁达平静地接受着这一切。他的心中从来没有停止过追求具有人生价值的精神生活这种意念。

孙少安

孙少安是个背负沉重包袱的人，六岁开始干农活，十三岁辍学帮助父亲支撑起风雨飘摇的家，十八岁凭借其“精明强悍和可怕的吃苦精神”被推选为生产队队长，成为双水村的“能人”。正是在他的庇护下，弟弟和妹妹才得以完成学业，姐姐一家尚能够勉强度日。而弟弟孙少平之所以敢放心到外面“闯世事”，前提也是有哥哥在，他的“后方”就平安无事。孙少安不仅要同与生俱来的贫苦搏斗，还要处处提防来自村书记田福堂的算计。出于对孙少安的才干和威望的嫉妒以及对他“骚扰”其女润叶的不满，田福堂多次利用“阶级斗争”陷孙少安于困境。孙少安就这样在来自家庭和政治的“双重压力”下顽强抗争，负重前行，显示出自己强大的生命力。

尽管文化不高，孙少安却凭借生活的历练和聪慧的天资，对社会有着超出一般农民境界的独到见解。例如，他初次见到田福军时一番让“农民撒手干想干的事，上面不要老指手画脚”的言论，其实质就是解放农村生产力；还有他搞的“生产承包责任组”，其内容已同改革开放后的家庭联产承包责任制相差无几。

田晓霞

田晓霞出身于一个干部家庭，殷实的家境使她不必像男主人公孙少平那样为温饱所困。更重要的是，在这样一个家庭的熏陶下，她的思想境界和内在品质都远胜于同龄人。田晓霞在高中时期已有独立思考的能力，“看问题往往和社会上一般人的看法不一样，甚至完全相反”。此时的孙少平“每次和她交谈，都能使自己的头脑多开一扇窗户”，孙少平已开始自觉接受田晓霞的指教，而田晓霞则慧眼独具地发现孙少平与众不同的“气质”，并有意识地对他加以引导。这是一个较有个性的女性形象。她活泼，有文化，但不同于田润叶。她爱孙少平，蔑视门当户对的婚姻。她太美好，却死于抗洪之中，生命虽短，却闪闪发光。

田润叶

这是小说中写得比较成功的一个人物。她爱孙少安，与孙少安两小无猜，青梅竹马，却因孙少安的理智，违心地与李向前结婚。生活给了她许多不幸，许多难以理解的痛苦。美丽善良的田润叶的人生痛苦是社会矛盾冲突的结果。

郝红梅

她虽然是地主的女儿，却与孙少平同病相怜，与孙少平相恋，后与顾养民要好。在毕业时她因偷别人的手帕而被同学攻击，孙少平解救了她。她是畸形社会下一个性格扭曲的人。作者将她写得命运悲苦——嫁给一个窑民，却早寡。直到田润生爱上她，她才得到了幸福。

贺秀莲

这是一个十分有特色的人物。她没有文化，缺少女性的装扮，土气，却深爱孙少安。她善良勤劳，有女人固有的个性弱点，无论怎样说，她的形象是美好的。让人痛心的是，因苦与劳累使她得了肺癌，在小说尾声留下了一丝悲哀的气氛。

五、文学成就

《平凡的世界》借鉴了托尔斯泰、巴尔扎克等西方作家的长篇小说的创作手法，也吸收了《红楼梦》中国古典小说等的创作手法，中西融合，借鉴古今，大放异彩。《平凡的世界》是一部现实主义的力作，是一部里程碑式的长篇小说。

《平凡的世界》以1975年至1985年广阔的社会生活为背景，全景式地展现了这一新旧交替时期城乡各种人物的命运和心理面貌。在这个平凡的世界里，充满着文明与落后，现代与古老的生活方式以及现代意识与传统观念的冲突。小说既描写了极“左”路线给农民带来的深重灾难，又描写了改革的步履艰难和不可抗拒的历史洪流。作者努力在历史与现实的交融中展示当代生活。小说构思宏大，气势恢宏，具有史诗品格。

《平凡的世界》中主人公孙氏兄弟的人生奋斗之路，汇成了一股青春的激流，冲击着读者的心灵，这是两个具有不同典型意义和美学价值的艺术形象。

《平凡的世界》塑造了孙少安、孙少平、田晓霞、田润叶等一大群个性鲜明的人物形象。路遥无疑是成功的，在“平凡的世界”里众多的人物中，有孙少平、田润叶等形象栩栩如生的人物，这些人物命运的发展、结局牵动着读者的心，让读者感同身受。

小说丰厚的意蕴是通过复线式的结构形态表现出来的。孙少安与孙少平的人生奋斗之路是小说的主线。小说通过描写他们的劳动与爱情、挫折与追求、痛苦与欢乐，体现了城乡交叉地带有文化的年轻一代在现代意识冲击下，对人生价值的追求和对现代文明的热烈向往。小说还安排了两条副线。一条副线是田福军的沉浮。田福军是党的基层领导干部的优秀代表，处在政治斗争的旋涡之中。他的经历从侧面反映了当时干部队伍的风貌和十一届三中全会后国家政治生活的巨大变化。另一条副线是双水村群众的生存环境与人际关系之间的冲突。改革开放使这个贫困的村庄激荡起来，新的矛盾开始出现，这里既有家族之间的冲突，也有父子、邻里、干群之间的冲突，从而表现出不同观念、不同生活方式、不同文化心理的冲突，从一个角落展示了那个年代社会的种种奇观。总之，小说相当真实而深刻地为我们提供了这一历史时期全景式的社会生活画面。小说将社会历史主题与人生命运主题交融在一起，具有很高的思想价值和审美价值。

《平凡的世界》是路遥对自身文化、文学视野的重大超越，是他创作的高峰，是他全部生活、生命的艺术结晶，蕴含了他对当代中国政治、经济、文化、伦理道德、社会风尚、民情风俗，特别是城乡交叉地带种种复杂面貌深刻的理性思考。《平凡的世界》是一部史诗性作品，作者站在时代的高度、历史的高度写出了那个年代社会的主要矛盾，写出了脑力与体力劳动差别、工农差别、城乡差别，这三大差别到下个世纪还一直存在。

路遥用生命创作的《平凡的世界》，是当代文学史上的一座里程碑，一座高峰，一座令后来者难以逾越的高峰。《平凡的世界》给人以真实的生活感受，体现出了一种雄浑壮丽的崇高之美。这种崇高之美不是一般作家的作品所能达到的，路遥的作品在追求悲剧之美、真实之美的基础上，达到了崇高之美。

路遥在茅盾文学奖颁奖典礼上发言时说："我们的责任不是为自己或少数人写作，而是应该全心全意全力满足广大人民群众的精神需要。我国各民族劳动人民创造了辉煌的历史、壮丽的生活，也用她的乳汁育了作家、艺术家。人民是我们的母亲，生活是艺术的源泉。人民生活的大树万古长青，我们栖息于它的枝头就会情不自禁地为此而歌唱。只有不丧失普通劳动者的感觉，我们才有可能把握社会历史进程的主流，才有可能创造出真正有价值的艺术品。"这些是路遥生前说过的话，他做到了。一直以来，他的作品深深地打动着读者的心，并且赢得了不同年龄、不同文化程度的读者的称赞与敬佩。在贫困中成长起来的路遥，充分展示了他的思考能力和创作成就，不能不说是一个奇迹。

六、名家点评

《平凡的世界》就像火一样燃出炙人的灿烂的光焰。

——贾平凹

《平凡的世界》是茅盾文学奖皇冠上的明珠，激励千万青年的不朽经典，最受老师和学生喜爱的新课标必读书。

——陈忠实

《尘埃落定》——一部具有藏族文化意蕴和魔幻色彩的小说

作　　者：阿来

文　　体：小说

成书年代：1994年

一、作者介绍

阿来，藏族作家，1959年生于四川省西北部藏区的马尔康市。马尔康市俗称“四土”，这是指马尔康市在旧时归四个土司管辖。

阿来初中毕业后回乡务农；1977年到阿坝州水利建筑工程队当合同工，先后任拖拉机手与机修工；高考恢复后考入马尔康师范学校。毕业后做过将近五年的中学教师；后因写作的需要转做文化工作；1982年开始诗歌创作；二十世纪八十年代中期以后，逐渐转向小说创作；1998年在成都任《科幻世界》主编；现任四川省作协主席、中国作协副主席。

阿来的主要作品收录在以下三本书中：抒情诗集《梭磨河》和小说集《旧年的血迹》《月光下的银匠》。《旧年的血迹》是他的第一部小说集，这本小说集也获得了第四届少数民族文学奖。阿来著名的著作还有长篇散文《大地的阶梯》和获得2000年第五届茅盾文学奖的长篇小说《尘埃落定》。

二、作品档案

《尘埃落定》定稿于1994年冬，直到1998年3月才得以出版。其间，该书稿一直在众多出版社编辑的手中“流浪”，是金子总会发光的，最后，人民文学出版社的编辑发现了这块“真金”。

长篇小说《尘埃落定》荣获第五届茅盾文学奖，评委认为这部小说叙述视角独特，“有丰厚的藏族文化意蕴。轻淡的一层魔幻色彩增强了艺术表现开合的力度”。小说语言“轻巧而富有魅力”“充满灵动的诗意”“显示了作者出色的艺术才华”。

三、内容概要

麦其土司是康巴藏族地区最大的土司。他有两个儿子，大儿子是他和他的大太太所生的，二儿子是他在醉酒后和他的汉族太太所生的。这个二儿子天生就是个傻子。

因为二儿子傻，父母对他加倍地疼爱，有什么心里话也不瞒他；因为他傻，哥哥觉得土司的位子肯定是自己的，这个傻子对他也就不存在威胁了，所以也对他百依百顺；因为他傻，家里的奴隶、佣人也不害怕他。但这个傻子却有着超乎时代的预见力和洞察力，他能捕捉到常人觉察不到的信息，宛然一个“先知”。

由于黄特派员的指点，麦其土司开始种植能够给他带来白花花的银子的罂粟，罂粟的成功种植使他迅速强大起来。对于那些和他唱反调的头人，他没有丝毫的心慈手软。麦其土司看上了查查头人的妻子央宗，让人杀了查查头人，霸占了查查头人的妻子央宗。这也引起了他汉族妻子的忌妒。周围的土司因为看到了种植罂粟的好处，也纷纷仿效麦其土司种起了罂粟。为了保住种植罂粟的特权和扩张自己的领地，麦其土司对周围其他土司接二连三地发动战争。

傻子的哥哥是个喜爱枪支和女人的花花公子。麦其土司家的军队有着先进的武器装备，傻子的哥哥也很会玩弄花样、虚报战绩，所以，他成为战争中的英雄。正当他洋洋得意、自觉大功告成之时，年老衰弱的老土司改变了主意，并没有将土司的位子传给他，反而把他派往边地，唆使仇人将他杀了。

和这个下场凄惨的哥哥比起来，傻子显得明智且幸运多了。当其他的土司为了聚敛财富而让罂粟在自己的土地上蔓延时，他鬼使神差般地在自己的土地上种了粮食。没想到这些粮食竟然变得比鸦片还珍贵了。因为令人恐怖的饥荒年来了，饥民泛滥，鸦片的价格大幅度下跌，傻子所收获的粮食成了一笔不可估量的财富。当他在边地镇守粮仓时，竟然运用了很多常人难以想到的手腕，不仅用粮食换回了大量的银子，还换到了很大的一块领地，更重要的是，他得到了一个美丽的妻子——塔娜。这不禁让老土司感到了惊诧和恐慌。当傻子带着银子回到官寨时，老土司却将他拒之门外。原因很简单，怕他夺取自己的位置。

终于，在解放军进剿敌军残部的隆隆炮声中，麦其土司家的官寨坍塌了。纷争、仇杀摧毁了一个旧的世界，尘埃终于落定。

四、主要人物形象

傻子

麦其土司家的二少爷，他有一双异常敏锐的眼睛。他的思想和言行蜕去了“聪明人”的虚假做作，有一种“大彻大悟”的感觉。傻少爷对人对事充满了深情、真诚与友善。他以广阔的胸襟包容世事的突变，消融了仇怨。

麦其大少爷

英勇好战，很会玩弄花样、虚报战绩。聪明反被聪明误，老土司并没有将土司的位子传给他，反而把他派往边地，唆使仇人将他杀了。

五、文学成就

《尘埃落定》极具独特的艺术风貌。其独特之处，主要表现在以下几个方面：

第一，作品选取了独特的民族化的题材，展示了浓浓的民族风情和土司制度的神秘，具有较高的艺术价值。作者选择以康巴土司家族的兴衰作为小说的题材，来描绘藏地的风土人情，这些描写弥漫着浓厚的藏文化气氛。

这种独特的民族题材还表现在书中对藏传佛教的描写上。书中藏传佛教的传播者翁波意西被割了两次舌头，但仍然能够发出自己的声音，并成了傻子的书记官，此外还有关于活佛的描写等。从作者所选的这些藏族题材之中，我们可以读出只有藏族人才有的独特的“藏族灵魂”来。

第二，作品采用了独特的心理视角，并带有魔幻色彩。作者没有从全知全能的叙述者视角来展开故事情节，而是从一个傻子异常敏锐的心理视角出发来构建全书。这样的写法新颖而又独特，它让我们看到了一个有着超凡脱俗的感受力的傻子的内心世界。这个世界是丰富多彩的，是不同寻常的，然而又是那样深刻地向我们展示人性的复杂。这样带有拉美魔幻现实主义流派的写法，也把我们的传统小说带到一个五彩缤纷的艺术世界里去。

第三，作品的艺术特色还体现在语言特点上。整部小说的情节与内容就在这波涛一般的语言中跳跃着。读这部小说，会让人感觉像是读一首融叙事与抒情于一体的史诗。

第四，作品为我们塑造了一系列栩栩如生、极具个性的人物形象。书中各色人物的血统、地位、财富的拥有量及其在社会中担任的角色，使他们各自有了鲜明的“脸谱”。

通过他们的言谈举止与故事中人物情节的纵横联系，显现了“小人物”内心世界的复杂性和人物命运的不可捉摸性，从而揭露了土司专制统治给人民带来的深重苦难。

六、名家点评

《尘埃落定》借麦其土司家“傻瓜”二儿子的独特视角，兼用写实与象征表意的手法，轻巧而富有魅力地写出了藏族的一支——康巴人在土司制度下延续了多代的沉重生活。作者以对人性的深入开掘，揭示出各土司集团间、土司家族内部、土司与受他统治的人民以及土司与军阀间错综的矛盾和争斗。并从对各类人物命运的关注中，呈现了土司制度走向衰亡的必然性，肯定了人的尊严。小说有丰厚的藏族文化意蕴。轻淡的一层魔幻色彩，增强了艺术表现开合的力度。语言颇多通感成分，充满灵动的诗意，显示了作者出色的艺术才华。

——严家炎

《琼瑶作品集》——影响了一代人的言情小说集

作　　者：琼瑶

文　　体：言情小说

成书年代：1963—2019年

一、作者介绍

琼瑶，中国当代作家，本名陈喆，笔名琼瑶、心如、凤凰等，祖籍湖南衡阳，生于1938年。琼瑶生逢战乱，1949年，随家由大陆迁往台湾生活，先后就读于台北师范附小、台北第二女子中学；高中毕业后未能考取大学；十六岁时在台湾《晨光》杂志发表短篇小说《云影》；读高中时先后发表文章两百余篇；1963年出版自传式长篇小说《窗外》，一举成名。

1963—2008年，琼瑶创作了《幸运草》《烟雨濛濛》《几度夕阳红》《彩云飞》《心有千千结》《在水一方》《月朦胧，鸟朦胧》《雁儿在林梢》《碧云天》《冰儿》等长篇小说。美化人生的爱情理想是她小说的主旋律；曲折新奇、波澜起伏的故事情节是她小说引人入胜的主要手段；浓郁诗意、雅俗共赏的文学语言是她小说独具魅力的重要特点。

琼瑶先后著有六十多部言情小说，本本畅销，拍成影视，部部卖座，赚尽海内外华人的爱与泪，人称“有华人的地方就有琼瑶”。琼瑶的小说，故事感人至深，可读性强，读者群庞大，琼瑶在各时期创作的不同风格的小说均为其拥趸们竞相收藏。

二、作品档案

琼瑶的作品主要有：中长篇小说《六个梦》《烟雨濛濛》《几度夕阳

红》《庭院深深》《心有千千结》《一帘幽梦》《在水一方》《我是一片云》《月朦胧，鸟朦胧》《聚散两依依》《问斜阳》《青青河边草》《水云间》和散文集《不曾失落的日子》、游记《剪不断的乡愁》、自传《我的故事》等。她的作品先后在台湾、香港、大陆出版发行，印数巨大，影响深远。1990年，她的《六个梦》在中国大陆拍摄成电视连续剧《婉君》《哑妻》《三朵花》，开其作品在大陆拍摄之先河。之后，她的许多作品被大陆影视业搬上银幕和荧屏。她是大陆民众最熟悉和喜爱的中国作家之一，对于促进海峡两岸文化交流起了积极作用。1998年和1999年，她的新作《还珠格格》由湖南经济电视台拍摄成两部电视连续剧，电视剧上映后，引起很大反响。

琼瑶的小说可分为三期：早期小说包括1963年发表的《窗外》至1971年出版的《水灵》和《白狐》，主要是取材于中国历朝历代民间流传的爱情故事；中期的小说由《海鸥飞处》到《燃烧吧！火鸟》，主要是描写以当代中国台湾为背景的男女之间爱情的小说，除《我是一片云》外，其他的小说全是大团圆结局；晚期则由二十世纪九十年代出版的《雪珂》开始，小说的背景搬回古代，内容上尝试脱离早期的悲剧故事和中期公式化的快乐故事。

琼瑶的小说写人生、言情感、有观众、有影响。1999年，由中国香港《亚洲周刊》与来自全球各地的学者、作家联合评选“20世纪中文小说100强”，琼瑶的《窗外》名列其中。此外，琼瑶的小说在中国现代文学史和华语文学界也占有一席地位。

在琼瑶的爱情王国中，爱情是滋润女性自我并赋予其活力的源头。没有爱情，女性的自我就会枯萎凋零。在这种设定下，琼瑶小说中的女性形象无可避免地显得被动和消极。事实上，在五四运动时期，“爱情”这个概念是一种公众性的意识形态，主要是对中国父权制度的反叛和挑战，但在琼瑶的言情小说里则完全属于私人领域，对爱情的描述也纯由女性的立场出发，这亦是被李敖等人批评其小说中女主人公面目苍白的原因。然而，这样一个梦幻中的爱情世界被推到了极致也有其意识形态上的助力——逆转了父权家庭中尊卑阶层的权利和义务关系，使拥有资源及力量的父母或男性在感情、道德的召唤下，对一无所有的子女特别是女性全心全意地奉献自己的爱。这亦是琼瑶言情小说的魄力所在。

三、内容概要

《窗外》讲述的是师生恋的故事。江雁容是被同学们羡慕的文学才女，但数理化三科考试常不及格。父母对她态度严厉，常责备她不用功。她得不到家庭的温暖，常望着窗外遐想，编织自己的梦。高中三年级时，全校最好的语文老师康南担任江雁容所在的班级的导师，他在江雁容的周记中了解到她的烦恼和悲哀。康南发现并珍视江雁容的文学才华，给予她无微不至的关怀和照顾。江雁容对康南由尊敬发展到爱恋，他们相爱了。学校传出了议论他们的流言蜚语。因两人年龄相差二十岁，康南怕害了江雁容，江雁容则怕毁了一位好老师。两人决心悬崖勒马，不再来往，但又难舍难分。大学联考后，康南被学校解聘。江雁容认为是自己害了康南，适值她大学联考落榜，于是她在给康南写好绝笔书后服毒自杀。被救醒后，她向母亲坦白了自己与康南的关系，并请求母亲同意她与康南结婚。母亲佯作同意这桩婚事，但限定江雁容在到了法定结婚年龄二十岁时再结婚，一年内两人不能见面，并介绍江父的学生李立维与江雁容相识。江雁容仍暗地与康南会面，江母发现后去刑警队控告康南勾引少女。康南又被省立女中解聘，被迫离开台北到南部乡村学校任教。后来，江雁容与李立维结婚，又因不堪丈夫的凌辱提出离婚而出走。她去了南部乡村学校，幻想找回自己与康南的那段刻骨铭心的旧情。但康南的精神已经崩溃了，校长罗亚文不让江雁容再打扰他的生活。下课时，一个脏兮兮、老态龙钟的老师走出教室，又从她眼前走过。他再也不是江雁容梦里的康南了。

《几度夕阳红》描写了嘉陵江畔的一对有情人冲破重重阻力，倾心相恋，但因种种缘由两人苦心经营的“宫殿”化为幻影的故事。故事美丽而苍凉，反映了中国台湾现代青年的恋爱观，歌颂了民族宽容、向上、进取的品质。

二十年来，李梦竹的生命就建筑在先生和一对乖巧的儿女身上。自从女儿晓彤在舞会上认识了魏如峰之后，她的世界就变小了，老同学的出现令她想起了从前在重庆沙坪坝的年轻岁月：何慕天的风流才气、狂烈热情紧扣李梦竹的心，他们疯狂地爱着对方，使她竟可以背叛母亲，毅然选择随何慕天出走。但何慕天必须要回乡去解除已有的婚约，一来一往间误会丛生。李梦竹伤透了心，无奈嫁给了明远，就这样过了二十年。谁料，魏如峰的叔叔竟是何慕天，二十年的平静生活又起波澜，他们之间的情、恨该如何了？如何结？

《烟雨濛濛》写美丽坚强的依萍与母亲相依为命，为了生活，她不得不当上了歌舞厅的歌女。为了报复父亲与雪姨对她们母女二人所做的种种，依萍抢走了雪姨介绍给妹妹如萍的男朋友何书桓。在交往中，依萍被书桓的深情所感动，双双坠入情网。天意弄人，何书桓偶然知道了依萍的报复心理，两人之间产生了误会。为了报复依萍，何书桓与如萍订了婚。后来，经过家庭的巨变，依萍与何书桓冰释前嫌。然而如萍经受不了打击自杀身亡，何书桓与依萍为此也面临分手的考验。

明日隔山岳，世事两茫茫。善良憨实的如萍用自杀来解决自己的困惑，却也让依萍和何书桓感到内疚、自责，他们再也无法面对自己心爱的人，最终被迫分离。

《在水一方》写的是美丽坚强的孤儿小双，遵从母亲的遗嘱投靠台北的伯父朱自谦，并认识了其子诗尧。诗尧对小双渐生爱意，但又苦于无法表白，只能默默地爱她、照顾她。后来，小双认识了青年作家卢友文，并嫁他为妻。婚后，卢友文为了寻找创作题材迷上了赌博，置小双与幼女于不顾，家中一贫如洗。渐渐绝望的小双终于决绝地离开了卢友文。离婚后，小双在诗尧的帮助下走上作曲的道路。几年过去了，小双找到了贫病交加的卢友文，并陪他渡过了他生命中最后的美好时光。而深爱着小双的诗尧依然独身，他在水的一方默默地等待着小双……

《一帘幽梦》中，汪家在外人眼中是一个幸福的家庭，父亲会赚钱，母亲会持家，还有一对美丽的姊妹花绿萍和紫菱。姐姐绿萍是一个近乎完美的女孩，不仅功课好，还是个出色的芭蕾舞演员；妹妹是一个不愿被约束，想活出自我的梦想家。虽然姐妹俩在各方面差别都较大，但是她们的感情非常好。然而，她们却都爱上了楚濂。紫菱认为自己无法与姐姐相比，于是默默地将感情藏入一帘幽梦中。

一趟巴黎之旅，紫菱结识了费云帆——一个风度翩翩却如谜一样的男人，两人度过了一个难忘而又愉快的下午。

四年后，紫菱仍一无是处，绿萍和楚濂感情依旧。在父母举办的宴会上，费云帆再次出现在紫菱面前，并从此走入她的生活，成为她心事的倾听者。同时，也由于费云帆的出现，楚濂终于对紫菱表白，他爱的不是绿萍，而是她。但是正当楚濂决定对绿萍说清自己的心事时，两人却发生了车祸，绿萍失去了一条腿。楚濂怀着歉疚的心情和赎罪的心理向绿萍求了婚。同时，费云帆再一次出现在失意的紫菱面前，因为他早就暗自爱上了紫菱。费云帆和紫菱结了婚，并带她前往国外生活，尽最大的力量给予她快乐，紫菱也渐渐爱上了费云帆。

另一方面，汪爸爸的生活中也出现了一个和他有共同语言的女子——秦雨秋。由此，看似平静的汪家掀起滔天巨浪……

《还珠格格》讲乾隆皇帝南巡与一女子夏雨荷有一段露水姻缘，并生下一个女儿夏紫薇。多年后，夏雨荷病逝，紫薇携丫鬟金锁带着乾隆留下的信物，从江南千里迢迢到京城与自己失散多年的父亲相认。

主仆两人到京城后根本无法进宫面圣，走投无路之际，他们遇上了女飞贼小燕子，彼此结为好友。小燕子凭着自己飞檐走壁的本事，终于将信物送到乾隆手中。乾隆误认小燕子为其女，因此阴差阳错地将小燕子封为还珠格格。紫薇流落街头，幸而遇到学士府大公子福尔康——她生命中最重要的男人。单纯的少女紫薇最终在福尔康和五阿哥的帮助下与自己的亲爹相认，成为格格，而活泼开朗的小燕子则被五阿哥看上。两对有情人的爱情在深宫中几经坎坷，终于修成正果。

四、主要人物形象

江雁容

十七岁的江雁容是个性格忧郁、满脑子想法的女孩。她无法摆脱弟弟妹妹的优秀给她带来的阴影，无法摆脱教授的女儿考不上大学的阴影，更无法摆脱争强好胜的母亲对她寄予厚望的阴影，因此，她变得更加烦恼、忧郁了。

她虽是纤弱的、忧郁的，但又是调皮的、倔强的。她抓住了国文老师的错误，常给国文老师出难题。班上换来了另一个国文老师——四十岁的康南。

康南的到来使江雁容不再忧郁、不再悲观，她觉得终于找到了自己的爱。江雁容是恣意的，她并不担心什么，随意地抒发着自己的感受，表达着自己的爱意。

江雁容落榜了。好友周雅安把康南和她的恋爱说成了是康南在勾引她，她感到被出卖了。她搜集了三十几片安眠药，回到家中，和平时一样平静地吃饭，还帮妈妈洗了碗。最后，她吃下了安眠药。

江雁容并没有死去，被救了回来。母亲给江雁容一个命令——在二十岁之前不能和康南见面，否则，她要状告康南引诱未成年少女。江雁容屈服了，她在家里等待二十岁的来临。

可是，三年后江雁容被迫嫁给了无亲无友的穷学生李立维。因为种种矛盾，江雁容和李立维之间的隔阂越来越大。最终江雁容离开家，去台南找康南了。但是见到康南的那一刻，她才明白他已经不是原来的那个康南了。

江雁容一直活在自己的梦里，殊不知她所珍爱的那个唯美的世界已经充满了污渍。

紫菱

一个从“失意”到“得意”的女孩。紫菱是汪家的二女儿，虽不及姐姐绿萍亮丽，却是个活泼可爱、讨人喜欢的女孩子。她重视亲情，关爱家人，是个思想单纯却又有多重性格的女孩。她动静皆宜，有调皮活泼的一面，也有多愁善感的一面；有任性无理的一面，也有善解人意的一面；有缺乏自信的一面，也有骄傲反叛的一面。

紫菱充满幻想和创意。然而，她不适合读书，她的才华也不被母亲欣赏。为了不辜负母亲的期望，她不断努力考大学，可惜屡遭挫败，因此她对自己的人生非常灰心。幸亏先有楚濂的支持鼓励，后有费云帆的深情爱护，使她从一个“失意”的女孩慢慢成为一个“得意”“梦想成真”的女孩。

在爱情方面，紫菱从小暗恋和自己是青梅竹马的楚濂，无奈楚濂和姐姐绿萍却是大家公认的一对，她只好把个人感情偷偷埋藏在她的“一帘幽梦”里。她和楚濂真心相爱，却徘徊在“爱情”和“亲情”的边缘痛苦和矛盾着，不知如何面对绿萍和双方家人。

车祸导致绿萍面临被截肢的命运，也导致紫菱和楚濂在爱得最刻骨铭心的时候挥剑斩情丝。紫菱毅然退出三角关系，成全楚濂的赎罪之心和绿萍的婚姻。为了让自己和楚濂不再有感情纠葛，她答应了费云帆的求婚，远嫁法国。

紫菱在费云帆的爱护和帮助下，在法国过着幸福浪漫、无忧无虑的生活。不料，父母的婚姻破裂，紫菱忧心不已。在她和费云帆回国挽救父母婚姻的同时，也要面对自己从小就崇拜的姐姐绿萍对她展开的种种报复，紫菱重新陷入“亲情”和“爱情”的悲剧世界。

小燕子

即还珠格格。本来是大杂院的孤儿，靠做“飞贼”维持生计。后来与上京寻父的紫薇结为姐妹，阴差阳错被封为格格，又与五阿哥永琪展开了一场历经曲折的恋爱。小燕子心直口快、开朗活泼、热情奔放、敢做敢当，虽然身世不明，但仍不改其乐观本性，快乐无忧，成了皇上的“开心果”。但是她易感情用事，自我克制的能力较差，比较粗心大意，这使她经常在宫里闯祸。即便如此，她依旧是个人见人爱的小燕子。

五、文学成就

从 1963 年开始，琼瑶先后创作了六十多部小说，小说相继被改编成电影、电视剧，造就了一批又一批因扮演其剧作中的人物角色而脱颖而出的影视明星，由此她的小说也拥有了大量的读者，深受人们的喜爱，产生了长久的影响，在华语文坛形成了一种历时三十多年而不衰的“琼瑶现象”。她的小说大多以爱情为主题，以生活言情题材取胜，富有浓厚的情感色彩和文化精神，描写了中国的人生、人情、传统伦理道德，又将传统观念和现代意识、艺术美感融会贯通，打动了亿万读者、观众的心。小说构思巧妙，文笔淡雅，以情动人，深受少男少女们的喜爱，也颇受各阶层人们的欣赏。

琼瑶是一位深谙中国古典文学三昧，有着化腐朽为神奇的写作功力的作家。她的小说，无论是在笔法上、形象塑造上，还是在作品格调上、审美标准上，都与中国古典诗词、戏剧、小说有着千丝万缕的联系。可以说，没有中国古典文学的影响，就没有琼瑶小说纤柔、细腻、雅致、温婉的魅力。其小说着重表现爱情的魅力，展示世态人性，情节委婉曲折，意境含蓄秀美，主角人物俊朗清纯，文辞优雅别具风采。

琼瑶的小说往往淡化社会、时代背景对主人公的影响，小说中的主人公寻觅爱情、享受爱情并且为爱情而烦恼。相比之下，生活中的种种不过是一个无关紧要的背景。琼瑶小说中男女主人公的爱情是唯美的。她前期小说中的爱情故事多是悲剧式的，受《红楼梦》的影响比较大。在琼瑶的作品中，爱情是生活中不可或缺而且占据主导地位的东西，甚至“生”与“死”这样的人生大事在“爱情”面前也退居其后。

琼瑶的小说不是一般的言情小说，而是一种神圣化的爱情、婚姻和家庭的文化产物。小说主人公大多是一些痴情的现代化都市女子，她们一旦坠入情网，哪怕前面是海是堑，也要勇往直前；哪怕等待她们的是生命的毁灭，她们也会义无反顾。这正如《我是一片云》中的段宛露所说的那样，“他是强盗，我爱他；他是土匪，我爱他；他是杀人犯，我也爱他”。痴情在琼瑶的小说中成了一种超越一切的东西，坠入情网中的男男女女，遇到任何障碍——不管是长辈的阻挠、世俗的冷语，还是年龄上的差距等，都不能使他们有丝毫的退缩。

琼瑶的小说在情节、结构、人物、主题、语言诸方面均存在着模式化倾向，形成了独具特色的“琼瑶模式”。在中国现当代言情文学史上，琼瑶是个承前启后的作家。她一方面上承如张恨水等前辈作家的文学传统，另一方面又以自己的创作模式影响了三毛、亦舒等同时代及后辈作家。

六、名家点评

琼瑶作品之所以不会过时，是因为作品的主题永远是不会过时的爱情。

——黄佟佟

在琼瑶的作品中，人物不必为衣食所忧，一心一意地纠葛于情感之中。

——王安忆

琼瑶的小说符合了每个人内心深处最朴素、最原始的渴望，虽然故事有明显的程式化倾向，只能够“一次性捧读”，但精神内核却令每一部作品都达到让读者同喜同悲的效果。

——全秋菊

《活着》——人是为了活着而活着的

作　　者：余华

文　　体：小说

成书年代：约1993年

一、作者介绍

余华，中国当代作家，浙江海盐人。1960年余华出生于浙江杭州，后来随父母迁居海盐县。中学毕业后，因父母是医生的关系，余华曾当过牙医，五年后弃医从文，进入县文化馆和嘉兴文联，从此与创作结下不解之缘。余华曾在北京鲁迅文学院与北师大中文系合办的研究生班深造，1983年余华开始发表小说，是中国大陆先锋派小说的代表人物，并与叶兆言和苏童等人齐名。其作品被翻译成英文、法文、德文、俄文、意大利文、荷兰文、挪威文、韩文和日文等在国外出版。其中《活着》和《许三观卖血记》同时入选百位批评家和文学编辑评选的“九十年代最具有影响的十部作品”。曾获意大利格林扎纳·卡佛文学奖（1998），澳大利亚悬念句子文学奖（2002）。著有短篇小说集《十八岁出门远行》《世事如烟》《战栗》，和长篇小说《活着》《在细雨中呼喊》。他还写了不少散文与文学音乐评论。

二、作品档案

余华的创作曾经深受川端康成和卡夫卡的影响，后来他从他们的艺术中解脱出来，开始探索自己的艺术道路。1987年，他发表了《四月三日事件》《一九八六年》等小说，开始展露他独具个性的文学才华。在那之后，他又发表了《现实一种》。余华和他的作品的价值得到了人们充分的肯定。自此之后，他越来越自如地开辟自己的文学天地，构筑自己独有的艺术世界。《活着》就是其风格作品的代表。

余华早年从事先锋派短篇小说的创作，先锋意味着创新和超前，意味着反叛性、先导性、流动性和悲剧性。广义的“先锋小说”是指具有先锋精神的小说作品。所谓“先锋精神”，意味着以前卫的姿态探寻存在的可能性及与之相关的艺术的可能性。在中国当代文学中，先锋精神的源头一直可以追溯到“文革”中青年一代在诗歌与小说领域里的探索，“白洋淀诗派”的诗歌和北岛的小说《波动》等是这一时期具有先锋精神的作品。在这之后，具有先锋精神的作品还有以北岛、舒婷的诗为代表的朦胧诗，以王蒙的小说为代表的意识流小说等。广义的“先锋文学”与“现代主义文学”常常是同义词。狭义的“先锋小说”，则是指在二十世纪八十年代中期出现的以形式探索为主要特征的小说创作潮流，作家主要有马原、莫言、格非、孙甘露、余华、叶兆言等。

《活着》是余华创作风格的一个分水岭，是余华在自己的创作风格转型期间完成的一部伟大的作品。作者又回到了传统的叙事模式里面，他放弃了先锋、前卫的笔法，采用传统小说的叙述方式，然而小说在结构上仍能给读者富于电影感官和想象的感觉。

《活着》是一部读起来让人感到沉重的小说。那种只有合上书本才会感到的隐隐不快，并不是由作品中故事的残酷性造成的。毕竟，作品中的亡家、丧妻、失女以及白发人送黑发人这样的故事并不具备轰动性。同时，余华也不是一个具有很强感染能力的作家，实际上，渲染这样的表达方式是余华一直所不屑的。余华所崇尚的只是叙述，用一种近乎冰冷的笔调娓娓叙说一些其实并不正常的故事，而小说中所有人物的情绪就是在这种娓娓叙说的过程中悄悄侵入读者的阅读感受中的。这样看来，《活着》是以一种渗透的表现手法完成了一次对生命意义的哲学追问。

三、内容概要

地主少爷福贵嗜赌成性，终于赌光了家业，变得一贫如洗。穷困之中的福贵因为母亲生病前去求医，没想到半路上被部队抓了壮丁，后被解放军俘虏，回到家乡他才知道母亲已经去世，妻子家珍含辛茹苦带大了一双儿女，儿子机灵活泼，但女儿不幸变成了聋哑人……然而，真正的悲剧才开始渐次上演，因为生命里难得的温情将被一次次的死亡撕扯得粉碎，只剩下老了的福贵伴着一头老牛在阳光下回忆。

主人公福贵是一个孤苦无依的老人，他前半生的回忆触动了我们的心灵：年轻的福贵喜欢往城里跑，常以有钱人的身份在城里吃喝玩乐、嫖妓，夜以继日地豪赌并乐此不疲，常常十天半月不回家。这一切看起来都是那么风光。然而好景不长，无所顾忌的胡闹和为所欲为很快让他付出了倾家荡产、家破人亡的代价。由于半年赊账的积累，他把祖辈留下的家产在一夜之间全输光了，由远近闻名的阔少爷变成了一文不名的穷光蛋，他所有的风光都如海市蜃楼般轰然倒塌，荡然无存，一去不复返了。一家人的幸福断送在他的手中，上上下下终生与苦难相伴。他也从此一蹶不振，日子越过越落魄，厄运的阴影也一直追随他的脚步。父亲亲手处理掉所有的田产之后，在从老宅迁到茅屋的当天死了。福贵在为病了的娘到城里买药时被部队抓去当壮丁。在被抓后快两年时，他终于死里逃生，回到了家。可是女儿凤霞在他被抓当壮丁的日子里，因为一次高烧失去了说话能力。身边的亲人相继死去。他亲手埋葬了自己的儿子、女儿、妻子、女婿。在失去了其他的亲人之后，福贵与外孙苦根相依为命，他们共同的心愿就是攒钱买一头牛。钱终于攒够的时候，苦根却死了。福贵一人买回了一头牛。那本来是一头正要被宰杀的濒死的老牛，它已经干了很多活，受了很多罪，就算不杀它恐怕也活不长了，因为不愿看着老牛哭，早已不再会哭的福贵买下了它。他给这头牛起了个名字，也叫“福贵”。

一晃十年，“两个老不死的”——福贵和老牛“福贵”居然都没有死，还活着。福贵赶着“福贵”去犁田，在吆喝“福贵”的时候，嘴里也喊着所有死去的亲人的名字，好像他们也都是些驾着轭正在埋头犁田的牛。

四、主要人物形象

福贵

小说中最典型的人物形象。他最终以一个农民的身份自述了自己如何由一个没落地主阶级的败家子转变为一无所有的农民，最后一生都在农村生活中苦苦挣扎的境遇。家庭的重大变故给福贵的打击是严重的，更何况所有的变故都是他自己一手造成的。少年时代的福贵就是一个浪荡子，不务正业，整天只会做些吃喝嫖赌的事情。

由于生活的变迁，福贵在一夜间失去了自己所拥有的一切，变成了穷光蛋，再也不能想去哪里就去哪里。福贵悔恨不已，特别是对自己的妻子家珍和父亲尤感愧疚。但是他也因祸得福，在村里人斗地主时，要不是当初龙二把他的地产给赢走了，那天被枪毙的人就不是龙二而是福贵了。正是这些生活的变故让福贵渐渐从破产的落魄中走出来，向着豁达的人生境地走去，尽管这是在无奈中行进的。

福贵最终对生存的从容是建立在一次次失去亲人的痛苦之上的，生活给予他的苦难大到他连苦痛的必要都没有了。这时候，他只有选择好好地活着。

家珍

家珍有着中国女性共有的优点：勤劳善良、忍辱负重、任劳任怨，但是家珍也是一位深受封建传统礼教影响的女性，她的头脑中依然存在“嫁鸡随鸡、嫁狗随狗”的软弱思想。后来因特殊的生存环境，她一直与命运做着本能的抗争，而这种抗争在残酷的现实面前显得很无力，她只不过是在为了活着而活着，直到死去。

五、文学成就

余华的《活着》代表着一种现代文化乃至后现代文化的乡土叙事形式的文学创作，实质上是在建构着一种新的生命本体化的乡土叙事结构，甚至超越了乡土现实生活本身。

就作品的叙事艺术而言，《活着》超越了当代中国文学以往的乡土叙事艺术的内涵，进入对人、人生、生命存在与生存的哲学深思，包括人的命运、社会现实、历史文化、生活情感等等，都成为叙事的一种载体，而对人生命本体及其存在的价值与意义的叩问，才是这部作品的主旨所在。

余华小说简朴、生动的风格很能触动人心，《活着》中的福贵是一个具有特殊文学意义的艺术形象。在令人难以忘怀的结尾，福贵——一位老人，家庭中唯一活下来的人——呼喊着他的那头老牛“福贵”，在慢慢降临下来的夜幕中，故事的讲述者看着福贵和老牛渐渐远去、消失。在别人看来，福贵是不幸的、孤苦的，但是他自得其乐，活出了他自己——他在回归土地的过程中，回归到了他生命的本体。从这里我们可以窥视到《活着》的思想内容已经超越了现实，超越了历史，超越了生活，也超越了福贵生活的情景，而进入到自我存在的哲学境界。也许正因为如此，《活着》作为乡土叙事小说的代表，才更具现代文化精神。

《活着》的乡土叙事结构，既不是社会现实、生活历史演变式的叙事结构，也不是现代与传统矛盾冲突式的叙事结构，而是一种凸现生命本体存在的叙事结构。《活着》为当代中国的乡土叙事创作开拓了一种新的路径。这也说明，当代中国的乡土叙事创作真正走向了多元化艺术建构的道路。

六、名家点评

如果现在要读一些东西，显然你应该读一些永恒的东西。《活着》就是这样一流的作品。

——艾米丽·卡特（美）

戏 剧

《雷雨》——展示两个家庭三个女人间的矛盾冲突

作　　者：曹禺

文　　体：话剧

成书年代：1933年

一、作者介绍

曹禺（1910—1996），中国现当代剧作家。他原名万家宝，字小石，祖籍湖北潜江，1910年9月24日生于天津。“曹禺”是他在1926年第一次发表小说时使用的笔名。

曹禺生于封建官僚家庭，青少年时代在天津度过。1922年，入南开中学学习，后加入南开新剧团，成为剧团中的重要骨干；1928年，升入南开大学政治系，次年转入清华大学西洋文学系；1935年8月，在国立戏剧专科学校教授剧作和西洋戏剧。抗日战争开始后，随校迁至四川；1946年，返回上海，后赴美讲学；1947年，回国后应聘于上海市立实验戏剧学校。1949年初，曹禺接受中国共产党地下组织安排，由上海经香港抵达北平（今北京），后参与筹备中华全国文学艺术工作者代表大会（简称“文代会”）和中国人民政治协商会议。1949年7月，文代会召开，曹禺当选为主席团成员；1950年、1951年，先后担任中央戏剧学院副院长和北京人民艺术剧院院长。1966年到1976年，曹禺遭到迫害，在北京人民艺术剧院看守传达室；1973年，经国务院总理周恩来亲自过问，被安排在北京话剧团工作；1975年，参加第四届全国人民代表大会；1978年，北京话剧团恢复原名“北京人民艺术剧院”，曹禺再次任院长；同年8月，曹禺为创作《王昭君》去新疆，并完成初稿，载于《人民文学》当年第11期；1988年11月，在中国文学艺术界联合会第五次代表大会上当选为执行主席。1996年12月13日，曹禺在北京医院逝世。

二、作品档案

曹禺出生于一个没落的封建家庭，青少年时代就目睹了中国半封建半殖民地社会的黑暗现实，并产生了强烈的反抗情绪。经过几年酝酿、构思，1933 年，曹禺在清华大学读四年级时，完成了处女作《雷雨》。曹禺在谈到自己的写作意图时说，《雷雨》是“没有太阳的日子里的产物”“那个时候，我是想反抗的。因陷于旧社会的昏暗、腐恶，我不甘模棱地活下去，所以我才拿起笔。《雷雨》是我的第一声呻吟，或许是一声呼喊”，又说“写《雷雨》是一种情感的迫切需要”“仿佛有一种情感的汹涌的流来推动我，我在发泄着被压抑的愤懑，毁谤着中国的家庭和社会”。

曹禺的扛鼎之作《雷雨》蜚声剧坛，但鲜为人知的是，这部经典之作的诞生还与保定有些关系。1929年9月，曹禺从天津南开大学转入清华大学西洋文学系在二年级就读。他从小就喜爱戏剧，曾积极参加剧社的演出活动，演出京剧《打渔杀家》和易卜生的《玩偶之家》等话剧。对戏剧的酷爱使他产生要写一部大戏的强烈愿望，他开始根据自己多年的亲身经历和见闻，构思话剧《雷雨》。

1931年，九一八事变爆发，清华大学的学生们组织起抗日宣传队，曹禺担任了宣传队长。曹禺和宣传队的同学们坐火车到保定去宣传。在火车上，他遇到了一个姓赵的魁梧大汉。这个大汉是长辛店铁厂的工人。曹禺从心里钦佩这位工人大哥的爱国之心，想起自己正在构思的话剧《雷雨》，一个性格鲜明的人物形象渐渐在他心里清晰起来。1933年夏秋之间，曹禺为创作《雷雨》简直到了神魂颠倒的地步。几经揣摩构思，又用了六个月的时间全神贯注地写作，曹禺终于完成了《雷雨》的最初创作。此剧以1925年前后的中国社会为背景，描写了一个带有浓厚封建色彩的资产阶级家庭的悲剧。

曹禺在清华大学毕业后，被保定育德中学聘为英文教员，他在到育德中学任教之前，将《雷雨》的剧本送到了《文学季刊》编辑部。一部《雷雨》让他苦苦构思了近五年，苦心写作了半年，五易其稿。巴金读完后被深深打动，把剧本推荐给主编郑振铎。1934年7月，《雷雨》在《文学季刊》的第三期上发表。之后，《雷雨》不仅在日本东京演出，而且发行了日译本，成为畅销书。鲁迅看了日译本《雷雨》后颇为兴奋，对到访的美国记者斯诺说，中国最好的戏剧家有郭沫若、田汉、洪深和一个新出现的左翼戏剧家曹禺。正在东京的郭沫若观看了《雷雨》的演出后亲自为《雷雨》的日译本作序，说《雷雨》确是一篇难得的优秀力作。曹禺由此从一位名不见经传的青年一跃成为中国剧坛的巨星。

三、内容概要

二十世纪二十年代的一个夏天，天气闷热逼人，天空昏暗，没有阳光，暴风雨即将来临。周公馆的老爷周朴园由于要处理矿工罢工的事情，一直忙于公务，回到家里没有看到太太繁漪。另一边，客厅里使女四凤正在滤药，她的父亲鲁贵昨天连喝带赌，欠了别人的债，正厚着脸皮向女儿要钱：“如果你不给，我就要把你和大少爷之间的私情张扬出去。”四凤无奈，只得给他钱打发他走。鲁贵一高兴就告诉四凤，大少爷周萍和他的继母繁漪有乱伦关系。正在这时，繁漪走进客厅，向四凤打听四凤之母的消息。太太这么一问，四凤心里更紧张了——太太又请她母亲来，不知她安的什么心。

这时，繁漪的亲生儿子周冲蹦蹦跳跳地跑进来对母亲说，他想把自己的学费分一半给四凤，好让她去上学，因为他正爱恋着四凤。正当此时，周萍走进了客厅，说他明天离家到矿上去，找父亲谈一谈。

周萍是周朴园同他家的一个侍女生的孩子。那时候，周朴园还是个封建官僚家庭的大少爷，与女佣梅妈的女儿梅侍萍相爱，侍萍为他生了两个儿子。周家老太爷不同意这门亲事，为了给他娶一个名门闺秀，硬是把他所爱、为他生了两个儿子的女佣侍萍逼走了。侍萍抱着孩子冒着暴风雪投河自尽了。

繁漪是周朴园的第二个太太，她只比周萍大七岁，脸色苍白，面部轮廓很美，眉目间显出忧郁。她有些神经质，得不到任何温情，却爱上了软弱的周萍——在周朴园封建的专制意志下，繁漪过着枯寂的生活。周朴园经营矿山等产业，常年在外，繁漪也便有机会接近周的大儿子周萍，并与之私通。

午饭后，天气更加阴郁沉闷。周萍走进客厅，打了个暗号，四凤从外面跑了进来，他们约定晚上十一点到四凤的屋子相会。繁漪希望周萍留下陪陪她。她指责周萍当初引诱她，使她现在母亲不像母亲，情妇不像情妇。周萍冷漠地说："如果你以为你不是父亲的妻子，我自己还承认我是我父亲的儿子。""我盼望这一次的谈话是我们最末一次谈话。"繁漪对周萍说："你不能就这么抛弃我，我不能受周家两代人的欺负。我要让你尝尝一个女人受伤害时的力量。"

鲁妈在四凤的陪同下来到了客厅。繁漪让四凤的母亲鲁妈来，就是要让她把四凤带走，好让自己重新得到周萍。鲁妈就是当年投河自尽的梅侍萍，当年她并没有死，被人救了，后来又嫁了两次，嫁的都是下等人。她万万没想到，三十年前她伺候周家的老爷，三十年后她的女儿又伺候周家的少爷。

周朴园走进客厅，侍萍的无锡口音引起了他的注意，经过盘问，他认出了侍萍。在此之前，他很怀念侍萍，家里的一切都是按照侍萍在时的样子布置的。可当活着的侍萍站在他面前时，他却厉声说：“你来干什么？”“是谁指使你来的？”侍萍愤怒地回答：“命，不公平的命指使我来的。”周朴园决定用钱来解决他们之间的恩怨，侍萍当面撕碎了周朴园给他的五千元支票，她说只想见见她的萍儿。

这时，罢工代表鲁大海闯了进来，他就是侍萍和周朴园生的第二个儿子。周朴园拿出复工合同，原来他用钱收买了另外几个罢工代表，并准备开除鲁大海。鲁大海非常愤怒地揭露周朴园在修建哈尔滨江桥时，故意让江堤出险，淹死了两千多名工人，发了一笔绝子绝孙的昧心财的事情。周萍上来打了鲁大海两个巴掌，两人发生争执，侍萍看到了父子、兄弟势不两立的惨剧。

晚上，电闪雷鸣，风雨交加。周冲奉母命来给侍萍送一百元钱，四凤拒绝接受，鲁贵却厚着脸收下了。鲁大海知道了此事，带着鲁贵把钱退还给周冲，并把周冲赶出门。周萍也冒雨来到鲁家，从窗子跳进四凤的房间，而跟踪而来的繁漪把窗子关死。进屋拿东西的鲁大海发现了周萍，四凤羞愧地夺路而逃。

侍萍和鲁大海来到周公馆找四凤，侍萍要带四凤回家。四凤不得已向侍萍说出真相，她已经怀上了周萍的孩子。这对侍萍而言，有如晴天霹雳——他们可是同母异父的兄妹啊！在四凤的苦苦哀求下，侍萍答应让周萍带她走，永远不要再见到他们。

繁漪带周冲来阻止周萍带四凤走，周朴园也闻声而至，他以为侍萍是前来认儿子的，让周萍跪下认自己的生母。残酷的现实让四凤无法接受，她冲向花园，碰到漏电的电线而死。周冲去救她时也触电身亡。周萍意识到了四凤是自己的妹妹，大海是自己的亲弟弟，随即也开枪自杀了。见此情景，两个妇人疯了。

四、主要人物形象

繁漪

周朴园的妻子，一个漂亮但性情古怪的少妇，是专横自私的伪君子的玩物和花瓶。她得不到爱情，更没有幸福，甚至还丧失了做人的尊严。繁漪流露在眉目间的都是忧郁，有时心中郁积着的火气使她的眼神里充满了痛苦与怨愤。在周萍闯进她的生活之后，她不再默默忍耐寂寞了。她把自己的爱情、名誉乃至生命都交给了周萍。她不顾“乱伦”而狂热地爱着周萍。她狂热的欲望表现出的是一种原始的野性。但不久之后，她深深爱着的周萍却和四凤走到了一起。她原只是暂时“得救”，现在重又陷入痛苦不幸的深渊。她不堪忍受周朴园父子两代人对她的欺侮与凌辱，她要报复。当她落到“母亲不像母亲，情妇不像情妇”的地步时，她表现出来的是一种“雷雨”般的性格。她终于敢直接反抗周朴园，敢去揭露周萍的欺骗和不负责任的行为，“做一次困兽的搏斗”。作者怀着对她的同情和怜悯，控诉了造成繁漪人生悲剧的罪恶社会。对这一悲剧女性的描写，闪烁出曹禺卓越的艺术才华。

周朴园

出身于封建家庭，曾到德国留学，是一个当时所谓的“有教养”的人。三十年前，他还是一个纨绔子弟的时候，和家里的侍女侍萍生了两个儿子。抛弃了侍萍后，他变得越来越狡猾和世俗。他在哈尔滨承包修江桥的时候，故意让江堤缺口，淹死两千多个小工，他从每一个遇难的小工身上赚得了三百块钱。就像鲁大海愤怒谴责的那样，他发的是“绝子绝孙的昧心财”。如今，他又勾结矿上的警察，开枪打死三十个工人。他梳分头，戴金丝边眼镜，穿皮鞋，俨然一副煤矿公司董事长的姿态，但他又喝普洱茶，吃斋，而且念经，充分显示了他的“伪善”。在家庭生活中，他处处表现得像一个专制的暴君，任何人都是不能违抗他的。他强迫繁漪喝药的场面，令他极端冷酷、绝对专横的面孔暴露无遗，而他却把这些看作他对妻儿们的“关心”和“爱护”。他不准妻儿们对他有过多的不满，他是酿成家中所有悲剧的罪魁祸首。

鲁妈（侍萍）

鲁贵之妻，四凤之母。三十年前，她只有四凤那么大年纪的时候，就被周公馆的大少爷周朴园残忍地抛弃，被逼抱着刚刚生下三天的小儿子投河自杀。被人救活后，她嫁给了鲁贵，又生下一个女儿四凤，在熬不尽的辛酸中支撑了三十年的苦难岁月。到了垂暮之年，她却还要面对更为残酷的打击，面对她无法承受的灾难——侍萍发现自己的女儿又在周公馆重蹈着自己的覆辙。她竭力避免和周朴园见面，却又无法避开这种见面，与周朴园见面之后甚至还曾一度表现出软弱的一面。直到周朴园露出了残忍、狠毒的本来面目，她才清醒过来，重新激发起对周朴园的仇恨，毫不迟疑地撕毁了周朴园写给她的一张五千块钱的支票。使侍萍更为痛苦的是，她渴望一见的别离了三十年的亲生儿子周萍，竟当着她的面，恶狠狠地动手打了自己的胞弟——她带走的另一个儿子鲁大海。她想把四凤带出周公馆，却不料四凤有了身孕，而这个使四凤怀孕的男人又是四凤的同母异父的哥哥！在遭受了一连串的打击之后，她再也无法承受，变得痴痴呆呆了。

周萍

周朴园的长子，周家大少爷，曾经是继母繁漪的情夫。他精神卑下、意志薄弱，缺少一般人所具有的善良品德。他曾对繁漪表示过自己不满父亲周朴园的专横和不尊重女性的行为。繁漪骂四凤是“一个下等女人”的时候，周萍也曾表现出了他的愤怒，四凤、周冲也都由衷地夸他好。在周朴园的三个儿子里，他最有可能继承父亲的衣钵。但这位周公馆的大少爷，不仅早已和继母繁漪发生了乱伦关系，还使侍女四凤怀上了他的孩子。周萍害怕他父亲，害怕社会的舆论。他很自私，只顾个人利益，更不顾及自己需要对繁漪负责任。当知道自己诱骗奸污的是自己的亲妹妹时，他便开枪自杀了。

五、文学成就

《雷雨》的艺术特点如下：

第一，《雷雨》的语言个性鲜明。曹禺笔下的人物个性化语言非常突出。如第一幕中对鲁贵语言的刻画，那奸猾的笑容、猥琐的语言，把一个奴才的嘴脸刻画得淋漓尽致，给读者、观众留下了很深的印象。

作者用力刻画了繁漪的内心世界。她对周家庸俗、单调的生活感到难以忍受，对阴沉的气氛感到烦闷，对精神的束缚感到痛苦，她要求挣脱这一切。在一定意义上她也是一个被侮辱与被损害的人。而剧本又使她在难以抗拒的环境中走向变态：爱变成恨，倔强变成疯狂。作者曾说：“这类的女人，许多有着美丽的心灵。然为着不正常的发展和环境的窒息，她们变为乖戾，成为人所不能了解的。受着人的嫉恶，社会的压制，这样抑郁终身，呼吸不着一口自由的空气的女人，在我们这个社会里，不知有多少吧。”正是那些个性化的台词和突出的内心语言把鲜明的人物形象展现在我们面前，引导着我们完全投入到一场即将到来的“雷雨”之中。

第二，《雷雨》的语言丰富深刻，具有精练美。戏剧由于受时间和空间的限制，语言必须精练。戏剧语言的精练美表现在台词表达内容的丰富性和深刻性上，也就是说，用最经济的语言表达最丰富的内容，做到以一当十、以少胜多。

《雷雨》中几乎没有特别拗口的台词，做到了通俗易懂、精练深刻。

而且，台词里充满了精妙的停顿和省略，使观众随着剧情的发展完全进入到台词所创设的情景中。

第三，《雷雨》富于感染力，具有动作性。在《雷雨》第二幕中，鲁大海在揭露周朴园罪恶的发家史时，侍萍目睹了与自己离别二十多年的长子周萍打自己另一个儿子鲁大海的场景，其内心世界的痛苦变化过程得到了完整的呈现。

鲁大海："你们这些混账东西，放开我。我要说，你故意淹死了两千二百个小工……"

她大哭起来，不禁冲口而出说了这样一段话："哦，这真是一群强盗！（走至周萍面前，抽咽）你是萍，凭……凭什么打我的儿子？"这段话饱含了侍萍极其复杂的感情。她先是震惊，接着猛醒，继而愤怒，最后怒斥，一系列感情急剧地发生着变化。周家父子这样对待鲁大海，是侍萍没有想到的，她感到非常震惊，但事实又使她幡然醒悟，所以她愤怒地斥责："这真是一群强盗！"周萍打了鲁大海两记耳光，犹如打在她的心上，她没有想到自己日夜想见到的萍儿竟这样狠毒。

于是，她惊疑地说"你是萍"，言外之意是想说"你是萍儿"，她明明是想认与自己分别多年的儿子。话刚出口，她想起自己答应周朴园不认儿子的要求，这迫使她找回理智，把"萍"改为谐音"凭"，并愤怒地斥责"凭什么打我的儿子"，这一个谐音"凭"字的巧妙运用，确切地表达了她感情的急剧变化及其内心世界的极大痛苦和悲愤。周萍问："你是谁？"侍萍说："我是你的——你打的这个人的妈。"做母亲的多么想让眼前的儿子周萍喊一声"妈妈"，"我是你的"的潜台词是想说"我是你的妈"，"妈"字就要脱口而出，但她再一次抑制住自己的感情，马上改成"你打的这个人的妈"。

第四，《雷雨》台词耐人寻味，具有含蓄美。在《雷雨》中，优秀的潜台词比比皆是，如鲁大海打周萍时说："你准备好了？"就是指你是准备好跑了呢？还是准备好挨打了呢？又如第二幕中周朴园与侍萍相见的那场戏，当周朴园还不知道站在他面前的人就是侍萍时，表现出一种眷念、忏悔之情。当认出侍萍后，他就露出了资产阶级伪君子的真面目。他严厉地责问侍萍："你来干什么？""谁指使你来的？"这两句下意识冒出来的话，是有内心语言和潜台词的。前一句话"你来干什么"的潜台词有两层意思：其一，你大可不必到这儿来；其二，一种威胁之意，你想来敲诈我吗？后一句话"谁指使你来的"的潜台词是：不是你，那一定是鲁贵指使你来敲诈我的。他非常害怕他和侍萍的事暴露在鲁贵这个下人面前，这对他的名誉、社会地位都有很大的影响。这两句言外之意的潜台词，对于表现周朴园虚伪的性格起到了很重要的作用。通过含蓄的语言表达出潜在的意思是曹禺等优秀作家最值得称道的艺术手法，这使观众在欣赏话剧的过程中能够完全地投入其中，调动起积极性，与剧中人物同悲共喜。

第五，《雷雨》具有惊心动魄的舞台感。如第一幕繁漪出场时的舞台提示，"她一望就知道是个果敢阴鸷的女人。她的脸色苍白，只有嘴唇微红，她的大而灰暗的眼睛同高鼻梁令人觉得有些可怕……她的眼神充满了一个年轻妇人失望后的痛苦与怨恨""她是一个中国旧式女人，有她的文弱，她的哀静，她的……她对诗文的爱好，但是她也有更原始的一点野性""她会爱你如一只饿了三天的狗咬着它最喜欢的骨头，她恨起你来也会像只恶狗狺狺地，不，不声不响地狠狠地吃了你。然而她的外形是沉静的，忧郁的，她会如秋天傍晚的树叶轻轻落在你的身旁，她觉得自己的夏天已经过去，西天的晚霞早暗下来了"。

这样的舞台提示对我们把握繁漪这个人物的性格特点起了很好的帮助作用。

第六，《雷雨》具有意韵深厚的诗意和抒情性。曹禺以其语言的抒情性构筑着他剧作的诗的大厦。也可以说，正是因为一些诗的语言技法，如比喻、象征、含蓄等的综合运用，才使他的戏剧语言具有了抒情性。在

《雷雨》中，曹禺喜欢对他所塑造的人物进行外貌、性格和身世的具体描述，对人物生活的场景作详细的说明和描绘。这种语言如同叙事诗一般，具有浓厚的抒情性，意蕴深厚，引人深思，耐人寻味，取得情景交融的艺术效果。曹禺绝不是孤立地、静止地撰写人物台词，而是让人物身临其境地讲话，将人物内心活动刻画同场景效果、布景的描绘紧紧地联系在一起，产生强烈的戏剧效果。曹禺能够深入人物的灵魂世界并善于用艺术的语言揭开他们的内心奥秘。在心理语言和抒情独白中渗透人物细致的所思所感和曲折的情感意志，这是他戏剧语言抒情性的特点。

《雷雨》在艺术上取得了很高的成就。作者对旧家庭的生活非常熟悉，对自己所塑造的人物有着深刻的了解，对人物性格的把握相当准确。周朴园的专横伪善，繁漪的乖戾不驯，都给人以鲜明的印象。《雷雨》受到了古希腊悲剧的影响，弥漫着不可名状的悲剧气氛。作者善于把众多的人物纳入统一的情节结构之中，制造出一个又一个紧张的场面和强烈的戏剧冲突，再加上语言的活泼和生动，使《雷雨》获得空前的成功。1935年4月，《雷雨》首次在日本东京演出，同年在国内上演。从此，《雷雨》成了最受观众欢迎的话剧之一，且一直保持着旺盛的艺术生命力。

六、名家点评

《雷雨》通过其悲剧结局，告诉我们很多“不可以”，比如在情感欲望的追求上不可以随心所欲，在爱情的自主选择上不可以悖逆人伦，在悲剧责任的问题上不可以放弃承担，等等。因为每个人的存在都不是绝对孤立的，这是我们共同的现实。

——宋宝珍

《日出》——一部控诉社会“损不足以奉有余”的话剧

作　　者：曹禺

文　　体：话剧

成书年代：1935年

一、作者介绍

略。详见《雷雨》中“作者介绍”。

二、作品档案

1933年，曹禺写完《雷雨》，也完成了他的学业。他想留在清华大学继续深造，但为了生活，他不得不离开清华校园，走上谋生之路。1934年，他先在河北保定一所中学教外语，一段时间后，他回到了故乡，接着到了天津，在河北女子师范学院任教。深入接触生活，使曹禺的视野扩大了；奔波流荡的日子，黑暗罪恶的社会，让曹禺的不安加剧了。这种经历，这种感受，使曹禺的戏剧创作进入了发展期。1935年，曹禺完成了《日出》的创作。

曹禺在《日出》跋中写道：“这些年在这光怪陆离的社会里流荡着，我看见多少梦魇一般的可怖的人事，这些印象我至死也不会忘却；它们化成多少严重的问题，死命地突击着我。”这种认识为他创作《日出》奠定了基调。在《日出》里，曹禺写出了“吃人”社会的血淋淋的罪恶，提出了“试探一条新路”的创作要求。这个创作要求，不只是对作品结构形式的崭新探索，更是曹禺在二十世纪三十年代革命斗争与革命文学运动影响下对革命的现实主义创作手法的探索。

《日出》发表后，引起了文艺界的热烈讨论。许多作家，如茅盾、巴金、叶圣陶、沈从文、陈荒煤等人都写文章给予肯定。1937年，《日出》获天津《大公报》文艺奖。

《日出》以鲜明的时代性和深而广的历史内容在曹禺剧作中居于领衔地位。剧本以陈白露和方达生为中心，以陈白露的客厅和三等妓院为活动场所，把社会各阶层各色人等的生活展现在观众面前，揭露剥削制度“损不足以奉有余”的本质。在艺术创作上，作者采用横断面的描写方式，力求写出社会生活的真实面貌，因而《日出》具有纪实性特点，一切都像生活本身而不像“戏”。

三、内容概要

早上五点，方达生来到了陈白露的家。其实，这个家只是一家旅馆中的一个华丽的休息室。陈白露明媚动人，嘴角挂着一丝嘲笑。方达生脸色不好看，皱着眉，穿一身半旧的西服。在陈白露的呼唤下，方达生迟疑着走进屋子。

方达生叹了口气，正要说什么，从右边寝室里蹒跚走出一个人，打断了他的话头。只见这个人满脸通红，戴着一副白金边框眼镜，牛吼似的打着嗝。张乔治回忆着自己是如何走进旅馆、迈进她的门、脱衣服、倒床上直吐的情形，问陈白露：“我可不是从你的卧室走出来？”陈白露严厉地说：“你今天晚上简直是发疯了。”张乔治似乎又要吐，堵住嘴，忙跑出门。陈白露无奈地坐下。

旅馆的茶役王福升推门进来，告诉陈白露，今天晚上有许多客人都来找她，潘月亭看了她三趟，还有报馆的张总编辑也请她有空过去玩玩。交代完毕，他进屋去收拾陈白露房间里被张乔治弄脏的床铺。

方达生看着陈白露的一举一动，听着陈白露的一词一句，他叫着她的小名："竹均，怎么你现在会变成这样？"他明白，眼前这个女人已经不是他从前所认识的那个女人，她比以前改变多了。他说："你说话，走路，态度，行为，都，都变了。我一夜晚坐在舞场来观察你。你已经不是从前那样天真的女孩子，你变了。你现在简直叫我失望，失望极了。"陈白露故作惊异，一副奇怪的样子。方达生不愿看到她这样堕落下去，恳求陈白露嫁给他，并掏出火车票，要陈白露和他一块走。

对于方达生的问题，陈白露没有作出明确的答复，只是问方达生能否养得活她。方达生认为陈白露已经忘记自己是谁了。陈白露大声说："你要问我自己是谁么？你听着：出身，书香门第，陈小姐；教育，爱华女校的高才生；履历，一阵子的社交明星，几个大慈善游艺会的主办委员……父亲死了，家里更穷了，做过电影明星，当过红舞女。怎么这么一套好身世，难道我不知道自己是谁？"方达生望着陈白露灼灼的眼睛，虽然感到一阵心慌，但他还不死心，仍希望陈白露给他一个满意的答复。陈白露将方达生手中的车票一点一点地撕碎，扔进痰盂里。方达生最终拗不过陈白露，在这个旅馆开了一个房间住下来。

陈白露关上门。她有些倦了，跑到屋子那一端灭了灯，望见一个女人的黑影推开了窗户。陈白露觉得背后有人行走。她跑到墙边开灯，在她面前立着一个瘦弱胆怯的小女孩，十五六岁。陈白露看看这个可笑又可怜的"小东西"，忍不住笑，又故意地绷起脸。从"小东西"的口中，陈白露得知，"小东西"的妈妈早年就死了，她被人卖进妓院，因为不肯接客而遭到毒打，她忍受不住，偷了一套大人的衣服，穿在身上逃了出来。陈白露看"小东西"可怜，给她东西吃，并把她藏在屋里，叮嘱她没事不要到处乱跑。

王福升送来一大把账单，交给陈白露。正在这时，有人来找"小东西"，屋里的人屏息谛听，过了好久，脚步声才消失。王福升告诉陈白露，"小东西"因打了金八爷而被人四处搜寻。他劝陈白露将"小东西"

送回去，陈白露却说出了事她担待，并叫王福升去请潘经理过来。

不一会儿，潘经理潘月亭走进陈白露的房间，陈白露请他帮忙，求他救救“小东西”。潘月亭认为，为一个乡下孩子而冒风险得罪金八爷不值得。陈白露生气地把他推进屋，自己开门，迎着外面找来的一帮人。她声色俱厉地不准这些人进屋，而且用大话吓唬他们。一个叫黑三的恶棍坚持要搜，潘月亭从房间走出来，替陈白露解了围。黑三带着手下人悻悻地离开。外面有敲门的声音，方达生进屋了。他穿着睡衣，拖着鞋，来看“小东西”。他和“小东西”很快就熟悉了。

天快黑了，窗外很整齐地传进来打地基的工人们唱的桩歌声。王福升不耐烦了，对着窗口一连吐了三口唾沫，直嚷快要被吵死了。忽然他觉得背后有人，回头一看，方达生站在他身后。王福升好不容易抓住一个人，向他发一发牢骚。方达生却指着窗外，叫他不要说话，听窗外的歌声。王福升莫名其妙。方达生感叹小工们活得快活，并问王福升对面那幢大楼是谁盖的。王福升说：“大丰银行盖的，潘四爷盖的。大概连在屋里的顾八奶奶也有份儿。”他边说边用手指着左边屋内。在左边屋内，潘月亭、陈白露、顾八奶奶等人在搓麻将。方达生感到这屋子整天见不着阳光，气闷得使人讨厌。

几天后，陈白露与张乔治、潘月亭、胡四等人在屋内闲聊。方达生忽然闯进来，问陈白露：“你瞧见‘小东西’了吗？”陈白露摇摇头。方达生道：“她不见了。我刚才在楼梯上走，看见她跟着两三个男人一起坐电梯下去，在我眼前一晃就不见了。我不相信，你看，跑到这儿，她果然叫人弄走了。再见！我要找她去。”陈白露走到潘月亭面前，说：“月亭，这是我求你办一点事！”她又喊住方达生：“方达生，你等等我！我跟你一同去！”

原来，“小东西”被王福升卖到了宝和下处的妓院。宝和下处内，是一排一排鸽笼似的小屋子，在生意好的时光，从这个“鸽笼”到那个“鸽笼”川流不息地来往着各色各样的人：小商人、电机匠、小职员、轮船茶房、洋行侍役和一些短打扮，敞开胸前一条密密的纽扣，大模大样的大汉子。

院子里可以随随便便走来走去，进了大门，一个跛了腿的男人喊："前边！""来客！"用绳子拉的铜铃也响起来，从各个小"鸽笼"里走出来一个一个没有一丝血色的"动物"，机械般地立刻簇聚起来，有时笑着，嚷着，骚动着。"客人"们自然早已被让到房子里，眼珠子东溜溜，西看看。于是由伙计用尖锐得刺痛人的耳鼓的声音喊："见客啦！见客！"那些肥的、瘦的，依次走上前去，随着伙计叫出她花名的声音，在"客人"面前笑着闪过去。站在后面的便交头接耳地叽叽喳喳起来，直到有一个"动物"似乎很欢喜地被某一个"客人"挑中了，其余的才各归各的地方。

三天了，"小东西"因太小而没有一个"客人"光临她。方达生也曾到宝和下处来找过"小东西"，但因"小东西"被黑三关在屋里，没有见到方达生。"小东西"终究因为无法忍受黑三的虐待而上吊自杀了。

方达生回到陈白露那间华丽的休息室内，陈白露望着他，问找到了"小东西"没有？方达生摇了摇头，说："没有。那种地方我都一个一个去看了。但是，没有她。"陈白露失望了。方达生通过这几天和陈白露身边的人接触，感到非常奇怪，为什么人们要允许金八这么一个禽兽活着，因为"小东西"的死亡和金八有着直接的关系。方达生表示想见见金八。陈白露说："那还不容易，金八多得很，大的，小的，不大不小的，在这个地方有时像臭虫一样，到处都是。"方达生再一次请求陈白露跟他走，先离开这个鬼地方。然而陈白露反问他："可是上哪里去呢？我个人在热闹的时候总想着寂寞，寂寞了又想起热闹，整天不知道自己怎么样才好。你叫我到哪里去呢？"

听了陈白露的话，方达生决定搬离旅馆，去和金八打打交道，为着"小东西"跑跑，为一些需要帮助的人做点事。他走后，王福升又交上许多账条，并说这几天潘月亭怕都不能来了，他也不肯替陈白露还债。张乔治也来了，说他明天要和女朋友结婚，让陈白露去当伴娘。陈白露对社会绝望了，对自己绝望了，她的精神彻底崩溃了。她从桌上拿起安眠药瓶，走到窗前的沙发边，然后坐在沙发上拔开瓶塞，一片，两片，三片……十片。她紧紧握着那十片东西，振起精神，拿起茶杯，把药很爽快地咽下去……

窗外，是砸夯的工人们高亢而洪亮的桩歌声。

四、主要人物形象

陈白露

陈白露的性格充满了矛盾。她出身书香门第，曾经是爱华女校的高才生，是一个容貌美丽、性格纯真的少女。家庭的变故，使她一个人流落社会。她当过电影明星，也成了当红舞女。然而，和一个诗人婚姻的破裂，加之在社会上所经受的严酷的生活磨难，她惶惑了。她热爱生活，却又厌恶生活。那些年的漂泊使她变得玩世不恭，她以为世上并没有她在女孩时代所幻想的爱情。她终于堕落成了交际花，为了物质享受而周旋于阔少们之间，靠着出卖色相为生。

陈白露的自杀，虽然消极，却也是对那个罪恶社会无言的控诉。她的死并不表明她是懦弱的。事实上，陈白露不是死于贫困，死于折磨，死于强暴，而是死于绝望，在一定意义上说，也是死于觉醒。她是在麻醉不了自己的时候，清醒地毁灭了自己。

方达生

方达生是剧作家塑造的“损不足以奉有余”的社会里一个光明的探索者和追求者的形象。他不相信他从前喜欢的女人会叫人说得一钱不值。他在舞场里看到陈白露同那些人发疯似的乱跳，知道陈白露天天过的是这样发疯的生活，失望极了。他眼前的这个女人和以前相比改变得太多了。于是，他想要把她带走，要她回到他的身边，嫁给他。然而，方达生太迂腐，太书呆子气了。他有时憨厚得令人发笑，连向陈白露求婚都显得很笨拙。最后，他留了下来，他要看看这里的人是怎么过日子的。这时，方达生的正直、诚实、善良和充满同情心的秉性，使他对潘月亭、张乔治、顾八奶奶、胡四、“小东西”、翠喜、黄省三等人的生活感到了惊讶、疑虑。他下决心要搭救“小东西”，要做一点事情，要跟金八拼一拼。他是在工人们高亢的桩歌声中迎着满天曙光，向着太阳走去的。

潘月亭

潘月亭是“有余者”的代表。他是大丰银行的经理，一副典型的脑满肠肥、荒淫无耻的剥削阶级人物嘴脸。潘月亭生活的目的就是对金钱的追逐和贪欲的满足。对金钱的贪欲牵动着他的每一根神经，支配着他的每一次行动，塑造出他贪婪、狡诈的性格。在事业上，他由一个旧式钱庄的老板成为新式的银行经理，曾经投资实业、房地产，后又做公债投机。公债涨落的消息是潘月亭情绪的“晴雨表”。他心存侥幸，希望能够靠公债投机来摆脱那一天天朝他逼近的危机。在为人方面，他对李石清的态度充分暴露了他刻骨的狠毒。李石清抓住他的把柄，他可以忍让，还能擢升李石清为襄理，一旦他以为胜利在握，就置李石清于死地而后快。在私生活上，他又是个好色之徒。他把陈白露当作口里的“上等异味野食”，用他从工人们身上一毛一毛克扣下来的钱，交付陈白露几千元的巨额账单。

五、文学成就

《日出》总结了《雷雨》的创作经验，以杰出的舞台形象向着革命现实主义积极接近和靠拢。它的特色表现在对社会现实深刻的透视和艺术的概括。《日出》以都市生活为背景，反映了二十世纪三十年代初期中国社会的黑暗现实，把上层社会的腐朽糜烂、尔虞我诈与下层社会的饥寒交迫、痛苦挣扎同时展现在舞台上，对比鲜明。

《日出》塑造了许多栩栩如生的人物形象，如陈白露、翠喜、金八、潘月亭、李石清、方达生等，他们代表着当时社会各个层次的人物。

《雷雨》和《日出》的发表，是中国话剧创作成熟的标志。剧作情节冲突尖锐复杂，结构严谨；人物性格鲜明独特，富有典型意义；戏剧语言个性化，且具有动作性和抒情性。

《日出》促进了话剧从“案头剧”向“剧场剧”的发展。在曹禺以前，多数剧本主要供人们阅读、欣赏。曹禺的《雷雨》《日出》等剧作，具有极好的舞台效果。

《日出》促进了大型多幕戏剧的发展。在曹禺以前，现代剧作多数为独幕剧和中型戏剧。《雷雨》《日出》都是大型戏剧，演出时间为两小时至三小时，剧情比较复杂，反映的生活内容更丰富广泛。继《雷雨》《日出》以后，现代大型戏剧的创作多了起来。

六、名家点评

《日出》为中国新文学运动中最好的收获。

——巴金

《日出》在我所见到的现代中国戏剧中是最有力的一部。它可以毫无羞愧地与易卜生和高尔斯华绥的社会剧的杰作并肩而立。

——哈罗德·谢迪克（英）

《屈原》——中国现代戏剧史上的丰碑

作　　者：郭沫若

文　　体：话剧

成书年代：1942年

一、作者介绍

郭沫若（1892—1978），中国现当代杰出的剧作家、诗人、历史学家、考古学家、古文字学家。本名郭开贞，号尚武，笔名郭鼎堂、麦克昂等。

1892年，郭沫若出生于四川乐山沙湾；1914年春赴日本留学，主修医科。五四运动的剧烈浪潮，激起了郭沫若改造社会和振兴民族的热情。为此他不断从事文学活动，并于1919年开始发表新诗和小说；于1920年出版了与田汉、宗白华的通信合集《三叶集》。

1921年8月，郭沫若出版《女神》。《女神》出版后不久，郭沫若与成仿吾、郁达夫等人发起组织“创造社”。1923年，郭沫若在日本完成学业，而后放弃医务事业回到祖国，在上海从事《创造周报》等刊物的编辑工作。

1926年，郭沫若受聘到广东大学（现在的中山大学）担任文科学长，同年夏随军参加了北伐战争。1927年又参加了南昌起义并加入中国共产党。1929年春，郭沫若参与倡导无产阶级革命文学运动，并于1930年加入中国左翼作家联盟。

自1928年起，郭沫若去日本，开始了长达十年的流亡生涯。抗日战争爆发后，郭沫若只身一人潜回祖国，投入到了抗日救亡的洪流之中，筹办《救亡日报》，任报社社长。

中华人民共和国成立后，郭沫若曾担任许多重要领导职务，同时创作了《新华颂》《百花齐放》《长春集》等诗集。1978年6月12日，郭沫若逝世。

二、作品档案

从1941年到1943年，郭沫若在周恩来的关怀和支持下，相继整理、修改、创作了六部历史剧。它们分别是：1941年的《棠棣之花》，1942年的《屈原》《虎符》《高渐离》《孔雀胆》，1943年的《南冠草》。这六部剧作，为中国现代历史剧的创作指明了一个正确的方向。

五幕剧《屈原》是继诗集《女神》之后，郭沫若文学创作的第二个高峰，也是郭沫若的历史剧中成就最高、影响最大的一部代表作。全剧以表现战国末期楚国爱国诗人屈原的爱国精神为主线，以楚怀王对秦国和齐国实施的外交政策的失败为全剧的主要情节，展开了以屈原为代表的爱国派和以南后郑袖为代表的投降派之间的戏剧冲突，成功地塑造了屈原等一系列鲜明的人物形象。剧作对屈原不畏强暴、坚持斗争的爱国主义思想给予了高度的赞颂。《屈原》通过描写屈原生活中最为激烈的一天的经历，表现了屈原高尚的情操和爱国之心，以短暂的一天反映了人物的一生，表现了作者高度的艺术概括能力。

作者以诗人的激情热情地讴歌了屈原作为一位伟大诗人高尚的德行和情操，高度赞扬了屈原坚贞的爱国精神，使全剧洋溢着奔放的热情，又充满了忧郁的色彩，犹如一首悲壮的史诗。郭沫若写历史剧，遵循着两个宗旨，一是要再现真实的历史，二是要发挥古为今用、借古喻今的强大战斗效能，从而起到深刻教育人民、沉重打击敌人的作用。作者创作《屈原》不只是为了纪念屈原，更是为了结合当时的社会现实，为中华民族的抗日战争做强有力的宣传。二十世纪四十年代初期，众多的爱国者、革命者被日军关进集中营，日军对华北根据地进行惨无人道、灭绝人寰的大扫荡。面对这“大大小小的时代悲剧”，郭沫若万分愤慨，决定借用屈原这个已经逝去的历史人物反映出新的面貌来，透过历史事实看出新的意义，得出新的结论。就像他在《序俄文译本史剧〈屈原〉》中说的，“我是借了屈原的时代来象征我们当前的时代”。作者认为，屈原的悲剧是一个时代的悲剧。

1942年春天，《屈原》在重庆隆重上演，一时反响热烈。它是抗日战争时期文艺工作者以戏剧为武器同敌人做斗争并获得胜利的、具有代表性的作品。在那样一个年代，留下了郭沫若光辉的战斗足迹。

三、内容概要

楚怀王十六年（前313），正值楚国郢都暮春时节。三闾大夫府中的橘园。清晨，婢女婵娟抱着琴来，屈原的弟子宋玉边抚琴边诵读屈原刚写的《橘颂》。屈原称这首诗是他专门为宋玉所作的。他以橘树作比，希望宋玉像橘树那样“不骄矜、不怯懦、不懈怠、不迁就；独立不倚，凛冽难犯”。宋玉读后，表示愿意追随屈原左右。

师生二人正在畅谈，婵娟跑来禀报屈原，说上官大夫靳尚刚才来过留下话，说楚怀王采纳了屈原的建议，拒绝了张仪的连横策略，不愿和齐国绝交。屈原听了喜上眉梢，连声叫好。他吩咐宋玉去把他写的与齐国加强邦交的国书准备好，指不定什么时候楚怀王就要派人将国书送到齐国去。宋玉出去了。这时，公子子兰拜见屈原。子兰和婵娟年纪相仿，可惜是个瘸子。他告诉屈原，其母南后要召见他，准备和他商量共同对付张仪的办法。屈原匆匆赶去王宫。子兰见橘园里只有婵娟和他在这，顿生邪念，想调戏她。婵娟十分生气，她利用子兰的缺陷，在橘园里东奔西跑，逗得子兰直转圈，时不时地摔个四脚朝天。

楚国宫廷内，南后郑袖立在台阶中央，她三十四岁左右，妖冶妩媚，正指挥数名女史在室中布置陈设。室外上官大夫靳尚求见，南后支走女史，迫不及待地问靳尚昨天委托他的事办得如何。原来，楚怀王拒绝了张仪的建议，张仪不敢回秦国，改投魏国去了。他临走时对楚怀王说，他下次来楚国会带几名美女献给楚怀王。

南后怕失去专宠，忙派靳尚用大笔钱财贿赂张仪。眼下，靳尚就是来向南后陈述他此次办事的结果的。他先天南海北地说了一堆无关痛痒的话，慢慢才绕到正题上来，他说张仪的原意并非要找美女，而是想方设法要回到秦国。于是靳尚心生一计，要帮张仪这个忙，也使南后免却后顾之忧。他和南后合谋，打破楚怀王对屈原的信任，让他采纳张仪的连横策略。

靳尚和南后正在室内密议如何使楚怀王排斥屈原，外面屈原求见。在子兰的带领下，屈原来到青阳内室，他远远地向南后请安，并问南后有什么吩咐。南后支走靳尚，又吩咐子兰下去把《九歌》的舞师请到这儿来。子兰走了，南后春风满面地奔向屈原，兴奋地说请屈原来，主要是她要把屈原的《九歌》编成歌舞，在宫廷演出，想听听屈原的高见。她边说边称赞屈原的文章写得好，道德操守高尚。屈原始终谦恭地听着，不发一言。

这时，子兰领着乐师、舞女、歌女来到屈原和南后跟前。南后念头一转，命令这些人跳《九歌·礼魂》，于是鼓乐齐鸣，舞者翩翩，歌者引颈。屈原和着《礼魂》的曲调，轻轻打着节拍，陶醉在歌舞之中。趁屈原不注意，左侧青阳左房的正中后门被人轻轻推开，室内两个宫女像事先就安排好了的一样，走出去拉开房间帘幕，并一声不响地退下……一个巨大的阴谋启动了。

南后见时机已到，命歌舞停下，然后借口不舒服向屈原怀中倒去。屈原不知是计，急忙抱住南后。正在这时，楚怀王在张仪、靳尚等人的簇拥下出现在青阳左房。南后见状，挣脱屈原的怀抱，迎向楚怀王，大喊屈原非礼。屈原这才感到自己受了欺骗，略含怒意地指责南后，又向楚怀王大呼冤枉。楚怀王怒发冲冠，说屈原是疯子，色胆包天。加上南后哭哭啼啼地从中挑拨，楚怀王不容屈原分辩，当众罢免屈原左徒的官职，将屈原赶出宫廷。轰走了屈原后，楚怀王、南后、张仪、靳尚分宾主落座。张仪继续用他的三寸不烂之舌，赞美南后美貌，逢迎楚怀王英明，将南后、楚怀王哄得团团转，二人对他言听计从。

且说公子子兰趁屈原和南后观摩歌舞的机会，偷偷来到橘园。宋玉此时正在橘树下读《橘颂》，子兰的到来，让他大吃一惊。宋玉和子兰习性相投，颇有共同语言。他们说屈原，说南后，说婵娟。宋玉对屈原和婵娟颇有微词，他说他不喜欢《橘颂》，认为《橘颂》尽是老调，没有新意。正在宋玉、子兰二人互相恭维吹捧之际，屈原披头散发地推开园门，不理宋玉、子兰的问候，径直走入内室。靳尚和令尹子椒一前一后来到橘园，向宋玉、子兰和闻讯赶来的百姓讲述刚才发生在宫中的事。宋玉和子兰二人深信不疑。数十个以为屈原真的疯了的群众，搭设祭坛，摆上香炉，做法事帮屈原招魂。屈原披头散发地从室内冲出来，大叫靳尚妖言惑众，又伸手去抢夺那个用来招魂的稻草人。百姓看到屈原的失态，以为他真的疯了，一哄而散。屈原口中满是愤然的言语，又进屋了。

宋玉在旁边看着眼前发生的一切，看着先生的样子，便断定他是真疯了，而且还疯得不轻。他立刻巴结子兰，表示自己愿意跟他走。婵娟认为这是假象，是有人在幕后操纵，陷害先生。她指责宋玉是没有灵魂的东西。当她听说屈原穿戴整齐，腰挎长剑，出了三闾大夫府时，发誓要找回先生，和他同生死、共患难。婵娟来到郢都城外的河边，逢人就打听先生的下落，人们都谣传屈原疯了，她不相信，飞奔着去找先生。

婵娟刚离开，屈原就回来了，他现在才从众人的口中了解到南后诽谤他的真实原因。没过多久，楚怀王、南后、张仪、靳尚等人来到小河边观赏风景。南后看见屈原，把他招呼过来又捉弄了一顿。屈原知道自己是跳进黄河也洗不清了，禁不住怒斥张仪的小人之举，历数他周游列国的可耻行径，希望楚怀王能从迷梦中清醒过来。然而，愚蠢、昏聩的楚怀王命令卫士拿下屈原，将他关进东皇太一庙。婵娟又折转回来，南后谎称屈原已经死去。婵娟豁出去了，她将南后、张仪骂个狗血淋头。楚怀王也命人将她抓起来。

婵娟被囚禁在宫内牢中。晚上，宋玉、子兰二人来看她，对她百般劝诱，千般逼迫。宋玉无耻地说，只要婵娟听从公子子兰的安排，就放她一条生路，否则便死无葬身之地。婵娟以为屈原离开了人世，觉得自己活在人间也没有什么意义，不禁痛哭起来。看守婵娟的卫士被婵娟的善良感动了，道出真相，说屈原还活着，被关押在东皇太一庙。婵娟大喜，怒斥宋玉辜负了先生的厚望，是个无耻的人。宋玉十分尴尬，悻悻地和子兰离去了。

有个看守婵娟的卫士设计打昏了更夫，找到开启城门的钥匙，趁黑夜救出婵娟。他们几个人打算出宫，到东皇太一庙去营救屈原。这时，天空堆起了乌云，雷声大作，闪电划过处，狂风怒吼。在东皇太一庙中的屈原，向风、向雷、向电，向所有伟大的神灵呼喊，发泄自己内心一切的愤怒、仇恨、忧郁。此时的上官大夫府中也不太平，靳尚正和太卜郑詹尹密谋要毒杀屈原。不久，一条丧失人性的毒计出炉了。只见郑詹尹端着一壶毒酒，满脸堆笑地来到屈原面前，劝屈原喝点酒解解闷、润润嗓子。他又假惺惺地安慰几句，并在掉下几滴鳄鱼的眼泪后走了。屈原深受感动，他又想起了橘园的宋玉和婵娟来：不知他们现在怎样了？

夜越来越深了，婵娟在卫士的带领下溜进了东皇太一庙。两人久别重逢，分外伤感。婵娟跪在地上抱住屈原的腿，哭着说若这样死了，今生也无怨无悔。屈原不禁泪如雨下，见婵娟满头大汗，知道婵娟跑了这么久，口渴得厉害，于是将刚才郑詹尹送来的那杯酒拿给她解渴。他万万想不到这是一杯毒酒，婵娟刚喝下去，就全身抽搐，什么话都说不出来。屈原大惊失色，紧紧抱住婵娟，要她挺住。然而，婵娟面带微笑，还是躺在屈原怀中死去了。屈原没有一句话，他恨、他悲、他怒、他痛、他哀。悲愤交加的卫士手提钢刀，冲进内室杀了郑詹尹。卫士出来后，建议屈原一把火烧了神庙。屈原表示赞成，他又请求卫士帮个忙，给婵娟来个庄严的火葬。在卫士的帮助下，婵娟的遗体被搁置到案台上，屈原吟诵《橘颂》，祭奠婵娟，为她送行。

祭奠完毕，屈原决定到汉北去，和汉北人民一道做一个普普通通的农夫。

东皇太一庙开始燃烧。在火光的映照下，屈原高喊婵娟的名字，称赞她是“光明天使”。屈原和卫士挥泪告别婵娟，转身离去。背后，东皇太一庙燃烧成为一片火海，照亮了半边天空。

四、主要人物形象

屈原

名平，我国古代伟大的诗人。他生活在战国时期的楚国，曾为楚国的三闾大夫。面对楚国的衰落，他希望变革图强，但遭到了实权派的排挤。他一生遭遇坎坷，但不屈不挠、不畏强暴、刚直不阿。屈原为了国家和人民的利益，提出了联齐抗秦的政治主张，并反复规劝楚怀王要多替楚国和老百姓着想，这充分体现了他为国为民的赤胆忠心。然而，昏庸武断的楚怀王是非不分，曲直不辨，听信了宠姬南后等人的谗言，以“淫乱宫廷”的罪名，罢了屈原的官，甚至将他囚禁在东皇太一庙中。面对这突如其来的陷害和打击，屈原丝毫没有考虑自己的安危得失。他慷慨陈词，向楚怀王陈述联齐抗秦的道理，沉痛地提醒楚怀王不要听信奸佞小人的谗言，否则就要成为楚国的罪人。在含冤莫白的情况下，在严酷的黑暗现实面前，屈原没有向任何鬼神求饶，而是和雷电的声威融合了。他凭借东皇太一庙外那咆哮的风、轰隆的雷、闪烁的电，发出石破天惊的呼叫，组成了一曲壮烈凄美的“雷电颂”。

婵娟

一个出身平民，年仅十六岁的姑娘，屈原的侍女和弟子。她单纯天真、俊俏聪慧、善良端庄。当屈原被诬陷为“淫乱宫廷”的“疯子”时，她不轻信谣言，毅然去追寻失踪了的先生。当得知南后陷害屈原的事实真相后，她当面怒斥南后郑袖残害忠良，当众揭穿南后一伙陷害屈原的阴谋诡计，结果被打入死牢。在生命危急关头，身陷囹圄的婵娟宁死不屈，她的勇敢感动了卫士，卫士救出了她并带她到东皇太一庙找到了屈原。婵娟误饮毒酒，她因能替屈原而死，感到莫大的欣慰和幸运。屈原悲愤交加，将《橘颂》作为祭奠她的哀辞，为她举行了悲壮的葬礼。婵娟坚贞不屈的性格、光明磊落的行为和高尚美丽的灵魂，是楚国人民高贵品质的化身。

南后

姓郑，名袖，楚怀王的宠姬。她是一个自私贪婪、阴狠毒辣，“不太纯真，不太素朴，不太悠闲贞静”的玩弄权势的女人。她不甘寂寞，为了得到楚怀王的专宠，先是施毒计残害魏美人，后又不惜出卖国家的利益，勾结张仪，并伙同上官大夫靳尚、令尹子椒设下毒计，陷害屈原。在大庭广众之下，她竟嫁祸屈原，使他蒙受“淫乱宫廷”的不白之冤，遭到罢官和逐出宫廷的惩处。随后，她又当众羞辱屈原。在屈原揭穿她贿赂张仪的阴谋后，她恼羞成怒，怂恿楚怀王逮捕、囚禁屈原。

靳尚

上官大夫，楚怀王的心腹佞臣。他和南后相互勾结，破坏屈原联齐抗秦的正确主张，并与南后密谋策划，用毒计陷害屈原。屈原蒙受不白之冤并被罢官后，靳尚伙同老朽昏庸的令尹子椒，到处散布屈原的谣言，破坏屈原的崇高威望。屈原被囚禁在东皇太一庙，靳尚秉承南后的旨意，送毒酒、传密令，令太卜郑詹尹毒死屈原，欲置屈原于死地。靳尚是个阴险毒辣、诡计多端、卑鄙无耻、祸国殃民的卖国贼。

楚怀王

昏庸无能的楚国国王，一个专横武断、只听谗言的暴君。南后郑袖及上官大夫靳尚等人，与秦相张仪内外勾结，利用楚怀王的昏聩，策划向齐绝交，投降秦国。他们为了破坏屈原在楚怀王心目中的威信，改变其联齐抗秦的念头，策划了陷害屈原的阴谋，终使屈原背上“淫乱宫廷”的罪名。楚怀王不容屈原分辩，将屈原逐出宫廷。当他与齐国绝交之后，张仪否认自己对他的承诺。恼羞成怒的楚怀王发兵攻秦，但被秦国打败，断送了楚国的江山。

五、文学成就

在郭沫若所有的历史剧中，《屈原》享有的声誉最高，成就也最大，《屈原》的问世，使郭沫若的历史剧创作成为与《女神》相联袂的另一个巅峰。《屈原》历来被人们所推崇，有“中国的《哈姆雷特》《李尔王》”的美誉。

在外在形式上，《屈原》具有诗的特性。屈原在暴风雨中悲愤呼号的“雷电颂”，作为“道义美的化身”和“诗的魂”的婵娟之死，揭露了抗日战争时期国民党统治区的黑暗现实，道出了广大人民的心声，引起当时观众的强烈共鸣。《屈原》具有强烈的浪漫主义风格，史与戏、戏与诗都取得了和谐的统一。郭沫若的历史剧在内容上以古鉴今，在艺术上则发挥激越的诗情和丰富的想象，从而产生出巨大的感染力。

郭沫若主张历史剧创作要“失事求似”。根据这一原则，他用屈原一天的经历概括了他的一生。《屈原》的成功，正是在“失事求似”这一原则下使创作获得“自由”的结果和收获。

郭沫若的剧作都是他自己感情迸发的产物，都有他自己的声音，《屈原》更是主客一体、高度融合的代表。郭沫若的剧作是他作为政治家、史学家、诗人三位一体的产物，有他独特的个性与特点，可以说郭沫若是自成一派的历史剧作家。

六、名家点评

《屈原》等作品再次证明了传统审美心理定势的历史惯性与生命力。

——沈庆利

《白毛女》——中国第一部民族新歌剧

作　　者：贺敬之、丁毅

文　　体：歌剧

成书年代：1945年

一、作者介绍

贺敬之，中国现当代诗人、剧作家，山东峄县（今山东省枣庄市）人。贺敬之生于1924年；1937年考取山东滋阳县乡村师范学校；1939年随校迁入四川，参加抗日救亡运动；1940年到延安，进入鲁迅艺术学院文学系学习；1941年加入中国共产党；1945年，他和丁毅执笔集体创作我国第一部新歌剧《白毛女》，获斯大林文学奖；历任中国作家协会和中国戏剧家协会理事、文化部副部长等职务；中华人民共和国成立后，写了《回延安》《放声歌唱》《三门峡歌》《十月颂歌》《雷锋之歌》《西去列车的窗口》《中国的十月》《八一之歌》等有名的诗篇。

丁毅，中国现当代剧作家，原名顾康，山东省济南市人。1921年生；1936年，加入中国共产党；1937年，参加中华民族解放先锋队部队动员剧团；1939年，参加八路军；1941年到延安，次年进入延安鲁迅艺术学院文学系学习。后任东北民主联军纵队文工团、军文工团团长，参加了辽沈战役、平津战役。其主要作品有秧歌剧《刘二起家》，电影文学剧本《夺印》（与王鸿合作），歌剧《白毛女》（与贺敬之合作执笔，获斯大林文艺奖），歌剧剧本《傲蕾·一兰》（与田川合作改编，1979年获中华人民共和国成立三十周年献礼演出创作二等奖）；其他作品有《董存瑞》（与丁洪等人合作）、《打击侵略者》（与宋之的、魏巍合作）、《一个志愿军的未婚妻》（与田川合作）等。

二、作品档案

《白毛女》是在毛泽东《在延安文艺座谈会上的讲话》的精神指引下诞生的大型新歌剧，是根据1940年流传在晋察冀边区一带“白毛仙姑”的民间故事加工改编而成的，由延安鲁迅艺术学院集体创作，贺敬之、丁毅执笔，马可、张鲁、瞿维、焕之、向隅、陈紫、刘炽等作曲。1945年4月，《白毛女》在延安开始公演，第一场的观众是中共七大的全体代表，毛泽东、周恩来等中央领导同志都出席观看。第二天，中央办公厅传达了毛泽东、周恩来等中央领导同志对《白毛女》的三点意见：第一，这个戏是非常适合时宜的；第二，黄世仁应该枪毙；第三，艺术上是成功的。这给全体创作和演出人员以极大的鼓舞。该剧在延安演出三十多场，受到人民群众热烈的欢迎，之后又在张家口等地演出。由于《白毛女》在思想上和艺术上的高度成就，成了解放区影响最大、最受欢迎的剧目。它在土地改革运动和解放战争中，充分发挥了艺术作品的感染力量和教育作用。

剧本情节是地主恶霸黄世仁逼死佃户杨白劳，污辱其女喜儿，喜儿被迫逃入深山成了“白毛女”。八路军来到了该地区，喜儿重见天日。其主题是“旧社会把人变成鬼，新社会把鬼变成人”。剧本采用中国北方民间音乐的曲调，吸收了戏曲音乐及其表现手法，并借鉴西欧歌剧的创作经验，是在新秧歌运动基础上发展起来的中国的第一部新歌剧。剧中的“红头绳”“漫天风雪一片白”“我说、我说”等，都是音乐会上的保留曲目。

《白毛女》共五幕十六场，表现了当时中国农村农民与地主的生活状况和他们之间日益激化、尖锐的阶级矛盾。作品通过喜儿苦尽甘来的遭遇，反映了在中国共产党领导下的解放区农民翻身做主人的历史性胜利。中华人民共和国成立后，歌剧《白毛女》又被文艺界人士改写成了电影故事片、京剧、舞剧。

三、内容概要

故事发生在1935年冬河北省某县杨各庄。这座村庄中有一个贫苦的农民，名叫杨白劳。由于受生活所迫，他欠下了恶霸地主黄世仁的阎王债。眼看年关已到，他无力偿还这笔债。为了躲避黄世仁的催债，他外出躲了七天，在除夕的深夜带回二斤白面和一根红头绳，想和女儿喜儿包上一顿饺子，给心爱的女儿头上扎上一根红头绳。杨白劳逃债刚回来不久，地主黄世仁的管家穆仁智便带着几个家丁，将杨白劳押进了黄世仁的家里。杨白劳在黄世仁的追逼之下，将喜儿卖给了黄世仁，自己含恨喝下卤水而死。杨白劳死后，喜儿被抢到了黄家。她受尽屈辱和折磨，最后只身逃进了大山之中，靠吃奶奶庙中的供品来维持生命。她只有一个念头，就是活下来报仇雪恨。由于长期在深山之中不见阳光，喜儿头上的头发全部变成了白色。于是奶奶庙附近的村子里便产生了“白毛仙姑”的传说。

喜儿被抢入黄世仁家之前，她和邻居王大婶的儿子大春互相爱慕，有着很深的感情。在喜儿的父亲杨白劳自杀，喜儿被黄世仁抢走之后，大春投奔了八路军。

九年之后，苦大仇深的大春再次回到家乡杨各庄时，已经是八路军中的一名革命干部了。他领导杨各庄的乡亲们斗倒地主，解放了杨各庄的穷苦农民。但是他的喜儿却始终没有下落。当大春听说奶奶庙附近经常出现“白毛仙姑”的时候，他决心要解开这个谜团。他深夜躲在奶奶庙中，等待着“白毛仙姑”的出现。

夜深人静的时候，“白毛仙姑”真的出现了。只见她闪进庙门，直扑供品，狼吞虎咽。看到这个情形，大春断定这绝非什么“白毛仙姑”，肯定是被地主逼迫得走投无路的受苦人。经过耐心的观察之后，他终于看清了这个“白毛仙姑”不是别人，正是自己日夜牵挂的恋人喜儿。

大春把头发全部变白的喜儿领回杨各庄，乡亲们都愤怒了，他们纷纷去找黄世仁算账。自卫队把黄世仁、穆仁智逮捕起来，准备公审法办。太阳下，是无数农民群众高高举起的双臂。一代又一代的受苦人，今天终于翻身做了主人。

四、主要人物形象

喜儿

一个天真纯朴、活泼可爱的姑娘。父亲在除夕之夜被地主逼死，自己又被地主抢去抵债。在地主家，她因极度疲倦，昏昏沉沉打翻了一碗莲子汤而惨遭毒打，地主黄世仁又趁此机会奸污了她。喜儿怀着强烈的复仇愿望，在女仆张二婶的帮助下逃出了黄家这个虎口狼窝，躲进深山的岩洞里。她在山洞里过着野人一样的生活。几年以后，她头发全变白了，被人传为“白毛仙姑”下凡。又过了几年，八路军解放杨各庄，喜儿昔日的恋人大春已经在人民军队中成长为一名指挥员。他带人进山寻找“白毛仙姑”，却意外地发现“白毛仙姑”就是自己过去的恋人喜儿。喜儿随大春下山。在人民政府召开的公审黄世仁的大会上，喜儿哭诉了自己数年来所过的非人生活，激起了乡亲们的满腔愤怒。人民政府枪毙了黄世仁和穆仁智，终于为喜儿报了深仇大恨。

杨白劳

杨各庄的穷苦农民，喜儿的父亲。他为了躲债，直到除夕之夜才偷偷回家与女儿团聚。但他刚进门，地主走狗就将他带进黄家逼他还债，他被迫在喜儿的卖身契上按了手印。回到家后，杨白劳喝下卤水，踉跄着走到地主家门前，倒地死去。

黄世仁

一个荒淫贪婪的恶霸地主。他在大年三十晚上逼死杨白劳，大年初一又抢走喜儿，并在他的家中趁机奸污了喜儿，把喜儿逼进深山。日寇入侵后，黄世仁当上了汉奸。八路军解放杨各庄后，枪毙了这个汉奸、恶霸，为受苦的农民百姓报了血海深仇。

五、艺术成就

《白毛女》是我国民族新歌剧的奠基之作。歌剧是综合诗歌、音乐、舞蹈、美术等艺术并以歌唱为主的一种戏剧形式。《白毛女》中，歌唱、独白、对话三者兼而有之。

《白毛女》围绕喜儿命运的发展这条主线，安排了扣人心弦的戏剧情节，人物命运大起大落，人物个性色彩鲜明。结构上简单，环环紧扣。剧作中现实主义与浪漫主义得到了完美的结合。

《白毛女》在语言和音乐等方面的特点与成就也都很突出。许多歌词的语言就是诗的语言。如杨白劳躲账回家，从怀里掏出给喜儿买的一根红头绳时的唱词："人家的闺女有花戴，你爹我钱少不能买，扯上了二尺红头绳，给我喜儿扎起来！哎！扎起来！"又如地主黄世仁强迫杨白劳在女儿卖身文契上按了手印后，把他赶出黄家大门外，杨白劳悲愤得昏过去，苏醒过来时的唱词："老天杀人不眨眼，黄家就是鬼门关！"这些唱词本身就是诗，优美的语言押韵上口，适宜吟唱。前一段唱词表现了杨白劳无钱给女儿买花的歉疚和对女儿深挚的感情以及对生活的热爱，后一段唱词是对万恶的地主黄世仁的揭露和控诉，表现了杨白劳万分悲愤的心情。剧中人物的语言，符合各自的身份和性格特征。就以对待过年为例，不同人物所表达的语言也各不相同。

在音乐上，《白毛女》采取了河北、山东、山西、陕西等地的民歌和地方戏的曲调，加以改编和创作。刻画喜儿性格的音乐主题主要来自河北民歌《青阳传》和《小白菜》。在表现上，《白毛女》借鉴了我国古典戏曲的歌唱、吟诵和道白三者有机结合的传统。人物对话采用的是话剧的表现方法，也注意借鉴戏曲中的道白。在语言上，《白毛女》的对白是提炼过的大众化的口语。歌词的语言深刻、凝练，是诗的语言，音韵和谐，押韵上口。《白毛女》大量使用比兴手法和对偶、排比、比喻等修辞方法，增强了语言的表现力。

《白毛女》是这个时期歌剧创作的优秀代表作。剧作的基调是现实主义的，又因情节的传奇色彩，对人民群众愿望和理想的强烈表现，使作品富有浪漫主义精神。

《白毛女》是我国新歌剧创作史上的一座里程碑，富有浓郁的民族色彩。它在群众艺术实践和秧歌剧的基础上，继承了民间歌舞的传统，借鉴我国古代戏曲和西洋歌剧，创造了新的民族歌剧形式，为我国民族新歌剧的创作开辟了新的道路。

六、名家点评

这不仅仅是一个旧社会把人逼成“鬼”、新社会把“鬼”变成人的主题，它还告诉人们旧的制度必须消灭，要用一个新的中国替代旧中国。

——乔羽

《茶馆》——浓缩几个时代变迁的“茶馆”

作　　者：老舍

文　　体：话剧

成书年代：1957年

一、作者介绍

略。详见《骆驼祥子》。

二、作品档案

三幕话剧《茶馆》是老舍于1956年至1957年间创作的戏剧作品，它是老舍一生中最优秀的戏剧作品。在中华人民共和国成立之后的十七年里，老舍写小说很少，但是写了不少的戏剧。其实，老舍写《茶馆》本来也是想要配合时政宣传的。中华人民共和国第一部宪法在1954年公布，老舍抚今追昔，感慨不少，觉得该写个说明新宪法得来不易的戏，用来教育青少年。于是，他于1956年动笔写了一个三幕六场的话剧，戏里人物众多，由光绪年间一直写到中华人民共和国成立前夕北平学生开展的“反饥饿、反内战、反迫害”运动，戏里的主要人物是兄弟三人。剧本的最终完成稿彻底放弃了正面展现革命斗争的场景，成了一部由往昔岁月里市井生活画面组合起来的社会风情大戏。

老舍创作《茶馆》的目的，是要把旧中国的社会变迁演给观众看。可是，老舍对政治不大熟悉，这限制了他直接写社会政治变迁的能力。于是，老舍避生就熟，用他了如指掌的社会文化变迁来折射社会政治变迁的幽微。此后，通过写一个时代的文化现象来反映这个时代的政治面貌，就成了艺术手段反映社会现实可行的途径。《茶馆》恰恰体现了老舍选择这一创作途径所具有的艺术优势。

全剧三幕戏，分别描写了三个时代。第一幕以1898年戊戌变法失败为背景；第二幕以袁世凯死后的军阀混战为背景；第三幕则以抗日战争胜利后，国民党政府加紧黑暗统治为背景。全剧通过裕泰茶馆这个“窗口”，截取一系列生活横断面，以高度的艺术概括力从侧面反映了近五十年社会历史的风云变幻，展现出一幅幅社会历史风俗画，深刻揭露了三个时代的黑暗腐朽，从而达到了作者“葬送三个时代”的艺术目的。

《茶馆》公映后，广受欢迎，被认为反映了旧中国北京的活的灵魂，后来传至欧洲和日本，也获得一致好评，被誉为“东方舞台上的奇迹”。在国内，《茶馆》历经北京人民艺术剧院几代导演和演员的排演，至今仍长演不衰。

三、内容概要

1898年，戊戌变法刚刚失败，菜市口六君子的血迹未干。然而在北京的一家大茶馆——裕泰茶馆里，却呈现着一片“繁荣”景象。茶馆掌柜王利发秉承父业，生意兴隆。他精明能干，对谁都笑脸相迎。茶馆里张贴着“莫谈国事”的纸条，人们似乎对戊戌变法的失败非常淡漠。然而，北衙门办案的宋恩子和吴祥子仍旧潜伏在茶馆的角落里捕风捉影。王掌柜不收算命先生唐铁嘴的喝茶钱，松二爷和常四爷等聚集在茶馆里闲聊。常四爷为人正直，他讥讽拿官饷的衙役只会窝里横。此话惹恼了当差的二德子，要不是吃洋饭的马五爷出面干涉，双方险些动手。庞太监到茶馆来，他西行护驾有功，老佛爷赏了他一顶蓝顶。他让刘麻子、唐铁嘴为他在北京城寻找上好的宅基，他要在紫禁城外建宅安家。人贩子刘麻子打算把贫穷女康顺子介绍给庞太监当老婆。茶馆的房东秦仲义想把房子收回来，通过办工厂实业救国，当他看到茶馆生意红火，就打消了收回房子的念头。他出门前，碰到了戊戌变法失败后重新得势的庞太监。庞太监讥讽秦仲义是“维新的财主”。老茶客常四爷和松二爷因为在茶馆里说了句“大清国要完了”，宋恩子和吴祥子便把常四爷和松二爷抓走了。王利发出面，组织一条街的铺面联保常四爷和松二爷。秦仲义不在联保的折子上签名，他说他救的是国家，不是一两个人。

转眼到了年底，秦仲义来了，向王利发要房租，提出明年房租涨两倍。秦仲义要办工厂，要实业救国。因为连年战乱，北京城一片萧条，许多店铺纷纷关门歇业，而裕泰茶馆却得以幸存。为了营生，精明的王掌柜绞尽脑汁，打算既卖茶，又经营公寓。当他正忙着布置茶馆时，先后遭到了巡警和大兵的敲诈。唐铁嘴的处境似乎比以前好一些，他现在不抽鸦片而改抽白面（毒品）了。直隶军队和奉军在高碑店、玻璃河一带打仗，王掌柜终日忧心忡忡。听说茶馆重新开张，松二爷和常四爷前来道喜。当年常四爷被抓走后坐了一年牢，后来参加了义和团，现在他以卖菜为生，依然保持着当年的倔强和硬朗。松二爷日子艰难，一院房也卖得差不多了。宋恩子和吴祥子来茶馆抓捕学生，乘机向王掌柜勒索钱财，王掌柜好不容易才把他们打发走。刘麻子重操旧业，张罗着给两个逃兵找媳妇，不曾想被宋恩子和吴祥子撞见了。他们逼迫两个逃兵交出大洋，诬告刘麻子是逃兵，当场就杀死了他。没钱没权的庞太监被他的侄子们活活饿死，康顺子和养子庞继祖被赶出庞府。康顺子无依无靠，只好带着儿子庞继祖投奔裕泰茶馆。王掌柜根本不想接纳他们，但他的妻子怜惜他们，让他们留下来做帮工。

日本人投降了，美国人进了城，秦仲义的工厂当了美国兵的兵营，秦仲义没了生活来源。裕泰茶馆的光景大不如前。王利发深感自己老了，他对茶馆的经营已经力不从心了。茶馆显露出衰败的气象，墙壁上还贴满了“茶钱先付”的纸条，家里其他人在谈论庞继祖的事情。头一天晚上，庞继祖从西山偷偷回到城里，鼓动学生罢课、老师罢教，康顺子不想连累王掌柜，打算离开茶馆。为了支撑茶馆，王掌柜准备找一些女招待来兜揽生意，因此妓女小丁宝来到了茶馆。小刘麻子投靠了宪兵司令部的沈处长，他想霸占茶馆，一面是为了寻找乐子，一面是为了搜集捉拿共产党的情报。王掌柜只好让家人离开茶馆，独自在茶馆里徘徊。毕竟，这儿耗费了他大半生的心血。

一晃几十年光阴匆匆而过，转眼间物是人非。常四爷和秦仲义突然出现在茶馆里。秦仲义“实业救国”的理想破灭，心情非常郁闷。常四爷年老体衰，流露出下世光景。一生精明能干的王掌柜，到如今为了养家糊口也只能苦苦支撑，可终不能支撑下去。三个风烛残年的老人，坐在茶馆里感叹唏嘘，欲哭无泪。最后，他们按照出殡的规矩，为即将到来的死亡唱丧歌，一齐撒纸钱。当小刘麻子领着沈处长到裕泰茶馆来实地考察的时候，王掌柜已经上吊自杀了。

四、主要人物形象

王利发

裕泰大茶馆的掌柜。父亲死得早，二十多岁就独立谋生。他每天满脸堆笑，应付来自官僚权贵、外国势力、恶霸、地痞、特务和警察的多方面的敲诈滋扰。他心地不坏，却因为地位比赤贫阶层高出一截，对世间的苦难早已熟视无睹。他俯首当“顺民”，常劝茶客们“莫谈国事”。世间兵荒马乱，城区别的大茶馆都破产歇业了，他还苦撑着，时不时地想出些小招数，抵挡街头商业走背字儿的局势。晚年，眼瞅着茶馆撑不下去了，他不嫌丢人，打算添女招待。但是社会的魔掌越来越紧地掐住了他的脖子，“三皇道”要砸他的茶馆，特务们也来勒索，要他交出根本拿不出来的金条换老命，流氓们开办新式妓院，在当局的怂恿下要霸占他的铺面。

王利发一筹莫展，走到了人生尽头，此时他才明白，几十年来自己的小心谨慎、苦撑苦熬，全算白费。面对死的诱惑，他到底喊出了从来没敢喊出口的话：“人总得活着吧？我变尽了方法，不过是为了活下去！是呀，该贿赂的，我就递包袱。我可没做过缺德的事……那些狗男女都活得有滋有味的，单不许我吃窝窝头，谁出的主意？”王利发的这种心态很有代表性，不坑人、不害人、逆来顺受、没有过高的生活要求，是当时小市民最普遍的心态。身份地位稍稍高于一般平民的小商人王利发，力求小康而不得，最后结局这样凄凉，生活在那个世道的贫苦市民就更没指望了。王利发走到人生最后一站喊出来的几句话，也正表现了萦绕在社会底层小人物们心头的一致的困惑和愤懑。

秦仲义

他是个民族资本家。第一幕他登场的时候，只有二十几岁。戊戌变法失败后，国势衰落，他凭着一颗报国之心，变卖祖业创建工厂，想实业救国。他耗尽四十年的心血办起了不小的企业，觉得这样就可以“富国裕民”。他错了，抗战刚结束，他的产业就被当局没收了，当局不但没有接着好好办厂，还把机器当成碎铜烂铁给卖掉了。看着工厂的废墟，秦仲义痛心疾首，怨气冲天：“全世界，全世界找得到这样的政府找不到？”他的人生结论比王利发的还悲观：“……应当劝告大家，有钱哪，就该吃喝嫖赌，胡作非为，可千万别干好事！”秦仲义拥有比王利发大得多的生存能力，立志变革当时中国的社会现状，可是他的人生也没能逃脱世道的钳制，半封建半殖民地的制度，帝国主义、金融寡头和官僚买办共同控制的国家经济形势，没给他留下一丁点儿施展自己本事的空间。何况，他自视高人一头，跟大众无法沟通感情。他在黑暗岁月里单挑独斗了一辈子，终于惨败下来，这也是必然的。

常四爷

一个吃“铁杆庄稼”的满族人。他性格刚直不阿，持守节操，富有强烈的正义感和爱国心。他痛恨清王朝的腐败，更憎恨洋人在中国的肆虐。他敢于说出“大清国要完了”这样的话，为此被抓去坐了一年牢。出狱后，他又参加了义和团打洋鬼子的战斗。然而常四爷也只落得个卖菜不成，靠卖花生米艰难度日的结局。和“做了一辈子顺民”的王利发不同，他“一辈子不服软，敢作敢当，专打抱不平”。他“只盼国家像个样儿”，但结果是干了一辈子，仍然一事无成。最后他说了一句充满感慨而悲愤，深刻而令人警醒的话：“我爱我们的祖国呀，可是谁爱我呢？”

五、文学成就

老舍写《茶馆》，目的非常明显，即“埋葬旧时代”，为一个剧本确定这样的主题，作者的气魄和胆识是令人惊叹的。因为话剧不同于长篇小说，也不同于电影，它在时间和空间上都受到很大的限制，作者为自己的创作确定这样的思想、目的，无疑给自己出了一个难题，但老舍作为一个艺术大师，出色地达到了自己的目的。

《茶馆》的艺术构思是独特的。它的重要特征是运用“反描法”。在“茶馆社会”里，人们不仅看到了从清朝到国民党政府崩溃前夕的阶级动荡局势，而且从不同角度揭示了半个世纪的社会变化，以及这种变化的来龙去脉。透过太监买大姑娘当老婆，流氓横行乡里，“一句话”就可坐牢等现象，读者可以窥见始终处于幕后的作者想要阐述的主题，作者却引而不发，只在反面大做文章，让读者在反面否定的感受中，自然趋向正面的主题。

悲剧和喜剧结合，富有幽默情趣，也是《茶馆》的一大特色。老舍发挥了他艺术风格中的幽默特长，从剧中的人物对话至幕前的提示，都充满着浓厚的幽默感，随处都闪耀着睿智的火花。老舍常常给各种悲剧性的人物涂上几分喜剧性的色彩，使其辛酸苦辣之味更加深厚。

《茶馆》能在短短的篇幅中刻画出众多的人物形象，主要是因为作者采用了“单纯个性化语言”来刻画人物。他笔下的人物语言显示出无比的多样性和丰富性，呈现着千变万化的姿态。它们或长或短，或文或野，无不切合人物的口吻，无不与人物身份、思想感情和心理状态相一致。在《茶馆》里，没有空洞的政治口号和标语，用的全是极简练、流利的白话，作者的文字以白描见长，于清新、朴素、平淡的语言中显出神奇。该悲的地方让人落泪，该讽刺的时候辛辣痛快，而且字里行间渗透着浓厚的老北京的生活气息。

《茶馆》在人物形象的塑造上也极具特色。《茶馆》之所以能在人物性格刻画上取得卓越的成就，首先是因为老舍对其所反映的生活，所描写的人物非常熟悉。老舍不止一次地谈到，剧作家要写好人物，需要“对人物胸有成竹，一闭上眼，就看到他们的音容笑貌”。《茶馆》里的秦仲义与庞太监在第一幕中偶然相遇，他们对待戊戌变法的态度有所不同，于是发生冲突，但这种冲突缺乏持续性，即无因也无果，只是两个人物偶然相遇碰撞出的火花，作者就在这火花短暂的闪光中进行人物刻画。正是因为老舍十分熟悉自己的描写对象，所以他才能用极简练的笔墨把人物写活。

六、名家点评

《茶馆》是中国话剧史上的瑰宝。

——曹禺

我认为《茶馆》是1949年新中国成立以后最好作品。

——王蒙

可以想见，当老舍脑子里活跃着自童年起就熟悉的老北京的形形色色人物时，他便真正进入了自由自在得心应手的艺术境界。仿佛一切都早已活在他的心中，声音、味道、画面，都无须苦苦搜寻，便涌到了笔端。在这样的状态下，他的《茶馆》才能成为世纪的风俗画与艺术瑰宝。

——李辉

散　文

《朝花夕拾》——“从记忆里抄来”的散文集

作　　者：鲁迅

文　　体：散文

成书年代：1926年

一、作者介绍

略。详见《呐喊》

二、作品档案

《朝花夕拾》作于1926年2月至11月，最初以《旧事重提》为总题，陆续发表于《莽原》半月刊上；1927年5月成集时，改名为《朝花夕拾》，作者又先后补作了《小引》和《后记》；于1928年9月由北平（今北京）未名社出版，列为作者所编的《未名新集》之一；1929年2月再版；1932年9月，第三版改由上海北新书局重排出版。书的封面为陶元庆所绘。

《朝花夕拾》共收入鲁迅的十篇散文，包括：表现对猫厌恶和仇恨情感的《狗·猫·鼠》；怀念长妈妈又哀其不幸、怒其不争的《阿长与〈山海经〉》；批判封建孝道的虚伪和残酷的《二十四孝图》；表现封建家长制阴影的《五猖会》；描绘迷信传说中的勾魂使者的《无常》；写童年趣事的《从百草园到三味书屋》；揭露庸医误人现象的《父亲的病》；描写心术不正、令人憎恶的衍太太的《琐记》；描写最使鲁迅感激的日本老师的《藤野先生》；描写潦倒一生的同乡好友的《范爱农》。《朝花夕拾》将对往事的回忆与现实的生活紧密地结合起来，充分显示了作者关注人生、关注社会变革的巨大热情。

这十篇散文，是“回忆的记事”，比较完整地记录了鲁迅从幼年到青年时期的生活道路和经历，生动地描绘了清末民初时期的生活画面，是研究鲁迅早期的思想和生活以及当时社会的重要艺术文献。这些文章，文笔深沉隽永，是中国现代散文中的经典作品。其中不少作品被选入初中语文课本，如《从百草园到三味书屋》《藤野先生》等，由此可见它对教育事业起着非常大的作用。

创作《朝花夕拾》时，鲁迅已是当时的文坛中一位举足轻重的作家。1926年三一八惨案发生后，鲁迅写了《纪念刘和珍君》等文章，因形势所迫，不得不过起颠沛流离的生活。他曾经先后避居山本医院、德国医院等处。尽管生活艰苦，但他还是写了不少的散文诗和《二十四孝图》《五猖会》《无常》三篇散文，它们后来与鲁迅在惨案发生之前写作的《狗·猫·鼠》《阿长与〈山海经〉》一起被收入散文集《朝花夕拾》。

1926年9月，鲁迅接受了厦门大学的聘请，南下教书，但他在厦门大学只待了四个多月，因为他发现厦门大学的空气和北京一样，也是污浊的。鲁迅在这里见识了知识分子的种种丑恶嘴脸，并毫不留情地进行抨击。鲁迅虽然不喜欢厦门大学，但他对自己教授的课程却倾注了全力，他上的课很受学生们的欢迎。在繁忙的教学之余，鲁迅写了很多作品，包括《从百草园到三味书屋》《父亲的病》《琐记》《藤野先生》和《范爱农》五篇散文。这五篇散文与他在北京创作的另五篇散文构成了《朝花夕拾》的全部。

二、内容概要

《朝花夕拾》记述了作者童年的生活和青年时求学的历程，追忆那些难以忘怀的人和事，抒发了对往日亲友和师长的怀念之情。作品在夹叙夹议中，对反动、守旧势力进行了抨击和嘲讽。

《狗·猫·鼠》——在这篇文章里，鲁迅先生清算猫的罪行：第一，猫对自己捉到的猎物总是尽情玩弄，等玩够了才吃下去；第二，它与狮虎同族，却天生一副媚态；第三，它老在交配时嗥叫，令人心烦；第四，它吃了“我”小时候心爱的一只小隐鼠。虽然后来证实小隐鼠并非为猫所害，但“我”对猫是不会产生好感的，何况它后来确实吃了小兔子！文章尖锐而又形象地讽刺了生活中与猫相似的人。

《阿长与〈山海经〉》——阿长是作者小时候的保姆。文中记述了作者儿时与阿长相处的情景，描绘出了长妈妈善良、朴实而又迷信、爱唠叨、“满肚子是麻烦的礼节”的性格特征，对她寻购、赠送自己渴求已久的绘图《山海经》的行为充满了尊敬和感激之情。作者在文中用深情的语言表达了自己对这位劳动妇女的真诚的怀念。

《二十四孝图》——是一本讲中国古代二十四个孝子故事的书，配有图画，主要目的是宣扬封建的孝道。作者从自己小时候阅读《二十四孝图》的感受入手，重点描写自己在阅读《老莱娱亲》和《郭巨埋儿》两个故事时所引起的强烈反感，揭露了封建孝道的虚伪和残酷，揭示了旧中国儿童的可悲境遇。

《五猖会》——五猖会是一个迎神赛会，在童年的“我”的心目中是一个节日。文中记述了作者儿时盼望观看迎神赛会的急切、兴奋的心情，和被父亲强迫背诵《鉴略》的扫兴而痛苦的感受，指出强制性的封建教育是对儿童天性的压制和摧残。

《无常》——无常是个具有人情味的鬼。它在去勾魂的时候，看到一位母亲在哭死去的儿子时那么悲伤，决定放儿子“还阳半刻”，结果被顶头上司阎罗王打了四十大棒。文章中时不时加入几句对现实中所谓“正人君子”的讽刺，虚幻的无常给当时鲁迅寂寞悲凉的心带来了些许的安慰。同时，文章深刻表达了旧时代中国人民绝望于社会的黑暗、愤慨于人世的不平，只能在冥冥中寻求寄托，寻求“公正的裁决的困境”。

《从百草园到三味书屋》——文章描述了作者儿时在家中百草园中得到的乐趣和在三味书屋读书时严格但不乏乐趣的生活，揭示儿童广泛的生活趣味与束缚儿童天性的封建书塾教育之间的尖锐矛盾，表达了应让儿童健康活泼地成长的合理要求。

《父亲的病》——文章记录了作者父亲因被江湖庸医耽误而死去的事情，这一直是作者心中的痛。文章重点回忆作者儿时为父亲延医治病的情景，描述了几位“名医”的行医态度、作风和开方等种种表现，揭示了这些人巫医不分、故弄玄虚、勒索钱财以及草菅人命的实质。

《琐记》——作者在这篇文章里先从衍太太这一角色入手，回忆了隔壁家的表面对其他孩子好，其实暗中使坏的衍太太，她让其他孩子做危险的事，给鲁迅看不健康的图片，教鲁迅偷妈妈的首饰，但对自己的孩子十分严格，表现了她是一个自私自利、奸诈、有坏心眼儿的妇人。文中主要回忆了自己离开绍兴去南京求学的过程，描述了当时的江南水师学堂和矿务铁路学堂的种种弊端和自己求知的艰难，批评了洋务派办的学堂里“乌烟瘴气”的现象。作者记述了自己最初接触《进化论》的兴奋心情和不顾长辈反对、如饥似渴地阅读《天演论》的情景，表现出作者探求真理的强烈欲望。

《藤野先生》——本文记录了作者在日本留学时期的学习生活，叙述作者在仙台学医时受日本学生歧视、侮辱和决定弃医从文的经过。作者突出地记述了日本老师藤野先生的严谨、正直、热诚，没有民族偏见的高尚品格，表达了对藤野先生深切的怀念。

《范爱农》——本文追叙作者在日本留学时和回国后与范爱农接触的几个生活片段，描述了范爱农在革命前不满黑暗旧社会、追求革命，辛亥革命后又备受打击迫害的遭遇，表现了作者对旧民主革命的失望和对这位正直倔强的爱国者的同情和悼念。

四、主要人物形象

长妈妈

她思想中有愚昧迷信的一面，但她身上却保留着劳动人民朴实、善良的品质，令作者充满敬意。从对长妈妈的描写上，我们看到了作者对底层劳动人民的感情：既揭示他们身上愚昧麻木的一面，又歌颂他们身上美好善良的一面。

藤野先生

一位日本医学教授。他没有民族偏见，平等待人，关心弱国学生的学业，他朴素而伟大的人格令人肃然起敬。他所做的一切都很平凡，如果我们不设身处地地想象作者当时的处境，便很难感受到这位老师的伟大之处。

范爱农

一位觉醒的知识分子，但是无法在黑暗社会中立足。他无法像狂人那样与自己所处的社会抗争，也无法像N先生一样忘却社会，所以他的内心是痛苦、悲凉的。

父亲

父亲曾让童年的作者困惑过，因为在他兴高采烈地要去看五猖会时，父亲勒令他背书。但是，作者从来没有指责过自己的父亲，他忏悔的是自己没有让父亲安静地死去，这让他的心灵永远不安、永远痛苦。由此我们可以感受到作者对父亲强烈的爱。

衍太太

给作者看不健康的画，唆使作者偷母亲的首饰变卖，而衍太太的孩子顽皮弄脏了自己的衣服，衍太太却是要打骂的。作者表面上赞扬衍太太，实际上心中是鄙视她的，因为他认为衍太太是个自私自利、多嘴多舌、喜欢使坏的妇人。

五、文学成就

《朝花夕拾》的文学成就主要体现在以下几方面：

第一，文体的多样性。《朝花夕拾》通常被称为“回忆散文”，本为散文文体，而又特别标示“回忆”二字，可能是因为鲁迅说过，《朝花夕拾》中的十篇散文“是从记忆中抄出来的”，写的是记忆中的事。鲁迅在创作《朝花夕拾》时，在文体样式的选择上或许是不经意的，但却是必然的，他所选择的是表现自己独特人格和精神气质的文体。《朝花夕拾》不是经验性的记事，也不是纯想象性的描写，而是重在描写感触，有了感触，其叙事描写才有内涵、有意味。而其感触取向上的差异及由此而出现的不同的表达方式，导致其文体的多样性。

文章把记叙、描写、抒情和议论有机地融为一体，充满诗情画意。如在描写百草园的景致时，绘声绘色，令人神往。

在对往事深情地进行回忆时，作者无法忘却现实，时不时插入一些“杂文笔法”（即对现实的议论），显示了作者真实而丰富的内心世界。如《狗·猫·鼠》一文中，既有作者对童年时拥有过的一只可爱的小隐鼠的深情回忆，又有对祖母讲述的民间故事的生动记叙，同时揭示了现实中那些像极了“猫”的“正人君子”的真实面目。

第二，文章常通过描述生活中的小细节，以小见大，写人则写出人物的神韵，写事则写出事件的本质。如在《无常》中，作者通过对无常也有老婆和孩子这一细节的描写，既写出了无常富于人情味的特点，又巧妙地讽刺了生活中那些虚伪的知识分子。

第三，作者在批判、讽刺封建旧制度和旧道德时，多用反讽手法，又称“双关”。作者表面上很冷静地叙述事件的始末，其实是在反话正说，在叙述中暗含着“言在此而意在彼”的巧妙讽刺。如在《父亲》中，作者对庸医的行医过程细细道来，没有正面指责与讽刺，但字里行间蕴含着自己激愤的批判和讽刺；又如在《藤野先生》中，作者用“标致”来讽刺清朝留学生的丑态，用“精通时事”来讽刺清朝留学生所“精通”的“时事”其实是些无聊的事，用“爱国青年”来反讽当时日本一些受军国主义思想影响而妄自尊大、盲目忠君、思想狭隘的青年，用“何尝”来加强反语的语气从而加强肯定等。

第四，作者在散文中常用对比手法。例如，在《五猖会》中，通过“我”前后心境的对比，表达了作者对封建社会的反感和批判；在《无常》中，通过无常这个“鬼”和现实中的“人”对比，深刻地刻画出了现实生活中某些“人格”不如“鬼格”的人的丑恶面目；在《狗·猫·鼠》中，作者对小隐鼠的爱和对猫的强烈憎恨形成了鲜明的对比。

六、名家点评

在爱与死的反顾里，既弥漫着慈爱的精神与情调，显露了鲁迅心灵世界里最为柔和的一面，又内蕴着深沉而深刻的悲怆，这形成了《朝花夕拾》的特殊韵味。

——温儒敏

鲁迅的一卷《朝花夕拾》，真是古今少有的书，翻开来看时觉得惊喜，因为得未曾有，及至看完了，又不禁怅然，可惜这太少了。

——周作人

在这些散文里，能够明显看到他清醒的理智，感觉到战斗的光芒。

——钟敬文

《朱自清散文集》—— 最好的散文范本

作　　者：朱自清

文　　体：散文

一、作者介绍

朱自清（1898—1948），中国现代散文家、诗人、学者。朱自清原名自华，号秋实，后改名自清，字佩弦。他是江苏扬州人，原籍浙江绍兴。他幼年在私塾读书，受中国传统文化的熏陶；1912年，进入江苏省立第八中学（今扬州中学）学习；1916年，中学毕业后考入北京大学预科；在大学学习和中学任教时期开始了新诗创作。1919年2月写的《睡罢，小小的人》是他的新诗处女作。他是五四爱国运动的参加者，受五四运动浪潮的影响走上了文学创作的道路。

1920年，朱自清于北京大学哲学系毕业后，在江苏、浙江一带的中学教书，积极参加新文学运动。1921年，朱自清加入文学研究会。1922年，朱自清和俞平伯等人创办《诗》月刊，它是新诗诞生时期最早的诗刊。

1923年，朱自清创作长诗《毁灭》，还写过《桨声灯影里的秦淮河》等优美散文。

1925年8月，朱自清任清华大学中文系教授，开始创作散文并致力于古典文学的研究。他写的《背影》《荷塘月色》都是脍炙人口的名篇。1931年，朱自清留学英国，漫游欧洲。

1932年，朱自清回国，仍在清华大学任教并兼任中文系主任。1937年，抗日战争爆发，朱自清随校南迁至昆明，任西南联大教授，讲授《宋诗》《文辞研究》等课程。1946年，由昆明返回北京，任清华大学中文系主任。1948年8月，朱自清因患胃病辞世。

二、作品档案

1903年，朱自清全家迁至扬州城，从此定居扬州。朱自清在扬州生活了十三年，在那里度过了他的童年时期和少年时期。扬州是一个风景秀丽的文化名城，湖光山色，风物宜人，潜移默化地陶冶着少年朱自清的性情，培养了他细腻的情感和丰富的想象力，这对他散文创作风格的形成有很重要的作用。

朱自清于1923年发表的《桨声灯影里的秦淮河》，显示出他在散文创作方面的才华。从此以后，他致力于散文创作，取得了非凡的成就。1925年，朱自清到清华大学中文系执教，不久任中文系主任，开始研究古典文学，在文学创作上也由诗歌转向散文。1928年出版的散文集《背影》，使朱自清成为当时负有盛名的散文作家。

朱自清在散文创作上有着深厚的艺术造诣。他的散文结构完整，布局和谐，在匀称中见奇特，在统一中求变化，精心修饰而不露雕琢的痕迹。不管是叙事、写景，还是议论，都侧重抒发自我的真实情感，从来不虚伪做作，达到了一种风景画和抒情诗相结合的艺术境界。

朱自清散文的形式是多种多样的，有抒情的，有写人的，有叙事的，也有游记、特写、随笔等，先后结集的作品主要有《背影》《你我》《欧游杂记》等。他的散文有对个人生活遭遇诚挚的叙说，也有对自然景色着意的描绘。他坚持现实主义的创作原则，十分注意对客观事物进行仔细的观察。他认为需要具体而微地捕捉眼前有限的现象，剖析隐含其中的深远意义。

朱自清有不少写人的散文，感情真挚，能在平常的生活中洞见人物的性格，表现出其善于捕捉细节的能力。这些文章十分感人，具有超越历史时代局限的震撼人心的力量。这样的篇章大多选自《踪迹》和《背影》两本集子。

《背影》的艺术成就很高，其清秀简洁、缜密严谨、委婉细腻的风格，吸引了广大的读者。著名散文家李广田在《文艺书简》中称它是“最好的散文范本”。

更加引人注目的是朱自清散文作品中那些描写自然美的文章。这些文章寄寓了他的人生态度，反映了他独特的人生追求和审美追求。

抗日战争爆发后，朱自清开始写议论性的杂文。这些杂文虽不像鲁迅的杂文那样犀利，但是作者在对历史的叙述中寄寓批判的力量，或深入现实的本质抨击当权者的腐败、社会的黑暗，这些都显示出其鲜明的民主主义和人道主义立场。

三、内容概要

《背影》通过对父亲在车站给儿子送行的情景的描述，表现了父亲对儿子无微不至的关爱和儿子对父亲的百般怀念。

《背影》写于1925年，写的是1917年作者在北京大学读书时经历的事。这一时期，中国社会军阀割据，帝国主义势力明争暗斗，知识分子朝不保夕，广大劳动人民处在水深火热之中。作者当时虽未站到革命立场，投入到反帝反封建的斗争中，但作为一名正直、善良、敦厚的知识分子，必然感到社会的压抑，产生一种落寞凄凉的情绪。作者的家境也因为社会的黑暗而日趋窘迫，“光景很是惨淡”“一日不如一日”。

作者的父亲先是“赋闲”，后为了找差事而“东奔西走”，乃至老境“颓唐”。这些都从一个侧面反映了当时知识分子奔波劳碌、前途渺茫、谋事艰难、境遇凄惨的现实，他们心头笼罩着一层不散的愁云，如同文章所表现的灰暗的基调。

在这一背景下，作者写出的真挚、深沉、感人至深的父子之爱，不仅是符合我们民族道德的一种传统的纯真而高尚的感情，而且父子互相体贴，特别是父亲在融汇了辛酸与悲凉情绪的父子之爱中，含有在厄运面前的挣扎和对人情淡薄的旧世道的抗争。虽然这只是怨而不怒式的反抗，但也会引起人们的同情、叹惋乃至强烈的共鸣。

《荷塘月色》以惟妙惟肖的比喻描绘月色下荷花绰约的风姿，用“明珠”“碧天的星星”来写荷花的美。《桨声灯影里的秦淮河》写月下景色让人印象深刻。这一幅幅赏心悦目的画面，蕴含着作者低回的情意，令人一唱三叹，吟咏不已。他的这些描写自然美的作品，无疑具有很高的艺术成就和美学价值。

四、主要人物形象

父亲

《背影》中的人物。他少年时出外谋生，做了许多大事，老来却失业了。他戴着黑布小帽，穿着黑布大马褂、深青布棉袍，身体较胖。办完母亲的丧事，儿子回到北京念书，他也要到南京谋事，顺道送儿子上车。在车站上，又是照看行李，又是找座位，又是拖着肥胖的身子给儿子买橘子，这些都体现了深沉的父爱。文章里，他给人最深刻的印象是他的“背影”。这个只给人们看了背影的父亲，却在人们的心目中活了起来，人们不仅能体会出他的心情，还能想象出他的容貌，甚至完全了解了他，觉得他比一个面向读者的父亲还要清晰、具体。

我

《荷塘月色》中的人物，是一位心情苦闷而不得解脱的文人。由于他这几天心里颇不宁静，所以想去一个安静的场所，想求得暂时的宁静。他悄悄地披上了一件大衫，带上门出去。通向荷塘的是一条曲折的小煤屑路，幽静、寂寞，作者甚至害怕阴森森的黑夜。这些描写，与作者当时不快乐的心境是一致的。在淡淡的月光下，他独自背着手踱着，把郁积在心里的烦恼委婉地泄露出来，表达了对现实生活的不满。此时，此地，此景，他觉得“这一片天地好像是我的”，觉得自己是一个自由的人，这是对现实社会的谴责，同时也是抗争。独处的他处在这什么都可想、什么都可以不想的环境里，心情也就逐渐平静下来，欣赏那无边的荷塘月色。其实，这里的“我”就是作者自己。

五、文学成就

朱自清散文是“文如其人”的完美范例。他用笔做武器，抨击帝国主义对中国的侵略，表达了爱国知识分子的忧国情怀，深刻揭示了旧社会中下层人民的苦难。他的作品表现了知识分子的生活情趣和情感世界。毛泽东赞扬朱自清“他和闻一多表现了我们民族的英雄气概”。朱自清的散文以情趣取胜，无论是描绘世态万物，还是怀人记事，他都把一个“情”字注入其中，融情于景，以理蕴情。通过他的散文，读者可以清楚地看到他的长处和不足，他的欢笑和眼泪。在《背影》里，他是个爱父亲，同情父亲的境遇而又以为父亲有点“迂”的青年学生；在《儿女》里，他是个喜欢孩子，但又急躁而不善于教育孩子的父亲；在《生命的价格——七毛钱》里，我们看到一个不知名小女孩被卖，引起了作者的万千思绪：从她为什么被卖，想到她将来可能有的种种可悲的下场，想到其他孩子可能有的危险……

朱自清散文的语言风格独具一格，庄重、幽默、委婉，富于形象美和音乐美。有些精彩的片段，生机盎然，情景交融，不仅音韵和谐，节奏鲜明，而且易于成诵，给人以美的享受。他善于选用贴切的动词来描绘静态的景物，把那些显示景物关系的句子安排得生动活泼。如《绿》里，写梅雨亭用“踞”，写苍鹰用“浮”，写山用“拥”，写云用“流”，写绿意用“透”等等，都凝练确切，富于表现力；而在《桨声灯影里的秦淮河》里描写大中桥外夜景时，用了“疏疏的”“淡淡的”“清清的”“薄薄的”“郁丛丛”“阴森森”“朦朦胧胧”“富富丽丽”以及“嘈嘈切切”等形容词，这些叠字形容词的精确运用，不仅使行文的气势变得舒缓、雍容，而且打破了白话不能写出“美文”的陈旧说法，为新文学的发展做出了积极的贡献。

六、名家点评

每回重读佩弦兄的散文，我就回想起倾听他闲谈的乐趣，古今中外，海阔天空，不故作高深而情趣盎然。我常常想他这样的经验，他这样的想头，不是我也有过的吗？在我只不过一闪而逝，他却紧紧抓住了。他还能表达得恰如其分，或浓或淡，味道极正而且淳厚。

——叶圣陶

朱自清虽则是一个诗人，可是他的散文仍能够满贮着那一种诗意。文学研究会的散文作家中，除冰心女士外，文章之美，要算他了。

——郁达夫

《傅雷家书》——亲子素质教育的经典范本

作　　者：傅雷、朱梅馥

文　　体：书信体散文

一、作者介绍

傅雷（1908—1966），字怒安，号怒庵，江苏南汇（今上海市浦东新区）人，中国现代翻译家、文艺评论家。

二十世纪二十年代初，傅雷在上海天主教创办的徐汇公学读书，因反迷信反宗教，言论激烈，被学校开除。五四运动时，他参加街头的讲演游行。北伐战争时，他又参加大同大学附中的“学运”，在当局者的威胁和恐吓之下，被寡母强迫避离乡下。1927年冬，傅雷离沪赴法，在巴黎大学文科听课，同时专攻美术理论和艺术评论，留学期间游历瑞士、比利时、意大利等国。1931年秋回国后，傅雷致力于法国文学的翻译与介绍工作，译作丰富，行文流畅，文笔传神，翻译态度严谨。二十世纪六十年代初，傅雷因在翻译巴尔扎克作品方面的卓越贡献，被法国巴尔扎克研究会吸收为会员。1966年9月3日，傅雷夫妇双双自缢而死，含冤去世。为纪念傅雷，发扬和传播傅雷文化与精神，2008年，上海市南汇区周浦八一中学更名为上海市傅雷中学。

傅雷翻译的作品共三十余部，主要为法国文学作品。其中，巴尔扎克的作品十五部：《高老头》《亚尔培·萨伐龙》《欧也妮·葛朗台》《贝姨》《邦斯舅舅》《夏倍上校》《奥诺丽纳》《禁治产》《于絮尔·弥罗埃》《赛查·皮罗多盛衰记》《搅水女人》《都尔的本堂神甫》《比哀兰德》《幻灭》《猫儿打球记》；罗曼·罗兰的作品四部：《约翰·克利斯朵夫》及三名人传《贝多芬传》《米开朗琪罗传》《托尔斯泰传》；服尔德（现通译伏尔泰）的作品四部：《老实人》《天真汉》《如此世界》《扎第格》；梅里美的作品两部：《嘉尔曼》《高龙巴》；莫罗阿的作品三部：《服尔德传》《人生五大问题》《恋爱与牺牲》。此外，傅雷还译有苏卜的《夏洛外传》，杜哈曼的《文明》，丹纳的《艺术哲学》，英国罗素的《幸福之路》和牛顿的《英国绘画》等书。傅雷写给长子傅聪的家书，辑录为《傅雷家书》（1981），整理出版后，也为读者所注目。

二、作品档案

《傅雷家书》是我国文学艺术翻译家傅雷及其夫人写给儿子傅聪、傅敏及儿媳弥拉的家信摘编。该书是一本优秀的青年思想修养读物，是素质教育的经典范本，是充满着父爱的教子名篇。傅雷夫妇苦心孤诣、呕心沥血地培养两个孩子（傅聪——著名钢琴大师，傅敏——英语特级教师），教导他们先做人、后成“家”，独立思考。傅雷夫妇的教子之道是因材施教等教育思想的成功体现，因此傅雷夫妇也成为中国父母的典范。

《傅雷家书》摘编了傅雷先生及其夫人自1954年至1966年所写的书信，每封信饱含深情，字里行间充满了父亲对儿子的挚爱、期望，以及对国家和世界的高尚情感。

傅雷说，他给儿子写信的目的在于：一、讨论艺术；二、激发青年人的感想；三、训练傅聪的文笔和思想；四、教导儿子做一面忠实的“镜子”。在信中，傅雷除了讲述生活琐事，更多的是谈论艺术与人生，教育儿子要具备作为一个艺术家应有的高尚情操，让儿子知道“国家的荣辱、艺术的尊严”，做一个“德艺俱备、人格卓越的艺术家”。

爱子之情本是人之常情，而傅雷对傅聪的爱却不是那种普通的温情脉脉，而是始终把道德与艺术放在第一位，把舐犊之情放在第二位。正如他对傅聪童年的严格管教，虽然不为常人所认同，但确乎出自他对儿子更为深沉的爱。

三、内容概要

傅雷身上体现了中西两种文化融合的思想。傅雷在教育儿子的过程中，自身的思想境界也在不断地提高。在1957年之前，傅雷着重的是为艺术而艺术，而在对待感情的问题上，他对人生伴侣的三个基本要求是“最本质的善良、天性的温厚、开阔的胸襟”，傅雷结合自己的经历，将自己的生活经验分享给孩子。

傅雷敢于剖析自己，在儿子面前承认错误，从自身的经历中总结出生活经验和教训。在对待儿子的恋爱问题上，他也用自己的经历向儿子现身说法而非讲大道理，其建议更能让晚辈接受。

傅雷在对儿子的教育上重于因材施教。对于傅聪音乐的学习，他先是强调技巧，而后反复要他能真正领悟作品本身，也就是凡事多从“为什么”的角度思考问题，从而看到事物的本质。

傅雷在家书中也谈到了婚姻和恋爱的区别，并指出生活本身就是由细小之事组成的，而恰恰是那种和平宁静的夫妻生活，造就了彼此的艺术成就。而这一点在傅雷和他夫人朱梅馥几十年平静、含蓄而深厚的感情中也得到了证明。

家书中也表现出了傅雷的爱子情深，例如，“你走后第二天，就想写信，怕你嫌烦，也就罢了。可是没一天不想着你，每天清早六七点就醒，翻来覆去的睡不着，也说不出为什么。好像克利斯朵夫的母亲独自守在家里，想起孩子童年一幕幕的形象一样；我和你妈妈老是想着你两三岁到六七岁间的小故事”。字里行间体现出傅雷对儿子的一片深情。对于已经长大的儿子，傅雷希望他茁壮成长，向外发展，但又不忍儿子远离身边。

家书中也有傅雷对儿子的鼓励，例如，“以演奏而论，我觉得大体很好，一气呵成，精神饱满，细腻的地方非常细腻，音色变化的确很多。我们听了都很高兴，很感动。好孩子，我真该夸奖你几句才好。回想一九五一年四月刚从昆明回沪的时期，你真是从低洼中到了半山腰了。希望你从此注意整个的修养，将来一定能攀登峰顶”。这是傅雷听过儿子傅聪的录音后对儿子的音乐学习情况所作的讲评。这里面包括了傅雷对儿子录音的精细的分析、客观的赞赏以及对儿子的希望。这就是家长教育孩子的成功方法，既体现出自己对孩子的肯定，让其有努力拼搏的决心以及会成功的信心，又提出了自己的希望，给孩子指明了前进的路线、发展的方向。而我们当子女的，也应在父母指引的道路上，吸取父母的经验，发展自己的新道路。

家书中还有傅雷对儿子的嘱咐，例如，“在公共团体中，赶任务而妨碍正常学习是免不了的，这一点我早料到。一切只有你自己用坚定的意志和立场，向领导婉转而有力的去争取。否则出国的准备又能做到多少呢？特别是乐理方面，我一直放心不下。从今以后，处处都要靠你个人的毅力、信念与意志——实践的意志”。儿子将要面临社会的千变万化，如何应对，作为父亲，傅雷百感交集。傅雷用自己的生活经验提醒儿子少走弯路，多踏捷径，他自己曾走了弯路，不希望儿子重蹈自己的覆辙，希望儿子能比自己“更上一层楼”。

四、文学成就

在家书中，傅雷不仅与儿子谈艺术学习，还与儿子谈生活，谈恋爱，谈做人，谈修养。甚至儿子写错字，傅雷也会在家书中郑重其事地加以指出并耐心分析、纠正。《傅雷家书》是经典的“教子篇”，但绝不仅限于此，傅雷先生由于自己学识渊博、思想开阔而能将任何大事、小事阐发出深刻但绝不艰涩的道理，从而给人以启发。

傅雷写给儿子的家书不是普通的家书。傅雷在给傅聪的信里这样说：“长篇累牍地给你写信，不是空唠叨，不是莫名其妙的gossip（说长道短），而是有好几种作用的。第一，我的确把你当作一个讨论艺术、讨论音乐的对手；第二，极想激出你一些青年人的感想，让我做父亲的得些新鲜养料，同时也可以间接传布给别的青年；第三，借通信训练你的——不但是文笔，而尤其是你的思想；第四，我想时时刻刻，随处给你做个警钟，做面‘忠实的镜子’，不论在做人方面，在生活细节方面，在艺术修养方面，在演奏姿态方面。”贯穿全部家书的傅雷的情意，是要儿子知道国家的荣辱、艺术的尊严，能够用严肃的态度对待一切，做一个“德艺俱备，人格卓越的艺术家”。

《傅雷家书》是一部很特殊的书。它是傅雷思想的折光，甚至可以说是傅雷毕生最重要的著作，因为傅雷的家书是他写给儿子的书信，体现了作为父亲的他对儿子的苦心孤诣。《傅雷家书》百分之百地体现了傅雷的思想，是写在纸上的家常话。他无拘无束，心里怎么想的，笔下就怎么写，用不着担心被“审查”，也用不着担心被“批判”。正因为这样，《傅雷家书》如山间潺潺清溪，如碧空中舒卷的白云，如海上自由翱翔的海鸥，如无瑕的白璧，如透明的结晶体，感情是那样的纯真，那样的质朴，没有半点虚伪，用不着半点装腔作势。《傅雷家书》的意义远远超过了傅雷的家庭教育范围。书中无处不体现了浓浓的父爱。或许每个父亲对孩子都疼爱有加，但在疼爱孩子的同时，还不忘对孩子进行音乐、美术、哲学、历史、文学乃至健康等全方位的教育，纵观如此之大的中国，在教育孩子上能够达到此种地步的，未知能有几人。因为这确实需要充足的条件，父亲要学贯中西，儿子也要知书达理，而父子之间更要在相互尊重和爱护的基础上达成充分的默契。

《傅雷家书》自问世以来，对人们的道德、思想、情操、文化修养的启迪作用既深且远。《傅雷家书》曾获得全国首届优秀青年读物一等奖，还被列为大型丛书《百年百种优秀中国文学图书》之一。《傅雷家书》是一本“充满着父爱的苦心孤诣、呕心沥血的教子篇”，也是“最好的艺术学徒修养读物”，更是既平凡又典型的近代中国知识分子的深刻写照。它对孩子们来说，更值得一读。

五、名家点评

所有的父亲都要读《傅雷家书》，所有的母亲也要读《傅雷家书》，所有的孩子更要读《傅雷家书》。

——毕飞宇

一组垂范后世的教子家书，表现了傅雷深厚的艺术修养和认真严谨的作风，充满了父亲对儿子的挚爱、期望及对国家和世界的高尚情感。

——周群

《谈美书简》——一本写给青年朋友的美学启蒙书

作　　者：朱光潜

文　　体：书信体散文

成书年代：1976年

一、作者介绍

朱光潜（1897—1986），中国现当代著名美学家、教育家，中国现代美学的主要奠基者。他是安徽桐城人，出身一个书香世家。从六岁起，他在父亲的影响下阅读了诸多的古代文学和文化典籍，打下了较深的国学基础。十五岁进入桐城中学时，他的文字已经粗通，特别受国文老师的赏识。

1918年，朱光潜考入香港大学教育系。他在香港大学读书的时候（1918—1922），正值新文化运动的鼎盛期。朱光潜脑子里被旧式教育所灌输的那些固定观点全是新文化运动的扫荡目标，经过一番激烈的内心冲突，他终于接受了新文化运动的洗礼，放弃了古文，开始写作白话文。他的美学处女作《无言之美》就是用白话文写的。从这个意义上说，朱光潜是随着新文化运动成长起来的一代学子。

1925年，朱光潜出国留学，先后于英国爱丁堡大学、法国斯特拉斯堡大学学习，获文学硕士、博士学位。

1929年，朱光潜在欧洲留学期间系统地研读了英国文学、哲学、心理学和欧洲艺术史。在此基础上，他写出了《悲剧心理学》《谈美》。

1933年，朱光潜学成归国，被聘为北京大学教授，讲授西文学史。在此期间，他完成了《文艺心理学》。

1949年冬，朱光潜拒绝乘被派到北京的飞机去台湾，而留在北京大学。他在六十多岁时曾译过多部外国文艺理论专著，如克罗齐的《美学原理》、柏拉图的《文艺对话录》、莱辛的《拉奥孔》、维科的《新科学》以及黑格尔的《美学》等。

1975年，朱光潜继续翻译了黑格尔的《美学》第二卷和第三卷。1976年到1977年，他翻译了《歌德谈话录》，校改了旧译本《拉奥孔》。在翻译过程中，黑格尔和歌德的美学观点给了他很多的启示。

1979年前后，朱光潜先后写出了《形象思维：从认识角度和实践角度来看》《关于人性、人道主义、人情味和共同美问题》《从具体的现实生活出发还是从抽象概念出发》《形象思维在文艺中的作用和思想性》等文章。这些文章所探讨的美学思想就是《谈美书简》一书的主要内容。

朱光潜是一位典型的综合性学术大师，为我国现代美学的发展做出了不可磨灭的贡献。

二、作品档案

《谈美书简》是中国现代美学家朱光潜在八十二岁高龄的情况下完成的“暮年心血”之作。它既是朱光潜对自己漫长的美学生涯及美学思想的一次回顾和整理，也是朱光潜“给来信未复的朋友们”尤其是青年朋友们的一次回复。《谈美书简》采用书信体的形式，将作者的美学思想娓娓道来，亲切自然，将许多深奥的美学知识通俗化。全书由十三封书信结集而成，在书中，朱光潜就青年朋友们普遍关心的美和美感、美的规律、美的范畴等一系列美学问题进行了深入的探讨，同时也对文学的审美特征、文学的创作规律及特点做了详尽的阐释，既是思想上的，又是方法上的，是初涉美学者学习美学知识的重要参考书籍。

三、内容概要

《谈美书简》是朱光潜对自己的美学理论所做的第二次综合而形成的美学论文集，这次综合标志着朱光潜美学思想的根本性转变，即由信奉尼采、克罗齐的哲学转变为信奉马克思主义。

《谈美书简》中的第一封信主要谈学习美学的方法。朱光潜首先指出立志要研究任何一门科学的人都要端正人生态度，认清生活方向，要“做老实人，说老实话，办老实事”，一切不老实的人做任何需要实事求是的科学工作都不会走上正路，同时指出“研究美学的人如果不学一点文学、艺术、心理学、历史和哲学，那将是一个更大的欠缺”。他还指出，要学习、精通一两门外语，充分查阅资料，围绕某个问题边学边写，集中力量打“歼灭战”是一个行之有效的办法。

朱光潜在第三封信中说：“谈美，我得从人谈起，因为美是一种价值，而价值属于经济范畴，无论是使用还是交换，总离不开人这个主体。”因此，他认为研究美绝不能离开人，美学是随同对人的研究而逐步展开的，研究人是打开美学殿堂的金钥匙；当然，对人的研究首先是对人类学的研究，人类学是把人当作一类物种来研究的科学，人类学的研究成果对于美学来说，主要回答了一个问题，就是艺术起源的问题。

朱光潜在第七封信中主要从生理学与心理学角度分析了节奏感、移情作用和内模仿等问题，而这些问题又是值得重视的，需要重新加以评价和研究的。他认为，节奏是音乐、舞蹈和歌唱这些最原始也最普遍的三位一体的艺术所共同具有的一个要素。如果审美对象所表现的节奏符合人体的生理自然节奏，人就感到和谐愉快，否则就感到“拗”或“失调”，就不愉快。所谓“移情”就是指人在聚精会神中观照一个对象（自然或艺术作品）时，由于“物我两忘”而达到“物我同一”，把人的生命和情趣“外射”或移注到对象上去，使本无生命和情趣的外物仿佛具有人的生命活动，使本来冰冷的物体也显得有人情。移情是由我及物，而内模仿也是移情，不过侧重由物及我的一面。内模仿是从生理学角度讲的，它具有游戏的性质，如果运动的冲动过分强烈，内模仿就会转变为对行为的模仿。例如，曾有一些少年读了歌德的《少年维特之烦恼》之后去仿照维特自杀，这就不再是美感了。

朱光潜认为，中国文论中的“气势”和“神韵”，画论中的“气韵生动”，都是凭内模仿作用体会出来的。中国书法往往表现出一个人的人格，颜真卿的字就像他的为人一样刚正，风骨凛然；赵孟頫的字也像他的为人一样清秀妩媚，随方就圆。我们欣赏颜字，便不由自主地正襟危坐，模仿颜真卿的端庄刚劲；欣赏赵字，便不由自主地放松筋骨，模仿赵孟頫潇洒婀娜的姿态。

在第八封信中，朱光潜认为，文艺创作应以形象思维为主，以抽象思维为辅。他认为形象思维就是想象，在西方，古罗马的菲罗斯屈拉特和近代英国的培根都强调过想象在文艺创作中的作用；在我国古代，屈原在《远游》中，杜甫在《咏怀古迹》里，都使用过“想象”这个词。形象思维与抽象思维是两种不同的思维形式，但它们的功用是相同的，就是通过开动脑筋来掌握和解决面临的现实生活中的问题。它们既是一种实践活动，又是一种认识活动，不同的是它们所运用的形式。

此外，作者在书中表现出来的“铁肩担道义，妙手著文章”的人品和学品，也值得我们学习。作者在《谈美书简》的前言中写道：“怀着舒畅的心情和老马伏枥的壮志，重理美学旧业……但今年已经八十二岁，毕竟衰老了，而且肩上负担还相当重，要校改一些译稿和文稿，带了两名西方文艺批评史方面的研究生，自己也还在继续学习和研究……”在如此高龄、如此繁忙的情况下，朱光潜还抽空为普通读者写美学普及的小册子，他图何名？谋何利？还不是为了实现自己的传播美学、普及美学教育的理想！这本书的本身就是“美”的体现。《谈美书简》不但是大师的名著，更是“道德文章”。

四、文学成就

《谈美书简》是在广泛研究西方现代文学的基础之上来谈论美及美学的。在书中，作者没有罗列专用术语，而是先从“谈人”开始，从人类学和古代社会的研究中来看艺术和美的起源，以平易亲切的口吻深入浅出地探讨了美学中的问题和学习美学的方法，将美学知识、美学体系娓娓道来。

作者有着深厚的中西学文化功底。在书中，他尽可能为读者提供开阔广博的知识背景，融各家的学说于一体，使读者在学习美学知识和研究美学问题时不再感到枯燥乏味，而是兴趣盎然，这有助于读者加深对抽象的美学概念的理解。

例如，作者在《谈人》中写道："世间事物最复杂因而最难懂的莫过人，懂得人就会懂得你自己。古希腊人把'懂得你自己'看作人的最高智慧，可不是吗？人不像木石只有物质，而且还有意识，有情感，有意志，总而言之，有心灵。西方还有一句古谚：'人有一半是魔鬼，一半是仙子。'魔鬼固诡诈多端，仙子也渺茫难测。"短短一段文字，有参照对比，有比喻引用，有分析说理，笔法看似轻灵，然而在行云流水般的叙述之中，却已透彻精辟地论出了人的复杂及变幻莫测。

这样的例子在书中比比皆是，既体现了一流美学大师扎实的美学功底，更凸显了"美学老人"献身学术、执着探索的可贵精神。

五、名家点评

光潜先生的文章，尽管有时轻于变化，不能持论，但济之以学识，增之以藻采，从容不迫，明白晓畅，又实在是一个优点。

——郜元宝

《语文常谈》——现代汉语的入门读物

作　　者：吕叔湘

文　　体：散文

成书年代：1980年

一、作者介绍

吕叔湘（1904—1998），中国语言学家、语文教育家。他是江苏省丹阳市人，曾就读于丹阳白云街高等小学、江苏省立第五中学；1922年，考入国立东南大学，就读于外国语言文学系；1926年毕业后，曾在丹阳中学、苏州中学任教；1936年，赴英国留学，先后在牛津大学人类学系、伦敦大学图书馆学科修读；1938年回国后，历任云南大学文史系副教授、华西协和大学中国文化研究所研究员、金陵大学中国文化研究所研究员兼中央大学中文系教授、清华大学中文系教授；1952年起，任中国科学院语言研究所研究员、中国科学院语言所所长、中国语言学会会长、《中国语文》杂志主编等。

吕叔湘在云南大学任教期间发表了他的第一篇有关汉语语法的文章，从此走上了语言研究之路。在其后七十多年的学术生涯中，他一直孜孜不倦地进行语言教学、语言研究和语文知识的普及工作，他笔耕辛勤，著作有《中国文法要略》《文言虚字》《语法修辞讲话》《汉语语法论文集》《汉语语法分析问题》《现代汉语八百词》《近代汉语指代词》《吕叔湘语文论集》《语文常谈》等。其中，他的成名作《中国文法要略》是探索汉语自身特点的经典著作之一，对以后的汉语语法研究产生了广泛而深远的影响。他的《文言虚字》则秉承了他普及语文知识的宗旨，是一部极有助于语文入门学习以至登堂入室的著作。吕叔湘先生还是我国最具社会影响的词典《现代汉语词典》的前期主编。

二、作品档案

《语文常谈》一书中的八篇文章，原是1964年作者应《文字改革》月刊之约而作的，当时只登载了前七篇。1980年以后，作者为了进一步普及语言文字常识，才将八篇旧稿重新整理，集篇成书出版。因为文章写作的时间较早，受当时普及文化、扫除文盲政策的影响，书中的部分内容，比如“不必谈音色变”“文字拼音化”等，在今天看来已经意义不大，读者在阅读时应注意分析。不过，也同样是因为成文于二十世纪六十年代，本书内容平易实用，文笔精练晓畅，极其适合作为现代汉语的入门读物。

三、内容概要

《语文常谈》是一部讨论汉语常识问题的文集。书中分章阐述了语言与文字的关系、汉字读音、文字三要素、语句的结构、词义与句义、古今语言变化、方言与普通话、汉字改革与拼音化等几个问题，采用聊家常式的口吻与语言，叙述精要，深入浅出，生动幽默，澄清了人们在语言文字方面的很多错误观点和认识，对读者提高自己的语文水平很有帮助。

第一章阐述语言和文字的辩证关系。吕先生认为只有人类有真正的语言，只有人类才能使用语言来交际。鹦鹉可以学习人类的语言，但它只是将它学到的东西作为现成的“公式”来说，不会加以变化。文字不同于语言，是记录语言的工具，和语言相互影响、相互促进。文字是为语言服务的，不可能超脱语言。文字起源于图画，它产生之初就紧紧地和语言结合在一起了，文字从一出现就注定了其服务于语言的命运。文字和语言也不完全一致，语言不能超越时间和地域的限制，文字可以达于四方、播于古今，但文字没有丰富的表情，无法记录人们说话时的语气、态度。要使语言更好地为我们服务，必须让语言和文字齐头并进。

第二章介绍了字音的三要素：声、韵、调。这一章中，吕先生从人们熟知的绕口令说起，首先解释了存在于联绵字中的双声和叠韵：双声就是两个字的声母相同；叠韵就是两个字的韵母和声调相同。接下来他很自然地谈到了汉字的注音，并且对各个汉语拼音字母的功能作了详尽而简明的阐述。之后他提到了字音的三要素：声母、韵母、声调，认为这三要素都有区别意义的作用，许多方言和古代语言中的声调不同于普通话的声调，或者调类不同，或者即使调类相同，调值也不同。吕先生由此谈到了声、韵、调在文学上的应用，指出文学上的“韵”不同于通常所说的“韵母”。

第三章介绍了汉字的三要素：形、音、义。汉字的形、音、义关系十分复杂，吕先生将三者纷繁纠葛的现象概括为异体字、异读字、同音字、多义字四种。

第四章介绍了语言的字、词、句。三者都是汉语中最重要的单位，吕先生从历史和现状两个方面对三者作了详尽的阐述。

第五章是讲意内言外的问题。吕先生认为字义是约定俗成的，字义和词义在语言中辗转相生，这里的“字义”实际上指的是语素义，即什么音与什么义结合是任意的，一旦结合形成之后又必须强制遵守，“字义”以词的身份进入句子以后就变成了具体的“词义”，“词义”与“字义”关系复杂，比如“跑”在“跑腿”“跑码头”中就有着不同的字义。关于句义，除了“字义”“词义”的纠葛外，还有语境义、隐含义、言外义等方面的问题。

第六章是关于古今语言变化的内容。吕先生在本章中分别介绍了古今“字”的变化，最后还谈到了书面语体的变化，提到了从文言到白话的发展过程。

第七章论述了关于方言不同的问题。吕先生认为，汉语中各方言间语法差异不大，主要是语音和词汇方面差异很大，而其中语音差异最突出。关于词汇差异，要注意日常词汇间的差异和文化词汇间的差异，另外，各方言间的词汇也不是一对一的关系。

第八章是关于汉字改革的内容。吕先生热情呼吁实现汉字拼音化，他列举了许多汉字的弊处，认为汉字应该走上拼音化的道路。

四、名家点评

吕叔湘先生的这本近著（《语文常读》），看体积是一本小书，看内容却不下于一本大书。汉语语言学的主要问题用六万多字概括起来，而且讲得那么明白晓畅，这需要长期的酝酿，深入的发掘和艰苦的锤炼工夫。

——王宗炎

《撒哈拉的故事》——以沙漠为背景的浪漫故事

作　　者：三毛

文　　体：散文

成书年代：1976年

一、作者介绍

三毛（1943—1991），本名陈懋平，后改名为陈平，浙江定海人，生于重庆市。幼年时期的三毛就表现出对书本的热爱，五岁半时就在看《红楼梦》。初中时期，三毛几乎看遍了市面上的世界名著，初二那年三毛休学，由父母亲悉心教导，在诗词古文、英文方面打下了坚实的基础，并先后跟随顾福生、邵幼轩等画家习画。

1964年，三毛得到中国文化大学创办人张其昀先生的特许，到该校哲学系当旁听生，课业成绩优异。1967年，三毛再次休学，只身远赴西班牙。在三年之间，她先后就读于西班牙马德里大学、德国歌德书院，在美国伊利诺伊州立大学法学图书馆工作。1970年三毛回国后，受张其昀先生之邀在中国文化大学德文系、哲学系任教。后因未婚夫猝逝，她在哀痛之余，再赴西班牙，与苦恋她六年的荷西重逢。1973年，三毛于西属撒哈拉沙漠的当地法院与荷西公证结婚。在沙漠的生活经历，激发了她潜藏的写作才华，随后，她创作的作品源源不断，并且开始结集出书。

三毛的第一部散文集《撒哈拉的故事》在1976年5月出版，这是她的成名作。1979年9月30日，荷西因潜水意外丧生，之后三毛回到中国台湾。1981年，三毛决定结束流浪异国14年的生活，在国内定居。同年11月，《联合报》特别赞助她往中南美洲旅行半年，回来后三毛写成《万水千山走遍》，并进行环岛演讲。之后，三毛任教中国文化大学文艺组，教授小说创作、散文习作两门课程，深受学生喜爱。1984年，因健康关系，三毛辞卸教职，而以写作、演讲为生活重心。1989年4月，三毛首次回大陆家乡，发现自己的作品在大陆也拥有许多的读者，并专程拜访以漫画《三毛流浪记》驰名的张乐平先生，了却夙愿。1990年，三毛从事剧本写作，完成第一部中文剧本，也是她的最后一部作品《滚滚红尘》。1991年1月，三毛自杀离世。

二、作品档案

三毛生性浪漫，三岁时看张乐平的漫画《三毛流浪记》，印象极深，后遂以“三毛”为笔名。为了追寻自己心中的那棵“橄榄树”，她踏遍万水千山。因偶然看到美国《国家地理杂志》的介绍，三毛来到了非洲的撒哈拉。面对着凄艳寂寥的大沙漠，面对着如血残阳，“在原本期待着炎热烈日的心情下，大地化转为一片诗意的苍凉”，三毛几乎不能自已。三毛去撒哈拉沙漠，荷西也追随而至。他看出三毛去沙漠之意已决，就先在沙漠的磷矿公司找了个职位，提前在沙漠等着三毛了。三毛逐渐爱上了沙漠的狂暴与沉静，爱上了沙漠美丽的星空。她成了一个快乐的家庭主妇，用中餐款待荷西；她教邻居的女孩子们认字，用简单的医疗知识缓解当地人的病苦；她曾一个人跟着运水车，深入沙漠腹地，了解真正的沙漠人的生活。

三毛作品中最脍炙人口的《撒哈拉的故事》，由十余篇精彩动人的散文集合而成，其中的《沙漠中的饭店》（原名《中国饭店》），是三毛适应荒凉、单调的沙漠生活后开始写的以沙漠为背景的第一篇文章。此后，三毛编写出一系列以沙漠为背景的故事，打动了全世界的中文读者。三毛的作品集多达十八册，除了一册是电影剧本外，其余均为散文。

三、内容概要

三毛用平凡朴素的语言描写沙漠艰苦的生活，却是如此的精彩、惊险、刺激。她以一个流浪者的口吻，轻松地讲述了她在撒哈拉沙漠的点点滴滴。全书共十余个小故事，由零散的生活细节与生活经历组成的故事富含生活哲理。书中有沙漠苍凉的景色，有三毛跟丈夫荷西恩爱的夫妻生活和她与当地人的交流。

《撒哈拉的故事》里自始至终都有三毛与丈夫荷西幸福生活的描写——荷西将粉丝当作雨来吃，他们简单得不能再简单的婚礼，他们去海边打鱼去卖，自己动手建立他们沙漠上最美丽的房子，这些无不渗透着他们彼此浓浓的爱意，让读者感受到他们丰富多彩的婚姻生活。他们就像永远都长不大的孩子，躺在沙漠的怀抱中互相依靠着生活。

里面的《白手起家》是三毛最喜欢的一篇。文章叙述了原本破烂不堪、空洞的房间，经过荷西勤勉地制作家具、粉刷墙壁和三毛别出心裁的布置后，居然成了沙漠中最美丽的房子。沙漠中的三毛是宽容的、善良的。邻居不停地向她借东西，而她却乐此不疲地给予；邻居有什么小病，她都愿意帮忙，即使背着荷西，她也不推辞。小镇上很多人都是他们的好朋友。三毛在书中说：长久的沙漠生活，只使人学到一个好处，任何一点点现实生活上的享受，都附带地使心灵得到无限的满足和升华。

三毛善于从生活中寻找乐趣，她教那些不认识字甚至连钱都不会数的撒哈拉威女人学习知识。自诩是沙漠中的异乡人的三毛，总是用奇特的思维变换出一些新鲜的东西。比如，她在坟场买刻着各种图案的石头，把粉丝说成雨，用废弃的轮胎做凳子，用汽水瓶、骆驼的骨头做装饰品，用快腐烂的羊皮做坐垫。她还记录了撒哈拉民族特有的民族文化，比如十岁娃娃新娘姑卡、特殊的迎亲仪式等。

在孩子眼里，一切都超级美好，比如，天空不只是湛蓝湛蓝的，偶尔也会飘过几朵调皮的云，细雨也会与大地轻轻地闲聊。三毛看见的也是这些，又或者远远多于这些。在她的书里，我们可以看到，对于人生的失意，她也会悄悄地埋怨老天爷几句，可是一想起自己已经拥有的一切，她便马上调适自己的心情。而对于快乐，三毛总喜欢把它当成一种“传染病”，每天将快乐传染给她所接触的社会和人。

四、文学成就

三毛是知名度很高的作家，她有众多的读者，“三毛热”不只风靡一时，而且历久不衰。

三毛的作品，不以虚构的人物和情节吸引人，靠的是真实和自然，靠的是真情实感。阅读三毛的作品，总让人有一种如沐春风的感觉。她那不事雕琢的文笔，具有“羚羊挂角，无迹可求”的魅力。

阅读三毛的作品，就是阅读三毛本人，因为三毛写的全是她自己的经历、见闻和感受。即使有些或许只是三毛的想象，但生活中的三毛与作品中的主人公合二为一，现实与理想、主观与客观的和谐统一，让人陶醉在忘我的艺术境界里。

五、名家点评

三毛作品的体裁，应该属于散文类，在散文家族中，它又应归为游记散文。三毛几乎所有的作品，都是游记的结晶。

——古继堂

台湾女作家三毛的自传性散文作品为什么那么脍炙人口？也在于她不经意之间写出了客观世界和主体心灵的特殊强度。

——余秋雨

诗　歌

《女神》——以一种浪漫主义精神开启了一代诗风

作　　者：郭沫若

文　　体：诗歌

成书年代：1921年

一、作者介绍

略，详见《屈原》。

二、作品档案

《女神》收录了郭沫若从1919年到1921年之间所写的主要诗作，连同序诗共五十七篇，多为诗人留学日本时所作。其中的代表诗篇有：《凤凰涅槃》《女神之再生》《炉中煤》《日出》《笔立山头展望》《地球，我的母亲！》《天狗》《晨安》《立在地球边上放号》等。在形式上，这些诗歌突破了旧体诗格套的束缚，创造了雄浑奔放的自由诗体，为五四运动以后自由诗的发展开拓了新的天地，成为我国新诗的奠基之作。

中国新诗是随着新文化运动和“诗界革命”而发展起来的。诗体解放事业肇始于胡适，而完成于实践着“文学为人生”主张的文学研究会诸诗人。1921年，以郭沫若为旗帜的创造社的成立可谓“异军突起”，诗人们把目光投向“充满缺陷的人生”。如果说首倡“诗体的大解放”的胡适和他的《尝试集》可视为区分新旧诗的界限，那么堪称新诗革命的先声和纪念碑式作品的，则是郭沫若和他的《女神》。

《女神》的艺术风格是多样化的，激情如闪电惊雷，火山喷发；柔情如清风明月，涓涓流泉。而《女神》中的代表诗篇《天狗》的艺术风格当属前者。这首诗写于郭沫若新诗创作的爆发期，正是青年郭沫若情感最炽烈的时刻。这首诗的风格是强悍、狂暴、紧张的。

《女神》以强烈的革命精神、鲜明的时代色彩、浪漫主义的艺术风格、豪放的自由诗体，开创了“一代诗风”。

三、内容概要

《女神》是五四运动狂飙突进精神的典型体现，它的思想内容集中体现在如下三个方面：

第一，个性解放的强烈要求。在文学表现形式上，郭沫若要求张扬自我，尊崇个性，以自我内心表现为本位，个性解放的呼声要通过对“自我”的发现和自我价值的肯定表现出来。

例如，《天狗》中的“天狗”这种冲决一切罗网、破坏一切旧事物的强悍形象，正是那个时代个性解放要求的诗的极度夸张。

一开始诗人便自称“天狗”，它可吞月、日，吞一切星球，而“我便是我了”则是个性获得充分张扬所带来的自豪感。所以它是诗人在五四精神观照下对个性解放的赞歌，也正因有了冲决一切束缚个性发展的罗网的勇气后，个性才得以充分发扬，五四新人才具有无限的能量。这样的五四新人将会改变山河、大地、宇宙。诗句“我飞奔，我狂叫，我燃烧……”所释放出的情感力量像猛烈的飓风、奔腾的激流，在那个时代产生了强烈的冲击波。“我飞跑”则是令人振奋的呐喊，充分展示了五四时期个性解放运动的痛苦历程。总之，《天狗》是在五四时期奏起的一曲惊心动魄的精神赞歌，是五四时期人们第一次从诗歌中听到的勇猛咆哮的时代声音。“天狗”那可吞掉“一切的星球”的豪迈气概，正是五四时期人们要求破坏一切因袭传统、毁灭旧世界的精神再现。

《浴海》中的自我形象，同样是实现自我个性解放的诗的宣泄。这种个性解放的要求不仅仅着眼于个人本身，诗人将个体的解放作为社会、民族、国家解放的前提，将它们融合为一体。

在《地球，我的母亲》中，可以看出郭沫若的个性解放的要求呈现出了劳苦大众利益的一致性。

第二，反抗、叛逆与创造精神的歌唱。反抗、叛逆的精神表现在《女神》诞生之时，当时整个中国是一个黑暗的大牢笼，这激发了诗人反抗、叛逆的精神。

例如，《凤凰涅槃》中的凤凰双双自焚前的歌唱，对朽败的旧世界进行了极真切而沉痛的描绘。凤凰的自焚，乃是它与旧世界彻底决裂的反抗行动，是叛逆精神的强烈爆发与燃烧。

在《我是个偶像崇拜者》中，诗人崇拜自然与社会中一切象征生命的事物，否定一切人为的偶像和一切扼杀生机的旧传统，对封建权威表现出了极度的蔑视。

《匪徒颂》将列宁、罗素、尼采等人一起赞颂，诗人表达了自己要步其后尘、挺身反抗的坚决意志。

《女神》所主张的创造精神表现在：在《立在地球边上放号》中，诗人相信不断地毁坏和不断地创造正是万物万事发展的法则；对二十世纪科学文明的讴歌，如《笔立山头展望》；对于大自然的神奇力量的歌唱，如《晨安》《光海》，诗人笔下的大自然被充分地拟人化了。

第三，爱国情思的抒发。从《炉中煤》中的年轻女郎，《凤凰涅槃》中更生的凤凰等形象，不难看出诗人对于祖国的深沉眷念与无限热爱。

《女神》综合运用了神话题材、诗剧体裁、象征手法以反映现实。其中《女神之再生》借“共工与颛顼争帝，怒而触不周山”的神话，象征着当时中国南北军阀的混战，借女娲炼石补天的神话表达了诗人对于美丽的新中国的向往。诗人说过：“共工象征南方，颛顼象征北方，想在这两者之外建设一个第三中国——美的中国。”不过，诗人早期的社会理想是模糊的。他曾说过：“在初自然是不分质的，只是朦胧地反对旧社会，想建立一个新社会。那新社会是怎样的，该怎样来建立，都很朦胧。”因此，“女神”要去创造新鲜的太阳，但仍是一个渺茫的创造，只是对理想的憧憬，对光明的追求。但在五四时期，它曾给了广大青年以强有力的鼓舞。

四、主要人物形象

凤凰

象征着变革者、叛逆者。作者借凤凰“神鸟集香木自焚，复从死灰中更生”的故事，象征着旧世界的死亡、新世界的诞生，歌颂了人们自信的力量，认为自信可以冲决一切旧传统的束缚而得到自由的发展。

五、文学成就

《女神》实践了郭沫若的“绝端的自由，绝端的自主”的创作主张，使诗的形式得到了完全的解放。

《女神》不追求任何一种固定的现有的格式，任凭感情驰骋、自然流露，依据内在的感情节奏，自然地形成诗的韵律。《女神》中的五十余首诗，每首都体现了一种新的格式。例如，《天狗》诗句短促；《立在地球边上放号》有一种割不断的绵绵情意，正好适合表现眷念之情；《凤凰涅槃》的诗句参差不齐，长短并用，富于变化，或长吁，或短唱，节奏感十分强烈，表现出一种悲壮气氛。

《女神》常使用比喻、象征的手法，借助某一形象来寄托、抒发诗人的感情，使感情能够得到淋漓尽致地表达。这是郭沫若浪漫主义诗歌的主要特征。在《女神》中，无论是古代神话、历史故事中的人物，还是人格化的自然景色，其形象的选择都十分巧妙、恰当、新颖，与要表达的感情内容相一致，山岳海洋，日月星辰，风云雷电，“唱”的也都是“郭沫若之歌”。《天狗》用民间传说中天上破坏者的形象来表现五四新人对世界的反叛和破坏情绪，《炉中煤》用受压于地下的、乌黑低贱的“黑奴”——煤的形象来表现劳苦者的爱国之情，十分新颖、恰当。

《女神》的豪放风格是新诗中豪放派的先声。在《女神》中，虽也有“丽而不雄”的风格的作品，但能代表《女神》特色的是惠特曼式的“雄而不丽”的风格。《女神》想象新奇，语言粗犷，气势磅礴，声调激越，笔调恣肆。它的美是一种壮美，一种阳刚之美。

六、名家点评

（《女神》）是号角，是战鼓，它警醒我们，给我们勇气，引导我们去斗争。

——周扬

《繁星》《春水》——一曲清新温婉的爱的赞歌

作　　者：冰心

文　　体：诗歌

成书年代：1923年

一、作者介绍

冰心（1900—1999），原名谢婉莹，中国现当代著名女作家，原籍福建长乐（今福州市长乐区），生于福州。冰心幼年受到大海和自然的熏陶，广泛接触了许多中国古典文学名著，这难得的经历为她后来的文学创作打下了坚实的基础。

1918年，冰心以优异的成绩考入北京的华北协和女子大学预科，积极参加五四运动，并开始在各种报刊上发表用白话文写成的各种形式的反帝反封建的文章，受到文化界的关注。1919年，冰心发表了她的第一篇小说《两个家庭》，此后，她又相继发表了《斯人独憔悴》《去国》《庄鸿的姊姊》《超人》《国旗》《鱼儿》《一个不重要的军人》等探索人生问题的"问题小说"。冰心是在五四时期登上文坛的女作家，她携诗人的气质和散文家的优美文笔撰写"问题小说"，风靡当时的整个文坛，被誉为继鲁迅之后现代小说领域中又一个出色的文体家。除小说外，冰心还创作诗歌与散文，别具一格，颇具特色，尤其是散文，其生命力超过了小说。中国新诗运动兴起，冰心又结集出版她的《繁星》和《春水》两本诗集，首倡自由体小诗这种形式，推动了新诗创作的发展。

1923年，冰心于燕京大学（1920年协和女子大学并入燕京大学，改称燕大女校）毕业，毕业后赴美留学，就读于美国威尔斯利学院，学习英国文学，修学期间写有《寄小读者》《往事》《山中杂记》等散文。1926年冰心回国后，先后在燕京大学、北平女子文理学院和清华大学任教，其间著有《三年》《分》《到青龙桥去》《冬儿姑娘》等作品，表现出了更为深厚的社会含义。

抗战期间，冰心在昆明、重庆等地从事创作和文化救亡活动，以"男士"的笔名，写下了一组关于妇女问题的小说。1949年，冰心应邀到日本东京大学任教，1951年辞职归国。

冰心多次当选为全国人民代表大会代表、政协委员，并先后担任《人民文学》编委，中国作家协会书记处书记、中国文联副主席等职务。中华人民共和国成立后，冰心还写有《归来以后》《我们把春天吵醒了》《陶奇的暑期日记》《再寄小读者》《樱花赞》《拾穗小札》《小橘灯》《晚晴集》和《三寄小读者》《记事珠》等作品，展示出多彩的生活。

冰心的散文具有独特的艺术风格，既融合了文言文凝练简洁的优点，又发挥了白话文流利顺畅的特点，因而形成了轻灵隽丽、婉约典雅、凝练流畅、和谐含蓄的“冰心体”的语言文字风格。

冰心是我国现代文学史上享有盛誉的作家之一，她总是以一颗赤子之心向读者叙述着自己人生追求中的欢乐和哀伤。其作品真切诚恳的态度、轻巧灵活的笔致、诗情画意般的氛围，给人一种温柔亲切的感觉。

1999年，冰心这位“世纪老人”在北京逝世，走完了她光辉的一生。

二、作品档案

作为五四时期的著名诗人，冰心的诗名是和《繁星》《春水》连在一起的。《繁星》由一百六十四首小诗组成，《春水》由一百八十二首小诗组成，主要发表于1922年的《晨报副刊》上，小诗均无单独标题，只按序号编排。1923年两组诗歌先后结集，分别由商务印书馆和新潮社出版，在当时引起了强烈的反响。

当时，冰心的小说和散文拥有广泛的读者，赢得了众多的赞誉，人们已经注意到，这个文坛新秀具有诗人的天分。而她自己立意作诗，还是因为受到了《晨报副刊》的记者孙伏园的鼓励。孙伏园把冰心一篇饶有诗趣的杂感，分行放在诗栏里，这使冰心受到极大鼓舞，决心打开自己心中文栏与诗栏的界限，专门做起了诗人，用诗的形式来探索人生。

冰心在后来回忆了自己当初写诗时的情景。她在自己求知欲最旺盛的时候，课上课下贪婪地读着各种书报，遇到自己喜欢的句子，就抄在笔记本的眉批上。这样做惯了，她有时也把自己随时随地的杂感和回忆写上去，日子多了，数量也就相当可观。虽然大致不过三五行，但这三五行背后，总有些是与自己亲身经历有关的事，看到这些字，冰心便想起很亲切、很真实的情景，舍不得丢掉。

当时，冰心偶然在一本杂志上看到郑振铎译的泰戈尔的《飞鸟集》连载，都是充满诗意和哲理的三言两语。她心里一动，觉得自己记在笔记本眉批上的那些三言两语，也可以整理一下，抄录出来。在抄的时候，她选择那些更有诗意、更含蓄一些的放在一起。因为是零碎的思想，冰心就选了其中的一段，以“繁星”两个字起头的，放在第一部，命名为《繁星》。

当时的许多评论家也认为，冰心受到了泰戈尔的影响。但也许说她在泰戈尔的启示下，发现了自己的诗才更准确些，真正的源头还在于她自己的那些“零碎的思想”。

郑振铎的看法更全面一些，他认为，除了泰戈尔以外，冰心还受到了古典诗词上绝句、小令的影响。冰心十岁的时候就读了《论语》、唐诗，她“发疯似的爱了诗”，看诗韵，学对对联，还在课外作了两首七绝，执拗地送给先生“改削改削”，深厚的诗词功底是她成功创作小诗的原因之一。另外，当年周作人翻译的日本短歌俳句流传极广，对冰心的影响也不小。

《繁星》和《春水》是冰心在探索人生的过程中灵光闪动的汇合，里面包含着她对生命真谛的认识和理解，包含着丰富的哲理。捕捉灵感的闪光，凝成短诗，这就是《繁星》和《春水》。后来，这些小诗在《晨报》的“新文艺”栏中发表，并结集为《繁星》和《春水》于1923年先后出版。这三百余首无标题的格言式自由体小诗，以自然和谐的音调，抒发了作者对自然景物的感受和人生哲理的思索，歌颂母爱、人类之爱和大自然，篇幅短小，文笔清丽，意蕴隽永，显示了女作家特有的思想感情和审美意识，在五四新诗坛上别具一格，很有影响，被茅盾称为："一片冰心安在，千秋童稚永存。"

三、内容概要

《繁星》《春水》是人们公认的冰心小诗中成就最高的，被茅盾称为"繁星格""春水体"。它所表现的主题是母爱、自然、童真，这些构筑了冰心的思想内核"爱的哲学"。《繁星》《春水》包含三个方面的内容：一是对母爱与童真的歌颂；二是对大自然的崇拜和赞颂；三是对人生的思考和感悟。

《繁星》是一部诗集，由164首小诗组成。在《繁星》里，冰心不断吟唱爱的赞歌。她最热衷于赞颂的，是母爱。除了挚爱自己的双亲外，冰心也很珍重手足之情，她爱自己的三个弟弟。她在后来写作的一篇散文《寄小读者·通讯十三》里，还把三个弟弟比喻成三颗明亮的星星。冰心赞颂母爱，赞颂人类之爱，赞颂童心，同时她也赞颂大自然，尤其是赞颂她在童年时代就很熟悉的大海。歌颂自然，歌颂童心，歌颂母爱，成为冰心终生创作的主题。

在《春水》里，冰心虽然仍旧在歌颂母爱，歌颂亲情，歌颂童心，歌颂大自然，但是，她用了更多的篇幅来含蓄地表述她本人和她那一代青年知识分子的烦恼和苦闷。她用微带着忧愁的温柔笔调，述说着自己心中的感受，同时也在探索着生命的意义和表达着要认知世界本相的愿望。

四、文学成就

冰心以其特有的女性的纤柔，用清新秀丽的语言写成了《繁星》《春水》两本诗集，并形成独特的艺术风格。哲理性强是《繁星》《春水》的一大艺术特点。在《繁星》《春水》中，有许多诗都蕴含着深刻的思想，这些深刻的思想往往都是和诗中描绘的具体形象以及诗人深沉的思绪糅合在一起的，因而仍然具备着诗的情绪和诗的美感。纤柔是冰心诗歌的第二个显著特色。冰心的诗，无处不表现出一种女性的纤柔，以她“满蕴着温柔，微带着忧愁”的抒情风格，感情深沉、浓烈地歌吟着纯正的爱，描绘着大自然的美；同时也以独特的方式表达了对某些社会丑恶现象的谴责。文字轻柔雅丽、韵律浑然天成、意境优美清丽是冰心诗歌的第三个艺术特点。《繁星》《春水》中对词句的运用仿佛信手拈来，处处透露着轻柔雅丽的特点。

冰心的诗不注意押韵。冰心不是有意写诗，因此她不讲究格律，不雕琢辞藻，听任诗句从心中自然涌出，让人感到亲切自然、流畅，有着强烈的音乐感。《繁星》《春水》很大程度上有韵固然好，无韵也很美。诗集中有些诗采用散文的写法，如《繁星·一一六》：“海波不住的问着岩石，岩石永久沉默着不曾回答；然而他这沉默，已经过百千万回的思索。”显然，不太注重押韵是五四时期新诗的共同艺术风格。

冰心的诗注重节奏，主要表现在情调和声调上，有一种沉静、柔和、自然的效果，且每首之间变化多样。如《繁星·一五九》：“母亲呵！天上的风雨来了，鸟儿躲到它的巢里；心中的风雨来了，我只躲到你的怀里。”二三四五句，是强、弱、强、弱，先扬后抑，且二三句与四五句对称，节奏旋律相同，具有比兴作用，整首诗有了一次反复，有余音绕梁的感觉。

语言流畅，用字清新且采用白话文创作，形成一种卓尔不群的语言艺术：或明快凝练，或清新婉丽，或色彩鲜明，或缟素淡雅，均带有浓重的抒情性，给人以如诗如画般的美感。其诗句长短相间，加上排比、对句等的恰当穿插，更增强其诗的音乐之美，故又被人们誉为一种“冰心体”的语言。

“冰心体”小诗在诗人们的辗转模仿之中，盛行了几年。刘大白、郭绍虞、叶绍钧、徐玉诺、宗白华等人都创作了不少各具特色的小诗。这些小诗以真实简练的文字，含蓄地表现了诗人们在刹那间对于平凡事物的独特兴趣和情思的变迁。它们和冰心的小诗一起，形成了一片晶莹而又遥远的星群，永远闪烁在新诗发展的路途上。

五、名家点评

冰心女士散文的清丽，文字的典雅，思想的纯洁，在中国好算是独一无二的作家了。

——郁达夫

一代代的青年读到冰心的书，懂得了爱：爱星星、爱大海、爱祖国，爱一切美好的事物。我希望年轻人都读一读冰心的《繁星》《春水》，都有一颗真诚的爱心。

——巴金

《徐志摩诗集》——一部具有审美快感的艺术诗集

作　　者：徐志摩

文　　体：诗歌

成书年代：1922—1932年

一、作者介绍

徐志摩（1897—1931），中国现代诗人、散文家。徐志摩名章垿，笔名南湖、云中鹤等，浙江海宁人。1915年，他毕业于杭州一中，先后就读于上海沪江大学、天津北洋大学和北京大学；1918年，赴美国学习银行学；1921年，赴英国留学，入剑桥大学当特别生，研究政治经济学，在剑桥两年深受西方教育的熏陶及欧美浪漫主义和唯美派诗人的影响。同年，开始创作新诗；1922年，回国后在报刊上发表大量诗文；1923年，参与发起成立新月社，加入文学研究会；1924年，任北京大学教授，印度大诗人泰戈尔访华时任翻译；1925年，赴欧洲，游历苏、德、意、法等国；1926年，在北京主编《晨报》副刊《诗镌》，与闻一多、朱湘等人开展新诗格律化运动，对新诗艺术的发展起到了一定的影响。同年移居上海，任光华大学、大夏大学和南京中央大学教授；1927年，参加创办新月书店。次年《新月》月刊创刊后任主编，并出国游历英、美、日、印诸国；1930年，任中华文化基金委员会委员，被选为英国诗社社员。同年冬到北京大学与北京女子大学任教；1931年初，与陈梦家、方玮德创办《诗刊》季刊，被推选为笔会中国分会理事。同年11月19日，由南京乘飞机到北京，因遇雾飞机在济南附近触山，机坠身亡。徐志摩著有诗集《志摩的诗》《翡冷翠的一夜》《猛虎集》《云游》，散文集《落叶》《巴黎的鳞爪》《自剖》《秋》，小说散文集《轮盘》，戏剧《卞昆冈》（与陆小曼合写），日记《爱眉小札》《志摩日记》，译著《曼殊斐尔小说集》等。他的作品已编为《徐志摩文集》出版。

二、作品档案

徐志摩的诗歌共有四本，即《志摩的诗》《翡冷翠的一夜》《猛虎集》和《云游》。

徐志摩先后留学过美国和英国。资本主义社会繁华的物质生活，上流阶层富有、闲散的生活景况，英国浪漫主义、印象主义、唯美主义的文学作品，都在年轻的徐志摩的心里留下了深深的烙印，理想的狂热触发了他创作的欲望。

《志摩的诗》是徐志摩自己编选的第一部诗集，其中大都是他于1922年到1924年创作的诗歌，这部诗集的出版，使他名声大振。在这本诗集中可以略微看出徐志摩在回国初年的生活和思想状况，以及他所“泛滥的感情”。诗集大致是表现理想和爱情的，暴露社会黑暗，表达对劳苦人民的同情之心，探讨生活哲理以及写景抒情。

徐志摩满怀英国康桥式的人生理想，期望在中国实现他的理想主义。《雪花的快乐》是《志摩的诗》开卷第一首，它可算作徐志摩早期诗歌的代表作之一，表现了他对人生自由的向往和对恋爱自由的渴望。人生自由、恋爱自由正是他的理想主义的内容。

1924年4月，印度诗人泰戈尔来华，给徐志摩的生活和创作带来了一定的影响。他与泰戈尔建立了友谊，泰戈尔给他取印度名素思玛（Susima）。5月底，泰戈尔离沪去日本，徐志摩与他同行。《志摩的诗》中的《沙扬娜拉》，就是徐志摩在逗留日本期间写成的。徐志摩擅长写抒情诗，也喜欢写泰戈尔那样的哲理诗。

《翡冷翠的一夜》是徐志摩的第二部诗集，是他于1925年至1927年创作的部分诗歌的汇集。《翡冷翠的一夜》可以看作记叙了当时他和陆小曼之间的感情波澜，他的热烈的感情和无法摆脱的痛苦。不少诗篇失去了乐观的调子，相反却染上了一层忧郁、失望、逃避现实的颓废色彩。

在《翡冷翠的一夜》之后，徐志摩还出过两部诗集，一部是由他自己编选于1931年出版的《猛虎集》，一部是由他人编选于1932年出版的《云游》。这两部诗集中收录的诗歌，多数是徐志摩后期的作品。在《猛虎集》和《云游》中，出现了内容和形式很不统一的状况，部分诗歌的内容空泛且贫乏，越来越追求形式的整饬和美观，不论在诗行的排列、音韵的铿锵、节奏的明晰和用词的推敲上都较之前的诗歌有了变化和发展。

三、内容概要

《再别康桥》是徐志摩最负盛名的诗作之一，是新月派诗歌的代表作品。全诗描述了一幅幅流动的画面，构成了一处处美妙的意境，细致入微地将诗人对康桥的爱恋，对往昔生活的怀念，对眼前无可奈何的离愁表现得真挚、隽永。《再别康桥》是徐志摩1928年秋再度游历英国后，在归国的海轮上写的。徐志摩在留学康桥时期确立了自己的资产阶级民主的理想，确立了自己的爱、自由与美的人生观，但由于军阀混战，以及恋爱的失败，他倍感失落。当他再次游历康桥时，一切已经物是人非，诗人正陷入一场信仰危机，面对着康桥，他浮想联翩。在诗里，他以缠绵凄婉的笔调，抒写了自己对康桥的无限留恋和依依惜别的心情，微妙地流露出了自己的因“康桥理想”的幻灭而无限哀伤的情怀。当然，诗人之所以对康桥恋恋不舍，还在于这里是其青春生命得以辉煌的场所，或者说这里是他生命的见证。对于诗人而言，回到康桥从某种意义上就是回到生命的过去，去重温生命。

在《雪花的快乐》中，作者运用隽秀柔和的笔调，描绘了雪花优美的形象，生动地写出了雪花的快乐。诗的节奏轻快，调子舒展明朗，意境优美。《雪花的快乐》既把作者对爱情的追求与改变社会现实的理想联系在一起，又包含着反封建伦理道德、要求个体解放的积极因素，热烈而清新，真挚而自然，真切地表达了诗人对一切美好事物的执着追求。

《雪花的快乐》是一首纯诗，现实的“我”被彻底抽空，雪花代替“我”出场，“翩翩的在半空里潇洒”。但这是被诗人意念填充的雪花，是有着灵魂的雪花，是灵性的雪花，是人的精灵，它要为美而死。值得回味的是，雪花在追求美的过程中丝毫不感到痛苦、绝望，恰恰相反，它充分享受着选择的自由、热爱的快乐。

《我不知道风》这首诗，可以说是徐志摩的“标签”之作。全诗共六节，每节的前三句相同，辗转反复，余音袅袅。这种刻意经营的旋律组合，渲染了诗中“梦”的氛围，也给吟唱者添了几分“梦”态。熟悉徐志摩家庭悲剧的人，或许可以从中捕捉到一些关于徐志摩罗曼史的影子，但它始终也是模糊的，被一股不知道往哪个方向吹的劲风冲淡了，以至于欣赏者也同吟唱者一样，最终被这一股强大的旋律感染得醺醺然了。全诗的意境在一开始便已经写尽，而诗人铺衍了六个小节，读者却依然一头雾水。诗人到底想说些什么呢？有一千个“评论家”，便有一千个“徐志摩”。

四、文学成就

徐志摩是新月派的代表诗人。他的诗作字句清新、韵律和谐、比喻新奇、想象丰富、意境优美、神思飘逸、富于变化，并追求艺术形式的整饬、华美，具有鲜明的艺术个性。

徐志摩作诗十分注重意境，《志摩的诗》中的大部分诗作，形成了他独辟的艺术境界。如《雪花的快乐》，作者把对理想的追求的主观感情与客观的自然景象交融互渗，从而化实景为虚境，创造出了一个优美的艺术境界。

此外，他的诗歌具有形象性、可感性，这得力于他丰富的想象力。他的想象不仅与众不同，而且能把看来比较抽象的事理化为生动、可感、可见的具体形象。

徐志摩遵从着闻一多的“三美”的理论，即所谓的音乐美、建筑美、绘画美，但又有自己独特的实践，这主要体现在他对各种诗体的尝试上。他认为每一种诗体都有最合适的内容来填充，其中最典型的是他对十四行诗体和散文诗体的尝试及突破。徐志摩在诗歌的创作上是很有创造性的，他敢于突破古典的抒情方式，并融入西方的各种思潮，还大胆地创造新的体式，敢为新诗开拓新的格律。

徐志摩同泰戈尔一样崇尚性灵。浪漫主义文学是以强烈的主观态度、热烈奔放的情感力量、无拘无束的幻想精神和奇特神秘的艺术色彩，将理想型文学发展到极致的一种文艺的基本创作方法，像英国诗人柯勒律治、雪莱等人，徐志摩身上都有他们的影子，但是并不完全，这主要是因为他的作品中有着更多的现实的介入，他的诗歌《叫化活该》就是一个很充分的例子。这首诗歌充满着徐志摩对下层人民深深的同情，但这与徐志摩诗歌中的唯美倾向并不矛盾，反而更显示了他高超的创作手法。

五、名家点评

翻开徐君志摩的第二个诗汇，第一首便是与书名相同的《翡冷翠的一夜》。看完这首诗，倒觉得满意。我心里想，要是这本书篇篇都是这样，那就也算得现今国内诗坛上一本水平线上的作品了。

——朱湘

《艾青诗选》—— 充满理想精神的新诗的典范

作　　者：艾青

文　　体：诗歌

成书年代：1979年

一、作者介绍

艾青（1910—1996），中国现当代诗人、文学家、画家。艾青原名蒋海澄，笔名莪加、克阿、林壁等，浙江金华人。艾青自幼由一位贫苦农妇养育；1928年，进入杭州国立西湖艺术学院绘画系学习绘画。同年赴法国勤工俭学；1932年初回国，在上海加入中国左翼美术家联盟，从事革命文艺活动，不久被捕，在狱中写了不少诗，其中的《大堰河——我的保姆》发表后引起轰动，艾青一举成名；1935年出狱，次年出版了第一本诗集《大堰河》，表现了诗人热爱祖国的深挚感情，泥土气息浓郁，诗风沉雄，情调忧郁而感伤。

抗日战争全面爆发后，艾青在汉口、重庆等地参加抗日救亡运动，任《文艺阵地》编委、育才学校文学系主任等职。1941年赴延安，任《诗刊》主编。他在遍地的抗日烽火中深切地感受到时代的精神，汲取了诗情。抗战期间是艾青创作的高潮期，他出版了《北方》《向太阳》《旷野》《火把》《黎明的通知》《雪里钻》等九部诗集。诗作倾诉着民族的苦难，歌颂了祖国的战斗，渗透着时代气氛，笔触雄浑，气势壮阔，情调奋发昂扬。这是艾青在到了延安以后创作风格所起的明显变化。抗战胜利后，艾青任华北联合大学文艺学院副院长，负责行政工作。

中华人民共和国成立后，艾青任《人民文学》副主编、全国文联委员等职务，著有诗集《宝石的红星》《黑鳗》《春天》《海岬上》。艾青曾赴黑龙江、新疆生活和劳动，创作中断了近二十年，直到1976年重又执笔，出现了创作的另一个高潮。1979年，艾青任中国作家协会副主席、国际笔会中心副会长等职，出访了欧、美和亚洲的不少国家。其创作有诗集《彩色的诗》《域外集》，出版了《艾青叙事诗选》《艾青抒情诗选》，以及多种版本的《艾青诗选》和《艾青全集》。诗集《归来的歌》和《雪莲》曾获中国作家协会全国优秀新诗奖。从1936年起，艾青出版诗集达二十部以上，还著有论文集《诗论》《新文艺论集》《艾青谈诗》等。他的作品被译成十多种文字在国外出版。在中国新诗发展史上，艾青是继郭沫若、闻一多等人之后又一位推动一代诗风并产生过重要影响的诗人，在世界上也享有盛誉。1985年，法国授予艾青文学艺术最高勋章。

二、作品档案

艾青的二十世纪三十年代前期至中期的作品，或写异域的现代都市，或写半殖民地半封建中国的现实，大都闪烁着象征主义的色彩与批判的锋芒。其中，《大堰河——我的保姆》这首诗以抒写主人公“我”与乳母大堰河及其一家的关系为主线，以大堰河一生的悲惨遭遇为副线，深刻地展示了旧中国农村衰败的景象和勤劳善良的中国农民的凄苦人生，同时也抒发了诗人对大堰河的真挚感情。这首诗写于诗人被监禁期间，在一个下雪的早晨，羁难中的诗人由眼前飘洒的雪片，联想到大堰河“被雪压着的草盖的坟墓”，含泪写下了这首诗。毫无疑问，他从农民母亲那里获得了对抗命运的力量。

1937年抗战全面爆发后，艾青立刻投身到伟大的抗日救亡运动之中。他以自己的作品悲愤地诉说着民族的苦难，“雪落在中国的土地上，寒冷在封锁着中国呀”。同时，他也以真诚的歌喉倾吐着自己对祖国大地的热爱。诗人把自己比拟为一只鸟，即使喉咙嘶哑，也要歌唱“这被暴风所打击着的土地”，即使死了，“连羽毛也腐烂在土地里面”。诗人放声赞颂那些为祖国和民族挺身而出的战士，《他死在第二次》《吹号者》都是这类诗篇的杰作。可以说，艾青自己也是一位勇敢的“吹号者”，他用诗歌吹响了抗日救亡运动的战斗号角。

从吹奏芦笛到吹响号角，艾青诗歌创作轨迹的演变，在中国新诗史上有重要意义。艾青的诗，与阿波里内尔、维尔哈伦等现代派诗人有密切的联系，但艾青把现代派诗歌与为民族、为人民呼喊的内容结合起来，从而接通了五四时期《女神》等作品开启的战斗传统，又为后来的年轻诗人提供了有益的启示。“七月派”诗人绿原曾说：“中国的自由诗从五四发源，经历了曲折的探索过程，到三十年代才由诗人艾青等人开拓成为一条壮阔的河流。”这样的评价是很准确的。

二十世纪四十年代初，艾青奔赴延安，在解放区的新天地里生活、创作，直至1945年抗战胜利，又积极投身解放战争；中华人民共和国成立初期，他又担任了文艺界的一些行政领导工作。但无论是在战火纷飞的日子，还是在繁忙的行政事务中，他始终创作不辍，甚至在被下放的时日里，他的诗心也仍然在跃动。1979年，诗人自己编订《艾青诗选》，交人民文学出版社出版。这部诗选集收录了诗人于二十世纪三十年代到七十年代末期创作的主要作品，基本反映了诗人的创作历程和风格特征。

三、内容概要

《大堰河——我的保姆》写于1933年的冬日。当时，诗人因参加“中国左翼美术家联盟”被国民党当局逮捕，关押在看守所中。据诗人自述，写这首诗时是在一个早晨，一个狭小的看守所窗口、一片茫茫的雪景触发了诗人对保姆大堰河的怀念，诗人激情澎湃地写下了这首诗。诗几经辗转，于1934年发表。诗人第一次使用了“艾青”这个笔名，并且一跃成为中国诗坛上的“明星”。

诗中的大堰河确有其人，其故事也都是真实的。也就是说，诗人完全按照事实写出了自己心中对保姆大堰河的真切感情。然而，这首诗又不是在写大堰河，她成了一个象征——大地的象征，一个中国土地上辛勤劳动者的象征，一个伟大母亲的象征。大堰河并没有名字，大堰河只是一个地名，是生她的地方。大堰河是普通的，她的生活中都是些平常普通的小事，那是她苦难生活的剪影。她的生活空间是有“枯死的瓦菲”的故居，是“被典押了的一丈平方的园地”，死后也只是“草盖的坟墓”。她的生活是“乌黑的酱碗”，是为儿子缝补被荆棘扯破了的衣服，是在冰冷的河里洗菜、切菜。她的儿子、丈夫都在她的照料下过着相对安稳的生活。在她死后，他们就失去了这些，他们在炮火中、在地主的臭骂声中活着。大堰河的形象，同时也是那些和土地连在一起的劳动人民的形象，他们都植根在大地上，都有着劳动者的伟大品质。

大堰河并不是没有快乐，那快乐是伟大母亲的慈爱和对乳儿深深的爱。在劳累了一天之后，她从没有忘记来抱“我”，抚摸“我”，在“我”离开她时，她还在夸赞“我”，还想着“我”的婚酒。大堰河同样爱着她的儿子和丈夫。她死时，他们都哭得很悲伤。大堰河，是一个伟大的母亲形象。

全诗不押韵，各段的句数也不尽相同，但每段首尾呼应，各段之间有着强烈的内在联系；诗歌不追求诗的韵脚和行数，但排比的恰当运用，使诸多意象繁而不乱，统一和谐。诗歌流畅、浅易，并且蕴含着丰富的内容。诗人善于从平凡的生活中提炼出典型的意象，以散文似的诗句谱写出强烈的节奏。诗歌具有一种奔放的气势、优美流畅的节奏，表达了诗人来不可遏、去不可止的感情，完美体现了艾青的自由诗体风格。

《太阳的话》这首诗写于1942年，是艾青到延安以后写的一首诗，富有浪漫气息，是诗人的一首代言诗。艾青的一生是追求光明的一生，他的一些优秀的诗篇不是写太阳，就是写火把、写黎明。从我国的诗歌史来看，我国古代诗人更钟情歌咏月亮，歌咏它的柔和而明媚，纯洁而恬静。我们要感激艾青，他填补了中国诗歌创作的空白，为我们歌咏了太阳的美、太阳的善和太阳的真。诗人写太阳是一种象征、一种代言，他代言的是民主政治，是能够给人类带来解放的民主政体。当年在中国共产党领导下的民主政府为人民谋幸福，所以诗人用太阳来比喻它，来代言在中国共产党领导下的民主政府的亲民思想。这首诗从表面看，难以理解的词句并不多，但含义深刻，不易读懂。

《雪落在中国的土地上》这首诗通过描写大雪纷飞中的农夫、少妇、母亲的形象，表现中华民族的苦痛与灾难，表达了诗人深厚的爱国热情。

四、文学成就

艾青是中国新诗发展史上坚持最久、成果最丰富的诗人。

艾青的创作生涯，应从1932年算起。那年7月，他在丁玲主编的《北斗》上发表了第一篇作品《会合》。从这时候算起，有半个多世纪的创作历程，他一直伴随着新诗的发展而前进。他在坚持创作的过程中，对新诗的发展，对五四时期以来中国新兴的这种诗歌形式，一直抱着坚定而执着追求的态度。艾青始终认为中国诗歌发展的形式应该以新诗为主，新诗是有光明前途和生命力的不可逆转的一种文学形式。中国诗歌的发展，不可能再回到写旧诗的道路上去。这一点，艾青是坚定不移地相信着的，他执着地追求新诗的创作，而且写了很多文章，对新诗的发展从理论上予以评价和肯定。

我们国家最大的图书馆中国国家图书馆收藏的艾青的作品，中文版本的有八十多种，由此可见，艾青的一生确实是致力于诗歌创作的一生。

艾青不仅写了很多的作品，如《大堰河——我的保姆》《复活的土地》《雪落在中国的土地上》《火把》《煤的对话》《礁石》《光的赞歌》等，更重要的是有一批作品在群众中广泛地流传，受到广大读者的欢迎，产生了巨大的影响，这是他获得艺术成就的证明。

艾青在诗歌上的成就是他开了一代诗风。在诗歌形式上，艾青进行过多种尝试，民歌体诗、格律体诗、十四行诗、朦胧诗他都写过。但是，他的主要成就还是在自由体的新诗创作方面。

艾青在对现实主义、浪漫主义和现代主义进行创造性综合的过程中，以兼具理想精神的革命现实主义为底色，而在感受和表现方式上，则较多地借鉴了现代主义，从而形成了一种可称为现代现实主义的艺术风格，达到了现实性、理想性和现代性的有机统一。艾青追求感受力的统一，即感觉、情绪、想象和思想（理性）的综合。在他的诗中，诗情、诗思不是抽象空洞的，而是被丰富敏锐的生活感觉所充实的。反过来，他诗中的感觉、情绪和想象又总是被深刻的思索所深化和净化，从而升华到一个更崇高的境界。艾青在处理诗的整体情理架构和局部肌质的关系上也相当成功，他多用铺陈手法和戏剧性的场景转换技巧，井然有序地推动着诗情逐步展开，给人以清晰的印象，同时又融入很多具体入微的细节描写和特写镜头，颇为耐人寻味。艾青还努力在散文的自由奔放和诗歌艺术所必需的规范约束之间保持恰当的平衡，努力将绘画的光彩和音乐的律动融汇到诗歌这种高度精微的语言艺术中，这一切都丰富和提升了现代诗歌艺术。自由体诗在艾青手中真正成熟了。

艾青是自五四时期以来我国最优秀的作家之一，他和我国许多作家一样，瞩目于世界文学界，并且成为具有国际影响的作家。艾青的诗歌在西欧、东欧、北欧、美洲、东南亚等三十多个国家广泛传播着，并受到不同国家读者的欢迎。

五、名家点评

用沉郁的笔调细写了乳娘兼女佣（《大堰河》）的生活痛苦。

——茅盾

它像一颗光华熠熠的新星，出现在30年代的中国诗坛上；它以深沉隽永的情思，在广大读者的心田里镌刻着久远而常新的记忆。

——张同吾

《海子诗集》——带有乡土气息的独特的诗歌

作　　者：海子

文　　体：诗歌

一、作者介绍

海子（1964—1989），中国当代诗人，原名查海生，1964年生于安徽省怀宁县高河镇查湾村。1979年，海子考入北京大学法律系，大学期间开始诗歌创作；1983年，自北京大学毕业后分配至中国政法大学哲学教研室工作；1989年3月26日，在山海关与龙家营之间的火车慢行道上卧轨自杀。

在短暂的生命里，海子保持了一颗圣洁的心。他曾长期不被世人理解，但他是二十世纪七十年代中国新文学史上一位全力冲击文学与生命极限的诗人。他凭着出众的才华、奇迹般的创造力、敏锐的直觉和广博的知识，在极端贫困、单调的生活环境里创作了将近两百万字的诗歌、小说、戏剧和论文。其作品主要有：小说集《初恋》《诞生》，诗歌集《河流》《但是水，水》，长诗集《太阳·土地篇》《太阳，天堂合唱》，诗剧《太阳》（未完成），合唱剧《弥赛亚》，话剧《弑》以及两百多首抒情短诗。曾与西川合印过诗集《麦地之瓮》。

海子曾于1986年获北京大学第一届艺术节五四文学大奖赛特别奖，1988年获第三届《十月》文学奖荣誉奖，2001年与诗人郭路生获中国文学最高奖项之一——人民文学奖诗歌奖（第三届）。其部分作品被收入近二十种诗歌选集以及各类大学中文系《中国当代文学作品选》教材，但其大部分作品尚待整理出版。他认为，诗就是那把自由和沉默还给人类的东西。海子是中国新诗史上优秀的诗人之一。

二、作品档案

海子于1982年开始创作诗歌，当时被称为“北大三诗人”之一。1984年海子创作成名作《亚洲铜》和《阿尔的太阳》，第一次使用“海子”作为笔名。从1982年到1989年不到7年的时间里，海子用超乎寻常的热情和勤奋，创作了近两百万字的作品，结集出版了《土地》《海子、骆一禾作品集》《海子的诗》《海子诗全编》等。

因其诗歌的杰出成绩，2001年，其被广为传诵的短诗《面朝大海，春暖花开》入选高中语文课本；2003年，吉林人民出版社出版的《大学语文》教材选入海子的另一篇经典代表作《麦地》；2004年，中国书籍出版社出版的《人一生要读的60首诗歌》，海子的《面朝大海，春暖花开》入选而跻身于几十位中外名诗人之列。

在中国当代诗坛，海子常常被评价为“一个诗歌时代的象征”和“我们祖国给世界文学奉献的一位具有世界眼光的诗人”。作为二十世纪八十年代后期新诗潮的代表人物，海子在中国诗坛占有十分独特的地位。他的诗不但影响了一代人的写作，也彻底改变了一个时代的诗歌概念，成为中国诗歌文化的一个重要组成部分。其创作的优秀抒情短诗是继“朦胧诗”之后独特而又诗艺出众的另一种作品，兼具抒情性、可诵性和先锋性风格，在当时极为罕见。海子去世后，其作品很快得到诗坛认可并被给予极高评价，有关海子诗歌的深度研究也成为当时学术界的关注热点之一。

三、内容概要

海子的诗篇，意象质朴清新，渗透着浓郁的中国乡土色彩：土地、天空、河流、山冈、村庄、麦子、马车、草叉、茴香、蚕豆花……海子诗篇的韵律，有着直抒胸臆的如风般的自然流畅：“珍惜黄昏的村庄／珍惜雨水的村庄／万里无云如同我永恒的悲伤”（《村庄》）；“泉水白白流淌／花朵为谁而放／永远是这样美丽负伤的麦子／吐着芳香，站在山冈上”（《黎明之二》）。

诗人眼里容不下异物，“我有一所房子／面朝大海／春暖花开”（《面朝大海，春暖花开》），但这样的风景只在诗人的梦想之中，海子们已经感到了失去土地的绝望。一个海子，只是十个海子、百个海子中的殉道者。他不是神，也没有神话。热爱事物的他就像一个孩子，太过赤诚。

在另一首《夜色》中，海子简明地述说了他的人生，“在夜色中／我有三次受难：流浪、爱情、生存／我有三种幸福：诗歌、王位、太阳”，从这首诗中可以看出海子的纯粹。流浪、爱情、生存，这些生活中的真实的东西，对他来说是受难。而诗歌、王位、太阳这些是非现实中的东西，诗歌所指很明显了：王位是什么呢，应该是指理想，可驾驭的那种；而太阳，则是心中的希望。在受难中寻找幸福，在受难中拥有幸福。海子是一个寻觅着、求索着的诗人。

海子的短诗从神秘到真理，从美丽到朴素，从复杂到单一，从激情到平静，内容丰富，变化万千。

四、文学成就

海子诗篇的独特意象及诚挚情感，源于他乡村生活的经验及由此造就的秉性，是他农家娃儿的“胎记”；而他的诗篇所呈现出的博大胸襟和崇高境界，则是在接受人类文明成果的基础上所产生的理性追求，是他人生理想的折射。海子的诗歌成就，并非是仰仗才华的率性而为，而是在理性指导下自觉刻苦追求的结果。

在中国当代诗坛上，有一种偏向十分引人注目：意象的创新已经演化为以意象的猎奇为表现目的的堆砌。这一现象表明，在一些诗人那里，诗已经不是独特情思的抒发，而是一种炫耀或消耗匠人式技艺的“把戏”。对此，海子保持着高度的警觉和清醒的头脑，“必须克服诗歌的世纪病——对于表象和修辞的热爱。必须克服诗歌中对于修辞的追求，对于视觉和官能感觉的刺激，对于细节的琐碎的描绘——这样一些疾病的爱好”。在海子看来，“诗歌是一场烈火，而不是修辞练习”。他的诗歌很好地实现了内容与形式的统一，意向与语言的统一。海子的诗有着强烈的节奏感与音乐感。海子创作的带有中国乡土气息的个性独特的诗歌，无疑在嘈杂的当代诗坛树立了一座高峰。

海子的诗学主张：“新的美学和新语言新诗的诞生不仅取决于感性的再造，还取决于意象和咏唱的合一。意象平民必须高攀上咏唱贵族。”他认为应当注重结合语言的特性，尤其是汉语的特性，从音韵上强化现代诗的“诗性”。事实上，“意象和咏唱的合一”是以“诗歌是一场烈火”为基础的，当诗犹如生命烈火难以遏制地燃烧时，意象的传神和情思的律动自然也蕴含于其中。

海子的诗，昭示了当代诗同样可以具有咏唱的特性和音韵的美，这是海子给予当代诗坛的一个重要启示。

五、名家点评

每一个接近他的人，每一个诵读过他的诗篇的人，都能从他身上嗅到四季的轮转、风吹的方向和麦子的成长。泥土的光明与黑暗，温情与严酷化作他生命的本质，化作他出类拔萃、简约、流畅又铿锵的诗歌语言，仿佛沉默的大地为了说话而一把抓住了他，把他变成了大地的嗓子。

——西川